AMBER V. NICOLE

O LIVRO DE AZRAEL

SÉRIE
DEUSES & MONSTROS
VOLUME 1

São Paulo
2025

The Book of Azrael © Amber V. Nicole, 2024

Copyright © 2024 by Amber V. Nicole

Tradução © 2024 by Book One

Todos os direitos de tradução reservados e protegidos pela Lei 9.610 de 19/02/1998. Nenhuma parte desta publicação, sem autorização prévia por escrito da editora, poderá ser reproduzida ou transmitida sejam quais forem os meios empregados: eletrônicos, mecânicos, fotográficos, gravação ou quaisquer outros.

1ª REIMPRESSÃO: JANEIRO DE 2025

Coordenadora editorial	*Francine C. Silva*
Tradução	*Lina Machado*
Preparação	*Thaís Mannoni*
Revisão	*Tássia Carvalho e Aline Graça*
Capa	*Renato Klisman*
Projeto gráfico e diagramação	*Bárbara Rodrigues*
Impressão	*Corprint*

Dados Internacionais de Catalogação na Publicação (CIP)
Angélica Ilacqua CRB-8/7057

N549L Nicole, Amber V.
   O livro de Azrael / Amber V. Nicole ; tradução de Lina
  Machado. — São Paulo : Inside Books, 2024.
  480 p. (Coleção Deuses & Monstros)
  ISBN 978-65-85086-32-5
  Título original: *The Book of Azrael*
 1. Literatura fantástica I. Título II. Machado, Lina III. Série
24-1431   CDD 808.838

I
Dianna

— Fala sério? Falam que vocês são guerreiros ancestrais, temidos por todos, e você está se encolhendo? O pior ainda nem aconteceu.

Ergui o punho de novo e desta vez acertei-lhe a bochecha. A cabeça dele foi lançada para o lado, os ossos se quebrando sob a força dos nós dos meus dedos. Sangue azul-cobalto respingou no chão de madeira do escritório no andar superior daquela mansão enorme. O celestial amarrado no meio do cômodo sacudiu a cabeça mais uma vez antes de se ajeitar. Ele me encarou com o rosto ensanguentado e a testa franzida de dor.

— Seus olhos — disse ele, com os lábios rachados e inchados, parando para cuspir sangue aos meus pés. — Eu sei o que você é. — Ele tinha lutado duro, o cabelo grudado à cabeça pelo suor e sangue. Tinha as mãos amarradas atrás das costas e os músculos contraídos sob o tecido rasgado de um terno que já tinha sido decente. Ele estava largado na cadeira no centro do escritório antes elegante. — Mas é impossível. Você não pode existir. Os Ig'Morruthens morreram na Guerra dos Deuses.

Eu não nasci Ig'Morruthen, mas foi no que me transformei, e meus olhos sempre me entregariam. Quando estava com raiva, com fome ou qualquer coisa além de mortal, eles ardiam como duas brasas — uma marca entre muitas que provavam que eu não era mais mortal.

— Ah, sim, a Guerra dos Deuses. — Inclinei a cabeça para o lado enquanto o observava. — Como foi mesmo? Ah, sim: milhares de anos atrás, o seu mundo colidiu, se incendiou e desabou no nosso mundo, destruindo vidas e tecnologia. Agora você e sua espécie ditam as regras, certo? Agora o mundo sabe da existência de deuses e monstros, e vocês são os grandes benfeitores que mantêm todos os caras maus trancafiados a sete chaves.

Aproximei-me, agarrando as costas da cadeira conforme ele tentava inclinar a cabeça para longe de mim.

— Sabe o que sua queda causou ao meu mundo? Enquanto vocês reconstruíam, uma praga varreu meu lar nos desertos de Eoria. Sabe quantos morreram? Você se importa?

Ele não respondeu, e eu me afastei da cadeira. Ergui a mão, os nós dos dedos estavam molhados com o sangue dele.

— É, imaginei que não. Bem, você sangra azul, então creio que nem tudo é o que parece, afinal.

3

Agachei na frente dele, cacos de vidro se quebraram sob meus saltos. A única luz vinha do corredor, entrando pela porta e iluminando o desastre que antes era um escritório. Várias páginas de livros e outros detritos estavam espalhados pelo chão, junto com a mesa quebrada sobre a qual o atirei.

O celestial era a razão pela qual tínhamos vindo, e era improvável que o artefato exato que Kaden estava procurando estivesse ali, mas cheguei mesmo assim. Meu celestial amarrado e espancado não falou nada enquanto me observava vasculhar os escombros da sala. A expressão estoica que ele mantinha era um escudo que disfarçava o que realmente estava sentindo.

Um barulho tomava os andares abaixo de nós, enquanto os outros que moravam ali gritavam pela última vez. Tiros soaram, e uma risada ameaçadora veio depois. Seus olhos faiscaram de raiva quando voltei para perto dele e apoiei as mãos em seus ombros. Em um movimento fluido, passei uma perna sobre seu colo e me sentei nele.

Ele virou a cabeça em minha direção, e um olhar de puro desgosto e confusão apareceu em suas feições.

–Você vai me matar?

Eu balancei a cabeça.

– Não, ainda não. – Ele tentou recuar, mas agarrei seu queixo, forçando-o a me encarar. – Não se preocupe. Não vai doer. Só preciso ter certeza de que você é quem procuramos. Colabore. Preciso me concentrar para que isso funcione.

Sangue escorria de um dos vários cortes que cobriam o rosto dele. Agarrei seu queixo e inclinei sua cabeça antes de me aproximar para passar minha língua sobre uma ferida. Então, fui tirada daquele escritório e lançada nas memórias dele entre um batimento cardíaco e o seguinte.

Uma luz azul brilhava em meu subconsciente, enquanto aposentos onde eu nunca havia estado apareciam e desapareciam. O riso de uma mulher anos mais velha que ele ecoou em meus ouvidos, enquanto ela trazia uma bandeja de comida até uma pequena sala de estar. Era a mãe dele. Imagens convergiram, e vi dois senhores conversando sobre esportes e gritando em um bar lotado. Copos tilintavam e pessoas riam, tentando ser ouvidas por cima do som de várias grandes televisões de tela plana nas paredes. Minha cabeça latejou enquanto eu sondava mais fundo. A cena mudou, e eu estava em uma sala escura. Ondas de cabelo castanho-dourado dançavam ao redor do corpo pequeno de uma mulher. Seus gemidos ficaram mais altos, e suas costas se arquearam acima da cama, enquanto ela apertava os próprios seios.

Bom para você, mas não é o que preciso. Apertei mais meus olhos fechados, tentando me concentrar. Precisava de mais.

Eu estava viajando pelas ruas de paralelepípedos de Arariel em um veículo grande com janelas escuras. A luz do sol brilhava por trás dos edifícios, os amarelos e dourados cintilantes realçando a beleza da paisagem. Pessoas andavam apressadas nas calçadas, e ciclistas serpenteavam pelo trânsito. Óculos de sol se moveram pela ponte do meu nariz quando virei a cabeça e olhei para meus companheiros. Três homens estavam sentados comigo na traseira, o interior da caminhonete maior do que eu esperava. Outros dois estavam na frente, um dirigindo e outro falando ao telefone no banco do passageiro. Eram jovens, sem barba e usavam as mesmas roupas pretas justas que o celestial em cuja mente eu estava naquele momento.

– Tiveram mais alguma notícia? – perguntei, com minha voz não mais feminina, mas a dele.

– Não – respondeu o homem à minha frente. Seu cabelo estava penteado para o lado e mantido no lugar com tanto gel, que eu conseguia sentir o cheiro mesmo no sonho de sangue. Era esguio comparado ao cara ao seu lado, mas eu sabia que era igualmente forte. – Vincent é muito discreto. Acho que sabem que os ataques não são apenas frequentes. Eles têm um alvo. Nós simplesmente não sabemos qual é.

– Perdemos muitos celestiais, demais e muito cedo. Está acontecendo de novo, não está? Que lição nos deixaram? – comentou o homem ao meu lado. Sua voz era baixa, mas eu podia ouvir sua apreensão. Era um homem enorme, no entanto a maneira como se remexeu quando perguntou me mostrou que estava assustado, apesar de todos aqueles músculos. Ele entrelaçou e soltou os dedos diversas vezes antes de se virar para mim. – Se for... se fizer... ele vai voltar.

Antes que eu pudesse responder, uma risada curta me pegou desprevenida. Virei-me para olhar para o homem à minha frente. Ele estava com os braços firmemente cruzados enquanto olhava pela janela.

– Creio que *ele* voltar me assusta mais do que enfrentá-los. – Esse cara também parecia jovem. Pelos deuses, quantos celestiais se pareciam com universitários? Era contra isso que estávamos lutando?

– Por quê? – perguntei. – Ele é uma lenda, no máximo um mito. Já temos três d'A Mão de Rashearim aqui. Qualquer coisa que pudesse matá-los morreu na guerra ou foi trancada por séculos. É apenas mais um monstro como outro qualquer que pensa que tem poder. – Fiz uma pausa, encarando cada um deles nos olhos. – Está tudo bem.

O homem da frente abriu a boca para responder, mas a fechou quando o carro parou abruptamente. O sol ardeu sobre nós quando saímos, fechando a porta. Veículos tomavam a entrada de garagem em curva e havia mais chegando. Celestiais lotavam a entrada. Alguns se reuniam em pequenos grupos, outros andavam apressados de um lado para outro.

Ajustei meu paletó e alisei as lapelas uma vez, depois duas, e o nervosismo se infiltrava em meu âmago enquanto eu subia os degraus até a entrada. Um grande edifício de mármore e calcário me recebeu, os tons dourados, brancos e creme quase espalhafatosos. Várias grandes alas com cúpulas se estendiam de cada lado, com grandes janelas em arco revestindo todos os andares. Vi pessoas atravessando as pontes de pedra que ligavam os diversos edifícios. Todas usavam roupas sociais semelhantes e carregavam pastas e maletas executivas. Enquanto eu observava, várias pessoas saíram do prédio conversando e rindo. Afastaram-se pela rua como se não houvesse uma fortaleza no meio da cidade.

A cidade de Arariel.

Minha visão se turvou conforme me afastei da memória. As belas ruas de Arariel desapareceram, e eu estava de volta ao escritório destruído e mal-iluminado. Eu tinha tudo de que precisava agora. Um pequeno sorriso curvou meus lábios quando virei o rosto dele para mim.

– Viu, eu disse que não ia doer… mas a próxima parte vai.

Sua garganta se moveu uma vez quando ele engoliu em seco, e o cheiro do medo tomou o cômodo.

– O que você viu? – soou uma voz grossa e pesada atrás de mim. Ouviu-se um baque curto quando deixou algo carnudo cair no chão. Ele entrou na sala, e sua presença era quase tão intensa quanto a minha.

– Tudo de que precisamos – murmurei enquanto me levantava da cadeira. Girei-a em um movimento fluido para que Peter ficasse de frente para Alistair.

– Ele é um celestial? Já vimos muitos deles, Dianna – comentou Alistair, enquanto esfregava o rosto com uma das mãos. Havia sangue manchando sua pele e roupas devido à destruição que causara lá embaixo. Seu cabelo prateado, normalmente penteado com perfeição, tinha alguns fios fora do lugar e estava manchado de vermelho.

– Eu vi Arariel. Ele estava lá. Falaram de Vincent, o que significa que *ele* – balancei de leve a cadeira com nosso amigo amarrado – trabalha com A Mão.

Um sorriso afiado e mortal acariciou as feições de Alistair.

– Está de brincadeira.

– Não estou – retruquei, balançando a cabeça e empurrando a cadeira na direção dele. – Eu provei. Este é Peter McBridge, 27 anos, celestial de segundo escalão. Os pais estão aposentados, e ele não tem outras conexões com o mundo mortal. A fortaleza fica em Arariel. Seus colegas falaram sobre nós e o que fizemos até agora. Falaram sobre A Mão de Rashearim e até mencionaram Vincent.

O homem na cadeira gaguejou enquanto inclinava a cabeça, seu olhar passava de mim para Alistair e de volta pra mim.

– Como você viu isso? Como pode saber?

Paramos, olhando para Peter, enquanto seus olhos pulavam entre nós. Abaixei e me inclinei, aproximando-me.

– Bem, sabe, Peter, todo Ig'Morruthen tem uma pequena peculiaridade. Essa foi apenas uma das minhas.

Dei um tapinha no rosto de Peter, enquanto ele continuava a nos encarar horrorizado, antes que eu encontrasse o olhar de Alistair de novo. Ele me deu um sorriso lento e travesso e disse:

– Se o que você diz for verdade, então Kaden ficará muito, muito satisfeito.

Assenti com a cabeça mais uma vez.

– Encontrei nosso caminho. O resto é com você.

Afastei-me da cadeira, enquanto Alistair dava um passo à frente.

– Agora, Peter, quer ver o que Alistair é capaz de fazer?

O celestial se debateu, tentando romper suas amarras, mas estava fraco demais, espancado demais para juntar forças. Soltei um som de desprezo. Que guerreiros! Conquistar este mundo para Kaden seria moleza.

– O que vai fazer comigo?

Alistair deu um passo à frente, ficando diante de Peter. Então ergueu as mãos com as palmas pairando a centímetros de cada lado da cabeça do celestial.

– Apenas relaxe. Quanto mais você luta, mais dói – murmurou Alistair.

Os olhos de Alistair reluziam com o mesmo vermelho-sangue dos meus, enquanto uma névoa escura se formava entre suas mãos, conectando-as. Ela ondulou e dançou entre os dedos dele, atravessando a cabeça do celestial. Os gritos eram a parte de que eu menos gostava; eram sempre tão altos. Mas creio que é de se esperar quando alguém tem o cérebro dilacerado e refeito. De fato, Alistair tinha alguns celestiais sob seu controle, mas nenhum de patente tão alta quanto aquele e nenhum que estivesse tão perto daquela maldita cidade. Kaden ficaria feliz desta vez.

Os gritos pararam abruptamente; levantei a cabeça.

– Você sempre desvia o olhar – comentou Alistair, com um sorriso malicioso retorcendo seus lábios.

– Eu não gosto.

Não tive a intenção de deixar isso escapar. Kaden não aceitava fraqueza, mas eu tinha sido mortal antes de abdicar da minha vida. Eu tinha sido mortal, com sentimentos mortais, opiniões mortais e uma vida mortal. Não importava o quanto tivesse me afastado ou o que tivesse feito, minha mortalidade às vezes voltava sorrateiramente. Muitos diriam que era uma falha do meu coração mortal. Era apenas mais uma razão pela qual eu tinha que ser mais forte, mais rápida, mais cruel. Há uma linha que se cruza para conseguir sobreviver – uma que eu cruzei séculos atrás.

– Depois de tudo o que fez, isto – ele apontou para o agora silencioso celestial – perturba você?

– É irritante. – Apoiei as mãos nos quadris e suspirei exasperada. – Terminamos?

Ele deu de ombros.

– Depende. Por acaso você viu alguma coisa sobre o livro?

Ah, sim, o livro. A razão pela qual estávamos correndo para todo lado procurando por Onuna.

Neguei com um aceno de cabeça.

– Não, mas, se ele conseguir chegar perto o suficiente d'A Mão, já é alguma coisa. Um começo.

A mandíbula dele ficou tensa, e ele balançou a cabeça.

– Não será bom o bastante.

– Eu sei. – Levantei a mão, interrompendo tudo o que ele estava prestes a dizer. – Apenas ande logo com isso.

Um sorriso frio e mortal iluminou seu rosto. Alistair me lembrava gelo, desde as maçãs do rosto duras e lapidadas até seu olhar vazio. Ele nunca tinha sido mortal, e servir Kaden era tudo o que conhecia. Ergueu a mão em uma exigência silenciosa, e o celestial se levantou. Nenhuma palavra era necessária. Alistair era dono de sua mente e de seu corpo.

– Você não vai se lembrar de nada do que aconteceu aqui hoje. Você pertence a mim agora. Será meus olhos e ouvidos. O que você vê, eu vejo. O que você ouve, eu ouço. O que você fala, eu falo.

Peter repetiu o que Alistair falou palavra por palavra. A única diferença foi o tom.

– Agora, limpe essa bagunça antes que tenha companhia.

Peter não disse nada enquanto contornava Alistair e começava a arrumar o escritório. Alistair veio ficar ao meu lado enquanto o observávamos. Para ele, nós nem estávamos mais ali; era um fantoche sem mente que Alistair controlava. Lutei contra a vontade de me remexer em desconforto, sabendo que eu era a mesma coisa para Kaden. A única diferença era que eu sabia. Peter já estava totalmente perdido, agora que Alistair controlava sua mente, e nenhum poder em Onuna poderia romper esse controle. Assim que ele não fosse mais útil, Alistair o descartaria, como fizera com os outros antes dele. Eu ajudei, assim como fiz por séculos. Uma parte de mim doía ao vê-lo fazer as tarefas que não tinha escolha a não ser realizar.

Maldito coração mortal.

Alistair batendo palma me tirou dos meus pensamentos quando se virou para mim.

– Agora me ajude a limpar os corpos lá embaixo. – Ele passou por mim, indo em direção à porta enquanto gritava por cima do ombro: – Peter, diga-me onde você guarda os sacos de lixo resistentes.

– Cozinha. No terceiro armário da prateleira de baixo.

Virei-me, seguindo Alistair para fora do cômodo e descendo as escadas.

– O que vamos fazer com eles?

O sorriso que ele lançou por cima do ombro foi totalmente perverso.

– Há muitos Ig'Morruthens em casa que provavelmente estão morrendo de fome.

II
Dianna

Sombras se separaram em ondas ao redor de Alistair e de mim quando nos transportamos de volta para Novas. O ar quente e salgado e um silêncio misterioso nos receberam. Novas era uma ilha no litoral de Kashuenia, mas não uma ilha qualquer. Projetava-se do vasto oceano como uma fera furiosa ameaçando tomar o mar circundante. Sempre presumi que fosse mais um fragmento que caiu em nosso mundo durante a Guerra dos Deuses. Kaden a reivindicara, moldara e tornara sua. Suponho que fosse nosso lar, embora *lar* fosse um termo utópico. Novas nunca me pareceu um lar. Meu lar era com minha irmã, e, caramba, como eu sentia saudade dela.

Ergui vários sacos de lixo pretos e grossos sobre os ombros e segui Alistair. A areia grudava em nossos sapatos encharcados de sangue, tornando a caminhada ainda mais difícil. Árvores margeavam a vasta paisagem, o sol espreitava entre os galhos numerosos, criando uma luminosidade suave e tranquila. Era enganosa. Suavidade e tranquilidade eram coisas que não se conheciam ali. A praia em si parecia acolhedora. O sal perfumava o ar enquanto ondas suaves se chocavam contra a costa. A água azul cristalina era convidativa… se você não considerasse o que se escondia abaixo da superfície.

– Está tranquilo – observei, quando nossos pés chegaram ao caminho de pedras de lava. – Nunca está tranquilo.

– Dominar Peter demorou mais do que pensávamos, acredito – respondeu Alistair, lançando olhares ao redor como se tivesse notado agora.

Balancei a cabeça e suspirei, sabendo que ele estava certo. Se estávamos atrasados, Kaden estaria furioso, não importava a informação que tivéssemos obtido. Infelizmente, o silêncio anormal da ilha não era um bom indicador de seu humor.

Continuamos a avançar, nosso ritmo diminuía à medida que a grande estrutura surgia à vista. Vários degraus largos conduziam às portas duplas. Cercas de ferro circundavam a frente, dando um toque moderno à enorme casa que Kaden havia esculpido no vulcão ativo que continuava aumentando a ilha Novas. Empurramos as portas e entramos, com o calor nos envolvendo conforme avançávamos. Dentro da casa, era quente e seco, mas não insuportável. O reino natal de Kaden havia sido há muito esquecido, lacrado após a Guerra dos Deuses. O lugar de onde ele viera era muito mais quente do que Onuna, e a ilha vulcânica era o mais próximo que ele conseguia chegar da sensação de estar em casa.

Deixei cair os sacos pesados no chão e coloquei as mãos nos quadris, gritando:

– Querida, cheguei! – Minha voz ecoou pela vasta entrada.

Alistair fez um ruído de zombaria e revirou os olhos, deixando cair, ao lado dos meus, os sacos grandes que carregava.

– Que infantil. – A palavra ecoou acima de nós, e eu ergui o olhar. Tobias nos observava do grande mezanino que cercava o segundo andar. A luz do sol entrava pelas claraboias, lançando tons acobreados sobre sua rica pele de ébano. Ele ajustou as abotoaduras de sua camisa azul-escura enquanto nos observava.

Alistair soltou um assobio baixo.

– Todo arrumado, hein? Já começou?

Tobias lançou um sorriso rápido para Alistair que alcançou seus olhos. Era algo que eu nunca recebia do terceiro em comando de Kaden.

– Você está atrasado. – Seus olhos se voltaram para os meus, rápidos como os de uma víbora e igualmente venenosos. – Os dois estão.

Joguei um beijo para ele.

– Sentiu minha falta? – Eu estava acostumada com o comportamento pouco amigável de Tobias. Ele nunca falou, mas deduzi que sua antipatia por mim era por eu ter me tornado braço direito de Kaden quando fui criada. Isso fez com que Tobias ficasse em terceiro na hierarquia e Alistair, em quarto; não que Alistair se importasse. Contanto que tivesse casa e comida, ele não se importava com quem Kaden preferia.

– Ah, mas espere até saber o porquê – respondeu Alistair. – Além disso, trouxemos jantar para as feras.

As feras.

Os lábios de Tobias se curvaram enquanto ele olhava para as sacolas que nos cercavam.

– Elas ficarão gratas, mas vocês dois precisam se arrumar. Mandem outra pessoa levar para elas. Não temos tempo.

Como se fosse uma deixa, as criaturas começaram a cantar, e abaixei meu olhar para o chão de pedra. Um arrepio percorreu minha espinha com o coro de risadas. Sempre me lembrava de hienas e me deixava desorientada. Eu sabia a que distância estavam e sempre ficava chocada com a maneira como a acústica funcionava, de modo que ainda conseguíamos ouvi-las. Quilômetros de túneis serpenteavam pela montanha, conectando salas, câmaras e masmorras e atravessando vários níveis.

– Ele vai prendê-las enquanto recebemos convidados? – perguntei, levantando uma sobrancelha.

Alistair e Tobias compartilharam um sorriso antes de Alistair balançar a cabeça para mim e ir para os fundos da casa. Tobias empurrou o corrimão e desapareceu escada acima, enquanto eu fiquei ali parada. Abracei a mim mesma, olhando para o chão como se pudesse ver através dele.

– Acho que isso responde à pergunta – suspirei.

Não era como se eu as temesse. Kaden tinha feito muitos Ig'Morruthens desde que se estabelecera ali, mas não eram como eu, Alistair ou Tobias. Pareciam-se mais com as gárgulas com chifres que os mortais colocavam em seus edifícios. Muitas vezes me perguntei se tinham visto as feras Ig'Morruthens e as copiado em sua arte, tentando banir seu medo instintivo dos monstros. As feras eram poderosas e cruéis, ansiavam por sangue e carne. Conseguiam se comunicar, mas dizer que sabiam falar era lhes dar crédito demais. Eram capazes de imitar, mas sua fala era limitada.

Passos vinham do salão externo conforme alguns lacaios de Kaden se aproximavam e paravam perto de mim. Chutei o saco mais próximo.

– Levem isso para baixo e certifiquem-se de que elas comam. Tenho que me preparar para um encontro com a nata do Outro Mundo.

O clique dos meus saltos ecoou quando desci a escadaria sinuosa de obsidiana até o salão principal de Kaden. Sempre me referi a ele como seu "acariciador de ego". Berrava megalomania das tapeçarias até os móveis extravagantes.

Vozes tomavam o corredor, enquanto luzes piscavam contra as paredes de pedra. Acelerei o passo, alisando o vestido preto elegante que estava usando. Sabia que ia me atrasar, mas tive que tirar um tempo para lavar o sangue. As vozes ficavam mais altas à medida que eu me aproximava. Merda, parecia que a casa estava cheia.

Mais dois lacaios de Kaden estavam do lado de fora das portas duplas do salão de reuniões. Usavam ternos que eu sabia que não podiam pagar, mas que faziam parte do uniforme daquela noite. Kaden havia prometido vida eterna àqueles que o agradassem e se curvassem à sua vontade, mas eu sabia que eles provavelmente seriam reduzidos a feras estúpidas em vez de acabarem como Alistair, Tobias ou eu. Eles se curvaram quando me aproximei inspirando para acalmar meus nervos. Sem diminuir o passo, assumi a face da Rainha Sanguinária. Era quem esperavam, a quem temiam – e com razão. Ela tinha conquistado sua reputação ao longo dos séculos.

As vozes morreram assim que cruzei a soleira e entrei no enorme salão de reuniões. Havia muito mais criaturas do Outro Mundo aqui do que eu esperava.

Merda em dobro.

As ondas escuras do meu cabelo caíam sobre meus ombros e costas enquanto eu mantinha minha cabeça erguida. Caminhei em direção à longa mesa de obsidiana que dominava a sala. Havia cadeiras feitas da mesma pedra afiada que compunha a caverna vulcânica ao redor dela. Caldeirões altos estavam encostados às paredes, cada um deles contendo uma pequena chama.

Olhos perfuraram cada centímetro de mim, porém os que me faziam hesitar eram os que ardiam rubros: os de Kaden. Meu criador, meu amante e a única razão pela qual minha irmã estava viva. Era por causa dela que eu fazia tudo o que ele solicitava.

Kaden estava à cabeceira da mesa, com as mãos atrás das costas. Seus olhos encontraram os meus por uma fração de segundo. Ele era deslumbrante, o terno bege e branco contrastava lindamente com sua pele de ébano. Contudo, apenas os ignorantes não enxergariam o monstro que espreitava por trás de sua bela aparência.

Ouvi passos atrás de mim. Ótimo. Não fui a última a chegar. Tomei meu lugar à direita de Kaden enquanto o restante dos participantes entrava. Kaden não falou comigo nem me cumprimentou. Não que eu esperasse que ele o fizesse. Não, seu foco permaneceu em quem estava vindo e em quem não tinha aparecido. Murmúrios e sussurros morreram aos poucos depois que todos entraram. Ficaram de pé, esperando que Kaden se sentasse antes que ousassem fazê-lo.

Tobias estava à esquerda de Kaden, usando uma camisa social azul-escura e calças escuras. Girava entre os dedos a corrente de prata que tinha em volta do pescoço enquanto examinava o salão. Estava sempre atento e sempre observando. Alistair estava ao lado dele, não mais ensanguentado, vestindo uma camisa branca de botões e calças sociais. Ambos eram letais e tinham conquistado seus lugares como generais de Kaden.

Observei enquanto Alistair se inclinava e sussurrava para Tobias:

– Os vampiros enviaram um representante. Nem ele, nem seu irmão apareceram.

Olhei para onde o rei dos vampiros normalmente se sentaria e vi que Alistair estava certo. A área onde Ethan e seu povo estariam estava ocupada por quatro subalternos.

Merda triplicada.

Tobias assentiu, soltando a corrente e olhando para Kaden. As narinas de Kaden se alargaram – o único indício de sua raiva.

À direita da mesa, estava o *coven* Habrick. Pelo menos dez bruxos e bruxas estavam presentes, todos perfeitamente dispostos ao redor de seu líder, Santiago. Ele tinha tanto gel no cabelo que meu nariz ardia. Seu terno italiano era mais justo do que o vestido preto que eu usava – e era algo notável. Ele encontrou meu olhar e sorriu devagar, como se tivesse me flagrado admirando-o. Seus olhos percorreram meu corpo como sempre faziam, o que me embrulhou o estômago. Devido à sua boa aparência, ele presumia que nenhuma mulher seria capaz de resistir a ele. Estava errado e aprendeu isso ao longo dos últimos anos, em suas diversas tentativas fracassadas de me levar para a cama.

Balancei a cabeça e me voltei para encarar o salão. Mesmo com o número de criaturas do Outro Mundo que apareceram, senti que ainda não era suficiente para Kaden. Ele era o rei deles – o rei de todos os reis – e queria o que lhe era devido.

Como se tivesse lido minha mente, ele se virou para mim e ajeitou o paletó antes de me dar um aceno de cabeça majestoso.

Hora do show.

Levantei as mãos, invocando o poder que ele me concedeu. Fogo irrompeu das minhas palmas, circulando e dançando como se brincasse. Atirei as bolas de energia em direção a cada tocha. As chamas cresceram, iluminando o salão e lançando sombras nos cantos mais distantes enquanto o silêncio se abatia sobre todos os presentes.

Kaden sentou-se, e eu diminuí as chamas para uma dança calma e pulsante. Um por um, os clãs, *covens* e seus líderes se sentaram. Os olhos de Kaden varreram o salão enquanto ele tamborilava os dedos contra a mesa em um ritmo constante. Ninguém falou nada – nem mesmo uma palavra.

– Devo dizer que estou contente por aqueles que vieram. – A voz de Kaden encheu o salão.

Para alguns, ele pareceria calmo e controlado. Tudo o que eu ouvi foi ira.

– Santiago. Seu clã está adorável como sempre. – Kaden acenou com a cabeça em direção a ele, enquanto as bruxas sustentavam seu olhar, orgulhosas e poderosas. Eu as admirava, mesmo odiando seu líder. – Os devoradores de sonhos. – Kaden apontou para o clã de Baku, sentado próximo ao clã de Santiago. Os olhos deles pareciam exibir um sorriso que fisicamente não eram capazes de dar. Onde deveria estar sua boca, havia apenas uma fenda com pele se estendendo em linhas diagonais. Eram desgraçados sinistros que eu costumava evitar. Ao longo dos séculos, ouvi histórias de que alguns clãs eram realmente pacíficos e eram chamados para expulsar e devorar pesadelos. Eu tinha encontrado apenas os que inspiravam terror nos sonhos pelo preço certo.

A voz de Kaden me trouxe de volta à realidade conforme ele prosseguiu.

– As gritadoras dominadoras de mentes. – Notei as *banshees* à esquerda. Elas eram um grupo de diversas mulheres, o clã consistia apenas em mulheres. Aparentemente, o gene dependia fortemente de dois cromossomos X. Todas as presentes tinham cabelos ou muito claros, ou muito escuros e usavam blazers ou vestidos justos que gritavam riqueza, com o perdão do trocadilho.

A líder, Sasha, tinha os longos cabelos quase azulados puxados para trás, metade preso em um rabo de cavalo com o restante solto, e usava um terninho de seda com o blazer aberto. Ela tinha quase 100 anos, mas parecia estar no auge. Elas definitivamente tinham estilo, mas eu tinha visto Sasha usar aqueles gritos mortíferos em uma pessoa, fazendo com que sua cabeça se despedaçasse. Demorou semanas para tirar a massa cerebral dos meus sapatos favoritos.

– Vejo os poderosos. – Kaden apontou para as sombras, que apenas assentiram em resposta. Seus corpos não pareciam sólidos, suas formas oscilavam como fumaça. Eram um clã de assassinos e criaturas ardilosas por natureza. Um líder os controlava, e, caso eliminassem Kash, seria o fim dos assassinos. O único problema era chegar perto dele o bastante. A família, como a maioria, ascendera ao poder ao longo dos séculos, abrindo uma trilha sangrenta para quem pagasse bem. Contudo, eu admirava sua lealdade a Kaden. Tenho certeza de que várias facções pagaram Kash e sua família para ao menos tentarem atacar meu chefe apavorante, mas as sombras nunca o traíram.

−Vejo as lendárias feras selvagens. − Os olhos ainda rubros de Kaden focaram nos lobisomens. Este bando era liderado por Caleb e tido em alta conta por todo o nosso mundo. Ele ficava calado a menos que falassem com ele, mas o poder que demonstrava com apenas um olhar fazia arrepios correrem por meus braços. Seu cabelo escuro era cortado curto, sua barba bem-cuidada sombreava seu queixo. Talvez ele pudesse ensinar Santiago a arrumar o cabelo para que não ficasse uma bagunça grudenta. Dei uma risadinha, e Alistair me lançou um olhar enquanto eu tentava disfarçar com uma tosse. Eu gostava de Caleb.

Esses lobisomens não eram os típicos de filme de terror. Suas formas de lobo eram na maior parte lobo, porém,seu tamanho por si só assustaria qualquer um, fosse mortal ou não. Os machos tendiam a ser um pouco mais robustos que as fêmeas da alcateia, mas as fêmeas eram mais cruéis. Caleb mantinha sua família afastada, mas vinham toda vez que Kaden os convocava. Eram esquivos e reservados, preferiam se manter longe da política tanto quanto possível, mas estavam todos aqui.

− Quero dizer, até o Conselho mortal apareceu! − Kaden deu a Elijah e seu grupo um leve aceno de cabeça. Elijah era um homem de meia-idade com uma faixa de cabelos grisalhos nas têmporas que lhe dava um ar distinto. Ele ajustou seu terno como se fosse alguém importante em um salão cheio de monstros. Kaden tinha ajudado o político a subir na carreira, ganhando em troca um grande informante e uma fonte ainda melhor de lavagem de dinheiro.

O fogo carmesim nos olhos de Kaden ardeu quando ele se concentrou nos três vampiros sentados.

− E, entretanto, apenas alguns poucos ladrões de sangue apareceram. − O tom de voz dele era venenoso, e a atmosfera no salão ficou pesada. Todos ficaram tensos, o silêncio ressoou contra meus sentidos quando os dedos de Kaden pararam de tamborilar contra a mesa.

− Onde está seu rei? − A pergunta era uma armadilha, e eu sabia que não tinha resposta correta.

Um homem se levantou, ajeitando a gravata e o paletó e limpando a garganta.

− Senhor Vanderkai não pôde comparecer e envia suas mais sinceras desculpas. Outros têm contestado seu atual governo, e ele está lidando com isso no momento.

Kaden recostou-se na cadeira, cruzando as mãos À sua frente, enquanto encarava o vampiro. Ficou calado pelo que pareceram séculos. O homem passou o peso de um pé para o outro, e, se vampiros pudessem suar, eu tinha certeza que ele estaria suando.

− Ele parece estar tendo muitos desses problemas nos últimos tempos − comentou Kaden, por fim, com seu tom suave enquanto voltava a tamborilar na mesa. − Quando foi a última vez que ele veio? − perguntou, virando-se para Tobias.

Os olhos de Tobias estavam fixos no vampiro, um sorriso malicioso em sua face.

− Já faz um tempo, meu soberano. Meses.

Kaden assentiu, seus lábios se curvando para cima.

– Meses.

– Sim. – O cavalheiro pigarreou. – Mas o príncipe veio em seu lugar nas últimas reuniões.

– Sim, o irmão. E onde ele está?

– Ele não conseguiu vir. Ambos queriam estar aqui, asseguro-lhe, mas precisavam mesmo de uma mão forte para lidar com alguns dos problemas pelos quais estamos passando atualmente. – As palavras pareciam forçadas, como se ele soubesse o que aconteceria caso mentisse.

– Compreendo – respondeu Kaden. Ouvi respirações sendo coletivamente liberadas, a tensão diminuindo em alguns dos que estavam ao redor da mesa. Mas não para mim, nem para ninguém que de fato o conhecesse. – É difícil manter o equilíbrio, em especial entre outras pessoas em tempos como estes. Quando comparados com o que já fomos, com o que o mundo já foi, nossos números são pequenos no grande esquema das coisas. As ameaças se aproximam, e a ansiedade e o medo nos dominam. É por isso que, acima de tudo, temos que permanecer unidos. – O tamborilar parou quando ele se inclinou para a frente. – Entende o que quero dizer?

O vampiro assentiu uma vez.

– Sim. Concordo.

Mentira.

Kaden sorriu lentamente, um vislumbre branco puro e ameaçador. Ele bateu a mão na mesa, e o salão tremeu. As portas da entrada se fecharam, prendendo todos nós. A mesa se partiu ao meio, separando e empurrando todos para os lados, enquanto um vapor espesso e escaldante invadia a sala. Ninguém pulou nem se mexeu, todos permaneceram sentados. Se sentiram medo, não demonstraram. Sabiam o que estava por vir, e a coisa que Kaden odiava mais do que tudo era fraqueza. Kaden estava de pé, um rei diante de seu fosso, porque era exatamente isso que era: um fosso vazio e ecoante.

Engoli o nó que crescia em minha garganta enquanto observava, mantendo as mãos cruzadas sobre o colo. Eu conseguia ver Tobias e Alistair com sorrisos enormes iluminando seus rostos. A temperatura aumentou, lava derretida fluía no buraco no centro do salão. A fumaça se elevava enquanto bolhas vulcânicas escaldantes eclodiam na superfície.

– Vão em frente. Entrem. – Kaden acenou para os vampiros irem ao poço.

– Você é louco – cuspiu uma vampira, enquanto outra examinava o salão, procurando uma saída.

As outras criaturas não fizeram nenhuma menção de ajudar. Sabiam que a ira de Kaden não era para elas e não queriam que se voltasse contra si.

A risada de Kaden ecoou pelo salão cheio de fumaça quando ele colocou a mão no peito.

– Sou? Ou apenas não gosto de insubordinação? Dianna. – Meus olhos se voltaram para ele. – Se puder fazer a gentileza de ajudar nossos amigos.

Virei o rosto devagar para os vampiros e, mantendo meu olhar focado neles, levantei. Flexionei as mãos ao lado do corpo, enquanto andava em direção a eles. As criaturas do Outro

Mundo ficaram tensas quando passei, mas seus rostos não revelaram nada. Eu era a arma de Kaden. Eu era poderosa. Sabiam disso, e eu sabia disso. Eu era uma lâmina feita de fogo e carne.

A voz de Kaden ecoou quando ele continuou.

– Talvez eu tenha dificuldade de confiar. Veja, esta não foi a única vez que seu rei teve esses *inconvenientes*. Dado o cronograma e o que temos de realizar… – Parei ao lado de uma das vampiras, que me encarou, amedrontada. – … eu simplesmente não posso aceitar fraquezas.

Ela gritou quando a agarrei pelos braços e a puxei em direção ao fosso. Seus saltos altos atingiram minha canela algumas vezes, enquanto ela lutava contra meu aperto, mas o esforço foi breve. Empurrei-a da borda, e seus gritos duraram apenas alguns segundos quando ela caiu. Chamas arderam ao redor de seu corpo quando ela atingiu o poço de lava e foi consumida.

Outro vampiro passou correndo por mim em um esforço apavorado para fugir. Estendi o braço com uma velocidade vertiginosa. Garras surgiram das pontas dos meus dedos quando o acertei, perfurando seu ventre. Ele arquejou, e seu corpo curvou-se sobre minha mão enquanto ele agarrava meu pulso e encontrava meu olhar. Medo e pânico tomavam seus olhos quando o ergui e o atirei no fogo abaixo.

O terceiro foi muito parecido com o segundo. Ele tentou escapar, tentou lutar, mas no fim seus gritos de misericórdia ecoaram contra as paredes de obsidiana quando o lancei na lava. Passei minha mão com garras na minha bochecha manchada de sangue e caminhei até o último vampiro vivo na sala. Ele tinha desistido, sabendo que não havia saída nem para onde correr. Estava encolhido em posição fetal no chão de pedra. Agarrei-o pelas lapelas do paletó, levantando-o e virando-me para segurá-lo acima do poço.

Um brilho suave de lágrimas cobria seus olhos amarelos.

– Por favor – implorou –, eu tenho uma família.

Família. A palavra ecoou em minha mente e senti meus caninos se retraírem. A sede de sangue me tentou, implorando para que eu sucumbisse, para que eu libertasse minha fera da corrente. *Família.* A palavra era como uma pulsação, lembrando-me que aquela não era eu. Cada batida do meu coração era por ela, e lembrar que ela existia me trouxe de volta do limite da loucura. *Família.* Desta vez a palavra estava envolvida no som da risada da minha irmã, e com ela veio a lembrança.

Gabby sacudiu a cabeça, rindo de mim enquanto eu tentava e não conseguia jogar uma pipoca na boca dela.

– Você tem uma mira terrível para uma supercriatura. – Ela riu, enquanto jogava um punhado para mim.

Eu chutei, acertando-a de leve na perna.

– Ei, eu sou a assassina treinada aqui!

Ela começou a rir.

– Fala sério! Você chorou com o final de O medalhão.

– Era um filme triste. Teve um final triste. Você escolhe filmes horríveis.

Nós rimos daquele filme idiota por horas. Ficamos sentadas no sofá caro que comprei para ela de presente de formatura e fizemos uma bagunça enorme no apartamento que ela tanto amava. Sua formatura tinha sido meses antes, e eu não a via desde então.

A dor desse pensamento me expulsou da memória. Pisquei algumas vezes para o vampiro que eu mantinha suspenso acima do vazio, conforme o mundo voltava a entrar em foco. *Família*. Além da fumaça nebulosa, encontrei as chamas vermelhas idênticas dos olhos de Kaden. A mensagem não foi dita, mas ainda assim era clara. Não hesite, não pense, apenas termine – porque, se ele percebesse fraqueza em mim, também a tomaria. Sem quebrar o contato visual com Kaden, retraí as garras do pescoço do vampiro e abri a mão, deixando-o cair no fosso.

Kaden sorriu quando o homem desapareceu. Em seguida, fez com que o portal se fechasse, e a mesa se moveu com os ocupantes ainda sentados, selando-se novamente de volta no lugar. O rangido da porta atrás de mim inundou a sala agora silenciosa demais, enquanto a fumaça restante se infiltrava pelo corredor. Algumas pessoas tossiram e ajustaram suas cadeiras, a pedra raspando no chão.

Olhei para a mancha carmesim que decorava meus dedos e unhas antes de deixar as mãos caírem ao lado do corpo. Mantive minha cabeça erguida, e meus pés se moveram antes que meu cérebro registrasse o que eu estava fazendo enquanto voltava para o lado de Kaden. Alistair e Tobias estavam me observando e me avaliando, mas tomei cuidado para não demonstrar meu nojo por estar coberta de sangue. Fiquei de pé com o olhar à frente, minhas mãos cruzadas à frente do corpo.

Nenhuma fraqueza. Nunca.

– Agora que cuidou disso, por que nos chamou aqui? – Kash, o líder das sombras, perguntou. Seu sotaque era tão pesado quanto as sombras que se arrastavam atrás de seu manipulador.

– Simples. Tenho informações sobre o Livro de Azrael.

Vários arquejos e sussurros tomaram conta do salão enquanto Kaden finalmente se sentava. Alistair, Tobias e eu permanecemos de pé. Estávamos sempre alertas, destemidos e destruidores.

– Impossível – sibilou o líder dos Baku.

Houve um momento de silêncio, e depois todos começaram a falar ao mesmo tempo, concordando com o Baku, argumentando que o livro não era nada além de um mito. O som de tantas vozes elevadas era avassalador no salão de pedra. Os lobisomens eram os únicos que não falavam. Eles apenas ficaram sentados, observando e escutando.

Não me surpreendeu que o político mortal, Elijah, fosse ouvido acima do restante.

– Mesmo que esse texto seja encontrado, já se passaram milhares de anos desde a Guerra dos Deuses. Como conseguiríamos lê-lo?

– Lê-lo? – zombou Santiago. – Se for real, você sabe o que ele traz consigo.

Um silêncio se espalhou quando todos olharam para Kaden.

– O Destruidor de Mundos – declarou uma voz feminina suave vinda do canto esquerdo.

Todos se viraram para Sasha e suas irmãs. As *banshees* se mantiveram caladas desde que isso começara, quase tão quietas quanto os lobisomens. Os olhos de Sasha estavam vidrados, como se estivesse perdida em pensamentos. Somente quando alguém lhe deu um tapinha no ombro ela percebeu que havia falado em voz alta. Os longos cabelos azuis balançaram junto com a cabeça dela quando ajeitou o blazer branco e limpou a garganta.

. – Ah, sim – falou Kaden, esfregando o queixo antes de colocar as mãos sobre a mesa. – O mítico Destruidor de Mundos. A lenda. O Filho de Unir. Portador da Lâmina de Aniquilação. E onde ele está?

Ninguém respondeu.

– Exato. Ele não foi visto nem se ouviu falar dele desde que seu mundo natal, Rashearim, explodiu. Destruição que foi causada por ele, correto? Não é o que a história conta? Ele é o bicho-papão do Outro Mundo. Contos para manter todos vocês na linha.

– Não são histórias. São verdadeiras. O próprio Outro Mundo está fora do nosso alcance por causa dele, por causa deles – interveio Santiago. As bruxas que estavam com ele assentiram, permanecendo unidas. Seus olhos estavam fixos em nós, esperando que atacássemos ou fizéssemos um movimento contra elas por Santiago falar sem ser solicitado. – Os celestiais ainda caminham neste plano. A Mão ainda caminha neste plano e, se A Mão ainda existe, então, ela tem um corpo, uma cabeça. O Destruidor de Mundos é essa cabeça.

– E cabeças podem ser decepadas. – As palavras de Kaden eram venenosas.

O silêncio se espalhou mais uma vez, as palavras estavam sendo absorvidas. Senti o cheiro antes do restante: medo. Minha vida e meu tempo no mundo de Kaden não tinham sido tão longos quanto os da maioria, mas ver como temiam esse Destruidor de Mundos mais do que temiam Kaden dizia muito.

– Entendo. Todos vocês o temem. Mas ele não é o que pensam que seja, mesmo que esteja vivo. Ele não é visto há séculos. Não deem atenção às fábulas que outros construíram à sua imagem. Se era tão forte e habilidoso como dizem, onde ele está? Eu destruí centenas de sua espécie, mas ele não aparece. Ele é um covarde, fraco, ferido. Esse *Destruidor de Mundos* não é um deus como os anteriores. Ele não tem poder de verdade, mas nós temos. Eles contam suas mentiras, tentando forçá-los a engoli-las. Querem dobrá-los à vontade deles. Assim que eu tiver esse livro, governaremos, todos nós. Não estaremos mais limitados às sombras nem oprimidos por aqueles que nos consideram indignos e inferiores. A mudança ocorreu no minuto em que derramaram o próprio sangue em seu próprio mundo. E agora?

Ele ficou de pé e se inclinou para a frente com as mãos espalmadas sobre a mesa. Encontrou o olhar de cada líder, e apenas alguns se remexeram em seus assentos.

– Agora é hora de recuperar o que é nosso, o que nos foi roubado. Não tivemos escolha antes de lacrarem os reinos. Nenhuma. Quantos de seu povo estão além daqueles portais? Hein? – Ele apontou para Santiago, depois para os outros. – Ou do seu, ou do seu? Vocês se perguntam se ainda estão vivos?

Essas palavras acertaram o alvo.

– E esse tal livro? Você o tem? – perguntou o líder das sombras.

Kaden estalou a língua.

— Essa é a próxima parte. Ainda não o tenho, mas em breve. Elijah — apontou para o mortal e seu conselho — foi muito gentil fornecendo informações sobre os celestiais. Nós nos infiltramos em suas fileiras; por isso chamei todos vocês aqui. Precisamos estar unidos. Depois que eu iniciar o processo de abertura dos reinos, não poderemos ser vistos como fracos. — Ele olhou incisivamente para os assentos vazios dos vampiros. — Nem mesmo por um segundo. Preciso de todos vocês ao meu lado, e se não estiverem... — Ele olhou para o centro da mesa, deixando a ameaça pairar sobre eles.

Um por um, todos concordaram dizendo "sim" na sua língua nativa. Os lobisomens foram os últimos a falar, e eu sabia que não tinha sido a única a notar.

A água corria marrom na pia de obsidiana enquanto eu lavava o sangue coagulado, primeiro do rosto e depois das mãos. Desde que Kaden me transformou, eu limpei sangue do meu corpo todos os dias. Havia me tornado uma criatura capaz de arrancar memórias do sangue, invocar chamas em um instante e assumir a forma de qualquer fera que eu desejasse. Cada vez que precisava me alimentar, sentia-me menos mortal. Mas foi o preço que paguei pela vida dela. A parte triste? Comparado à alternativa, eu não odiava. Pela primeira vez em muito tempo, cometi um deslize. Hesitei, e ele viu.

Desliguei a água e peguei uma toalha de mão na prateleira, enxugando as manchas de sangue que ainda estavam grudadas na lateral do meu rosto. Meu reflexo me mostrou uma sombra da pessoa que eu costumava ser. Meu rosto estava mais duro agora, as linhas das minhas bochechas e mandíbula, esculpidas. A nitidez das minhas feições era atraente para todos, menos para mim. Eu me lembrava do meu rosto ser mais suave, talvez mais gentil. A borda do tecido roçou meus lábios, a suavidade carnuda que protegia caninos mais afiados que aço quando o monstro dentro de mim abria caminho até a superfície.

Eu era descrita como "bela" e "exótica". As palavras faziam com que eu me encolhesse por dentro, como se tivesse levado um tapa na cara. Eu sabia que era mortífera, cruel e letal. Por ela, por nós, permiti que Kaden me pusesse uma coleira. Tinha esculpido para ela um lugar de paz com garras e ossos quebrados, pagando por sua segurança com rios de sangue.

— *Por favor, eu tenho uma família.*

O desespero na voz dele ecoava em minha mente. Fechei os olhos bem apertados, abafando-o. Joguei o pano para o lado e agarrei as laterais da pia. Meus dedos afundaram no granito, até que senti pedaços se partindo. Por acaso não eram as mesmas palavras que sussurrei naquela noite, anos atrás? Fiquei deitada no chão, segurando a mão dela. Enquanto a sensação fria da morte tomava conta de sua pele, implorei que alguém, qualquer um, a ajudasse, a salvasse. Estava disposta a oferecer meu corpo, minha vida, minha alma, qualquer coisa, a qualquer um que respondesse.

– Está tudo bem?

Meus olhos se abriram depressa, e as íris castanho-claras me olhavam de volta, não mais aquelas brasas iridescentes. Olhei para Kaden pelo reflexo do espelho, enquanto ele se encostava na porta do banheiro, parecendo ocupar mais espaço do que devia. Ele era mais alto do que eu, o que queria dizer alguma coisa, já que eu tinha uma altura bem acima da média da maioria das mulheres. Eu não era uma coisinha fofa e delicada, como todo filme ou livro deseja. O que me faltava na região dos seios era compensado nos quadris. Era a única parte curvilínea do meu corpo. Eu era esguia, com músculos fortes e flexíveis, uma lutadora em todos os sentidos. Depois da minha transformação, treinei todos os dias com Alistair, Tobias e até Kaden. Fui espancada até desmaiar na maior parte das vezes. Demorou anos até que eu aprendesse a me defender. Kaden queria guerreiros, e logo descobri o porquê.

Ele ficou parado com os braços cruzados e uma expressão de curiosidade no rosto. Não era uma expressão de preocupação, como as pessoas normais entenderiam. Eu sabia que ele não se importava com o meu bem-estar, queria apenas que eu ainda estivesse na linha, que ainda fosse obediente.

– Estou bem, só um pouco cansada – respondi, ficando um pouco mais ereta.

Seus olhos se estreitaram ligeiramente.

– Hum.

– Quero ir ver minha irmã.

Ele se afastou do batente da porta, seus lábios se curvando em uma leve expressão de desagrado.

– Agora não.

Eu sabia que ele diria isso. Fazia meses que não via Gabby e sentia falta dela. Ele a usava como isca. Eu fazia o que ele pedia e era recompensada com visitas, mesmo que se tornassem cada vez menos frequentes.

– *Lembre-se de que amo você.*

Ela disse essas palavras pouco antes de desligarmos na última vez que nos falamos ao telefone. Droga, eu nem conseguia lembrar quando foi. Parecia que a voz dela inundava minha mente com frequência nas últimas semanas, mantendo-me aterrada e, mais importante, mantendo-me mortal.

Os passos de Kaden foram leves quando ele veio ficar atrás de mim. Observei seu reflexo se aproximar. Ele parou a alguns centímetros de distância, com o queixo apoiado no topo da minha cabeça. Afastou os fios de cabelo do meu rosto, puxando-os com delicadeza para trás. Seus dedos deslizaram pela massa sedosa como se apreciasse a sensação, e seu olhar mantinha o meu cativo no espelho.

– Você hesitou.

Ele sabia.

Sua mão direita deslizou pelo meu cabelo mais uma vez antes de chegar às pontas e passar para as minhas costas nuas.

– Tem algo que queira me dizer?

– Não pelas razões que imagina. – Mantive meus olhos nele pelo espelho, recusando-me a desviar o olhar. Assim como acontecia com um animal selvagem, caso tirasse os olhos da presa por um segundo, tudo estaria acabado.

– Ha-ham – murmurou enquanto traçava minha coluna, parando na parte inferior das minhas costas. Seus dedos mergulharam sob a costura fina do meu vestido, e eu estremeci contra ele, ainda sem quebrar o contato visual. Um pequeno sorriso suavizou a curva de seus lábios antes de ele inclinar a cabeça em direção ao meu pescoço. – Você é tão linda. – Suas palavras dançaram sobre minha pele, sua respiração acelerou o pulso que vibrava sob seus lábios. Sua língua tocou minha pele, enviando outro arrepio por meu corpo, enquanto sua mão subia mais para segurar meu seio. Ele passou o polegar pelo meu mamilo devagar, propositalmente arrancando um gemido suave de mim. Inclinei-me contra ele, mexendo meus quadris, sentindo a extensão rígida dele pressionada contra minha bunda.

Seus lábios percorreram do meu pescoço até meu queixo, traçando uma trilha escaldante.

– Você pertence a mim. Você é minha em todos os sentidos. – Ele beijou e mordiscou cada lugar que tocou. – Está entendendo?

Assenti com a cabeça e a deixei cair para trás sobre seu ombro, permitindo-lhe melhor acesso. A linha tênue entre o prazer e a dor sempre provocava uma resposta minha, e ele sabia disso. Ele estendeu a mão livre e agarrou meu cabelo, pendendo minha cabeça para o lado. Em seguida, inclinou-se para mim, empurrando-me com mais força contra a pia, sem deixar espaço para que eu escapasse. Meus olhos se abriram quando senti o toque de garras contra o contorno do meu peito. Ele abriu os olhos e beijou a curva da minha orelha. Seu olhar vermelho ardente me penetrou, enquanto ele arrastava as garras afiadas até o meio do meu peito.

– Mas não posso aceitar fraqueza, nem mesmo vinda de você. Não agora, não quando estamos tão perto. Entende?

Balancei a cabeça enquanto suas unhas arranhavam minha pele. Ig'Morruthens eram fortes e quase impossíveis de matar – quase. Todos nós tínhamos uma fraqueza, uma coisa capaz de nos destruir. O truque era tentar descobrir antes que lhe despedaçássemos. Fui decapitada, perdi membros que voltaram a crescer e até tive meu pescoço quebrado, mas nada disso me matou. A única coisa que não tinha sido destruída era meu coração. Então, por eliminação, deduzimos que eu morreria caso meu coração fosse retirado do meu corpo. Meu estúpido coração mortal era minha fraqueza.

– Sim – respondi com os dentes cerrados –, eu sei disso.

Os dedos dele pressionaram com mais força, afundando em meu peito. Eu não gritei. Não daria essa satisfação a ele.

– Então, por que hesitou? – Sua voz era um sussurro ofegante em meu ouvido.

Minta.

Eu não podia lhe contar o verdadeiro motivo. Se ele pensasse por um segundo que eu priorizava alguém acima dele ou de sua causa, acabaria comigo aqui e agora.

– Porque – sibilei – ele tem uma família. Ao matá-lo, você está apenas criando mais inimigos para si mesmo. – Ofeguei mais uma vez, tentando respirar através da dor. – É uma complicação quando você está tão perto.

Ele sustentou meu olhar pelo que pareceu uma eternidade antes de seus olhos voltarem ao tom castanho e ele soltar meu cabelo. Senti seus dedos deixarem meu peito e sua mão deslizando para fora do meu vestido. Ele agarrou meus quadris e me girou para encará-lo tão depressa que quase caí para o lado.

Seu corpo pressionou o meu enquanto ele se inclinava para a frente.

– Você se importa comigo?

– Sim. – Estendi a mão, esfregando-a no peito. A pele havia cicatrizado, mas a mancha úmida de sangue tingiu meus dedos.

Não era uma mentira completa. Eu me importei com Kaden no começo, até que algumas centenas de anos arranjando justificativas para seu comportamento se tornaram cansativas. Ele nunca tinha compartilhado seus segredos comigo, mas eu sabia que havia partes de Kaden que estavam profundamente feridas e senti pena dele. Kaden nem sempre era tão vil quanto parecia. Houve momentos – fragmentos, ao menos – em que pude ver algo mais profundo dentro dele. Algo em seu passado o tornara cínico, frio e cruel. Portanto, sim, eu me importava com ele, mas nunca foi amor. Não era como aqueles filmes idiotas que Gabby insistia em me fazer assistir. Não era a emoção sobre a qual os poetas escreviam em sonetos ou a forma como a literatura descrevia, mas eu me importava. Nunca me livraria de Kaden, e, mesmo dessa forma limitada, me importar tornava mais fácil ficar.

Seus lábios roçaram minha bochecha.

– Que bom. Não hesite de novo.

Balancei a cabeça, minhas mãos ainda segurando o tecido do meu vestido. Kaden ainda me mantinha presa entre a pia e seu corpo firme.

– Deixe-me ir – sussurrei. Era um pedido e uma exigência silenciosa, que queria dizer mais do que onde me tinha agora. Um sonho com o qual eu sempre sonhava quando a natureza violenta e combativa da minha vida se tornava pesada demais. Um que eu sabia que nunca seria concedido. Eu ansiava por uma vida fora disso. Uma vida com minha irmã. Uma vida na qual eu era amada e poderia ser amada. Apenas uma vida. Mas eu sabia a resposta antes mesmo que ele a desse e sabia, sem sombra de dúvida, que ele estava falando sério.

Kaden se recostou, seus olhos dançando sobre meu rosto antes de levantar meu queixo, forçando-me a encontrar seu olhar.

– Nunca.

III
Dianna

Eu estava voando pelo ar fresco da noite, bem acima das nuvens, acima da civilização, acima de tudo. Asas negras e elegantes batiam contra a corrente, impulsionando-me adiante. Uma das minhas coisas favoritas em ser Ig'Morruthen era a capacidade de me transformar em qualquer criatura ou pessoa que eu quisesse. Kaden me contou que a habilidade vinha dos antigos, que eram capazes de assumir qualquer forma que desejassem. Alguns podiam se transformar em criaturas magníficas e aterrorizantes, tão grandes que bloqueavam o Sol. Não tinham o renomado sangue real, mas eram deuses por si mesmos. Eram temidos e respeitados. Bem, foram, até que a Guerra dos Deuses os exterminou.

As estrelas dançavam acima de mim e em todas as direções. Bati minhas asas com mais força, subindo em direção a elas. Cercada por tanta beleza, imaginei o que aconteceria se eu simplesmente continuasse avançando. Senti verdadeira liberdade naquele momento e me deleitei com ela, desejando que nunca acabasse.

A forma que assumi era uma que Kaden me mostrou séculos atrás e uma das minhas favoritas. Os mortais reconheceriam a fera como uma serpe. Era semelhante ao dragão mítico, mas eu era bípede nesta forma, ao contrário daquelas feras de quatro patas cuspidoras de fogo. Minhas mãos e braços tinham se alongado, formando as enormes asas. Chifres e escamas cobriam o topo da minha cabeça, terminando em pontas finas e afiadas. Minha pele era mais espessa nessa forma e coberta por placas blindadas e escamosas. Uma longa cauda com ponta de navalha balançava atrás de mim enquanto eu mergulhava e dançava entre as nuvens.

As estrelas eram minha única companhia, e eu saboreava a solidão. Fechei os olhos e estendi as asas o máximo possível, correndo com o vento. O lado positivo das conexões mortais de Kaden era que eles não atirariam em uma fera voadora que cospe fogo. Então, por enquanto, eu estava em paz. Eu não era Dianna, a rainha da morte que manejava o fogo, ou Dianna, a irmã amorosa e atenciosa. Eu simplesmente era.

— *Traga-me a cabeça do irmão.*

A realidade se intrometeu quando a voz de Kaden ecoou pelo meu subconsciente, e a memória da noite anterior passava como um filme atrás das minhas pálpebras fechadas.

Kaden levantou-se da cama e pegou suas roupas, vestindo-se rapidamente. Ele nunca ficava, nunca me abraçava – nem mesmo uma vez.

Ele parou à porta, com a mão na maçaneta, e se virou para me olhar.

– E, Dianna, faça um estrago. Quero mandar uma mensagem.

– Como quiser – respondi enquanto me sentava, puxando os lençóis para mim. Kaden não falou mais nada ao sair do quarto. A batida da porta ecoou por toda a casa vulcânica. Cobri meu rosto com as mãos e fiquei ali por mais alguns minutos.

Ele não tinha apenas me pedido para trazer-lhe a cabeça de um príncipe. Não, estava me pedindo que matasse um amigo. Drake era um dos poucos seres em que eu confiava totalmente. E eu sabia, sem qualquer dúvida, que não tinha escolha.

Meus olhos se abriram, e me concentrei em impulsionar meu corpo aerodinâmico mais rápido pelo céu noturno. Com cada batida poderosa de minhas asas, deixei de lado meus sentimentos, trancando-os mais uma vez.

Senti o cheiro da água do Mar de Naimer antes de vê-lo. A música e os sons de uma cidade vibrante logo encheram meus ouvidos, informando-me que eu estava perto. Tirin era uma bela cidade no coração de Zarall e, atualmente, propriedade do Rei Vampiro. Na verdade, todo o continente de Zarall pertencia a Ethan Vanderkai, Rei Vampiro e sexto filho da linhagem real. Cada vampiro originado do hemisfério oriental até o ocidental estava sob seu domínio, mas não era ele quem eu procurava naquela noite. Não, eu estava ali por causa de seu irmão, o Príncipe Noturno, Drake Vanderkai.

Kaden tinha me apresentado a muitos seres ao longo dos séculos, e havia bem poucos que eu chamaria de amigos, mas Drake era diferente. Eu de fato considerava que éramos amigos. Sua família tinha trabalhado em conjunto com Kaden por anos. Estavam envolvidos em quase tudo, por isso muitas vezes sabiam como obter os artefatos e itens que ele procurava. Essa era a principal razão pela qual Kaden estava tão irritado. Ele desejava aquele livro e sabia que seriam de grande ajuda para encontrá-lo, entretanto eles tinham parado de comparecer às reuniões.

A princípio, Ethan enviou Drake em seu lugar. Eu não tinha me importado. Era bom ter alguém com quem conversar, rir e não ficar em guarda o tempo todo. Mas depois Drake parou de vir, e esta última vez foi demais para Kaden. Ele queria sangue – e o que Kaden queria, eu fornecia.

Eu sabia que era outro teste para minha determinação. Quando hesitei na frente de Kaden, sua mente paranoica presumiu que eu estava vacilando. Eu tinha que mostrar a ele que não, independentemente da minha amizade com Drake. Não podia arriscar minha reputação e posição. Se alguma delas fosse questionada, colocaria *ela* em risco. Isso era inaceitável; desse modo, eu provaria minha lealdade, começando por Drake.

Mergulhei sob as nuvens, concentrando-me no vale abaixo. Luzes multicoloridas estavam espalhadas pela terra, refletindo as estrelas acima. As pessoas aproveitavam a noite, e os sons de vozes, buzinas de carros e música flutuavam até mim no ar agradável. Feixes de luz branca intensos eram faróis chamando todos os que estavam dispostos a ir para o centro da cidade. Havia uma festa naquela noite, como todas as noites, e eu estava me dirigindo para o coração dela.

O oceano dançava à minha esquerda, com ondas suaves tocando a costa, enquanto eu sobrevoava as montanhas. Planei ao redor de um penhasco vizinho antes de puxar minhas asas para trás devagar, batendo-as contra o ar para diminuir a velocidade da minha descida. A música abafava qualquer som que elas faziam, e os mortais estavam bêbados e ocupados demais para me notar.

Uma fumaça escura me envolveu quando eu mudei de forma no ar e caí na rua. Pousei agachada, e várias pessoas saltaram para sair do caminho. Elas derramaram suas bebidas e gritaram comigo para que eu olhasse para onde estava indo. Ignorei-as e ajustei minhas duas tranças grossas para que ficassem sobre meus ombros.

As luzes variavam do prateado ao vermelho e ao dourado quando cheguei ao centro da cidade de Tirin, chamado Logoes. Era um bairro popular, conhecido pela sua beleza e pelos monumentos históricos, porém mais renomado por sua vida noturna. Tudo o que se poderia desejar ou precisar estava disponível em Logoes, com inúmeros bares, botecos e salões de luxo. Turistas e moradores se dirigiam até lá para relaxar e se divertir sem saber o que despertava quando a Lua surgia no céu.

Atravessei a multidão com facilidade, parecendo apenas mais uma mortal saindo à noite com minha regata preta, calças de couro e sapatos de salto alto. Levei apenas alguns minutos para chegar ao meu destino. A boate ficava no coração de Logoes, e uma longa fila de pessoas esperava para passar pela enorme entrada. O letreiro de neon vermelho acima da porta lançava um brilho escarlate em tudo. Aquele era um dos lugares favoritos de Drake – algo que ele possuía e que não era de seu irmão.

Os mortais xingaram e gritaram quando os empurrei para chegar à entrada da boate. Seguranças idênticos cruzaram os braços e se moveram para formar uma parede diante de mim. Eles eram do tipo excessivamente musculoso, ideal para intimidar as pessoas – em geral, as bêbadas e estúpidas – e impedi-las de tentar entrar. Um tinha a cabeça raspada com tatuagens decorando a nuca, e o outro ostentava um longo rabo de cavalo com *dreadlocks*. Seus olhos brilharam dourados quando me reconheceram, mas não lhes dei chance de se moverem.

– Sinto muito por isso, mas ele deveria ter aparecido.

Bati minhas mãos contra seus peitos, forçando-os a recuar. Um fogo irrompeu onde minhas palmas os tocaram, e seus corpos se transformaram em cinzas antes de atingirem o chão.

As portas se abriram, quebrando-se em mil pedacinhos quando entrei. Atrás de mim, as pessoas na fila gritaram e correram para preservar suas vidas. A multidão lá dentro nem percebeu, continuou a dançar e girar uns contra os outros.

O interior da boate era maior do que parecia do lado de fora. Luzes amarelas, azuis, rosa e vermelhas dançavam nas paredes. A pista de dança separava a cabine do DJ do grande bar circular que ocupava o meio da sala. As pessoas gritavam com os barmen, tentando ser ouvidas por cima da música.

Eu tinha dado um passo em direção ao suave brilho vermelho na parte de trás da boate quando um objeto duro se chocou contra minha nuca. Estremeci, mas meu corpo não se moveu. Outra vantagem de ser Ig'Morruthen era que nossos ossos eram mais grossos, o que significava que era mais difícil nos deixar inconscientes. Eu me virei e vi outro vampiro segurando uma arma com uma expressão de completo choque no rosto. Ataquei com um braço, abrindo um buraco nele e incinerando os restos mortais.

Isso chamou a atenção de todos. Uma mulher perto de mim gritou, e os olhos dos vampiros na multidão reluziram amarelos, suas presas se estenderam quando se viraram para mim.

Seria uma longa noite.

Meus sapatos encharcados de sangue faziam barulho enquanto subia as escadas. Eu estava coberta de cinzas, sangue e provavelmente das vísceras de mais de um ser. Parei no topo da escada, examinando o grande salão. Havia vários sofás pretos encostados na parede dos fundos, com cadeiras combinando e pequenas mesas espalhadas pela área. O espaço era escuro, com luzes vermelhas nos cantos. Havia um bar menor ali, mas só servia o tipo de bebida que as criaturas do Outro Mundo desejavam. Estava vazio, exceto por aquele atrás do qual eu viera.

Os vampiros da realeza sempre me provocavam arrepios. Seu poder era tão antigo que meus sentidos não sabiam como compreendê-lo. Apenas quatro famílias de vampiros tinham poder suficiente para herdar o trono, e uma tinha virado pó antes de eu ser criada. As três restantes se odiavam e tinham lutado ferozmente por uma chance de governar. Os Vanderkai venceram e já estavam no poder havia algum tempo. A vitória deles se devia, em grande parte, a Kaden, mas isso não significava que eles eram seus lacaios. Quanto mais velhos ficavam, mais poderosos se tornavam, e poder era tudo que eu sentia vindo da parte de trás do salão.

Caminhei em direção à fonte, parando para me apoiar na extremidade do bar curvado, enquanto nossos olhares se encontravam. Os olhos dourados fixaram-se nos meus, mas nenhum de nós falou. Passei o braço na testa, mas só consegui espalhar mais sangue pelo meu rosto. Ele deu uma tragada profunda no charuto, a brasa vermelha na ponta ardia. Estava recostado em um dos grandes sofás com um braço apoiado no encosto. Parecia não ter nenhuma preocupação no mundo e não estar incomodado com a carnificina que eu havia infligido lá embaixo.

Outra tragada no charuto iluminou a lateral de seu rosto, e o brilho destacou os cachos escuros cortados rente ao couro cabeludo. Drake era um predador lindo, e o marrom rico de sua pele reluzia, atraindo os incautos a tocá-lo. Era outra vantagem do vampirismo. Tudo neles era projetado para atrair suas presas.

— Está com uma aparência péssima. — Ele deu outra tragada no charuto e cruzou as pernas.

Cerrei os punhos.

– Por que você não apareceu? E não me dê desculpas esfarrapadas sobre problemas ou inimigos com os quais tem que lidar.

Drake não falou nada, o que apenas me irritou ainda mais. Dei um passo à frente, depois outro. Ele bateu o charuto na bandeja de prata na mesa ao seu lado.

– Kaden está tentando abrir os reinos, Drake. Significa liberdade para nós, para a nossa espécie. Não se preocupar mais com os celestiais ou com A Mão. Por que você e Ethan de repente são tão contra isso?

Seus olhos examinaram os meus por um segundo, procurando algum sinal de que eu estivesse brincando, mas apenas dor aflorava em minha voz.

– Ele tem razão. Eu gostaria de não ser caçado, minha família ou eu, mas as crenças dele estão obscurecidas. – Ele se levantou, desabotoando a jaqueta e tirando-a com cuidado. – Ethan não vai segui-lo, nem eu. Ele é um tirano, Dianna. Não importa o quadro bonito que ele pinte.

Fechei os olhos com força, tentando conter as lágrimas.

– Você sabe que não pode falar assim. Sabe o que significa.

– Eu sei. – Sua voz era apenas um sussurro e de repente estava mais próxima agora. Abri os olhos e não fiquei surpresa ao encontrá-lo a poucos centímetros de distância. Ele ergueu a mão, afastando do meu rosto os cabelos soltos que haviam escapado das minhas tranças. – E será você, a linda arma dele, quem vai me executar? Meu irmão? Nossa família também?

A parte de mim que ainda era boa gritou para que eu parasse quando o agarrei pelo pescoço, mas não tinha escolha. Ele não lutou quando eu o ergui e o atirei contra a parede dos fundos. Fios soltaram faíscas no grande buraco feito por seu corpo, e vários quadros caíram no chão quando o prédio estremeceu com o impacto. Poeira e detritos tomaram o ar enquanto a parede desmoronava.

– Você sabe o que acontece agora. Você sabia, quando enviou repetidamente outras pessoas para as reuniões, o que Kaden faria e como reagiria. Ele jamais ia tolerar sua desobediência, Drake! – gritei.

Duas lâminas voaram do buraco, vindo direto até mim. Com um tapa, afastei uma ainda no ar, e a outra passou zunindo ao lado da minha cabeça. Mas elas não foram enviadas para matar, apenas para distrair. Perdi o ar quando ele avançou sobre mim, me jogando no chão. Nós dois nos chocamos contra o bar, que se despedaçou em cacos de madeira e vidro.

– Quando ele voltar, precisa ter certeza de que está do lado certo. Você acha que esse livro que Kaden quer não vai iniciar outra guerra imensa? – retrucou ele, enquanto me prendia no chão. Segurou meus braços cruzados contra o peito com um joelho na minha barriga.

– Ah, não pode estar falando sério! Você também? Ele não passa de uma lenda, mas você condenou toda a sua família por isso? São histórias, Drake, histórias para nos manter na linha. Todos eles morreram. Os velhos deuses estão mortos. A Guerra dos Deuses, lembra? Tudo o que resta são os celestiais e A Mão; só isso.

– Deuses, ele a tem tão sob controle! – Ele esmurrou meu rosto, jogando minha cabeça para o lado.

Fingi um breve momento de inconsciência e, ao senti-lo relaxar, acertei sua virilha com meu joelho. Ele cambaleou para a frente, e libertei meus braços, atirando-o longe de mim. Fiquei de pé, mas ele já havia se recuperado quando me levantei. Estava parado com os punhos no ar e um largo sorriso no rosto.

Meu peito se apertou. Drake foi quem me fez sorrir quando eu era recém-transformada e estava lidando com o fato de que não tinha mais minha liberdade ou mortalidade. Ele não era apenas meu amigo, também era amigo de Gabby. Sempre estivera presente quando eu precisava dele, e agora eu tinha que matá-lo, porque ele e Ethan decidiram mudar de lado. Eu não tinha escolha, o que só me irritou ainda mais. Levantei minhas mãos em resposta às dele, cerrando-as em punhos antes de abaixá-las.

– Eu não quero fazer isso. – Minha voz falhou, mas não me importei. Eu não me importava se ele visse isso como uma fraqueza.

Ele baixou os punhos, sua expressão suavizando.

– Então, não faça. Você é uma das minhas melhores amigas, Dianna. Não quero lutar contra você. Você é tão forte quanto ele, se não mais. Fique comigo, conosco. Podemos ajudar e proteger um ao outro.

Sorri suavemente, sabendo que ele estava sendo sincero. Em seguida, eu estava bem na frente dele. Seus olhos se arregalaram enquanto sua boca se abriu uma, depois duas vezes. Ele olhou para meu punho alojado em seu peito. Fechei os dedos ao redor de seu coração e o senti pulsar. Sua vida estava na palma da minha mão.

– Eu disse que não queria. Não que não faria.

Ele sorriu para mim quando suas mãos tocaram meu pulso.

– É melhor morrer pelo que se acredita que é certo do que viver sob uma mentira.

Continuei encarando-o enquanto manifestava as chamas na minha mão. Seu corpo se incendiou de dentro para fora, mas seu sorriso não vacilou. Era o mesmo sorriso que tinha me consolado quando os pesadelos se tornaram demais. O mesmo sorriso que curvava seus lábios quando ele me contava piadas, me fazendo rir, mesmo quando eu tinha vontade de morrer. Observei com horror contido o mesmo sorriso capaz de iluminar uma sala desaparecer para sempre.

Fiquei parada ali por não sei quanto tempo, com a mão ainda estendida e cheia do que restava do coração do meu amigo. Um toque alto e animado encheu a sala, e achei estranho que ainda estivessem tocando música mesmo que a boate tivesse sido destruída. Depois senti a vibração em meu quadril e saí do torpor. Limpei as mãos na calça jeans e tirei o telefone do bolso.

– Pode ir ver sua irmã agora.

Examinei as ruínas da sala, meu olhar se fixou na câmera montada no alto da parede. Kaden tinha visto tudo. Balancei a cabeça uma vez em direção a ele e desliguei o telefone antes de desaparecer dos destroços.

IV
Dianna

Tomei forma no meio do apartamento da Gabby. A fumaça preta que acompanhava o teletransporte se dissipou quando deixei cair minhas malas no chão com um baque alto. Eram oito da manhã naquela parte do mundo. Eu tinha verificado antes de sair apenas para garantir que ela estaria em casa.

— Gabby! – gritei, jogando minhas mãos para o alto. – Sua irmã favorita e única está aqui!

Normalmente, minhas aparições aleatórias resultavam em gritos e abraços, mas desta vez apenas o silêncio me cumprimentou. Olhei em volta, notando o novo sofá de canto branco e a mesa de vidro cheia de revistas. Vários quadros artísticos decoravam as paredes brancas. Gabby tinha renovado seu estilo, mas isso não era incomum. Ela gostava de decorar. As flores na ilha da cozinha chamaram minha atenção, e meus olhos se estreitaram quando fui em direção à dúzia de lírios variados. Eram os favoritos de Gabby, e não precisei ler o cartão para saber quem os havia dado a ela.

Um sorriso lento curvou meus lábios quando me virei e fui em direção ao quarto dela. Abri a porta e acendi as luzes, observando as roupas espalhadas pelo chão. Uma calça masculina estava jogada sobre a cadeira, e um par de sapatos de salto alto meu estava largado no tapete de pele falsa junto à cama dela.

— Ora, ora, ora, isso explica por que você não respondeu minhas mensagens de texto! – proclamei em voz alta, colocando as mãos nos quadris.

Isso chamou a atenção dela.

Gabby se levantou de um salto, puxando o lençol contra o peito enquanto seu amante se virava para me encarar com olhos turvos por cima do ombro. O cabelo volumoso e bagunçado confirmou a identidade do homem que dividia a cama com minha irmã.

Um sorriso de alegria curvou meus lábios.

— Mentira que você finalmente deu uma chance pro Rick Roludão?

— Dianna! – Gabby pegou um travesseiro e jogou em mim. – Sai já daqui!

Eu o desviei com um tapa e ri enquanto fechava a porta do quarto dela.

Diplomas. Havia tantos diplomas. Fiquei na sala observando os diplomas que Gabby havia obtido na Universidade de Valoel. Ela tinha uma vida agora, e eu não poderia estar mais feliz. Tinha obtido o título mais alto que se podia obter na área da saúde. Gabby sempre adorara ajudar as pessoas, assim como nossa mãe. Ela era a luz e a esperança da família, enquanto eu era a escuridão e a destruição.

A porta do quarto de Gabby se abriu, e ela saiu, seguida de perto por Rick. Vê-la feliz fez com que tudo que sofri e suportei valesse a pena. Ela deu uma risadinha com algo que Rick sussurrou para ela e deu uma piscadela sedutora por cima do ombro enquanto os dois avançavam pelo corredor. Gabby usava um roupão azul amarrado com firmeza em torno de seu corpo pequeno, o cabelo ainda levemente emaranhado.

– Prazer em ver você de novo, Dianna – cumprimentou Rick, com um leve rubor nas bochechas enquanto acenava.

Rick Evergreen. O médico residente estava atrás da minha irmã desde que ela se mudara para a ensolarada Valoel há alguns anos. Eu o havia encontrado algumas vezes quando visitei Gabby no trabalho. Minhas visitas tinham se tornado poucas e espaçadas, e meu coração sofria com esse fato. Quanto da vida dela eu perdi dessa vez?

– Rick. Quanto tempo! Você está com uma cara boa. – Deixei a última parte pairar no ar, sem desviar meu olhar do dele. O cheiro dele mudou, e eu sabia que ele me temia. Seus instintos mortais primitivos o alertavam para o perigo, embora ele não soubesse por quê.

– Alguns meses, pelo menos. – Ele me deu um pequeno sorriso, e sua garganta oscilou quando ele engoliu em seco.

Gabby balançou a cabeça diante da interação, já acostumada com meus modos dominadores. Ela gentilmente segurou o braço dele e o conduziu até a porta.

– Você vai se atrasar para o trabalho.

Observei os dois sorrirem um para o outro como se nada mais importasse. Rick se inclinou para a frente, beijando-a suavemente uma última vez antes que ela abrisse a porta. A expressão dela estava iluminada de amor e alegria enquanto ele saía. Antes de fechar a porta, ela acenou e prometeu ligar para ele mais tarde.

Uma dor surda se formou em meu peito, e desviei o olhar enquanto minha garganta se apertava. Eu ansiava por ter a forma mais simples disso, mas havia desistido de qualquer chance de normalidade havia séculos. Abri mão disso quando troquei uma vida por outra.

O gritinho feliz de Gabby me tirou daquelas lembranças sombrias. Ela correu até mim e praticamente me derrubou com um abraço.

– Ai meu Deus, Di! Senti tanta saudade! – sussurrou contra meu cabelo enquanto eu ria.

– Também senti saudade. – Retribuí seu abraço com força. Era bom ser abraçada e não me preocupar se meu coração seria arrancado.

Ela se afastou, e seus olhos brilhavam enquanto sorria.

– Quanto tempo você consegue ficar desta vez?

Era a verdade implícita das minhas visitas. Eu ficava o tempo que Kaden permitisse. Dei de ombros.

– Não tenho certeza, mas vamos aproveitar ao máximo?

– Está bem. Então, vamos tomar café da manhã?

Assenti com um gesto e dei a ela um sorriso brilhante. Gabby se virou e foi até a cozinha. Eu a segui e me sentei na banqueta mais próxima da longa ilha. Ela abriu a geladeira, tirando uma variedade de itens antes de se virar para a cafeteira. Apoiei o queixo em uma das mãos enquanto ela ficava na ponta dos pés para pegar duas canecas.

– Gostei da paleta de branco e marrom que você escolheu para o apartamento. A cozinha está incrível.

– Obrigada, na verdade é nova. Rick gostou do acabamento em mármore, embora eu tenha dito a ele que não precisava de um *upgrade*.

Minha sobrancelha se elevou quando me inclinei sobre o balcão, provocando-a.

– Ah, então agora ele compra coisas para o seu apartamento?

Seus olhos encontraram os meus por cima do ombro enquanto ela colocava o pó de café na cafeteira e a ligava.

– Bem, ele tem ficado aqui ultimamente.

– O quê?! – ofeguei. – E você não me contou?

– Você não é a pessoa mais fácil de contatar.

Uma pontada apertou meu peito, roubando-me a animação. Afundei na cadeira e remexi meus dedos. Gabby olhou para mim, percebendo a mudança repentina no meu humor.

– Não faz muito tempo, Rick e eu. – Ela voltou para o fogão, enfiou a mão em um armário e tirou uma panela. – Tivemos alguns encontros, então ele aos poucos começou a ficar aqui.

Forcei um sorriso, encontrando seu olhar enquanto ela preparava o café da manhã.

– Estou feliz por você. Só estranhei porque, da última vez em que conversamos, vocês dois ainda estavam naquela onda de – parei, fazendo aspas no ar – "não gostamos um do outro".

Ela quebrou um ovo na frigideira e aumentou um pouco o fogo.

– Di, já se passaram meses desde que você me visitou. As coisas mudam.

Aqueles meses nos quais Kaden fez com que eu e os outros procurássemos aquele livro pelo qual ele estava obcecado. Já tinham se passado meses desde que eu tinha tido *permissão* para passar um tempo com a única pessoa no mundo que me amava. Meses. A palavra ficou no ar por mais um momento antes de eu sacudir minha cabeça.

– Bem, é bom saber que ele não está mandando flores apenas para transar com você. – Eu sorri, mas Gabby apenas me deu um sorrisinho e balançou a cabeça. Ela me conhecia muito bem. Sabia que eu apelava para piadas e humor quando meus sentimentos se tornavam reais demais.

– Sabe, Di, os homens às vezes fazem coisas boas só porque gostam de você. Não tem que ser sexual. – Ela se virou, segurando a espátula contra o peito, fingindo um suspiro e colocando na testa as costas da mão livre enquanto zombava de mim. – Até flores.

– Eu não tenho como saber. – As palavras saíram dos meus lábios antes que eu percebesse o que estava dizendo. Eu odiava quando Gabby se preocupava comigo e sabia que esse comentário por si só a irritaria.

Seus ombros se encolheram enquanto ela mexia os ovos na frigideira antes de pegar um pouco de pão e começar a torrar. Ela não disse nada, mas senti sua raiva de onde eu estava.

– Gabby.

– Eu só... eu o odeio.

Levantei, fui até a geladeira e tirei o bacon.

– Eu sei, mas você não precisa gostar dele. Seja como for, ele é a razão pela qual ainda tenho você.

Ela fez uma pausa, colocando as mãos na bancada mais próxima antes de se virar para mim.

– Estou aqui porque você desistiu da sua vida em troca da minha.

– O que eu não poderia ter feito sem ele.

– Eu odeio que ele use isso contra você. Que você tenha que fazer tudo o que ele manda por minha causa.

Eu a virei para me encarar. Minhas mãos estavam firmes em seus ombros quando encontrei seu olhar e sorri.

– Eu não me arrependo, nunca me arrependi e nunca vou me arrepender. Eu sabia o preço quando pedi e prefiro atender a todos os chamados dele feito um cachorro na coleira do que perder você.

Ela sorriu suavemente.

– Eu sei. Apenas me preocupo com você. O que andou fazendo esse tempo todo? Onde esteve?

– Sinceramente? – perguntei, recuando. – Em todos os lugares. Kaden acha que está perto de encontrar o Livro de Azrael.

– O quê? – Os olhos dela praticamente saltaram das órbitas. – Quer dizer *aquele livro*? Aquele que ele está procurando há um tempão?

– Sim. Mas, a esta altura, não acho que seja real. Quero dizer, como pode ser se ele ainda não o encontrou? Ele é milenar, para dizer o mínimo, e não é como se a guerra tivesse acontecido ontem.

Ela deu um passo para trás, balançando a cabeça ligeiramente.

– Sempre achei que um livro como esse ficaria bem trancafiado.

– Então, quanto a isso...

Ela ligou o forno para preaquecer antes de se virar para me olhar.

– Dianna.

Peguei uma assadeira e papel-manteiga. Ela observou quando comecei a colocar as fatias de bacon na assadeira.

– Então, lembra que eu falei que os celestiais têm uma espécie de sistema de classes?

– Dianna. O que você fez?

– Não foi o que *eu* fiz exatamente, mas Alistair…

Ela colocou uma mão no quadril enquanto levantava a outra e esfregava o rosto.

– Ai, deuses.

– Creio que possamos ter encontrado um caminho para entrar em Arariel, o que significa que podemos chegar perto d'A Mão, o que quer dizer que estaremos mais perto desse livro que ele pensa que existe.

– E se existir? O que é capaz de fazer?

Dei de ombros, passando por ela mais uma vez para pegar as canecas que ela tinha separado. Servi um pouco de café para cada uma de nós e disse:

– Honestamente, não sei. Kaden diz que é a chave para abrir reinos. Ele quer normalidade para nós. Quer que vivamos em um mundo onde não sejamos mais oprimidos pelos celestiais nem vivamos com medo d'A Mão.

– "Oprimidos"? – Eu me virei e percebi sua expressão chocada. – Pessoas seriam feridas?

– Gabby, você sabe que eu jamais deixaria qualquer coisa acontecer a você.

– Eu sei disso, mas e todo mundo, Di? Se esse livro supostamente cria normalidade para ele e sua espécie…

– *Nossa* espécie – interrompi, levantando uma sobrancelha. – Eu sou tão de Kaden quanto você.

– Não. Não preciso de sangue e não preciso comer pessoas para ter poder.

As palavras pairaram entre nós. Gabby estava certa. Ela não precisava se alimentar como todos nós, mesmo que minha dieta ultimamente não fosse mortal. Gabby era diferente; ela era a coisa mais próxima de um mortal com uma vida imortal. Eu perguntei a Kaden, depois que ele nos transformou, por que Gabby não era como Tobias, Alistair ou eu. Ele respondeu que ela estava tão perto da morte, que as partes que nos formavam ficaram mais fracas nela. Ela viveria mais, mas não seria capaz de se transformar em qualquer coisa que quisesse e não tinha os impulsos que nós tínhamos.

Gabby era diferente, mas muito melhor que qualquer um de nós. O único poder que ela parecia ter era uma espécie de empatia. Essa era a única maneira como eu conseguia descrever. Ela conseguia acalmar qualquer pessoa e curá-la de certa forma. Sua voz apaziguava, seu toque trazia conforto, e sua presença por si só parecia fazer com que até o paciente mais irado se acalmasse. Ela não era um monstro como nós. Não, ela era um anjo nascido da escuridão mais brutal.

– Gabby, não há nada com que se preocupar. O livro não existe. Já se passaram séculos desde a Guerra dos Deuses e a queda de Rashearim. Não sobrou nada, não importa no que Kaden acredite.

Ela sustentou meu olhar por um momento, com a expressão preocupada nunca deixando seus olhos âmbar.

– Espero que você esteja certa, Di. Espero mesmo.

Eu sorri suavemente.

– Ei, eu sou a irmã mais velha, lembra? Sempre cuidei de nós e sempre vou cuidar. Além disso, estou sempre certa.

Ela bufou, revirou os olhos e tomou um gole de café.

– Então, quanto a Rick – falei, olhando para ela pelo vapor que saía da minha xícara enquanto eu tomava um gole.

– Ai, deuses, e lá vamos nós – disse ela.

– Sou totalmente a favor de diversão pelada e alegre, mas você sabe que é temporário, certo? Quero dizer, estou superfeliz que você finalmente esteja transando, mas não quero que isso termine como aquele cachorrinho que você adotou anos atrás. Ele viveu uma vida longa e feliz e morreu de velhice, mas ainda assim você chorou por quase seis anos.

Ela me deu as costas quando o forno apitou, alertando-nos de que estava pronto para qualquer prato delicioso que Gabby estava prestes a preparar para o café da manhã. Ela abriu a porta da geladeira e se inclinou para pegar alguns itens.

– Primeiro, eu adorava aquele cachorro. – Ela se virou para me encarar por cima do ombro. – E segundo, por que tem que ser temporário?

– Gabby, já conversamos sobre isso. Se você vai namorar sério, eles têm que ser do Outro Mundo. Rick é mortal. Ele vai envelhecer, enquanto você vai permanecer bela e irritante para sempre. O que ele vai fazer quando perceber que você nunca cria rugas ou manchas de idade e que seu cabelo continua eternamente perfeito?

Ela abriu o freezer, tirando o que parecia ser algum tipo de pão, antes de me encarar.

– Bem, e se eu pedisse a Drake que o transformasse?

Quase cuspi meu café ao ouvir o nome dele. Peguei uma toalha de papel e limpei a boca. Ela andou pela cozinha, evitando contato visual enquanto tirava uma assadeira do armário.

– Como é que é? Você gostaria que Rick fosse uma criatura do Outro Mundo? Gabby, isso é permanente! Você não pode simplesmente decidir transformar o cara por quem você está interessada em um vampiro.

– Bem… – Ela fez uma pausa enquanto colocava algumas mechas de cabelo atrás da orelha. – Eu meio que quero que Rick seja uma presença permanente em minha vida. Talvez até me casar com ele.

Meu choque deve ter transparecido em meu rosto, porque ela começou a mordiscar o lábio, um sinal claro de que estava nervosa e insegura sobre minha reação. Não falei nada, porque não sabia o que dizer. Eu sabia que eles estavam flertando havia algum tempo, mas o que Gabby estava falando significava que ela o queria em sua vida para sempre. Desde a Guerra dos Deuses, as regras e os costumes tinham mudado. Porra, até a tecnologia era diferente. O casamento não era um pedaço de papel que dizia que as duas pessoas estavam ligadas uma à outra. Era mais que permanente e significava que os dois eram um em quase todos os sentidos da palavra. Quando duas pessoas se casavam, elas se tornavam verdadeiras parceiras, o vínculo igual ao de almas gêmeas.

– Gabby… – comecei, enquanto ela colocava os pãezinhos no forno e voltava a me encarar.

Ela levantou a mão, me interrompendo antes que eu pudesse continuar.

– Dianna, eu sei que é repentino do seu ponto de vista, mas você ficou meses longe. Rick e eu nos tornamos muito próximos, e algo mudou. Mesmo antes de eu vê-lo como algo mais do que um amigo, ele estava ao meu lado. Ele me apoia nos dias em que é difícil sair da cama porque o trabalho é exaustivo. Ele está ao meu lado nos dias em que estou triste ou estressada. Sinto que estou me apaixonando por ele. – Ela sorriu com a própria confissão. – Sei que provavelmente parece bobo para você…

– Não parece – interrompi, embora um pedaço de mim estivesse triste por ter perdido essa parte da vida dela. Às vezes, eu me sentia uma intrusa. Eu aparecia, vendo trechos e partes, mas nunca estava realmente ali para apoiá-la. Agora minha irmã estava apaixonada, e eu perdi a chance de tê-la me contando isso. Não houve nenhum telefonema no qual ela falasse emocionada sobre ele, porque eu mal consegui falar com ela. Não houve filmes ou conversas tarde da noite em que ela me contasse as alegrias e os problemas do dia, porque eu não estava aqui. – Se é isso que você quer, estou feliz por você. Estou feliz que alguém possa estar aqui para ajudá-la quando eu não puder. Eu só quero que você seja feliz. Você sabe disso.

Ela praticamente gritou enquanto me abraçava de lado, balançando comigo.

– Eu juro que ele é ótimo e engraçado, e você também vai amá-lo.

– Claro, claro. – Eu me afastei para sorrir para ela. – Se ele partir seu coração, eu vou comer o dele.

Ela torceu o nariz, os braços ainda em volta de mim.

– Tá, eca.

– Só estou avisando.

Ela balançou a cabeça e revirou os olhos.

– Tá, deixando evisceração de lado, você acha que Drake faria isso? Transformá-lo?

Os cantos da minha boca se ergueram quando lhe dei um sorriso inocente.

– Então, nem te conto…

O tempo que eu passava com Gabby era o único em que me sentia mortal. No primeiro dia, ficamos na praia quase o dia todo. Depois, naquela noite, saímos para beber antes de voltar para o apartamento dela. No dia seguinte, não fizemos nada além de relaxar e cantar no karaokê enquanto passávamos de um sofá para outro. Nossos cabelos estavam presos em rabos de cavalo tortos, e nossos rostos estavam cobertos por uma máscara estranha com a qual Gabby gastou dinheiro demais.

– Por que você só tem sorvete de menta? – gritei da cozinha enquanto mantinha a porta do freezer aberta.

– Por que você odeia coisas deliciosas?

Bufei e peguei a caixa do freezer antes de fechar a porta.

– Precisamos sair e comprar os doze novos sabores que foram lançados, porque isso é triste demais – falei enquanto pegava duas colheres da gaveta mais próxima na cozinha. Sentei-me ao lado de Gabby no sofá e entreguei uma para ela.

– Fale menos e divida mais. – Ela brincou, enquanto abria a grande manta do sofá e nos cobria com ela. Peguei uma colher cheia de sorvete antes de passar o pote para ela e ligar a TV.

– O que você quer assistir? – perguntei, passando os canais.

– É, dá uma olhada no canal 31. Tinha um filme fofo que eu queria ver.

Virei para olhar para ela enquanto ela colocava uma colher de sorvete na boca.

– É romance de novo?

Ela encolheu os ombros e me deu um sorriso angelical.

– Talvez.

Balancei a cabeça e tomei meu sorvete enquanto passava pelos canais até o programa que ela queria. Parei quando as palavras que passavam na parte inferior da tela chamaram minha atenção. O âncora de um noticiário estava discutindo um terremoto ocorrido recentemente próximo a Ecanus.

– O estranho nisso tudo é que nem foi um terremoto grande para a área. O único dano significativo foi aos três templos antigos.

Imagens das ruínas antigas apareceram na tela. Eram semelhantes a outras que tinham aparecido em Onuna no final da Guerra dos Deuses. Meu estômago afundou, e fiquei de pé bruscamente, quase derrubando a mesa de centro. Meu telefone, onde estava meu telefone?

– Dianna? Está tudo bem? – Ouvi a voz de Gabby na sala enquanto eu corria até o quarto dela. Porra, eu tinha que encontrar meu telefone! E se Kaden tivesse ligado e eu não tivesse visto? Um terremoto em Ecanus? Era raro, para dizer o mínimo, e os templos não podiam ser coincidência.

Abri a porta do quarto dela e parei na soleira, olhando pelo ambiente. A cama estava feita, e a porta do banheiro à minha esquerda estava entreaberta. Vi meu telefone na cômoda. Soltei um suspiro de alívio e o peguei.

Meu coração se acalmou no peito quando vi que não tinha nenhuma mensagem nova. Certo, não perdi nenhuma ligação, mas sabia que o terremoto não era apenas um ato aleatório da natureza. Sentia isso nas minhas entranhas. Voltei e saí do quarto, levando o telefone comigo.

Gabby se levantou e colocou o sorvete na mesa quando voltei.

– Está tudo bem?

Assenti e me sentei de novo. Gabby se aninhou ao meu lado, esperando minha resposta, com os olhos cheios de confusão e preocupação.

– Sim, sinto muito, pensei ter ouvido meu telefone.

Seus olhos se estreitaram, informando-me que ela não acreditava em mim de verdade, enquanto olhava do telefone na minha mão de volta para a TV. Não dei a ela tempo de fazer outra pergunta quando peguei o controle remoto e mudei de canal.

– Então, qual era o filme a que você queria assistir?

Gabby não convidou Rick nenhuma vez enquanto eu estava lá. Ela queria tempo comigo, pelo que fiquei agradecida. Nos dias em que ela tinha que trabalhar, eu ficava quase sempre dentro de casa, atacando seus armários em busca de comida e apenas relaxando. Era bom não estar de plantão, para variar, mas continuei verificando meu telefone, com medo de ter perdido uma ligação ou mensagem de texto. O terremoto aleatório me deixou em alerta máximo. Eu sabia que Kaden não ficaria parado enquanto eu estava fora, mas imaginar o que eles estavam fazendo me deixou inquieta. Estava morrendo de medo de que Kaden aparecesse e me levasse embora, mas, conforme os dias se tornaram uma semana, fiquei mais confortável, menos nervosa. Era isso que Gabby fazia por mim: ela me aterrava. A fera dentro de mim nunca ia embora de verdade, mas a proximidade dela a mantinha sob controle.

Em seu dia de folga seguinte, saímos de carro para que Gabby pudesse me mostrar o local. Enquanto ela dirigia, eu fiquei com a mão pendurada para fora da janela aberta, fazendo ondas no vento enquanto observava as colinas ondulantes passando. O ar do verão tinha um toque de frio, avisando que o outono estava a caminho.

– Quero levar você a algumas lojas. Você vai amar, prometo – disse Gabby enquanto desligava o rádio.

Balancei a cabeça, enquanto ela diminuía a velocidade, e o tráfego ia ficando mais intenso à medida que nos aproximávamos do centro da cidade. Os carros eram todos elegantes e arrojados. Tudo era desse estilo agora. Era outra lembrança das criaturas que tinham caído do céu séculos atrás. Elas mudaram a própria estrutura do nosso mundo.

– Como você acha que será o mundo daqui a dez anos?

– Hein? – Ela olhou para mim. – O que você quer dizer?

Eu me remexi no assento, cruzando os braços enquanto olhava para ela.

– Os celestiais. Eles impactaram muito Onuna. Eu me pergunto quanto mais eles vão mudar em nosso mundo.

– Você realmente os odeia, não é?

Eu bufei.

– E você não? Eles são a razão pela qual mamãe e papai se foram e por que nosso lar praticamente deixou de existir.

– Di, eles não mataram mamãe e papai. Foi a praga.

– A praga foi causada por seja lá que bactéria eles trouxeram consigo.

Ela suspirou.

– Foi apenas uma coincidência. Não há provas de que essa tenha sido a causa. Além disso, trabalho com alguns celestiais. Eles são legais.

– O quê? – Eu me endireitei no assento tão depressa que o cinto de segurança praticamente me sufocou. Ajustei o aperto repentino dele em meu peito. – Gabby, você não pode ser amiga deles. Eles tentarão machucar você se souberem o que você é.

Ela olhou para mim e deu de ombros.

– Eu não sou, e eles não sabem. Apenas falei com eles algumas vezes de passagem. Eles parecem normais.

– Eles não são normais e não são amigos. Por favor, me diga que você vai ficar longe. Se eles souberem o que você é, ou se Kaden descobrir…

– Ele vai o quê? Matá-los? Ela me olhou de soslaio com uma risada falsa.

Eu não respondi.

– Ah, meus deuses. Ele faria isso, não é?

– Você sabe que ele faria. – Apoiei o queixo no punho e olhei pela janela aberta. Nenhuma de nós falou mais nada.

Estacionamos e passeamos pelas áreas comerciais com as quais ela era obcecada. Depois de algumas horas comprando coisas de que não precisávamos, ficamos com fome e paramos em um pequeno restaurante. O lugar estava lotado, mas não nos importamos. Pedimos uma mesa nos fundos, porque eu gostava de ficar de olho em todas as saídas. Considere isso um hábito do meu estilo de vida, mas nunca gostei de ficar com as costas expostas em nenhum ambiente. Rimos enquanto comíamos e estávamos disputando o último pedaço de sobremesa quando ela disse:

– Isso foi ótimo. Estava com saudade de você.

Dei um sorriso genuíno para ela.

– Foi. Também senti sua falta. Agora, quando contar até três, vamos abri-lo?

Ela pegou um dos doces esmagáveis pintados de vermelho e rosa que continham a sorte do ano. Eu sabia que não eram sortes de verdade, mas Gabby adorava o mistério da possibilidade.

– Você sabe que vai abrir antes do três. Você não consegue se controlar.

– Aff. – Revirei os olhos, recostando-me na cadeira. – Eu sou supercontrolada.

Ela apenas balançou a cabeça enquanto esperava pela minha contagem. Comecei e, no três, nós os abrimos e os partimos ao meio. Tirei o papel do meu e li: *"Uma grande mudança está vindo até você"*.

– Ora, que bobagem – suspirei e coloquei o doce na boca. Olhei para Gabby. – O que o seu diz?

Ela deu de ombros e me entregou.

– Bem, não me falou que ganhei uma fortuna, então é uma chatice.

Eu ri e peguei o papelzinho, lendo-o em voz alta:

– *Um único ato pode mudar o mundo.*

Dei de ombros, devolvendo-o a ela.

– Ou estou velha, ou essas sortes não fazem mais o menor sentido.

– Bem, parece mesmo que você está começando a ficar com rugas. – Ela ergueu as mãos, dando tapinhas ao redor dos olhos. – Principalmente aqui.

Amassei meu guardanapo e joguei nela.

– Cala essa boca.

Ela riu da minha cara antes de dar outra mordida em sua comida.

Por não querer ficar em casa naquela noite, convenci Gabby a sair. Falei para ela convidar Rick, mas ela disse que ele estava trabalhando até tarde. Nosso plano era ir ao máximo de lugares possível antes de o Sol raiar.

O cabelo castanho com mechas loiras nas pontas de Gabby estava cacheado, as ondas dançavam nas costas de seu vestido branco justo que ia até o meio das coxas dela. Eu praticamente tive que implorar para que ela o usasse naquela noite. Falei que, se Rick passasse por aqui, ele ia adorar. Até a convenci a tirar algumas selfies sensuais e mandá-las para ele no caminho de carro até a boate. Meu vestido curto, verde-claro, frente única, fechava-se ao redor do meu pescoço, deixando meus braços, ombros e costas expostos. Eu deixei que Gabby enrolasse meu cabelo e prendesse metade, mantendo o restante solto.

A boate tinha três andares, e todos estavam lotados de pessoas dançando, rindo e flertando. A lembrança da destruição que infligi a Drake e a sua boate em Tirin ameaçou me esmagar com o pesar. Fechei os olhos com força, tentando afastá-la.

– Você está bem? – gritou Gabby.

Meu sorriso foi forçado quando abri os olhos e balancei a cabeça. Eu não estava lá. Eu estava com ela e estava bem. Nós nos forçamos mais para dentro, e deixei os pensamentos sobre Drake de lado.

Dançamos pelo que pareceram horas, parando apenas para tomar uma dose antes de voltar para a pista. Não dava para se mexer sem esbarrar em alguém. Um grande lustre ocupava o teto desde a entrada da boate até a porta dos fundos. Luzes coloridas dançavam sobre a multidão, enquanto todos riam e cantavam junto com a música. Havia muito tempo que eu não me sentia tão livre. Eu tinha esquecido como era apenas relaxar por uma noite. Dançamos com todos que se aproximaram – homens ou mulheres, não importava. Apenas nos divertimos.

Depois da música seguinte, Gabby me puxou e apontou para os fundos, indicando o banheiro. Um letreiro de neon piscando sinalizava nosso alvo enquanto atravessávamos a multidão, esbarrando nas pessoas e pedindo desculpas enquanto ríamos feito tontas. Mas nossa diversão desapareceu quando vimos a fila. Suspiramos, sabendo que não tínhamos muita escolha. Gabby se encostou na parede, massageando os tornozelos enquanto esperávamos.

– Faz muito tempo que não faço isso, esqueci o quanto meus pés costumam doer de manhã. – Ela riu enquanto se endireitava. – Bem, só que você praticamente vive de salto alto.

Sorri em resposta, enquanto a música atrás de nós ressoava alto.

– Sim, mas isso também é porque sou masoquista.

Ela deu um tapa no meu braço e riu.

– Nojenta.

– Brincadeira, brincadeira – falei, sorrindo para ela. – Em grande parte.

Ela balançou a cabeça e sorriu de volta para mim.

– Mas estou me divertindo. Definitivamente precisamos fazer isso com mais frequência. – Ela fez uma pausa. – Bem, quando pudermos.

Assenti com a cabeça, sabendo que, uma vez que eu tivesse que partir, provavelmente não estaríamos juntas de novo por meses.

A fila avançou, e andamos alguns passos. Gabby encostou na parede, enquanto eu balançava para a frente e para trás sobre os calcanhares. Várias mulheres passaram saindo do banheiro, mas apenas uma chamou minha atenção. Parei de balançar e fiquei em pé ereta, todos os meus instintos em alerta. Ela era alta, e sua pele era mais escura que a minha, um tom mais profundo de marrom. Seu cabelo preto solto caía em cascatas de cachos grossos por suas costas. O vestido roxo brilhante que ela usava acentuava curvas que chamariam a atenção de qualquer criatura viva.

Ela me parecia uma deusa que encarnou como mortal. As mulheres na fila ficaram olhando, seus comentários e sussurros tingiam o ar de ciúmes. Ela fez contato visual comigo, sorrindo enquanto acenava. Os anéis de prata que decoravam os dedos de ambas as mãos refletiam as luzes piscantes e pareciam cintilar. Ela continuou pelo corredor, voltando para a boate. Meu olhar a seguiu, enquanto ela desaparecia em uma onda de pessoas que dançavam. Virei-me para Gabby com uma sensação estranha percorrendo meu corpo. Os pelos dos meus braços se arrepiaram, e um calafrio me fez estremecer. Celestial? Afastei-me um pouco da parede, esperando sentir aquele formigamento de estática que eles emitiam, mas não havia nada.

– Ela é tão linda, estranhamente linda – comentou Gabby, apontando para onde a mulher havia desaparecido. – Quer ir falar com ela?

Balancei a cabeça em recusa para ela e sorri, mas o vazio no meu estômago me dizia que havia algo errado.

– Não, estou bem. Além disso, preciso mesmo fazer xixi. – Nós avançamos um pouco, os pelos dos meus braços ainda estavam arrepiados em alerta e meu coração batia forte como se uma ameaça ainda estivesse por perto.

Será que Kaden ligou, e eu não atendi? Ele estava aqui agora? Estendi a mão.

– Gabby, preciso do meu telefone.

Ela enfiou a mão em sua bolsinha e o entregou para mim. Verifiquei e soltei um suspiro silencioso de alívio. Não tinha chamadas perdidas nem mensagens de texto.

– Tudo bem? – perguntou Gabby quando me virei para olhar para onde a mulher havia desaparecido na multidão de dançarinos que se contorciam.

Assenti enquanto a fila voltava a avançar.

– Sim, tudo bem.

Depois da nossa pausa para ir ao banheiro, voltamos para a pista de dança, rindo e girando ao som das músicas seguintes. Eu ainda tinha uma sensação desagradável subindo pela minha espinha que não conseguia explicar. Era como se meu cérebro estivesse tentando me dizer alguma coisa, mas eu não tinha palavras para descrever.

Estávamos no meio de uma música quando Gabby se afastou e começou a dar gritinhos. Virei para ver o que havia causado sua animação e vi Rick abrindo caminho pela multidão da melhor forma que podia. Ela passou ao redor de mim e correu para os braços dele. Seu prazer em vê-lo era óbvio em seu sorriso e nos beijos que deu no rosto dele enquanto a levantava contra si. Apenas sorri e gesticulei em direção ao bar, deixando que eles ficassem para dançar enquanto eu ia pegar mais bebidas.

Inclinei-me sobre o bar para chamar a atenção do barman. Ele me lançou um olhar surpreso e terminou as bebidas que estava preparando antes de vir.

– Duas doses de tequila – praticamente gritei por cima da música. Ele assentiu e colocou uma toalha pequena por cima do ombro antes de se virar para pegar as bebidas. Quando as colocou na minha frente, virei a primeira de uma vez, sem sequer um ardor fazendo cócegas na minha garganta. Suspirei e me virei para a pista de dança. Conseguia ver o sorriso de Gabby dali, enquanto ela olhava para Rick. Uma bolha quente envolveu meu coração. Eu adorava vê-la feliz.

– Sua amiga parece feliz.

As palavras me pegaram desprevenida. Estava tão distraída observando Gabby que não senti a aproximação dele. Virei-me para encarar o estranho, posicionando meu corpo em uma pose mais defensiva. Seu cabelo era cortado curto nas laterais da cabeça em um degradê, com ondas volumosas em camadas no topo. Ele se apoiou no bar ao meu lado, e seu corpo musculoso ocupava muito espaço. Por quanto tempo ele esteve ali sem que eu tivesse percebido? Ele estava olhando para onde Gabby e Rick haviam sido engolidos pela multidão, mas me lançou um olhar enquanto se virava em direção ao bar e tomava um gole de sua bebida.

– Não é minha amiga – respondi friamente. – É minha irmã.

Ele sorriu, e o brilho de seus dentes perfeitos fez arrepios correrem por meus braços.

– Irmã? Desculpe.

Sorri em resposta, concentrando-me intensamente nele, todos os meus instintos despertados e em alerta. Ele era bonito como um cara rebelde é. Sua barba estava perfeitamente aparada e bem cuidada. As tatuagens sobre as costas de sua mão e braço esquerdos eram desenhadas com uma precisão linda em sua pele escura. Desapareciam sob a manga enrolada de sua camisa e o faziam parecer ainda mais sexy e perigoso. Meus olhos se fixaram nos grossos anéis de prata que decoravam alguns de seus dedos. Tinham uma estranha variedade de curvas e espirais, o metal sólido parecia cintilar, irradiando um poder desconhecido.

Ele remexeu os dedos.

– Heranças de família.

Encontrei seu olhar, dando-me conta de que eu estava encarando, e dei-lhe um pequeno sorriso.

– Legal.

Algo nele parecia estranho. Errado. Meus braços ainda estavam arrepiados enquanto eu me concentrava em filtrar a música estridente e os cheiros de cada mortal presente. Os cheiros de suor, luxúria, vômito e álcool se desvaneceram. Ouvi a batida do coração dele, o ritmo lento e constante. Ele cheirava como mortal, seu perfume era de colônia com um toque cítrico, mas nada do Outro Mundo.

A música voltou, e sua voz inundou meus ouvidos mais uma vez.

– Você está bem? – Franziu a sobrancelha enquanto tomava outro gole.

– Claro. – Balancei a cabeça em resposta, sorrindo com suavidade.

– Então… – Ele ergueu o copo, tomando um gole. – Está aqui só com sua irmã ou…?

Ele deixou as palavras pairando no ar e eu sabia o que ele estava insinuando. Normalmente, teria ficado mais do que feliz em satisfazê-lo. Teria ficado tentada se fosse em qualquer outro momento, mas estava ali com Gabby, a irmã que eu raramente podia ver.

Tomei minha última dose, virando-a antes de colocar o copo vazio no bar à minha frente. Dei um passo adiante, e ele se endireitou em toda a sua altura, conforme eu invadi seu espaço. Fiquei incomodada ao descobrir que ele era mesmo mais alto do que eu. Muitos homens não poderiam dizer o mesmo.

– Olha, eu entendo. Você tem todo esse ar de cara rebelde a seu favor, e tenho certeza de que muitas mulheres aqui adorariam que você as inclinasse sobre este bar, mas não serei eu. Confie em mim. Na verdade, estou lhe fazendo um favor, porque falo sério quando digo… – Fiz uma pausa, um sorriso lento curvou meus lábios. – Eu devoraria você vivo.

Dei um tapinha no braço dele e me afastei, deixando-o no bar. Atravessei a multidão, tentando abrir caminho em direção a Gabby. Rick e ela ainda estavam rindo enquanto dançavam um com o outro. Assim que viu meu rosto, ela parou, fazendo Rick esbarrar nela.

– O que aconteceu? – gritou acima da música.

– Nada – respondi, colocando a mão perto da boca. – Só estou um pouco cansada. Me dá meu telefone; encontro você no apartamento.

Gabby examinou meus olhos, mas assentiu e entregou meu telefone. Eu me inclinei para a frente, dando um beijo na bochecha dela e acenei me despedindo de Rick.

Abri caminho pela crescente multidão de recém-chegados e passei pela porta, onde o ar fresco da noite me cumprimentou. As pessoas circulavam pelo calçadão, rindo e brincando nos focos de luz criados pelos postes. Levantei o telefone para ver se havia chamadas perdidas ou mensagens de texto, mas a tela permanecia vazia. Meu desconforto não diminuiu quando o abaixei e transformei meu corpo em névoa escura como sombras.

V
Dianna

Já tinham se passado duas semanas desde que tive notícias de Kaden ou dos outros. Duas semanas para passar um tempo com minha irmã. Eu estava adorando, mas aquela sensação torturante de desconforto continuava me fazendo checar meu telefone. Eu não conseguia definir, mas sabia que algo devia estar errado.

Gabby e eu tínhamos acabado de assistir a um filme no cinema local e estávamos andando pelo calçadão ensolarado em direção a um restaurante ao ar livre. Pássaros cantavam nas árvores ao longo do caminho, e as pessoas por quem passávamos estavam rindo e felizes. Todos estavam aproveitando o sol da tarde. Gabby usava um grande chapéu marrom e os maiores óculos escuros pretos que eu já tinha visto. Passei o dia todo implicando com ela por causa deles. A pele bronzeada dela reluzia, ressaltada por sua regata branca e short azul desfiado. Sua beleza simples e discreta atraía alguns olhares e elogios dos pedestres que passavam.

Eu tinha escolhido uma regata preta de alças finas com a bainha esvoaçando acima de uma saia de couro branco. Eu era o oposto dela em todos os sentidos, embora ambas estivéssemos usando sandálias brancas combinando. Ela gostou delas porque exibiam a pedicure que fizemos naquela manhã.

– Este é um dos meus lugares favoritos – comentou Gabby, segurando o chapéu quando o vento aumentou. Ela seguiu na frente até a porta aberta, passando abaixo do letreiro que dizia A Grelha Moderna. Mesas e cadeiras cercavam o bar, e havia televisores pendurados no teto. O lugar estava lotado, e o barulho nos alcançou quando nos aproximamos.

– Parece lotado. Talvez devêssemos ter feito reservas.

Ela afastou minhas preocupações.

– Não se preocupe, eu conheço o dono.

Eu sorri.

– Quantas vezes você esteve aqui?

Ela sorriu para mim, mas seu tom era gentil ao dizer:

– Não muitas, mas a esposa dele teve que fazer uma cirurgia cardíaca há um mês, e eu fui enfermeira dela. Eles são superfofos, e ele falou que eu sempre teria uma mesa aqui, não importava o que acontecesse.

– Ah, minha irmã, a doce cuidadora – falei com um sorriso, seguindo-a mais adentro.

Gabby me deu um tapinha brincalhão antes de se virar para acenar para um senhor mais velho. O proprietário ficou encantado por vê-la, e Gabby fez as apresentações. Imaginei que comeríamos lá dentro, mas a garçonete nos levou até um deque nos fundos do restaurante. As mesas ficavam um pouco mais afastadas, e a vista do oceano era de tirar o fôlego.

A brisa quente vinda do oceano empurrou meu cabelo ao redor do meu queixo, e eu afastei os fios errantes do rosto. Gabby tirou o chapéu, colocando-o na beirada da mesa enquanto a garçonete anotava nossos pedidos. Vimos algumas crianças brincando com as ondas que se quebravam na costa, e suas risadas eram como uma canção no ar.

– Isto é o paraíso. Acho que nunca vou me cansar do oceano – comentou Gabby, tirando-me dos meus pensamentos.

– Sim, com certeza supera os oceanos de areia em torno dos quais crescemos – respondi, olhando-a enquanto ela observava as crianças na praia com um sorriso brincando em seus lábios. O Sol lançava um brilho sobre as mechas em degradê de seu cabelo, fazendo-a parecer quase angelical.

– Você me lembra a mamãe, sabe. – Cruzei as mãos sob o queixo enquanto falava. – Você puxou a ela, especialmente quando se trata de ajudar os outros. Sei que ela ficaria orgulhosa.

Os olhos de Gabby brilharam de contentamento.

– Espero que sim. E, por favor, se eu puxei à mamãe, você definitivamente puxou ao papai. Teimoso, sempre tentando cuidar de todo mundo, menos de si mesmo, e seu temperamento. – Ela assobiou baixinho. – Definitivamente do pai.

Eu não consegui deixar de rir.

– Sinto saudade deles. Às vezes me pergunto como seria nossa vida se eles não tivessem adoecido.

– Eu também. – Ela suspirou. – Mas tenho que acreditar que tudo acontece por uma razão, mesmo coisas assim. Não podemos viver no passado, Di. Nada cresce nele.

– Ah, você e seu otimismo irritante.

Ela riu.

– Alguém tem que ser. Lembra daquela caminhada que fizemos em Ecanus? Você pensou que íamos nos perder, porque não sabia ler uma bússola. Foi uma das minhas férias favoritas, mesmo que eu tenha tido problemas por alimentar a vida selvagem. – Ela riu, cobrindo a boca com a mão ao lembrar. – Amo a liberdade que você me deu.

Gabby abaixou a mão e sorriu para mim, mas senti a minha escorregar lentamente. Nunca conversamos realmente sobre meu sacrifício – o que eu dei para que ela pudesse viver. Não gostávamos de pensar no preço, e isso acabava em briga toda vez que tocávamos no assunto. Ela não gostava de Kaden, Tobias ou Alistair. Não entendia o poder de Kaden sobre mim, e eu nunca quis que ela sentisse que era culpa dela. Eu permanecia por ela, sofria por ela e faria tudo de novo em um piscar de olhos.

– Sim, e tudo o que você teve que fazer foi quase morrer – brinquei, enquanto o garçom voltava com nossa água e aperitivos.

Ela misturou as verduras da salada, cobrindo-a com um molho fino enquanto mexia.

– Estou falando sério. Estou feliz aqui com meu trabalho e minha vida. Quero que você tenha isso também.

Meu estômago afundou. Eu sabia aonde isso estava indo.

– Gabby...

– O quê? – perguntou ela com ar inocente e sua atenção voltada para garfar sua salada. – Só estou dizendo...

– Eu não posso sair e não quero brigar com você por causa disso – interrompi, meu tom de voz severo. – Você sabe disso e sabe que eu detesto falar disso.

Ela balançou a cabeça, pousando o garfo na mesa.

– Você já tentou alguma vez?

– Gabby. É sério. Não posso. Você já pensou no que isso significaria? Ele é basicamente meu dono. Lembra o que acabamos de falar sobre a vida que você tem? Ela teve um preço, um preço sobre o qual nenhuma de nós gosta de falar.

– Eu sei disso. – A voz dela era suave, mas continha um toque do mesmo temperamento que ambas tínhamos. Ela podia não ter meus poderes, mas minha irmã era geniosa, principalmente quando se tratava daqueles que ela considerava família. O fogo que ardia sob nossa pele estava presente nela. Só que o meu era literal. – Mas...

Larguei o garfo e segurei a cabeça entre as mãos, a frustração enchendo minha voz.

– Não tem *mas,* Gabby. Ele é meu dono. Não sei como posso deixar isso mais claro.

– Ninguém é seu dono.

Senti a Ig'Morruthen sob minha pele despertar e abaixei as mãos. Meus olhos arderam e pude ver as brasas refletidas nos óculos escuros no topo da cabeça dela.

– Ele é, e em todos os sentidos. Podemos fingir que estas duas últimas semanas são reais e que somos irmãs perfeitas que trançam os cabelos uma da outra, saem para beber e pintam as unhas. Mas a verdade absoluta é que não somos. Nós duas morremos séculos atrás naquele maldito deserto. Quer você queira admitir para si mesma, quer não, somos diferentes. *Eu sou* diferente.

Minha irmã não se abalou. Ela não tinha medo de mim e sabia que eu nunca a machucaria.

– Não pode me culpar por querer que você seja feliz. Quero algo normal para você, algo além das migalhas que ele lhe dá para mantê-la na linha.

– Gabby. Isso não é um filme a que você assiste na TV, no qual todos vivem felizes para sempre. Esse não é o meu mundo. Nunca foi. Não há flores, nem palavras fofas, nem promessas doces. Meu mundo é violento, real e permanente.

Ela balançou a cabeça, e as ondas de seu cabelo dançaram com o movimento.

– Acha que eu não sei o que está acontecendo, mesmo que você não me conte? Eu vi os hematomas quando você chegou. Você não dorme, fica se remexendo todas as noites. Você está sempre nervosa. Eu noto como você observa portas e janelas, como age quando saímos. Noto como você se sobressalta quando alguém esbarra em você. Por que não revida? Você tem as habilidades e é forte. Por que você permite que ele...

– Pare! – Bati as mãos na mesa, fazendo com que ela sacudisse e rangesse. Eu sabia que ela tinha se partido com a força, mas a toalha de mesa escondia as rachaduras. Várias pessoas pararam de comer e olharam para nós. Quem estava dentro do prédio não percebeu a comoção, o barulho nos abafava. Fechei os olhos com força, fazendo com que as chamas diminuíssem. – Olha… – Levantei meus cílios e olhei para Gabby, colocando minha mão sobre a dela. – Eu tenho tudo o que eu poderia desejar. Dinheiro, roupas demais que você rouba sempre que pode, e eu posso literalmente ir a qualquer lugar do mundo. Quer dizer, você gostou das nossas férias. Você mesma disse isso.

– São coisas materiais, Di. Não a completam.

– Mas me tornam suficiente.

Gabby tirou a mão de baixo da minha e enxugou uma lágrima do rosto.

– Você desistiu de tudo por mim e agora está para sempre presa a alguém que nunca vai te amar, nunca vai se importar com você além do que você pode fazer por ele.

– Eu sei, mas isso não é realista. Não para mim. – Meu coração doía. Não era dito, mas eu sabia que Kaden não me amava, nem eu o amava. Tudo que Gabby queria era o melhor para mim, as mesmas coisas que eu queria para ela, e isso me quebrava. – Ei, olhe para mim. – Quando ela olhou, continuei: – Eu não me arrependo, sabe? Nem um segundo. Eu daria minha vida mil vezes por você.

– Você não deveria precisar. – O lábio dela tremeu, e percebi que isso a estava incomodando desde que cheguei. Ela tinha mantido seus sentimentos atrás do mesmo tipo de muro que eu tinha construído ao redor das minhas emoções. Eu odiava vê-la triste, mesmo que por um segundo, então fiz o que sempre fazia e tentei aliviar o clima. – Ei, pelo que me lembro, eu sou a irmã mais velha aqui, beleza? Eu cuido de você. É meio que meu trabalho, mas com benefícios terríveis. O plano de saúde é uma porcaria, e nem vou falar da quantidade de dinheiro que gasto com ligações quando estou fora…

A risada de Gabby foi amarga enquanto ela cuidadosamente enxugava os olhos.

O garçom voltou com nossa comida e encheu nossos copos de novo. Gabby sorriu, pegando o garfo e enrolando alguns fios de macarrão. Ela levou a porção à boca, mas parou. Seus olhos se arregalaram enquanto ela olhava além de mim – e, então, eu senti. Um arrepio percorreu minha espinha, e eu sabia que a escuridão pairava às minhas costas. Os pássaros desapareceram, e as crianças pararam de rir. Até o som das ondas foi silenciado. Era como se a vida estivesse tentando se esconder do que acabara de chegar. Levantei-me tão rápido que derrubei minha cadeira, e girei, agarrando Tobias pelo pescoço.

– Você sabe o que acontece quando pessoas se esgueiram atrás de mim, principalmente quando estou com ela – sibilei, com minhas unhas alongadas pressionando sua garganta.

Ele apenas sorriu diante de minha ameaça, e seus olhos refletiam os meus enquanto se inclinava na direção da minha mão. Ele sabia que eu não podia machucar a ele nem a Alistair. Eu não podia matá-los, porque seria uma sentença de morte para Gabby e para mim.

Ele mordeu o lábio e colocou a mão em volta do meu pulso.

– Aperte com mais força. Estou quase sentindo alguma coisa.

Revirei os olhos e o soltei com um leve empurrão antes de endireitar minha cadeira e me sentar de novo.

A risada de Alistair encheu o pátio externo.

– Alguém está tensa. Sentiu nossa falta? – Eu não respondi, e Gabby ficou imóvel. Alistair virou-se para ela. – Lindo dia, não é? – Ouvi o barulho de uma cadeira de metal quando ele a pegou em uma mesa próxima. Ele a virou e se sentou ao contrário, com suas pernas longas ao meu lado.

Meu estômago deu um nó e peguei meu telefone, temendo ter perdido a ligação de Kaden. Mas, quando a tela se iluminou, vi que não havia mensagens. Cerrei a mandíbula, irritada por não os ter sentido antes. Há quanto tempo estavam por perto? Será que tinham ouvido Gabby e eu?

Tobias espreitava ao meu lado, e me concentrei em controlar minha irritação. Ele sabia que eu odiava quando fazia aquilo.

– O que estão fazendo aqui? – perguntei, virando-me para encarar os dois. – Kaden não ligou.

Alistair estendeu a mão, roubou uma almôndega do prato de Gabby e colocou-a na boca. Ele olhou para Tobias e engoliu em seco antes de dizer com um sorriso:

– Ele está ocupado.

Eles riram de alguma piada particular. Não me importei. Eles sempre tiveram seus segredos. Era algo com o qual eu tinha me acostumado ao longo dos anos.

O vento mudou, e minha boca encheu de água. Lutei contra a fome e disse:

– Vocês dois estão fedendo a sangue, com um toque de algo estranho. O que está acontecendo? Por que ele não ligou?

Alistair sorriu, balançando a cabeça.

– Você não está sempre reclamando que nunca consegue ver essa sua adorável irmã? – retrucou ele, olhando incisivamente para Gabby com um fulgor predatório nos olhos. Gabby permaneceu em silêncio e imóvel, sem tirar os olhos deles.

– Além disso – Tobias interrompeu –, você não era necessária.

Alistair riu novamente.

– Eufemismo do século.

Isso arrancou risadas de Tobias.

Gabby bateu o garfo na mesa.

– Não fale assim com ela! – exclamou. Ambos se viraram para ela, rápidos como verdadeiras víboras, seus sorrisos e risadas sumindo.

– Ah, é? E como quer que eu fale com ela, hein? Ou talvez que eu fale com você? – O sorriso de Alistair era frio quando ele se inclinou para perto dela. – Sabe, não demoraria muito para entrar nessa sua cabecinha linda. Eu poderia obrigar você a fazer o que eu quisesse, a qualquer hora, em qualquer lugar. – Os olhos dele a percorreram. – Em qualquer parte.

– Alistair. – Foi um aviso. Eles poderiam falar comigo como quisessem, me ameaçar, mas ninguém desrespeitava Gabby.

Ele se virou, sabendo muito bem que tinha me irritado. Gabby não disse nada e se recostou na cadeira, afastando-se dele.

– Não se preocupe, Dianna. Conhecemos as regras. Ninguém toca na sua preciosa irmã – declarou. Ele estava claramente irritado, mas perdeu o interesse quando uma linda garçonete passou.

– Chega de conversa fiada– suspirou Tobias, cruzando os braços. – Kaden está ocupado no momento, então estamos aqui para buscá-la. Sua visita terminou.

Os olhos de Gabby encontraram os meus, e meu coração ficou pesado. Duas semanas… Pelo menos eu tive duas semanas.

Alistair ficou de pé, e eu me levantei. Fui até Gabby, e ela se levantou para me dar um abraço apertado. Meus olhos ardiam enquanto eu sussurrava perto de seu ouvido:

– Vou voltar o mais rápido possível. Prometo. – Afastei-me, segurando-a com delicadeza pelos braços. – Lembre-se, eu amo você.

Ela assentiu uma vez antes de eu a soltar. Contornei-a, afastando-me da mesa, Alistair e Tobias me seguiram. Eu os queria o mais longe possível de Gabby.

– Onde somos necessários agora?

Alistair esfregou as mãos lentamente.

– Ah, você vai adorar. Vamos voltar para El Donuma.

Meu estômago caiu.

– Ophanium, para ser mais exato. Nosso amiguinho celestial, Peter, finalmente serviu para alguma coisa.

– El Donuma? Mas esse é o território de Camilla. Você sabe que ela me odeia.

Alistair apenas deu de ombros.

– Ela teme Kaden muito mais.

– Calem a boca – repreendeu Tobias, e eu me virei para olhá-lo. Ele não estava olhando para mim, mas para algo ou alguém dentro do restaurante. O vermelho ao redor de suas íris começou a arder. Eu segui seu olhar, mas não vi nenhuma ameaça. Não havia nenhum ser do Outro Mundo nas proximidades.

– Aqui? – questionou Alistair, encarando Tobias e depois observando para o restaurante.

Tobias balançou a cabeça, e Alistair praguejou.

– O que foi?

– Nada – respondeu Tobias, lançando um olhar significativo para Alistair. Examinei a área mais uma vez, tentando descobrir o que havia chamado a atenção deles, mas não vi nada preocupante. Com um dar de ombros que sabia que ia irritá-los, virei para Gabby, dando-lhe um pequeno sorriso. – Voltarei assim que puder.

Gabby assentiu mais uma vez, e acenei enquanto deixávamos minha irmã, o restaurante e o que quer que tivesse assustado duas das criaturas mais pavorosas que eu conhecia.

VI
Dianna

Minhas patas batiam contra o chão da floresta enquanto eu corria entre os grandes arbustos e moitas que circundavam a parte baixa da encosta da montanha. A forma de besta felina elegante que vesti me permitia deslizar facilmente pela floresta densa. O pelo preto e liso do animal e as rosetas escuras combinavam perfeitamente com as sombras sob as árvores.

Tínhamos chegado a Ophanium horas antes. Kaden não estava esperando por nós, e, quando perguntei sobre ele, tudo o que Tobias e Alistair me disseram foi que Kaden tinha nos enviado na frente para explorar a área. Uma grande tumba tinha sido encontrada em uma área remota da floresta. Era interessante que não constasse em nenhum mapa local e que os habitantes mais próximos parecessem não saber de sua existência. Alistair tinha obtido a informação da mente de Peter, que tinha ouvido falar em levar relíquias para mais próximo de Arariel. Estavam planejando limpar Ophanium nos próximos dias, então fizemos questão de chegar primeiro.

Um rugido grave cortou as árvores, fazendo com que os pássaros levantassem voo. Minhas orelhas se inclinaram para a frente, e desviei para a esquerda, correndo em direção ao som. Subi correndo uma ladeira, passando por uma pequena ravina, enquanto as árvores ficavam esparsas. Diminuí a velocidade ao sentir o cheiro de Tobias. Ele estava sentado sobre as patas traseiras, com as orelhas para a frente e a cauda balançando. Ele não se virou quando parei ao lado dele. Seus olhos vermelhos estavam focados na estrada de terra coberta de mato que serpenteava em direção ao topo da colina. Galhos estalaram atrás de nós quando Alistair se aproximou.

– *Uma última varredura* – disse Alistair, com sua voz telepática clara em minha mente. Tobias abaixou a cabeça uma vez em um aceno.

– *Por quê? Está abandonada. A estrada não é usada há séculos. É uma tumba antiga. Vamos embora* – pensei para os dois.

– *Por que você não pode simplesmente seguir as ordens?* – A voz de Tobias ecoou entre nós.

– *Porque eu não tenho que ouvir você. Pelo que me lembro, eu era o braço direito dele.*

Isso o irritou, e, se ele pudesse me matar ali mesmo, juro que o teria feito.

– *Vamos, vamos, senhoras, vocês duas são lindas.* – Eu podia sentir o sarcasmo e a leve irritação de Alistair, mesmo em sua voz mental. – *Uma última varredura e depois contatamos Kaden. Essas foram as ordens dele.* – A última parte foi dirigida a mim.

– *Está bem.*

Sem outra palavra, eles se viraram e voltaram para a vegetação densa. Tobias foi para a esquerda, e Alistair para a direita. Ouvi o barulho suave de suas patas enquanto os dois avançavam, aventurando-se mais fundo na floresta. Comecei a segui-los, mas parei quando senti um arrepio percorrer minha espinha, como se algo grande tivesse voado acima da minha cabeça. Minhas orelhas estavam abaixadas, enquanto eu olhava para o céu, mas não vi nada. Olhei para as ruínas e depois para a direção onde Alistair e Tobias tinham desaparecido.

Se eu tinha sentido um celestial aqui, precisávamos chegar primeiro até o que fosse que tivessem vindo buscar. Não era como se não pudéssemos enfrentá-los, mas não precisávamos que um membro d'A Mão aparecesse. Eu não queria esperar para confrontá-los. Isso só daria mais tempo a quem quer que fosse. Decisão tomada, segui em direção às ruínas, trotando pela trilha de terra e subindo a colina.

A encosta da montanha estava desolada. Ruínas de uma aldeia outrora estabelecida eram tudo o que restava, e a natureza estava retomando a terra. Várias casas tinham desabado, e trepadeiras verdes cobriam cada centímetro quadrado. Saltei do topo de uma edificação em ruínas para outra, a brilhante Lua crescente e as estrelas eram minha única luz. Olhei ao redor, mas não vi nenhum templo ou monumento em lugar nenhum, apenas mais daquela cidade destruída e outrora vibrante. Será que Kaden estava errado? Talvez Alistair finalmente tivesse cometido um erro. Mas, se fosse esse o caso, o que era a energia que senti antes? Eu podia jurar que era um deles, mas não via ninguém nem sentia nada.

Desci da minha posição elevada. A poeira se levantou ao redor das minhas patas, mas minha aterrissagem foi silenciosa. Eu tinha dado alguns passos de volta em direção à estrada quando o pelo das minhas costas se arrepiou, como se alguém estivesse bem atrás de mim. Virei-me, mostrando dentes e garras, esperando uma luta, mas apenas prédios em ruínas me cumprimentaram. Minha cauda balançou de um lado para o outro em agitação. Sem ver nada, virei para continuar meu caminho, então me arrepiei mais uma vez. *Que porra é essa?* Não havia nada ao meu redor. Farejei o ar, checando e voltando a checar, mas não havia nada nem ninguém ao meu redor. Foi quando parei. Não havia nada ao meu redor, mas o que havia abaixo de mim?

Avancei mais uma vez em direção à estrada. O formigamento ao longo da minha espinha diminuiu, meus pelos abaixaram. Virei em direção a um prédio abandonado à minha esquerda, a sensação ainda estava desaparecendo. Provavelmente eu teria parecido louca para qualquer um que me visse andando em círculos por uma cidade abandonada, mas sabia que havia sentido alguma coisa.

Quase desisti, mas senti de novo na minha última passagem pelo mesmo prédio. Girei em direção à sensação que me chamava, e a energia estática ao longo do meu pelo pareceu aumentar. Meus olhos se fixaram no chão, instintos animais me diziam que minha presa estava próxima. Acelerei com as patas batendo silenciosamente na terra. Minha cabeça atingiu concreto sólido quando colidi com a parede de uma estrutura em ruínas. Sibilei e me sentei nas patas traseiras, sacudindo a cabeça.

Uma fumaça negra cercou meus pés, envolvendo todo o meu ser. Uma brisa passou pela minha pele, dispersando a névoa escura conforme eu voltava à minha forma natural. A calça jeans preta e a regata vermelha cruzada que eu estava usando ainda pareciam tão limpas quanto quando os coloquei – uma vantagem do sangue de Kaden. A magia que usávamos para nos transformar apenas alterava nossa aparência externa. O que significava que não tínhamos que lidar com nudez quando nos transformávamos de volta. Eu precisava de todas as minhas roupas, muito obrigada. Meu cabelo estava preso em duas tranças longas e grossas, o que tornava mais fácil mantê-lo longe do rosto durante uma luta, e uma luta era o que eu estava esperando.

Meus saltos esmagaram a areia rochosa quando entrei nas ruínas do prédio de pedra. Não parecia nada especial, mas era a fonte da energia. A poeira girou no ar com a minha intrusão. A luz da Lua brilhava entre as partes que faltavam da casa, destacando o abandono. Uma mesa meio quebrada estava no centro da sala. Os restos de outros móveis ocupavam mais espaço à direita, esperando que a floresta os retomasse.

O zumbido me puxou enquanto eu avançava para dentro da casa, e minha pele formigava como se a eletricidade estática dançasse sobre ela. Cheguei o que devia ter sido um quarto e uma área de cozinha, depois voltei para a sala principal. Não havia nada de surpreendente. O espaço estava destruído e abandonado. O que eu não estava vendo? Coloquei as mãos nos quadris com um suspiro, batendo o pé no chão. Então, congelei quando ouvi o eco seco, percebendo que o animal estava certo: havia um nível abaixo.

Agachei, passando as mãos pelo chão de pedra, pressionando com força a cada poucos passos, procurando um ponto fraco. Praticamente engatinhei até a mesa quebrada no meio da sala, então uma pedra finalmente cedeu. Um silvo agudo encheu o ar, e fiquei de pé num salto quando vários tijolos de pedra esculpida deslizaram. A mesa se partiu, e o espaço estreito abaixo se abriu. Espiei e vi um abismo negro olhando para mim.

– Mas que sinistro – comentei para a sala vazia. Bem, eu já tinha passado por coisas piores. Isso não era nada. Dei de ombros e saltei para a escuridão.

Caí por alguns segundos antes de meus pés tocarem o chão sólido. Pousei agachada de novo, meus joelhos absorvendo o impacto. A poeira fez cócegas em meu nariz, contando-me que o chão abaixo de mim era da mesma areia fina que havia acima. Estendi a mão e invoquei uma pequena bola de fogo na minha palma. Ela dançou ali, as paredes ao meu redor reluziram e sombras lamberam minha pele. Minha tocha pessoal revelou uma parede às minhas costas, portanto eu tinha que ir em frente.

Não havia pinturas ou gravuras nas paredes que indicassem por que esses túneis estavam ali ou aonde poderiam levar. Avancei com cautela, tentando me mover o mais silenciosamente possível. Não havia nada além da escuridão diante de mim, e tomei cuidado para checar se havia alçapões ou armadilhas. Estava pensando em voltar para encontrar Tobias e Alistair quando o corredor se abriu no que parecia ser uma biblioteca velha e deserta. Tapeçarias consumidas pelo tempo estavam penduradas nas paredes, com o vermelho e o dourado tão desgastados que parecia que iam se desintegrar com um toque. Estreitei os olhos e distingui o que parecia ser um leão de três cabeças no centro de uma delas, reconhecendo-o como um emblema dos celestiais.

Castiçais quebrados estavam sobre a mesa enorme e desgastada no centro do salão, e uma variedade de prateleiras se penduravam precariamente nas paredes. Outra tapeçaria esfarrapada com o leão de três cabeças pendia do teto alto. Ela dançava e ondulava como se uma corrente de ar corresse pelo salão, mas o ar parecia parado.

Estátuas, meio deformadas e deterioradas, alinhavam-se na parede dos fundos. Aproximei-me, erguendo a mão e fazendo a pequena chama na palma crescer, aumentando sua luz. As figuras de pedra estavam em poses diferentes, segurando o que pareciam ser espadas, lanças e arcos quebrados. Seus rostos estavam lascados, e metade de suas feições estava faltando, mas eu sabia quem eram. Eram os deuses antigos.

Porra. As fontes de Alistair estavam certas. Peter não tinha mentido. Este era um de seus templos – e, ainda por cima, antigo.

– Uma antiga biblioteca enterrada. Muito bem, Peter – sussurrei para o salão vazio. Não é de admirar que Kaden nos quisesse ali. Se aquele livro existisse mesmo, onde mais o esconderiam? Senti meu estômago se revirar. Podia mesmo ser real?

Balancei a cabeça, virando-me enquanto olhava ao redor do salão.

– Estantes, certo. Se eu fosse um livro antigo que pudesse abrir reinos, provavelmente viveria nelas. – Eu estava falando sozinha para acalmar meus nervos. A sensação de estar sendo observada era avassaladora. Caminhei entre as estantes decadentes. Algumas ainda estavam de pé, enquanto outras estavam partidas ao meio, eram nada além de montes de madeira. Passei o dedo por uma camada de poeira e limpei as mãos nas calças. Além da sujeira, as prateleiras estavam quase vazias.

O silêncio era muito pesado quando fiz uma curva e vi o que pareciam ser alguns pergaminhos antigos e deteriorados. O ruído dos detritos sob meus sapatos era o único som no salão quando me aproximei. Estendi a mão e peguei um pergaminho. A textura áspera era abrasiva em minhas mãos, o material era feito de algo que não era deste mundo.

Ao ler os textos antigos, percebi que a maioria deles datava de centenas de anos ou mais. Falavam sobre os mortais e como se relacionavam, suas línguas e os lugares do mundo. Não vi nada de importante, mas ia levá-los mesmo assim. Kaden queria qualquer coisa que pertencesse aos celestiais. Comecei a reunir o que podia, colocando tudo sobre a pesada mesa de madeira no centro do salão. Decidi coletar o máximo que conseguisse e levar embora. Alistair e Tobias estariam ali em breve de qualquer forma. Viriam me procurar assim que descobrissem que eu não os havia seguido.

O ar no salão mudou, e eu parei. Talvez eles já estivessem aqui. Virei-me em direção à porta, esperando vê-los me encarando, mas a porta esculpida em arco estava vazia. Balancei a cabeça e me virei, procurando pelo salão novamente. Não havia nada que devesse fazer meus instintos gritarem, mas eu não conseguia afastar a sensação de desconforto. Fiquei alerta enquanto voltava até as prateleiras, procurando qualquer outra coisa que pudesse interessar a Kaden. Alguns dos textos que encontrei eram tão antigos e frágeis que viraram pó em minhas mãos. As prateleiras da última estante estavam vazias. Era outro beco sem saída, o que significava outra missão inútil.

Apaguei a chama da minha mão e fechei os olhos, pressionando a testa na madeira antiga da estante com um suspiro. Eu estava tão cansada disso. Tão…

Calafrios subiram pelos meus braços, e um arrepio dançou pela minha espinha. Abri os olhos, levantando a cabeça devagar. Uma luz azul vibrante encheu a sala, lançando sombras misteriosas nos cantos. A silhueta escura de um homem me encarava, linhas azul-cobalto brilhavam sob seus olhos.

Não é um homem, foi a única coisa que pensei antes que uma adaga de prata cortasse a prateleira à minha frente, partindo-a ao meio como se não fosse tão grossa quanto uma árvore. A madeira chiou e estalou como se a lâmina estivesse quente. Pulei para trás para evitar ser cortada pela metade e caí de bunda. Arrastei-me para trás apoiada nas mãos, afastando-me da criatura azul-brilhante.

Ele se aproximou sem hesitação, e o desenho tribal azul que decorava a pele exposta de suas mãos, braços e pescoço pulsava enquanto ele girava sua lâmina prateada.

– O que você é? – Exigiu saber. – Nenhuma criatura viva deveria ter o poder de manejar chamas.

Então, eu não estava doida; ele estivera me observando o tempo todo. Como? Como eu não o vi?

– Ah, você gostou? Quer ver algo mais legal?

Eu não hesitei. Sentei-me, atirando os braços para a frente e lançando duas chamas que partiram para cima do que quer que ele fosse. Seus olhos se arregalaram por uma fração de segundo antes que ele saltasse para o lado. Meu fogo incendiou as prateleiras, e as chamas subiram pelas paredes, devorando tudo em seu caminho. A tapeçaria pendurada no teto queimou, o brasão dos celestiais se transformou em cinzas e caiu sobre nós.

Saltei e fiquei de pé, observando a criatura azul se levantar do chão. Sua pele de marfim quase cintilava sob o brilho das chamas. Ele parecia mortal, mas, ao mesmo tempo, não. Seu corpo reluzia com aquela luz peculiar, e sua beleza era cativante. O cabelo preto estava preso em um longo rabo de cavalo que balançava atrás dele. As laterais tinham sido cortadas em zigue-zague, destacando os brincos de prata em ambas as orelhas. Ele era lindo, de um jeito que *queria me ver morta.* Era trinta centímetros mais alto que eu, mas não era sua altura que eu achava intimidante. Eram aquela luz e a lâmina que ele girava na mão. As duas coisas me davam calafrios.

Nós nos avaliamos, circulando lentamente, sem interromper o contato visual. Copiei qualquer movimento que ele fizesse, mantendo-me a uma distância segura dele e daquela espada de prata. Ele era um lutador nato, seu rosto não continha fúria ou raiva, suas emoções estavam sob controle. Ele me avaliava, procurando armas, sem saber que *eu* era a arma.

Meu olhar capturou os anéis de prata que decoravam sua mão direita. O *déjà-vu* me atingiu quando me lembrei da mulher que sorriu e acenou para Gabby e para mim na boate. Ela tinha os mesmos anéis de prata, e eu tinha visto anéis do mesmo tipo no estranho gostoso do bar. Ele tinha dito que eram heranças de família.

– O que você é? – praticamente sibilei, repetindo a mesma pergunta que ele me fez.

Um sorriso surgiu em seus lábios, fazendo as luzes sob sua pele pulsarem por um segundo.

– Sou um Guardião do Limbo e do Submundo. A Mão de Samkiel.

Congelei. Foi apenas por um segundo, mas suficiente para ele perceber.

A Mão.

Merda. Eu esperava nunca ficar cara a cara com um. No entanto, ali estava ele. *Merda em dobro.* Dois membros d'A Mão estiveram perto de mim, perto da minha irmã, e eu não sabia de nada. A presença deles significava que aquele livro provavelmente era real, e Kaden estava mais próximo de encontrá-lo do que imaginava. Tão próximo, na verdade, que havíamos chutado um ninho de vespas e agora estávamos no radar d'A Mão.

– Seus olhos. – Ele girou a lâmina mais uma vez. – Eu sei o que você é agora. Bestas lendárias cujos olhos são tão vermelhos quanto o sangue que consomem. Apenas uma raça de criaturas poderia exercer tanta força e controlar tanto poder sombrio: os Ig'Morruthens.

Ele estava parado a poucos metros de mim, então eu pisquei. Quando meus cílios se ergueram, ele estava na minha frente, sua lâmina descendo. Eu me atirei no chão, rolando sob seu golpe. Fiquei de pé num salto, mas ele já estava ali. Porra, ele era rápido! Golpeei com o punho, mas ele se esquivou, balançando a lâmina na direção da minha cabeça. Inclinei-me para trás e me afastei dele, e a ponta arranhou a lateral do meu corpo. A ferida ardeu, e eu sibilei, cobrindo instintivamente o corte. O sangue se acumulou em minhas mãos enquanto eu olhava para o corte perfeito na minha blusa.

– Esta é uma das minhas blusas favoritas!

Ele olhou para mim como se eu fosse louca e, por uma fração de segundo, se distraiu. Eu saltei, chutando seu peito com os dois pés e fazendo-o se chocar contra mais prateleiras.

Caí de costas, mas rapidamente coloquei as mãos de cada lado da cabeça e saltei para ficar de pé. Ele estava muito enganado se pensava que um pouco de dor me atrasaria. Ele se recuperou depressa, saltando dos escombros e se atirando sobre mim. Eu o ouvi cortar o ar, detritos e papéis voaram em seu rastro. Ele avançou direto para mim e eu disparei meu punho, me preparando para um contra-ataque. Esperei acertar, que meu punho ardesse por um momento ao golpear o osso, mas tudo que encontrei foi ar. Em seguida, ele estava atrás de mim.

Que porra é essa?

Mergulhei para a frente, rolando encolhida até parar. Senti o golpe da lâmina e sabia que, se tivesse hesitado por mais um momento, ele teria cortado minha cabeça.

Ele avançou pra cima de mim de novo, desta vez mais rápido, voltando a lâmina contra mim. Rolei para o lado, e a espada se enterrou na pedra, e não no meu corpo. A adrenalina correu por mim, e aproveitei a chance. Pulei para ficar de pé e ergui o joelho para esmagar o rosto dele. Senti e ouvi o barulho quando caiu para trás, com a lâmina ainda presa no chão. Ele se endireitou e limpou o sangue do nariz, da mesma cor da luz que brilhava em sua pele.

– Você é uma criatura veloz – comentou, sacudindo o sangue dos dedos –, mas eu sou mais rápido.

– Sim, estou aprendendo! – gritei em resposta, com o fogo do meu primeiro ataque crepitando ao nosso redor.

– Como você existe? – Suas palavras foram tão rápidas quanto a lâmina que ele brandiu em minha direção. – Você e sua espécie foram extintos quando Rashearim caiu.

Eu me esquivei de mais dois dos golpes poderosos. Ele não fez contato, mas a lâmina fez minha pele se arrepiar só de estar perto dela.

– Eu poderia perguntar a mesma coisa para você.

Ele avançou, enquanto eu saltava por cima da grande mesa no centro do salão. Voltei ao chão e girei. Chutei a mesa, fazendo a enorme estrutura voar em sua direção.

As luzes em sua carne pareciam dançar quando ele se virou, cortando a mesa com facilidade. As duas metades caíram no chão, uma nova nuvem de poeira subiu no ar.

– Quantos mais de vocês sobreviveram todo esse tempo?

Se eu me concentrasse, poderia prever seus movimentos. Cada vez que ele vinha até mim, era uma finta. Ele queria jogar esse jogo, extraindo informações de mim até conseguir o que desejava. Eu não ia cair nessa e precisava manter o foco. Já tinha notado o que o entregava: a ponta do pé mudaria pouco antes de ele se mover na direção oposta.

– Sabe, ouvi histórias sobre A Mão! – gritei por trás de uma das prateleiras caídas. Ele poderia querer informações, mas eu também queria. – Guerreiros lendários selecionados a dedo por um deus idiota. Todos especiais à sua maneira, todos poderosos, mas apenas alguns sobreviveram à Guerra dos Deuses. – Eu ri alto o bastante para ele saber que era um insulto. – Que guerreiros.

A prateleira atrás de mim desmoronou quando dois braços dispararam para a frente, agarrando-me pela cintura e me puxando para trás com força suficiente para me fazer voar pelo salão.

– Você não sabe nada sobre nós, criatura. Nenhum membro d'A Mão caiu. Ainda somos tantos quanto éramos no dia em que Samkiel nos escolheu. E, assim que souber de sua existência, ele voltará.

– Voltar? – Empurrei o chão para me levantar, e as palavras dispararam por meu subconsciente. Ele estava se referindo ao deus Samkiel? – Você está mentindo. Todos os deuses antigos estão mortos.

– É nisso que acredita?

Ele atacou de novo em uma velocidade vertiginosa, mas desta vez eu estava preparada. Esperei, contando os segundos que normalmente levava para ele desaparecer e reaparecer, antes de rolar para longe. Ouvi um baque quando ele enfiou a lâmina no espaço onde eu estivera. Meu pé atacou, acertando-o na barriga e fazendo-o voar. Não perdi tempo em me levantar e agarrar o punho da espada de prata. Eu puxei, tirando-a do chão em um movimento fluido. A lâmina zumbia sob minha mão, uma dor aguda e lancinante consumia minha palma. Ignorei a sensação e girei, testando seu peso e equilíbrio. Não continha runas ou marcas. Era simples, mas não era. O fio era afiadíssimo, a lâmina era ligeiramente curva na ponta. Nunca tinha visto um metal assim. Parecia prateado, mas um brilho dançava na superfície como se fosse feito de estrelas.

Um movimento me fez olhar para os destroços caídos. Apontei a arma para meu mais novo amigo.

– Sabe, você está começando a ficar previsível.

Ele se levantou da pilha de madeira quebrada, papel e pedras, limpando a poeira como se não fosse nada. Parou e olhou para mim com a mão em sua arma. Se ele fosse capaz de ficar chocado, eu diria que essa foi a expressão que brilhou em suas feições perigosas.

– Sabe, você não será capaz de segurar isso por muito tempo. Vai transformá-la em cinzas.

– Hum. Bom saber. – Dei de ombros, franzindo a testa ligeiramente. – Mas acho que posso aguentar tempo suficiente para cortar sua cabeça.

Ele não me atacou, apenas inclinou ligeiramente a cabeça, com um pequeno sorriso curvando seus lábios.

– Diante da morte absoluta, você faz suposições grosseiras e sarcásticas? Cameron teria gostado de você.

– Não sei quem é. – Dei de ombros, girando a lâmina como ele fez.

Ele flexionou a mão direita, e um de seus anéis de prata se iluminou por um segundo. Então, ele pegou outra espada – quase uma réplica da que eu tinha.

– Ah, qual é – falei, o que apenas o fez sorrir.

Ele avançou, aço contra aço ressoava na antiga biblioteca. Eu não era de forma alguma uma espadachim experiente. Raramente usava espadas, apenas treinava com o bastão básico de madeira vez ou outra. Aquilo? Aquele não era meu estilo, e ele sabia disso. Eu me esquivei de um golpe de sua lâmina e me levantei de novo, brandindo a minha para o alto. Ele bloqueou, e mirei em seu peito, cabeça, qualquer coisa que pudesse acertar, mas ele era ágil demais, rápido demais, habilidoso demais. Para cada golpe que eu errava, ele acertava. Eu tinha cortes nos braços e nas pernas e um novo na bochecha. Minha mão queimava onde eu segurava o punho da espada, então atirei-a para o lado. Não me servia de nada e só estava me causando mais dor.

O pé dele acertou minha cintura, fazendo com que eu saísse voando pela sala. Eu me apoiei em um joelho, com o outro pé apoiado no chão, preparando-me para me levantar.

– Admito. Você durou mais do que eu pensei que duraria. É especialmente inapta com uma arma como essa. Seria impressionante se não fosse pelo que você é.

Limpei o sangue que escorria da minha bochecha.

– Vocês são todos enormes babacas?

Ele riu, e o som o faria parecer mortal se não fossem suas estranhas tatuagens brilhantes. Aquilo precisava acabar naquele instante. Levantei e dei um passo à frente, fingindo escorregar, como se estivesse ficando cansada demais para ficar de pé. Meus joelhos bateram no chão com força, minha respiração ficou ofegante quando me inclinei para a frente me apoiando nas mãos.

– Não posso mais lutar. Não posso lutar contra você. Você é forte demais.

Ele se aproximou, jogando a lâmina de uma mão para a outra. Era todo arrogância e ego. Perfeito.

Ele parou na minha frente, erguendo a lâmina, e a ponta dela tocou meu queixo e me forçou a levantar a cabeça. Ele estava pronto para acabar comigo.

– Você lutou bem. Já faz um tempo que não tenho um oponente digno.

– Por favor – implorei, olhando através dos meus cílios. Forcei lágrimas a surgir em meus olhos e abaixei a cabeça. Precisava que ele se aproximasse. – Apenas seja rápido.

– Não vou matar você. Samkiel e o Conselho de Hadramiel darão seu julgamento final.

As pontas de suas botas ocuparam minha visão. Ergui minha cabeça devagar, um sorriso breve e malicioso curvou meus lábios. Ele tinha caído na minha armadilha. Antes que ele percebesse o que estava acontecendo, meu corpo se dissipou e se refez atrás dele. Ele não teve tempo de reagir quando meu pé bateu na parte de trás de seus joelhos, forçando-o a cair. Agarrei-o por baixo do queixo, com minha outra mão na parte de trás de sua cabeça.

Inclinei-me perto de seu ouvido e sibilei:

– Homens tolos, mesmo os sobrenaturais, sempre caindo no ato da donzela em apuros.

Forcei sua cabeça para a frente e girei, rápido e forte. Os sons de ossos se quebrando ecoaram na biblioteca vazia.

O corpo dele ficou mole, sua cabeça virada em um ângulo horroroso quando caiu no chão com um baque surdo. Passei por cima dele e rapidamente juntei os livros e pergaminhos que haviam se espalhado quando atirei a mesa. Eu tinha que me apressar. Se havia um, sem dúvidas haveria outro, e nem Alistair, Tobias ou Kaden tinham aparecido. Peguei o que pude e me dirigi até a porta.

– Isso foi um erro – declarou ele atrás de mim.

Parei quando ouvi os ossos de seu pescoço voltando para o lugar.

– O que é preciso para matar você? – rebati, virando-me e deixando cair as pilhas de papéis e pergaminhos.

– Mais do que isso. – Ele se atirou sobre mim, brandindo a espada. Peguei a lâmina com a mão livre. Cansei de brincar. Os olhos dele se arregalaram quando ele tentou arrancá-la de minhas mãos e falhou. Garras cresceram, substituindo minhas unhas, enquanto eu segurava a arma com mais força. Minha pele queimou sobre o metal estranho, mas eu estava farta da nossa dança violenta.

— Certo, vou me esforçar mais então.

Ele puxou a espada, mas eu a segurei firme. A lâmina cortou minha mão, mas ignorei a dor e apertei-a com toda a força. A lâmina se partiu ao meio, cacos caíram no chão, e um estrondo ensurdecedor ecoou pela sala.

Sorri, e foi a vez dele de tropeçar para trás.

— Opa. Quebrei seu brinquedo.

— Impossível — sussurrou ele.

Flexionei a mão, e o corte na palma cicatrizou devagar… devagar demais.

— Na verdade — inclinei a cabeça para o lado —, se aplicar a pressão certa, qualquer coisa pode quebrar. Até você.

Foi a minha vez de tomar a ofensiva, e me lancei na direção dele. Sombras e aço dançaram entre nós pelo que pareceram horas, mas na verdade foram apenas alguns minutos. Acabamos como começamos, rondando um ao outro. Estávamos ambos ofegantes e sangrando, mas nenhum de nós abaixava a guarda. Não importava o quanto eu o machucasse; ele ainda lutava. Era um verdadeiro guerreiro.

— Parece um pouco cansado, campeão. Ficando sem energia?

Ele riu, girando sua nova lâmina.

— Não seja tão arrogante. Lutei contra criaturas muito maiores e muito piores que você.

— Ah, é? Você sangrou esse tanto também? — Sorri quando apontei para sua perna direita. — E mancou?

Ele parou e teve a audácia de sorrir. O brilho sob sua pele ficou mais forte quando fechou os olhos e respirou fundo. Observei quando o osso de sua perna voltou ao lugar com um único estalo. Ele abriu os olhos, balançando a cabeça para mim.

— Você realmente não sabe com quem está lidando, não é…

Suas palavras foram interrompidas quando uma mão com garras irrompeu no meio dele. Ele berrou e estendeu a mão para o peito, as tatuagens azuis em sua pele tremeluziram.

— Eu sei — sussurrou atrás dele a voz de Kaden, profunda e animalesca.

VII
Dianna

Olhos vermelhos reluziram sinistramente quando Kaden atirou o celestial em direção ao meio do salão. O corpo derrapou e parou, e Kaden virou a cabeça bruscamente para mim.

– A ordem era para você esperar – disparou para mim, todo presas e raiva.

– Achei que estava abandonado.

Os olhos dele ficaram fixos nos meus por mais um momento antes de eu ouvir passos atrás de mim. Não precisei me virar para saber que Alistair e Tobias tinham entrado. Kaden não falou mais nada enquanto voltava lentamente à sua aparência mortal, com os espinhos curvando-se e recolhendo-se sob sua pele. Ele caminhou até onde o membro d'A Mão estava lutando para se levantar do chão, as tatuagens azuis em sua pele continuavam a oscilar. Quando Kaden se aproximou, o guerreiro agarrou o peito, mantendo a cabeça erguida em desafio. Tobias, carregando duas adagas estreitas, chutou-o de volta para o chão. Alistair parou ao lado de Kaden com uma adaga na mão.

O guerreiro olhou para Kaden, depois para Tobias e Alistair antes de falar em uma língua que eu nunca tinha ouvido. Ele cuspiu aquele sangue vibrante no chão perto do pé de Kaden, enquanto se esforçava para se sentar de novo.

– Ah, a antiga língua de Rashearim. – O sorriso de Kaden foi lento e ameaçador. – Admito que já faz um tempo que não ouço essas palavras. – Ele pegou a lâmina fina que Tobias lhe ofereceu. Segurou-a na frente do homem no chão. – Você sabe o que é isso?

O guerreiro recuou, com o medo brilhando em seus olhos.

– A adaga dos renegados. – Ele suspirou as palavras. – Feita dos ossos dos antigos Ig'Morruthens.

Kaden riu e lançou um sorriso triunfante para Alistair e Tobias.

– Certo, certo, e você sabe o que ela faz com você e sua espécie, certo?

Era óbvio que sim, mas o guerreiro não respondeu, e o fedor do medo não permeou a sala. Eu retribuiria o elogio que ele me fez: diante da morte absoluta, ele não teve medo.

– Não se preocupe. Não vou usá-la em você. Tenho uma ideia melhor. – Kaden segurou a lâmina pelo punho e disse: – Alistair tem o péssimo hábito de rasgar mentes e extrair qualquer informação de que preciso, transformando-as em um monte trêmulo de gosma inútil no processo. Agora… – Kaden bateu com a mão no ombro de Alistair. – Vou mandá-lo tornar você meu escravo estúpido, como vários de seus irmãos antes de você.

O guerreiro fez uma careta diante das palavras de Kaden, ainda segurando o peito. Ele olhou para Alistair, que lhe deu um sorriso sádico.

– Não tenho medo de você. De nenhum de vocês – zombou ele.

Kaden deu um sorriso torto e disse:

– Tão confiante. Tão arrogante. Bem a cara dele acreditar que vocês são a única força poderosa neste reino ou no outro. Não é mesmo, Zekiel?

O guerreiro franziu as sobrancelhas e, pela primeira vez, vi um pouco de medo em seu olhar.

– Você sabe meu nome?

Meu coração saltou mais uma vez. Quanto Kaden sabia e quanto não me contou? Senti que estava ficando irritada, mas me acalmei quando Kaden continuou.

– A Mão de Rashearim. Guarda de Samkiel. Ou o nome dele é Liam agora? Assim que conseguir aquilo de que preciso, vou gostar de despedaçar você e enviar os pedaços de volta para seu irmão. Espero que ele veja o que sobrou de você.

Os olhos de Zekiel se arregalaram com as palavras de Kaden. Sua expressão sugeria medo, mas não foi essa a emoção que senti vindo dele. Era outra coisa. Determinação? Ele estava se preparando para lutar. Eu sabia, pela forma como Kaden inclinou a cabeça e sorriu, que ele também tinha sentido o cheiro.

– Falando em mãos… – Kaden moveu a espada e cortou a mão de Zekiel. Um grito de gelar o sangue ecoou dentro da câmara em chamas quando Zekiel agarrou o membro decepado. Kaden limpou a lâmina nas calças antes de devolvê-la a Tobias. Eu estava acostumada com o quanto o temperamento de Kaden podia ser rápido e violento, mas isso nunca tornava a cena menos grotesca.

Kaden chutou a mão decepada para o lado, e Zekiel sibilou entre os dentes cerrados, olhando fixamente para nós.

– Eu detestaria se você invocasse aquelas lâminas irritantes. Agora – Kaden olhou para Zekiel – onde estávamos? Ah, sim. Eu quero o Livro de Azrael. Onde está?

– Não vou contar nada para você! – declarou Zekiel para Kaden, enquanto segurava o braço. O sangue escorria entre seus dedos, do mesmo tom de azul da luz que tremeluzia sob sua pele.

Os cantos dos lábios de Kaden se contraíram.

– É o que todos falam.

Os olhos de Alistair ficaram vermelhos quando Kaden lançou um olhar para ele. Alistair se concentrou em Zekiel e deu um passo à frente. Ele ergueu as mãos, e uma fumaça escura saiu de suas palmas e entrou na cabeça de Zekiel. As costas do guerreiro se curvaram, e seus olhos se reviraram. Ele soltou outro grito torturado enquanto Alistair invadia sua mente. Estremeci, o som perfurava meus ouvidos. Depois de todos esses anos, eu deveria estar acostumada com isso, mas sempre era horrível. Passaram-se alguns segundos agonizantes que pareceram anos antes de Alistair parar. Zekiel pressionou a mão no chão e ofegou enquanto levantava a cabeça. O sangue manchava seus dentes, e ele sorria, o suor se acumulava em sua testa.

– Então? – perguntou Kaden para Alistair, sem tirar os olhos de Zekiel.

Alistair parecia atordoado ao olhar entre Kaden e Zekiel.

– Nada. Bati em uma barreira. A mente dele é forte, mas não impenetrável. Vou precisar de mais tempo.

Kaden ergueu as sobrancelhas e deu de ombros.

– Tudo bem. Temos todo o tempo do mundo.

Zekiel riu, olhando para Kaden como se pudesse desejar a própria morte.

– Não, vocês não têm.

Ele manteve o olhar focado em Kaden. Observei sua boca se mover, enquanto a língua antiga saía de seus lábios. Kaden rosnou, mas só conseguiu dar um passo à frente antes de Zekiel bater a mão no chão. Círculos de prata pura se formaram ao redor de cada um de nós. Olhei para baixo quando vários símbolos brilhantes surgiram naquele que me envolvia. Alistair e Tobias berraram no momento que uma onda de eletricidade me atravessou.

Caí de joelhos, a dor era lancinante. Meus membros pareciam fracos e contraídos, mas me forcei a olhar para cima. Meus dentes se cerraram, e eu tentei controlar a agonia que corria por meu corpo. Um manto de luz envolvia minha prisão como uma névoa opaca. Olhei para a minha esquerda, onde Tobias estivera. Ele estava cercado pelo próprio círculo prateado. Seu grito era o de um ser em dor mortal, e ele estava mudando de uma forma de criatura para outra. Uma fumaça preta dançava por seu corpo, e ele arranhava e socava, tentando se libertar. Não precisei ver Alistair para saber que ele estava fazendo o mesmo; eu podia ouvi-lo.

Cerrei os dentes, minhas costas se curvaram quando outra onda de poder me atravessou. O que ele tinha feito? Fiquei encharcada de suor enquanto tentava, mas não conseguia ficar de pé. Kaden rugiu, um som de pura fúria e malícia. Minha cabeça girou em direção ao centro do salão e vi que Zekiel tinha conseguido se levantar.

Os olhos dele encontraram os meus por apenas um momento, e em seguida ele passou por nós sem olhar duas vezes, mancando e segurando o braço contra a barriga. Eu me esforcei para me virar, observando-o passar pela porta. Porra, nós íamos perdê-lo! Parte de mim se enraiveceu. Ele era o mais próximo que chegamos de encontrar o livro e obter algumas respostas. Tínhamos um membro d'A Mão. Eu não podia deixá-lo escapar. Eu não ia deixar.

Meus ossos doíam, mas empurrei o poder que me prendia, a massa disforme girava ao meu redor e se curvava. Meu joelho tremeu quando bati o pé no chão. Esforcei-me, e o suor escorreu pela minha testa. Meus dentes doíam com a força com que eu cerrava minha mandíbula. Empurrei para cima, impulsionando-me para ficar de pé. Coloquei a mão na barreira que me cercava e sibilei quando minha pele encheu de bolhas. Ia doer, mas eu precisava escapar.

Reuni toda a determinação que tinha e fechei os olhos, concentrando-me, enquanto bloqueava a dor, os gritos e os berros. Meu corpo tremeu quando escamas substituíram a pele, e asas, garras e uma cauda se formaram quando me transformei na fera lendária. Não hesitei em pensar nisso, mas escapei da armadilha circular e atravessei o telhado. A fera urrou de dor e fúria, meu corpo parecia ter sido devastado por fogo e vidro.

Irrompi pelo teto da caverna, e poeira e terra foram lançadas no ar ao meu redor. Bati minhas asas grossas duas vezes e me elevei no ar. Eu me sacudi para acalmar minha nova pele e afastar a lembrança da dor. Avistei Zekiel mancando em direção à entrada da cidade em ruínas e pousei pesadamente no chão na frente dele. Uma fumaça escura encobriu meu corpo enquanto eu voltava à minha forma mortal.

– Não! Você não deveria ser capaz de escapar. Não, a menos que seja um dos... – Zekiel parou, com os olhos arregalados e com medo. – Não pode ser. Samkiel tem que saber.

Dei um passo à frente, e ele deu dois para trás.

– Não posso deixá-lo ir embora.

– Você não faz ideia mesmo, não é? Seus poderes, seus pontos fortes?

Parei e balancei a cabeça. Ele ainda estava sangrando no peito e no pulso, os ferimentos que Kaden infligira faziam seu trabalho. As únicas coisas capazes de realmente matar os celestiais, além das armas feitas pelos divinos, éramos nós. Éramos inimigos mortais em todos os sentidos da palavra, e, observando-o agora, pude entender o porquê. A luz que reluzira tanto na biblioteca agora estava fraca e falhando. Ele parecia mortal. Parecia que estava morrendo, mas eu não podia deixar isso acontecer. Não antes de tirarmos dele as informações de que precisávamos.

– Olha, você está sangrando, e, quando eu arrastar você de volta lá para baixo, Alistair vai destruí-lo de dentro para fora pelo que fez. Não há fuga, não há corrida. Nunca. – A última palavra escapou num sussurro, revelando meu próprio medo e realidade.

Ele estendeu a mão, pegou um de seus brincos e o arrancou. Ele brilhou em sua mão antes de se transformar em uma adaga prateada.

Joguei minhas mãos para o alto em frustração.

– Ah, qual é! Quantas dessas coisas você tem?

Ele não respondeu, apenas virou a lâmina e a pressionou diretamente sobre o coração. O instinto assumiu o controle, e agarrei a adaga antes que ela lhe perfurasse o peito. Segurei a mão dele entre as minhas, e ele encontrou meu olhar com uma expressão chocada e triste. Ele sabia que não havia como escapar, e aquela era sua última escolha. Eu não pude deixar de me entristecer por ele. Gabby tinha a mesma expressão quando o deserto tentou nos reivindicar. Era a expressão de alguém que desistiu de toda esperança, abandonou toda razão e aceitou seu destino.

– Ele não pode pôr as mãos naquele livro – declarou Zekiel, com sua voz que era quase um sussurro. – Vocês nem sabem quem Azrael era. Se ele escreveu um livro e o escondeu, então não foi feito para sua espécie o encontrar.

Tentei afastar a adaga do peito dele, mas seu aperto era forte mesmo com uma das mãos.

– E se matar vai acabar com isso? Você sabe onde está?

Ele negou com um gesto de cabeça.

– Não, mas minha morte terá um propósito. Trará Samkiel de volta.

Meu coração batia forte no meu peito.

– Você quer dizer *o* Samkiel? – Ele era real? Merda. Zekiel não respondeu, então eu o sacudi novamente. – Ele não é o Destruidor de Mundos?

O joelho de Zekiel disparou para cima, acertando minha barriga. Eu me dobrei, e ele se soltou do meu aperto. Acertou um soco na minha bochecha com força suficiente para me atirar longe. Caí de bunda e virei a cabeça na direção dele.

– Athos, Dhihsin, Kryella, Nismera, Pharthar, Xeohr, Unir, Samkiel, concedam-me passagem daqui até Asteraoth! – clamou Zekiel.

Asteraoth? Não! Essa era a dimensão celestial, muito além do tempo e do espaço. Merda!

Ele me lançou um último olhar, e vi lágrimas se formando em seus olhos. Inclinou a cabeça para trás para encarar o céu e enfiou a adaga no peito.

Eu me levantei em um segundo, mas já era tarde demais. Meus dedos mal tinham tocado o cabo prateado, e ele girou a lâmina. Seu corpo ficou rígido quando as tatuagens em sua pele se iluminaram. A luz correu até o centro de seu peito e, em seguida, explodiu em um raio azul extremamente vibrante e ofuscante, disparando direto para o céu. Levantei a mão para proteger os olhos e virei as costas para ele.

Dei uma espiada para trás, esperando ainda ver o feixe, mas não encontrei nada além de escuridão. Olhei para minha mão e para a lâmina prateada que ainda segurava, ambas revestidas com o sangue do homem que não estava mais ali.

– O que você fez?

Levantei a cabeça e vi Kaden olhando para mim do prédio em ruínas. Uma de suas mãos agarrava a lateral da casa, suas roupas estavam desgrenhadas pelo ataque dentro das armadilhas mortais nos círculos prateados. O que vi em seus olhos me fez questionar tudo e me encheu de terror. Pela primeira vez em séculos, vi medo no olhar dele.

VIII
LIAM

AS RUÍNAS DE RASHEARIM
Dois dias antes

Acontecia quase toda noite. Todas as noites, meu corpo adormecia à minha revelia, e todas as noites, os sonhos atacavam minha consciência. Quando eu acordasse, o quarto estaria vibrando com a energia que emanava do meu corpo. Os móveis de madeira entalhada iam se curvar até se partir, estilhaços se espalhariam pelo cômodo já destruído. Meu controle sobre meu poder era insuficiente já fazia algum tempo. Terrores noturnos de batalhas passadas, há muito travadas e encerradas, atormentavam-me. Aquela noite, no entanto, foi diferente. O que começou como o mesmo campo de batalha cheio de sangue tornou-se outra coisa.

A armadura de batalha me revestia da cabeça aos pés. Era robusta o bastante para resistir aos golpes colossais das feras que enfrentávamos, mas era leve o suficiente para permitir que nos movêssemos com facilidade. O chão sob meus pés tremia violentamente, fazendo as enormes feras à minha frente vacilarem. Foi apenas por um momento, mas foi um momento longo demais para elas.

Desferi um golpe alto com a espada de dois gumes, cortando a cabeça de dois Ig'Morruthens serpentinos que avançavam. Sangue furta-cor vazou de suas carcaças quando caíram no chão, e saiu vapor das feridas que minha lâmina havia causado. Os deuses traidores tinham invocado nossos inimigos mortais, os Ig'Morruthens, para ajudar em sua rebelião, e isso nos custara muitas vidas.

As chamas se alastravam pela paisagem, limitando meu campo de visão. O fogo consumia qualquer material que encontrava, e meu coração sangrava ao ver arruinado o que restava de nosso mundo. Um estrondo alto atingiu meus ouvidos, acompanhado pela vibração de algo que pousou atrás de mim. Girei, erguendo minha espada à espera de outro inimigo.

A deusa Kryella bloqueou meu ataque com sua espada larga.

— Calma, Samkiel. — Ela abaixou a lâmina, limpando-a na armadura bege. Seus longos cabelos ruivos apareciam sob o capacete ligeiramente amassado que ela usava. Kryella era uma das deusas mais poderosas de Rashearim.

Abaixei minha arma, a batalha continuava furiosa ao nosso redor. Vi manchas prateadas e azuis de deuses e celestiais espalhadas sobre sua pele marrom, e as gotas de sangue abaixo de seus olhos lembravam alguma pintura de guerra primitiva. Ela estava coberta com o nosso próprio sangue.

– *Quantos?*

Kryella ergueu o elmo, permitindo que partes de seu rosto aparecessem. Seu olhar permaneceu fixo em mim, a prata de seus olhos era penetrante. Ela balançou a cabeça.

– *Demais. Vá até seu pai. Se ele cair, nosso mundo também cairá.*

Ela não disse mais nada, a luz prateada aumentava nas partes expostas de sua armadura, e ela disparou de volta para o centro da batalha.

Eu cambaleei para a frente, mantendo-me de pé, enquanto os reinos tremiam. Deuses estavam morrendo, seus corpos explodiam como estrelas em miniatura. Rashearim ardia em chamas até onde a vista conseguia alcançar. Montanhas e vales que outrora haviam sido abundantes eram agora um terreno baldio desolado. As estruturas de ouro, nossas casas e nossa cidade estavam agora escavadas, quebradas e destruídas.

O céu berrava enquanto o monstruoso Ig'Morruthen responsável pelas chamas que consumiam nosso mundo sobrevoava. Fogo irrompeu de sua garganta, incendiando mais de Rashearim. Era a morte alada e grande o bastante para praticar tiro ao alvo.

As linhas prateadas na minha pele brilharam com mais intensidade quando peguei minha lança e a infundi com meu poder. A haste tremia enquanto eu a segurava acima da cabeça. Com outra grande batida de asas, a fera mergulhou atrás de uma nuvem escura. Esperei na posição exata enquanto ela dava a volta. Estava atacando qualquer infraestrutura que pudesse encontrar em seu objetivo de destruir nosso povo. Contudo, o que os Ig'Morruthens e os deuses traidores não sabiam era que meu pai e eu tínhamos enviado o máximo de pessoas possível para se refugiarem no planeta habitável mais próximo.

Outro jato de chamas irrompeu, lançando faíscas através da fumaça, e eu ouvi o bater de asas revelador. Segui o som e, quando vi as pontas de uma asa e de uma cauda dançarem saindo na nuvem espessa e escura, atirei minha lança. Prendi a respiração enquanto o projétil prateado radiante rasgava o ar e desaparecia. Um berro alto e ensurdecedor ecoou quando minha arma acertou seu alvo e a fera caiu. Seu corpo aterrissou entre vários de seus irmãos, esmagando alguns sob si.

Os monstros que não estavam feridos voltaram olhos vermelhos escaldantes para meus homens. Uma fúria irradiava deles enquanto se preparavam para atacar. Dois raios prateados pousaram ao lado da enorme fera. Os deuses traidores não hesitavam em se juntar à matança dos celestiais. Naquele momento, eles me avistaram. Convoquei uma espada em cada mão e corri em direção a eles. O chão abaixo de meus pés vibrava, e meu entorno reluzia. Tudo ficou embaçado, e logo eu estava em um local diferente.

Não havia mais ruínas em chamas. As estrelas e galáxias que revestiam meu horizonte haviam desaparecido. Em vez disso, eu estava em uma grande sala de bronze. Colunas se elevavam até o alto teto circular, e uma orquestra enchia o espaço com música. Minha mente havia me empurrado ainda mais para o meu passado.

Antes da Guerra dos Deuses.

Meu pai estava de pé diante de mim, sua vestimenta era uma mescla de armadura pesada e incrustada com ouro e trajes vermelhos e dourados que fluíam ao redor dele como lençóis. Ele tinha joias presas nos cachos grossos de seu cabelo, algumas com brasões dourados gravados, outras com emblemas de batalhas e uma que eu conhecia bem, dada a ele por minha mãe. Uma grande coroa preta e prateada com seis pontas estava sobre sua cabeça. Tinha uma ponta para cada grande guerra travada e vencida sob seu governo, todas muito antes da minha existência. As bordas eram longas, em formato de diamante, com uma única joia de prata no centro. Ele usava a coroa apenas quando o dever ou o decoro exigiam. Aquele dia era uma celebração – e um no qual eu havia exagerado na bebida.

Ele se virou para mim, seu cabelo escuro era mais longo que o meu. Veias prateadas brilhavam sob as partes expostas de sua pele marrom-escura. As duas linhas que corriam ao longo de seus braços, garganta e rosto eram da mesma prata que os olhos que perfuravam os meus. Ele estava com raiva, o peso de sua ira era uma força esmagadora. O cajado dourado em sua mão golpeava o chão, fazendo com que rachaduras se espalhassem sob seus pés.

— Eu já lhe falei sobre isso diversas vezes, mas você não escuta. Se você não fosse meu filho, eu pensaria que você é surdo! – gritou ele.

Eu cambaleei. Talvez eu tenha consumido líquido savaee demais.

— Pai. Você está nervoso.

Outro golpe de seu cajado, e o chão vibrou quando ele se aproximou.

— Nervoso? Eu estaria menos nervoso se você não andasse por aí dessa maneira. Os reinos têm lentamente se encaminhado para o caos. Preciso de você mais focado do que nunca. Os Ig'Morruthens buscam poder sobre qualquer reino que conseguirem conquistar, e, se eles crescerem em número, nem nós estaremos preparados para impedi-los. Preciso de você focado.

Exalei um suspiro, sabendo muito bem o que se seguiria.

— Eu estou focado. – Cambaleei antes de me aprumar. – Por acaso não tomei Namur? Conquistei o nome de Destruidor de Mundos devido aos reinos que recuperamos. Mereço um momento de paz, longe do sangue e da política. Não deveríamos comemorar após batalhas vitoriosas, ficar com nosso povo?

Ele fez uma expressão de desprezo, balançando a cabeça.

— Nosso povo pode comemorar. Você não. Você será rei. Não compreende isso? Você tem que mostrar seu rosto, e não cambalear ou enfiar seu pau em qualquer celestial ou deusa que lhe dê um pouco de atenção. – Ele fez uma pausa, esfregando a testa com uma das mãos. – Você tem tanto potencial, meu filho, mas você o desperdiça.

Virei-lhe as costas e explodi, atirando o cálice com tanta força contra uma coluna próxima que ficou incrustado na pedra.

— Não posso governá-los. Eles não permitirão isso. Eu não sou você e nunca serei. O título deveria passar para um deles. Eles sabem disso, e eu sei disso. Não sou nada para eles, nada além de um bastardo mestiço. Não são essas as palavras que murmuram quando acham que eu não posso ouvir? Os olhares… Eles insistem que eu prove meu valor de novo e de novo, e, ainda assim, não é o bastante.

Por um momento, os olhos dele se fecharam como se estivesse sentindo dor, porém, em seguida, ele os abriu e me encarou. Seu olhar me perfurou, enquanto ele passava a mão sobre sua barba espessa. Balançou a cabeça para mim.

– *Você é mais do que suficiente, Samkiel. Você conhece minhas visões, o que eu vi. Eu vi muito além deste lugar e tempo. Você é o melhor de nós, mesmo que não enxergue isso agora.*

Bufei, mais para mim mesmo, enquanto esfregava a testa com a mão.

– *Nunca vão me aceitar, não importa quantos Ig'Morruthens eu mate ou quantos mundos eu destrua para salvar outros. Meu sangue não é puro como o seu ou o deles.*

– *Você é perfeito do jeito que é. Não se preocupe com eles. Eles não terão escolha. Você é meu herdeiro. Meu filho.* – *Ele avançou, parando na minha frente antes de colocar a mão no meu ombro. Minha raiva se dissipou quando ele disse:* – *Meu filho único.*

– *Você os força, e eles vão retaliar.* – *Eu sabia que iam, assim como sabia que não me aceitariam. Eu não queria governar, mas, infelizmente, meu pai, meu sangue, não me deixava escolha.* – *Palavras como essas soam como ameaça de guerra, pai.*

Ele deu de ombros tão despreocupadamente, e um pequeno sorriso malicioso se formou em seus lábios como se a mera ideia fosse um sonho febril.

– *Fiz inimigos por menos. Inimigos antigos e poderosos. Não temo guerras.*

Meu olhar encontrou o dele por um instante, os efeitos do savaee iam passando conforme a minha realidade penetrava em meu cérebro.

– *Eu nunca vou ser um líder igual a você.*

– *Excelente. Seja melhor.*

Sua voz era quase um sussurro, abafada por uma batida forte que fazia uma serenata para meus ouvidos. Chamei, mas o rosto e a forma do meu pai se distorceram como poeira estelar.

Meus olhos se abriram. Uma energia, radiante e vibrante, disparou deles, atingindo o teto e fazendo com que alguns grandes pedaços de mármore caíssem ao meu redor. O buraco acima da minha cama estava lá desde a minha primeira noite aqui e aumentava a cada vez que eu dormia. Era a manifestação física das emoções que eu não conseguia mais conter. Sentei-me, enxugando a umidade que manchava minhas bochechas. Eu odiava vê-lo, odiava reviver qualquer coisa que tivesse a ver com ele ou com meu passado. As batalhas, a guerra, o bem e o mal – eu desprezava tudo aquilo. Meu cabelo estava grudado nos músculos encharcados de suor dos meus ombros e costas. Estava longo demais agora, mas eu não me importava.

Xícaras, mesas e cadeiras levitavam no chão de mármore devido à energia que eu havia expelido. Mesmo depois de todos os séculos, era um poder que ainda escapava ao meu controle. Levantei as mãos, massageando as têmporas e tentando recuperar o foco. À medida que os pedaços da minha casa caíam, a dor surda que latejava na minha cabeça diminuía. As dores de cabeça estavam piorando. Eram um tambor constante que me atormentava com cada vez mais frequência. A culpa e o arrependimento que eu sentia estavam se tornando avassaladores.

Segurei o rosto entre as mãos, e os cachos soltos caíam para a frente como uma cortina grossa para bloquear a luz. Os músculos do meu corpo ainda estavam tensos e doloridos.

Eu estivera mantendo a mesma rotina de treinamento que aprendi antes da guerra. Era a única coisa que ajudava. Quanto mais eu me exercitava, levantava peso ou corria, mais fácil era afastar os pensamentos que ameaçavam me devorar.

Nos dias em que era pesado demais e não conseguia me forçar a sair do palácio, eu ficava dentro de casa. Era então que a sensação de vazio e dor piorava. Ela me consumia, era uma névoa escura que saía rastejando de todos os recantos da minha consciência, devorando minha vontade de existir. Eu não queria me mexer nem comer nesses dias. Então, ficava apenas deitado, observando o nascer e o pôr do sol sem saber quanto tempo havia se passado. Eu me virava de um lado para o outro na cama, sem forças ou ânimo nem para me levantar. Eram os piores dias.

Quantos anos haviam se passado desde que me isolei? Eu havia perdido a conta.

Os lençóis surrados e desgastados se amontoaram em volta dos meus quadris quando coloquei os pés no chão. Cicatrizes corriam em zigue-zague pelas minhas coxas e joelhos. Meu corpo estava cheio delas. A que eu mais odiava era aquela profunda na minha canela. A lembrança dela sempre trazia de volta os terrores noturnos. Se eu tivesse sido um pouco mais rápido... Fechei os olhos de novo, abafando os gritos antes de abri-los.

Examinei o quarto, parando no longo vidro reflexivo com moldura dourada na parede oposta. Linhas prateadas decoravam meus pés, pernas, barriga, costas e pescoço e abaixo dos meus olhos. Imediatamente me arrependi de ver meu reflexo. A espessa e escura massa de cabelo chegava até o meio das minhas costas, e uma barba por fazer e desgrenhada obscurecia a maior parte do meu rosto.

O brilho dos meus olhos se refletia no espelho, lançando uma névoa prateada na sala que me lembrava quem eu era, onde estava e o quanto era um fracasso. Chamavam-me de protetor. Eu bufei e abri a mão, atirando uma rajada de poder ofuscante em meu reflexo, reduzindo o vidro a meras partículas de areia. Olhei para o novo buraco que adicionei a esta propriedade enorme e degradada. Perfeito – minha casa agora parecia o completo desastre de mundo que eu construí.

Eu improvisei este planeta com os restos de Rashearim que flutuaram além do véu do Submundo antes que os reinos fossem lacrados. Depois que a situação se acalmou, o Conselho de Hadramiel retornou, estabelecendo-se do outro lado do mundo, distante de mim. Eu queria ficar sozinho, e eles não questionaram seu rei. Eu havia instituído os procedimentos adequados para que eles e os celestiais conseguissem administrar as coisas sem mim. De que importava? Os reinos estavam trancados pela eternidade, e qualquer coisa que pudesse ser uma ameaça havia morrido com Rashearim.

A luz, clara e nítida, espreitava da abertura acima da minha cabeça conforme o Sol se aproximava do horizonte. Levantei-me e fui até a parte escavada do quarto onde guardava minhas roupas. O espaço era um desastre, com tecidos espalhados pelo chão e pendurados nas prateleiras. Estava uma bagunça, como o restante de mim. Eu precisava sair, correr – qualquer coisa para diminuir a tensão crescente em minha cabeça.

Vesti uma calça creme e saí dos meus aposentos. Desci os degraus esculpidos e cheguei ao átrio principal. Abria-se para um grande espaço com apenas uma pequena área para refeições à direita com uma mesa e uma cadeira que eu mesmo fiz. Eu não sabia por que as tinha feito. Eu não permitia nem queria companhia, e elas apenas acumulavam poeira como qualquer outro móvel na casa.

A natureza estava tentando retomar minha casa. Videiras procuravam refúgio, crescendo através da janela na parede oposta. Eu não tinha me preocupado em retirá-las ou movê-las. Eu não me preocupava mais com nada.

Um zumbido elétrico encheu a sala, fazendo-me suspirar e fechar os olhos. Imediatamente levei a mão à testa e esfreguei minha sobrancelha, e a pulsação sempre presente aumentava. Eu sabia o que era e ignorava todas as vezes. Deixei cair a mão e me virei em direção ao grande console acima dos restos da lareira que havia esculpido. Um pequeno dispositivo incolor apitava, sua minúscula luz azul piscava na lateral. Era uma forma de manter contato com outras pessoas caso precisassem de mim. Era para ser usado apenas em uma crise extrema. No entanto, ainda não tinham seguido essa ordem.

Outro bipe soou antes de uma silhueta brilhante e imperfeita se formar na minha frente.

– Solicitação de mensagem do Conselho de Hadramiel – ecoou a voz robótica e monótona.

Eu nunca teria paz.

– Autorizado.

– Samkiel.

Meus punhos se cerraram, energia pura dançou nos nós dos meus dedos. Eu odiava esse nome.

A silhueta antes disforme vibrou fora de foco antes de retornar como a personificação de uma mulher alta e curvilínea. Seu longo cabelo loiro estava trançado frouxamente e caía ao lado do corpo. Imogen. Ela se parecia com a deusa Athos, que a fizera. A única diferença era que Imogen era celestial pura e integrante d'A Mão – minha Mão.

Um capuz dourado cobria a maior parte de seu cabelo, e seu vestido chegava ao chão, com a bainha formando uma poça ao seu redor. Ela juntou as mãos enquanto olhava para mim – ou, mais precisamente, através de mim. A mensagem poderia ser enviada, mas eles não tinham imagem até que eu respondesse e concedesse permissão.

– Já se passou bastante tempo desde que a última mensagem foi enviada, e, infelizmente, não recebemos resposta naquela época, assim como em todas as outras vezes. Eu me preocupo com… – Ela fez uma pausa e reformulou a frase. – Nossa preocupação por você cresce, meu soberano.

O latejar na minha cabeça ficou mais alto. Eu também desprezava essa palavra. Era um título que me fora atribuído ao nascer, como todos os outros.

– A pedido de Vincent, Zekiel se aventurou em Onuna. Uma situação parece estar se desenvolvendo lá. Os outros buscam seu conselho e aguardam sua palavra.

Onuna – o mundo intermediário onde mortais e criaturas inferiores prosperavam. Se houvesse algum problema, Zekiel podia lidar com ele. Todos eles podiam. Não precisavam de mim. Ninguém precisava, eles estavam melhor sem mim. Treinados desde o minuto em que foram feitos, serviram aos deuses que os criaram, até que chegou a hora de eu ter meus próprios celestiais sob meu comando.

Ao contrário dos outros deuses, eu não era capaz de criar celestiais. Minha mãe era uma celestial, e meu sangue era impuro. Portanto, em vez disso, selecionei aqueles que eu sabia que eram fortes, inteligentes e, na época, meus amigos. A Mão era tudo o que as lendas descreviam, porque eu a fiz dessa forma. Eram assassinos treinados, e tudo o que aprendi, ensinei a eles. Qualquer coisa que pudesse ser uma ameaça para eles morreu com nosso mundo. Nada era capaz de tocá-los.

Minha atenção voltou-se para Imogen quando ela fez uma pausa, parecendo escolher as próximas palavras com cuidado. Ela virou a cabeça para o lado e para trás.

– Anseio por vê-lo de novo. Por favor, volte para casa.

Casa. Ela se referia à cidade além dos altos penhascos. Nossa verdadeira casa havia virado pó entre as estrelas, e agora vivíamos dos restos dela. Eu não tinha casa. Nenhum de nós tinha, não de verdade.

A imagem à minha frente desapareceu, e a silhueta disforme voltou.

– Devo enviar uma resposta, senhor?

Meus punhos estavam cerrados mais uma vez, aquela dor surda na minha cabeça era incessante.

– Ignore.

Não falou mais nada e voltou para o dispositivo irritante. A sala estava mais uma vez vazia e silenciosa. Eu precisava sair. Girei, atravessando o saguão de entrada e entrando no salão principal. Chamas prateadas ganharam vida quando passei, inundando de luz os corredores bege vazios. Minha energia se agitava sob minha pele, implorando para escapar.

Abri a porta oval e parei, permanecendo nas sombras, fora do alcance da luz solar. A vista era quase avassaladora. Aves coloridas cantavam enquanto voavam em bandos. As sempre-vivas e os arbustos oscilavam ao vento, seus tons de verde, amarelo e rosa eram quase iridescentes. Era um mundo cheio de vida – e, mesmo assim, eu não sentia nada. Eu me sentia tão desconectado de tudo. Minha garganta se apertou quando olhei para baixo, meus dedos dos pés estavam a poucos centímetros da luz lá fora. Movi-me para dar um passo à frente e, em vez disso, dei dois para trás.

Tentaria de novo no dia seguinte.

O dia seguinte chegou, assim como os terrores noturnos. Foram piores que os anteriores, e acordei ao sair disparado da cama, apertando o peito. Não conseguia parar as crescentes ondas de pressão. Eu estava de pé, andando pelo quarto antes que meu corpo registrasse o que estava fazendo. Meu coração batia tão forte no peito que eu tinha certeza de que ele ia pular para fora. Concentrei-me em inspirar e expirar, mas não estava ajudando. Eu não conseguia controlar os tremores que assolavam meu corpo, não conseguia interromper o ataque de memórias que me abalavam profundamente.

– *Tenho vergonha de você. Eu tinha grandes esperanças e agora tenho que limpar sua bagunça. De novo.*

Tapei os ouvidos, apertando a cabeça como se pudesse abafar o barulho.

– *É um tolo se acha que algum dia deixaríamos você nos liderar.*

Meus joelhos dobraram, e caí no chão, gritos ecoaram por todo o quarto.

– Que desperdício – sibilou uma voz feminina misturada com veneno acima de mim. A deusa Nismera. Seu cabelo prateado, traços marcantes e armadura estavam ensanguentados devido à morte de nossos amigos, nossa família e nosso lar. Ela era uma traidora em todos os sentidos. Seu salto estava enterrado em meu peitoral, mantendo-me parado. Os sons de carne sendo rasgada e metal contra metal enchiam o ar. Ela segurava a ponta afiada de sua espada contra minha garganta. Agarrei a lâmina, o sangue escorria entre meus dedos, meu aperto escorregava. O metal perfurou minha garganta, e eu não sabia por quanto tempo conseguiria impedi-la de avançar.

– *Você vai obter a fama que tanto deseja, Samkiel. O título que você tanto ama. Vão conhecê-lo agora pelo que você de fato é: Destruidor de Mundos.*

A parede à minha frente explodiu quando o poder, quente e radiante, vazou dos meus olhos e destruiu tudo em seu caminho.

Fazia dois sóis que eu estava correndo e treinando. Meu corpo doía devido ao esforço excessivo. Não parei até que minha perna direita escorregou – eram meus músculos se rendendo quando eu não o faria. Caí rolando por um pequeno declive e atravessei alguns arbustos. Galhos se partiram e se espetaram em minha pele quando parei de costas na folhagem perto de uma pequena ravina. Aves fugiram das árvores aos bandos, assustadas pelo barulho. A floresta ficou em silêncio depois dos seus berros de partida. A luz se derramava através das copas das árvores enquanto eu ficava deitado ali por um momento, ofegante.

O som de água corrente chamou minha atenção, então virei a cabeça e vi duas cachoeiras caindo em cascata na encosta de um penhasco irregular. Rochas e pedregulhos de diferentes tamanhos cercavam as bordas do pequeno lago em sua base.

Sentei apoiado nos cotovelos, olhando para a água corrente do riacho. Quando havia sido a última vez que tomei banho? Eu não sabia. Quanto tempo fazia que eu não comia? Eu também não sabia. Minhas pernas tremiam quando levantei do chão rochoso e me despi, jogando a calça encharcada de suor para o lado. Entrei na água fresca e cristalina e esperei pela ardência do frio. Deveria estar fria, deveria estar congelante, mas não senti nada. Sacudi a cabeça e caminhei pela água até o lago, não disposto a pensar no que aquela falta de sensação significava para mim.

Após lavar os odores terríveis do meu corpo, coloquei as calças novamente. Apesar de não estarem nada limpas, eu não tinha mais nada. Tinha esquecido camisa e sapatos quando saí correndo da casa depois do meu terror noturno mais recente, mas eu não queria ir para casa. Eu não pertencia àquele lugar – entretanto, eu não pertencia a lugar algum.

Sem ter para onde ir, fiquei perto do lago. A noite caiu, e um milhão de estrelas ou mais iluminaram o céu, lançando um reflexo semelhante na água. Fiquei sentado com os joelhos dobrados e os braços apoiados neles. Eu tinha colhido algumas frutas silvestres de um galho baixo próximo. Eu tinha apetite limitado nos últimos tempos, mas me forcei a comer, e a fruta rica em nutrientes aliviou um pouco a dor de cabeça. À medida que a Lua quebrada se elevava até o alto, as criaturas da floresta começavam sua orquestra única de uivos e latidos.

Comi outra fruta, cuspindo as sementes tóxicas para o lado. Os restos de Rashearim flutuavam no céu, criando um anel ao redor do planeta. Outra vítima da Guerra dos Deuses, a Lua parecia ter sido mordida por um gigante. Atrás dela, uma galáxia girava, misturando uma variedade de cores iridescentes. As estrelas passavam depressa, deixando pequenos rastros de poeira pelo caminho. Eu costumava achar a vista encantadora – até cativante –, porém não mais. Depois de flutuar entre elas, rezando por uma morte que nunca viria, aprende-se a desprezá-las. Vários meteoros lampejaram quando abaixei a cabeça para comer outra fruta.

– Continuo tendo os mesmos terrores noturnos. A frequência deles aumentou no último século. É como se uma escuridão avassaladora estivesse pairando acima da minha cabeça, apenas aguardando para me sufocar. – Fiz uma pausa, colocando mais algumas frutas na boca. – Se eu tivesse sido mais rápido naquele dia… Como eu gostaria de ter sido mais rápido naquele dia! – sussurrei as palavras noite adentro. Talvez, se não estivessem presas na minha cabeça, me dariam um pouco de paz.

– Espero que saiba que abandonei tudo pelo que discutíamos: sexo, festas, bebedeira. Não tenho necessidade nem saudade das coisas que fizeram com que nos afastássemos e agora sei o quanto fui irresponsável. O quanto eu realmente não me importava, não quando importava; e, quando tentei melhorar, já era tarde demais. Eles precisam de um líder, e eu não sou você – declarei, sabendo que estava falando mais comigo mesmo, e não com meu pai. Ele já partira havia muito tempo de qualquer reino que eu pudesse alcançar, mas o alívio me preencheu de qualquer maneira, tirando um peso do meu peito.

– Não precisa se esconder – gritei para a fera escondida nas proximidades. – Estou escutando você. Não tem nada a temer de mim. – Colhi outra fruta do galho. As folhas caídas estalaram sob os cascos poderosos do cervo lorvegiano quando ele entrou na clareira. Observei seus chifres passarem entre os arbustos, seis de cada lado. Ele era velho. Seu pelo totalmente branco tinha manchas na frente, e ele quase brilhava ao luar. Era magro, mas, ao mesmo tempo, enorme. Aquela era uma das várias criaturas que conseguimos salvar. Nós as colocamos aqui, e, então, como qualquer criatura, evoluíram. O cervo tinha quatro olhos, e seu olhar claro nunca deixou o meu enquanto ele continuava a dar um passo após o outro. Ele parou à beira da água, e eu esperei que mais chegassem. Eles geralmente andavam em bandos.

– Onde está sua família?

Nenhuma resposta, não que eu de fato esperasse uma. Ele abaixou a cabeça para tomar um longo gole, e eu voltei a colher as frutas, com seu tom roxo manchando meu polegar.

– Sozinho também? – Olhei para ele e balancei a cabeça. – Presumo que não seja por escolha própria e, por isso, sinto muito. – Ele fez uma pausa enquanto eu falava, erguendo aquela cabeça enorme e me encarando. Colhi uma fruta, mastiguei-a e descartei as sementes mais uma vez, mas tinha obtido uma resposta, por isso, continuei. – Ela continua tentando se aproximar. Sei que ela se preocupa comigo, todos eles se preocupam, mas eu falei para eles entrarem em contato comigo apenas em caso de emergência. Porém, não há nenhuma, porque eles são A Mão, os melhores dos melhores. Em vez disso, enviam mensagens perguntando como estou e se estou bem. – Parei, suspirando antes de continuar. – O homem que ela conhecia, que eles conheciam, não está mais aqui. Ele já se foi há algum tempo. Não sei mais quem eu sou.

As folhas estalaram mais uma vez, e olhei para cima. O cervo abaixou a cabeça enquanto se aproximava um pouco mais. Parou perto de mim e esticou o pescoço, estendendo o focinho, farejando as frutas.

– As sementes são mortais para você. – Coloquei o feixe de galhos emaranhados no chão e colhi uma única fruta. Coloquei-a na palma da mão e foquei. A luz prateada percorreu meu braço, fazendo as marcas reluzirem e refletirem no branco de seu pelo. Ele não se moveu nem tentou fugir. Apenas olhou para minha mão. A baga na minha palma vibrou por um breve segundo enquanto eu me concentrava. As sementes desapareceram uma a uma, deixando intacta a casca roxa translúcida.

Estendi a mão para ele, e as luzes se apagaram sob minha pele.

– Aqui está.

Ele olhou de mim para minha mão estendida e de volta para mim antes de passar o focinho por minha mão e pegar a fruta. Observei, enquanto ele levantava a cabeça e mastigava, com seus olhos nunca deixando os meus.

Dei de ombros.

– É simples. Se eu me concentrar bastante, consigo apagar as moléculas que compõem as sementes. – Ele inclinou a cabeça como se me entendesse, o que era uma loucura. – Mas você não tem interesse nisso.

Forcei um pequeno sorriso e apoiei os braços nos joelhos novamente.

– Todo esse poder, e, ainda assim, não consegui salvá-lo. – Bufei. – Eles. O mundo. Estavam contando comigo, mas eles se foram, enquanto seu rei está sentado em uma floresta densa e desconhecida, conversando com você como se meus problemas tivessem alguma importância.

Ele se aproximou, cutucando meu braço com o focinho. Colhi mais algumas frutas e retirei as sementes de novo antes de oferecê-las a ele. Ele as arrancou delicadamente da palma da minha mão e as mastigou pensativamente.

– Acabaram. Você deveria ir. Quanto mais escuro fica, mais…

Minhas palavras foram interrompidas quando um sussurro percorreu o tempo e o espaço. Foi ensurdecedor, como se a voz dele estivesse amplificada.

– *… Samkiel, conceda-me passagem daqui até Asteraoth.*

As palavras antigas e o canto queriam dizer apenas uma coisa. Queriam dizer morte.

Levantei-me depressa. O céu foi iluminado por um azul radiante e vibrante quando uma estrela que não era estrela passou em disparada rumo ao Imenso Além.

Não.

Os restos de Rashearim tremeram sob meus pés, o chão ameaçou se rachar. O poder irradiava de mim em ondas, as árvores se dobravam e se partiam ao meio. A água na superfície do lago ondulou, e o cervo fugiu, escapando da força da minha raiva.

Imogen havia falado Limbo, portanto foi para lá que eu fui.

Atravessei a atmosfera deles, um crescente de som acompanhou minha entrada. Nuvens enormes me cercaram, trovões rolavam pelo céu em um presságio sinistro de minha chegada. Relâmpagos faiscaram ao meu redor, como se o planeta estivesse desafiando meu poder. Ignorei-o, seguindo em direção ao meu destino.

As nuvens escuras se iluminaram quando a Guilda apareceu à vista. Havia sido estabelecida aqui muito tempo antes como base de operações e local seguro. Existiam lugares como aquele em cada grande continente. Eram locais de formação para celestiais em treinamento e forneciam vínculos com nosso povo, antigo e novo. Dentro de suas paredes, abrigavam arquivos de informações e armas ancestrais.

Pousei, e luzes, sirenes e gritos se abateram sobre meus sentidos. Várias dezenas de celestiais e mortais estavam do lado de fora do grande edifício do palácio. Alguns seguravam pequenos dispositivos com as duas mãos e apontavam-nos para mim. Outros estavam armados com as chamas criadas por minha família eras atrás. Continuaram gritando, repetindo palavras que eu não conhecia, enquanto luzes, intensas e ofuscantes, brilhavam atrás deles.

Levantei a mão, protegendo meus olhos do clarão. Olhei por trás dela para as inúmeras caixas grandes de metal com apêndices circulares que revestiam a área. A estática encheu meus ouvidos, entrelaçada com gritos e conversas. Era demais, alto demais. Cerrei os dentes, a vibração em meu crânio se tornava agoniante.

Minha pele se iluminou quando estendi a mão e a fechei em punho. As luzes explodiram, faiscando e fazendo chover cacos de vidro. Levantei as mãos, extraindo energia das caixas, e aquele maldito barulho cessou. Os gritos e exigências explodiram em tensão, e ergui a mão mais uma vez, preparando-me para neutralizar aquela ameaça também. Naquele momento, ouvi uma voz tão familiar quanto a minha.

– Liam.

Virei-me em direção a ele, deixando meus braços caírem imediatamente. Meus aliados mais antigos e mais confiáveis estavam diante de mim, suas expressões eram uma mistura de choque e tristeza.

– Quem? – falei em nossa língua, com meu tom exigente e insensível, lembrando-me mais o de meu pai do que o meu próprio.

O mais forte d'A Mão, Logan, abaixou a cabeça, seu rosto estava angustiado.

– Zekiel.

Aquela única palavra pareceu um golpe, e eu sabia que não seria uma simples visita a Onuna. Logan era um dos celestiais mais antigos e o único remanescente sobrevivente da guarda celestial formada por meu pai. Eu cresci com ele, e ele era a coisa mais próxima de um irmão que eu tinha. Era tão alto quanto eu e tinha músculos mais que suficientes para não temer nada que respirasse; portanto, quando sua voz vacilou, eu sabia que era hora de prestar atenção.

– É mais do que isso, infelizmente. – Vincent o contornou. Até mesmo suas feições normalmente estoicas pareciam cansadas.

– O que aconteceu?

E em seguida veio a palavra, aquela que eu não desejava ouvir nunca mais.

– Guerra.

IX
LIAM

O dia em que cheguei foi passado com celestiais e humanos que eu não conhecia tentando me cumprimentar e agitados por minha chegada. Suspirei quando desliguei o computador que Logan me deu, fechando os olhos enquanto meu cérebro tentava processar os vídeos instrutivos que ele havia apresentado. Idiomas, fusos horários, política e todos os acontecimentos importantes que ocorreram desde que deixei Onuna, séculos atrás. Minhas têmporas doíam, e massageei-as enquanto ouvia passos se aproximando. Todos estavam muito ansiosos e invasivos, bajulando-me em sua ânsia de me cumprimentar. Preparei-me para uma enxurrada de mais pessoas e fiquei aliviado ao ver apenas Logan entrar.

– Trouxe algumas roupas para você. Devem servir bem até que consigamos algo do seu tamanho – informou Logan. Reconheci a língua que ele usava como a nativa da região. Existiam mais de 6 mil idiomas naquele plano, e eu tinha aprendido apenas metade nas últimas 24 horas.

Dei um grunhido indecifrável de concordância, ainda esfregando os olhos e a testa.

– Sei que é bastante coisa para absorver de uma só vez, mas estou aqui para ajudar, como sempre.

Balancei a cabeça novamente.

– Como vai? Quero dizer, já se passaram séculos. Senti sua falta, irmão.

Abri os olhos quando deixei cair as mãos. Lá estava aquela palavra de novo. Imogen também dissera que sentia minha falta, só que em um idioma diferente. Era genuíno, mas eu não senti nada. Eu não sentia nada havia anos e sabia o que era, sabia o que estava acontecendo comigo. O pior é que parte de mim não se importava.

Balancei a cabeça novamente ao me levantar. As cores de Onuna eram uma versão mais opaca daquelas encontradas em Rashearim. Os dourados e vermelhos pareciam rústicos, e o quarto era uma fraca tentativa de recriar o que tínhamos em nosso lar. Logan não disse nada enquanto eu caminhava até a cama enorme onde ele tinha colocado roupas em tons de preto, branco e cinza.

Escolhi um conjunto e comecei a me trocar. "Terno" foi como Logan o chamara. Algumas partes eram justas demais, o paletó estava apertado nos meus bíceps, e as calças nas minhas coxas. Logan era alguns quilos mais magro do que eu – nada demais, mas o suficiente para deixar as roupas desconfortáveis. Inclinei-me para amarrar os sapatos, e meu cabelo caiu sobre meu rosto.

– Quer fazer a barba ou cortar o cabelo, talvez? – perguntou ele, apontando para a própria cabeça antes de coçá-la.

– Não.

– Só quis dizer que você está prestes a conhecer muitas pessoas e...

– Não me importo com minha aparência e não vou ficar.

Não tinha a intenção de fazer as palavras soarem tão duras quanto soaram. A expressão nos olhos dele me lembrou das muitas vezes em que meu pai levantara a voz.

– Peço desculpas. Eu apenas quero cuidar da ameaça que roubou a vida de Zekiel e retornar aos restos mortais de Rashearim. Esta não era para ser uma estadia prolongada.

A preocupação o fez franzir as sobrancelhas por um breve momento antes de conter sua expressão. Seus olhos se desviaram dos meus quando ele abaixou a cabeça e assentiu uma vez.

– Entendido.

Meus dedos percorreram as roupas que Logan me deu. Elas não serviam bem e faziam minha pele coçar, o material era áspero, ao contrário dos tecidos macios de Rashearim.

– Sinto muito, meu soberano. Eu não sabia que estava a caminho, senão teria providenciado algo que realmente servisse – declarou Vincent antes de lançar um olhar penetrante a Logan. Como se Logan tivesse conhecimento do meu retorno antes dele.

– Não me chame assim – repreendi, com um leve rosnado na minha voz.

Logan riu baixinho atrás de mim. Vincent nos conduziu escada acima até uma grande câmara. Lá dentro, uma estante de mogno continha uma variedade de pequenas estátuas. Havia pinturas penduradas nas paredes, e uma mesa com itens espalhados pela superfície ficava à direita.

– De qualquer modo podemos conseguir outra coisa para você. Vai precisar de um lugar para ficar...

– Isso não será necessário – recusei, afastando-me da grande janela oval. – Não vou ficar por muito tempo.

Eles se entreolharam e pude sentir sua preocupação e decepção. Eu sabia que deveria sentir uma pontada de culpa. Eles se importavam e queriam que eu ficasse, mas eu não sentia nada. Só queria retornar para o fragmento de lar que me restava. Os ruídos e luzes estavam se tornando insuportáveis. Eu me sentia confinado, e o fato de tudo ali ser barulhento não ajudava. Os mortais conversavam sem parar, e eu podia ouvi-los em cada cômodo.

Logan e Vincent não falaram nada por um longo momento, esperando meu próximo comando ou ordem. Eles não entendiam o quanto era difícil estar ali perto deles depois do que havia acontecido. Eu detestava.

– Que informações conseguiram sobre a morte de Zekiel?

Observei seus comportamentos mudarem e a tristeza retornar aos seus olhos, porém o assunto precisava ser discutido.

Vincent se moveu primeiro. Aproximou-se rapidamente da grande mesa, pegou uma pasta e a abriu.

– Algumas das ruínas e templos criados com os pedaços de Rashearim que caíram sobre Onuna foram atacados. Quem quer que sejam essas criaturas, parecem estar procurando alguns textos ou itens antigos. Não sabemos o que procuram, mas estão determinadas a encontrá-los.

Vincent me entregou uma pilha de fotos, imagens de lugares parcialmente destruídos.

– Enviei uma mensagem para Imogen. Ela não conseguiu entrar em contato com você? – perguntou Logan, seu olhar questionador.

Era isso que ela queria dizer com "preocupação crescente"?

Não levantei o olhar para ele, mas respondi quando Vincent me entregou outra foto.

– Ela me informou sobre uma preocupação crescente, mas eu não tinha consciência da gravidade da situação.

Era melhor que a verdade. Eu sabia e não me importei. Quão terrível havia me tornado?

Vincent me mostrou mais algumas imagens. Uma leve batida soou na porta, e todos nós erguemos o olhar quando Neverra, quarta em comando, entrou e fez uma reverência.

– Desculpe interromper, meu soberano.

Logan fez um movimento na garganta com uma das mãos.

– Amor, ele não gosta disso.

Os olhos dela se arregalaram quando ela se levantou.

– Desculpe-me. – Ela limpou a garganta antes de caminhar até Logan e dar-lhe um abraço rápido. Uma imagem de quando eles se conheceram dançou em minha consciência. Foi muito antes de eu formar A Mão, quando Rashearim era um lugar mais alegre e feliz. Muito antes das guerras, muito antes da morte, muito antes da queda.

Ela cruzou as mãos à frente do corpo e disse:

– Eu vim apenas avisar que o Conselho mortal começou a chegar.

Sacudi a cabeça uma vez, e Vincent verificou o dispositivo dourado em seu pulso. Ele tinha trabalhado com os mortais, equilibrando a política e os problemas globais na minha ausência. Ele fazia parte da embaixada havia anos. Isso "os mantinha informados", como Logan descrevera. A confiança havia crescido entre mortais e celestiais ao longo dos séculos, permitindo-lhes formar relações de trabalho. Contatos mortais eram um benefício predominantemente significativo. Eles mantinham a paz, facilitando a fusão de mundos e culturas. Foi uma transição mais fácil quando os onunianos aprenderam o quanto eram pequenos no grande esquema das coisas.

Dei o título a Vincent porque sabia que, dentre todos os membros d'A Mão, ele o desejava. Dava a ele poder e controle, coisas que ele nunca havia vivenciado sob Nismera. Vincent era um grande líder. Eu sabia disso desde Rashearim. Foi uma das muitas razões pelas quais eu o selecionei – outra é que eu não queria sê-lo. Eu me isolava do mundo e era assim que desejava que as coisas permanecessem.

Vincent limpou a garganta, ganhando atenção mais uma vez.

– Eu marquei uma espécie de reunião, meu… – Ele fez uma pausa. – … Liam. Eles desejam falar com você e ser informados sobre o que tem acontecido nos últimos meses.

– Eu gostaria de um breve relatório também. Você mencionou enviar Zekiel para uma de nossas bibliotecas. Por que ele não voltou? – perguntei, olhando as imagens de mais prédios em ruínas.

Olhei para Logan.

– O Limbo é um dos reinos mais simples de administrar. Existem muito poucas criaturas do Outro Mundo que vagam por aqui. As feras das quais se originaram estão aprisionadas em outros reinos, lacradas pelo meu sangue e pelo sangue do meu pai. – Parei, e aquela pressão torturante na minha cabeça e no estômago voltou. – Portanto, pergunto mais uma vez: o que pode matar alguém d'A Mão? Vocês não têm treinado? Estão ficando relaxados enquanto aproveitam os aspectos mais prazerosos de seus deveres? – questionei, indicando a sala ao nosso redor.

As luzes piscaram uma vez, depois duas, conforme a pressão aumentava em minha cabeça.

– Não deveria haver nada vivo que pudesse superar qualquer um de vocês, mas ainda ouço os cânticos agonizantes e vejo a luz da vida sangrando pelo céu. Digam-me por que isso acontece.

Eu sabia que era cruel, mas as palavras saíram da minha boca como veneno. Eu parecia com *ele* e sabia disso.

– Tenho uma resposta para isso – declarou Vincent enquanto se aproximava, abrindo o arquivo que trouxera consigo. – Eu tenho algumas pistas. Há uma em particular, uma mulher e dois homens que a acompanham. Tivemos alguns vislumbres dela pelas várias câmeras de segurança. Nós passamos as imagens pelo sistema de reconhecimento facial, mas não encontramos nada. Isto é, até Ruuman. – Ele me entregou outra foto.

Estudei a mulher alta e esbelta com cabelos pretos longos e ondulados. Ela estava saindo de um prédio e usava algum tipo de refletor no rosto.

– Por que isso é importante?

– Ela apareceu pela primeira vez em uma escavação. Eu tinha vários guardas celestiais, mas eles não foram páreo para ela. O local foi destruído, assim como alguns celestiais. Parecia que uma bomba havia explodido.

Levantei a mão e esfreguei minha longa barba enquanto processava as palavras de Vincent.

– Fiz mais pesquisas para ver se conseguia identificar um nome ou local, mas não encontrei nada. Até isso – explicou Vincent, entregando-me outra foto. Era uma imagem mais clara da mesma mulher. Ela sorria abertamente para outra mulher, o mesmo cabelo grosso e esvoaçante emoldurando seu rosto em formato de coração. Não consegui distinguir todos os detalhes, mas pude ver que carregavam sacolas translúcidas cheias de alimentos. Ela não parecia ser uma ameaça. Parecia uma mortal feliz e satisfeita saindo para um dia de compras.

– Eu não entendo – falei, olhando de Vincent para Logan, minha cabeça latejando.

Logan fitou Vincent antes de explicar:

– Nós a rastreamos até Valoel. Pedi a Logan e Neverra que as observassem por alguns dias antes de decidir que deviam fazer contato. Ela foi vista uma noite em uma balada.

Minhas sobrancelhas franziram.

– Uma balada? – Meu cérebro percorreu as montanhas de informações que obtive nas últimas horas. – A composição musical de narrativa épica que os mortais gostam de contar?

Neverra silenciou o que parecia ser uma pequena risada enquanto Logan pigarreava.

– Não, aqui é parecido com festividades como Gariishamere. Exceto que há mais roupas e menos orgias. – Ele fez uma pausa e inclinou a cabeça, pensativo. – Às vezes.

Vincent esfregou as têmporas.

– Essa última informação era desnecessária.

Logan zombou.

– Como se você ajudasse!

– Independentemente disso – declarou Vincent, olhando para Logan –, descobrimos, graças a Logan, que a mulher que está com ela é a irmã, Gabriella Martinez.

Vincent me entregou outra foto. Esta continha uma imagem nítida de uma mulher sorrindo brilhantemente. Suas roupas eram de um tom opaco de azul, e ela tinha o que pareciam ser cartões presos em sua camisa.

– Neverra descobriu que trabalha em um hospital. Parece uma mulher mortal normal de 28 anos. Ela se formou na faculdade e mora em um apartamento em uma área chique e abastada.

– E a outra?

– Nada. Ninguém consegue descobrir nada sobre ela. É como se não existisse.

Olhei para Vincent.

– Como pode ser?

– A princípio eu não sabia, mas depois vimos isso – respondeu Vincent.

Ele colocou outra foto em minhas mãos. As mesmas duas mulheres estavam sentadas no que parecia ser um salão ao ar livre. O espaço estava banhado pela luz do Sol e um oceano brilhava ao fundo. Outros mortais estavam sentados ao redor delas em mesas diferentes, alguns comendo, outros perdidos em conversas. Mas foram as duas figuras perto da mulher de cabelos escuros que prenderam minha atenção. Minhas sobrancelhas franziram, e eu estreitei os olhos e aproximei a foto.

Eu congelei, mas não falei nada, enquanto apertava mais a imagem, enrugando as bordas. Pela postura da mulher, pareciam estar no meio de uma discussão, e não havia como confundir o brilho carmesim de seus olhos. Meu coração perdeu o ritmo pela primeira vez em um milênio.

Meu peito se apertou dolorosamente, e uma onda de náusea me atingiu quando comecei a suar frio. O som de metal se chocando contra metal ressoou em meus ouvidos. O cheiro de sangue e suor de batalhas travadas há muito tempo assaltou meu nariz. Ouvi o rugido das feras lendárias enquanto destruíam meus amigos, minha família e meu lar. O som perfurava meus ouvidos como lâminas, lembrando-me das asas poderosas batendo no céu. Chamas caíam em torrentes, o calor era tão intenso que cinzas eram tudo o que restava de qualquer coisa. O mundo tremia com seus rugidos, enquanto centenas de deuses e celestiais eram incinerados ao nosso redor. Sussurrei a única palavra que pensei ter morrido com Rashearim.

– Ig'Morruthens.

Logan, Vincent e Neverra se mantiveram perto de mim enquanto nos dirigíamos para o andar principal. Folheei compulsivamente as imagens que Vincent me mostrara. Ig'Morruthens, vivos e em Onuna. Como? Não deveria ser possível. Aqueles que não morreram em Rashearim foram trancafiados além dos reinos. No entanto, três das feras me encaravam com três pares de olhos vermelho-sangue. Três monstros do Outro Mundo estavam em Onuna.

Vozes enchiam o saguão principal. Auxiliares e equipes de apoio acompanhavam seus líderes, mortais circulavam pelo aposento imenso, mas eu mal notei. Fechei a pasta e a devolvi a Vincent.

Um fogo percorreu minha espinha e iluminou meu sistema nervoso. Parei tão abruptamente que Logan quase esbarrou em mim. Minha cabeça virou para o lado, e examinei a sala, procurando a fonte do meu desconforto.

– Está tudo bem? – perguntou Neverra, colocando uma mão gentil em meu braço. O toque me firmou, enquanto a consciência ardente diminuía. Eu não via nada, mas sentia algo. Procurei na multidão, mas encontrei apenas rostos e batimentos cardíacos de mortais.

– Sim – respondi, afastando-me do toque de Neverra e fechando os olhos. Foi a única coisa que pude dizer. O que mais poderia falar para eles? Sua preocupação somente aumentaria se soubessem que as imagens por si só me lançaram de volta à guerra. Depois de olhar para as brasas ardentes dos olhos deles, eu podia sentir e ver todos morrendo ao meu redor, minhas mãos escorregadias de sangue, não importava quantas vezes eu as lavasse. – Estou bem.

Abri os olhos e estendi a mão.

– Vamos continuar?

Os três trocaram um olhar preocupado antes de Vincent assentir e assumir a liderança.

A câmara era um grande círculo com assentos enfileirados em degraus ao redor de um espaço aberto no centro. Todos os líderes mortais de cada país estavam ali, e estava movimentado, para dizer o mínimo.

Os mortais me cumprimentaram enquanto descíamos as escadas, cada um apertando minha mão ou fazendo uma reverência. Durante o trajeto, Logan explicou, desculpando-se, que eu tinha acabado de aprender o idioma deles, e eu soube que minhas expressões faciais deveriam estar revelando meus sentimentos íntimos de desgosto. Eles olhavam para mim como se eu fosse salvá-los, como se eu fosse a resposta às suas orações. Eu deveria ter sentido vergonha por me importar tão pouco com a situação deles. Os ecos desse pensamento fizeram minha mente vagar de volta a um tempo distante daquele.

– *Samkiel é rei agora, não importa a minha posição. E você saberia qual é se tivesse, junto com sua laia, aceitado o convite oficial para a cerimônia real* – declarou meu pai, Unir. *As antigas palavras inscritas no cajado que ele segurava reluziam sutilmente, um sinal claro de sua irritação. Eu estava de pé ao lado ele, coberto da cabeça aos pés por uma armadura de placas. A única parte visível eram meu olhos.*

Os feildreen fizeram uma reverência. Seu formato pequeno e compacto e orelhas pontudas me lembravam crianças de pele verde, mas eles eram muito mais perniciosos.

– *Minhas desculpas, meu rei.* – *Seus olhos dispararam para mim antes que ele se levantasse.* – *Enviamos um pedido de socorro há alguns dias. Ig'Morruthens avançaram e perdemos vários…*

– *Vou remover você, sua família e o máximo que puder deste planeta* – declarou Unir, interrompendo-o. – *Vocês têm um dia para se preparar.*

Um dia era tudo o que ele lhes tinha dado, e esse tempo passara. Estávamos à beira de um penhasco, com vista para um terreno desolado. Um acampamento de Ig'Morruthens ocupava o outrora próspero vale. O Sol ainda brilhava, mas estava se aproximando do horizonte. Assim que se pusesse, as feras acordariam e continuariam a destruir aquele planeta. Iam conquistá-lo e deturpá-lo, reivindicando-o para seus exércitos.

Suspirei, cruzando os braços o máximo que pude sobre a armadura.

– *Deve me ensinar isso um dia* – *falei, apontando para a faixa de luz clara que estava desaparecendo ao longe. Meu pai havia removido todos os feildreen do planeta. Ele os enviara para fora do sistema estelar, rumo à segurança em um novo mundo onde poderiam viver sem se preocuparem com monstros matando-os.*

Meu pai olhou de relance para mim, com o capacete apoiado nos pés, enquanto cortava uma fruta amarela redonda com sua adaga.

— *Espero que você nunca tenha que usá-lo. Desejo que não haja mais guerras, nem evacuações, nem mais sofrimento.*

Ele cortou um pedaço grosso da fruta e me ofereceu. Retirei meu capacete, colocando-o debaixo do braço antes de aceitar e morder.

— *Samkiel, você se lembra do que lhe ensinei? Sobre os Ig'Morruthens e quem eles seguem desde a queda dos Primordiais.*

Engoli antes de falar, observando-o, enquanto ele continuava a cortar a fruta.

— *Sim, os quatro reis de Yejedin: Ittshare, Haldnunen, Gewyrnon e Aphaeleon. Os Primordiais os criaram para governar este reino e o próximo.*

Ele assentiu uma vez.

— *Sim, Haldnunen foi morto por seu avô durante a Primeira Guerra, embora tenha feito questão de levá-lo consigo. Aphaeleon pereceu na batalha de Namur, o que deixa dois restantes.*

— *E agora eles buscam vingança.*

Meu pai assentiu enquanto comia os últimos pedaços da fruta e jogava o caroço tóxico no chão. Ele pegou seu capacete e o colocou na cabeça. Mechas de cachos escapavam das tranças que saíam da parte de baixo, e os poucos grampos incrustados de ouro reluziam à luz do Sol que minguava.

— *Vingança, sim, porém, uma parte de mim teme algo muito pior. Se houver um casal reprodutor, podemos ficar em menor número muito antes que qualquer guerra comece.*

— *Reprodução? Você sempre falou que eram feitos como os celestiais, que não nasciam.*

— *Ao contrário da maioria dos deuses, eles se reproduzem.* — *Ele cruzou os braços sem olhar para mim enquanto prosseguia, mas senti a mudança na conversa.* — *Falando em se reproduzir...*

— *Não.*

— *Samkiel, você é rei agora. Precisará escolher uma rainha em breve.* — *Fez uma pausa.* — *Ou outro rei, o que você desejar.*

Soltei um gemido profundo. Eu odiava falar sobre isso.

— *O que eu desejo é não estar preso e amarrado a alguém por toda a eternidade. Eu escolho nenhum dos dois.*

— *Você não pode viver dos prazeres da carne para sempre.*

— *Ah, posso sim.*

A luz do Sol recuando lentamente me deu a chance de mudar de assunto. Louvados sejam os deuses.

— *Quantos acha que estão lá embaixo?* — *perguntei, indicando com a ponta da minha lâmina.*

— *Algumas centenas.* — *Ele não fez nenhuma menção de se mover, sua voz era baixa quando falou:* — *Se você se concentrar, conseguirá senti-los. São feitos do mesmo caos flutuante de todas as coisas. Isso significa que uma parte de nós é parte deles. Tudo está conectado.* — *Ele se virou para olhar para mim.* — *Vá em frente. Tente.*

Fechei os olhos, abafando o farfalhar das folhas pelos ventos do sul e os movimentos de pequenas criaturas correndo pelo chão. Senti que fui ficando centrado e tomei consciência de... alguma coisa. Era afiado e formigante e fez todo o meu ser tremer. Senti dezenas... não, centenas de seres. Dei um passo para trás, abrindo os olhos e virando-me para meu pai. Ele estava no mesmo local, com seu olhar focado no campo abaixo.

— Você sentiu isso?

— Sim, centenas. Foi por isso que disse para não chamar os outros? Você sabia.

Ele assentiu.

— Com seu poder e força, você não deve precisar de um exército para centenas.

Ele estava certo. Eu havia recuperado diversos mundos dos Ig'Morruthens ao longo dos anos. Algumas centenas não seriam problema.

Como se pudesse ler meus pensamentos, ele declarou:

— Não deixe que suba à sua cabeça. Os Ig'Morruthens são uma espécie arrogante, mas não são ignorantes. São inteligentes e calculistas, o que os torna mais do que uma ameaça normal. Mesmo tendo perdido tanto, não se curvarão por vontade própria.

Ouvi o estrondo antes de sentir o planeta tremer sob nossos pés. O Sol havia se posto, e a noite tornava sua presença conhecida, bem como as criaturas abaixo. Virei-me para observar a caverna e o terreno árido ao redor de seu acampamento.

As chamas se acenderam devagar, uma por uma, conforme os Ig'Morruthens começaram a despertar. Pareciam feras de chifres grossos, alguns bípedes, outros com múltiplos pares de pernas. As armas estavam penduradas nas costas, mas meu foco estava na besta acorrentada na caverna. A enorme criatura devia enterrar-se sob o solo e irromper quando comandada, demolindo cidades. Eles a usavam para terraformar planetas, e eu havia testemunhado sua eficácia várias vezes. Era difícil de matar, porém não impossível.

Coloquei o capacete de volta na cabeça e invoquei outra arma.

— Ou se submetem, ou serão forçados.

Uma pequena risada escapou dele quando colocou a mão no meu ombro e balançou a cabeça.

— Você recebeu sua coroa e se tornou rei há apenas alguns poucos dias e, ainda assim, já fala como um.

Sua mão caiu, o humor o deixou enquanto ele olhava para o campo e as criaturas que se aglomeravam. O temido Rei dos Deuses substituiu meu pai. Eu poderia ter esse título agora, mas não importava o que acontecesse, ele sempre seria reverenciado e respeitado como tal aos meus olhos.

— O que quer que eu faça, pai?

— Simples. Use o título que você conquistou — respondeu Unir. — Destrua mundos, meu filho.

— E o que faremos enquanto essas feras destroem nossas cidades e casas?

Sentei-me mais ereto conforme o mundo retornava. Balancei a cabeça, tentando banir outra lembrança do meu passado. O olhar de Logan se fixou em mim com uma preo-cupação gravada em sua testa. Acenei, dispensando sua preocupação, e, depois de manter meu olhar fixo por mais um momento, ele voltou sua atenção para o salão.

Várias vozes falaram ao mesmo tempo, exclamando seu apoio à questão e exigindo uma resposta. Parecia que, enquanto eu estive perdido no passado, a reverência que os mortais sentiam por mim havia se transformado em frustração e raiva.

– Estivemos observando as criaturas do Outro Mundo. Uma guerra civil parece ter começado entre quem quer que sejam. Um Príncipe Vampiro foi assassinado. Ocorreram vários desaparecimentos, sem falar na destruição de propriedades.

Um embaixador ecanus foi o próximo a falar.

– Temos relatos de ataques e pessoas desaparecidas em todo o mundo. Algo está acontecendo entre as criaturas do Outro Mundo. Tenho cidades inteiras com medo de se arriscar a sair à noite por medo de serem levadas por monstros de olhos vermelhos.

Vincent acenou para a sala e disse calmamente:

– Sim, e eu enviei celestiais para essas áreas. Eles não viram nem encontraram nada próximo.

Uma mulher se levantou, batendo as mãos na mesa. O terno que usava era semelhante ao de seus colegas.

– Refere-se à destruição em Ophanium, que vocês atribuíram a outro terremoto?

– Se o Deus-Rei estivesse aqui antes, talvez isso não tivesse ido tão longe – ironizou outro embaixador mortal, olhando para Vincent antes de olhar para mim. Aquela dor se formou mais uma vez na minha cabeça enquanto um músculo da minha mandíbula se contraía.

Logan pigarreou antes que eu tivesse chance de falar.

– Seu mundo vive por causa do que Liam sacrificou. Não se esqueça disso. Estamos aqui e estamos fazendo tudo o que está ao nosso alcance para ajudar vocês e os mortais.

– Não é suficiente. Algo está a caminho, e, mesmo que não tenhamos seus poderes, ainda assim conseguimos sentir. Quantas coisas podemos atribuir aos desastres naturais?

Os mortais falaram todos ao mesmo tempo, discutindo e concordando entre si. Pressionei os dedos contra a testa, a dor em minha cabeça aumentando a cada batida do meu coração. Agora estava pior do que antes, era uma pressão avassaladora que começava no topo do meu pescoço e irradiava pelo meu crânio. Mil vozes ecoavam por minha mente, exigindo respostas e ajuda de mim.

– Silêncio! – ordenei, varrendo meu olhar sobre eles. Logan e Vincent se levantaram, preparando-se para um perigo que não existia, e percebi que tinha falado mais alto do que pretendia. Ergui a mão para passar pelo meu cabelo e vi que minha pele estava iluminada com prata.

Fiquei de pé, e minha cadeira rangeu quando a aliviei do meu peso. Ciente de que meus olhos estavam brilhando, fechei-os e respirei fundo, puxando a energia de volta. Quando os abri, minha pele havia retornado ao que eles considerariam normal. Seus olhares estavam alertas, cheios de cautela, enquanto esperavam para ver o que eu faria a seguir.

O que estava acontecendo em Onuna não era nada comparado aos horrores que testemunhei ao longo dos séculos, mas eles precisavam ser tranquilizados como uma criança precisaria. Os mortais cheiravam a medo, e o medo era um poderoso motivador.

– Vocês estão com medo. Eu entendo. Vocês são mortais. Nós não somos. Os monstros e feras das lendas morreram há séculos. Os selos que mantêm as barreiras para os reinos estão intactos. Seu mundo está seguro e assim permanecerá enquanto eu respirar.

Era uma meia-verdade, dadas as fotos que eu tinha visto, mas esperava que isso os tranquilizasse. Eu havia me isolado, pensando que as ameaças tinham morrido com todo o restante. Não fiz nenhum esforço para conhecer aquele mundo ou aquelas pessoas. Verdade seja dita, eu não me importava muito com suas preocupações mesquinhas, mesmo que as entendesse. Eu não estava ali e não tinha o direito de reivindicar ser seu protetor.

Vincent se levantou, erguendo uma das mãos como se quisesse acalmar um mar crescente e revolto.

– Sim. Não há nada aqui que não possamos resolver.

A embaixadora de Ipiuquin falou, com sua voz elevando-se acima das outras.

– Com todo o respeito, Vossa Majestade, mas estamos preocupados. Nossos ancestrais transmitiram as histórias da queda de Rashearim. Não pode nos culpar por estarmos nervosos. Será este o início daquilo que os nossos antepassados temiam? O senhor e os celestiais trouxeram a guerra aqui para Onuna?

Encontrei seu olhar inabalável, seus olhos estavam cheios de raiva e acusação. A atitude dela e o fato de ter perguntado fizeram meu sangue ferver.

– Não é. Aqueles que iniciaram a Guerra dos Deuses há muito se tornaram cinzas.

Ela balançou a cabeça e gesticulou para a câmara.

– Vocês terão uma guerra civil em suas mãos caso a população de Onuna ache que aquelas feras lendárias retornaram. Não perderemos nosso mundo como vocês perderam o seu.

As vozes se elevaram em uníssono quando todos os reunidos concordaram. As palavras doeram, atingindo uma parte de mim que eu odiava. Eu deveria responder, corrigi-los, porém as palavras congelaram na minha garganta. Entendia que eles queriam manter seu povo seguro. Foi exatamente por isso que lutamos e morremos em Rashearim. Eles estavam com medo de outro evento cósmico.

– Um dos seus morreu, mas promete nos manter seguros? Diga-me, Deus-Rei, por que deveríamos confiar em qualquer coisa que fala? – reivindicou outro mortal.

As feições de Vincent se contraíram, e Logan baixou o olhar com a menção à morte de Zekiel. Mais uma vez, os mortais levantaram suas vozes, falando uns com os outros em suas tentativas de serem ouvidos.

Busquei em minha mente, pois precisava das palavras certas, mas as línguas e imagens que absorvi nas últimas horas ainda estavam sendo processadas. Levantei a mão mais uma vez, e a multidão ficou em silêncio depois de alguns momentos.

– Eu entendo, eu entendo, e…

– Que entediante.

Uma voz masculina me interrompeu, e todas as cabeças se viraram para um jovem recostado em um dos bancos. Ele usava as mesmas cores e estilo de roupa dos colegas, mas não consegui identificar a região que representava. A única coisa que o diferenciava era a expressão indiferente em seu rosto. Suas pernas estavam estendidas à sua frente e ele segurava um copo na mão. Ele o sacudiu antes de sorver ruidosamente o pequeno tubo de plástico preso a ele.

– Como é? – perguntou Vincent, arqueando uma sobrancelha. – Você sabe com quem está falando?

– Sei. – Ele tomou outro gole e deu de ombros. – E como eu disse… entediante. Quando chegaremos à parte em que todos vocês massacram milhões? – Ele fez uma pausa, tomando outro gole antes de apontar com um dedo. – Ou, ah, já sei: como exatamente você se tornou rei? Ou que tal como a destruição do seu planeta destruiu o nosso? Todos vocês agem como se fossem um presente para Onuna, quando na realidade são uma maldição para este mundo.

Vincent olhou para as pessoas sentadas ao redor do homem ousado. O embaixador principal, cujo rosto ficou com um tom vermelho-vivo, interveio:

– Peço desculpas em nome do comportamento de Henry. Ele ainda é novo e está aprendendo. Suas opiniões radicais…

As palavras do embaixador cessaram quando Henry se levantou. As pessoas saíram do seu caminho quando ele passou empurrando-as, ainda bebendo daquele copo.

– Então, é aqui que todos vocês se reúnem para discutir eventos mundiais? Hmm… Eu esperava mais – declarou, balançando a cabeça enquanto descia as escadas. – Parece uma fortaleza por fora, mas é de fácil acesso. Sinceramente, pensei que seria mais difícil entrar, mas… – Ele parou com uma pequena risada e um encolher de ombros.

Henry colocou o copo nas mãos de uma mulher por quem passou. Colocou uma mão no bolso antes de subir os degraus, um de cada vez, lenta e deliberadamente. A sensação de formigamento na nuca voltou. Algo estava errado com aquele mortal. Ele estava infectado? Doente?

– Então, você é ele?

Um passo.

– O temido rei. Que título. Suas mãos devem estar encharcadas de sangue.

Outro passo.

– A lenda em pessoa. O mais rápido, o mais forte entre seu povo, o mais belo filho de Unir. – Ele fez uma pausa, seus olhos vagaram por mim da cabeça aos pés e voltaram mais uma vez. – Não vejo isso. Com o cabelo torto e a barba por fazer, você fede a desleixo. Você é mais alto do que pensei que seria, e vejo a máquina de lutar musculosa que você tem a seu favor, mas acho que esperava mais daquele que eles chamam de Destruidor de Mundos.

– Quem é você? – A voz que me deixou não era a minha. Ressoou mais profundamente, e uma emoção há muito enterrada preencheu meu tom. Esse nome – eu odiava esse nome.

Mais um passo.

– Ah, que tolice a minha, esqueci que ainda estava usando isso. – Ele puxou o terno, baixando o olhar antes que seus olhos se voltassem para mim. Uma névoa escura e esfumaçada formou-se na base dos pés de Henry e subiu por seu corpo. Os sapatos que ele usava lentamente se transformaram em saltos pretos como a noite. A escuridão subiu pelas pernas do homem, substituindo-as por pernas esbeltas e femininas. Continuou a ondular e a girar em torno da forma dele, revelando o ardil antes de desaparecer.

Impossível.

Várias pessoas arquejaram, enquanto os mortais corriam em direção às saídas. Eu não percebi que tinha me movido até que Vincent e Logan apareceram ao meu lado. Henry havia sumido, e em seu lugar estava a mulher das fotos. Elas não faziam justiça a ela. As imagens granuladas não capturavam o quanto ela era extraordinária.

Ela era cativante. O que eu tinha visto como cabelo escuro era tão preto quanto o próprio abismo. O rosto em formato de coração parecia mais anguloso de perto, e as sobrancelhas escuras arqueavam-se acima dos olhos, emoldurando seu brilho perigoso. Os lábios eram carnudos e pintados em um tom mais escuro que sangue. Ela me lembrava das feras riztoure cheias de presas do meu lar, impressionantes e lindas, porém letais. Muito letais. Sua roupa era mais reveladora do que os ternos que os outros usavam. Ela usava largas calças de combate amarelas com camiseta da mesma cor, se é que podia ser chamada assim. As bordas pareciam afiadas e era muito decotada na frente. Uma longa jaqueta combinando ondulava nas ondas de escuridão que ela invocara.

Ela pôs as mãos nos quadris, olhando além de mim. Acenou com a cabeça para Logan e disse:

– Olá, lindo. Nós nos encontramos de novo. Conheci sua adorável esposa há alguns minutos. Neverra, certo?

Logan avançou, mas meu braço disparou, impedindo-o.

– O que fez com ela?

– Nada que ela não merecesse.

Outro passo.

– Se tiver tocado em um único fio de cabelo dela…

Levantei o braço, interrompendo Logan. Eu precisava saber mais sobre essa mulher misteriosa e, se ele entrasse em uma luta alimentada por emoções, poderia perder nossa mais nova pista.

– Bom garoto, mantenha seus cães na linha. – Ela nos deu um sorriso malicioso. – Então, Samkiel, esta é su'A Mão? Não é muito intimidante, se quer saber minha opinião. Tudo o que precisa fazer é cortar uma das mãos deles, e ficam impotentes.

Senti Vincent se mexer ao meu lado, mas ele não deu um passo à frente.

– Foi *você* quem matou Zekiel? – Minha voz era dura como granito.

– Dizem que você é um deus. Difícil de matar e quase invencível. Armas precisam ser forjadas para apagar essa luz preciosa. – Ela deu outro passo antes de parar, inclinando a cabeça de leve enquanto avaliava meu povo e eu. – Isso o torna à prova de fogo?

Um sorriso lento e travesso curvou seus lábios, enquanto ela virava as palmas das mãos para cima. Chamas idênticas irromperam delas, seus olhos arderam em um vermelho flamejante. Estendi a mão para detê-la, mas demorei uma fração de segundo demais, e a sala explodiu em chamas.

X
Liam

As chamas dançavam e se espalhavam para todas as direções, e um barulho alto soava em todos os cômodos. Nuvens negras de fumaça rolavam pelo teto. Meus ouvidos zumbiam enquanto eu observava os destroços. A sala tinha sido completamente demolida. Grandes vigas de sustentação tinham caído do teto, e faíscas saltavam dos fios rompidos. Muitos dos mortais foram esmagados pelos escombros, e o cheiro de sangue era insuportável. Levantei o grande pedaço de concreto do meu corpo, aliviando a pressão no abdômen e nas pernas.

Uma tosse à minha direita fez com que eu me virasse e visse Logan empurrando um grande objeto de metal para longe de Vincent. Logan ajudou Vincent a se levantar, ambos cobertos por uma fina camada de poeira. Examinaram os destroços, procurando por mim. Os olhos de Logan estavam desesperados quando nossos olhares se encontraram.

– Neverra – falou ele, e a profundidade da preocupação em seu tom era quase dolorosa.

Eu acenei para ele ir embora.

– Vá.

Ele não disse mais nada ao girar e sair correndo da sala. Vincent tropeçou em minha direção.

– Você está bem?

– Sim. Preciso que você evacue o prédio. Leve o máximo de pessoas possível para um lugar seguro.

Ele tossiu.

– E você?

Rasguei o paletó queimado antes de arregaçar as mangas. Minha mão flexionou, e um dos anéis de prata vibrou em meu dedo. Invoquei a arma de ablazone, a espada prateada mais afiada do que qualquer aço feito pelo homem.

– Vou encontrar aquela mulher.

Uma fumaça pairava pesadamente no ar, provocando um brilho nebuloso. Várias pessoas passaram correndo por mim, tossindo enquanto iam em direção à saída. O prédio estremeceu mais uma vez, informando-me que ela ainda estava ali e em marcha de guerra. Tirei uma estranha do caminho quando grandes pedaços de pedra caíram.

– Vá para a saída.

Seus olhos, grandes e vidrados, me encararam.

– Vá! – ordenei.

Ela não esperou e saiu murmurando agradecimentos enquanto disparava pelo corredor. Outra explosão sacudiu a caverna e tropecei ligeiramente. Minha mente se agitou quando lembranças de Rashearim tentaram me dominar. Mas isso era diferente. Não era guerra. Não havia milhares deles. Havia somente uma – somente ela. Seria diferente.

O bipe alto e persistente da sirene morreu lentamente. A área, antes bem-iluminada, era agora um corredor escuro e cheio de fumaça, com luzes piscando e tentando permanecer acesas. A água caía de minúsculos dispositivos de metal no teto, encharcando o corredor e tentando afogar o incêndio que ela havia deixado para trás. Ouvi murmúrios e gritos misturados com o som de passos molhados conforme mais pessoas saíam correndo. Fechei os olhos e girei os ombros, acalmando a respiração enquanto tentava identificar a localização dela. As palavras do meu pai se repetiram em minha mente.

"Se você se concentrar, conseguirá senti-los. São feitos do mesmo caos flutuante de todas as coisas."

Os gritos dos mortais, assustados e com dor, desapareceram. Lancei meus sentidos como uma rede e ouvi o barulho de saltos altos. Um arrepio percorreu todo o meu ser, fazendo a boca do meu estômago se revirar. Eu odiava a sensação deles. Lembrava-me dos horrores da guerra e da ruína. Afastei as memórias conforme a consciência dela me preencheu. Meus olhos se abriram e virei a cabeça para trás para olhar para o teto.

Achei você.

O brilho prateado dos meus olhos ardia intensamente no espaço escuro e alagado. Concentrei meu olhar no teto e me agachei. Com um impulso poderoso de minhas pernas, subi a uma velocidade estonteante. Atravessei diversas camadas de pedra e mármore antes de parar vários andares acima. Um corredor se estendia diante de mim, e havia grandes arcos carbonizados à minha esquerda e à minha direita. A escada estava quebrada, os degraus conduziam para o ar. Essa mulher era a destruição em pessoa.

Avancei pelo corredor com passos leves. Senti-a antes de ouvi-la, e meus sentidos me puxaram para a esquerda. Aproximei-me mais, espiando por trás da parede parcialmente chamuscada, e a vi atirando coisas para fora do cômodo. O que ela estava fazendo? Apertei ainda mais a espada de ablazone enquanto avançava, e meus sapatos faziam um pequeno rangido a cada passo. Não havia sentido em me esconder. Não havia outra saída daquele aposento.

Algo pesado bateu contra a parede, fazendo os quadros tremerem. Um rugido estrondoso se abateu sobre mim quando outro móvel voou pela porta aberta e explodiu em mil pedaços. Movi-me depressa, com medo de que ela saísse da sala e continuasse sua onda de destruição. Era algo que eu não podia permitir.

Parei na entrada, cacos de madeira e vidro se quebraram sob meus pés. A porta estava caída ao lado, arrancada das dobradiças e descartada.

–Você parece estar perturbada.

Ela virou a cabeça em minha direção. Agarrava a grande mesa no meio da sala, uma profunda carranca de frustração distorcia suas feições. Livros e outros itens sagrados enchiam as enormes prateleiras que revestiam as paredes. Vincent contou que estavam armazenando a maior parte das relíquias que coletaram de nossas outras guildas. Pisei com um pé além da soleira, depois o outro. Ela se endireitou e ajeitou os ombros, mas não se moveu para escapar. Dei crédito a ela. A maioria dos seres que me conheciam fugiam no segundo em que me viam com uma lâmina.

As luzes que piscavam atrás de mim iluminavam a sala, que não estava pegando fogo nem cheia de água. Isso indicava que o que quer que ela estivesse caçando, pensava que estava ali.

– Procurando por algo? – perguntei, apontando minha lâmina para as pilhas de livros, pergaminhos e papéis descartados.

Seus olhos nunca deixaram os meus, e ela não fez nenhum movimento.

Interessante.

Seu olhar se estreitou.

– Caramba, você é resistente. Eu realmente achei que derrubar três andares em cima de você me daria um pouco mais de tempo.

Dei outro passo à frente, e ela finalmente recuou.

– Tempo para quê? O que está procurando?

Seus olhos faiscaram vermelhos quando ela se remexeu um pouco, insatisfeita por ter cedido terreno.

– Amei a nova roupa e cabelo. Quer dizer que o fogo queima você, mas não machuca. Bom saber.

Esse comentário me pegou desprevenido. Meu cabelo estava chamuscado, mas não foi isso que me fez parar. Ela estava me testando tal como eu a testava.

"Os Ig'Morruthens são uma espécie arrogante, mas não são ignorantes. São inteligentes e calculistas, o que os torna mais do que uma ameaça normal."

Eu queria continuar esse joguinho e descobrir exatamente o que ela sabia sobre mim. Talvez ela me desse uma dica de quem eram os dois homens nas fotos.

– É verdade. O fogo, embora seja um incômodo, não pode me matar. Nada pode.

Um breve tremor em seus lábios foi o único indicador de que minhas palavras tiveram algum efeito sobre ela. Ela se afastou da mesa. Foi um pequeno movimento, mas eu a vi colocar um pé atrás do outro. Não era grande coisa para olhos destreinados, mas eu sabia que ela estava se preparando para um ataque.

– Ouvi falar. Dizem que você não pode ser morto, mas não acho que isso seja verdade. Tudo tem um ponto fraco, até você. Quero dizer, se é assim, então onde está o restante dos deuses?

Seu sorriso voltou – aquele que me fazia cerrar os dentes. Ela era toda venenosa e ácida com suas palavras, disparava-as feito armas. Era uma forma de distrair o inimigo e uma tática inteligente. Caso seu oponente permitisse que suas emoções dominassem seus sentidos, lhe daria uma enorme vantagem.

Eu seria um mentiroso se dissesse que não doía. Esse assunto era para mim uma ferida aberta e sangrenta que se recusava a cicatrizar. O único problema é que apenas alimentava minha raiva e determinação. O que ela presumira que me enfraqueceria só me tornava mais forte.

O sorriso dela permaneceu, e sua arrogância apareceu quando ela levantou uma única unha pintada e bateu em sua bochecha antes de apontá-la para mim.

–Veja, acho que você *pode* ser morto. Só acho que preciso me esforçar um pouco mais.

Meu aperto no cabo da lâmina aumentou.

– Muitos pensaram o mesmo. Muitos estão mortos.

Seu sorriso permaneceu no lugar enquanto ela avançava até mim. Era mais rápida do que eu esperava, uma adaga escura brilhando em minha direção. Inclinei meu corpo para o lado quando ela dirigiu a lâmina em direção à minha garganta. Ela fez uma pausa, seus olhos se arregalaram de raiva frustrada quando percebeu que eu não estava mais ali. Suas íris pulsavam com um brilho carmesim quando ela me atacou mais uma vez. Levantei minha lâmina, e a adaga conectou-se com minha espada. Segurei-a ali, estudando a faca.

– Uma adaga dos renegados – sibilei. – Como você conseguiu isso?

A lâmina havia sido forjada pelos Primordiais e entregue aos quatro reis muito tempo atrás. Eram armas feitas de osso e sangue, criadas para destruir deuses. Seu sorriso se tornou letal, quando ela tentou forçá-la para mais perto de mim, porém sem sucesso. Ela realmente ia tentar lutar comigo? Tentar me matar? Depois de tudo que soube? Ali, de todos os lugares, quando Vincent ou Logan poderiam chegar a qualquer momento?

– Não sei dizer se foi ignorância ou estupidez que motivou as suas decisões hoje.

Ela saltou para trás, passando a lâmina para a outra mão e brandindo-a em minha direção. Suspirei e bloqueei. Ela chutou, mas derrubei seu pé, fazendo-a perder o equilíbrio por apenas um segundo. Ela se corrigiu, afastando o cabelo do rosto, enquanto segurava a lâmina à sua frente.

– Ah, não finja querer me entender. Você e eu não somos nada parecidos – retrucou ela, lançando-se sobre mim mais uma vez. Ela não parava, não importava quantas vezes eu a bloqueasse ou a derrubasse. Era feroz, usava qualquer objeto ao seu redor a seu favor. Perdi a conta de quantas mesas e cadeiras cortei ao meio depois que ela as usou como armas e escudos.

Batemos lâmina contra lâmina repetidas vezes, mas ela não dava trégua. Era rápida, e percebi que reconhecia seu estilo de luta.

– Você luta como um integrante d'A Mão.

Ela deu um salto mortal para trás para se levantar e ergueu a lâmina para atacar mais uma vez.

– Gostou? Eu aprendo rápido, e Zekiel teve a gentileza de me mostrar algumas coisas antes de virar cinzas.

– Não estou impressionado. Você é lenta, ineficaz. Uma cópia medíocre do que eles são. – A energia na sala estava carregada, os papéis e detritos espalhados pairavam a centímetros do chão. Senti meus olhos mudarem e sabia que um brilho prateado queimava neles. – Além disso, ensinei a eles tudo o que sabem.

Ela sorriu e deu de ombros, mas não demonstrou um pingo de medo.

– Não ajudou muito Zekiel. Está acostumado a sempre falhar?

Eu me movi sem perceber. A emoção abafou a lógica, o que era ignorante da minha parte e uma vitória para ela.

Minha lâmina golpeou onde ela estivera, entretanto ela não estava mais ali. Tive apenas um momento para perceber que estava me provocando antes de sentir sua lâmina se enterrar em minhas costas. Se era para ser doloroso, eu não senti.

Suas unhas pintadas agarraram meu braço, e ela ficou na ponta dos pés para sussurrar em meu ouvido.

– Sabe, pensei que você nem existisse. Só quando Zekiel explodiu em cinzas e luz foi que eu soube que ele estava certo. A morte dele traria você de volta.

Eu a senti torcer a adaga com força enquanto falava.

– Você também explode em luz quando morre? – Ela deu um puxão, arrancando a lâmina.

Virei a cabeça e vi seus olhos se arregalarem em confusão. A raiva brilhou em seu rosto, e ela de fato rosnou.

– Não posso morrer – afirmei, enquanto a pele das minhas costas cicatrizava.

Sua garganta se moveu uma vez, e seu aperto na lâmina aumentou.

– Isso é impossível.

– O poder que você detém também é. – Virei-me por completo, e ela deu um passo para trás. Percebeu o que tinha feito e parou. – Espero que saiba que não sairá deste prédio.

Seu rosto se contraiu.

– Veremos. – Ela atacou mais uma vez, e sua arrogância e raiva superavam a parte sã de seu cérebro. Eu precisava imobilizá-la, e ela me deu a oportunidade perfeita para feri-la sem matá-la. Ela era o mais próximo que havíamos chegado de uma pista e não iria embora. Eu não permitiria.

Golpeei com a lâmina para cima quando ela passou por mim. Ela deu um passo, depois outro, antes de parar. Eu me virei e sacudi o sangue da minha lâmina enquanto seu braço caía no chão com um baque surdo. Ela sibilou e agarrou onde antes ele estivera.

– Era uma jaqueta de cem dólares, seu idiota! – Cuspiu, olhando para suas roupas arruinadas, despreocupada com o membro perdido.

– Como?

Seu lábio se curvou para cima, enquanto ela tirava a jaqueta estragada e a jogava para o lado. Seus olhos vermelhos pareciam brilhar um pouco mais, e seus lábios formavam uma linha fina. Algumas veias incharam em seu pescoço devido à tensão, e um pequeno estalo ecoou no cômodo. Observei, em estado de choque, seu braço crescer novamente, e tecido e músculos se formando a partir do que restava de seu membro perdido.

– Regeneração – sussurrei, incrédulo. Porém, meus olhos não mentiam. – Nenhuma criatura viva deveria ter esse poder.

Ela rosnou de novo enquanto flexionava a mão.

– Engraçado, foi exatamente isso que seu garoto disse. Na verdade, foi…

As palavras morreram em sua garganta quando um assobio agudo soou. Ela olhou de relance para mim, e meu estômago se revirou. Ela era uma distração e não estava sozinha.

– Desculpe, amorzinho, a brincadeira acabou.

O brilho de seus dentes quando ela sorriu foi a última coisa que vi antes que uma fumaça escura a envolvesse. Sua forma cresceu, e enormes asas negras emergiram da nuvem. Não eram membros frágeis, mas grossos e poderosos, com pontas tão afiadas e letais quanto qualquer lâmina. Ela as bateu contra o chão, pressionando-as contra a pedra para se apoiar. Dei um passo para trás quando uma cauda longa e pontiaguda se agitou, destruindo a mesa próxima e espalhando papel e artefatos de valor inestimável em todas as direções. Um grande pé com garras saiu da escuridão, e, em seguida, a fumaça se dissipou por completo, revelando a fera dos meus terrores noturnos.

Meu coração parou. Eu não podia negar nem questionar. As fotos eram verdadeiras: a mensagem de Imogen, os relatórios, a urgência, tudo de que Logan e Vincent suspeitavam. Os Ig'Morruthens estavam vivos e no Limbo. Eles estavam em Onuna.

Ela me encarou, e, se monstros eram capazes de sorrir, eu juro, ela estava sorrindo. Piscou um enorme olho brilhante e alçou voo. O teto explodiu sob sua enorme força, escombros desabaram do buraco que ela causou. Suas asas negras bateram uma vez, e a corrente descendente enviou detritos que giravam ao redor da sala em ruínas enquanto ela subia em direção ao céu e se afastava.

Não. Eu não perderia. De novo não.

Respirei fundo e busquei o poder que meu pai havia passado para mim. Eu o tinha trancado, a sensação era dolorosa demais e me lembrava demais dele. Os livros, mesas e cadeiras quebradas e vidros estilhaçados se levantaram, todos os objetos perto de mim levitavam. Ergui a mão e lutei, tentando controlar a força invisível que permitia que eu me conectasse com qualquer ser vivo ou objeto inanimado. Sibilei em vitória, com meus dentes à mostra em um sorriso selvagem, quando meus dedos entraram em contato. Então, usando toda a minha vontade e força bruta, firmei meus pés e puxei com força.

O berro dela quase partiu o céu quando ela parou no meio do voo. Sua cabeça foi jogada para trás, e a expressão de choque em suas feições reptilianas era quase cômica enquanto eu forçava sua descida. Dei um passo para o lado, continuando a puxar seu corpo gigantesco. Ela bateu as asas e arranhou o ar, e eu a puxava para trás, forçando-a a atravessar várias camadas do edifício.

Eu soltei, e tudo que havia perto de mim caiu no chão. Os gritos indignados da fera abafaram o estrondo quando tudo desabou. Parei por um segundo, respirando fundo, porque minha dor de cabeça retornou dez vezes mais forte. Uma onda de tontura tomou conta de mim antes que eu me estabilizasse. Gastei energia demais rápido demais e não estava treinando ou comendo adequadamente. Respirei fundo e pulei no enorme buraco, atravessando vários andares. Escombros de concreto, pedra e fios me cercavam quando aterrissei, e o impacto reverberou por todos os nervos e explodiu em minha cabeça.

Ela jazia encolhida no chão. Seu corpo estremeceu antes de retornar à sua forma mortal. Suas roupas ainda estavam presentes, mas sujas. Então, não era uma transformação completa, como acontecia com outras feras lendárias. Interessante. Agachei, preparando-me para levantá-la no colo. Seus olhos vermelhos se abriram, e ela me encarou. Uma fumaça saiu de seu nariz, seus lábios se repuxaram para trás, e um suave brilho laranja se formou atrás de seus dentes. Ela ia cuspir fogo em mim.

Coloquei a palma da mão sobre sua boca, e meus dedos envolveram sua mandíbula, mantendo-a fechada. Seus olhos se arregalaram, e ela agarrou meu pulso, com suas garras cravando-se em minha pele. A luz prateada percorreu meu braço e enviei uma explosão de energia até ela. Seu corpo se sacudiu, e seus olhos rolaram para trás antes que ficasse desacordada.

Inclinei-me para a frente, estudando-a. Os fios escuros e brilhantes de seu cabelo cobriam metade de seu rosto. Durante o sono, ela parecia normal, e não a criatura destrutiva que aparecera apenas uma hora antes. Contudo, aquele poder que testemunhei e a força que ela tinha não eram normais – de jeito nenhum. Havia apenas quatro Ig'Morruthens que eu conhecia que eram capazes de assumir a forma que ela assumiu. Isso fazia dela um fator importante no que estava acontecendo na minha ausência. Passei as mãos por baixo dela e me levantei, erguendo-a nos braços. Aninhei-a contra meu peito e caminhei pelo corredor destruído. Vários celestiais estavam reunidos na entrada principal, formando um pequeno círculo. Uns estavam cobertos de escombros, outros tinham partes de suas roupas queimadas, e alguns pareciam ter acabado de chegar. Vincent me viu primeiro e abriu caminho pelo grupo, com Logan ao seu lado.

–Você a pegou – disse Vincent, sacudindo o pulso e devolvendo a lâmina ao anel.

Balancei a cabeça.

– Neverra?

Logan engoliu em seco.

– Ela está um pouco tonta, mas bem. Foi nocauteada quando ela… – apontou para a mulher em meus braços – apareceu pela primeira vez.

– E os mortais? Celestiais? Muitas baixas?

Ambos olharam para mim e balançaram a cabeça.

– Eu deduzi.

Várias daquelas caixas de metal com rodas estavam estacionadas nas proximidades com luzes piscando e sirenes soando. Celestiais formavam uma fila enquanto ajudavam quem podiam e corriam de volta para dentro do prédio em busca de sobreviventes.

– O que vamos fazer com ela? – perguntou Logan, acenando para a criatura adormecida em meus braços.

– Obter respostas.

XI
LIAM

– Ela está inconsciente há pelo menos um dia. Talvez esteja morta e ainda não tenha se desintegrado?

Vincent suspirou de onde estava encostado na grande pia do banheiro.

– Os antigos não se desintegram? Já faz tanto tempo que não vemos nenhum Ig'Morruthen, que esqueci.

Eu não falei nada enquanto limpava o farelo de borracha do caderno que Logan me deu. Movi a mão para o lado, continuando a esboçar.

– Mantenha a cabeça parada – repreendeu Logan, enquanto virava minha cabeça para o lado mais uma vez. Estreitei meus olhos para ele. – Ei, estou tentando salvar o que posso, já que metade foi queimado – argumentou ele, erguendo as mãos em sinal de rendição. Eu não disse mais nada, e ele continuou a fazer o que podia. Passou a máquina barulhenta na minha nuca, deixando-a careca.

– Ela não está morta. Vai regenerar qualquer dano que possa ter sofrido. – Eu sabia que ela estava viva porque ainda conseguia sentir seu poder se me concentrasse. Eu ficava enjoado, mesmo estando vários andares acima dela, mas não contei para os outros. Não havia necessidade, e tínhamos assuntos mais urgentes a tratar.

– Regeneração. Não posso acreditar. E você disse que ela é capaz de controlar a escuridão? A mudança de forma faz sentido. Eu nem percebi que ela se parecia com qualquer outro mortal até que fosse tarde demais – comentou Neverra. Ela se sentou na beira da pia, perto de Logan. Ele parou de cortar meu cabelo por um segundo e olhou para Neverra. Ela havia se curado do pescoço quebrado, mas Logan não a deixava sair de vista. Não era de surpreender. Eles eram inseparáveis desde Rashearim.

– Sim – confirmei, enquanto Logan segurava meu queixo, forçando minha cabeça em outra direção, e voltava ao que estava começando a parecer uma forma de tortura. – Os poderes dela são peculiares, para dizer o mínimo. As únicas lendas de que me lembro são as dos Quatro Reis de Yejedin. Eles foram criados pelos primordiais e podiam assumir a forma de fera ou de homem. Mas já pereceram há muito tempo. A única maneira de ainda existirem seria se um casal reprodutor sobrevivesse e escapasse da queda. É um mistério e quero respostas, por isso vamos interrogá-la e documentar as informações para uso futuro.

– Esqueci que você costumava servir como escriba para o bestiário. – A voz de Vincent cortou o silêncio que se avolumava. Ergui o olhar, e a dor encheu minha cabeça quando uma memória passou pelo meu subconsciente. Fechei os olhos, meus dedos apertaram as bordas das páginas. Foi só por um momento, e, quando os abri, eu não estava mais em Onuna. Havia sido transportado para uma época em que minha mãe ainda estava viva e eu era jovem demais para me preocupar com batalhas ou feras lendárias com presas.

Sentei-me de pernas cruzadas no chão de pedra enquanto minha mãe cantarolava sozinha, contente, podando as flores. O jardim a deixava feliz, e acho que é por isso que meu pai continuava a aumentar a coleção dela. Eu olhava para cima de vez em quando para ter certeza de que ela não tinha se afastado muito e, quando ela o fazia, eu a seguia. As muitas fileiras e a variedade de plantas que ela tinha ali criavam um pequeno labirinto.

Vários celestiais nos cumprimentavam conforme avançávamos pelo jardim. Havia guardas postados nas entradas que faziam reverências sempre que passávamos. Eu acho que nunca me cansaria disso. Depois de uma caminhada rápida, ela parou e começou a colher mais uma vez. Sentei-me na beirada de uma fonte próxima e fiquei balançando as pernas para a frente e para trás.

– Mamãe, por que preciso saber isso mesmo?

Deixei cair a pequena caneta, a tinta ônix cobria a lateral da minha mão. Levantei-a e a esfreguei contra minha roupa, o que me rendeu um revirar de olhos de minha mãe.

Ela se levantou de onde estava ajoelhada e colheu mais algumas flores, colocando-as dentro da cesta grossa que segurava.

– Porque, Samkiel, eu quero que você tenha outras habilidades além de apenas lutar.

– Sim, mas gosto de lutar. Isto – levantei o papel e mostrei a ela –, eu não sou bom nisto.

O sorriso dela aumentou quando se aproximou, com o acabamento dourado e branco de seu vestido arrastando pelo chão. Ela nunca usava uma coroa como meu pai, apenas uma fina faixa dourada que mantinha o cabelo afastado do rosto. Eu tinha pedido uma parecida com a dela ou com a de meu pai, mas sempre me diziam que ainda não era a hora.

– Só é preciso prática, meu pequeno.

Eu bufei, cruzando as pernas e continuando meu aprendizado. Sabia que não adiantava discutir. Ficaríamos sentados ali enquanto ela desejasse. Eu não me importava. Não era como se eu tivesse amigos em Rashearim. Eu era a única criança nascida em tempos recentes, e a única criança filha de um deus e uma celestial. Todas as outras tinham sido criadas, feitas da luz que agora corria pelo meu sangue. Minha mãe disse que fui concebido por amor, o que deixava os outros deuses com inveja.

– Posso fazer uma pergunta, mãe? – Não olhei para cima, continuava a esboçar.

– Receio que você perguntará de qualquer maneira. – Ela riu. – Mas sim, vá em frente.

– Você não vai mais para a batalha por minha causa? Eu ouvi meu pai conversando outro dia.

– Samkiel, o que eu disse sobre espiar conversas?

– Eu estava apenas passando e o ouvi. – Lancei um olhar rápido para o alto quando ela me encarou com uma sobrancelha levantada. – Ele disse que você estava doente por minha causa e que é por isso que você não luta mais.

O vento aumentou quando ela se aproximou, fazendo com que os arbustos coloridos ao nosso redor dançassem. Ela parou e se ajoelhou ao meu lado, curvando seu longo vestido em volta dos joelhos. Ela estendeu a mão e afagou minha cabeça uma vez antes de levantar meu queixo para me olhar nos olhos.

– Receio que às vezes seu pai fale demais, mas não vou mentir para você. Não me sinto como antes, mas de forma alguma isso é culpa sua. Seu pai se importa e está apenas preocupado, só isso. Além disso, eu abriria mão de lutar e das batalhas para passar mil dias com você.

Ela beijou meu nariz, e eu sorri.

– Agora, me conte, o que você desenhou hoje?

Levantei o papel e o virei para ela.

– Monstros. Este meu pai me mostrou outro dia quando voltou.

Ela observou a enorme criatura que eu havia desenhado. Imitei as sombras e os padrões da melhor maneira que pude. Suas sobrancelhas se ergueram mais uma vez, mas ela sorriu antes de dizer:

– Ah, outra conversa que precisarei ter com o seu pai.

Virei-o de volta para mim e apertei os olhos para o meu desenho. Não foi a resposta que eu esperava.

– Não gostou, mamãe?

Sua mão foi para baixo do queixo enquanto ela me olhava.

– Por que você chama isso de monstro, pequenino?

Abri a boca e parei. Ela não conseguia ver?

– Porque é o que ele é? – Virei-o de volta para ela e apontei para as formas que eu tinha traçado. – Está vendo os dentes e as garras?

– Estou vendo. – Ela enfiou a mão dentro da cesta de tecido, tirando uma única flor. Era amarela com pontos pretos espalhados pelas pétalas. – E o que você pensa disso?

Dei de ombros.

– É uma flor.

– Certo, mas você acha que é bonita?

– Sim.

– Sabia que uma única pétala pode ser tóxica? Pode até fazer um deus ficar doente se consumir o suficiente. Então, até isso pode ser um monstro. Ela não precisa de dentes, garras ou qualquer outra característica assustadora para ser letal.

Observei, enquanto ela lentamente girava a flor pelo caule, o Sol dançava nas pétalas coloridas. Era bonita, mas parecia inofensiva.

– Então, essa flor pode machucar alguém? Matar?

Ela assentiu antes de colocá-la de volta na cesta.

– Nas mãos certas, sim, mas dê-lhe um bom lar, um pouco de cuidado, e ela também poderá curar. – Ela limpou as mãos no vestido e ficou em pé com um movimento gracioso, sorrindo para mim. – Então, sabe, as aparências enganam.

O som de passos se aproximando fez com que nós dois nos virássemos. Guardas acompanhavam meu pai, e suas armaduras tilintando conforme andavam traziam uma nota discordante à paz do jardim.

– Adelphia, o que está ensinando ao meu filho em um jardim feito para você?

O sorriso de minha mãe tornou-se luminoso ao som da voz estrondosa de meu pai.

– Seu filho? Acredito que eu também tive participação nisso!

Os guardas pararam quando meu pai alcançou minha mãe e a tomou em seus braços, girando-a no ar.

– Você está fedendo a campo de batalha e suor – reclamou minha mãe, brincando. Ela ria, e ele a ignorava, depositando beijos em seus lábios, bochechas e testa antes de soltá-la e se virar para mim.

– Aí está meu pequeno guerreiro. – Ele me pegou, apoiando-me em seu quadril e dando um beijo em minha bochecha. Uma risadinha me escapou antes de eu limpar o rosto com as costas da mão.

– E o que é isso? – Ele me colocou no chão e pegou meu desenho. – Samkiel, estou impressionado! Você desenha feras como um escriba faria.

– Sim – concordou minha mãe, colocando a mão na cesta e pegando a mesma flor mais uma vez. – Estávamos conversando sobre monstros e como aparências podem enganar.

– Ah, sim, mas um monstro ainda é um monstro, não importa quão belo seja.

O olhar que trocaram fez parecer que estavam tendo uma conversa que eu não era capaz de ouvir. Durou apenas um segundo antes que o sorriso voltasse ao rosto de meu pai e os lábios de minha mãe se curvassem.

Ela estendeu a mão e gentilmente tocou minha bochecha.

– Agora venham. Vamos para casa. Está na hora do jantar. – Ela se virou, meu pai a acompanhou, e eu corri para alcançá-los.

Logan desligou a máquina, trazendo-me de volta à realidade. Ele deu um passo para trás, permitindo que eu visse meu reflexo. Levei um segundo para limpar meus pensamentos. As lembranças dela sempre doíam, e eu agradecia por serem poucas e raras.

– O que acha? Quero dizer, parece melhor do que os restos carbonizados de antes.

– Não está horrível.

Captei a careta de Vincent no espelho e vi Logan se virar para olhar feio para ele.

Pela primeira vez, minha aparência não me causava imensa repulsa. Eu não me parecia com nenhum dos meus pais agora. A massa de ondas que lembrava o cabelo castanho da minha mãe havia desaparecido, assim como a barba espessa que tantas vezes me lembrava a do meu pai. Era algo novo, uma mudança que eu necessitava terrivelmente.

Toquei minha bochecha, esfregando a mão sobre os fios curtos e macios que sombreavam meu queixo. Passei os dedos pelos cabelos do alto da minha cabeça. O contraste com o meu antigo eu era alarmante, mas necessário. Meu pescoço e minha cabeça pareciam mais leves, e o corte estava mais de acordo com a moda dos mortais daquele mundo.

– Sei que é diferente e provavelmente não tão perfeito quanto um trabalho profissional, mas… – Logan estendeu a mão, afastando as pequenas mechas de cabelo que haviam caído na minha camisa.

– Não, você está fantástico, Liam. Nunca imaginei você com cabelo curto, mas ficou ótimo – comentou Neverra. – Definitivamente teríamos muito mais problemas em Rashearim se você cortasse o cabelo dele naquela época, amor.

O comentário de Neverra fez Logan rir. Logo Vincent se juntou aos dois, e todos eles ficaram fazendo piadas sobre o nosso passado. Memórias de dias distantes dançavam em minha mente, antes de um título, antes de uma coroa, antes da queda. Queria isso de novo, voltar a ser como costumávamos ser. Eles não tinham mudado muito, mas eu tinha. Observei-os e sabia que alguma parte de mim havia desaparecido muito tempo atrás. Já fazia tanto tempo que eu não sentia uma pontada de humor ou alegria. Eu queria rir e lembrar quanta beleza a vida pode conter. Eu queria apenas sentir.

– Vai servir. – Minhas palavras foram duras e altas. Todos se calaram novamente enquanto eu me levantava, quase derrubando minha cadeira. O banheiro parecia pequeno demais, e eu queria apenas sair dali. Segurei o pano que Logan usou para me cobrir e o tirei com um puxão. – Temos um interrogatório a realizar. Preciso de todas as informações que temos sobre ela e sobre os que vieram com ela.

Eles assentiram, e a energia no cômodo mudou de novo. Era familiar, porém não reconfortante. Era desse modo que os locais ficavam toda vez que meu pai entrava.

– Tem certeza de que havia outros? – questionou Logan, largando a máquina e cruzando os braços.

– Sim. Eu ouvi, e ela também. Foi um assobio que era um chamado. Eu deveria ter prestado mais atenção. Talvez eu os tivesse sentido antes.

– Não é culpa sua – interveio Neverra. – Nós todos…

– É sim. Tudo é. É meu reinado. Qualquer morte está em minhas mãos, e qualquer forma de destruição é um sinal de fracasso. Eu deveria estar mais bem preparado. Não estou, mas isso não lhe diz respeito. O que preciso de vocês, já solicitei.

Neverra assentiu uma vez. Logan e Vincent baixaram o olhar, e os três se endireitaram, sem o humor de antes.

– Sim, meu soberano – disseram em uníssono antes de saírem do banheiro.

Peguei o bloco de anotações e entreguei para Neverra quando ela passou.

– Acrescente isso ao bestiário. Adicionei os detalhes do ataque, a forma que ela assumiu e as habilidades que observei. Preciso atualizá-lo e, assim que descobrirmos algo sobre os colegas dela, terei isso também.

O olhar de Neverra caiu sobre o esboço.

– Ela é bonita para uma vadia assassina manipuladora de fogo que tentou matar todos nós.

– Lembre-se, Ig'Morruthens são inteligentes, calculistas e, acima de tudo, monstros. Um monstro ainda é um monstro, não importa a bela carapaça que vista.

Ela assentiu e saiu. As palavras ecoaram na minha cabeça. Eu tinha me tornado meu pai tão completamente? Olhei para meu reflexo no grande espelho do banheiro. Fiquei encarando enquanto a imagem do meu pai, com armadura e tudo, tremeluzia diante de mim. Não importava a concha que eu usasse, eu ainda seria Samkiel.

Eu era a razão pela qual ele estava morto e por que Rashearim havia caído.

Eu era o Destruidor de Mundos.

XII
Dianna

Meus olhos se abriram e eu os apertei ao encarar paredes tão brancas, que eram quase ofuscantes. Eu estava em uma sala. Espera, um quarto? Sentei-me depressa e me arrependi imediatamente. Minha cabeça latejava, e todos os músculos do meu corpo doíam. Gemi. Ser atingida por um trem em alta velocidade teria doído menos. Agarrei minha cabeça, tentando aliviar a agonia nela.

A memória dos olhos prateados passou pela minha mente. Samkiel tinha me agarrado e me puxado de volta, mas como? Nem tive tempo de processar o que estava acontecendo antes de desabar no chão. Em seguida, ele estava parado acima de mim, a água dos sprinklers caía sobre sua forma enorme, fazendo as roupas mal-ajustadas ficarem grudadas em seu corpo. Lembro-me de invocar as chamas para afastá-lo de mim. Minha garganta formigou antes que ele cobrisse minha boca com a mão. Vi seus olhos reluzindo um pouco mais antes que a luz prateada percorresse seu braço, acendendo aquelas tatuagens estranhas. Então, experimentei seu poder e soube que estava morta.

Eu me virei, olhando para o quarto. Se eu estivesse em Iassulyn, era uma versão de merda. Parecia um hospício. Meu terninho e blusa curta combinando haviam sumido. No lugar deles, eu estava vestindo uma regata larga e um moletom preto. Depois de respirar fundo, fiquei de pé, com os joelhos tremendo. Deuses, o que ele fez comigo?

Enrolei o cós da calça para que ficasse em meus quadris enquanto olhava ao redor. A *cela* era uma caixa branca de três por três metros com uma parede feita de grades. Fui até um canto e deslizei os dedos contra as paredes. Eram lisas, frias ao toque e duras feito rocha. Não havia móveis nem banheiro, nada. Então, não era uma prisão. Era uma cela provisória, o que significava que não planejavam me manter aqui por muito tempo. Minha raiva aumentou. Se pensavam que podiam me prender, estavam redondamente enganados.

Respirei fundo antes de expelir um rugido estrondoso de fogo letal. A cela foi tomada por chamas laranja e amarelas, que chamuscaram tudo o que tocaram. Deixei arder por vários minutos.

Quando deixei o fogo se extinguir, esperava ver um grande espaço aberto e fumegante. Em vez disso, raios azuis brilhantes reluziam onde antes estavam as barras. Metal derretido acumulava-se no chão, porém fora isso a estrutura da cela estava intacta. Era outro lembrete de que eu não estava lidando com nada mortal. Xinguei e chutei a parede. A única coisa que fiz foi tornar o branco da minha cela em uma cor acinzentada e suja. Estreitei os olhos e coloquei as mãos nos quadris, encarando a abertura onde as vigas brilhavam alegremente, zombando de mim.

Tudo bem. Eu só tinha que me esforçar um pouco mais.

Foram dois dias – dois dias incendiando aquele lugar, e nada. Tentei mudar de forma e deslizar por entre as vigas, mas fui eletrocutada, e meu corpo foi atirado contra a parede dos fundos.

Fiquei sentada de pernas cruzadas, com a bochecha apoiada no punho. Encarei as vigas por um longo tempo antes de me levantar. Talvez, se eu aguentasse a dor por tempo suficiente, eu conseguisse sair. Eu já tinha passado por coisas piores. Quão ruim poderia ser? Parei na frente delas, e o zumbido elétrico enchia meus ouvidos conforme eu me aproximava. Estendi o braço, minha mão pairou a poucos centímetros de distância.

"*Athos, Dhihsin, Kryella, Nismera, Pharthar, Xeohr, Unir, Samkiel, concedam-me passagem daqui até Asteraoth!* – Vi o que pareciam lágrimas se formando em seus olhos quando ele inclinou a cabeça para trás e enfiou a adaga no peito."

Puxei a mão para trás quando aquela noite passou por minhas memórias novamente. Todos pensavam que eu o tinha matado e eu deixei que pensassem. Isso me rendeu imunidade contra Kaden e sua horda. Eles me viam como uma ameaça, e agora Samkiel e seu povo também viam. Mal sabiam que essas memórias me assombravam.

A expressão no rosto de Zekiel quando ele enfiou a faca no peito era algo com que eu estava muito familiarizada. Eu tinha visto no rosto de Gabby e no meu enquanto lutava para salvar sua vida. Era o olhar de uma pessoa que tinha perdido toda a esperança. Jamais esqueceria o som da lâmina penetrando o corpo dele. A única lágrima que caiu de seu olho antes que a luz azul irrompesse de si e ele explodisse rumo ao céu me assombraria para sempre.

– Eu aconselharia você a não tocar nelas.

Sua voz precedeu as três formas que brilharam e se solidificaram diante de mim. Chamas explodiram em minhas mãos, e não hesitei em lançar uma bola de fogo direto para sua cabeça.

Samkiel deu um passo para o lado e ergueu a mão, parando a bola de chamas turbulentas. Ela girou por um segundo sob a palma de sua mão, e aqueles malditos olhos cinzentos perfuraram os meus enquanto ele a apagava com um cerrar do punho.

Não consegui esconder meu choque. Minha voz era apenas um sussurro quando dei um passo para trás.

– Como fez isso?

Samkiel... Não, *Liam*. Kaden disse que agora o chamavam de Liam. Ele olhou para mim enquanto abaixava a mão para o lado, mantendo a outra no bolso.

– Estou mais preparado agora que conheço seus poderes. – Seu sotaque era forte, outro sinal de que ele não era dali.

Engoli em seco, observando sua aparência. Ele parecia tão diferente. Quem o fez ficar bonito? Por que ele estava bonito agora? Seu cabelo mais curto parecia mais moderno do que eu imaginaria. Tinha sido cortado rente à cabeça e modelado com gel, que o fazia se curvar em diferentes direções. Sua barba era apenas uma lembrança do que costumava ser, mais uma sombra por fazer que contornava seu queixo irritantemente perfeito.

Não importava a escultura perfeita que tentaram fazer. Ele ainda era o Destruidor de Mundos. Ainda era o deus odiado e temido que alegremente acabaria comigo e com aqueles de quem eu gostava. Podiam vesti-lo como quisessem, mas eu ainda conseguia ver a verdade sobre ele. Ele podia não ter presas, mas eu sentia o predador sob aqueles tristes olhos cinzentos.

– E se está se referindo a como aparecemos diante de você, enquanto você se preparava para ter outro acesso de raiva... – Ele fez uma pausa, olhando para o homem que eu tinha visto no bar. – Qual é a palavra para isso, Logan?

– Os mortais chamam de teletransporte, senhor, ou viajar por portais – respondeu Logan, e suas mãos seguravam a frente do traje de combate que todos, exceto Liam, usavam. Liam usava uma camisa branca casual com as mangas dobradas e calça preta. Assim como o terno, pareciam apertadas demais. Eu podia ver seus músculos se movendo a cada movimento que ele fazia. Ele tinha uma constituição forte, porém esbelta, feita para velocidade, potência e matança.

Eu conseguia entender por que o chamavam de o filho mais belo de Unir e como ele poderia ter feito até mesmo deusas caírem aos seus pés. Era tão magnífico quanto os livros descreviam. Ele sabia que era poderoso, e isso transparecia na maneira como se comportava. O tom cinza de seus olhos cintilava com inteligência, e a cor bronzeada de sua pele reluzia de saúde. Mas, sob sua nova e melhorada máscara, pesava sobre ele o autodesprezo. Ele o usava como uma capa que o envolvia. Eu tinha reparado nisso na reunião pela forma como ele respondia e falava. Ele havia se desligado algumas vezes, como se nem estivesse mais neste plano. Talvez derrotá-lo fosse mais fácil do que eu pensava.

– Ah, sim, teletransporte – disse ele. – Pense nisso como uma refração da luz ou um deslocamento. As moléculas são decompostas em sua forma mais pura e refeitas em outro espaço, por assim dizer.

– Isso é tão legal. – Mantive meus olhos fixos nele, ignorando os outros. Depois de provar seu poder, não tinha vontade de experimentá-lo de novo. Se eu sequer o sentisse se agitar, estaria preparada para lutar. – Eu não ligo.

O homem à esquerda dele bufou, balançando a cabeça.

– Você sabe com quem está falando? – Sua voz era um grunhido.

Um sorriso lento e travesso se espalhou pelo meu rosto, mas nunca desviei o olhar de Liam. Sombras dançavam preguiçosamente ao meu redor.

– Claro que sei. O filho de Unir, Guardião dos Reinos, Líder d'A Mão de Rashearim. – Meu sorriso ficou sombrio. – Destruidor de Mundos.

O olhar de Liam não se desviou do meu.

– Você me conhece e ainda assim atacou a embaixada. Por que lutar?

Dei de ombros.

– Considere um problema de personalidade.

Ele balançou a cabeça como se não conseguisse acreditar.

– Essa é uma ideia arrogante. Sabe o que posso fazer e que a morte seria iminente. No entanto, arriscou de qualquer maneira.

Meu lábio se curvou em um meio-sorriso, meus caninos desceram devagar.

– Arrogante? Ouvi dizer que isso é coisa sua, não minha. – Aproximei-me, as sombras abaixo de mim se curvaram. – Mas estou curiosa, Destruidor de Mundos. Do que você tem medo?

Minha aparência mudou e minha voz se aprofundou, ficando sombria, grossa e rica.

– A maioria dos homens teme as florestas à noite e as criaturas que caçam.

Minha forma se tornou a de uma enorme fera canina enquanto eu andava, mordendo o ar. As sombras dançaram mais uma vez quando eu me transformei.

– Ou são feras lendárias que arrepiam os pelos do seu corpo? – Ocupei todo o espaço enquanto mudava para minha forma favorita, a serpe de asas negras. – Ou… – Desta vez, assumi a forma de um homem. Parei na frente dele, com a mesma altura, o mesmo olhar, a mesma postura. – … é o que você vê no espelho?

Ele sustentou meu olhar por apenas um momento antes de seus olhos se desviarem, e eu soube que tinha atingido meu alvo. Meu sorriso foi cruel, mas não durou muito. O celestial à esquerda dele deu um passo à frente. Brincos cobriam suas orelhas, assim como as de Zekiel, e eu não tinha dúvidas de que cada um deles produziria uma arma. Seus olhos eram do mesmo azul da bola de luz que saiu de sua mão me fazendo voar pela cela.

– Vincent. – Liam ergueu a mão. – Está tudo bem.

Certo, então aquele era Vincent. Fiquei de pé, ajeitando meu moletom feio enquanto ria. Seu poder podia ser grande, mas não queimava como o de Liam. Embora sua constituição fosse mais magra, Vincent era quase tão alto quanto Liam. Seu cabelo liso era tão preto quanto o meu, e ele o prendia para trás, parte em um rabo, parte solto. Vislumbrei uma tatuagem ao longo de sua clavícula, as linhas tribais escuras e grossas formavam um lindo contraste com sua pele marrom-clara. Lembrava-me da que vi em Logan no bar. Imaginei se todos tinham uma.

Vincent cruzou os braços e estreitou os olhos escuros para mim. O canto de seus lábios se contraiu, me fazendo desejar socar sua mandíbula perfeita. Sua postura gritava vingança se eu ousasse insultar seu precioso líder mais uma vez.

O som de uma porta se abrindo e passos se aproximando chamou a atenção de todos. Reconheci a mulher como a mesma que vi no clube. Eu a deixei inconsciente quando invadi a reunião deles. Ela parou ao lado de Liam, e os celestiais que a seguiam se espalharam atrás dela. Usavam os mesmos trajes de combate que os outros e me encaravam com olhos apertados que brilhavam com o mesmo azul iridescente. Ah, eles estavam com raiva.

A mulher encontrou meu olhar com uma expressão que prometia a morte antes de me virar as costas para se dirigir a Liam. Acho que não vamos ser melhores amigas.

– Estamos prontos, senhor.

Prontos? Prontos para quê?

– Obrigado, Neverra – disse Liam.

Não tive tempo de expressar minhas perguntas antes que o chão de minha cela se iluminasse. Um círculo se formou ao meu redor, e reconheci o padrão como o mesmo que Zekiel usara em Ophanium. Os símbolos ao redor da circunferência brilharam, puxando-me para o chão. Caí de joelhos com um silvo. O poder abaixo de mim fez minha pele queimar, e cerrei os dentes. Não foi tão avassalador como em Ophanium. Não, ele tinha a intenção de me imobilizar, não de me distrair com dor. Levantei a cabeça quando as barras da cela desapareceram, e Liam, Logan e Vincent entraram.

– Se me queria de quatro, era só pedir – zombei por entre dentes cerrados para Liam. Suor se formou na minha testa enquanto empurrava, tentando ficar de pé. Consegui levantar minhas mãos um pouquinho antes que o círculo pulsasse em índigo e os laços invisíveis em mim se apertassem. Grunhi quando minhas palmas bateram de volta no chão.

Logan fez uma pausa, surpresa e cautela brilhavam em seus olhos. Ótimo. Eles estavam com medo. Deviam estar, porque se eu…

– Ai! – exclamei quando uma algema de metal frio foi colocada em meu pulso. Virei a cabeça e vi Vincent colocar outra no meu tornozelo. Antes que eu pudesse tentar chutá-lo no rosto, Logan algemou meu outro pulso. Assim que a última algema se fechou em volta do meu tornozelo, senti como se o ar estivesse sendo sugado dos meus pulmões. Caí no chão com um silvo, tentando recuperar o fôlego.

– Você ficará fraca enquanto estiver usando as Correntes de Abareath – declarou Liam. – Uma precaução de segurança para o seu interrogatório.

O círculo abaixo de mim desapareceu, e Liam me observou, com os braços atrás das costas. Acenou com a cabeça em direção a Logan e Vincent. Deixei escapar um grunhido baixo quando eles me agarraram pelos braços e me levantaram. Qualquer luta que eu tinha dentro de mim havia sumido. Eu me sentia fraca e doente. Eles me puxaram para fora da cela, meus pés se arrastaram pelo chão. Pela primeira vez em séculos, não conseguia sentir meu fogo – e isso me aterrorizava.

Neverra acenou para os celestiais avançarem, e eles lideraram o caminho. Ouvi passos atrás de mim quando viramos para o grande corredor. Passamos por várias celas idênticas à minha antes de atravessar as portas duplas. Enquanto eles me arrastavam pelos corredores e subiam uma pequena escada, tentei me orientar. O interior daquele edifício não era tão majestoso quanto o de Arariel, e me perguntei se ainda estávamos na cidade. Bancos e cadeiras de madeira ocupavam grande parte do corredor, mas eu não tinha visto nenhuma outra pessoa.

O som de vozes ficava mais alto à medida que nos aproximávamos de uma grande porta de madeira escura. Os celestiais na frente pararam, abrindo-a o suficiente para que entrássemos. Neverra entrou primeiro, e depois me arrastaram para dentro. Vi o que parecia ser uma grande cadeira marrom de dossel. A madeira pesada era gravada com símbolos estranhos, e o assento parecia já ter visto dias melhores. Quando Logan e Vincent me içaram para o assento, as algemas em volta dos meus pulsos e tornozelos travaram no lugar, prendendo-os aos braços e pernas da cadeira.

Inclinei a cabeça para trás, afastando o cabelo do rosto enquanto examinava a sala. Uma mulher de saia lápis e blusa combinando estava sentada na ponta de uma longa mesa de metal. Ela tinha um laptop na frente dela e vários cadernos empilhados ao seu lado. Nem sequer olhou para mim, sua atenção estava em Liam. Estiquei o pescoço, vi vários celestiais de olhos azuis me encarando, carrancudos, e reconheci alguns mortais de Arariel. Fileiras de assentos formavam um círculo ao redor da cadeira, para que todos pudessem ver o prisioneiro no centro. Hum… Então era assim que faziam interrogatórios.

— Pensei que tinha matado você. — Minha voz saiu fraca quando olhei para o homem mortal usando uma tipoia. Ele tinha hematomas e algumas marcas de queimaduras, mas lembrava-me dele como um dos embaixadores.

Ele me olhou feio com olhos inchados, mas deu um passo para trás.

— Não tema a Ig'Morruthen. Ela está completamente incapacitada — declarou Liam, parado no centro da sala. Logan, Neverra e Vincent estavam ao lado dele, impassíveis e preparados para defendê-lo. Não que ele precisasse de defesa. Puxei minhas amarras, testando-as, mas estava muito bem presa.

Eu ri, ri de verdade. Começou como uma risadinha e cresceu até se tornar uma experiência que tomou meu corpo inteiro, e levei um tempo até recuperar o controle. Vi todos olharem para mim e depois uns para os outros e não consegui evitar outro ataque de risadas.

Liam inclinou a cabeça para o lado e ergueu uma sobrancelha.

— Há algo nesta situação que você ache engraçado?

— Sim. — Tentei me sentar um pouco mais ereta. — Você. Eles. — Acenei com a cabeça em direção à multidão. — Isto. Sério, o que você vai fazer? Vai me torturar? Achei que você fosse o escolhido especial que acreditava na paz e em todas as coisas boas do mundo. Ou, então, você vai me bater? Vai me dar uns tapas? Se fizer com força suficiente, talvez eu goste. — O sorriso malicioso desapareceu do meu rosto quando me inclinei para a frente com toda a força que pude reunir. Algumas pessoas na multidão ofegaram, mas Liam não moveu um único músculo. – Não entende? Você não enxerga que não há nada que possa fazer comigo que já não tenha sido feito? Você não pode me quebrar, Destruidor de Mundos.

Ele me encarou, e uma expressão que eu não conseguia definir passava por seu rosto. Era sombria e mexeu com algo dentro de mim que eu não entendia. Foi tão fugaz que eu teria perdido se não estivesse olhando diretamente para ele.

– Começaremos com uma série de perguntas. A cadeira em que você está sentada está imbuída de… – Ele fez uma pausa e olhou para Logan. Ele falou no que presumi ser sua língua nativa. Logan respondeu, e Liam acenou com a cabeça antes de dizer: – … um certo poder. Ela emitirá um som, sinalizando para mim que você não está sendo sincera. As runas se acenderão, e, quanto mais você resistir, mais vai queimar. Se não responder, você vai queimar. Se tentar escapar…

Revirei os olhos, já irritada.

– Entendi. Eu vou queimar.

– Muito bem. Vamos começar.

Liam caminhou até a longa mesa de metal. A mulher abriu o laptop, olhou para mim e continuou a olhar furtivamente para Liam. Observei enquanto ele folheava algumas páginas antes de se virar para mim.

– O poder que senti quando você apareceu não era apenas seu. Especialmente considerando o sinal que soou antes de você tentar recuar. Quantos de vocês existem?

– Noventa e nove.

Um bipe estridente soou, símbolos iluminaram-se na cadeira e no chão enquanto uma energia branca e quente disparava através de mim. Eu grunhi, meu corpo estremeceu de agonia enquanto cada nervo dele pegava fogo. A mulher, que tinha começado a digitar, pareceu chocada e olhou para Liam.

– Você pode me dar uma quantidade precisa?

Dei de ombros, recuperando o fôlego.

– Hum… quatrocentos.

A agonia me atravessou, sacudindo meu corpo contra a cadeira. Sibilei com os dentes cerrados até que parasse. Inclinei a cabeça para a frente e soltei um suspiro, meu coração batia descontroladamente em meu peito.

– Caramba. Você não estava de sacanagem.

Liam olhou para Logan, que traduziu minhas palavras mais uma vez.

– Não, infelizmente eu não estava… – Ele fez uma pausa, sofrendo com as palavras estrangeiras. – … "de sacanagem", como você diz. Agora, vamos tentar mais uma vez. O ataque à embaixada em Arariel foi premeditado?

– O que é uma embaixada?

Outro choque, e meus punhos se cerraram nos braços da cadeira.

– Dizem que você é um deus, mas não totalmente, parte deus, parte celestial. Ouvi dizer que você é um fraco e um covarde que se escondeu por séculos – retruquei. Eu estava além da raiva. Dois podiam jogar esse jogo de tortura, e eu sabia exatamente que botões apertar.

– A informação que você tem não é nova. Todo mundo está ciente.

– Então, não estavam errados? – perguntei, o choque passando por mim.

Tudo o que Kaden tinha nos contado era mentira, e, além disso, Zekiel estava certo. Uma divindade real estava viva – e eu a trouxera de volta. Achei que tinha falado comigo mesma, mas, quando ele se inclinou para a frente, soube que tinha me ouvido.

– Quem não estava errado? – perguntou ele, tentando parecer calmo.

Limpei a garganta e me afastei dele, ignorando sua pergunta.

– Me diz, por que chamam você de Liam se seu nome é Samkiel? Nome de família embaraçoso, é? As outras crianças zombavam de você?

Suas narinas se dilataram como se eu tivesse tocado em um assunto delicado.

– Não sou eu quem está sob interrogatório. É você. Enquanto você estava indisposta, descobri seu nome. É Dianna Martinez, correto? – perguntou, voltando-se para os papéis sobre a mesa e folheando-os, com o rosto inexpressivo.

Meus lábios se curvaram enquanto encolhi os ombros com indiferença.

– Então, já ouviu falar de mim? Bom para você. Você descobriu meu nome. Estou viva há muito tempo. Tenho muitos.

Ele assentiu e se recostou, levantando uma das mãos para apoiá-la no queixo, um único dedo curvando-se sobre os lábios.

– Viva há muito tempo? E quanto tempo seria?

Droga, eu estava tentando me manter atrevida e acabei dando a ele informações demais. Eu precisava me concentrar em escapar daquelas malditas algemas, daquele prédio e ir para muito, muito longe. Eu me mexi por reflexo, e a dor em meus braços me fez sibilar.

– Já terminou? – perguntou Liam, observando enquanto eu tentava me recuperar da dor.

– Não chegamos nem perto – blefei. Esses choques doíam demais para que eu não os respeitasse.

Ele avaliou minha expressão e se recostou, virando o conteúdo da pasta para mim. Lambeu o polegar e folheou as páginas. Não tive tempo de ler nada e perdi completamente o interesse, até que ele mostrou as fotos. A fúria retorceu meu estômago enquanto eu piscava para as imagens de mim, Gabby, Tobias e Alistair. Minha respiração engatou quando reconheci onde haviam sido tiradas. Foi durante meu almoço com Gabby. *Merda*. Era isso que Tobias e Alistair tinham sentido. Um deles estava perto de nós, e eu não sabia. Meu coração disparou no peito.

– Como pode ver, você e seus camaradas estão em nosso radar há algum tempo. – Ele fixou aqueles olhos penetrantes em mim mais uma vez. – Então, me diga, para quem você trabalha?

Meus olhos encontraram os dele, e eu assobiei.

– Não vou contar nada para você. – Qualquer informação me condenaria, mas o mais importante era que condenaria Gabby. Ele já sabia como ela era e seu nome. Eu preferiria queimar mil vezes naquela cadeira a permitir que algo acontecesse a ela.

Seus lábios se estreitaram em uma linha dura.

– Eu presumi que não, mas esperava um resultado diferente. Mais agradável.

Do que ele estava falando?

O pensamento mal havia se formado em minha mente, e todo o meu ser foi consumido pela dor. Minha cabeça caiu para trás, e meu corpo se ergueu da cadeira tanto quanto a magia permitia. A repentina explosão de eletricidade foi muito mais forte desta vez. Parecia que eu estava ardendo de dentro para fora. Soltei um grito de gelar o sangue, incapaz de contê-lo, o som sacudia a sala. E, então, parou tão depressa quanto havia começado. Minha cabeça caiu para a frente, meu cabelo bloqueou minha visão, e eu ofeguei no silêncio repentino.

A multidão arquejou quando eu afastei parte do meu cabelo encharcado de suor do rosto, havia mechas grudadas em minhas bochechas. Eu sabia que meus olhos estavam vazando vermelho conforme minha raiva aumentava. Era uma chama pequena e vacilante, que eu conseguia sentir mesmo com aquelas malditas correntes, e me reconfortava. Eu cuspi com a respiração irregular:

– Essa é a sua ideia de tortura? Isto é apenas uma noite de sábado para mim, querido. Terá que fazer melhor do que isso.

Ele sacudiu a cabeça, seu rosto estava ilegível.

– Não quero torturar você, mas tenho perguntas que precisam de respostas. Muitos do meu povo estão feridos por sua causa, mortos por sua causa e de sua espécie. Preciso descobrir o porquê.

– Ah, fala sério, eu fiz um favor a você. Metade dos mortais nem gostava de você ou do seu povo. Toda aquela reunião era apenas uma grande rodinha de punheta sobre quem está ou não no poder. E agora? – Olhei ao redor da sala. – Eles acham que você é um grande herói capaz de salvá-los.

– É isso que você considera um favor? Matança sem sentido?

Eu ri na cara dele.

– Ah, você sabe tudo sobre isso, não é? Matança sem sentido? Quantos você enterrou, hein? Quantos você massacrou, achando que não passamos de monstros? Se não nos parecemos com vocês, se não comemos o que vocês comem, se não nos comportamos como vocês se comportam, então não somos nada e estamos abaixo de vocês, certo? Sinto muito. Permita-me fingir que me importo. Sua espécie tem caçado e perseguido a minha por eras.

– Que curioso. Pensa que me entende? Você não passa de uma criatura construída e projetada para matar. Não presuma saber nada sobre mim – retorquiu ele, sem hesitar. – Você está certa, no entanto. Está abaixo de mim. Menor que um mísero verme que as aves apanham no café da manhã. – Cada palavra gotejava ódio, e eu sabia que ele estava falando sério. Conseguia ver em seu rosto e nas expressões das pessoas ao seu redor.

Eu sibilei, inclinando-me para a frente, e as algemas apertavam meus pulsos.

– Uma boca tão suja para um homem tão nobre. Funciona? As mulheres ficam excitadas quando você fala assim? – Inclinei-me para a frente mais uma vez sem me importar com a mordida dolorosa em meus pulsos. – Elas podem olhar para você como um salvador, mas eu sei a verdade por trás desses lindos olhos. Suas mãos estão tão ensanguentadas quanto as minhas, Samkiel. Você não é um salvador. É um covarde que se escondeu. Pelo menos eu luto por alguma coisa. Represente-me como vilã o quanto quiser, mas não é a mim que chamam Destruidor de Mundos.

Eu esperava que ele explodisse. Esperava que ele gritasse, que a sala estremecesse e que ele usasse aquele poder explosivo que eu tinha visto antes. Todos na sala prenderam a respiração, mas tudo o que ele fez foi me encarar.

– Vou perguntar mais uma vez: para quem você trabalha?

Soprei outra mecha de cabelo do rosto enquanto tentava me sentar melhor.

– Você é ignorante a ponto de pensar que uma mulher não poderia liderar sozinha? Eles não faziam isso em Rashearim?

– As mulheres em Rashearim são muito diferentes de você. Elas são respeitosas, com força e inteligência tremendas. Conheci deusas que lideravam exércitos e lutavam com dignidade, e não com truques baratos. Você não se compara e não pode chegar aos pés delas. Conheci mulheres como você. Sabe onde estão agora as mulheres vis, cruéis e vingativas como você? Elas estão mortas.

– Ah, querido, duvido que você tenha conhecido alguém como a mim antes.

Liam assentiu uma vez e abaixou a mão, voltando o olhar para as páginas à sua frente. Achei que tinha merecido um pequeno adiamento, já que não senti que estava em chamas de imediato. Infelizmente, meu alívio durou pouco, pois o poder me atravessou mais uma vez. Meu corpo se curvou para trás enquanto minhas mãos se fechavam e as algemas se cravavam em minha carne. Senti a fera dentro de mim tentar se libertar e o poder sombrio se enrolar sob minha pele. A dor acabou depois do que pareceu uma eternidade, e eu afundei na cadeira.

– Vou perguntar de novo…

Eu não tinha forças para me mover. O suor me encharcava dos pés à cabeça, e meu corpo tremeu.

– Pergunte quantas vezes quiser, eu não vou lhe dizer nada. Queime-me o quanto quiser, Samkiel, mas não conseguirá nada de mim. Portanto, vamos. Faça o pior que é capaz de fazer. Não temo reis nem *deuses*. – A última parte deixou meus lábios em um silvo agudo enquanto eu o encarava através dos meus cílios.

Liam não se moveu, mas um aborrecimento faiscou em seus olhos. Ele estava ficando entediado com isso, e eu também.

– Tem certeza disso? – perguntou ele, inclinando-se para a frente.

As malditas algemas se rebelaram quando mexi as mãos e levantei os dois dedos médios para ele. Ele olhou para mim pelo que pareceu uma eternidade. Abaixei as mãos, meus pulsos se chocaram contra a cadeira, a dor vibrou em meus braços. Ele mexeu nos papéis antes de segurar alguns na minha frente.

– Acredito, como você disse antes, que todo mundo tem um ponto fraco. – Sua voz era suave, quase um sussurro. – E acredito que você também tem um. Não me lembro de Ig'Morruthens almoçarem com meros mortais, mas ela também não é como você.

Pisquei algumas vezes, tentando manter a calma e não demonstrar o terror que tomava conta de mim.

Ele tirou mais fotos da frente.

– Sendo assim, quer me contar para quem você trabalha ou quem é essa mulher para você? E, por favor, não minta para mim.

Meu olhar permaneceu fixo nele.

– Vá se foder.

Uma confusão brilhou em sua expressão. Revirei os olhos e gritei para Logan:

– Traduza isso para ele.

Quando ele o fez, as narinas de Liam se dilataram por uma fração de segundo, como se ninguém tivesse ousado falar com ele daquela maneira antes.

– Se não responder, terei que perguntar a ela.

– Chegue perto dela, e eu prometo que será a *última* coisa que você *fará* – rosnei, me esforçando contra minhas restrições. Senti meus caninos crescerem e minha visão ficar vermelha.

O ar foi sugado da sala à medida que a pressão aumentava, imensa e opressora. Uma tempestade encarnada; era isso que Liam me lembrava.

– Você está me ameaçando? – perguntou, e seus olhos se tornaram prata pura. Era uma cor que passei a odiar naquelas últimas horas e sabia que ia assombrar meus pesadelos.

– Sabe, geralmente sou fã de mortes rápidas. Uma rápida quebra de pescoço ou incinerar tendem a ser meus métodos preferidos – sibilei. – Mas você? Vou me demorar com você. Vou feri-lo de maneiras que você não pode imaginar e rir enquanto a prata se apaga em seus olhos.

Ele sustentou meu olhar. Ninguém falou nem se mexeu. Ele voltou para a mesa e se sentou. Demorou um momento para que o peso na sala evaporasse. A prata em seus olhos desapareceu, retornando ao tom normal de cinza. Quase ri com o pensamento; aquele homem era tudo, menos normal.

– Depois dos muitos ataques fracassados aos nossos templos, parece que você está procurando uma relíquia nossa. Por favor, elabore.

Eu não elaborei.

Não falei quando me perguntaram o que procurávamos nem quando ele perguntou novamente de onde eu era ou para quem trabalhava. Ele fez pergunta após pergunta, hora após hora, e eu queimei com cada uma delas. Não me lembro qual delas finalmente me nocauteou, apenas que naquele momento senti paz.

Que estranho.

XIII
Dianna

Eu não sabia quantos dias haviam se passado nem mesmo se foram dias. Eu estava consciente apenas da dor. Ele fazia as mesmas perguntas. Eu não respondia, e a queimação começava. Era como ter eletricidade em minhas veias, alcançando cada parte de mim enquanto meus olhos permaneciam fixos nos dele. Ódio, puro e simples, crescia a cada momento de agonia.

Algumas vezes eu não gritava, conseguia me distrair visualizando-me liberta e arrancando a cabeça dele. Imaginava seu sangue pintando a sala, criando uma obra-prima mais requintada do que qualquer pintor famoso seria capaz de imaginar. Eu sonhava em fugir daquele maldito lugar e correr até ela, minha única família. Ela era a única coisa que me mantinha mortal, mesmo que me odiasse agora. Era nesses momentos que eu gritava, porque sabia que não podia revelar a única verdade que ele desejava saber. Ele queria saber sobre ela. Ele buscava uma maneira de me controlar.

Kaden fez o mesmo durante o último século, e eu não trocaria um mestre por outro. Portanto, permiti que Liam me torturasse e o ouvi repetir as mesmas perguntas sem dar uma resposta. A sala finalmente escureceu, como sempre acontecia. Meu corpo estava ameaçando ceder. Eu não sabia quanto tempo tinha antes que uma daquelas rajadas me matasse. Não importava, desde que ela estivesse segura. Esse sempre era meu último pensamento antes que aquele calor nauseante penetrasse em todos os poros e a escuridão me tomasse. Ali, naquele espaço vazio, minha mente divagava para reviver os dias que antecederam isso.

Pousei do lado de fora do apartamento dela, meus pés deixaram rachaduras no concreto, mas não me importei. Vários transeuntes se assustaram, olhando para mim em estado de choque antes de fugirem. Eram apenas sete da manhã, mas isso não podia esperar. Passei pelo porteiro e olhei para o elevador mais próximo. Vários mortais estavam saindo devagar, provavelmente a caminho do trabalho. Não tinha tempo para esperar e corri em direção às escadas, subindo dois degraus por vez. Eu podia ter atravessado um portal até o andar dela, mas precisava correr e sentir algo em meus pulmões além da poeira e da destruição que havia suportado. Sem me preocupar em bater, quase arranquei a porta das dobradiças. Gabby e Rick estavam na cozinha. Eles estavam *ocupados,* e eu teria que lavar os olhos com água sanitária mais tarde, mas não me importei. Não tínhamos tempo.

– Vista-se – ordenei, enquanto pegava o cobertor do encosto do sofá e jogava nela.

– Dianna! O que está fazendo aqui? – gritou Gabby, agarrando o cobertor e enrolando-o em volta do corpo.

Rick olhou minhas roupas e se engasgou.

– Que merda aconteceu? Isso é sangue?

Eu estava coberta de sangue, o meu misturado com o de Zekiel. Meus olhos se iluminaram quando os dele se arregalaram.

– Saia. Vá embora. Vá trabalhar e esqueça que esteve aqui. Esqueça o que viu.

Os olhos de Rick ficaram vidrados, e ele assentiu. Ele pegou suas roupas e saiu, sem se importar por estar nu.

– Dianna, o que diabos está acontecendo? Por que está invadindo meu apartamento tão cedo? Por que você está coberta de…

Eu não respondi e segui pelo corredor, indo para o quarto dela. Meus pés mal tocavam o chão quando passei pela porta aberta. Ela me seguiu, ainda gritando, mas eu só conseguia ouvir a voz de Kaden ecoando na minha cabeça.

Eu fui atrás dele, quase correndo para acompanhá-lo.

– Você sabia! – gritei às costas dele. Peguei o objeto mais próximo, um pequeno vaso antigo e o atirei nas suas costas. Errei, minha mira foi completamente torta, porque minha raiva aumentava. Quebrou perto de seus pés, e ele finalmente parou. – Você sabia que ele ainda estava vivo.

Ele se virou devagar, e a fera sob sua pele rastejava, lembrando-me do quanto ele era realmente estranho. Seus olhos cheios de brasas arderam quando ele avançou em minha direção, um dedo em riste. Dei um passo para trás antes de parar e endireitar os ombros. Eu conhecia o temperamento dele, mas brinquei com fogo mesmo assim.

– Você – cuspiu ele – matou um membro d'A Mão. Ele vai procurar vingança. Todos eles vão. Eu tinha um plano, e você estragou tudo de novo porque não sabe obedecer. – Ele parou diante de mim, forçando-me a olhar para ele.

– Você me deixou de fora. Você sabia disso o tempo todo, e aqui estava eu, pensando que ele era um conto de fadas. Alistair sabe? Tobias? – Ele não respondeu, apenas olhou para o lado, e eu soube que sim. Joguei minhas mãos para o alto, gritando de frustração – Deuses, Kaden! Você não me conta nada. Há quanto tempo A Mão sabe sobre nós, hein? Há quanto tempo estão nos seguindo? Sabia que dois deles me encontraram enquanto você estava fazendo sabe-se lá o quê? Você grita ordens e exige que eu siga.

Num momento ele estava olhando para mim e, no seguinte, estava segurando meu queixo com força dolorosa. Ele se moveu tão depressa que eu mal vi. Inclinou-se e sibilou entre os dentes cerrados:

– *E você vai seguir. Não pense, nem por um segundo, que tem qualquer poder ou influência sobre mim. Eu fiz você. Você seria um monte de ossos secos se não fosse por mim.*

Libertei meu rosto, sabendo que aquilo ia deixar marca.

– *Sim.* – *Meus olhos arderam.* – *E isso é algo que você gosta de me lembrar sempre que pode. Você nos colocou em risco, Kaden, a todos nós, incluindo minha irmã. O que vou fazer quanto à minha irmã?*

Ele zombou da simples menção.

– *Eu não me importo com ela. Ela não é importante.*

– *Para mim ela é!* – *retruquei, empurrando-o.*

Ele não se moveu, mas algo mudou em seus olhos. Inclinou a cabeça ligeiramente e me estudou por um momento antes de concordar.

– *Sim, ela é, e até onde você está disposta a ir para mantê-la a salvo agora que um deles está morto? Ele virá em busca de vingança.*

O pensamento fez meu sangue ferver. Ninguém tocaria em Gabby. Eu ia garantir isso.

– *Até onde eu precisar.*

– *Você lutaria contra um deus?*

– *Não* – *respondi, sem hesitação* –, *eu mataria um.*

Abri as portas do armário. As roupas de Gabby estavam penduradas com exatidão, organizadas por cor. Sapatos estavam alinhados nas paredes, e um espaço na extrema esquerda guardava suas malas. Estendi a mão, peguei uma e joguei em cima da cama, junto com duas menores. Tirei roupas dos cabides que quebraram com a força e joguei-as nas malas.

– Dianna! – Ela estendeu a mão e agarrou a minha, parando-me no meio do movimento. – O que aconteceu?

– Eu estraguei tudo. – Afastei-me dela e me virei, voltando para o armário. Ela apenas observou, enquanto eu me ajoelhava, pegando um punhado de sapatos e voltando para a cama. – Eu estraguei tudo, Gabs.

– É sobre aquele terremoto em Ophanium há alguns dias e a tempestade estranha em Arariel?

Parei, coloquei as mãos sobre a mala e olhei para ela. Sua mão estava sobre a boca, e ela me encarava.

– Aquilo não foi uma tempestade. Algo voltou… *Alguém* voltou, e agora preciso que você vá para o esconderijo como planejamos.

Terminei de fazer as malas e as fechei antes de olhar para ela. Ela não se mexeu.

– Gabby, vista-se.

Ela não disse nada, apenas olhou para mim enquanto segurava o cobertor mais apertado.

– Por que o esconderijo? Quem voltou?

Eu nunca mentia nem guardava segredos de Gabby. O vínculo que compartilhávamos era profundo demais. Desde que nossos pais morreram, éramos apenas nós duas. Estávamos cuidando uma da outra havia muito tempo. Ela era minha irmã, minha melhor amiga – e eu estava prestes a fazê-la me odiar.

– Eu matei alguém muito poderoso. Bem, tecnicamente não o matei, mas as minhas mãos estão cobertas com o sangue dele. Kaden e todos os outros pensam que eu o matei, e isso basta. Se o que Kaden disse for verdade, então o último deus vivo está voltando para vir atrás de mim. Agora vista-se.

Ela deixou a mão cair, ligeiramente boquiaberta.

– Di...?

– Eu sei. Agora, por favor, vista-se. Você estará segura onde combinamos. É o único lugar sobre o qual Kaden não sabe. Lembre-se do que eu falei. Você vai precisar mudar o cabelo, mudar o estilo, não use seu nome nem passaporte. Também tenho vários cartões de crédito escondidos lá. Você vai esperar até eu voltar para buscá-la. Exatamente como praticamos.

A única diferença era que tínhamos praticado isso para quando eu enfim deixasse Kaden, não para quando eu estivesse prestes a ser caçada por um deus antigo. Ela não falou nada, mas vi o pânico tomar conta de seus olhos. Finalmente, ela foi até a cômoda, largou o cobertor e se vestiu.

Peguei suas malas, colocando as pequenas debaixo dos braços. Ao sair da sala, gritei:

– Pegue todas as fotos que tiver de nós, exatamente como conversamos. Temos que...

– Dianna, e Rick? – interrompeu-me enquanto me seguia, usando calças esportivas enroladas na cintura e colocando uma blusa. Ela se sentou no sofá e calçou os sapatos.

Eu sabia que isso estava por vir. Eu também sabia pela expressão dela que ainda estava processando tudo o que eu havia dito.

– Você sabia que isso era de curto prazo – falei, mantendo meu tom calmo.

– Por quê? Por que tem que ser?

– Você sabe por quê! – Exaltei-me. Não queria, mas me exaltei.

– Não grite comigo! – retrucou ela, erguendo os braços no ar. – Você não está me dando escolha novamente.

Eu me virei para ela, com as mãos nos quadris.

– Como é? Eu faço isso porque preciso. Tudo o que estou tentando fazer é lhe dar escolhas, enquanto eu não tenho nenhuma.

Ela respondeu, apontando um dedo para mim.

– Você poderia ter escolhas se realmente quisesse.

– Como, Gabby? Você tem ideia do quanto ele é forte? Você sabe o poder que ele tem sobre o Outro Mundo e sobre mim? Sei que falamos sobre eu ir embora, mas era apenas um sonho. Como posso? Sinto muito por termos que nos mudar, está bem? Estou tentando proporcionar uma vida normal para você.

– Eu nunca terei uma vida normal por causa do que você fez.

As palavras dela foram como um tapa na cara. Minha voz se elevou quando apontei para meu peito e depois para ela.

– Por causa do que eu fiz? Você quer dizer o que eu dei para salvar você? Como ousa? Ela girou, colocando a mão na testa.

– Você salvou minha vida. Eu sei disso e não sou ingrata. Mas a que custo, Di? Vivo me mudando o tempo todo. Os segredos, as roupas manchadas de sangue, os monstros. E a sua vida? Sua felicidade? – Ela parou, apontando para as malas. – Isso não é vida, nem para mim, nem para você.

Desta vez eu joguei os braços para o alto, meu peito doía com as palavras dela. Elas me cortaram e me deixaram em carne viva.

– O que você quer que eu faça, Gabby? O que você quer que eu faça, hein?

– Abandone-o! Acredite ou não, você é tão forte quanto ele. Ele criou você, e parte dele faz parte de você. Precisa revidar ou, pelo menos, lutar por alguma coisa.

– Não posso!

– Por quê?!

– Porque, se eu falhar, se eu errar, ele virá atrás de você! – Minha voz falhou, emoções jorrando de mim. Minha visão ficou turva, mas era a verdade, a verdade absoluta. – E eu não posso perder você. Eu não sobreviveria a isso.

Ela balançou a cabeça enquanto lágrimas se formavam em seus olhos.

– Eu não posso mais fazer isso. Sei que você me ama e eu também amo você. Mas, Dianna, não posso ser a razão do seu sofrimento. Dói saber que você tem que ficar com *ele* por minha causa. Tudo que eu sempre quis foi que nós duas fôssemos felizes. Você não pode me proteger para sempre. Não fazia sentido me salvar se eu não consigo nem viver. – Ela fez uma pausa e balançou a cabeça. – Vou para o esconderijo, mas depois disso acabou. Fazemos isso há séculos, e estou cansada. Não consigo mais fazer isso. Se o preço da minha liberdade for ver minha irmã se tornar um...

Ela parou e senti meu coração se partir ainda mais.

Meus punhos cerrados como ferro, assim como meu coração.

– Diga. Se você tiver que me ver o quê?

Ela sustentou meu olhar. Eu podia ver a dor ali, assim como sabia que ela podia ver a minha. Seus lábios formaram uma linha fina, mas sua voz estava firme quando ela falou:

– Se eu tiver que ver você se tornar um monstro.

Assenti devagar e baixei o olhar.

– Pergunte-me mais uma vez por que não lhe contei o que fiz. – Senti uma pontada quando mais lágrimas brotaram em meus olhos, a sala foi ficando embaçada.

Um monstro.

Ela estava certa, mas, se um monstro era o que eu era, então que assim fosse. Limpei as poucas lágrimas que escaparam do rosto e caminhei em direção a ela. Tirei uma das lâminas renegadas da bainha às minhas costas e parei na frente de Gabby. Ela olhou da lâmina para mim e de volta. Estendi a mão, agarrei a mão dela e coloquei o cabo na sua palma.

– Se o pior acontecer e eu não voltar para buscá-la, use isto. Lembre-se do que praticamos: virilha, coxa, garganta ou olhos. Leve-a, e, quando usá-la, que seja para valer. – Encarei-a mais uma vez, memorizando seu rosto, lembrando-me dela feliz e saudável. O que eu estava prestes a fazer nos libertaria ou seria meu fim, e eu queria essa imagem. Eu a puxei para mim e dei um beijo no topo de sua cabeça, sussurrando em seu cabelo:

– Sinto muito por ter prendido você nessa vida horrível. Apenas lembre-se: eu amo você.

Afastei-me dela sem dizer mais nada e saí do apartamento. Eu mal tinha deixado o prédio quando meu telefone tocou.

– O quê? – gritei, fazendo com que dois transeuntes pulassem.

– Encontramos uma maneira de entrar. Retorne para Novas. – A voz de Tobias era curta e entrecortada.

Não me preocupei em responder, e a linha caiu. Virei-me, dando uma última olhada, como se pudesse vê-la através das paredes. A névoa negra girou em volta dos meus pés e acariciou meu corpo antes de eu desaparecer.

Depois da minha briga com Zekiel, minha briga com Kaden e em seguida minha briga com Gabby, tinha sido um dia e tanto. Estávamos naquele momento em uma suíte de um hotel em Arariel onde estavam hospedados os embaixadores cuja forma assumiríamos. Eles tinham as informações de que precisávamos e eram nosso caminho para entrar na reunião.

Tobias estava na sala manchada de sangue. Ele havia assumido a forma de uma mulher celestial e estava se espreguiçando. Pelo canto do olho, vi Alistair imitando-o. Limpei o sangue do meu rosto com as costas da mão, e as memórias do mortal que eu tinha devorado inundavam meu subconsciente. Eu não matava havia anos, não tinha consumido de verdade, e meu corpo parecia estar superaquecido. Uma parte de mim adorava essa sensação – a parte de mim que não era mortal.

Tobias me encarou e disse:

– Não faça essa cara. Vai precisar de todas as suas forças se quiser sobreviver um segundo contra ele.

Eu balancei a cabeça.

– Eu sei.

– Dianna sanguinária é sempre minha favorita.

Ignorei Alistair enquanto acabava com o mortal que me tornaria. Reproduzi todas as informações de suas memórias. Depois que terminei, abandonei minha elegante forma feminina e mudei para o homem comum chamado Henry.

Ajustei a roupa, certificando-me de que não havia sangue.

– A reunião é em trinta minutos. Deve haver um carro na frente em cerca de cinco minutos. Todos os membros do Conselho mortal estarão presentes, A Mão e ele.

O sorriso de Tobias era letal, mesmo em sua forma mais bonita.

– Ótimo.

Alistair passou por cima de alguns corpos, parando na minha frente.

– Lembre-se do plano. Distrair; só isso. Mantenha-o ocupado enquanto procuramos o livro.

Balancei a cabeça, concordando com o plano *deles*, esfregando distraidamente a adaga dos renegados presa à minha coxa. Eu sorri em minha nova forma.

– É claro.

Meus sonhos desapareceram quando acordei em minha cela muito iluminada. Levantei a cabeça da minha posição meio caída no chão frio, meu corpo gritava. As lágrimas que sequei do rosto não eram da dor que sentia, mas daquela lembrança. Esperava que ela estivesse em segurança, mesmo que me odiasse. Minhas roupas estavam encharcadas de suor, mas me recusava a me trocar, ateando fogo a qualquer roupa limpa que forneciam. Eu queria estar cheirando mal. Queria ser repulsiva e uma bagunça completa.

Meus braços vacilaram quando me apoiei nas mãos. A tortura e as correntes tinham sugado minha força habitual. Recuei, estremecendo quando cada parte de mim protestou contra o movimento. Minhas costas bateram na parede fria de pedra atrás de mim e cerrei os dentes. Entre as algemas e os repetidos choques elétricos que ela enviava pelo meu corpo, eu fiquei inútil. No entanto, estava tudo bem. Enquanto eu estivesse ali e enquanto não cedesse, ela estaria segura.

Passos desceram as escadas, e levantei os olhos em direção à entrada da minha cela. Era toda a força que conseguia reunir. Ouvi palmas antes de Peter aparecer. Ele estava usando trajes de combate excessivamente complicados.

– Ora, ora, ora, você realmente levou uma surra nas últimas semanas.

Mostrei o dedo para ele, e até mesmo esse leve movimento me fez estremecer, os músculos dos meus braços gritavam.

– Vai se foder, Alistair.

A cabeça de Peter se inclinou, e vi o brilho que me disse que Alistair estava no controle total. Ele estalou a língua, quando parou na minha frente, com as mãos nos bolsos.

– Você parece terrível. Não estão alimentando você? – Sorriu, sabendo que eles tinham enviado comida e que eu recusara todas as vezes. Prefiro morrer de fome a receber alguma coisa deles.

– Encontraram o livro? – Minha voz falhou, minha garganta doeu pelo número de vezes que gritei.

Ele suspirou, agachando-se.

– Infelizmente não. Sua distração funcionou, mesmo que Kaden preferisse menos destruição. Independentemente disso, você se saiu muito bem. Kaden está muito contente.

Forcei um sorriso que machucou meus lábios rasgados e secos e tentei me sentar um pouco mais reta.

– Tão feliz, que ele nem tentou vir me buscar.

O corpo de Peter tremeu ligeiramente, seus olhos refletiram e mudaram. Sua voz se aprofundou, e eu sabia que não estava mais falando com Alistair.

– Fiquei sem duas lâminas, Dianna. Eu falei para você que nada poderia matá-lo, ainda assim, você lutou. É por isso que está aqui, não por minha causa.

Meus olhos se estreitaram.

– Você também disse que ele não estava vivo. Você mentiu para mim. Como posso acreditar em qualquer coisa que você diz?

– Tínhamos um plano, e você não o seguiu. Você deveria distraí-lo por tempo suficiente para que Tobias e Alistair procurassem. Depois, você deveria ir embora e não ser pega. Por que eu a resgataria se você foi capturada devido às suas próprias falhas?

Acho que era a minha parte mortal que pensava que eu importava para alguém, mas isso doeu também. Eu estava ali havia semanas, e nenhum deles fez nenhum movimento para me ajudar. Como sempre, eu estava sozinha.

– Admito que seus esforços colocaram Elijah no centro do poder. Agora tenho um mortal trabalhando ao lado do Destruidor de Mundos. É apenas uma questão de tempo até encontrarmos o livro.

– Que maravilha.

– Não vou arriscar me expor indo atrás de você. Esta é uma fortaleza destinada a resistir, Dianna. Além disso, estamos perto demais agora. O livro é o que importa, não você. – Não olhei para ele, fiquei olhando para a parede e mantive a cabeça apoiada nos braços. – Talvez isso a ensine a me ouvir. Você se meteu nessa. Saia dessa.

XIV
Dianna

Acho que mais alguns dias se passaram, mas perdi a conta. Sem janelas, apenas o diminuir das luzes me dizia quando a noite havia caído. Peter – ou deveria dizer o fantoche de Alistair? – não voltou, e eu nem esperava que ele voltasse. Liam e A Mão também não apareceram. Apenas os guardas celestiais passavam, verificando se eu não havia morrido e se eu havia comido alguma comida que tinham trazido. Eu preferiria passar fome a aceitar qualquer coisa deles, então fiquei no canto e dormi. Sonhei com os tempos mais simples de antes da queda, quando eu tinha uma casa e uma família e o mundo fazia sentido.

As luzes se acenderam na minha cela, tirando-me do sonho. Levantei a mão para cobrir meus olhos quando um grupo de celestiais entrou. Todos estavam vestidos da cabeça aos pés com o que parecia ser seu traje de combate de sempre, mas, quando se aproximaram, vi que as partes acolchoadas eram à prova de fogo. Espertos.

Achei que íamos para outra rodada de interrogatório e não tive forças nem para tentar lutar. Levantaram-me pelos braços e percebi que todos os que estavam na minha cela eram guardas comuns. Liam e os membros d'A Mão não estavam presentes. Talvez meu interrogatório estivesse oficialmente encerrado e finalmente fossem me matar. Seria uma trégua bem-vinda.

Não havia mais força em meu corpo, e meus pés se arrastavam no chão. Eles me rebocaram pela prisão subterrânea, e, enquanto me puxavam, passando por portas, ouvi pessoas falando e conversando. Talvez ele tenha decidido fazer um espetáculo quando me queimasse pela última vez. Tentei me concentrar, piscando com os olhos turvos, e fiquei surpresa quando viramos em um pequeno corredor. Um conjunto duplo de portas deslizantes de vidro se abriu, e o barulho se intensificou quando me puxaram para além da soleira.

A luz atingiu meu rosto, e eu estremeci. Forcei meus olhos a permanecer abertos e, à medida que se acostumavam, olhei ao redor, ávida pela luz do Sol. Ela se espalhava pela garagem subterrânea, atravessando portas abertas à minha direita. Veículos grandes e pesados estavam estacionados no chão de concreto com as portas abertas. Iam me transportar? Para onde?

Os celestiais me carregaram até a traseira de um grande caminhão blindado. Um deles estendeu a mão, girando uma fechadura que acendeu em azul-claro antes de se abrir.

Nossa, não estavam de brincadeira. Içaram-me, e gemi quando me sentaram em um dos longos bancos. O metal frio beliscou minha pele exposta. Ouvi dois barulhos altos, e meus braços e pés foram presos com mais correntes imbuídas de magia.

Olhei para trás do guarda enquanto ele se curvava para segurar meus pés. O veículo me lembrava uma gaiola de ferro sobre rodas. Os dois de trás eram parecidos e aposto que os dois da frente eram iguais. Era uma tática comum. Disfarçava a localização da carga que estava sendo transportada, dificultando o resgate. Homem inteligente, Liam, mas era um esforço desperdiçado. Eu sabia que ninguém viria.

"O livro é o que importa, não você."

Eu estaria mentindo se dissesse que essas palavras não doeram. Senti o toque do agora familiar poder que precedia um membro d'A Mão e abaixei a cabeça. Um arrepio percorreu minha espinha, enquanto eu espiava através da massa emaranhada de cabelo que cobria meu rosto. A caminhonete oscilou sob o peso de Logan, e ele falou naquela língua que eu não conhecia. Os outros celestiais olharam de mim para ele e de volta para mim. Balançaram a cabeça antes de fechar e selar a porta. Foi outra jogada inteligente não me deixar ouvir o que estavam planejando.

—Vai me levar para passear, bonitão? — Minha voz estava terrivelmente rouca.

Logan sentou-se à minha frente, seu equipamento era mais elegante e menos volumoso que o dos outros. Encarei-o enquanto ele cruzava os braços e apoiava um tornozelo no joelho oposto. Ele não usava armas que eu pudesse ver – não que precisasse delas. Logan era um membro d'A Mão. Ele era uma arma.

— Sabe, eu não mato um Ig'Morruthen há séculos, então, por favor, cometa um erro. Liam disse que, se você tentar escapar ou fizer qualquer coisa que possa colocar a equipe ou a mim em perigo, tenho permissão para fazer de você uma nota de rodapé na história.

Forcei um beicinho falso em meus lábios, o esforço foi doloroso.

– Ah, você sempre faz o que o papai diz?

Não pude saborear minha piada nem por um momento antes que ele me desse um soco tão forte que minha cabeça bateu na parede de metal, e eu desmaiei.

Aquela queimação beliscava meus pulsos e tornozelos enquanto meu corpo se sacudia, mais uma vez tirando-me dos meus sonhos. Parou, depois recomeçou. Apertei os olhos e reprimi um gemido enquanto levantava a cabeça. Meu pescoço doía por ter ficado curvada. Apoiei minha cabeça contra a parede de metal atrás de mim, meu nariz latejava. Alguém estava falando, e abri os olhos devagar, esperando ver as paredes brancas da minha cela. Concentrei-me em Logan, e as memórias tomaram conta de mim. Outro solavanco sacudiu meu corpo dolorido, provando sua veracidade. Logan estava sentado na minha frente com um telefone pressionado no ouvido enquanto conversava com aquela fera que ele chamava de esposa.

– Olha, é simples. Vamos entregá-la e ir para a Cidade Prateada de Hadramiel para a reunião. Encontre-me lá, amor – disse ele ao telefone.

A resposta dela foi simples e doce.

– Por favor, apenas tenha cuidado. Acreditávamos que eles estavam extintos e agora existem pelo menos três. Só estou preocupada que tenhamos outra surpresa.

Revirei os olhos. Se tivesse que ouvir isso durante toda a viagem, eu ia vomitar.

Logan se virou, percebendo que eu estava acordada. Seus olhos se estreitaram em desdém, e ele encerrou a ligação com a promessa de retornar para ela. Logan me lançou um olhar de puro desprezo. Eu sabia que ele sentia que haviam vencido e resolvido o problema. Ele era um tolo, não apenas no amor, mas por não reconhecer a ameaça que pairava sobre ele e seus preciosos amigos. Estava muito enganado se pensava que eu era o pior que ele enfrentaria. Comparado a Kaden, eu era quase angelical.

– O quê? Provavelmente é estranho para você ouvir alguém se importar. – Ele sorriu. – Duvido que alguém ame você – falou, cruzando os braços.

Essa doeu.

Logan estava certo. Kaden não me amava. Duvido que ele alguma vez tenha usado a palavra. Como seria ser verdadeiramente amada? Imaginei como seria ser desejada por ser eu, e não por meus poderes de destruição. Eu implicava com Gabby por causa dos filmes bobos de que ela tanto gostava, mas acho que parte de mim no fundo ansiava por isso.

No pouco tempo que passei mantida em cativeiro, vi os membros da Guilda demonstrarem sinais de carinho uns pelos outros. Eu não sabia por quê, mas parte de mim ansiava por essa conexão, e eu tinha medo de que Kaden soubesse disso. Minha espécie e eu não éramos muito bons com sentimentos e emoções. Eu culpava a nossa intensa necessidade de sangue e sexo. Eu me sentia menos mortal quanto mais me alimentava. Quanto mais eu bebia e matava, mais feliz Kaden ficava. Esses eram os únicos momentos em que senti que ele realmente se importava comigo.

– Nenhuma resposta atrevida? Qual é, onde está a mulher descarada que explodiu um prédio inteiro e depois ameaçou o rei deste reino e do próximo?

Encarei-o e deslizei para a frente tanto quanto minhas amarras permitiam.

– Abra uma artéria e vou apresentá-la novamente.

Reuni todo o poder que pude, dadas as circunstâncias, e sabia que meus olhos brilhavam vermelhos. A energia na van mudou, a tensão arrepiou meus nervos. Logan podia parecer doce para aqueles que amava, mas ele fazia parte d'A Mão por algum motivo. Eu quase esperava que ele me desse um soco de novo ou talvez que me matasse e alegasse que foi um acidente.

Não sabia por que sempre me colocava em situações que poderiam resultar na minha morte. Chame-me de louca, selvagem, impulsiva ou de todas as opções anteriores, mas uma coisa que eu poderia dizer por mim mesma é que, não importava o que acontecesse, eu era uma lutadora.

Eu podia estar fraca e faminta, mas não deixaria que ele percebesse. Manteria minha fachada enquanto pudesse. Caso ele se aproximasse, eu sabia que poderia usar toda a força que me restava para estrangulá-lo com as correntes, mas, se ele conseguisse sacar uma arma, tudo estaria acabado para mim. Ele deve ter percebido meu raciocínio ou ter chegado à mesma conclusão, porque sua única resposta foi uma pequena risada. Eu estaria mentindo se dissesse que não fiquei um pouco aliviada. Não estava com vontade de lutar agora. Todo o meu ser ainda estava ferido pelo poder que Liam tinha usado contra mim nas últimas semanas, e minha greve de fome estava afetando minha capacidade de cura.

O tempo passou, e Logan atendeu mais ligações, mas mudou para aquele lindo idioma. Quando ele não estava ao telefone, a viagem era silenciosa, nenhum de nós estava interessado em outra conversa. Por que estaríamos? Nossas espécies eram inimigas mortais desde o início dos tempos – ou pelo menos foi o que nos disseram. Sim, os mocinhos são sempre honestos e verdadeiros. Eles se sacrificam por aqueles que amam e salvam o dia no último minuto. Em contraste, minha espécie e eu sempre fomos subjugados como vilões. A história nos retratou como criaturas impiedosas, cruéis e vis que às vezes expeliam lodo. Eu não conhecia ninguém que o fizesse, mas já tinha ouvido histórias de Ig'Morruthens no passado.

Gabby estava certa. Eu era um monstro.

– Então – perguntei –, para onde exatamente está me levando?

Ele não respondeu.

Suspirei.

– Qual é o sentido de me manter viva? Todos vocês sabem que não vou falar.

– Você está falando muito bem agora.

Balancei a cabeça, relaxando-a contra a traseira do veículo.

– Ah, então foi o chefão quem decidiu. Porque tenho a sensação de que você e o resto ficariam felizes em acabar comigo.

Ele sorriu.

– Ah, com certeza. Depois do que você fez com Zekiel, terá sorte se voltar a ser livre de novo.

O som de seu nome me fez desviar o olhar. Sempre trazia as memórias desabando sobre mim. A maneira como ele lutou por aquela lâmina com todas as suas forças. A expressão em seu rosto. Maldito olhar! Ele sabia que não havia...

– Esperança.

– O quê? – A sobrancelha de Logan ergueu-se.

Eu não percebi que tinha falado em voz alta e rapidamente mudei de assunto. Balancei a cabeça, voltando minha atenção para ele.

– Então, se o grandalhão me quer viva, presumo que não seja para me convidar para um encontro, não é?

– Se por "encontro" você quer dizer mantê-la viva por qualquer meio necessário, já que você é a única pista que temos, então, sim, um encontro. A esta altura, tenho certeza de que ele está pronto para alimentá-la à força.

– Estou molhada só de pensar nisso.

Ele balançou a cabeça, fazendo uma careta.

– Não entendo a atitude grosseira e as piadas. Você sabe que não há saída para você. Não há final feliz, mas se recusa a falar. Quem tem tanto controle sobre você?

Eu não tinha intenção de revelar essa informação, porque, se soubessem o que Kaden tinha contra mim, usariam também. Gabby era a única coisa que me mantinha na linha. Meus olhos caíram para o símbolo em seu dedo e balancei a cabeça em direção a ele.

– Desisti dos finais felizes há muito tempo. Falando nisso, como vocês dois pombinhos assassinos se conheceram?

Ele não respondeu.

– Ela é bonita. Vejo o que você vê nela. Tenho certeza de que outros também veem. Ela deve significar muito, especialmente se vocês realizaram o Ritual de Dhihsin.

O Ritual de Dhihsin originara-se com a deusa Dhihsin. Consistia em uma cerimônia que unia irrevogavelmente almas gêmeas. Eles recebiam um símbolo rúnico estilizado com belos floreios no terceiro dedo da mão esquerda do homem e na direita da mulher. Quando pressionavam as palmas das mãos, os símbolos se encontravam. As marcas eram únicas para cada casal, e, uma vez concluídas, não havia divórcio nem saída. O vínculo era para sempre, uma das formas de amor mais preciosas que se poderia dar a outra pessoa. Era uma das coisas que Gabby mais adorava na cultura celestial. Era o que ela queria com Rick – e eu tirei isso dela.

Os olhos de Logan brilharam em um azul intenso antes de ele responder.

– Tenho ordens estritas para garantir que você chegue à Cidade Prateada, mas, se mencionar minha esposa mais uma vez, farei com que sua morte pareça um grave acidente.

Um sorriso frio se formou em meus lábios. *Peguei vocês.*

– Cidade Prateada, é? Ah, eu sou especial. Fica em Ecanus. Então, é para lá que estamos indo.

A Cidade Prateada era exatamente isso e fazia o resto do mundo parecer patético. Eu tinha ouvido falar que era um dos locais famosos dos celestiais, não que eu ou alguém que eu conhecesse já tivesse estado lá. A lenda dizia que os que entravam nunca saíam.

Ele entendeu o que eu disse, e seus olhos se arregalaram ligeiramente.

– Mais uma palavra e vou nocautear você de novo. Não tenho nenhum problema em fazer isso pelo resto da viagem. – Ele cruzou os braços e recostou-se, com os olhos estreitando-se em fendas.

– Não se preocupe. Acho que prefiro tirar uma soneca de vontade própria.

Não havia janelas na caminhonete, mas nós dois olhamos em direções opostas para evitar contato visual. Decidi inclinar a cabeça para trás para tentar dormir um pouco. Ele tinha dito que essa viagem duraria algumas horas, e tentar falar com ele não levaria a lugar algum. O chão duro onde eu estivera dormindo não era confortável, e, por algum motivo, aquele banco de metal parecia melhor. Fechei os olhos e adormeci.

Acordei assustada quando o caminhão balançou violentamente. Meus olhos se abriram, e meus sentidos ficaram em alerta quando ouvi o estresse na voz de Logan.

– Carro Dois, está me ouvindo?! – gritou Logan. – Carro Um, repita o que disse. Responda, responda!

Logan estava me sacudindo, uma mão no meu ombro e a outra em um rádio portátil preto.

– Dianna, não é hora porra de um sono de beleza!

– Estou acordada, seu idiota. Acalme-se! – Afastei a mão dele de mim, mas ele nem percebeu. Seus olhos reluziram de novo quando ele baixou o rádio e o sacudiu. Estática saía do alto-falante, seguida por gritos e um som alto e sibilante. Ele me encarou, o medo marcava suas feições.

– O que está acon... – Minha frase foi interrompida abruptamente quando o caminhão virou para a direita. Rolamos lá dentro, ricocheteando um no outro enquanto capotávamos várias vezes. Tentei me estabilizar segurando qualquer coisa que pudesse alcançar, mas as correntes restringiam demais meus movimentos. De repente, o caminhão parou de girar, estacando bruscamente. Levantei-me e encarei Logan, nós dois feridos e ensanguentados.

O veículo sacolejou para a frente de novo, como se algo tivesse nos chutado tal como uma criança faria com uma bola. O caminhão capotou mais duas vezes antes de parar abruptamente, batendo em algo com um ruído alto. O corpo de Logan caiu por cima do meu, seu peso me prendeu ao chão de metal. Minha visão escureceu, e eu ofeguei buscando ar, tentando piscar para sair da névoa cinzenta.

A porta dos fundos foi arrancada, o aço reforçado rasgou-se como uma folha de papel. A silhueta escura de uma pessoa apareceu recortada contra a abertura. Senti o corpo de Logan ficar tenso, mas sabia que já era tarde demais. O monstro estendeu a mão e o arrastou para fora. A última coisa que ouvi antes de desmaiar foi o grito dele.

XV
LIAM

Algumas horas antes

– Os veículos estão prontos para o transporte – informou Peter. Ele era um dos muitos celestiais que tinham subido de cargo após a explosão. Vincent tinha falado muito bem dele. Ele, junto com alguns recém-formados, parecia querer ajudar tanto quanto possível. Eles até aconselhavam quando necessário, o que Vincent apreciava. Na época do governo de meu pai, apenas o Conselho ou os funcionários de alto escalão eram ouvidos por seus superiores.

Virei-me, acenando para ele e me afastando da grande janela. Peter e três outros homens estavam em posição de atenção, com as mãos atrás das costas e os olhos voltados para a frente. Parecia estar tudo certo, mas sentia algo estranho em Peter e em algumas outras pessoas com quem tive contato. Não conseguia identificar o problema, por isso apenas culpei o fato de não ter estado perto de ninguém por séculos. Todos tinham potencial para ser mais, o que era bom se estávamos nos encaminhando para a guerra.

– Estão dispensados – disse, e, um por um, eles assentiram e saíram da sala. Dei uma última olhada na neblina que descia das montanhas. Arariel era magnífica, mas nada comparado a qualquer coisa em Rashearim. Estas montanhas, embora bonitas, eram pequenas, e sua vegetação era opaca em comparação. Eu queria apenas acabar com isso e voltar para casa. Quanto mais eu ficava, piores se tornavam as malditas dores de cabeça. O fato de eu não ter dormido e não ter intenção de fazê-lo não ajudava em nada.

Eu apreciava todas as diversas maneiras que os mortais e celestiais encontraram para gastar excesso de energia. Logan me mostrou a academia, e era onde eu passava a maior parte do tempo. Enquanto exercitava meu corpo, tentava descobrir o que essas criaturas queriam e qual seria seu próximo passo. Isso me mantinha acordado, mas o medo também. Eu não temia a Ig'Morruthen que estava vários andares abaixo, mas temia o que aconteceria caso eu dormisse. Eu precisava que isso terminasse para poder ir embora.

Eu tinha dado as costas para a vista quando Logan abriu a porta e entrou, com Vincent e Neverra atrás dele. Eles estavam cobertos de armas e usavam os novos trajes blindados que eu havia encomendado. Eu podia ser à prova de fogo até certo ponto, mas eles não eram. Se ela conseguia exercer tal poder, quem saberia se os outros não eram capazes também? Era uma precaução necessária movê-la, mas eu garantiria que eles estariam tão seguros quanto possível.

— Estamos prontos – declarou Logan.

Balancei a cabeça e saí da sala, e os três seguiram atrás de mim. Já tínhamos chegado à metade do corredor quando alguém falou.

– Você foi gentil demais – comentou Vincent.

Ele ficou à minha esquerda, enquanto Logan e Neverra tomaram a minha direita. Eu sabia, pela forma como ficaram tensos, que esse era um assunto que haviam discutido antes. Vincent e eu sempre mantivemos um ao outro em alto padrão. Nossa amizade começou em Rashearim, quando eu era apenas o filho de Unir. Ele não tinha escrúpulos em me questionar. Às vezes eu apreciava isso, mas havia momentos em que ele me irritava demais.

— Fui é? Torturar a fera não foi suficiente?

— E as roupas e a comida mandadas depois? Para quê? Depois do que ela e sua espécie fizeram, podia deixá-la morrer de fome – respondeu ele, com um músculo se contraindo em sua mandíbula. Sua raiva e ódio amadureceram ao longo dos séculos. – Eu sabia que não ia funcionar. Não há bondade neles. Unir nos ensinou isso. Todos os deuses ensinaram. Ela é um monstro.

Vários celestiais se curvaram conforme passamos, e fiz uma careta. Eu detestava isso. Logan, Vincent e Neverra seguiram em direção ao elevador, mas pararam quando balancei a cabeça. Meu controle sobre meus poderes às vezes era errático, mas não me importava em compartilhar essa informação com eles. Em vez disso, eu os conduzi até as escadas, e descemos até o saguão principal. Era um espaço aberto que dava para a frente do edifício.

— Sim, está certo, mas sinto que há mais. Há mais nela do que apenas maldade e destruição. Eu apenas tentei apelar para essas partes. Além disso, não posso questionar uma casca seca, e é isso que ela se tornará se não comer.

— Sim, mas não podemos esquecer que ela assassinou quase todo o Conselho mortal. Os que conseguiram sobreviver têm queimaduras cobrindo metade do corpo. Depois, há o fato de que ela é a razão pela qual Zekiel não está aqui.

Parei e me virei para Vincent.

— Como eu poderia esquecer? Por acaso eu não estava lá? Eu a vi levantar as mãos, vi as chamas dançarem e reagi uma fração de segundo tarde demais.

— E quanto a Zekiel?

– Vincent…

— Zekiel se foi e você age como se voltar para cá fosse uma tarefa tediosa. Ele se preocupava com você, assim como nós, mas você não parece estar de luto por ele!

Fechei os olhos, o latejar na minha cabeça retornou dez vezes mais forte. Vários celestiais de baixo escalão saíram da área enquanto um poder girava ao nosso redor. As luzes piscaram antes de brilhar um pouco mais fortes.

– Luto? Quando eu tenho tempo para ficar de luto? Fico contente que você tenha esse luxo. Sim, Zekiel morreu. Muitos morreram, e estamos novamente à beira da guerra. Sempre há vítimas ou *você* já se esqueceu?

Os olhos de Vincent se estreitaram.

– Eu fiz o que era necessário aqui, lembra? Você me deixou no comando. Sei que Logan não vai falar porque ele não quer ferir seus sentimentos.

– Ei, calma, calma – interrompeu Logan, aproximando-se e levantando a mão.

– Mas você está diferente agora, mais frio. Liam, você passou séculos longe, e eu entendo. Você perdeu muito, mas nós também. Você passou todo esse tempo nos restos de Rashearim, isolado longe do Conselho. Imogen nos contou que não estava conseguindo entrar em contato com você, não importava quantas vezes ela tentasse. Você não é o mesmo homem que me libertou daquela deusa miserável, Nismera. Você não é o mesmo homem que ria, brincava e bebia conosco como se fôssemos irmãos. Você não é o mesmo homem que forjou A Mão muito antes da guerra. O que aconteceu com o homem que pensou em criar um mundo onde os celestiais fossem tratados como iguais, em vez dos malditos fantoches estúpidos que os deuses criaram?

– Você está passando dos limites. – Dei um passo à frente, invadindo o espaço pessoal dele. Várias lâmpadas estouraram no corredor, e ouvi Neverra mandar os celestiais restantes embora.

– Alguém precisa fazer isso – retrucou ele. – Nós somos irmãos? Somos uma família ou apenas vítimas dispensáveis para você agora? Você sempre teve tanto medo de ficar tão sem emoções quanto seu pai. Bem, olhe para você agora. Não vejo mais Samkiel. Vejo apenas Unir. Você não é melhor que ele.

– Não sou? – O espaço tremeu, e eu sabia que as emoções e a raiva que mantinha sob controle estavam prestes a se libertar. – Não desejo ser juiz e carrasco como ele foi. Alguém precisa tomar decisões precisas e concisas, e esse alguém tem que ser eu. Deixei você no comando. Você tem razão. Você queria governar. Esse sempre foi seu objetivo, e eu volto e encontro o quê? Metade do mundo está em crise, o Conselho mortal não respeita você, e criaturas lendárias estão aterrorizando Onuna. Estão destruindo nossos lugares, matando nosso povo, e você não tem pistas ou um plano para detê-las.

Logan se colocou entre nós, pondo uma mão no peito de Vincent e a outra no meu, nos separando ainda mais.

Os olhos de Vincent se desviaram dos meus – uma tática submissa, e uma que eu tinha visto muitas vezes com ele.

– Estou tentando.

– Tente melhor. – Ele estava certo. Eu estava frio, insensível e vazio de emoção. O problema era que eu não sabia como consertar isso.

Afastei-me da mão de Logan e me virei, indo em direção às portas deslizantes.

– Logan, você vai escoltar a prisioneira até a Cidade Prateada. Neverra e Vincent, vocês ficam comigo. Nada disso está em discussão.

Ninguém mais falou enquanto saíamos para a garagem. Vários celestiais estavam colocando munição e suprimentos nos carros blindados. A precaução não era por ela, mas por aqueles que a seguiriam, de quem ela se recusava a falar. Alguém tinha um controle forte o suficiente sobre ela para que não o quebrasse, não importava o que eu tivesse feito. Eu admiraria esse tipo de lealdade se não estivesse ligada a tal criatura.

– Senhor – disse um jovem celestial ao abrir a porta do veículo mais próximo. Eu também detestava isso. Na minha juventude, talvez eu tivesse gostado da atenção e da bajulação, mas aprendi que vinham acompanhadas de sangue e morte.

Meu queixo ficou rígido quando entrei na traseira do luxuoso veículo blindado. Tinha duas fileiras de assentos, o que me pareceu excessivo, e optei pela que estava mais próxima da janela. Virei a cabeça no momento em que Logan e Neverra estavam se despedindo. Ela o observou ir antes de entrar no carro comigo. Logan me fornecera mais vídeos do mundo mortal, portanto, pelo menos eu sabia como eram chamadas essas caixas mecânicas agora.

Observei Vincent tomar o veículo principal com vários outros celestiais, que sorriram em sua presença. Ele estava certo. Ele os liderara enquanto eu estava longe, e eu respeitava isso. Ficaria contente em devolver isso a ele assim que tudo acabasse. Ele ainda estava chateado. Eu conseguia sentir e não o culpava. Eu havia voltado e tomado o título que ele tanto amava. Ele provavelmente me odiava, mas não podia me odiar mais do que eu odiava a mim mesmo.

Seis carros iriam comigo para Hayyel antes de pegar o trem submarino para a Cidade Prateada. Quatro caminhões blindados transportariam a Ig'Morruthen da mesma maneira. Tivemos uma reunião com o novo embaixador da Ecanus. Ele assumiria a região, pois seu antecessor morrera no incêndio. Seu nome era Elijah, e ele era a razão daquele transporte. Eu não me sentia confortável com ela ficando ali quando eu não estivesse presente e não podia arriscar que os outros viessem buscá-la.

Já haviam se passado duas semanas desde o ataque, e eu queria ir embora a cada segundo. Não tinha dormido e sabia que meu corpo tomaria a decisão por mim em algum momento. Quando essa hora chegasse, os terrores noturnos me dominariam, e eu não queria estar ali quando isso acontecesse. Não queria que eles vissem a casca de homem que eu havia me tornado.

Não importavam o que fiz e a decisão que tomei, eu me sentia isolado e solitário. Passei a vida inteira ouvindo quem eu era, o que eu era e como liderar. Mas quem eu era de fato? Eu não sabia, não de verdade. Na minha juventude, fugi das aulas, enquanto meu pai insistia que eu prestasse atenção. Afoguei os demônios que tentavam me dominar com homens, mulheres, bebidas e treinamento, esforçando-me para ser mais veloz e mais forte.

Eu me esforcei para ser algo de que ele se orgulhasse e que fosse digno do amor que todos me deram. Funcionou por algum tempo, mas tudo que eu tentava parecia causar mais problemas. Quando recrutei para A Mão, tomei os generais dos outros deuses, criando minha própria rede, porque até então estava sozinho. Foi egoísta, e eu sabia disso. Eu não tinha irmãos. Minha mãe tinha falecido quando eu era jovem, e meu pai só se importava que eu me tornasse rei. Um rei tinha que amar, e o amor não era egoísta ou cruel. Para ser realmente honesto comigo mesmo, eu não tinha certeza se sabia amar.

Eu conhecia dever e honra. Sabia lutar e matar, mas não amar. Como Rei dos Deuses, meu pai amava aqueles que governava, e eu testemunhei seu amor eterno por minha mãe. Permaneceu inabalável contra todos os obstáculos e até sobreviveu à morte dela. Logan e Neverra estavam juntos havia séculos. Nunca se cansavam um do outro e nunca procuravam mais fora do relacionamento. Eles eram a definição de almas gêmeas, se é que alguma vez existiu tal coisa, e eu invejava o que eles tinham.

Nunca me senti assim por ninguém. Eu tinha ido para a cama, mas nunca amei. Nem mesmo Imogen, embora ela tenha implorado por isso. Vincent estava certo: eu havia me tornado frio ou talvez sempre tivesse sido frio. Zekiel havia morrido, e eu não chorei. Não derramei lágrimas, embora ele fizesse parte d'A Mão, estivesse comigo desde o início e fizesse parte dos poucos selecionados que eu chamava de amigos.

Vincent tinha chamado Dianna de monstro, mas eu sabia que esse título também pertencia a mim.

Neverra pigarreou quando o veículo fez uma curva, descendo as montanhas. Eu não tinha percebido o quanto estava quieto.

– Não os culpe. Eles sentiram sua falta. Até mesmo Vincent, quando ele não está sendo um completo idiota. – Ela riu antes de sorrir para mim. – Também senti sua falta.

Soltei um longo suspiro, esticando as pernas e cruzando os braços.

– Todo mundo está me dizendo isso.

– Bem, é bom ter notícias dos amigos.

Não respondi, apenas balancei a cabeça.

– Olha, não sei o que aconteceu quando Rashearim caiu, mas sei que você perdeu mais do que nós. E, por isso, sinto muito. Você fez muito por nós, Liam. Ao formar A Mão, você nos deu uma vida da qual podemos nos orgulhar. Você salvou tantas pessoas durante a guerra e nos deu o que precisávamos para reconstruir Onuna antes de partir. Nunca esquecemos o que você fez e o quanto sacrificou.

Observei pela janela a estrada se curvando, as montanhas cobertas de neve e as árvores nos cercando por todos os lados.

– Você sempre foi bondosa, Neverra. Não importam as batalhas, você nunca perdeu isso.

– É meu dom. E foi assim que enganei Logan para que se unisse a mim.

Encarei-a, tentando algum tipo de emoção.

– Eu achei que tivesse ajudado nisso.

Ela sorriu, brincalhona, chutando-me, e o rabo de cavalo que usava balançou.

– Não mesmo. Se bem que… acho que mais ou menos. Sinto falta daqueles dias em Rashearim. As festas que fazíamos e os momentos em que todos nos reuníamos para falar bobagem sobre os deuses. Eles sempre foram tão certinhos. – Seus olhos ficaram vidrados, enquanto ela puxava a manga de seu traje de combate. – Sinto falta de Cameron, embora ele às vezes seja chato, e sinto falta de Xavier corrigindo-o. Sinto falta de treinar com Imogen e das danças malucas quando ela não estava totalmente enrolada em você.

– Você sabe que pode visitar.

Ela encolheu os ombros.

– Eu sei. Logan vai às vezes, mas eu não consigo. Tudo mudou depois da Guerra dos Deuses. Tenho medo de vê-los de novo e de que todas as lembranças felizes sejam apenas lembranças. Tudo está tão diferente agora.

– Está mesmo.

O silêncio caiu entre nós mais uma vez. A estrada se alargou pouco a pouco à medida que chegávamos ao fim da cordilheira. Cidades e lojas apareceram, mortais cuidavam de seus afazeres. Ao entrarmos na rodovia, falei:

– Ela quase escapou.

Neverra se sobressaltou como se não esperasse que eu quebrasse o silêncio.

– O quê?

– Se eu tivesse demorado um segundo, não a teria alcançado. Não estou apto para ser o líder de ninguém, Neverra.

Seu olhar se suavizou.

– Liam…

– Estamos lidando com algo além de nossa capacidade. Tanto a escuridão quanto o fogo se curvam à vontade dela, o que a torna extremamente perigosa, até letal. A pior parte é que acredito que ela ainda nem atingiu todo o seu potencial. As correntes mal aguentaram. Você viu. Ela se recusou a me dizer quem estava com ela ou quem é seu criador, mesmo sob tortura. Meu instinto me diz que ainda nem chegamos perto do que está acontecendo.

Ela assentiu e, com um tom pensativo, disse:

– Fizemos verificações de antecedentes, mas o nome Dianna Martinez não revela nada. Não há registros, nem documentos, nada. Ela não existe no que diz respeito ao sistema, o que provavelmente significa que alguém com muito poder a está mantendo escondida.

– E a relíquia que estão procurando?

Ela estendeu a mão, coçando uma das sobrancelhas.

– Arquivos, alguns pergaminhos e alguns livros antigos foram levados, mas nada de importante. Apenas textos descrevendo a história de Rashearim, mas nada prejudicial.

Inclinei-me para a frente, meu olhar era inabalável.

– Preciso que todos vocês compreendam quão séria é esta situação. Não estamos lidando com Ig'Morruthens normais e não estamos preparados. Essas não são as feras das lendas. Se forem capazes de se transformar à vontade como ela, evoluíram, e estamos em apuros. Se conseguem matar um membro d'A Mão, atacar com livre-arbítrio e pensamento consciente, estamos nos encaminhando para outra guerra.

Ela engoliu em seco, o medo marcou suas feições.

– O que vai fazer se ela não falar? Vai usar a Aniquilação?

A Aniquilação era outro assunto que raramente discutíamos. Toquei distraidamente no anel contornado em preto no meu dedo do meio. Era uma arma que criei durante minha ascensão. Apenas A Mão e meu pai sabiam de sua existência, e todos mantiveram segredo dos outros deuses até que não puderam mais. Era uma lâmina de obsidiana das profundezas mais sombrias das nossas lendas.

Eu a criei a partir do ódio, da devastação e da tristeza, emoções que um deus nunca deveria nutrir. A lâmina fazia o que nenhuma outra arma ou ser vivo era capaz: causava uma morte permanente, sem vida no além. A capacidade de criar e manejar tal arma foi o que me tornou tão perigoso e fez os outros deuses tremerem. Rendera-me minha reputação, meu nome sussurrado em tons abafados e temerosos por todos os reinos. Era um dos meus maiores arrependimentos, mas eu sabia que suportaria o peso de usá-la novamente se isso significasse salvar este mundo.

– Se for preciso.

XVI
Dianna

O crepitar do fogo foi a primeira coisa que ouvi quando o mundo começou a retornar. Em seguida um calor abrasador se espalhou por todo o meu ser. Um líquido quente cobria o fundo da minha garganta. Era puro êxtase, mas foi rápido demais, e me esforcei para me sentar e comecei a tossir. Imediatamente me arrependi do movimento brusco quando uma agonia despertou na lateral do meu corpo. Meus olhos se arregalaram quando Tobias moveu o cadáver parcialmente drenado para longe de mim e descuidadamente o deixou cair no chão.

– Tobias? – Saiu como uma pergunta, e eu tentei lembrar onde estava. Sentia-me como se estivesse perdendo a sanidade. Ele me encarou com puro desprezo quando estendeu a mão e arrancou um pedaço afiado de metal do meu flanco. Eu gritei, e um calor vermelho saiu da ferida. Sim, eu definitivamente estava acordada.

– Você demorou demais para comer. Estava quase ressecada.

Olhei para o corte na minha lateral, observando enquanto ele cicatrizava por completo, deixando apenas um buraco rasgado na regata suja que eu usava. Inclinei a cabeça para trás, minha voz estava cheia de exaustão.

– Não sabia que você se importava.

– Ah, acredite em mim, não me importo, mas Kaden ficaria chateado se perdesse seu animal de estimação favorito.

Coloquei a mão na testa, enquanto memórias que não eram minhas passavam pela minha mente. Não as de um ou dois celestiais, mas de vários. Com quantas pessoas Tobias me alimentou? Eu estava tão mal assim? Após alguns minutos de concentração, os ruídos cessaram. Passei anos treinando para compartimentar e trancar as memórias desagradáveis que colecionei ao longo dos séculos.

Depois de várias respirações profundas, abaixei a mão e olhei em volta. Tobias e eu ainda estávamos perto do caminhão capotado. A porta dos fundos havia desaparecido, e eu não fazia ideia do que tinha acontecido com Logan. Sentei-me um pouco mais reta e vi os outros dois veículos amassados ali perto, com pedaços de metal projetando-se em todas as direções, como se um meteoro tivesse colidido contra eles. As árvores ao redor da estrada estavam em chamas, com galhos estalando e se partindo enquanto queimavam. Tobias se levantou, e eu me esforcei para ficar de pé, estremecendo vacilante. Mesmo após o tanto com que ele me alimentou, a dor ainda era quase debilitante.

– Sua cura ainda está lenta? O que ele fez com você? – Eu sabia que ele não estava perguntando porque se importava, mas porque temia que pudesse acontecer com ele ou com Alistair também.

Dispensei sua preocupação com um gesto e olhei em volta.

– Eu já teria me curado se não fossem essas malditas algemas. Elas drenam minha força e me deixam sem nada.

Ele inclinou a cabeça, e seus olhos vermelhos combinavam com o fogo que dançava ao nosso redor.

– Certo.

Ele me agarrou pelo braço, arrastando-me consigo enquanto caminhava pelos destroços. Eu sibilei de dor, meu abdômen latejou. Como ainda tinha as contenções em volta dos tornozelos e pulsos, custei a acompanhá-lo. A estrada estava rachada e queimada como se algo ou alguém tivesse caído do céu. Na minha mente, consegui ver o que havia acontecido. Tobias não estava sozinho. Alistair também havia ido.

Eu não imaginei que viriam atrás de mim. Estaria mentindo se dissesse que uma parte de mim não estava aliviada por estar livre, mas teria preferido não estar no maldito veículo quando ele capotou. O zumbido em meus ouvidos diminuiu o bastante para que eu pudesse ouvir um grito gorgolejante e um estalo. Pude distinguir uma figura escura movendo-se com passos lentos e predatórios em direção a um dos veículos esmagados. Alistair.

Ele tinha uma versão maior de uma das lâminas renegadas e a girava na mão quando o ouvi falar:

– Sabe, estou tão contente que meu pequeno truque tenha funcionado. Sussurrei um pouco de convencimento entre suas tropas, e chegou aos ouvidos certos que Dianna só precisava de um membro d'A Mão para escoltá-la. Achei que Tobias e eu seríamos capazes de lidar com um de vocês. Ainda precisou de um pouco de esforço, mas foi melhor separar o rebanho. Entende o que quero dizer?

Alistair estava encarando alguém que eu não conseguia ver, pois um dos veículos destruídos bloqueava minha linha de visão. Mesmo com minha superaudição em estado crítico, ouvi um *tilintar característico* quando ele abaixou a adaga e acertou metal. Ouvi um gemido de dor e soube que era Logan. Ele tinha lutado e ainda estava vivo. Por isso a área ao redor estava em chamas e havia tanta destruição. Ele se manteve firme, mas, pelo som de sua respiração ofegante, não achei que lhe restasse muito tempo.

Alistair puxou o braço para trás, perfurando Logan com a adaga várias vezes. Seus olhos estavam inundados de vermelho, e seu sorriso crescia com cada grunhido de dor de Logan.

– Não o mate, seu idiota – repreendeu Tobias, enquanto contornávamos os veículos esmagados.

Alistair estava com o braço erguido, preparando-se para esfaquear Logan de novo. A adaga dos renegados era longa e, onde deveria haver uma lâmina, esta era dividida ao meio. A espada estava toda coberta com o sangue de Logan, incluindo o punho de osso esculpido e enegrecido. Havia sangue nos braços, mãos e rosto de Alistair. Ele limpou o sangue da lâmina e deu um passo para trás, com seus olhos ardentes vidrados de desejo de batalha.

Logan estava deitado encostado em um dos caminhões amassados. Agarrava a lateral do corpo, tentando conter o sangue que escorria entre seus dedos. Droga, Alistair realmente tinha feito um estrago nele. Ele tinha um corte na testa e sangue escorrendo pelo rosto, e um olho estava inchado e quase fechado. O colete protetor que usava tinha sido rasgado, revelando uma camisa ensanguentada. Seu corpo estava cheio de facadas e cortes profundos. Seus olhos e tatuagens reluziam com aquele brilho azul que eu detestava, mas a luz diminuía e tremeluzia a cada respiração difícil que ele dava. Mais cinco minutos, e ele estaria morto, assim como Zekiel.

– Divertindo-se? – perguntei, olhando para Alistair.

– Dianna, você está horrível – ele comentou, sem perder o ritmo.

– Jura? Provavelmente tem a ver com as semanas de tortura e com o fato de vocês, idiotas, terem capotado um veículo comigo dentro! – gritei a última parte enquanto o encarava.

– Ora, por favor, como se isso tivesse lhe causado algum dano – retrucou ele antes de parar e me observar. – Por que ainda está mancando e segurando o seu lado? Você não a alimentou?

Tobias ergueu um dos meus pulsos e estremeci com o estiramento que isso causou no meu ferimento.

– Essas coisas. Precisamos tirá-las dela, porque não vou carregá-la de volta.

Alistair ergueu uma sobrancelha e assentiu.

– Sim, que merda. Eu também não vou carregá-la.

– Que fofo, rapazes. Sério, tão carinhosos. Agora podemos tirar isso, por favor? Verifiquem os bolsos dele.

Alistair se virou, e Logan encontrou seu olhar, desafiador. Alistair sibilou insultos para Logan, enquanto procurava a chave nos bolsos, mas Logan apenas sorriu e mordeu o ar estalando os dentes para ele. Alguns segundos depois, Alistair se levantou e caminhou em direção a Tobias e a mim. Várias chaves tilintaram no anel que ele carregava. Afastei meu pulso de Tobias e estendi as mãos, desesperada para tirar as algemas.

– Eu pensei que vocês não iam vir – comentei. Alistair encontrou meu olhar enquanto tentava várias chaves. Ele olhou para Tobias e depois se concentrou de novo nas algemas. – Não pensei que Kaden viria atrás de mim.

– Bem, Kaden quer sua cadela de volta – afirmou Tobias atrás de mim. – Depois que Alistair soube que iam transportar você com um membro d'A Mão, ele traçou um plano.

Logan tossiu.

– Como ficou sabendo disso?

Alistair sorriu, ainda trabalhando nas algemas.

– Ah, temos espiões em toda a sua pequena organização. Creio que você pode saber agora. Vai estar morto em breve de qualquer maneira.

– Não – retrucou Tobias –, ele o quer de volta vivo. Talvez saiba onde o livro está.

Houve um tilintar suave, e senti meu poder retornar dez vezes mais quando as algemas em meus pulsos caíram. Elas atingiram o concreto, e aquela maldita luz azul das runas se apagou. Tomei a chave de Alistair e destranquei as que estavam em meus tornozelos.

Soltei um suspiro alto, como se tivesse entrado em um banho quente depois de um longo dia. A onda de energia foi quase um orgasmo. A ferida em meu abdômen sarou instantaneamente, e os ossos quebrados que eu havia ignorado voltaram ao lugar. Estiquei o corpo e o pescoço como um atleta se preparando para uma partida. A cor voltou à minha pele, e meu corpo se preencheu, uma vez que as algemas não estavam mais suprimindo a absorção do sangue fresco. Era tão bom me sentir eu mesma novamente. Não tinha percebido quão desgastantes eram os encantamentos. Senti meus olhos brilharem quando estreitei meu olhar para Tobias e Alistair.

– Agora me sinto melhor. – Minha voz era minha de novo, não mais rouca ou áspera.

– Você quase está bonita de novo, exceto pelo enorme ninho embaraçado na sua cabeça – disse Alistair.

Mostrei o dedo médio para ele quando nos viramos em direção a Logan. Ele me viu curada e tentou, mas não conseguiu, sentar-se mais ereto.

– Vocês não vão vencer. Não importa quantos de nós matem. – Eu poderia jurar que vi lágrimas se formando em seus olhos, o brilho refletia as chamas bruxuleantes.

– A luz está desaparecendo depressa, e precisamos agir rápido se quisermos obter alguma resposta – comentei.

Alistair avançou para finalizar a matança, e vi arrependimento suavizar os olhos de Logan. Ele sabia que destino o esperava. Alistair se agachou ao lado de Logan.

– Olha, Dianna, ele tem a marca de Dhihsin no dedo. – Logan gemeu de dor quando Alistair ergueu a mão dele para me mostrar.

– É, eu sei. Ele é casado com outra integrante d'A Mão – falei, erguendo a sobrancelha.

Alistair assobiou baixinho.

– É um grande passo, meu amigo moribundo. Ouvi dizer que a marca sela sua vida à da outra pessoa. Seu poder se torna o poder dela e vice-versa. Sempre me perguntei se, quando uma pessoa morresse, a outra logo a seguiria. Como ela é? Devemos visitá-la a seguir? – Ele sorriu para Tobias e riu quando Logan tentou se mover, desesperado para defender sua preciosa esposa. Ele gritou de dor, mas eu não sabia dizer se era de tormento físico ou emocional. – Então, me diga, você a ama?

Era uma pergunta estúpida e nada mais que uma provocação. Ele sabia a resposta, assim como eu, mas Alistair era um completo sádico e havia encontrado um ponto sensível nesse assunto. Os olhos de Logan ardiam de raiva desesperada quando ele cuspiu:

– Vá se foder!

A risada de Alistair foi de pura ameaça.

– Espero, pelo bem dela, que ela morra com você, porque o que Kaden planejou vai abalar todo este reino.

Planejou? O que ele queria dizer? Ele sabia de algo que eu não sabia? Kaden estava escondendo mais segredos de mim? Minha irritação cresceu quando senti Tobias olhar para mim e sorrir, cheio de malícia, como se conseguisse ler minha mente.

– Vocês vão perder – murmurou Logan. Ele fez uma careta, olhando entre nós. – Vocês todos vão.

Alistair ergueu novamente a adaga dos renegados.

– Depois de vocês terem matado tantos do meu povo, vou adorar fazer isso. – Ele pressionou a espada contra um ferimento que vazava, permitindo que o sangue se acumulasse na ponta dela. Alistair se levantou e caminhou até mim com a lâmina pingando.

– Vamos ter certeza de que ele vale a pena antes de levá-lo. – Alistair apontou a lâmina para mim. – Vamos. Dá uma lambida.

Fiz uma careta para o duplo sentido antes de agarrar o pulso dele e trazer a espada para perto. Passei a língua pela parte plana da lâmina, e o doce sangue do celestial encheu minha boca.

Beber o sangue de Logan era como tomar açúcar puro. Minhas bochechas se contraíram, minha mandíbula ficou tensa, e fechei os olhos com força suficiente para retorcer o nariz. Várias imagens passaram pela minha mente ao mesmo tempo. Logan cercado por Liam e A Mão. Reconheci Vincent e Zekiel, mas não os outros dois homens. Seus cabelos eram longos e com uma variedade de tranças e cachos. Usavam armaduras de batalha prateadas que se agarravam às suas formas musculosas, e seus capacetes estavam aos seus pés.

Eles estavam de pé ao redor de três enormes estátuas douradas em um jardim grande e bem cuidado e riam. Soube imediatamente que não era em Onuna. O ambiente era estranho e de tirar o fôlego. Montanhas mais altas do que eu já tinha visto erguiam-se à distância, com nuvens espessas e opacas coroando os topos. Grandes pássaros de asas duplas em uma variedade de cores voavam acima, cantando melodias reais que enchiam o ar. Parecia que todos haviam escapado de algo importante e estavam se escondendo.

Liam parecia mais jovem, mais saudável e mais feliz. Ele sorria, provando que os rumores sobre sua beleza eram verdadeiros. Estavam brincando e provocando um ao outro. Liam riu e deu um tapa no braço de um homem loiro por algum comentário que ele fez. Nessa memória, ele não era o torturador frio e duro que conheci nas últimas semanas.

Um clarão e outra imagem invadiram minha mente. Um campo de batalha apareceu. Homens lutavam ao meu redor, espada contra espada. O chão tremeu quando raios de luz azuis e prateados dispararam para o céu. Gritos terríveis rasgaram o ar, soando como se os abismos do Outro Mundo estivessem sendo escancarados. Alguém berrou, e eu me virei, enquanto vários soldados vestidos com armaduras avançavam, com lanças e lâminas douradas nas mãos.

Eu me abaixei por puro hábito, caindo com força no chão. Só que aquele chão não era um campo de batalha rochoso, mas sim ladrilhos de pedra fria. Olhei para cima e descobri que estava em uma cozinha branca e preta. Ouvi uma risada feminina e pulei de pé. Era ela, a esposa dele, Neverra.

– Não teríamos que pedir comida se você aprendesse a usar um forno – gritou ela em direção a uma sala de estar aberta. Ouvi a resposta de Logan em meio a uma risada antes que a cozinha sumisse.

Uma música explodiu em meus ouvidos quando apareci no meio de uma grande cerimônia. Eu girei, e casais ao meu redor riam e dançavam. Lustres idênticos estavam pendurados acima da minha cabeça, as luzes neles pareciam piscar com vontade própria. A voz de Logan fez com que eu me virasse, e o observei levantá-la e girá-la. Era o dia da união deles. A multidão aplaudiu quando Logan a colocou no chão, mas o casal feliz estava completamente alheio ao mundo ao seu redor.

Minha cabeça começou a latejar, suas memórias vinham rápido demais. Ele estava morrendo, e eu precisava andar mais depressa. Fechei os olhos e foquei, até que um momento mais íntimo se desenrolou dentro da memória. Eu estava de volta à casa deles, só que desta vez estava no quarto dos dois. Neverra entrou correndo, rindo como uma criança, enquanto pulava na cama, Logan logo atrás dela. Eles brincavam e rolavam enquanto ele sussurrava palavras de amor entre beijos. Sua risada era alegre, seus olhos cheios de um amor que desafiava as palavras, e ela passava os braços e as pernas ao redor dele.

Neverra. Esse era seu último pensamento? Ele estava à beira da morte e, ainda assim, sua mente vagava para ela, seus amigos e sua família.

– Alguma coisa? – perguntou Alistair, me trazendo de volta a uma realidade cheia de sangue. O fogo ainda ardia, e uma árvore próxima se quebrou, lançando faíscas flutuantes através da espessa névoa de fumaça. Tobias ergueu uma sobrancelha, esperando minha resposta.

Balancei a cabeça, saindo do meu estado de transe.

– Nenhum livro. Nem mesmo uma menção.

Alistair deu de ombros e voltou-se para Logan. Ajoelhou-se diante dele, balançando a lâmina diante de seu rosto.

– Bem, más notícias, amigo. Vamos levar você conosco. Então, vou mergulhar nesse seu cérebro e vasculhar cada canto da sua mente. Vou examinar cada lembrança que você tem, inclusive as dos seus amigos e da esposa que você tanto ama. Depois, vou transformar você em meu fantoche estúpido. Sempre quis um membro d'A Mão como animal de estimação.

– Não vou ajudar você a destruir minha família – retrucou Logan. Eu vi a lâmina prateada se formar em sua mão. Era menor que as outras, uma adaga, e eu sabia o que ele estava prestes a fazer. – Perdoe-me, Neverra. Eu amo você.

Algo se partiu em mim. Eu nunca tinha vivenciado o tipo de amor que ele tinha por Neverra, mas sabia que, se estivesse morrendo, meu último pensamento seria Gabby. Ela era a única constante na minha vida, e eu desistiria de tudo por ela.

Lembranças do deserto quente e escaldante inundaram minha mente. A dor vazia da fome e o frio de uma doença incurável fizeram meu estômago se apertar. Eu jamais esqueceria como a segurei nos braços, sentindo-a se afastar cada vez mais a cada respiração difícil. Seu corpo estava morrendo, enquanto eu implorava para que ela ficasse, sabendo que não havia nada que pudesse fazer para ajudá-la.

E, então, aquelas palavras. Eram tão parecidas com as que eu havia falado. Que sentimento era aquele? Será que eu estava triste por ele – triste pelo amor que ele nunca mais veria? Ou era dor – dor pela mulher que ele estava deixando para trás? Será que ela também se sentiria perdida e abandonada, como eu me senti só de pensar em perder minha irmã?

Resista! Lute por algo! A voz de Gabby ecoou na minha mente.

Não tive tempo para processar quaisquer emoções que estivesse sentindo e não me permiti tempo para pensar. Tomei a lâmina de Logan quando ele tentou enfiá-la no próprio coração. Seus olhos se arregalaram de desespero, percebendo que não alcançaria a morte que desejava.

Alistair riu e disse:

– Bom trabalho…

Suas palavras terminaram em um suspiro quando eu arranquei a lâmina da mão de Logan e girei, enfiando-a no queixo de Alistair. Seus olhos rolaram para trás, a ponta da lâmina projetou-se do topo de sua cabeça. Seus membros ficaram flácidos, e seu corpo permaneceu em pé por mais um segundo antes de pegar fogo, quente, brilhante e ardente. Demorou apenas alguns segundos, e ele havia se tornado cinzas, o fogo dentro dele voltou-se contra si, como um animal de estimação maltratado que se soltou da coleira.

Quando a poeira baixou, girei a lâmina e mudei de posição, colocando-me entre Tobias e Logan. O cabo da adaga queimava a palma da minha mão enquanto eu encarava Tobias, preparando-me para lutar contra ele. O choque e a raiva distorceram suas feições, e seus olhos ardiam de ódio.

– Sua *vadia traidora*! – Ele me olhava de alto a baixo enquanto avançava. Levantei a lâmina prateada em chamas na minha frente e assumi uma postura defensiva.

Um raio azul passou por mim, atingindo Tobias com força suficiente para atirá-lo na folhagem em chamas. Seu grito não era de morte, mas de ódio e raiva. Senti a compressão do ar quando ele se moveu, as árvores farfalhavam conforme ele alçava voo, com as asas batendo contra o céu escuro da noite.

Olhei de volta para Logan. Ele olhou para mim e abaixou a mão, a luz que subia por seu braço desaparecia aos poucos. Meu coração martelava no peito quando deixei cair a lâmina prateada. Não me movi e não falei nada, meus ouvidos zumbiam.

O que eu fiz?

Meu olhar disparou, procurando no céu noturno para onde Tobias havia fugido. Ele contaria a Kaden. Kaden viria atrás de mim. *Merda*. Ele iria atrás de Gabby! Eu nunca estaria segura. Ela nunca estaria segura.

Girei nos calcanhares, precisando me mover depressa. Os restos empoeirados de Alistair se elevaram ao redor dos meus pés quando eu corri para o lado de Logan. Ele encostou a cabeça no veículo destruído atrás dele, o brilho de suas tatuagens ia desaparecendo. Sua mão pendia mole ao lado do corpo, as feridas ainda estavam abertas.

– Você está perdendo sangue demais, Logan – falei, agachando na frente dele. Limpei o que restava de Alistair das minhas mãos. Minha voz estava calma, em contraste direto com o pânico que berrava dentro de mim. – Preciso cauterizar a ferida antes que seja tarde demais.

– O que… o que você fez? – gaguejou, incrédulo, olhando para as cinzas em si mesmo e de volta para mim. Uma parte de mim também não conseguia acreditar. Não apenas tinha acabado de massacrar Alistair, mas também estava prestes a salvar um membro d'A Mão.

Eu estava tão fodida.

– Você quer vê-la de novo? – perguntei, inclinando minha cabeça para o lado.

Ele inclinou a cabeça em um leve aceno, fazendo uma careta de dor mesmo com aquele pequeno movimento.

– Certo, então cale a boca e tente não gritar muito. – Levantei a mão e me concentrei, pois precisava dela quente o suficiente para cauterizar. As veias da minha palma e dos meus dedos se iluminaram com um tom laranja dourado, e eu as coloquei em cima do pior ferimento, tentando estancar o sangramento da ferida devastadora. Ele urrou de dor, cerrando os dentes com força suficiente para quebrá-los.

– Isso deve bastar até conseguirmos ajuda para você. – Fiquei de pé, enxugando as mãos no moletom. Meu olhar foi atraído de volta para aquele ponto queimado na estrada. Uma decisão, e eu tinha selado meu destino.

Logan grunhiu tentando se levantar, e estendi a mão para ajudá-lo. Ele recuou por um segundo antes de perceber o que estava fazendo e parou. Não o culpava por ainda ter medo de mim. Não confiávamos um no outro, mas talvez pudéssemos chegar a algum acordo.

– Deixe-me ajudá-lo.

Sua boca formou uma linha fina, mas ele assentiu. Agarrei seu braço e passei-o por cima dos meus ombros. Ele fez uma careta e manteve a mão direita na barriga. Coloquei meu braço em volta de sua cintura, tentando dar-lhe o apoio de que ele precisaria para ficar de pé. Ele se levantou e xingou. Cambaleou, tentando evitar a pressão da perna direita, que estava torcida.

– Então, Cidade Prateada, certo? – falei, como se os últimos minutos não tivessem acontecido.

– Sim, a Grande Mansão em Boel – disse ele com os dentes cerrados. – No entanto, a casa vai estar cheia.

– Grande Mansão? – suspirei, principalmente para mim mesma. – Nossa, que chique. Acho que foi bom termos trazido nossas roupas de festa.

Ele fez um som que parecia um bufo, e percebi que se arrependeu imediatamente até mesmo daquele pequeno movimento. Puxei-o com mais força contra mim e me concentrei. Um poder corria dentro de mim devido aos celestiais com os quais Tobias havia me alimentado e ao breve gosto de Logan. Senti o calor familiar logo antes de desaparecer do local da minha traição.

XVII
Dianna

Chamas dançavam ao redor de nossos pés, e a fumaça negra se agarrou aos nossos corpos quando eu nos transportei para a entrada da Grande Mansão. Sabia que estava no lugar certo pela descrição distorcida que Logan tinha me dado. O edifício parecia um castelo de verdade. Pedras escuras formavam as paredes, e múltiplas torres com pequenas janelas estreitas erguiam-se nos cantos da enorme fera. Luzes acompanhavam a calçada de paralelepípedos e brilhavam do prédio. Jardins enfeitavam o terreno, e caminhos sinuosos cortavam a bela variedade de plantas. Havia tantos veículos estacionados na frente, que até a mim deixavam nervosa.

Eu me remexi, suportando Logan, enquanto ele se apoiava mais fortemente contra mim.

– Logan, onde é provável que estejam?

– Terceiro andar – grunhiu ele. Portanto, foi para o terceiro andar que eu fui.

Vários arquejos e gritos encheram a sala enquanto nossas formas se solidificaram. A fumaça se dissipou, e pedaços das tábuas de mogno do piso se quebraram sob meus pés. Em algum lugar da sala, copos caíram no chão e se quebraram. As pessoas perto das longas mesas brancas cheias de comida pararam e se viraram para Logan e para mim. Reconheci algumas delas do meu pequeno período de interrogatório. Todas estavam bem-arrumadas, usando vestidos e smokings em vez dos trajes de combate nos quais eu estava acostumada a vê-los.

– Desculpe, eu interrompi uma festa?

Havia mortais misturados à multidão, mas a energia na sala me informou que havia mais celestiais presentes do que eu gostaria. Seus olhos se iluminaram e se voltaram para mim quando falei. Puxaram armas, e travas de segurança foram liberadas quando apontaram os canos em minha direção. Sussurros e murmúrios encheram a sala conforme percebiam minhas roupas ensanguentadas e a figura ainda mais ensanguentada ao meu lado. Demorou um momento para perceberem que era um deles.

Sem aquelas malditas algemas em mim, meus sentidos voltaram a cem por cento, e me virei para a única pessoa que procurava. Eu o senti chegando bem antes de vê-lo, a energia vibrava nele como um fio eletrificado. A Mão se reuniu atrás dele, e com todos juntos havia tanto poder que era nauseante.

– Eu vivi por vários milênios – a voz profunda ecoou no fundo da multidão –, e é difícil me surpreender. Mas você continua a me surpreender.

– Olá, amorzinho. Também senti sua falta – ronronei. A multidão se abriu, e Liam apareceu. Segurei Logan pelo colarinho rasgado. – Tenho algo para você.

Um olhar passou pelo rosto de Liam quase rápido demais para que eu notasse. Temor? Alívio? Ou curiosidade?

Uma voz estridente irrompeu pela multidão, chamando a atenção de todos.

– Logan! – gritou Neverra, passando correndo por entre os mortais. A mão de Liam disparou, parando a corrida precipitada dela, e o vestido prateado que ela usava balançava em torno de seus tornozelos. Puxei Logan para mais perto de mim, fazendo-o grunhir de dor.

Segurei-o com um braço e balancei a cabeça.

– Não tão rápido. Guardem as lâminas e armas. Eu o salvei e posso acabar com ele com a mesma rapidez.

– Você não faria isso – declarou aquele que eu lembrava ser Vincent, dando um passo à frente com uma arma de ablazone na mão. – Você seria atacada em segundos.

Eu sorri, certificando-me de que meus caninos aparecessem.

– Quer apostar? – Meu aperto em Logan aumentou, e ele grunhiu de dor novamente.

– Por favor, por favor, não. – A voz de Neverra saiu em um soluço silencioso.

– O que é que você quer? – Todos ficaram em silêncio, o tom dele era poderoso e autoritário. Dei de ombros.

– Simples. Eu quero uma trégua.

Vincent riu, porém ninguém mais riu.

A mandíbula de Liam se apertou como se a ideia o enojasse.

– Você não tem poder sobre mim e não preciso fazer nenhum acordo com você. Eu poderia matá-la aqui e agora sem pestanejar.

– Você realmente é um filho da puta convencido e arrogante, não é? Tão forte, e ainda assim seu mundo foi destruído?

– Cuidado com o que diz. – Suas palavras saíram como uma ameaça, uma que eu sabia que ele poderia cumprir.

Dei de ombros e agarrei os braços de Logan, puxando-o para a minha frente como um escudo.

– Tudo bem, não faça um acordo. Seu garoto está sangrando, de qualquer maneira. Por que não faço ser mais rápido? – Puxei a cabeça dele para trás pelos cabelos, expondo sua garganta. Encostei minhas presas em seu pescoço e ouvi Neverra ofegar.

– Não! Pare!

Eu os observei, meus lábios pairavam sobre a pulsação de Logan. Liam deu um pequeno passo à frente, Neverra segurava o braço dele com força quase mortal. Ela não olhou para ele, era como se tivesse medo de tirar os olhos de Logan e de mim.

– Samkiel. Liam, por favor! Por favor – implorou. Neverra respirou fundo, contendo as lágrimas enquanto sussurrava: – Não posso existir sem ele.

Observei os olhos de Liam se encherem de fúria e um músculo se contrair em sua mandíbula. Sorri e deslizei minha língua sobre o pescoço de Logan antes de levantar a cabeça. Minhas presas se retraíram, e eu sabia que havia vencido aquela rodada. A união deles era absoluta, e, se ele recusasse, não perderia apenas Logan. Perderia Neverra também. Ela jamais o perdoaria caso perdesse sua alma gêmea.

A expressão de Liam não se alterou enquanto ele me encarava.

– Deixe-me adivinhar. Você quer proteção?

Assenti, e Vincent suspirou audivelmente.

– Mas não para mim – declarei.

Liam me olhou atentamente enquanto cruzava aqueles braços poderosos sobre o peito.

– Para quem?

– Minha irmã.

A multidão recomeçou a murmurar, todos os olhos da sala estavam voltados para a cena. Até Neverra me encarou por um momento, tirando os olhos de Logan.

– Por que uma Ig'Morruthen precisaria de proteção?

Vincent interrompeu antes que eu pudesse responder. Ele olhou para Liam, apontando para mim com a espada.

– Você não pode estar considerando isso…

– Ela não é Ig'Morruthen como eu – retruquei, interrompendo Vincent. Liam voltou a olhar para mim enquanto eu continuava. – Ajudo vocês a encontrar o que eles procuram, ajudo a matá-lo. Então, depois, pode fazer o que quiser comigo. Sou sua. Pode me matar ou me prender por toda a eternidade. Eu não ligo. Mas para ela peço imunidade. Ela é inocente. Sempre foi.

Liam não falou nada nem se mexeu. Por um segundo, fiquei com medo de que ele recusasse depois de eu ter revelado tanto.

Agarrei Logan com um pouco mais de força, fazendo-o sibilar.

– Temos um acordo?

– Se eu concordar, não haverá liberdade para você. Você pagará pelos crimes que cometeu. Entende isso? Independentemente da ajuda que fornecer.

Eu sabia o que isso queria dizer, mas não me importava. Eu morreria depois, de qualquer maneira, mas Gabby estaria segura aqui e talvez finalmente tivesse a vida que sempre quis. Eles poderiam mantê-la a salvo, e, se Kaden estivesse morto, ela estaria livre.

Não faz sentido me salvar se eu não consigo nem viver. O que Gabby disse se repetiu palavra por palavra na minha mente.

Balancei a cabeça concordando.

– Aceito, mas precisarei de mais do que sua palavra.

Seu olhar se estreitou, como se ele não pudesse acreditar que alguém o questionaria.

– Minha palavra é lei. Ninguém discordaria.

– Lamento, queridinho. Eu tenho dificuldade em confiar. Vou precisar de algo um pouco mais permanente e do meu mundo. – Meu sorriso cresceu devagar. – Assine com sangue, meu sangue e o seu, selado e inquebrável. Agora mesmo.

Vincent interrompeu novamente.

– Liam. Não.

– Silêncio – ordenou Liam, sem desviar o olhar de mim. Vincent parou como se de repente tivesse se lembrado de quem estava no comando.

Revirei os olhos para a demonstração masculina de domínio antes de lembrá-los de quem eu tinha em mãos.

– Seu garoto está se esvaindo rápido. Eu apenas cauterizei as feridas, não as curei.

Neverra avançou para o lado de Liam sem soltar o braço dele.

– Liam, por favor, eu imploro.

– Não pode fazer isso! – declarou Vincent novamente, fazendo com que Neverra lhe lançasse um olhar mortal que me fez reavaliar seu poder.

– Tique-taque! – gritei, lembrando-lhes que ele ainda estava sangrando. – Estou sentindo o coração dele bater mais devagar.

Liam inspirou fundo antes de endireitar os ombros.

– Muito bem.

Ele flexionou o punho, e seus anéis brilharam quando invocou uma lâmina prateada iridescente. Afastou-se delicadamente de Neverra antes de fazer um corte na palma da mão. Vincent soltou um gemido de descontentamento enquanto outras pessoas na multidão começaram a sussurrar. Neverra levou as mãos à boca, esperando a oportunidade de salvar Logan. Liam se aproximou com uma pequena poça de sangue prateado na palma da mão.

– Ora, então você sangra.

Liam não respondeu e parou diante de mim e de Logan. Suas feições eram como pedra, mas se suavizaram quando ele olhou para o amigo. Não desviei o olhar, mas movi Logan para que ele ficasse mais ereto. Principalmente porque ele estava escorregando, mas também como escudo caso Liam mudasse de ideia e tentasse me matar. Fiz meus caninos duplos descerem e levei a mão à boca, mordendo profundamente a palma.

Estendi minha mão, o sangue pingava no chão.

– Repita depois de mim. Sangue do meu sangue, minha vida está selada à sua até que o acordo seja concluído. Concedo-lhe a vida do meu criador em troca da vida da minha irmã. Ela permanecerá livre, ilesa e viva, ou o acordo será quebrado. Minha vida é sua depois, para fazer o que quiser dela.

Ele respirou fundo, e eu prendi minha respiração. Tive medo de que ele recuasse, mas ele estendeu a mão. Sua mão grossa e calejada envolveu a minha. Senti o poder passar por mim em uma descarga de eletricidade incandescente. Não queimou como antes, mas deixou todo o meu sistema nervoso acelerado.

Foi nesse momento que compreendi que tinha cometido um erro enorme e terrível. Imagens rápidas e mortais passaram pela minha mente enquanto eu olhava nos olhos de Liam. Ele não sabia do meu poder, não sabia o que eu havia visto, mas eu vi.

Ele estava revestido da cabeça aos pés por aquela armadura de batalha prateada, só que desta vez eu conseguia ver com muito mais clareza. Um brasão com um leão de três cabeças ocupava o centro do peitoral. Mesmo com os músculos que envolviam seu corpo colossal, ele se movia com a furtividade de um predador. Pelo sangue e pelas vísceras que cobriam sua armadura, ele era o temido rei guerreiro das lendas.

Ele tem vários nomes, e todos significam destruição. Eu sabia que Kaden estava certo.

O campo de batalha estava coberto pelos corpos pequenos e grossos de criaturas que eu não reconhecia. Era um massacre, mas não havia exércitos nem ninguém além de Liam e do cadáver de uma enorme fera de dentes serrilhados. Ele estava de pé sobre o corpo escamoso com a pele rasgada e as poderosas mandíbulas entreabertas. Observei enquanto ele caminhava em cima da cabeça antes de saltar. Ele sacudiu as espadas duplas de ablazone em direção ao chão, tirando a gosma espessa delas. Parou, virando a cabeça em minha direção, como se me visse, e eu me encolhi.

O mundo real retornou rapidamente, e as luzes da sala piscavam, lutando para permanecer acesas. O ar parecia condensado, mas nenhum de nós desviou o olhar um do outro. Ouvi Vincent gritar do canto, implorando a Liam que pensasse no que estava fazendo. A multidão recuou, alguns agarravam as mangas de outros enquanto se afastavam. Liam lançou um olhar para Logan, cerrando a mandíbula, e voltou a me encarar cheio de raiva.

– Sangue do meu sangue, minha vida está selada à sua até que o acordo seja concluído. Concedo-lhe a vida de sua irmã, livre, ilesa e viva, em troca da vida de seu criador, ou o acordo estará quebrado. Em troca, sua vida é minha... – Ele fez uma pausa, suas próximas palavras me faziam desejar ter outras opções. – ... para fazer o que quiser com ela.

Minha palma queimou como se tivesse sido marcada, mas Liam não demonstrou nenhum desconforto. Assim que as palavras saíram de seus lábios, as luzes reacenderam, brilhando um pouco mais do que antes. Quando Neverra se aproximou apressada, soltei Logan. Ela o pegou antes que ele tocasse o chão, apertando seu torso rasgado e brutalizado contra si. O sangue dele manchou o vestido de seda dela, mas ele não emitiu nenhum som quando de algum modo encontrou forças para abraçá-la e segurá-la apertado. Vários celestiais se juntaram a ela para ajudar a apoiá-lo.

– Precisamos levá-lo a um curandeiro – declarou Neverra, embalando-o.

Um celestial abriu caminho pela multidão, estava desarmado. Ele se aproximou de Neverra, ajoelhando-se ao lado dela.

– Siga-me. Vamos preparar um quarto.

Os olhos de Neverra me percorreram, como se ela não soubesse se devia me agradecer ou me matar. Não importava de qualquer maneira. Eu não falei nada e me virei, apenas para encontrar o olhar de Liam focado em mim.

Minha palma continuava a queimar, mesmo enquanto eu a sentia sarar, e me perguntei se havia trocado um monstro por outro.

XVIII
LIAM

— Quer dizer que você enviou uma mensagem pedindo ajuda e matou um dos seus quando eles chegaram. É isso mesmo? — Observei seus movimentos e gestos, tentando avaliar suas respostas. Estávamos atualmente em um nível inferior da Guilda. No andar de cima, a equipe estava ocupada consertando os danos que a entrada da senhorita Martinez havia causado.

Vincent se recusara a sair do meu lado e trouxe vários celestiais de sua unidade. Ela se sentou à cabeceira da mesa, cujo comprimento nos separava, mas a tensão que pairava no ar era pesada. A raiva era uma emoção muito poderosa. Não melhorava a situação o fato de ela ainda estar usando as roupas manchadas de sangue e de haver cinzas e detritos grudados em sua pele e cabelo.

Cada um dos celestiais no edifício estava transbordando de energia, e uma fonte de poder se escondia sob a fachada calma dela. Não achei que ela estivesse ciente de sua intensidade ebuliente.

Seus ombros se curvaram quando ela suspirou, juntando as mãos e colocando-as sobre a mesa.

— Sim, mais ou menos. Quantas vezes vou ter que explicar isso?

— Sua explicação não faz sentido — retruquei, enquanto girava a caneta entre os dedos. — Não há como você ter se comunicado com alguém enquanto estava na sua cela. Observamos todos os seus movimentos.

Ela cruzou os braços e se recostou na cadeira.

— Bem, é bom saber que você me viu mijar. Acho que somos melhores amigos agora. E, como falei, Alistair, aquele que matei, sabia que eu estava aqui. Ele tinha vários espiões em sua preciosa equipe, e Peter era seu fantoche sem mente.

Várias pessoas se remexeram e murmuraram, a tensão aumentou um pouco mais. Ergui a mão, e a sala voltou a ficar em silêncio. Talvez tê-los aqui não tenha sido a melhor ideia.

– Espiões? – Minha dor de cabeça estava aumentando, latejando atrás dos meus olhos. O esforço para me adaptar a este novo mundo tinha sido mais difícil do que eu esperava. Tanta coisa havia mudado, e eu precisava de Logan aqui para traduzir. Massageei minhas têmporas, sabendo que ele ficaria fora de serviço por algum tempo, e eu não ia arriscá-lo enquanto estivesse se recuperando.

Logan tinha lutado ao meu lado em batalhas, tanto pequenas quanto grandes. Eu o vi espancado e quebrado depois de enfrentar alguns dos mais fortes do Outro Mundo. Então, naquela noite, quando o vi tão perto da morte, com a luz de seu poder vacilando, tive esperança de que sentiria alguma coisa. Contudo, não houve tristeza ou medo, e a completa falta de emoção por alguém tão próximo de mim era aterrorizante. Talvez eu não estivesse *sentindo* amor e amizade por Logan, mas me lembrava disso e das promessas que fiz a ele.

– Esses espiões se parecem com vocês, mas trabalham para nós – explicou a senhorita Martinez. Encarei-a, percebendo que, pela primeira vez, ela havia oferecido informações em vez de fazer eu me esforçar para obtê-las.

– Impossível – disse Vincent. – Se alguém da sua espécie chegasse perto, nós saberíamos.

Ela olhou para ele e balançou a cabeça.

– Não, mas vocês talvez consigam agora. Alistair está morto, e qualquer fantoche mental que ele tivesse deve estar morto também. Enrique na tecnologia, Melissa nas armas, Richard na ciência forense e vocês conhecem Peter na tática. Podem ter alguns cadáveres em suas mãos agora que o mestre das marionetes virou pó.

A sala ficou em silêncio enquanto todos digeriam a informação.

– Vincent. Leve os outros e veja se os relatos da senhorita Martinez estão corretos.

– Com todo o respeito, senhor, não vou deixá-lo.

Virei-me para encontrar o olhar dele, e meu olhar não abria espaço para discussão.

– Isso é uma ordem. – Vi sua mandíbula se apertar e sabia que ele estava reprimindo as palavras. – Eu ficarei bem.

Ele assentiu uma vez antes de olhar para a mulher sorridente que estava rapidamente se tornando uma pedra no meu sapato. Vincent rosnou baixo antes de girar nos calcanhares e sair da sala. Seus homens o seguiram, deixando a senhorita Martinez e a mim sozinhos.

Ela os observou sair antes de se virar para mim.

– Não acho que seus amigos gostem de mim.

– Você e a sua espécie assassinaram vários dos nossos ao longo dos tempos. Se acrescentar os ataques recentes e a imensa perda de mortais inocentes que fomos encarregados de proteger, por que gostariam de você?

– Ai, você me magoa, Samkiel.

Prossegui, ignorando seus comentários.

– Por que os trair? – Eu sabia que havia mais coisas que ela não estava me contando e pretendia descobrir.

– É o que monstros terríveis e malignos fazem, ou o que quer que tenha dito aos seus soldados.

A deflexão era uma habilidade interessante, e era óbvio que ela a conhecia bem.

– Você busca imunidade para sua irmã; isso eu entendo. Mas você arriscou sem ter qualquer garantia de que eu concordaria. Parece impulsivo e errático, e já sei que esse não é o seu estilo. O que me leva a crer que você precisa desesperadamente da minha ajuda, e quem você acabou de trair a assusta mais do que você gostaria de admitir.

Os olhos dela se estreitaram.

– Nada me assusta.

– Se isso fosse verdade, você não estaria aqui – insisti.

Ela não respondeu, e presumi que seu orgulho a estava fazendo não dizer mais nada. Ficamos ali sentados em silêncio, o único som era de passos acima e abaixo de nós. Ela finalmente suspirou.

– Você perguntou para quem eu trabalhava. O nome dele é Kaden.

O nome não significava nada para mim. Nunca o encontrei em Rashearim. Considerando quem eles tinham como alvo, presumi que seria alguém do meu passado.

– Não conheço esse nome. – Anotei e olhei para ela. – Pode me dar uma descrição? Altura, estrutura corporal, poderes? Coisas dessa natureza.

Ela assentiu, inclinando-se para a frente enquanto listava cada uma das características. Quando terminou, eu tinha uma pequena lista, mas, ainda assim, nada que me chamasse a atenção.

– Esse último poder… Você disse que ele pode dominar a terra? Como assim?

Ela deu de ombros, apoiando o queixo na mão.

– Ele tem essa coisa de portal de labaredas. Não sei para onde leva, só que o que entra não sai.

– E as outras criaturas que você mencionou, por que elas o seguem tão cegamente? Ele tem poder sobre elas como tem com sua irmã?

Suas costas ficaram retas e sua energia se eriçou. Percebi que sempre que alguém mencionava a irmã, ela tinha uma reação visceral. Ela também sabia disso e desviou o olhar, tentando esconder a fenda em sua armadura. Limpou a garganta e deliberadamente colocou as mãos com as palmas voltadas para baixo sobre a mesa.

– Para elas, ele é o rei do Outro Mundo.

Anotei essa informação enquanto falava e não levantei o olhar desta vez.

– Não existe rei do Outro Mundo, pois não existe Outro Mundo. Aquele reino e todas as feras dentro dele foram selados há…

– Sim, eu sei. Cerca de mil anos.

Meus olhos se ergueram quando cruzei as mãos à minha frente.

– Ótimo. Conhece sua história. Então, é por isso que trabalha para ele?

Ela estava escolhendo as palavras com cuidado, mas ainda respondia às minhas perguntas.

– Trabalhar, sim… e muito mais.

– Mais?

Ela encolheu os ombros.

– Bem, eu transava com ele.

A palavra não me era conhecida.

– "Transava"?

Ela jogou a cabeça para trás e riu, e seu tom era zombeteiro quando disse:

– Ai, deuses, isso explica muito sobre você. Enfim, estou falando de sexo. Sabe, intimidade, aquela coisa que duas ou mais pessoas fazem, geralmente sem roupa, mas às vezes vestidas?

Ela fez um gesto explícito com a mão e eu esfreguei a ponte do nariz antes de abaixar a mão com um suspiro. Eu estava perdendo a paciência. Não entendia como ela podia ser uma fera sanguinária e ainda assim fazer pouco caso da grave situação em que estávamos.

– Sim, estou ciente do que é, e é irrelevante. Preciso de algo com que possa trabalhar, não de interações anteriores. Não me importo com o que você passou, apenas com como você pode ser útil.

Uma risada curta escapou dela quando cruzou os braços e se apoiou na mesa.

– Já que estamos sendo honestos, eu não dou a mínima se ele vai vencer ou matar você ou para esta preciosa família que você tem. Eu ajudo você, como disse, mas só se Gabby conseguir o que combinamos. No segundo em que você tentar desistir ou me trair, você está morto.

Suas ameaças não significavam nada para mim. Eu lutei e matei criaturas muito piores que ela. Além disso, eu não podia morrer, não importava quantas noites eu desejasse. A verdadeira imortalidade havia sido imposta a mim em prol da salvação de todos os mundos. Era um fardo solitário e prejudicial.

– Está selado com sangue, portanto você tem minha palavra.

Ela deu de ombros, recostando-se.

– Já vi homens maiores traírem por menos.

– Quem são os outros dois que estavam com você? Já que você e Kaden são parceiros, eles são seus filhos?

– Como? – A palavra foi quase um grito. O tom estridente feriu meus ouvidos e eu estremeci. Ela sacudiu a cabeça com uma expressão de puro desgosto em suas feições. – Kaden e eu não somos *parceiros,* ou seja lá no que vocês acreditam, e eu não tenho filhos. Você sabe que as pessoas também fazem sexo por diversão, certo?

– Estou muito ciente, mas um casal reprodutor de Ig'Morruthens gerava criaturas muito mais mortíferas do que seus pais em meu mundo. É raro, mas possível. Apenas presumi…

Ela ergueu a mão, a palma voltada para mim.

– Por favor, nunca presuma novamente. Eles são meus irmãos, ou assim os chamo. Kaden me fez, mas eles o seguiram da dimensão de onde ele veio.

– Dimensão? – Minhas sobrancelhas franziram. – Quer dizer um reino?

Ela assentiu.

Impossível.

Ela deve ter entendido errado, ou o homem que afirmava ser Kaden era um mentiroso. Meu pai e os deuses antigos tinham lutado, levando ao fechamento dessas dimensões eras atrás. Nada escapava, em particular nada tão poderoso ou antigo, mas eu não podia negar o que tinha visto até agora.

– Quantos têm em mãos o mesmo poder que você? – perguntei.

Sua expressão se suavizou pela primeira vez desde que a conheci. Não houve falsas bravatas nem comentários ilícitos, apenas tristeza gravada no fundo de seus olhos.

– Apenas eu.

Meu peito doeu com o eco de uma memória que eu fazia o possível para manter enterrada. Por uma fração de segundo, senti algo. Foi curto e passageiro, mas a maneira como ela falou desencadeou uma emoção e, por um momento, deleitei-me com a capacidade de sentir qualquer coisa. Tão rápido quanto veio, sumiu, como uma onda de esperança extinta pela minha realidade.

– Mas... – Limpei a garganta, endireitando-me e cruzando as mãos. – Os outros, seus irmãos, também são Ig'Morruthens?

– Sim, mas apenas eu fui feita pelo poder de Kaden.

– Ele fez você? Como?

Ela evitou meu olhar, como se a lembrança fosse dolorosa demais e envenenasse sua mente. Era algo com o qual eu era intimamente familiarizado.

– Minha irmã estava morrendo. Ofereci minha vida, e ele aceitou. Isso é tudo que você precisa saber.

Anotei tudo o que ela disse.

– Muito bem. Então, você era mortal antes. De onde você veio?

– Eoria.

A palavra foi cortante, seu tom nítido e frio. Senti a energia da sala mudar e observei-a com cautela. O nome era familiar, e levei um momento para me lembrar por quê.

– Eoria é uma civilização perdida, que remonta a milhares de anos.

Seus olhos prenderam os meus, cheios de poder e mistério.

– Perdida, não. Destruída pela queda do seu mundo.

Isso significava que a idade dela era muito maior do que eu imaginava. Fiquei surpreso, dada sua aparência e a natureza de sua fala. Virei uma página antes de continuar.

– Então, durante todo esse tempo, ele não fez outro?

– Ele tentou, mas falhou. Aqueles que tomaram seu sangue se transformaram em feras aladas, sem quaisquer emoções mortais. São leais apenas a ele, seguindo todos os seus comandos. São chamados de Irvikuva.

Eu escrevi isso a seguir.

– Nunca ouvi falar desses *Irvikuvas* antes. Quantos desses ele tem?

– Ah, um exército – respondeu ela com indiferença, como se isso não tornasse toda a situação extremamente terrível.

– Então, você deve ser de posição superior para ele. Certo? Estou formulando isso corretamente?

Ela assentiu.

– Sim, por assim dizer. Seríamos o que A Mão é para você. Tobias, Alistair e eu somos seus generais e ele acaba de perder dois. – Suas mãos se fecharam, sua expressão ficou impassível. – Exceto que todos vocês parecem um pouco mais legais uns com os outros. Alguns dizem que ele era solitário, por não ter um igual ou algo do tipo, mas digamos apenas que ele não me trata como igual. – Então, ela percebeu o que havia revelado e olhou ao redor da sala antes de passar as mãos pelos cabelos. – Enfim. Alistair e Tobias vieram com ele, pelo que eu soube. Realmente nunca questionei isso. Minhas únicas preocupações eram minha irmã e a sobrevivência.

Ela tinha me dado informações mais que suficientes para determinar que eles eram uma ameaça maior do que eu pensara anteriormente. Eu não retornaria para os restos do meu lar tão cedo, não se ela estivesse dizendo a verdade e estivesse certa.

– Minha última pergunta para você esta noite, senhorita Martinez, é: o que vocês estão procurando?

Ela me encarou como se eu tivesse feito a pergunta mais básica. Seus cílios grossos e escuros tremularam uma vez em descrença. Sua aura mudou, lembrando-me da primeira vez que a vi. Percebi mais uma vez quão letal ela de fato era.

– Estou chocada que você não saiba. Kaden quer o Livro de Azrael.

Azrael.

As portas da câmara se abriram. Entrei, meu elmo debaixo do braço e longos fios brancos e dourados esvoaçando atrás de mim. Logan e Vincent estavam logo atrás, com as lanças em punho, usando a mesma armadura de batalha prateada. O mundo estremeceu mais uma vez, derrubando pergaminhos antigos de seus locais de armazenamento ao longo das paredes do estúdio de Azrael. O teto rachou, fazendo chover poeira branca e fina sobre a grande mesa. Azrael corria de um lado para outro, empacotando tantos itens quanto podia em sua sacola.

– Estamos sem tempo.

Ele virou a cabeça em minha direção, seus longos cabelos negros trançados em ambos os lados de seu rosto. As linhas azul-cobalto em sua pele reluziram um pouco mais forte com nossa intrusão.

– Não, seu pai queria que eu levasse o máximo que conseguíssemos para o novo mundo.

Minha voz era dura.

– Não haverá novo mundo. Só podemos evacuar alguns poucos selecionados. A guerra está aqui, e eu preciso de você no campo de batalha.

Ele pegou a sacola da mesa, e os músculos de seus braços iam ficando tensos conforme ele a apertava contra o peito.

– Não posso – declarou, com raiva tingindo seu tom.

– Você pode e você vai. – Gesticulei com a cabeça em direção a Logan. Ele avançou, invocando outra lança. Fez uma pausa, com o braço estendido, esperando que Azrael a pegasse.

– Eu não posso! – gritou ele, batendo a palma da mão na mesa. –Victoria está grávida. Não deixarei meu bebê órfão de pai.

Os músculos da minha mandíbula se contraíram. Isso explicava o comportamento errático de Azrael nos últimos tempos.

– Um bebê?

Vincent e Logan olharam para mim, mas não falaram.

– Sinto muito, meu rei. Sigo seu exemplo e faço o que é melhor para nosso povo, mas devo pensar na minha família. Se o senhor morrer, se o mundo for destruído, talvez eu possa ser capaz de transcrever uma arma forte o suficiente para ajudar os sobreviventes, mas não serei capaz se estiver morto.

Azrael foi quem me auxiliou a forjar os anéis que A Mão usava, ajudando-me a moldar metais e minerais. Ele era meu amigo, mesmo que sua lealdade fosse para com o deus Xeohr.

– Sabe que isso é traição, independentemente do motivo, correto? Abandonar sua guarda enquanto estamos em guerra?

– Estou ciente e preparado para lutar caso necessário.

Balancei a cabeça uma vez, buscando algo às minhas costas. Azrael se endireitou, deixando cair sua sacola e invocando uma arma feita de luz prateada. Logan e Vincent deram um passo à frente para ficar ao meu lado, contendo-se até que eu desse a ordem de execução.

Rasguei três longos fios das minhas costas e dei um passo à frente, colocando-os em suas mãos.

– Para o seu filho. Se eu não puder salvar este mundo, espero que você encontre outro.

Os olhos dele continham um fino brilho de umidade quando a arma prateada que segurava desapareceu. Ele fechou a mão em torno dos fios e agarrou sua sacola. Colocou a mão no meu ombro e me deu um pequeno sorriso.

– Você não é como ele. Lamento muito que os outros deuses não consigam enxergar isso.

A memória sumiu, e o rosto da senhorita Martinez voltou à vista.

–Você e seus irmãos estão enganados, infelizmente. Não existe Livro de Azrael. Ele está morto. É uma mera lenda.

Ela ergueu uma sobrancelha e bateu as unhas na mesa.

– Não é a mesma coisa que falaram sobre você?

Recostei-me na cadeira, exalando um suspiro.

– Essa informação é mais que suficiente para começar. Precisarei da localização de sua irmã se quiser buscá-la. Você matou um deles e se voltou contra ele. Pelo que falou, Kaden provavelmente fará um movimento contra ela.

As costas se empertigaram, e seus olhos faiscaram. Ela pulou da cadeira, quase derrubando-a.

– Sim, claro. Eu preciso trocar de roupa. Estou um nojo.

– Posso concordar com isso, mas você terá muito tempo para fazer isso enquanto eu estiver fora.

Suas sobrancelhas franziram.

– Mas eu vou com você.

Inclinei-me para a frente, peguei o caderno e o fechei enquanto me levantava.

– Não, temo que não.

– Ah, eu vou, sim.

Com um aceno de mão, as portas duplas atrás dela se abriram, e vários celestiais entraram. Sua cabeça se virou na direção deles, e um olhar de pura raiva tomou conta de suas feições quando ela viu as correntes de prata cobertas de runas que eles carregavam.

– Algemas? De novo? É sério? Eu ajudei você!

– Quase nada. – Coloquei as mãos atrás das costas e esperei que prosseguissem. – Mas o fato é que não confio em você. Não acredito que você não vai tentar me apunhalar pelas costas depois que eu pegar sua irmã. Você já provou que é capaz disso. Então, agora vou fazer você esperar em uma cela lá embaixo até eu voltar. Com sorte, sua irmã é mais cooperativa.

Ela rosnou para o guarda celestial que avançava. Então fez uma pausa e se virou para olhar para mim. Seus olhos brilharam quando ela me encarou.

– Eu não irei.

As luzes piscaram quando perdi a paciência e caminhei em direção a ela, invadindo seu espaço pessoal. Parei a centímetros dela, forçando-a a inclinar a cabeça para trás para olhar para mim, mas ela se manteve firme. Sua atitude e seu comportamento faziam com que sua altura parecesse maior do que era, mas, olhando para ela daquele ângulo, percebi nossa diferença de tamanho. Invadir o espaço de uma pessoa era uma tática de intimidação ensinada em Rashearim. Normalmente, os fracos recuavam, mas, conhecendo a senhorita Martinez, eu sabia que ela não o faria.

– Você vai, ou eu mesmo vou carregar você.

O canto de seus lábios se levantou enquanto ela em encarava.

– Você não ousaria.

Suas tentativas fracassadas de me fazer soltá-la foram apenas isso: tentativas fracassadas. Minha primeira impressão dela estava correta. Ela era exatamente como uma fera riztoure, se é que eu já havia encontrado uma. Quando encurraladas, elas atacavam de todas as formas possíveis, e era isso que ela estava fazendo no momento. Ela arranhou, bateu e mordeu qualquer parte dos meus ombros e da parte superior das minhas costas que conseguisse alcançar. Foi irritante, mas teve pouco efeito, o que pareceu apenas deixá-la mais irritada.

– Me solta! – exigiu, batendo outro punho contra a lateral do meu corpo.

– Eu ofereci a você ir em paz, mas você recusou. Assim como recusou quando um dos meus homens lhe colocou as algemas e você quebrou o nariz dele. Então isso, senhorita Martinez, é culpa sua.

– Do que você está rindo? – rosnou. Eu sabia que ela não estava perguntando para mim, mas sim se dirigindo a um membro da equipe que nos seguia. Os celestiais pelos quais passamos não falaram nada e nos evitaram, não querendo se aproximar dela, presumo.

Ajeitei-a por cima do ombro quando chegamos à porta branca e sólida no final do corredor. Levantei minha mão livre e a pequena caixa eletrônica ganhou vida, lançando uma luz fina sobre minha palma. As bordas da porta se iluminaram, e luzes correram em linhas paralelas por sua superfície antes que se abrisse. Isso apenas encorajou a senhorita Martinez a aumentar seus esforços para fugir.

– Isto é ridículo. – Ela me arranhou mais uma vez. – Você é feito de quê? Aço?

O corredor atrás da porta se iluminou quando entramos. Havia menos celas ali do que em Arariel, mas eu só precisava de uma. Parei na frente de uma grande área aberta e a coloquei de pé antes de dar um rápido passo para trás.

No momento em que suas solas tocaram o chão, ela me atacou. Parou quando várias barras azul-celestes desceram na minha frente, as runas transcritas nelas giravam em círculos no sentido anti-horário. A cela atrás dela se iluminou, mostrando a cama de metal presa à parede e um pequeno banheiro bem nos fundos.

– É sério isso?! – ela berrou para mim, cruzando os braços. – Então, trazer seu garoto de volta não importou em nada?

Coloquei as mãos atrás das costas e inclinei levemente a cabeça.

– Por favor, não presuma que, porque você respondeu a algumas perguntas, existe alguma confiança entre nós. Você é, em termos mortais, uma criminosa. Não confio em você e não arriscarei a vida de mais ninguém. Você ficará bem aqui até eu voltar.

Sua expressão se transformou com minhas palavras, um desespero cruzou seu rosto quando ela ergueu as mãos e as envolveu nas barras. Sua pele chiava, e pequenas nuvens de fumaça dançavam em suas palmas. Ela não estremeceu nem mostrou qualquer sinal de dor enquanto me encarava.

– Por favor, deixe-me ir com você. Gabby não o conhece, e, se você aparecer sem mim, ela vai ficar com medo.

Balancei a cabeça uma vez antes de me virar.

– Ela vai ficar bem.

– Samkiel! – gritou, e eu parei, meus ombros ficaram tensos. Eu detestava esse nome, e parte de mim se perguntou se ela o usou apenas para obter uma reação minha.

Respirei fundo para me acalmar e olhei para ela.

– Vincent vai descer para monitorar você enquanto eu estiver fora. Deve ter roupas limpas em sua cela e talvez queira tomar um banho. Se valoriza sua modéstia, sugiro que se troque antes que Vincent chegue, pois ele tem ordens para não sair do seu lado até que eu retorne.

– Por favor, deixe-me ir com você – implorou ela. Olhou para mim com aqueles grandes olhos castanhos e cílios grossos. Imaginei quantos homens haviam caído nesse ato.

– Não.

– Samkiel! – berrou ela quando lhe virei as costas. Eu podia sentir o cheiro nauseante de pele queimada enquanto ela liberava sua fúria contra as grades. Os celestiais me seguiram para fora, a porta grossa se fechou atrás de nós e cortou o som de seus protestos.

Virei-me para o celestial mais próximo de mim quando paramos no salão principal.

– Você tem o endereço?

Ele mexeu em um pequeno tablet, e várias fotos apareceram na tela. Vi árvores margeando uma praia de areia branca e um oceano se estendendo em direção ao horizonte. Havia pequenos edifícios abobadados e um maior com muitas janelas. Mortais quase despidos estavam por toda parte. Peguei o tablet, aproximando-o enquanto olhava as imagens.

– É aqui que pensamos que ela está. Parece algum tipo de resort.

– Certo. – Devolvi o tablet e me virei para sair, dizendo por cima do ombro quando começaram a me seguir: – Fiquem com Vincent. Receio que nossa convidada não será nada cooperativa até eu voltar.

Ouvi um suspiro audível e alguns pés se arrastando quando os deixei para trás.

XIX
Liam

Meus pés afundaram na areia quando aterrissei. Pelas imagens no tablet, eu sabia que estava no lugar correto. As Ilhas Sandsun eram um lugar peculiar para um esconderijo, porém, dada a distância a que ficava de outras grandes massas de terra, talvez não fosse o pior. Vários mortais passaram por mim, e seus olhos demoravam-se enquanto sussurravam sobre meu traje. Eu estava vestido demais para o ambiente.

As ondas se chocavam contra a costa, o som era constante e grave. Gritos alegres e gargalhadas ecoavam no ar, fazendo-me estremecer.

Eu não estou na guerra.

Eu não estou na guerra.

Eu precisava acabar com isso logo. Respirei fundo para estabilizar meus batimentos cardíacos acelerados. O caminho rústico de tijolos sob meus pés serpenteava em voltas e curvas, dividindo-se em múltiplas direções. Um levava ao enorme edifício com várias janelas na frente. Eu conseguia ouvir todas as pessoas que residiam no resort – suas risadas, roncos e gritos de prazer. Havia 2.744 mortais, pelos batimentos cardíacos que contei.

Não era um esconderijo, no entanto era uma tática inteligente de qualquer forma. Se a senhorita Martinez queria esconder algo precioso para ela, era uma boa ideia colocá-lo em um grupo grande onde não ia se destacar. Passei por baixo de várias árvores, o caminho contornava duas grandes piscinas com várias pessoas sentadas ao redor delas ou nadando. Parecia idiota, considerando que o oceano estava a poucos metros de distância, mas eu não tinha estado perto de mortais o bastante para saber se esse era um comportamento normal.

Protegi meus olhos quando entrei no prédio. As luzes eram quase mais brilhantes do que o sol que Onuna orbitava. Parei, uma inquietação tomava conta de mim. Várias pessoas pararam o que estavam fazendo, encarando-me enquanto sussurravam entre si. Isso não me enervou. Eu era tema de conversas desde o dia em que nasci. Não, havia mais alguma coisa, mas não consegui identificar. Examinei o espaço, mas apenas batimentos cardíacos mortais ocupavam aquela área principal e os andares acima de mim. O que era? Depois de vários momentos procurando sem encontrar nada, descartei a sensação, deduzindo que os ruídos é que estavam me afetando.

As pessoas estavam reunidas em torno de uma enorme estátua que jorrava água no centro do saguão. Grandes vasos de plantas enfeitavam os cantos do salão. Uma parede era toda de vidro transparente e exibia uma vista deslumbrante do restante da ilha. Vários mortais estavam perto ou ao redor de duas longas e grandes mesas brancas, como as da Guilda. Os funcionários ali estavam ajudando e respondendo a perguntas dos convidados. Será que era para lá que eu precisava ir? Avancei, procurando uma maneira de subir. Se não conseguisse encontrar, eu perguntaria.

– Com licença, senhor. Parece estar perdido. Podemos ajudá-lo?

Dois homens entraram na minha frente, forçando-me a parar. Eram alguns centímetros mais baixos do que eu, tinham trajes pretos combinando e um símbolo retangular azul e branco no peito. A postura deles me disse que tinham alguma posição de importância aqui.

– Sim, como faço para chegar ao 26º andar? Estou perguntando corretamente?

– Escute, amigo. Creio que, se você pertencesse a este lugar, saberia como chegar ao 26º andar – falou o homem da esquerda, estendendo a mão e dando um tapinha no meu ombro. Virei minha cabeça para olhar para a mão dele.

– Por favor, não me toque.

Ele engasgou e puxou a mão para trás, segurando-a contra o peito.

– Puta merda, essa é a eletricidade estática mais forte que já senti!

– Que porra…

Uma campainha soou atrás de mim, e me virei para ver um elevador se abrindo. Vários mortais saíram, e eu fui em direção a ele, ignorando os gritos atrás de mim e os mortais que saíram do caminho para me deixar passar. Deslizei para dentro no momento em que as portas se fecharam.

Vários símbolos se acenderam no painel, a escrita era estranha para mim. Todos os idiomas de cada um dos reinos que eu havia memorizado desde que era criança sobre-carregavam meu cérebro. Logan deveria estar aqui comigo, auxiliando-me como sempre fazia. As luzes diminuíram quando levantei as mãos e as esfreguei no rosto.

Pensei em Logan e na maneira como ele estava largado contra a senhorita Martinez enquanto ela o segurava, com o corpo espancado e ensanguentado. O pior foi que o vi sangrando, quase morto, e não senti nada. Não houve nenhuma dor em meu peito, como quando meu pai morreu, nenhuma imensa onda de poder me dizendo para destruir a criatura que o segurava pendurado como um troféu. Eu estava realmente quebrado.

Era verdade o que falavam sobre os deuses antigos, como suas emoções se cristali-zavam com o tempo, tornando-os mais duros que pedra. Meu pai tinha me mostrado suas estátuas quando eu era menino, como um lembrete para não permitirmos que nossos sentimentos nos definissem. Se de fato amássemos e perdêssemos esse amor, se nossos corações estivessem partidos, isso nos destruiria. Eu sabia que estava prestes a me perder. Eu soube no segundo em que Zekiel morreu. Ele era um dos meus amigos mais antigos, e eu não senti nada.

Eu só queria ir para casa, fugir dos olhares que me imploravam para ser a pessoa de que se lembravam. Por isso que eu estava ali. Eu precisava encontrar a irmã da senhorita Martinez e descobrir o que estava acontecendo para poder evitar a guerra e voltar para casa. Deixei cair as mãos e abri os olhos. Certo, precisava me concentrar. Examinei os pequenos botões e pensei nos idiomas e imagens que Logan tinha me mostrado quando cheguei. Havia letras, números e sinais. Espere, números – eu precisava do 26. As imagens ficaram desfocadas conforme minha mente se conectava. Pisquei e de repente era capaz de lê-los.

Apertei o número 26, e o botão acendeu.

O elevador se abriu em um longo corredor ladeado por portas. Saí para um piso de pedra brilhante e parei, sem saber como proceder. Com um pequeno encolher de ombros, comecei a bater. Depois de várias conversas desconfortáveis, finalmente encontrei a que procurava. Era sutil, quase imperceptível, mas eu conseguia sentir o zumbido de poder. Ela era como uma pequena chama, enquanto a irmã era um incêndio florestal. O aroma dela era semelhante ao de canela picante da senhorita Martinez, mas com um toque de algo a mais, algo puro. Bati de leve na porta e esperei.

– Quem é? – Ouvi uma voz delicada responder. Seguiu-se de um ruído que soou como um pequeno tapa e um sussurro: – Merda.

Cocei a cabeça, escolhendo as melhores palavras para não a assustar.

– A senhorita Martinez trabalha para mim e me enviou para buscá-la.

Esperava que isso fosse adequado. Sapatos tocaram o chão, e ouvi barulho lá dentro. Em seguida, houve um estrondo e mais farfalhar. Olhei para a porta, perguntando-me o que ela estava fazendo lá dentro, e a ouvi dizer:

– Um minuto.

Coloquei as mãos atrás das costas, esperando pacientemente. Um pequeno som soou, fazendo-me virar para o final do corredor. O elevador se abriu e parou, como se alguém tivesse descido, mas não havia ninguém lá. Os pelos da minha nuca se arrepiaram e senti minhas narinas se dilatarem quando inspirei profundamente. Uma leve brisa percorreu o corredor, mas não havia cheiro nem passos, nada.

Peculiar.

Um pequeno clique chamou minha atenção de volta para a porta quando ela se abriu. Tive tempo de registrar que ela era muito parecida com a senhorita Martinez, mas havia algumas diferenças. Seu cabelo era mais escuro na parte superior e ficava mais claro nas pontas, e sua aura era marcante. Era iridescente e dançava ao redor dela, calma e pacífica. Observei-a, estudando as cores, notando como ganharam uma intensidade escura quando o braço dela deu um golpe para a frente.

Uma adaga dos renegados afundou em meu abdômen. Ela soltou, deixando a lâmina enfiada na minha barriga, e cobriu a boca com as duas mãos. Coloquei as mãos nos quadris, olhei para baixo e depois de volta para ela. Ela arregalou os olhos e recuou alguns passos, e eu suspirei. Agarrei o cabo da adaga e puxei-a da barriga.

– Parece que você é mais parecida com sua irmã do que eu pensava.

Ela arregalou os olhos, mas seu olhar estava focado atrás de mim, seu corpo estava congelado de medo. Senti minha nuca formigar, e meus instintos soaram um alarme. Girei para encarar as três figuras. Seus contornos lembravam homens, mas não passavam de um vazio negro com gavinhas de fumaça dançante saindo deles. Onde deveriam estar olhos e feições, não havia nada além de escuridão.

Girei a adaga dos renegados na mão e enfiei-a no crânio disforme daquele que estava mais próximo de mim. Seu grito foi uma pulsação de ar, e ele tremeu e explodiu em um milhão de pedaços de destroços escuros. Os dois próximos a ele inclinaram a cabeça como se estivessem olhando para os restos mortais de seu companheiro.

Voltaram sua atenção para mim, suas mãos giraram simultaneamente, e cópias maiores da adaga dos renegados se formaram em suas palmas. Como um só, golpearam, mirando minha cabeça. Corri para dentro do quarto e bati a porta antes de me virar para olhar para a mulher aterrorizada.

Agarrei a mão dela e coloquei o cabo da adaga em sua palma, fechando firmemente os dedos em torno dela.

– Pegue isso. Essa porta não vai aguentar e você precisará de proteção.

Ela olhou para a própria mão, para mim e depois de volta para a mão. Uma lâmina atravessou a porta, e lascas de madeira caíram no carpete. Agarrei seus ombros e a sacudi, tentando tirá-la do estado de choque.

– Gabby, concentre-se! Esconda-se atrás de qualquer objeto grande que encontrar – ordenei.

Ela fechou a boca e correu para se esconder atrás de um dos grandes sofás. A porta se soltou das dobradiças, voando pela sala em minha direção. Empurrei-a para longe e encarei as duas figuras sombrias, espanando a poeira e as lascas de madeira dos meus ombros.

– Isso foi muito rude – falei. Quando as luzes da sala piscaram, eu soube que meus olhos haviam mudado para aquele fulgor de prata pura. Arregacei as mangas da minha camisa branca de botões.

– Presumo que Kaden tenha enviado vocês para pegá-la, certo? – perguntei, observando enquanto avançavam em minha direção. Eles não falaram nem responderam à minha pergunta. Quando saíram para a luz do Sol que entrava pela janela, pude ver que não eram pura sombra. Tinham forma e usavam trajes de batalha antigos.

Muito bem, então.

Um único anel na minha mão direita vibrou quando convoquei a arma de ablazone. Seus rostos informes se inclinaram em direção a ela, e senti outra leve brisa enquanto mais quatro formas atravessavam as paredes.

– *Interessante.*

Girei minha lâmina e dei um passo à frente assim que o mais próximo de mim avançou. Metal encontrou metal quando bloqueei seu ataque e atravessei minha espada em seu crânio escurecido. A outra criatura espectral veio até mim pela lateral. Eu me virei, encontrando sua lâmina em seguida.

Com nossas lâminas travadas, recuei quando eles avançaram. Pelo canto do olho, vi um passar correndo por mim.

Tirei uma mão do punho da espada e invoquei uma segunda lâmina. Com um movimento suave, girei e atirei a adaga na criatura, empalando-a contra a parede quando ela tentou agarrar a mulher. Completei a volta, usando o impulso para chutar as pernas daquele contra quem eu estava lutando. Ele desabou no chão e eu caí de joelhos, enfiando minha lâmina em seu peito. Ele gritou e tentou agarrá-la antes de explodir em cinzas. Um terceiro avançou da parede. Peguei minha espada antes que ela atingisse o chão e girei quando ele veio em minha direção. Cortei o ar, a ponta deslizou pelo estômago dele. Sombras caíam do corte enquanto ele se desintegrava.

Mais dois saíram da parede, e suspirei. Quantos estavam lá? Um deles avançou contra mim; o outro contra Gabby. Deslizei por baixo de seus braços estendidos quando ele brandiu sua lâmina contra mim, e acertei a parte de trás de seus joelhos em um movimento fluido. Ele caiu com força e eu me levantei, cortando sua cabeça. Ela rolou até a ponta do sofá antes de desaparecer na mesma fumaça pela qual haviam entrado.

Ouvi um grito feminino, e o centro da palma da minha mão ardeu, enviando uma dor lancinante pelo meu braço. Virei a cabeça naquela direção e vi um dos seres arrastando Gabby pelos cabelos. Ele tinha uma lâmina espetada na perna, mas continuou andando em direção à porta. Ela lutava, os punhos voavam, mas seus golpes apenas atravessavam o corpo dele. Olhei para minha palma e para o símbolo laranja-claro e brilhante sob minha pele.

Sangue do meu sangue, minha vida está selada à sua até que o acordo seja concluído. Concedo-lhe a vida do meu criador em troca da vida da minha irmã. Ela permanecerá livre, ilesa e viva, ou o acordo será quebrado. Minha vida é sua depois, para fazer o que quiser dela.

O acordo de sangue. Ela havia sido ferida, e ele estava ameaçando se romper.

Caminhei em direção à criatura espectral, e ela parou. Os esforços de Gabby se intensificaram, o terror e a adrenalina ajudavam seus esforços. Ele a soltou e se virou para mim, puxando a lâmina para bloquear meu golpe. A cabeça dele bateu no chão e explodiu em cinzas. Ela tossiu enquanto me encarava, com a frente de seu corpo totalmente coberta pelos restos mortais dele. Enviei a arma de ablazone de volta para meu anel e estendi minha mão.

– Venha agora. Estamos de saída.

Ela agarrou minha mão, e eu a levantei. Seu corpo inteiro tremia, mas ela ainda parou para pegar uma das lâminas renegadas. Hmm, talvez ela fosse uma lutadora, assim como a irmã.

Ela a apertou contra o peito enquanto olhava para mim.

– Você os matou? Você é tão rápido… e seus olhos! Você é aquele que veio da tempestade? Você é o mocinho? Onde está minha irmã? Ela está bem? – Suas perguntas saíram em rápida sucessão.

– Se vier comigo, vou levá-la até ela.

Ela assentiu ansiosamente, e eu a conduzi em direção à porta. Parei quando uma fumaça preta irradiou no quarto. Torcia e retorcia-se, e eu sabia que as criaturas estavam se refazendo. Sem perguntar, puxei-a para mim, e ela deu um gritinho quando a peguei no colo antes de avançar para a porta.

– Peço desculpas pela brusquidão, mas temos que partir agora mesmo, e sou muito mais veloz que você.

Ela assentiu e me segurou com a mão livre, ainda agarrando a adaga dos renegados. Segurei-a apertado e avancei pelo corredor. Virei-me por um instante, protegendo-a o melhor que pude, e atirei uma bola de pura energia nas figuras sombrias que nos seguiam. As duas que meu poder tocou se desintegraram. A terceira saltou para o lado e continuou em minha direção.

Eu tinha cerrado a mão para invocar minha lâmina quando um tapinha nas minhas costas me fez parar. Virei-me, colocando Gabby de pé e pressionando-a atrás de mim em um movimento suave. Ela agarrou as costas da minha camisa e se moveu comigo quando eu a empurrei contra a parede. Um homem – ou algo parecido com um – estava diante de nós.

– Então, você é ele. O Destruidor de Mundos em carne e osso. Eu estou honrado.

Ele estava completamente envolto por uma armadura preta, com a cabeça coberta por um capuz escuro. Um olho opaco me encarou, o outro estava escondido ou faltando. Ele pôs as mãos à frente, passando uma pequena esfera preta de uma para a outra. As criaturas sombrias saíram do quarto e foram para o lado dele.

– Você os conjurou? – perguntei, movendo-me devagar para ter certeza de que a mulher ainda estava protegida. Seu aperto em minha camisa aumentou, e pude senti-la espiando por trás do meu braço.

– Conjurar? Você é de uma época diferente. – Ele deu um sorriso, e foi muito mais largo do que deveria ser. – Entregue a irmã da prostituta. Foi só para isso que viemos.

– Um termo tão depreciativo. E, infelizmente, não posso fazer isso.

Sua cabeça inclinou para o lado enquanto ele girava o orbe na palma da mão. Sombras se enrolaram em torno de seus pés, e, uma por uma, criaturas se formaram até cercá-lo.

– Realmente quer arriscar mais vidas por alguém que não significa absolutamente nada para você?

– Ela é inocente. Portanto, ela significa tudo.

As criaturas próximo a ele sacaram suas armas e avançaram em uníssono.

– Então você é realmente um tolo. Não pode salvar a todos, e em breve este mundo pertencerá a ele.

Movi meu pulso, a arma de ablazone prateada se formou em minha mão. A probabilidade de acabar com todos e ao mesmo tempo mantê-la viva era pequena, mas não completamente zero. Eu tinha apenas que ser rápido o bastante para abrir caminho até ele.

O chão tremeu, fazendo com que todos nós parássemos e recuperássemos o equilíbrio para nos mantermos de pé. O conjurador pareceu tão surpreso quanto eu.

– O chão treme com frequência aqui? – perguntei com calma para Gabby atrás de mim. Ela balançou a cabeça.

– Isso não foi um terremoto. Foi minha irmã.

As palavras mal tinham deixado seus lábios quando chamas irromperam do chão. O fogo consumiu o conjurador e suas criaturas como se tivesse inteligência. Ardeu mais quente que o amaldiçoado Outro Mundo, destruindo tudo em seu caminho.

Uma figura negra disparou pelo buraco no chão e atravessou o teto. O corredor ficou escuro, e um alarme alto e agudo disparou quando a água caiu dos extintores no teto. Protegi Gabby com meu corpo para que ela não ficasse cega nem se queimasse. A criatura voou de volta pelo enorme buraco no telhado e pousou. O fogo se extinguiu rapidamente, como se tivesse sido sugado de volta pela fera. Ela olhou malignamente para um lado e para outro do corredor antes de se agachar e dobrar as asas contra o corpo. Sacudiu a cabeça quando um brilho percorreu seu corpo, e cabelos úmidos com cor de corvo foram jogados sobre seus ombros.

Meu queixo tremeu.

– Como você escapou?

XX
Dianna

– Seu filho de uma puta!

Avancei para a frente, minhas mãos estavam cerradas em punhos. O alarme de fumaça continuou a soar, e a água dos sprinklers nos encharcava.

– Eu falei para você me trazer. Juro por todos os deuses que restaram, vou decapitar você se ela estiver...

Parei quando a cabeça de Gabby apareceu por trás do corpo enorme de Liam. Meu coração fraquejou de alívio. A última vez que a vi passou pela minha mente, e meu estômago doeu. Sabia que ela me odiava e provavelmente estava mais do que com raiva de mim, mas não me importava. Assim que senti aquela picada na palma da mão, soube que ela estava machucada ou pior e perdi o controle.

Gabby passou por Liam, correndo em minha direção, com o rosto se contorcendo. Seu corpo colidiu contra o meu, quase me derrubando. Fiquei parada em estado de choque, enquanto ela me abraçava com mais força, a cabeça aninhada na curva do meu ombro.

– Sinto muito pelo que eu falei. – Sua voz era uma mistura de sussurro e soluço. – Não tenho notícias suas há semanas, aí ele aparece no seu lugar, e eu estava com tanto medo de que a última coisa que você teria me ouvido dizer eram aquelas palavras, me desculpa. – Ela se afastou. – Eu não estava falando sério. É que estou tão apavorada e...

– Gabby. – Estendi a mão, segurando seu rosto. Os sprinklers acima de nós desligaram, e com delicadeza enxuguei a água e as lágrimas do rosto dela. Meus olhos ardiam, suas palavras significavam mais do que ela imaginava, mas eu não tinha esquecido que não estávamos sozinhas ou a salvo. – Eu sei. Está tudo bem. Eu amo você. Estou feliz que você esteja bem. Conversamos sobre isso mais tarde – falei, lançando um olhar para Liam.

Gabby assentiu, lembrando-se de onde estávamos. Ela me apertou ainda mais, e eu a abracei de volta antes de me afastar. Seu corpo continuou a tremer enquanto ela limpava o nariz na manga encharcada e respirava fundo aos trancos e barrancos.

Liam estava nos observando com uma expressão estranha no rosto. Parei na frente de Gabby, enquanto ela tentava se recompor, e o encarei. Ele passou a mão pelo cabelo, alisando os fios escuros e molhados. Seus bíceps se contraíram com o movimento, e sua camisa encharcada agarrava-se a ele, revelando músculos que eu não sabia que ele tinha.

Deuses, ele era lindo, mas um completo idiota, e eu estava farta de homens lindos, porém cruéis. Então, fiz o que eu fazia de melhor e cutuquei a fera.

– Você está parecendo um rato afogado. Ah, e Vincent está lá embaixo chateado. A propósito, ele é um péssimo guarda-costas.

A raiva substituiu qualquer emoção que tivesse provocado aquela expressão no rosto dele. Ele deu alguns passos à frente, parando a alguns centímetros de mim. Gabby se colocou ao meu lado, com expressão cautelosa.

– Como você escapou?

– Escapou? – perguntou Gabby, mas nenhum de nós respondeu.

Dei de ombros.

– Ah, eu quebrei meus pulsos para tirar aquelas malditas algemas. Vincent ficou preocupado, então tentou me impedir, e, bem, aqui estamos.

– Creio que vou ter que tentar outra coisa, então.

Eu ataquei, empurrando aquele peito musculoso. Liam mal se mexeu.

– Não, você não vai me prender de novo!

Ele olhou do peito para a minha mão, com o canto dos lábios se repuxando.

– Você me bateu?

– Prender? – questionou Gabby, levantando as mãos e olhando para nós.

Liam a ignorou, olhando para mim.

– Eu não posso confiar em você.

– Bem, você vai ter que aprender, e rápido. Não estabeleci um vínculo de sangue com você para me deixar em uma maldita cela enquanto tenta fazer tudo sozinho. Principalmente quando isso coloca minha irmã em risco.

Ele finalmente olhou para Gabby e depois para mim.

– Ela estava bem.

– Ah, é? Então vocês não acabaram de ser atacados por sombras? – Ele não respondeu. – Exatamente. Portanto, eu sei que você precisava de mim e vai precisar ainda mais se quisermos encontrar esse livro. Você não conhece meu mundo.

Os lábios dele formaram uma linha fina, e ele colocou as mãos nos quadris. A camisa branca e molhada se esticou sobre o peito e os ombros, me distraindo por um momento. Observei um músculo pulsar em sua mandíbula antes de ele suspirar.

– Não podemos trabalhar juntos se você não obedecer a ordens.

– Eu não sou sua para me dar ordens – zombei.

– Não foi isso que você prometeu naquele acordo que fizemos? Em troca da vida da sua irmã, você é minha.

– Sou o caralho! – A forma como ele falou aquilo me fez querer atear fogo nele. Abri a boca para corrigi-lo, mas parei quando Gabby deu um tapa no meu braço.

– Sério, Di? De novo? Outro acordo?

Virei-me para ela, esfregando meu braço.

– Ai! É diferente desta vez. Não é nada parecido com o acordo com Kaden.

Liam não falou mais nada quando passou por nós. Gabby olhou feio para mim, balançando a cabeça, e nós duas nos viramos para segui-lo. Liam parou de pé acima do buraco que eu fiz no chão. Era mais uma razão pela qual ele ia me caçar. Observei quando ele estendeu a mão, seu poder dançava nas pontas dos dedos. O corredor estremeceu quando pedaços de madeira, tijolo e metal avançaram, selando o enorme buraco como se nada tivesse acontecido.

Gabby inspirou fundo, dando um tapa no meu braço.

– Ele consegue fazer isso?

– Aparentemente. – Revirei os olhos, balançando a cabeça e estendendo a mão em um aceno. – Gabby, este é Liam ou, como o mundo antigo o conhecia, Samkiel, governante de Rashearim. Sabe, quando ainda existia.

Ele se virou, seu olhar prateado era tão intenso que pensei que ele ia me incinerar ali mesmo. Mas ele apenas encarou, carrancudo, enquanto abaixava as mãos e se dirigia para o elevador.

– Vamos embora – declarou, e sua voz era um rosnado profundo.

Gabby caminhava na minha frente, nossos sapatos encharcados rangiam a cada passo. Ela parou perto de Liam e apertou o botão para chamar o elevador.

– Sinto muito por esfaquear você.

Isso chamou minha atenção.

– Você o esfaqueou? Gabby, estou tão orgulhosa!

Ambos me lançaram um olhar feio quando levantei a mão para que ela desse um tapinha de cumprimento. Dei de ombros e a abaixei, enquanto Gabby balançava a cabeça.

– Obrigada por me salvar. Dianna orientou a me proteger caso ela mesma não viesse me buscar. Como pode ver, ela tem muitas pessoas más atrás dela, e muitas vezes tentam me usar para chegar até ela. Então, sinto muito. – Ela sorriu para ele, e eu revirei os olhos novamente.

Ele olhou para ela sem desprezo ou má vontade.

– De nada. Você deve ser treinada para se defender adequadamente, em particular dada a sua situação. E, embora seja desnecessário, agradeço suas desculpas. Talvez você possa ensinar boas maneiras à sua irmã. – Ele olhou para mim, e sua carranca retornou dez vezes maior.

Passei por Liam quando o elevador abriu, entrando primeiro.

– Com licença. Eu tenho boas maneiras.

Gabby e Liam olharam para mim como se eu tivesse enlouquecido antes de entrarem comigo no elevador. Apertei o botão do saguão e me encostei na parede, observando enquanto minha irmã continuava a sorrir para Liam.

– Quer dizer que você é quem todos eles temem? Você é um deus?

Ele começou a responder, mas eu o interrompi.

– Ah, é, sim, e você tem que ver como todos o tratam. Pretensioso é um eufemismo. Ele me lançou seu olhar mortal mais uma vez, e sorri para ele, acostumada com isso. A boca de Gabby se abriu.

– Dianna! Seja respeitosa.

– Gabby, não.

– Ele me salvou.

– Ah, foi, é? Muito legal. Ele me torturou.

– O quê? – Ela se virou para olhar para ele, aproximando-se de mim.

– E por que eu fiz isso, senhorita Martinez? – perguntou ele, inclinando a cabeça em minha direção e levantando uma sobrancelha. – Acha que teve alguma coisa a ver com você ter matado um integrante d'A Mão? Ou quem sabe tenha sido por você assassinar embaixadores mortais e celestiais? Ou será que foi por você tentar lutar contra mim e me matar enquanto incendiava uma das minhas Guildas em Arariel?

Gabby engasgou.

– Dianna. Fala pra mim que você não fez isso.

– Ah, você tinha que abrir a boca, não é? – Eu me afastei da parede, e meu temperamento foi me dominando.

– Peço desculpas, mas não vejo sentido em me esconder atrás de mentiras.

– Você é um idiota arrogante. – Dei um passo mais perto. – Sabe, eu conheço um homem assim… e eu o traí também.

Ele se endireitou de sua posição inclinada.

– É isso que gostaria de fazer? Você quer me trair? Voltar atrás no acordo de sangue que você e eu fizemos?

– Ah, agora você se preocupa com o acordo? Eu implorei que me trouxesse com você para pegá-la. Mas não, você quer agir como um grande líder durão e machão que consegue fazer tudo sozinho. Bem, adivinhe! Você não consegue. Se conseguisse, o seu mundo ainda estaria inteiro, e não cacos enfiados no nosso.

Liam já estava perto de mim antes que as palavras tivessem terminado de sair dos meus lábios. Seu rosto estava a centímetros do meu, seus olhos eram como prata derretida.

– Se mencionar Rashearim com tanto desrespeito mais uma vez…

O pequeno corpo de Gabby se colocou entre nós.

– Ei, vamos todos nos acalmar. Por favor. – Ela se virou para mim, e eu inspirei fundo antes de girar e voltar para o outro lado do elevador. – Certo, as tensões estão altas agora. Todos nós estamos cheios de adrenalina e tudo o mais. Vamos apenas respirar e tentar não quebrar o elevador.

Olhei em volta, sem perceber que ele havia parado. As luzes piscaram quando Liam pareceu notar também. Ele se afastou para o mais longe possível de mim. Seus olhos aos poucos voltaram ao normal, mas Gabby ficou entre nós.

– Dianna.

Olhei para ela com os braços cruzados.

– Peça desculpas.

– Nem morta.

– Dianna. Isso foi duro, especialmente se você fez tudo o que ele falou que você fez. Além disso, ele me salvou. Duas vezes. Você não é essa pessoa vil e má.

– Que eu saiba, você disse que eu era um monstro. – Não queria que as palavras saíssem tão rápido quanto saíram, e não na frente de Liam, mas não consegui evitar.

– Você sabe que eu estava apenas chateada. Você nunca foi um monstro. Não para mim.

As palavras dela aliviaram um pouco da minha tensão, e meus ombros relaxaram quando olhei para Liam. Talvez eu estivesse um pouco nervosa porque estava preocupada demais com ela. Eu tinha sentido minha mão queimar e imaginei o pior.

A expressão de Liam pareceu se suavizar com as palavras de Gabby. Bem, era suave para ele. Ele sempre parecia irritado ou chateado.

O bipe discreto nos avisou que havíamos chegado ao saguão. As portas se abriram, mas não fiz nenhum movimento para sair.

– Escute, entendo que você é tipo um líder do universo, mas isso não significa nada para mim. Nada. Ela… – Parei e apontei para Gabby, que engoliu em seco. – Ela é tudo. Não me importo com o plano de Kaden para acabar com o mundo ou com o seu para salvá-lo. De qualquer forma, é tudo apenas um enorme concurso de medição de pau.

As portas abriram e fecharam enquanto eu continuava a falar, e nenhum de nós quebrava o contato visual.

– Mas se me prometer que, não importa o que você faça, ela vai poder pelo menos ter uma vida feliz e normal depois disso, então eu… – Parei e suspirei alto enquanto revirava os olhos. – Eu sou sua. Temos que trabalhar juntos e encontrar algum ponto em comum ou, não importa quem é mais forte ou mais cruel, vamos perder. Sendo assim, pode pelo menos concordar em me ouvir, me deixar ajudar e não apenas me dar ordens?

Ele olhou para mim por um longo momento enquanto as portas se abriam novamente. O ar parecia denso, carregado, e eu sabia que havíamos reunido uma pequena audiência.

Ele soltou um suspiro.

– Aceito seus termos.

– Muito bem – rebati.

– Muito bem – disse ele, afastando-se da parede e saindo do elevador.

Gabby e eu saímos para o saguão e fomos paradas por vários celestiais. Ouvi Vincent direcionando pessoas para os locais que sofreram mais danos e enviando outras pessoas para checar os mortais.

Liam havia fechado o buraco no chão e no teto, mas, pelas luzes piscantes, parecia que os serviços de emergência haviam sido chamados. Uma multidão se reunira atrás de uma barricada que as equipes de resgate ergueram do lado de fora da entrada principal. Observei vários celestiais dispersarem a crescente multidão da cena.

– Vincent, que parte das minhas ordens para manter a senhorita Martinez na Guilda você não entendeu? – questionou Liam, conforme caminhava em direção a Vincent. Bem, pelo menos ele tinha um novo alvo para a sua raiva.

A voz de Vincent estava angustiada quando ele apontou para onde Gabby e eu estávamos.

– Eu não consegui controlá-la. Ela nos trouxe aqui com um pensamento. Não tive tempo de impedi-la.

Eu ri, cobrindo a boca com a mão, quando peguei Gabby olhando para mim, e seu olhar continha uma pitada de tristeza.

– Que foi? – falei. – Eu fiz o que você disse. Lutei e agora tenho uma maneira de fazer com que tudo isso acabe. Você finalmente terá uma vida seminormal.

Ela estendeu a mão, apertando levemente meus braços.

– Ai, Di, trocar um homem poderoso por outro não é uma saída.

– Então, é aqui que vou ficar? – Gabby perguntou, girando na enorme sala de estar. O Sol poente espiava pelas grandes janelas com vista para a movimentada cidade de Boel. Os móveis creme e brancos da sala cercavam uma mesa de vidro repleta de diversas revistas. Um lustre pendia do teto, pingando pequenas joias transparentes. Uma cozinha ocupava o canto direito do apartamento, e havia dois quartos no lado oposto.

– Gostou? – perguntou Neverra.

– Ei, pelo menos não é uma cela – falei, seguindo as duas, enquanto ela mostrava o local para Gabby. O sorriso de Gabby desapareceu, e Neverra olhou com raiva para mim. Ah, vejam só, eram todos iguais ao seu chefe. Caramba. Eu ainda estava desconfiada dela, de todos eles, apesar do acordo que fiz.

Neverra sorriu para Gabby e redirecionou sua atenção.

– A geladeira já está abastecida, e, se precisar de mais alguma coisa, é só pedir.

– Obrigada – respondeu Gabby, antes de se virar e olhar para mim. Ela me deu uma encarada e capturou meu olhar. Ainda me encarando, disse a Neverra: – Posso conversar com minha irmã a sós, por favor?

O sorriso de Neverra desapareceu quando ela olhou para mim.

– É claro. Estarei do lado de fora da porta. – Ouvi seus sapatos estalando contra o chão quando ela saiu.

Assim que a porta se fechou, Gabby sussurrou:

– Estou na maldita Cidade Prateada! É chique demais. Isso é demais. E ela é tão gentil.

– Eu a considero uma tremenda vaca, mas também trouxe o marido dela de volta para ela à beira da morte.

– Hum, o quê?

Acenei com a mão.

– Outra história, para outra hora.

Dei um passo à frente e abri uma das revistas antes de caminhar até a janela.

– De qualquer forma, isso é apenas temporário – afirmei, dando de ombros.

Ela se jogou no sofá bufando.

– Quanto tempo é temporário?

– Até eu encontrar esse maldito livro ou matar Kaden. Ambas as coisas, de preferência.

Sentei-me ao lado dela e apoiei o cotovelo no encosto do sofá, apoiando a cabeça na palma da mão.

Ela inclinou a cabeça para trás, olhando para o teto.

– Eu não consigo acreditar que você vai mesmo fazer isso agora.

– Bem, você me disse que eu precisava me rebelar, e acho que finalmente escutei.

Ela se virou para mim, sentando-se sobre as pernas cruzadas.

– Mas a que custo? O que vai acontecer com você quando isso acabar?

Isso eu não sabia. Na minha cabeça, tinha deduzido que ia para a cadeia ou alguma estranha prisão celestial. Mas, no meu coração, sentia que, assim que aquilo acabasse, seria executada por tudo o que tinha feito. Eu estava bem ciente de que Liam e sua comitiva celestial não gostavam de mim, mas nada disso importava, desde que Gabby estivesse a salvo.

– Honestamente, eu não sei.

– Você perguntou antes de fazer outra aposta?

– Não.

Ela revirou os olhos, e o gesto era tão familiar que foi reconfortante.

– Odeio que você faça essa merda de autossacrifício. Você não é mamãe ou papai, Dianna. Não precisa mais cuidar de nós assim.

Enrolei uma mecha do meu cabelo, evitando o olhar dela.

– Fazemos isso há quanto tempo? – Abaixei a mão. – Lutar, proteger, nos esconder? Eu só quero que isso acabe. – Coloquei as mãos no colo e olhei para baixo antes de confessar: – Eu matei Alistair.

Gabby se endireitou tão depressa que quase caiu do sofá.

– O quê?!

– Eles estavam me transportando para um local diferente. Tobias e Alistair apareceram e quase mataram Logan, um dos homens de Liam e parceiro de Neverra. Enfim, vi os últimos pensamentos dele por meio de seu sangue, e eram todos sobre ela. – Parei, apontando para a porta pela qual Neverra havia saído. – Só isso, sem malícia ou crueldade. Tudo o que ele sentia era apenas amor e felicidade, e eu não consegui fazer. Por isso, quando Alistair avançou para acabar com Logan, eu matei Alistair.

Minha visão ficou embaçada e inclinei a cabeça para trás, tentando impedir que minhas emoções me dominassem. Respirei fundo, mas, quando encontrei o olhar dela de novo, sabia que minha tentativa havia sido inútil, e lágrimas enchiam meus olhos.

– Você estava certa. Faz muito tempo que não sou feliz. Não estou feliz com Kaden e venho fingindo há muito tempo. Estas últimas semanas foram terríveis. – Comecei a soluçar e parecia que eu não ia conseguir parar.

Gabby me abraçou, e eu passei meus braços em volta dela, que fez carinho no meu cabelo, enquanto eu chorava baixinho. Eu sempre podia contar com Gabby. Claro, a gente brigava por tudo. Que irmãs não brigavam? Mas sempre nos apoiamos. Ela era a parte de mim que me mantinha mortal e sã.

Ela deu um tapinha nas minhas costas.

– Di. Você é minha irmã, e eu amo você. O que ele a obrigava a fazer era errado. Você não tinha escolha, mas agora tem. Se puder salvar algumas pessoas ou consertar pelo menos alguma coisa, tente, ok?

Inclinei-me, olhando para ela enquanto secava o rosto.

– Vou tentar.

Ela sorriu e assentiu.

– E seja mais gentil com Liam.

Eu bufei, afastando-me.

– Agora você está pedindo demais.

– Ele salvou minha vida e foi tão legal! Você deveria ter visto como ele se movia rápido quando estava cortando aqueles caras das sombras ao meio.

– Ele não é "legal" nem nada agradável, Gabby.

– Eu não quis dizer isso. – Ela abaixou o olhar para o travesseiro que segurava.

– Você sempre tenta ver o que há de bom nas pessoas. É uma falha terrível. – Sorri para ela e pulei do sofá, fugindo antes que ela pudesse retaliar.

Eu já tinha atravessado a sala quando ouvi Gabby gritar:

– Ei! – O travesseiro bateu nas minhas costas assim que abri a porta. Neverra ergueu uma sobrancelha quando ele ricocheteou em mim e caiu no corredor.

– Não se preocupe com isso, é apenas carinho de irmãs – falei, acenando com a mão. A expressão dela era familiar, mas eu estava acostumada a ser julgada.

Um brilho apareceu à minha esquerda, e me virei em direção a ele para dar de cara com Vincent ali. Eu rosnei, a adrenalina disparou pelo meu corpo.

– Nunca vou me acostumar com isso.

– Com sorte, você não vai estar aqui por tempo suficiente para que isso tenha importância – retrucou ele, olhando-me de alto a baixo.

174

Certo, eu merecia isso. Neverra acenou com a cabeça para ele.

– Qual é o problema?

– Liam convocou ela.

A palavra "ela" pingava ácido, e um arrepio percorreu minha espinha. Cerrei os punhos ao lado do corpo e fechei os olhos, buscando o implacável poder que parecia energia estática. Assim que o encontrei, abri os olhos e sorri para Vincent.

– Avise à minha irmã que volto mais tarde. – Ele estendeu a mão para me agarrar no instante em que eu desapareci do corredor.

–Você me convocou? Eu não pertenço a você para ser convocada! – exclamei depois de me materializar na frente de Liam.

– Tem certeza? – Liam inclinou a cabeça para o lado, observando-me, enquanto relaxava à cabeceira de uma longa mesa no que parecia ser uma sala de reuniões. Ele cruzou as mãos sobre os papéis que estivera lendo quando encontrou meu olhar. – Lembro-me de você me dizer que pertence duas vezes já.

Meus olhos se estreitaram, e dei um passo à frente. Senti a chama em minha mão antes de perceber que a invoquei. Ele me observou como se me desafiasse a tentar. A porta atrás de mim se abriu, Vincent e Neverra entraram correndo. Eu rapidamente apaguei o fogo.

–Vincent disse que você me convocou. Kaden fazia isso, e eu odeio.

Liam lançou um olhar para Vincent e de volta para a pilha de papéis à sua frente. Ele acenou com a mão como se não se importasse nem um pouco.

– Apenas pedi sua presença. Se essa não for a terminologia correta, peço desculpas.

– Está dizendo que sente muito? – Fiquei genuinamente chocada.

– Sim, senhorita Martinez. Nem todos nós somos feras – disse ele, virando uma página.

–Você acabou de me chamar de fera?! – rugi, e a chama fez cócegas em minhas palmas novamente.

Ele ignorou minha explosão, erguendo o olhar.

–Agora que estamos todos aqui, há algumas coisas que precisamos discutir. A senhorita Martinez deixou bem claro que se recusa a ficar de fora, e é por isso que ela está aqui… se puder, por gentileza, extinguir a bola de fogo em sua palma. – Ele olhou para minha mão, e eu revirei os olhos antes de chamar o poder de volta. – Perfeito. Agora, alguma dúvida? – perguntou ele.

– Não, senhor – responderam Vincent e Neverra.

– Excelente. Vamos começar. – Ele acenou com a mão em direção aos assentos. Sentei-me na cadeira do outro lado da mesa enquanto Vincent e Neverra se sentaram um de cada lado de Liam. Como se eu já não me sentisse sozinha o suficiente. Só para ser desagradável, levantei e me sentei ao lado de Vincent. Ele olhou para mim, mas não disse nada. Liam ignorou a brincadeira.

– Como você disse, vários dos celestiais sobre os quais Alistair tinha controle morreram. Ele tinha destruído suas mentes por completo. Tenho funerais para preparar e funcionários indisponíveis enquanto estão de luto. Graças aos seus esforços, Logan sobreviverá, mas permanecerá na ala médica até o final da semana.

Senti os olhos de Neverra perfurando meu crânio e engoli um nó crescente na garganta.

–Vincent, as pistas que você tinha esfriaram. O movimento aumentou, mas não muito. Eles não estão mais nos perseguindo ativamente, e presumo que seja porque Kaden perdeu a maior parte de sua força bruta.

– Ah, você acha que sou força bruta.

Todos olharam para mim, e eu murmurei "desculpa" antes de me recostar de novo.

– Ao resgatar a irmã da senhorita Martinez, fui atacado por uma criatura parecida com esta. – Ele deslizou um papel para a frente. Havia desenhado várias sombras, e a semelhança era impressionante.

–Você sabe desenhar?

Todos apenas me encararam.

– Certo, não é isso que importa. Plateia difícil.

Sua sobrancelha se arqueou.

– Não consigo encontrar registros desses seres neste mundo e não me lembro deles em Rashearim. Como eu estava dizendo, não sei como são chamados, mas parecem seguir e responder a uma espécie de conjurador. Se você…

– São chamados de sombras. –Todos olharam para mim. – São um grande clã liderado por Hillmun e não são moralmente bons ou maus. Aqueles contra quem lutamos trabalham para Kaden; bem, quer dizer, trabalhavam. Você não vai ter mais que se preocupar em vê-los, pelo menos não aquele clã. Basta adicionar isso à lista crescente de razões pelas quais Kaden vai me querer morta.

Todos pareciam surpresos e me encararam em estado de choque.

Sorri como se não fosse grande coisa.

– Desculpe por interromper.

– Não, essa informação é relevante – afirmou Liam e começou a anotar tudo. Quando terminou, virou-se para Vincent, passando-lhe as páginas. – Adicione isso ao bestiário, por favor. –Voltou-se para mim e cruzou as mãos. –Você tem alguma ideia de onde ou quando o próximo movimento dele poderá ocorrer?

Mordi meu lábio inferior, pensando.

– Eu não, mas… – Fiz uma pausa, sabendo que as próximas palavras que saíssem da minha boca provavelmente resultariam na morte dele ou na minha. – Conheço pessoas que talvez possam saber.

– Há outros que trairiam o seu criador?

Assenti com a cabeça.

– Nem todo mundo estava gostando da última obsessão de Kaden, e ele foi brutal em sua busca. Como resultado, fez inimigos que optaram por esperar a hora certa.

Liam uniu os dedos, estudando-me do outro lado da mesa.

– E quem são essas pessoas?

– Digamos apenas que tenho contatos.

– Eu presumiria que seus contatos são os mesmos que os dele. Então, diga-me como acha que nos ajudariam se você, a consorte dele, matou um de seus generais a sangue frio.

Não me preocupei em corrigi-lo.

– Simples. O ego de Kaden é quase tão grande quanto o seu, se não mais. Ele não vai contar para ninguém que eu matei Alistair, porque isso o faria parecer fraco. Não vai anunciar que não conseguiu controlar a mulher que criou. Aposto que ele já está contando uma história sobre como o grande Destruidor de Mundos dominou Alistair e roubou seu brinquedo favorito.

Eu odiava me referir a mim mesma como tal, mas fiz isso mesmo assim. Nenhum deles se moveu quando me recostei na cadeira, cruzando os braços.

– Então, decida o que está disposto a fazer, enquanto eu vou fazer as malas e me despedir da minha irmã. De novo.

Afastei-me da mesa e me levantei. As cadeiras de Vincent e Neverra tombaram quando os dois se levantaram, e lâminas surgiram em suas mãos. Sorri e empurrei minha cadeira.

Liam ergueu a mão, e eles foram para o seu lado como uma só pessoa.

– Perdoe-os. Você continua sendo uma ameaça, não importa o quanto ajude. Tem uma hora para se preparar e se despedir. Depois, vamos partir.

Observei-o sentado à cabeceira da mesa com Vincent e Neverra de cada lado. Os olhos deles reluziam azuis, e eles estavam empunhando suas armas, prontos para me matar a uma palavra dele. Eu sabia que não era a mesma coisa, mas tive a sensação de que Gabby estava certa. Eu tinha trocado um mestre poderoso por outro.

XXI
Dianna

– Di, o que você está fazendo? – perguntou Gabby, da sala.

– Procurando fios, câmeras ou dispositivos de escuta – respondi, passando a mão por baixo da mesa. Levantei-me, coloquei as mãos nos quadris e suspirei. – Sei que eles devem ter colocado um em algum lugar.

– Por que eles colocariam câmeras? Eles não têm superaudição? – perguntou ela, enquanto eu examinava a sala, estreitando meu olhar para a prateleira na parede oposta. Meus saltos ecoavam conforme eu andava pelo pretensioso chão de pedra brilhante.

Eu bufei.

– Faça-me o favor. Kaden tem câmeras em todos os lugares, e não apenas para os momentos de diversão sexy.

– Que nojo! – gritou.

Ri enquanto virava uma cadeira, checando embaixo dela. Não encontrei nada e coloquei-a de volta no lugar antes de ir até as prateleiras bem-decoradas.

– Bem, talvez eles não tenham – sugeriu Gabby, encolhendo os ombros e observando-me com atenção.

Virei-me, curvando meus lábios para ela.

– Você está falando sério? Acabou de conhecer essas pessoas. Você confia fácil demais, Gabs. Vai acabar morrendo por isso.

Ela franziu a testa, pegando uma das muitas almofadas do sofá e abraçando-a.

– Talvez eles sejam diferentes. Nem todo mundo é como Kaden e seu povo. Além disso, você disse que esses são os mocinhos, certo?

Passei a mão em cada canto e brecha, mas não encontrei nada. Minha frustração aumentou, peguei uma planta e inspecionei cada folha.

– Eu nunca disse que eles eram os mocinhos, apenas que estão contra Kaden.

Depois de não encontrar nada, coloquei a planta no chão e fui para a cozinha. Quando terminei a busca, todos os armários e portas estavam abertos, e eu havia examinado todas as panelas, frigideiras e utensílios de cozinha.

– Nada? – Quis saber Gabby, com a mão sob o queixo enquanto me observava.

Encostei-me no balcão da cozinha, soprando uma mecha de cabelo do rosto.

– Nada. Droga.

– Veja, talvez possamos confiar neles. Além disso, você fez outro acordo, e tenho certeza de que Liam não pode quebrar esse.

Eu bufei e revirei os olhos.

– Acho que sim.

– E aí, qual é o plano?

– Encontrar todos os fracassados que não gostam de Kaden. Talvez eu os espanque até que me deem a informação de que preciso. Vou procurar aquele maldito livro antigo com um deus antigo que é tão rude quanto poderoso.

Gabby deu batidinhas no encosto do sofá e suspirou.

– Sinto que algo ruim vai acontecer.

– Bem, provavelmente. – Dei de ombros. – Mas vamos fazer o que sempre fizemos. Cuidar uma da outra.

– Quer dizer que não confia nele?

– De jeito nenhum. Você e eu já vivemos o bastante para saber quão cruéis e vingativos homens poderosos podem ser. Ele pode pregar que deseja esse livro para proteger o mundo, mas tem a mesma motivação de Kaden. Ambos buscam poder, e isso nunca acaba bem.

– Então, o que você quer que eu faça?

– Faça amizade com eles. Veja o que consegue descobrir e o que eles querem de verdade. Obtenha o máximo de informações que puder. Talvez encontremos uma maneira de permanecermos fora do radar quando isso acabar. Estou imaginando coquetéis naquela praia que você tanto ama. Qual o nome dela?

– Praia de Liguniza, na costa do mar de Naimer. – Seu suspiro foi melancólico quando ela pensou nisso. – Ai, ai, a água é tão clara, e tem um penhasco com vista para o oceano. O pôr do sol de lá é tudo.

– Isso, certo, vamos para lá, tomar coquetéis, rir e esquecer tudo sobre monstros e deuses.

Nossos sorrisos se transformaram em risadas que fizeram minhas bochechas doerem após alguns segundos. Depois de tudo o que tinha acontecido nos últimos dias, era bom vê-la feliz novamente.

Eu adorei ver a alegria de Gabby, sabendo que tudo o que eu tinha dito era mentira. Não haveria praias para mim depois disso. Meu destino estava selado, mas talvez ela pudesse ir. Ela e Rick poderiam criar a vida que desejavam. E, se ela fizesse amizade com os celestiais ali, eles a protegeriam. Desse modo, talvez ela não ficasse tão sozinha depois que eu me fosse. Isso bastaria para mim.

Meu sorriso morreu quando um arrepio correu por minhas costas. Os pelos dos meus braços se eriçaram à medida que aquele poder abrangente se aproximava. Nosso tempo de diversão acabou. Era hora de voltar ao trabalho.

Afastei-me do balcão, com a garganta apertada ao dizer:

– Prometo ligar o máximo que puder.

Ela assentiu e se levantou, seguindo-me conforme eu caminhava até a porta. Abri-a bem no momento em que Liam levantou a mão para bater. Ele parou, abaixando a mão quando Neverra se aproximou.

– Senhorita Martinez – disse Liam, olhando por cima da minha cabeça para Gabby. – Neverra será uma das duas pessoas que lhe farão companhia enquanto estivermos fora. Logan se juntará a vocês em alguns dias. Eles ficarão aqui com você. Com o ataque recente, não queremos correr nenhum risco. Temo que possa ser um alvo até que esse livro seja obtido.

– Parece ótimo – declarou Gabby. Eu sabia que ela não estava exatamente encantada. Mas, como esperado, ela estava aceitando tudo com calma.

Agarrei Gabby em um abraço apertado.

– Certo, vou salvar o mundo da destruição iminente. Você trate de ficar longe de problemas.

Ela riu, chorosa.

– Entre nós duas, não sou eu a encrenqueira.

– Justo. – Abracei-a mais uma vez antes de me afastar. Sustentei seu olhar por mais um momento antes de me virar e sair rapidamente pela porta.

Neverra entrou, e eu a ouvi dizer:

– O que aconteceu aqui?

Estendi a mão para trás e fechei a porta quando as vozes delas aumentaram.

XXII
Dianna

Liam estava sentado em uma das poltronas, concentrado em seus estudos. Uma série de computadores e leitores eletrônicos o cercava, e ele estivera debruçado sobre os equipamentos desde que embarcamos.

Eu estava apoiada em uma mesa alta de vidro, pegando guloseimas de uma bandeja de prata. Cadeiras macias estavam dispostas em grupos confortáveis, e havia um armário de bebidas encostado na parede. Pensei ter ouvido Vincent dizer que aquele comboio tinha doze quartos. Parecia demais, porém, se podiam ir a qualquer lugar do mundo, fazia sentido que tivessem espaço. Os comboios tinham substituído os trens quando a magia celestial e a tecnologia se uniram.

– Sabe, sempre me perguntei se os comboios celestiais eram melhores do que os públicos usados nas cidades – comentei, colocando outro pequeno pedaço de chocolate na boca. – Definitivamente posso afirmar que sim.

Liam me lançou um olhar carrancudo, o que tinha sido sua resposta cada vez que eu falava alguma coisa. Havia perdido a eficácia na última hora, e comecei a perturbá-lo só para ver por quanto tempo ele continuaria assim.

– Vamos ter que nos comunicar se quisermos trabalhar juntos, sabe. – Coloquei outro docinho na boca e sorri para ele.

A expressão dele não tinha humor, como sempre.

– Estou ocupado.

Revirei os olhos, afastando-me da mesa e aproximando-me da grande janela. Estávamos atravessando a serra, e os vários tons de verde e marrom eram quebrados pelo branco espumoso das cascatas. Eu nunca tinha estado naquela região de Ecanus e nunca sonhei que a veria de um comboio de luxo.

Afastei-me da janela e suspirei, largando-me na poltrona em frente à de Liam. Isso me rendeu outro olhar por cima da infinidade de telas.

– Quanto falta até chegarmos a Omael?

– Tempo demais.

Eu tinha a impressão de que ele gostava de estar comigo tanto quanto eu gostava dele.

– Só quero ter certeza de que chegaremos lá a tempo. Nym é uma estilista de moda sofisticada que raramente fica no mesmo lugar por muito tempo.

Ele acenou com a mão em minha direção, as luzes das telas dos computadores lançavam um brilho azul em suas feições.

– Não vejo como uma estilista de moda poderá nos ajudar.

– Eu falei, ela está no final da lista de... – Fiz uma pausa, pensando em como descrever. – ... *amigos* de Kaden. Ela pode ter informações sobre uma certa bruxa excomungada que poderia nos ajudar.

Liam ergueu uma sobrancelha.

– Excomungada?

– Digamos apenas que ela queria um cargo e alguém discordou.

– E essa mulher em Omael pode ajudar?

Eu balancei a cabeça.

– Sim. Ela também pode ajudar com passaportes, identidades, cartões de crédito, o que precisar.

– Não precisamos de nada disso. Posso ir a qualquer lugar e fazer qualquer coisa no mundo que eu desejar. Ninguém vai me impedir. Não temo o seu Kaden e não quero prolongar esta *viagem* mais do que o necessário.

A maneira como ele acenou para mim quando disse "viagem" confirmou que o que eu suspeitava estava certo. Ele não queria estar perto de mim, e eu com certeza não queria estar perto dele.

Encarei-o, certa de que ele estava brincando. Quando vi que não estava, bufei.

– Sério? Você não pode usar nada que seja seu pessoalmente. Ele é capaz de rastrear tudo. Eu matei um príncipe herdeiro em Zarall, e Kaden assistiu a tudo do outro lado do mundo. Ele tem acesso ao tipo de tecnologia que você nem imagina e tem conexões sólidas. Quero ficar fora do radar o máximo possível. Kaden já enviou seus assassinos de sombras atrás da minha irmã, e isso foi apenas um aquecimento. Não vou colocá-la em risco porque minha presença incomoda você. Sei que você não o conhece, mas ele vai fazer de tudo para conseguir... – Fiz uma pausa, só de pensar eu hesitava. – ... para conseguir o que deseja.

Esperei que ele continuasse discutindo, já que parecia ser o único momento em que ele queria falar comigo, mas não o fez. Em vez disso, seus olhos se fixaram nos meus, um único músculo pulsava em sua mandíbula. Ele abaixou o olhar e voltou a passar as telas à sua frente.

As horas seguintes foram passadas em grande parte em silêncio. Meu nervosismo estava aos poucos tomando conta de mim à medida que a consciência de minha nova realidade se instalava. Eu não tive escolha. Recusava-me a permitir que Gabby sofresse mais por minhas ações e decisões.

A poltrona era confortável, e tentei tirar uma soneca, mas pesadelos atormentaram meu sono. Acordei quando me sentei ereta, apertando as laterais do meu corpo. Liam encontrou meu olhar e o manteve. Não perguntou o que havia de errado, e eu não ofereci nenhuma explicação. De jeito nenhum eu contaria a Liam que tinha sonhado com o rosto sorridente de Kaden enquanto suas malditas feras me arrastavam de volta para ele.

Esfreguei o rosto e joguei os pés para o lado. Em seguida, levantei e fui até a janela observar a mudança na paisagem. As montanhas cobertas de neve estavam mais distantes, e as árvores nas colinas estavam cheias de cores, anunciando o início do outono.

– Estamos quase chegando – disse Liam.

Senti o olhar cauteloso dele sobre mim, como se temesse que eu fosse tacar fogo em alguma coisa. Sacudi a cabeça, ainda perdida no pesadelo. Ele me observou por mais um momento antes de retornar àquelas malditas telas. Quanto tempo ele havia passado assistindo a elas? Vincent tinha configurado a estação de trabalho e fornecido mais vídeos para Liam antes de partirmos. Liam estava aproveitando o tempo de viagem para continuar a se familiarizar com Onuna. Seu vocabulário já parecia mais normal e menos formal. Eu me perguntei quão inteligente ele de fato era. Aprender história e línguas tão depressa como ele estava fazendo não era uma tarefa fácil.

– Como está sua cabeça? – perguntei, cruzando os braços e olhando para ele.

Ele não olhou para cima.

– Bem. Por que a pergunta?

Dei de ombros.

– Achei que você teria dor de cabeça com todos os vídeos que Logan e Vincent lhe passam. Aprender os idiomas, a história e a cultura tão rápido quanto você está aprendendo é uma tarefa e tanto. Além disso, você não dormiu desde que cheguei aqui, e isso já faz quase um mês – respondi.

Isso chamou a atenção dele, suas sobrancelhas escuras se franziram profundamente.

– E como você pode saber isso? – Ele cruzou os braços, e a camisa se esticou sobre o peito e os bíceps.

– Você irradia poder. Consigo sentir a energia que você emite através das paredes. Mesmo naquele edifício que parece uma fortaleza, pude sentir você andando de um lado para o outro nas últimas semanas.

Um medo faiscou em seus olhos. Foi tão rápido que eu teria perdido se não estivesse sustentando seu olhar.

– Minha rotina de sono não é da sua conta.

Ele queria jogar? Tudo bem.

Inclinei a cabeça.

– Na verdade, é sim. Se vamos matar Kaden e encontrar esse livro mítico que você acha que não existe, então preciso que você esteja em plenas condições de lutar contra um deus.

– Garanto que estou bem. – Ele se remexeu na cadeira como se a mera conversa fosse desconfortável. – Além disso, eu fui mais do que capaz de lidar com você e com as sombras que seu criador enviou.

Balancei a cabeça e revirei os olhos.

– Sendo sincera, é surpreendente como consigo estar neste comboio sem ser sufocada pelo seu enorme ego.

– Não é ego. É apenas um fato. Vivi muito mais tempo que você. Lutei e matei feras muito maiores e mais poderosas do que você ou os dobradores de sombras que Kaden enviou.

– Eles não são "dobradores de sombras", e não precisa mais se preocupar com eles, já que matei o líder deles. Aquele era o último clã conhecido. O resto morreu há muito tempo, outra razão pela qual Kaden ficará chateado.

A perplexidade tomou conta de sua expressão.

– Kaden ficaria mais irritado por ter perdido seus aliados do que pelo fato de ter perdido sua consorte?

O canto dos meus lábios se contraiu.

– "Consorte"? Afinal, o que isso quer dizer?

– Vocês dois encontram prazer um com o outro. Foi o que você disse. No entanto, Kaden não se importa o suficiente com você para torná-la… – Liam fez uma pausa, franzindo a testa como se estivesse procurando a palavra. – Acredito que a palavra mortal é *esposa*.

Balancei a cabeça, as lembranças dos últimos anos me deixaram desconfortável. Se Kaden em algum momento se unisse com alguém, eu não fazia ideia de com quem seria. Ele nunca falava de amor ou demonstrava ter alguma experiência com a emoção. Parecia abaixo dele. Desde que o conheci, a única coisa que ele realmente desejava era poder.

– Nosso relacionamento não era assim. Kaden e eu não estamos conectados desse modo.

– Exatamente o meu ponto. Ele se preocupa mais com as alianças que tem do que com a própria consorte. O que não seria estranho, exceto pelo quanto a mantém próxima a ele.

– Se me chamar de consorte mais uma vez, vou incinerar este comboio com você dentro.

– É perfeitamente normal ter consortes. Eu tive muitas. Quase todos os deuses tinham, homens e mulheres, mas eles não importam. *Você* não importa.

Meu peito se contraiu. Eu sabia disso, e esse era um dos motivos entre muitos pelos quais eu estava ali.

– Deuses, é uma alegria estar perto de você.

– Não entendo o que quer dizer.

Levantei a mão.

– Não precisa me dizer o que eu significo ou não para Kaden, ok? Eu já sei.

Ele apenas deu de ombros enquanto se recostava, era puro poder e arrogância. A maioria das mulheres gostaria de subir nele como se fosse uma árvore naquela posição, mas eu estava imaginando esfaqueá-lo novamente.

– Não foi minha intenção ofendê-la, senhorita Martinez. Se quisermos trabalhar juntos, precisamos pelo menos ser honestos. Comunicarmo-nos, como você diz.

– Ah, então você me escuta.

– Seria quase impossível não escutar com o tom estridente da sua voz toda vez que você fala.

Balancei a cabeça, franzindo os lábios. Deuses, ele era um idiota, mas eu ignorei o comentário.

– Outra coisa. Me chame de Dianna. Não pode ir aonde estamos indo e me chamar de senhorita Martinez. Todos vão saber exatamente quem você é só pelas formalidades.

– Isso porque sua espécie não é educada?

Eu bufei.

– Minha espécie? Você é mesmo o idiota hipócrita e pretensioso que disseram que você seria. Entendo. Você é um garoto mimado que cresceu em um mundo mágico onde todo mundo literalmente adorava o seu rabo.

– Volátil. – Ele inclinou a cabeça para o lado. – É o que você é. Ouve uma afirmação com a qual não concorda e ataca. Sem mencionar que você é muito grosseira e rude.

– Como se você não fosse! – Devolvi. Eu já estava irritada, e estávamos apenas começando essa jornada.

– Eu fui educado. Dei abrigo à sua irmã enquanto você trabalhar para mim, embora você tenha me chantageado para formar o vínculo, ameaçando a vida de alguém com quem me importo. Então, por favor, *senhorita Martinez*. – Enfatizou as palavras de propósito, o que apenas fez meu sangue ferver. Ele se inclinou para a frente, cruzando as mãos diante de si. – Diga-me como fui rude.

– Tudo o que sai da sua boca é um insulto.

– E você não me insultou? Ou trouxe coisas à tona só para atirá-las na minha cara? Coisas que você nem consegue entender.

Comecei a responder, mas ele ergueu um dedo, me impedindo.

– Eu não terminei. Antes que ouse mencionar seu cativeiro ou os meios pelos quais tentei extrair informações vitais, devo lembrá-la, *você* atacou a mim e aos meus primeiro. Você tentou me matar. Também expliquei as consequências caso não dissesse a verdade, e você prosseguiu sem se importar.

Inclinei-me para a frente em meu assento e disse:

– Ah, não banque o mártir! Sua precios'A Mão não está por perto, e você não precisa manter as aparências aqui. Você teria me matado no segundo em que eu lhe desse o que você queria.

Observei o músculo em sua mandíbula se tensionar mais uma vez antes que ele desse um breve aceno de cabeça.

– Você está certa. Se tivesse me dado as informações de que eu precisava, eu não teria mais utilidade para você. Não se esqueça, senhorita Martinez. Você se tornou uma ameaça, uma muito semelhante àquelas que executei no passado.

Recostei-me na cadeira.

– É isso que planeja fazer comigo depois que isso acabar? Vai me executar?

Os cantos de sua boca se levantaram.

– Acho que é tarde demais para se preocupar com o que farei com você depois. Não concorda?

Engoli em seco ao perceber que era verdade. Não era uma surpresa. Eu havia considerado a possibilidade, e não havíamos discutido as letras miúdas quando fiz o acordo. Meu foco era garantir que Gabby permanecesse segura e viva. Talvez uma prisão piedosa não estivesse no meu futuro. Talvez ele realmente acabasse comigo. Desviei os olhos de seu olhar penetrante e observei as montanhas e as árvores passarem rapidamente.

– Mudei de ideia. Talvez não devêssemos conversar.

Ding.

– Deixe que eu falo.

Ding.

– Não deve ser um problema, já que é tudo o que você faz – comentou Liam.

Virei-me para encará-lo, mas ele apenas olhou para a frente, com as mãos cruzadas diante do corpo enquanto o elevador subia.

Ding.

– Estou falando sério. Se ela suspeitar de quem você é, duvido que ajude.

Ding.

– E por que isso?

– Não sei por quê, mas algumas pessoas têm medo de você. – Bati o pé, observando os números aumentarem cada vez mais.

– Bom. Isso prova que alguns de vocês são inteligentes – declarou Liam, olhando para mim de forma significativa.

– Você acabou de me chamar de estúpida? – retruquei no momento em que as portas do elevador se abriram. Balancei a cabeça e me virei em direção ao apartamento dela. Era uma suíte grande e iluminada, com piso de madeira. Janelas compunham a parede posterior, mostrando a cidade. Várias pinturas de pessoas em diferentes poses estavam penduradas e iluminadas como se estivessem em um estúdio.

Dei um passo à frente e gritei:

– Nym! – Avancei um pouco mais para dentro. – É Dianna. Espero que esteja decente.

– Ora, Dianna, decência é para velhas. – Ouvi o ruído de seus pés descalços quando ela dobrou a curva e parou. Seu cabelo curto e loiro balançou com a pausa abrupta. Seus olhos encontraram os meus, e depois ela olhou para Liam quando ele parou ao meu lado. – E você trouxe companhia. – Ela fechou o roupão branco transparente em torno de si, mas sem cobrir a lingerie cara por baixo.

– Estou interrompendo alguma coisa? – perguntei com um sorriso.

Ela acenou com a mão, ainda olhando para Liam.

– Ah, não. É cedo. Eu estava apenas fazendo café. Entrem. – Ela se virou, indo em direção ao corredor à direita e nos conduzindo para dentro.

– Essa é a informante de Kaden? – questionou Liam, parecendo descrente.

Dei de ombros.

– Kaden gosta de coisinhas bonitas que fazem tudo o que ele diz.

Ele se virou para mim, com sua carranca familiar no lugar.

– Não diga!

Arqueei uma sobrancelha para ele como se o desafiasse a continuar, mas ele apenas se virou e seguiu Nym.

Sacudi a cabeça e inspirei fundo, tentando acalmar meus nervos. Ao ir atrás deles, sussurrei para mim mesma: "*Isso vai funcionar*".

A sala estava repleta de móveis de design artístico que aparentavam ser terrivelmente desconfortáveis, mas pareciam fazer parte do estilo de Nym. Uma cozinha pequena ficava na extrema direita, e um quarto com a porta entreaberta estava atrás de mim. Nym estava na cozinha servindo café em xícaras que provavelmente custavam tanto quanto um bom carro.

– Então, Kaden arranjou um novo companheiro para você? – perguntou ela, colocando uma xícara na ilha central e voltando para o café.

Senti uma carga na sala quando Liam se irritou. Ele abriu a boca para falar alguma coisa, e eu o chutei com a lateral do pé. Ele olhou para o meu pé e depois para mim. Eu gesticulei com os lábios para ele calar a boca e deslizei minha mão pela minha garganta duas vezes. Suas narinas se dilataram, e deduzi que o ofendi com meu desrespeito. Discutimos silenciosamente até que Nym se virou com as outras duas xícaras de café. Nós a encaramos como se estivéssemos em perfeita sintonia, ambos exalando inocência e calma, como se não estivéssemos prestes a arrancar a cabeça um do outro.

– Sim. – Ele forçou um sorriso que mais parecia uma exibição agressiva dos dentes. – Devo ajudar Dianna.

Mesmo que tenha sido dito em um grunhido, o som do meu nome vindo dele fez minha respiração ficar presa. Um pouco chocada com a minha reação, considerei que era apenas alívio por ele estar entrando no jogo. Nym assentiu, ficando com as bochechas rosadas, enquanto empurrava as xícaras para mais perto de nós. Sentei-me na ilha, e Liam fez o mesmo, e o banco rangeu sob seu peso. Peguei minha xícara e bebi, e Liam fez uma careta para a dele e a afastou.

– Então, por que a visita-surpresa? – perguntou ela, tomando um gole de café e olhando para nós dois.

– Kaden me enviou – fiz uma pausa –, bem, enviou nós dois em outra missão *pelo mundo.* Mas precisamos passar despercebidos.

Ela assentiu enquanto colocava a xícara na mesa.

– Certo, certo. Então, do que precisam? Cartões? Passaportes? Roupas…?

– Tudo isso, na verdade.

– Consigo fazer isso. – Ela se inclinou para a frente, e o roupão escorregou pelo ombro quando colocou a mão sob o queixo. Eu sabia que a exibição sedutora não era para mim. – E aí, qual é a missão desta vez? O que andam dizendo é que ele mandou todos vocês procurarem por algum artefato antigo.

– Sim. Ainda estamos trabalhando nisso, mas Kaden me fez ir um pouco mais além.

Ela assentiu, levantando uma sobrancelha.

– Faz sentido. O Outro Mundo anda agitado nos últimos dias. Ouvi rumores sobre aquela terrível tempestade em Arariel. Alguns estão dizendo que trouxe de volta algo antigo.

Um arrepio percorreu minha espinha quando olhei para Liam pelo canto do olho. Ele não se mexeu nem um pouco, apenas ficou sentado ouvindo.

– Acho que foi apenas uma anomalia climática estranha.

– Sei lá. Tudo o que sei é que de repente todos estão buscando uma maneira de agradar Kaden e farão qualquer coisa por isso. Bem, exceto eu. Se puder, prefiro ficar de fora do que quer que aquele homem esteja fazendo. Farei minha parte e depois cuidarei de meus negócios.

– Falando nisso, sei que você ajudou a esconder um ex-membro do clã de Santiago. Preciso da localização de Sophie.

Ela sorriu, levantando ligeiramente a xícara.

– O que você quiser. Eu odiaria enfrentar a ira de Kaden por recusar alguma coisa a você.

– Muito obrigada. – Sorri, mas meu estômago afundou com as palavras. Eu sabia que definitivamente estava mal com Kaden. A única coisa que tirei dessa conversa foi que a notícia da morte de Alistair não havia se espalhado.

– Preciso fazer alguns telefonemas, mas os passaportes não devem demorar mais que uma hora.

Senti Liam se irritar ao meu lado, mas ele permaneceu calado. Eu sabia que ele não queria prolongar essa pequena viagem comigo mais do que o necessário, mas precisávamos dessas novas identidades se quiséssemos que o plano funcionasse.

Nym se afastou da ilha e foi até o quarto. Liam olhou para mim, irritado por ter que esperar pelo menos uma hora.

– Então, como anda Kaden? – falou Nym por cima do ombro ao entrar no quarto. – Sabe, não o vejo há meses. Tobias esteve aqui durante o Desfile do Omael Metropolitan há duas semanas, mas apenas para me pagar pelo meu último pequeno serviço. Ele parecia muito tenso. Bem, mais do que o normal.

Virei de lado na banqueta para responder a ela.

– Sim, é a cara dele. E Kaden é Kaden.

Nym voltou, segurando uma bolsa preta brilhante e seu telefone.

– Bem, pelo menos você tem músculos decentes para olhar nesta longa viagem – comentou ela, sorrindo para Liam quando parou na minha frente.

Fiz um esforço para controlar minhas expressões faciais. Não queria que ela me visse estremecer com seu comentário. Ela piscou para Liam antes de me entregar a bolsa.

– Há um punhado de cartões de crédito não rastreáveis e alguns telefones descartáveis, porque sei como você perde as coisas com facilidade. Os passaportes vão levar pelo menos uma hora se eu quiser falsificá-los direito. Tenho roupas para pelo menos uma semana para você, mas ele… – Ela parou e olhou-o de cima a baixo novamente como se quisesse lambê-lo. – Para sua sorte, estamos em Omael. Posso conseguir o que quiser aqui, mas sua altura vai me fazer levar pelo menos mais uma hora. Só preciso fazer uma ligação rápida para um dos meus rapazes e, então, começo.

Enquanto ela se afastava, digitando no telefone, as luzes piscaram. Olhei para Liam e apontei para as luzes.

– Pare com isso! – sibilei baixinho.

As narinas de Liam se inflaram, os músculos de sua mandíbula se flexionaram.

– Outra hora? – rosnou ele, baixo demais para Nym ouvir enquanto ela saía de vista.

Ergui minhas mãos e fingi que estava esganando-o. Ele bufou desdenhosamente, e seus olhos me desafiaram a pôr as mãos nele. Nós nos entreolhamos, e outra batalha de vontades ocorria entre nós. Uma lâmpada estourou, fazendo chover cacos de vidro no chão quando Nym voltou com um vestido jogado por cima do ombro. Liam e eu ficamos sentados lado a lado, sorrindo como se eu não tivesse acabado de ameaçar estrangulá-lo.

Nym deu um salto e riu, olhando para a luminária antes de encolher os ombros.

– Eu juro, pago muito caro por este lugar, e, quando não é um vazamento aleatório, são as malditas luzes.

Não a corrigi, deixei-a acreditar que era uma ocorrência elétrica aleatória, e não o deus mal-humorado sentado ao meu lado.

– Ok, tenho alguém a caminho para pegar passaportes.

– Bom saber. Obrigada mais uma vez, Nym – falei. Eu estava sorrindo mais do que a notícia justificava, mas queria dar a ilusão de que tudo estava perfeitamente bem.

– Não é problema algum. – Nym colocou o telefone no balcão e voltou sua atenção para Liam. – Então, seu sotaque. Nunca ouvi antes e já estive daqui até Naaririel. De onde você é, lindo?

Observei a mandíbula dele se apertar brevemente, e, em seguida, suas feições se suavizaram. Ele relaxou enquanto olhava para ela, e minha preocupação de que estragasse nosso estratagema diminuiu. Ele sorriu, e minha respiração ficou presa com sua beleza devastadora.

– De longe – respondeu Liam, com um eufemismo do caralho.

Tínhamos deixado a casa de Nym, depois que ela nos forneceu o suficiente para nossa pequena aventura, havia mais de seis horas. Fiquei especialmente contente com o sedã de janelas escuras que ela nos emprestou para a viagem.

Bocejei e esfreguei os olhos. Por que eu estava tão cansada? Provavelmente era devido ao estresse que passei nas últimas semanas.

– Essa é a quinta vez que você bocejou na última hora.

Sentei-me mais ereta ao ouvir as palavras de Liam e lancei um olhar para ele. Seus olhos, como sempre, estavam abrindo buracos em mim. Concentrei-me na estrada.

– Está contando, é? Meus bocejos o incomodam, meu rei?

– Não me chame assim – retrucou ele.

– Por que não? Você não é dono do universo ou algo assim? – zombei.

– Porque você não fala isso por respeito. – Vi a mão de Liam apertar seu joelho. – Você só diz isso para me incomodar.

– Ah, vejam só – fingi um sorriso em sua direção –, ele está aprendendo.

Liam não respondeu, mas sua energia fluía em ondas no pequeno espaço do carro. Recusei-me teimosamente a admitir para ele que estava cansada. Depois de tomar o café na casa de Nym, era de se esperar que eu estivesse mais alerta.

Avancei mais fundo na floresta, e os fachos de luz dos faróis saltaram quando atingimos outra pequena elevação. Árvores grossas ladeavam a estrada de cascalho, suas lindas cores eram embotadas pela escuridão. Adonael era uma cidadezinha situada próxima a uma floresta que constantemente ameaçava tomá-la de volta. Quando os fragmentos de Rashearim caíram e penetraram profundamente no planeta, carregaram minerais que deixaram a natureza muito mais forte. Era uma das poucas coisas boas que vieram da experiência.

A pequena cabana de madeira era isolada, mas Nym sabia onde Sophie morava, porque foi ela quem a ajudou a ficar fora do radar. Sophie tinha sido expulsa do clã de Santiago anos antes por um pequeno problema que o colocou no radar dos celestiais. Desde sua excomunhão, ela fazia leituras e feitiços para mortais desavisados. Acho que ela queria a cabana tão afastada por motivos estéticos. Ela era excêntrica, para dizer o mínimo.

Dirigi pela entrada ligeiramente curva e estacionei. A luz ao lado da porta iluminava uma pequena varanda que contornava a cabana. Vários vasos de plantas pendurados nas vigas e um pequeno banco coberto com almofadas davam um toque acolhedor.

Vi a silhueta pela janela quando ela se levantou, saiu da sala e sumiu de vista. Bom, pelo menos ela estava em casa. Abri a porta e saí, minhas botas esmagaram as pedrinhas. Latidos e uivos preenchiam a noite, outro lembrete de que a cabana estava localizada nas profundezas da floresta de Adonael.

— Essa é a casa de sua amiga?

Dei de ombros quando Liam apareceu na frente do carro. Ele estudou a casa como se estivesse memorizando cada porta, janela e centímetro quadrado.

— "Amiga" é um exagero — respondi e caminhei em direção à varanda, com Liam às minhas costas. — Deixe que eu falo, ok? Duvido que ela saiba alguma coisa sobre eu ter largado Kaden, então vamos fingir que ainda estou trabalhando para ele e que você é apenas meu brutamontes grandão e irritante, como Nym descreveu.

Ele suspirou, e a luz da varanda piscou quando bati de leve na porta.

— Pare com isso! Mantenha a calma. Apenas não fale nem se mexa muito, certo?

A porta se abriu, e Sophie congelou, com seu cabelo castanho balançando atrás dela. Sua boca ficou frouxa e seus olhos se arregalaram quando ela olhou primeiro para mim e depois para Liam.

— Oi, Sophie, faz tempo que não nos vemos.

Os olhos dela pareciam pires e estavam focados em Liam. Ela congelou no lugar, e eu estalei os dedos na frente de seu rosto.

— Sophie! — Abaixei as mãos e sorri. — Querida, você está babando.

Ela sacudiu a cabeça como se estivesse saindo de um transe, mas eu sabia que era algo diferente de atração, mesmo quando ela deu pequeno sorriso. Era medo puro e simples. Eu conseguia sentir o cheiro.

— Dianna. Faz tanto tempo. O que traz você à cidade? — Sophie recuou, abrindo mais a porta, e entramos. Ela estava apreensiva, mas isso não era incomum. Se ainda achava que eu trabalhava para Kaden, presumiria que eu estava ali para cobrar a dívida. Acrescentando o homem ao meu lado, tenho certeza de que ela pensou que era uma dívida a ser paga com sangue.

Entramos um pouco mais, e Sophie fechou a porta atrás de nós. A cabana tinha comodidades modernas, mas parecia o que se esperaria de uma cabana no meio do nada, de propriedade de uma bruxa. Não tinha divisões entre os cômodos, e da entrada conseguíamos ver a pequena área de jantar na cozinha e as escadas que levavam ao segundo andar. A lareira da sala estava escura, mas os grossos tapetes de pele acrescentavam calor. O esquema de cores marrom e bege dava à cabana um ar aconchegante, ignorando-se todas as cabeças de animais montadas nas paredes e os potes transparentes cheios de sabe-se lá o quê.

Ela caminhou em direção à lareira e levantou a mão. Uma pequena faísca de energia verde voou de sua palma, e as toras pegaram fogo. Sophie era bonita, especialmente considerando que ela estava perto dos 400 anos. Os olhos de Liam seguiram seus movimentos, mas eu não sabia se ele estava olhando para a bunda dela nas calças justas de elastano que ela usava ou se havia algo em seu pequeno truque de mágica que chamou a atenção dele.

– Olha, eu não tenho muito tempo. Preciso de sua ajuda.

Isso chamou a atenção de Sophie, e ela se virou para mim.

– Ah, precisa? Achei que todos vocês tivessem esquecido de mim depois do meu pequeno acidente.

Eu bufei.

– "Acidente"!? Você tentou trair Santiago, e ele descobriu. Tem sorte de Kaden não ter atirado você no buraco.

Ela estremeceu com a menção e puxou as mangas da blusa branca.

– Então, você não está aqui para arrancar minha cabeça ou algo do tipo?

– Não. Preciso que você fique com ela e me ajude a encontrar um artefato antigo.

– Aquele que Kaden está procurando? – Seus ombros pareciam tensos.

Inclinei levemente a cabeça para o lado.

– E como você sabe disso, estando excomungada e tudo mais?

– As criaturas do Outro Mundo falam, Dianna. Você, de todas as pessoas, deveria saber disso.

– O quanto elas falaram recentemente? – A apreensão tomou conta de mim, e lutei para esconder meu desconforto. Vaguei pela sala, passando os dedos pelos potes alinhados em uma prateleira. Eles dividiam o espaço com diversas samambaias, e poeira se acumulava nos potes que ela raramente usava. Alguns continham penas, e um deles tinha um pé estranho de só os deuses sabiam o quê. Havia um pote com globos oculares que provavelmente pertenceram a mortais e outro cheio de insetos. Peguei o pote com os insetos e sacudi de leve.

– Por quê? Tem algo que quer esconder? – Ela olhou para Liam, e seu olhar percorreu o corpo dele. Graças aos deuses, ele permaneceu em silêncio. – Um novo namorado, talvez?

– Não – respondi, enojada. – Ele está aqui para o caso de você decidir que não quer colaborar. Então, vamos fazer picadinho de você.

Ela olhou para Liam e de volta para mim, claramente pensando em como ele poderia desmembrá-la.

– Eu passo. Então, como eu conseguiria encontrar esse artefato se a mulher que é braço direito de Kaden não consegue?

Bom. Se Sophie pensava que eu ainda trabalhava para Kaden, isso queria dizer que ela não sabia sobre Alistair.

– Você não tem um feitiço ou algo que possa fazer? Quero dizer, é antigo e provavelmente amaldiçoado, então, sabe, é bem a sua praia.

Ela assentiu uma vez e suspirou.

– Posso ter um ou dois feitiços que roubei do grimório de Santiago.

Pisquei, colocando o pote cheio de insetos de volta na prateleira atrás de mim.

– Sabia que poderia contar com você, Soph.

– Certo, deixe-me subir e pegar alguns suprimentos. Eu volto já. – Ela olhou para mim e depois para os potes atrás de mim. – E, por favor, não toque em nada.

Eu sorri para ela.

– Eu prometo.

Ela lançou mais um olhar para Liam antes de subir as escadas. Quando desapareceu na curva, aproximei-me de Liam e sussurrei:

– Bom trabalho. Na verdade, estou impressionada. Você não disse uma palavra. – Ele não se virou nem olhou em minha direção e não demonstrou irritação com meu comentário, o que foi estranho. Seu olhar permaneceu fixo na escada, como se pudesse ver através das paredes. – Qual é a desses olhares que vocês dois ficam trocando?

Ele não respondeu, e seu olhar nunca vacilou.

– Quer algum tempo sozinho com ela? Se ela encontrar o livro, posso correr e pegá-lo. Vocês dois já devem ter terminado quando eu voltar, e isso pode realmente ajudar você a deixar de ser esse grande cuz...

– Sua amiga está mentindo para você – afirmou ele, com tanta certeza, que fiquei surpresa.

– O quê?

Ele se virou para mim com uma expressão de confusão no rosto.

– Como não consegue enxergar? A inquietação, o ritmo e a falta de contato visual. Mesmo que não fosse esse o caso, o cheiro dela mudou no segundo em que entramos.

– Sim, mas porque ela está suando por sua causa, senhor alto, sombrio e irritante. Sophie não é esperta o suficiente para trair ninguém. E, mesmo que o fizesse, a quem recorreria? Kaden é dono do maior clã, e Santiago a odeia. Ela não tem ninguém.

Ele sustentou meu olhar e inclinou a cabeça para o lado.

– Você também não, e veja onde estamos.

Meu sorriso vacilou quando o desconforto torceu meu estômago.

– Vou dar uma olhada nela, ter certeza de que está mesmo pegando coisas para o feitiço.

Ele foi na frente, e levantei a mão, pressionando-a contra seu peito. Não pude evitar flexionar meus dedos contra todos aqueles músculos quentes e sólidos.

– Espere aqui, só por precaução.

Ele olhou para minha mão e depois para mim.

– Estou ficando cansado de você me instruir sobre o que devo ou não fazer. Eu sou o rei deste reino e de todos os reinos intermediários. Você não me *comanda*. Retire sua mão.

Eu retirei, colocando-a no meu quadril.

– Sim, um rei em outro mundo, mas não neste. Apenas espere. Por favor.

Seus olhos examinaram os meus, suas narinas dilataram-se uma vez.

– Cinco minutos.

– O quê?

– Quatro.

Aí eu entendi.

– Ah, ainda não se passou um minuto – falei, antes de subir as escadas o mais silenciosamente possível.

O corredor era mal-iluminado e pequeno. Havia fotos penduradas nas paredes, mas não eram de Sophie ou de suas amigas. Eram pinturas impessoais de flores e paisagens, do tipo que se veria em um hotel. Aquilo era estranho. Eu conhecia Sophie bem o suficiente para saber que ela adorava olhar para si mesma.

Levantei uma moldura e notei um recibo colado atrás. Que porra é essa? Ela comprou hoje? Abaixei a foto e continuei pelo corredor. Passei por uma pequena mesa com uma variedade de bugigangas em cima. Havia três portas naquele corredor, duas das quais estavam fechadas. A terceira, bem no final, estava entreaberta, e sombras dançavam no quarto mal-iluminado.

– Eu falei que ela viria. – A voz de Sophie era um sussurro, mas me fez parar no meio do caminho. Eu me pressionei contra a parede e me aproximei.

– Se ela trouxe o Destruidor de Mundos com ela, ele não virá – respondeu uma voz masculina profunda.

Espiei lá dentro e vi Sophie parada ao lado de um grande armário, com as mãos cruzadas diante do corpo enquanto implorava a alguém no espelho. O espelho não continha nenhum reflexo, apenas uma cintilância escura e turva. Eu não conseguia ver ou entender com quem ela estava falando, mas podia sentir a energia dele enchendo a sala. Tinha que ser um dos homens de Kaden.

– Escute, ainda posso trazê-la.

– Tomara – respondeu ele, e o espelho brilhou antes de voltar ao normal.

– Bem, uma vez traidora, sempre traidora – falei, abrindo a porta e entrando no quarto dela.

Sophie pulou e girou. Ela encontrou meu olhar enquanto se pressionava contra a cômoda atrás de si. Vi seus braços se moverem e balancei a cabeça.

– Você não tem nada aqui que possa me matar. Sabe disso, certo?

Ela engoliu em seco.

– Você não entende.

– O que eu não entendo? A criatura assustadora com quem você estava conversando no espelho ou que não está tão excomungada quanto eu pensava? Ou talvez Kaden tenha mentido para mim sobre muitas coisas. – A última parte me deixou furiosa. – Quanto ele lhe ofereceu pela minha cabeça?

– Por que isso importa? Você faria o mesmo.

Ela ergueu a mão, e a porta atrás de mim se fechou batendo. Olhei por cima do ombro, sabendo que o som alertaria Liam. Quando me virei, Sophie estava com uma pequena besta nas mãos.

— O plano era perfeito. Nym me mandou uma mensagem explicando tudo. Vou levá-la de volta para Kaden. Assim que ele terminar com você, estarei de volta ao clã, e Nym se sentará ao lado de Kaden.

Antes que eu tivesse tempo de reagir, ela puxou o gatilho. Em vez de uma única flecha voando em minha direção, vários pequenos projéteis em forma de agulha correram pelo ar. Eles me atingiram bem no peito, derrubando-me de costas.

Apoiei-me nos cotovelos, e meus caninos desceram. Eu ia despedaçá-la. Ela parou aos meus pés, e um sorriso quase partia seu rosto ao meio.

— Isso não vai me matar, sua idiota — rosnei, encarando-a.

Ela colocou a mão no quadril, abaixando a besta.

— Claro que não. Mas aquele café que você bebeu na casa de Nym tinha algo a mais. Tenho certeza de que você está sentindo os efeitos. As flechas carregam o mesmo veneno. Acho que vou gostar de ser rica e mal posso esperar para voltar ao clã. Governarei ao lado de Kaden enquanto Onuna arde em chamas.

A força se esvaiu dos meus braços, e caí de volta no chão. Veneno? Elas me envenenaram! Nym me traiu. Olhei para as agulhas saindo do meu peito e tentei alcançá-las. Mas meu braço estava pesado demais, e minha mão caiu ao lado do meu corpo antes que eu pudesse tocá-las. Tossi, minha garganta começou a doer enquanto a escuridão brincava nos limites da minha visão.

— Confie em mim — minha voz estava embargada e fraca —, esse não é um lugar que você quer.

— Diz aquela que tem todo o poder. Você não entenderia. Você sempre foi a favorita de Kaden. — Ela pressionou o pé contra as agulhas, forçando-as mais fundo em meu corpo. Cerrei os dentes, lutando contra a dor. — Agora vou esconder você no armário e descer para distrair o Destruidor de Mundos até que meu reforço chegue.

Uma onda de tontura nauseante tomou conta de mim, e eu sabia que não ficaria consciente por muito mais tempo. Sophie se inclinou, observando-me com um sorriso presunçoso enquanto acenava.

— Bons sonhos, vadia.

Naquele momento, a porta explodiu com um estrondo alto, o chão tremeu quando cacos de madeira irromperam no quarto. Os olhos de Sophie se arregalaram, e ela ergueu a besta, mirando-a acima de mim. Ela não teve tempo de puxar o gatilho antes que uma força invisível a atirasse pelos ares. Liam passou por cima de mim enquanto o quarto entrava e saía de foco. Um barulho cortou o ar, seguido por um baque sólido.

O mundo ficou preto, mas um puxão e uma dor aguda e penetrante no peito me trouxeram de volta à realidade. Eu oscilava, perdendo e voltando à consciência, a irritação de Liam era um conforto familiar em um mar de agonia.

Puxão.

– Mulher enfurecedora...

Puxão.

– ... desobediente...

Puxão.

– ... irritante...

Quando a última agulha saiu do meu peito, senti como se estivesse flutuando. Eu estava embalada em uma superfície rígida e quente, meus braços e pernas estavam caídos, moles. Minha visão ficou embaçada, os efeitos do veneno me dominavam. A última coisa que vi foi a cabeça de Sophie perto dos pés da cama, e seus olhos mortos imóveis e fixos.

XXIII
Dianna

— *Recompensa por sua cabeça.*
— *Deixe-me ir.*
— *Nunca.*
— *Kaden quer sua cadela de volta.*
— *Um assento ao lado de Kaden.*

Meus olhos se recusaram a se abrir mesmo quando levantei e me sentei. Uma onda de náusea me inundou, e botei para fora o conteúdo do meu estômago. Senti alguém me segurando e mãos agarrando minha nuca. Enquanto meu corpo tentava cair, braços fortes me sustentavam. Algo quente passou pelos meus lábios e pela lateral do meu rosto antes de eu ser gentilmente deitada. Tudo doía, e, mesmo com os olhos fechados, o mundo girava.

Um líquido espesso e doce encheu minha garganta, um frescor agradável afastou a dor, e eu adormeci mais uma vez. Não havia mais dor de estômago nem tontura, apenas a escuridão se infiltrando e me envolvendo mais uma vez.

Meus olhos se abriram, e eu congelei.
— Estou morta. Tenho certeza.

Uma enorme porta dourada ladeada por enormes tochas idênticas estava diante de mim. As chamas tremeluziam e dançavam muito mais altas do que quaisquer outras que eu já tivesse visto. Esculturas antigas estavam gravadas na superfície da porta, retratando uma batalha com a qual eu não estava familiarizada. Atrás daquela porta, deveria ocorrer o julgamento final antes de eu ser enviada para Iassulyn.

Olhei para baixo e vi que ainda usava a regata branca, jeans escuros e saltos altos. Puxei minha camiseta e espiei meu peito, mas não vi nenhum vestígio do ataque de Sophie. Esquisito. Bem, se eu estava morta, pelo menos estaria confortável e estilosa enquanto assombrava as pessoas.

Espere, e Gabby? Eu me virei, tentando encontrar uma saída. Eu precisava voltar para Gabby. Ela ficaria sozinha e, com certeza, furiosa se eu morresse. E se Liam não cumprisse a sua parte do acordo, já que não tínhamos encontrado o livro?

Parei, distraída pelos entalhes nas paredes. Combinavam com a porta, e havia tantas cenas. Alguns eram representações de batalhas, enquanto outros eram de pessoas realizando tarefas cotidianas. Tochas alinhavam-se no corredor até onde eu conseguia ver, longas cortinas de seda carmesim oscilavam ao vento. A área estava escura, exceto pelo brilho fraco das chamas.

– Olá? – gritei, girando em um círculo. – Tem alguém em casa? Eu peço um julgamento final ou estamos todos cientes de que eu não deveria estar aqui? É uma piada com a minha cara. Já entendi. Apareçam!

Para minha surpresa, ninguém respondeu. Era de se pensar que um lugar grande como esse estaria cheio de gente.

Frustrada, eu estava prestes a gritar obscenidades para ver se isso provocava alguma reação quando ouvi passos se aproximando vindos do corredor. Parecia apenas uma pessoa e estava chegando rápido.

Ótimo, bom trabalho, Dianna. Você provavelmente irritou uma fera ancestral. Recuei, procurando um lugar para me esconder. Quem ou o que estivesse vindo estava com pressa.

Continuei andando para trás, com medo de virar as costas, minhas mãos procuraram a parede atrás de mim. Dei um último passo e pisquei. Quando abri os olhos, uma parede com entalhes profundos tomava minha visão.

Acabei de atravessar uma parede? O que está acontecendo?

Eu girei, e minha respiração ficou presa enquanto observava o amplo salão. Dei um passo e depois outro, e meus sapatos não ecoavam no chão de pedra reluzente. A ausência de som era ensurdecedora. Parei no meio do salão para observar tudo, e meu olhar fixou-se primeiro nas colunas douradas altas nos cantos. Um tecido transparente pendia das enormes janelas esculpidas e dançava como se estivesse sendo soprado por uma suave corrente de ar. Inclinei a cabeça para trás e girei em um pequeno círculo, olhando boquiaberta para o céu noturno.

Ai, merda.

Eu definitivamente não estava mais no plano mortal. A galáxia que vi através do telhado meio quebrado era feita de estrelas e planetas que não pertenciam ao meu mundo. Elas iluminavam o céu frio, as cores variavam do vermelho ao roxo, com uma mistura de azuis. Meteoros percorriam os espaços vazios, enquanto as nebulosas giravam. Era a coisa mais linda que eu já tinha visto. Nenhuma pintura ou imagem poderia se comparar.

Grunhidos e gemidos me tiraram da admiração da vista extraordinária, e percebi que não estava em algum mausoléu chique, mas no quarto de alguém. Que idiota teria uma sala com teto aberto exibindo a porra da galáxia?

Mais um farfalhar soou, e me esgueirei na direção do som. Uma cama de dossel emergiu da escuridão, com um tecido enrolado em torno dos postes em espiral em cada ponta. Meus olhos se fixaram no casal, e parei, com medo de tornar minha presença conhecida. Observei enquanto pernas macias e femininas eram jogadas sobre ombros musculosos e masculinos, os tornozelos dela se enlaçavam atrás da cabeça dele. Ele a penetrou, provocando um coro de gritos e gemidos em tons femininos e masculinos.

Unhas arranharam as costas musculosas, deixando pequenas marcas rosadas em seu rastro. Ele sibilou e puxou as mãos dela, segurando-as pelo pulso acima de sua cabeça. O desejo queimou e se enrolou em mim, enquanto eu observava aquele corpo poderoso se mover contra o dela. Ela gritou um nome, e o calor acumulado em meu ventre se extinguiu como se alguém tivesse jogado um balde de água fria em mim.

Eu deveria ter notado antes, dadas as brilhantes tatuagens prateadas que marcavam todo o seu corpo, mas nunca o tinha visto nu. Eu sabia que essa cena ficaria para sempre gravada em minhas memórias. A constatação veio acompanhada de uma pontada de decepção.

Maldito Liam.

– Por favor, não pare – gemeu a mulher.

Uma resposta áspera se seguiu, me fazendo querer vomitar.

Eu morri, e esse é o meu castigo. Isso é pior do que Iassulyn. Joguei as mãos para o alto e desviei o olhar do movimento erótico dos quadris dele. Eu não sabia como tinha acabado nas memórias de Liam. Era impossível, a menos que…

Fiz uma pausa quando percebi o que estava acontecendo. Eu estava em um maldito sonho de sangue! Levei as mãos ao rosto, cobrindo meus olhos, enquanto sacudia a cabeça.

– Não, não, não, não…

Abaixei as mãos, olhando para a palma onde a havia cortado. Uma cicatriz pequena e fina corria paralela às linhas, e eu sabia que Liam tinha uma correspondente depois daquele estúpido acordo de sangue. Mas, se essa fosse a causa, eu teria sonhado antes, em especial, porque havia cochilado no comboio. A menos que ele tivesse me alimentado. Meu peito se apertou. Estive tão perto da morte, que ele temeu que eu morresse? Ele tinha me alimentado para me manter viva?

– Seu idiota! – Chutei a cama onde ele e quem quer que fosse aquela mulher misteriosa estavam atualmente trocando de posição. – Por que faria isso? – falei, e as palavras saíram sufocadas.

Era uma desvantagem de ser o que eu era. Se eu bebesse demais ou *comesse* alguém, fragmentos de suas memórias se infiltrariam nas minhas. Eu não conseguia controlar os sonhos de sangue e odiava as imagens e emoções que os acompanhavam. Era por isso, entre outros motivos, que tentava não consumir sangue. Felizmente, os sonhos raramente duravam muito e, com os sons vindos da cama, eu tinha certeza de que terminaria logo.

Olhei em volta, perguntando-me por que aquela memória era importante para ele. Eu entendia que ele era um cara, mas em geral as memórias que eu via em sonhos de sangue tinham afetado profundamente a pessoa. Normalmente, o que eu via eram atos ou sentimentos de tamanho impacto emocional que se tornavam parte daquilo que fazia do indivíduo quem ele era. Talvez tenha sido por causa dessa mulher misteriosa. Ela era um amor há muito perdido, um caso ou talvez uma ex-esposa? Liam não carregava a marca do Ritual de Dhihsin nas mãos, apenas aqueles anéis de prata, portanto eu sabia que ele não tinha uma parceira.

Senti meu peito se apertar ao pensar em Liam com uma companheira, mas, antes que eu pudesse processar a emoção, as grandes portas atrás de mim se abriram, e um homem alto entrou no quarto. Eu conhecia esse homem. Seu longo cabelo trançado estava decorado com joias brilhantes. Eu tinha me acostumado com as linhas azuis que corriam ao longo de seus braços e pescoço, acumulando-se como chamas índigo em seus olhos. Cada membro d'A Mão tinha aquele mesmo brilho. Logan usava o que me parecia uma mistura de túnica e armadura de batalha, com um lado do peito exposto.

– Samkiel! Minhas desculpas, mas seu pai se aproxima rapidamente – informou Logan, fechando a porta e passando por mim como se eu fosse um fantasma. Ele jogou de lado as cortinas transparentes ao redor da cama, enquanto a mulher arquejava, surpresa pela intrusão.

Desviei meu olhar de Liam quando absorvi as palavras de Logan. O pai de Liam estava indo para lá. Eu sabia que estava em um sonho de sangue, mas a ideia de vê-lo me encheu de desconforto. Kaden nos contou histórias sobre quão poderosos e cruéis os deuses eram. Um toque poderia transformar um ser em pó, e sua raiva era capaz de fazer as próprias estrelas estremecerem. Suas armas continham mais poder que o Sol, e eles ficavam mais do que satisfeitos em apontá-las contra nós.

– Era para você distraí-lo, Nephry – reclamou Liam, com a voz rouca. Então, o nome verdadeiro de Logan era Nephry.

Liam saiu da cama, enrolando um lençol em volta dos quadris, mas não antes de Logan e eu termos uma boa visão de todos os seus atributos. Por que não fiquei surpresa por ele também não estar em falta nesse departamento? Por que não podia ser pequeno em vez de praticamente ser uma terceira perna?

Estudei-o abertamente, decidindo que aproveitaria a oportunidade para olhar o quanto quisesse. Ele era lindo, afinal de contas. O Liam do sonho de sangue era diferente. Não era o Liam que eu conhecia. Ele parecia mais feliz e menos irritado, mas ainda com aquela atitude arrogante. O Liam de Rashearim era mais jovem e intocado, com uma aura que fedia a arrogância.

Diferente de quando o conheci, apenas a sombra de uma barba cobria a linha perfeita do queixo de Liam, sem nenhum sinal daquela barba horrível com a qual ele havia chegado. Seu cabelo escuro caía em ondas pesadas sobre seus ombros enormes. Saúde, juventude e vitalidade emanavam dele. Seus olhos queimavam como mercúrio derretido, e, cada vez que ele se movia, o brilho prateado parecia banhar sua pele. Era como se seu poder estivesse procurando uma saída. Entendi então por que conseguia senti-lo sempre que ele estava por perto. Ele não era apenas poderoso. Ele era poder.

Liam deu um passo em direção a Logan, mas seu olhar estava focado na porta.

– Quanto tempo antes que ele chegue?

Talvez fosse porque eu não fazia sexo havia um mês, mas Liam nu era uma porra de uma obra de arte. Jamais diria isso a ele, mas vê-lo seminu me deu água na boca, meus mamilos ficaram duros, e meu ventre se contraiu. Eu não podia negar minhas respostas físicas a ele, mas isso não mudava nada. Ele ainda era um imbecil.

– Fiz o máximo que pude. Até fiz as ninfas tocarem uma musiquinha – explicou Logan, acenando em direção à porta fechada atrás dele.

Liam deu um tapinha no ombro do amigo enquanto passava por ele em direção à mesa. Derramou algo em uma taça dourada.

– Perdi outra coroação, então, sem dúvida, ele está mal-humorado.

– Outra coroação, Samkiel? – perguntou a mulher, sua voz ainda rouca de prazer. Ela colocou as pernas para fora da cama e se levantou. A luz suave dourava sua pele pálida, e ela quase brilhava com uma beleza feminina. Seus lindos longos cabelos loiros balançavam sobre seus ombros conforme ela se movia, os cachos que caíam para a frente mal escondiam o volume suave de seus seios. Eu tinha testemunhado a brincadeira selvagem deles, mas nenhum fio radiante estava fora do lugar.

Levantei as mãos e falei em voz alta:

– Estão de sacanagem. Todos aqui são perfeitos?

A situação apenas piorou quando ela se virou e caminhou com graça elegante até uma cadeira, pegando um longo vestido bordado. Cada um de seus gestos era poesia em movimento, a luz suave fluía através do teto quebrado, acariciando suas curvas femininas e magras. As linhas coloridas brilhantes que traçavam sua forma delicada combinavam com as de Logan. Fiquei surpresa por ela ser uma celestial, porque ela era tudo que uma deusa deveria ser, deslumbrante da cabeça aos pés.

– Olá, Imogen. Arrebatadora como sempre – cumprimentou Logan, piscando para ela.

– Sem mais arrebatamento para mim, obrigada. Samkiel já cuidou disso muito bem. – Ela sorriu, fechando o vestido nas costas.

– Tenho certeza que sim. – Logan sorriu, olhando para o amigo.

Liam deu de ombros em meio ao gole, seus olhos cheios de presunçosa satisfação masculina. Ele terminou sua bebida antes de dar um sorriso devastador para Imogen.

– Você me culpa?

Ai, deuses. Eu ia vomitar se tivesse que ver Liam flertar.

Antes que eu tivesse a chance de encontrar uma saída ou me forçar a acordar, o ar da sala mudou. Logan e Imogen se endireitaram, e a expressão de Liam ficou sombria. Senti o poder se aproximando mesmo durante o sonho de sangue e lutei contra a vontade de fugir. Ouvi o que parecia ser um pequeno exército se aproximando quando Logan foi ficar ao lado de Imogen.

A porta se abriu, e vários guardas entraram. Espalharam-se, encostados nas paredes em bolsões de sombras. Um homem, muito mais alto que Liam, mas de constituição quase idêntica, entrou. Seu cabelo tinha quase o mesmo comprimento que o de Liam, mas, em vez de cair em ondas, estava enrolado em uma massa de cachos longos e grossos que caíam às costas. Alguns fios estavam torcidos com anéis dourados que brilhavam contra a luz das estrelas que entrava. O brilho das joias incrustadas fazia um belo contraste com sua rica pele marrom. Uma barba escura cobria sua mandíbula, aumentando sua força em vez de escondê-la. Então eu soube de quem Liam puxou sua beleza devastadora.

Ele segurava uma longa lança dourada na mão direita, a haste brilhava, e uma luz dourada pulsava perto da ponta da lâmina. O bastão estava gravado com o que reconheci como o idioma dos deuses, as mesmas letras rúnicas gravadas profundamente em sua armadura de batalha. Elas circulavam o leão de três cabeças em seu peitoral e pulsavam douradas em cada peça de metal que ele usava, incluindo a saia que tocava o topo de suas botas de couro.

O poder que ele emanava me lembrava o de Liam, exceto que o dele parecia ocupar toda a sala. Mesmo no sonho, com os sentidos entorpecidos, eu conseguia sentir. Era como se eu tivesse aberto a porta para ser saudada pelo Sol.

Recuei, sentindo os pelos dos meus braços se arrepiarem. O Ig'Morruthen em mim esperneava e se enrolava, sentindo o perigo e lutando para escapar. Todos os meus instintos sabiam que ele era uma ameaça, e eu sabia quem ele era.

O deus Unir.

Imogen e Logan se ajoelharam inclinando a cabeça quando ele entrou.

– Pai – falou Liam, brevemente, encontrando o olhar de Unir.

– Onde você estava? – perguntou Unir, e suas palavras fizeram o quarto vibrar.

– Se está aqui, não precisa perguntar – retrucou Liam com frieza.

Ele deu uma olhada ao redor do quarto, gesticulando para que Logan e Imogen se levantassem.

– Deixem-nos.

Imogen olhou mais uma vez para Liam antes que uma luz azul vibrante envolvesse os dois. Meu olhar os seguiu quando eles dispararam pelo teto aberto em direção ao céu. Meu coração se contorceu ao me lembrar de como Zekiel fez o mesmo em sua morte. Respirei fundo e voltei meus olhos para a troca de olhares que estava acontecendo entre pai e filho.

– Isso quer dizer todos vocês! – berrou Unir, batendo a lança contra o chão de pedra.

O quarto tremeu, o poder dentro dele se expandiu. Recuei, com meus instintos gritando para que eu fugisse, enquanto o quarto inteiro ameaçava explodir. Liam nem sequer vacilou, indiferente à demonstração de raiva do pai.

Os guardas se dispersaram rapidamente, fechando a porta atrás deles. Unir suspirou e balançou a cabeça antes de se sentar e encostar a lança na parede. Ele esticou as pernas à sua frente e apoiou o cotovelo no braço da cadeira. Ele esfregou a ponte do nariz, e eu sorri, tendo visto Liam fazer o mesmo muitas vezes. Era óbvio onde ele adquiriu o hábito.

— Gostaria de um pouco, pai? – ofereceu Liam, servindo outra taça do líquido dourado.

— Não – respondeu Unir bruscamente. Agora eu também sabia de onde Liam havia tirado isso. Os olhos de Unir ainda estavam fechados, como se o deus estivesse com dor de cabeça. – Você me deixa louco, meu filho. Uma tarefa simples é o que lhe peço, e ainda assim você não consegue concluí-la.

— Não vejo como de grande importância, pai. Foi um serviço de coroação para celestiais que sobreviveram a uma batalha que uma simples criança poderia ter vencido.

— É de grande importância que o *rei deles* mostre a cara. Em vez disso, você se esconde entre as coxas de uma mulher.

Liam apontou para o pai com um único dedo.

— Para ser justo, eu concluí essa tarefa muito antes do início da coroação.

— Samkiel.

— Continuamos treinando nossos guerreiros para uma ameaça que pode nunca acontecer – retrucou Liam, tomando outro gole.

— É melhor estar preparado para a guerra do que a guerra chegar e não estar preparado – declarou Unir, encontrando o olhar de Liam.

— Estou preparado, assim como o resto dos celestiais. Eu formei A Mão, e eles treinam dia após dia. Além disso, temos você e os outros deuses. Ninguém ousaria invadir Rashearim. – Liam sorriu e pousou o copo.

— Você está se ouvindo? Quando você fala, suas palavras transbordam orgulho, prepotência e arrogância. – Os olhos de Unir faiscaram de irritação, e eu tive que concordar com o pai nisso.

— Talvez. Ou talvez eu simplesmente não veja a importância. – Liam deu de ombros, e, antes que eu percebesse o que estava acontecendo, Unir já estava do outro lado do quarto, derrubando as taças e o vinho da mesa.

— Você não entende! Como poderia? Tudo o que você vê são seus próprios desejos egoístas. As muitas amantes, as bebidas, as festas que frequenta com seus amigos. Eles não são seus amigos! Nós não os fizemos para esse propósito. O propósito deles é servir, obedecer e lutar quando guerrearmos! – gritou Unir.

Pessoas normais recuavam quando alguém tão grande e cheio de poder avançava ou levantava a voz, mas Liam, não. Ele não se moveu enquanto observava o pai.

— Você fala comigo como se eu não fosse seu filho. Eu conheço as leis antigas. Você me fez comê-las, forçando-as goela abaixo diariamente desde que eu era criança, e conheço meus *amigos*. Eles são seres sencientes e sentem assim como eu. Se lhes for dado um propósito em que acreditam, eles o seguirão. Por que acha que eles deixaram os outros deuses? É porque não os vejo como objetos a controlar.

Unir passou a mão no rosto e assentiu.

– Os outros deuses veem isso. Eles veem e temem uma rebelião dentro de nossas fileiras.

– Uma rebelião? De quem?

– Sua.

– Como?

– A arma de Aniquilação que você carrega. Você destruiu mundos e agora reúne os soldados deles para lutar por você. Ideias sobre uma revolta provocam suas mentes.

Arma de Aniquilação? O que isso quer dizer?

– Eu nunca faria isso. Eu nem quero liderar. Esse é o seu sonho, não o meu. Eu nasci nisso e não tive escolha.

Unir inclinou a cabeça para trás como se estivesse realmente exausto.

– Sempre deve haver um governante. Você sabe disso. Caso contrário, os reinos se desintegrariam. Tem que haver uma constante, um rei que deixe de lado seus próprios desejos egoístas para um bem maior. Um deus não deve ser egoísta. Essa é a lei máxima.

Liam se sentou nos degraus que levavam ao estrado no qual repousava sua enorme cama. Ele passou o polegar pela borda do cálice dourado que ainda segurava.

– Mas por que tem que ser eu? Dê para Nismera. Ela é a próxima da fila.

– Ela era, até o seu nascimento. Agora a coroa repousa sobre você. Você é meu único filho. – Unir encontrou o olhar de Liam. Uma emoção, quase violenta em sua intensidade, brilhou em seu rosto. – Não suportarei mais.

– Por quê?

– Você sabe o porquê.

– Por causa do que aconteceu com mamãe? Você tem medo do que poderia acontecer com outra pessoa?

– Não. – Unir respirou fundo e esfregou a nuca, em uma ação quase mortal. Ele desviou o olhar, e uma pitada de tristeza dançou em suas feições. – Amei sua mãe e nunca amarei outra. Você sabe que nosso relacionamento era secreto no início. Eventualmente, a verdade veio à tona e tive que defender aquilo que me era caro.

– Como você faz comigo?

Unir sorriu e disse:

– Semelhante, sim. Os deuses não gostam de compartilhar seus dons, mesmo que aqueles que nos precederam e os que os precederam os tenham compartilhado. Portanto, sim, entendo por que se preocupa com seus amigos. Você os vê pelo que são, não por aquilo para o que foram feitos, da mesma forma que fiz com ela. É realmente um presente, Samkiel. Não desejo que perca isso, mas eles nunca aceitarão. Guerras foram travadas por coisas mais simples do que um título. Minhas visões pioraram recentemente. Vejo mundos ardendo, reinos destruídos e batalhas nas quais muitos morrem. Então, sim, temo a guerra.

Liam assentiu enquanto erguia o olhar.

– Muito bem. O que quer que eu faça agora, pai?

– Primeiro? – Seus olhos vagaram pelo quarto. – Limpe essa bagunça, vista-se e vamos tentar salvar alguma parte deste dia. Encontre-me no salão principal.

Unir pegou a lança dourada e caminhou em direção à porta.

– Por que não a trouxe de volta? – perguntou Liam às costas de seu pai. Unir congelou e baixou a cabeça, mas não se virou. – Você poderia. É um dos seus dons.

– Quando ela faleceu, eu teria despedaçado o universo inteiro para trazê-la de volta, mas sabia que era errado. A ressurreição, não importam as circunstâncias, é proibida. Não se ganha algo tão precioso quanto uma vida sem pagar um preço alto. Há algumas coisas que nem nós podemos pagar – respondeu ele antes de abrir as portas. Os guardas que esperavam do lado de fora ficaram em posição de sentido. Sem olhar para trás, ele fechou as portas atrás de si silenciosamente.

Observei enquanto Liam olhava para o pai. Ele tinha perdido a mãe. Eu conseguia empatizar com essa dor mais do que gostaria de admitir. Ele abaixou a cabeça, deixando a taça que segurava cair de suas mãos. Ela rolou pelos degraus e girou lentamente no chão. Uma parte de mim sentiu pena dele, enquanto outra se lembrou do predador sob aquela pele lindamente firme. Ele era o Destruidor de Mundos em todos os sentidos da palavra. Era como se eu estivesse vendo-o de verdade, não o idiota rude e mal-humorado que eu conhecia. O que mais aconteceu com ele para causar uma mudança tão drástica?

Dei um passo em direção a ele, sem saber o que ia fazer. Antes que pudesse descobrir, o quarto oscilou e começou a se dissolver.

XXIV
Dianna

Lençóis macios e frescos se enrolavam em meu torso quando me virei, aninhando-me ainda mais na cama quente.

Espere… por que eu estava na cama? Meus olhos se abriram, mas eu os fechei com a mesma rapidez. Coloquei o braço em cima do rosto, a luz do quarto era ofuscante.

Levantei meus cílios com cuidado, estreitando os olhos enquanto observava o quarto. Havia uma grande janela à minha direita. As grossas cortinas de cor creme pendiam até o chão, mas estavam abertas, permitindo que a luz do Sol entrasse no quarto em raios dourados. Estiquei o braço, e as pontas dos dedos mal alcançavam a borda da cama enorme. O edredom grosso demais escorregou quando me apoiei nos cotovelos. Aquele lugar não era tão elegante ou vibrante quanto a Rashearim que eu tinha visto no sonho. Então onde eu estava?

— Está acordada. Já era tempo.

Eu me assustei e rolei. Um grito indigno de alarme deixou meus lábios quando caí da cama, e meu corpo bateu no chão com um baque alto. Agarrei o edredom, puxando-o para mim e olhando para o homem grande sentado na cadeira do outro lado do quarto. Minha raiva se transformou em confusão quando vi os livros, papéis e laptop na mesinha à frente dele. Ele usava jeans bege e um suéter branco com as mangas arregaçadas até os cotovelos. Seus bíceps se flexionaram quando cruzou os braços e olhou para mim. Ele estava com raiva. Bem, pelo menos isso era normal.

— Onde estamos?

— Como está se sentindo?

— Você está ignorando minha pergunta me fazendo outra pergunta? — Estreitei os olhos e me esforcei para ficar de pé. Minhas pernas ameaçaram ceder, e agarrei a beirada da cama, segurando com firmeza o edredom. Vacilei e senti as mãos de Liam agarrarem meus ombros, me firmando. Eu nem o tinha visto se mover, mas lá estava ele na minha frente, me segurando com os braços esticados.

— Sua pergunta é irrelevante, já que partiremos em breve — declarou ele. Seu olhar percorreu meu corpo, avaliando cada um dos meus movimentos, como se estivesse procurando algum sinal de que eu estava prestes a cair morta. — Agora, responda à minha pergunta. Como está se sentindo?

Olhei para ele e me virei para sentar na cama, apoiando-me em sua força mais do que jamais admitiria.

– Bem eu acho. Um pouco cansada, mas bem. O que... – Comecei a falar mais alguma coisa, mas perdi as palavras quando minhas memórias voltaram correndo.

Olhei para baixo, puxando a blusa que estava usando para longe do peito. As feridas e a teia de veias negras ao redor delas tinham desaparecido. Eu estava limpa e vestida com uma regata escura e calças combinando, sem nenhum sinal do sangue que eu sabia que tinha saído de mim.

– Você me despiu?

A boca dele formou uma linha dura, suas mãos flexionaram na curva dos meus ombros.

– Peço desculpas. Seu peito costuma ter uma hemorragia que parece alcatrão? Ou você normalmente convulsiona quando é baleada? Você estava nojenta, possivelmente morrendo, e está preocupada se eu a despi?

– Não quero que você me toque. – Lembrei-me do que aquelas mãos faziam, de quão doloroso seu toque poderia ser e não as queria perto de mim.

Ele recuou, afastando-se como se eu o tivesse queimado.

– Por favor, não me insulte, senhorita Martinez. O desejo de tocar você é e sempre será a coisa mais distante da minha mente ou de minhas intenções. – Ele pôs as mãos nos quadris, balançando a cabeça enquanto me encarava. – Uma das mulheres celestiais limpou você depois de examinar seus ferimentos. Você estava coberta de bile e fedendo. Nem eu sou cruel o suficiente para deixar você podre assim.

Olhei para a cadeira e para a bagunça ao redor dela.

– Há quanto tempo estou desacordada?

Seus olhos seguiram os meus, e ele respondeu:

– Dois dias, seis horas e trinta minutos.

– Você contou?

– Sim? Por que isso é surpreendente? Sua ausência apenas prolongou o que imaginei que seria uma aventura curta.

– Ai, me desculpe. Eu não planejei levar um tiro de uma bruxa furiosa – retruquei, balançando a cabeça.

Esfreguei meu peito e olhei para a lata de lixo perto da beirada da minha cama. Através da névoa de estar acordada e perdida para o mundo, lembrei-me de alguém me segurando enquanto meu corpo tentava se livrar da toxina. Liam disse que havia celestiais ajudando, mas eu me lembrava da voz dele, de seu cheiro e da sensação de seus braços. Talvez tenha sido apenas um sonho febril.

– Ela me envenenou. Não, *elas* me envenenaram. Sophie e Nym me envenenaram.

A cama ao meu lado afundou, e olhei para Liam quando ele se sentou.

– Isso eu deduzi. – Ele esfregou as mãos, seus anéis de prata se chocavam a cada movimento. – Eu não entendo por que o homem com quem você compartilhava a cama, seu criador, a deixaria gravemente doente só para forçá-la a voltar para ele.

Eu bufei.

– Digamos apenas que "compartilhar" é um termo vago, e honestamente não sei por que Kaden está tão determinado a me levar de volta. Sophie disse que não sabia quanto veneno seria necessário para me derrubar, então talvez só quisessem me incapacitar e exageraram.

Ele fez um ruído, que aceitei como um grunhido de concordância.

– Onde Sophie está?

Ele encontrou meu olhar, seu rosto estava inexpressivo, mas seus olhos ardiam com a raiva lembrada.

– Que parte?

Uma lembrança passou pela minha mente. Lembrei-me da porta se abrindo atrás de mim enquanto eu estava deitada no chão. Liam passou por cima de mim, e vi a cabeça decapitada de Sophie rolar em minha direção, com seus olhos vazios me encarando. Liam tinha feito aquilo. Engoli em seco e passei a mão pela garganta. Seus olhos seguiram o caminho da minha mão, mas ele não disse nada.

– E Nym?

– Detida, mas respirando.

Balancei a cabeça uma vez.

– Uma última coisa, já que vamos ter que aturar um ao outro por algum tempo. – Estendi a mão para trás, peguei um travesseiro e lhe bati com ele. – Você não pode me alimentar com seu sangue, seu idiota! – Peguei outro travesseiro, mirando em sua cabeça. Ele o afastou e me encarou. – Não consumo apenas o sangue. Eu recebo memórias junto.

Ele inclinou a cabeça para o lado e jogou minha arma fofa no chão.

– Memórias? Isso não é possível.

– Ah, é muito possível. – Levantei o último travesseiro da cama, pronta para atacar. – E eu acabei conseguindo um passe para os bastidores de imagens e sons que desejo arrancar do meu cérebro.

– Se for esse o caso, você deveria ter tido esses sonhos antes. Desde o acordo de sangue, meu sangue está em seu sistema, assim como o seu está no meu.

Abaixei lentamente minha arma cheia de penas enquanto pensava nisso.

– Bem, acho que não foi uma quantidade grande o suficiente. Não sei. Não fui eu quem fiz isso e realmente não dormi desde que fizemos o pacto. Só aquela soneca no comboio.

Seus olhos se estreitaram.

– No entanto, aqui está você, criticando *meu* horário de sono.

– Não é esse o ponto – falei com um olhar furioso.

– Correto, esse não é o ponto. O que você viu com esse seu poder?

Meu peito se apertou quando lembrei da conversa particular de Liam e Unir, e senti a cor sumir do meu rosto enquanto as imagens dele e de Imogen passavam pela minha mente. Limpei a garganta, deixando de lado meu desconforto. Eu não sabia por que a lembrança de seus gritos e gemidos fazia meu estômago tremer. Não poderia ser constrangimento. Eu tinha feito muito pior… ou melhor, dependendo de como se encarassem as coisas. A parte lógica do meu cérebro tentou me convencer de que era porque eu não o via dessa maneira. Liam era uma lenda, nossa versão do bicho-papão, e ele tinha me torturado. É verdade que eu tentei matá-lo e participei da morte de um dos seus. Ele era o Destruidor de Mundos, e esse nome e título pareciam verdadeiros, pelo que seu pai havia dito. Mas para mim ele era Liam, tenso, arrogante e teimoso.

– Quem é Imogen? – Deixei escapar antes de perceber o que ia dizer.

Liam pareceu surpreso pela primeira vez desde que o conheci.

– Como sabe esse nome? – Sua voz saiu como um sussurro áspero.

Culpei a fera que residia em mim por assumir o controle e forçar as palavras para fora como vômito.

– Ela é uma ex-namorada? Ela está morta? É por isso que você é tão infeliz e cruel?

– Você já tentou moderar seu vocabulário quando fala comigo? Você é tão grosseira às vezes – questionou ele, e seu tom era cheio de raiva.

– Na verdade, não. Mas você não respondeu à pergunta. Você a amava?

Se ela tivesse morrido, isso poderia explicar por que ele agia com tanta frieza. Perder sua família e quem mais se ama pode perturbar até os mais fortes de nós.

Sua mandíbula ficou tensa antes que ele levasse a mão à têmpora, massageando-a por um segundo. Eu já o tinha visto fazer isso várias vezes, mas não falei nada. Essa era uma pergunta para outro momento.

– Não que isso seja da sua conta, mas Imogen não está morta. Eu não a amava, e ela não é minha… – Ele fez uma pausa, acenando com a mão como se tentasse digerir as palavras. – … qualquer coisa que você declarou anteriormente.

– Ah, Liam, não sabia que você era um pegador, mas faz todo o sentido. Dado o seu título, tenho certeza de que você poderia ter quem quisesse, deusa ou não. Bom para você.

Ele soltou um suspiro longo e exasperado enquanto beliscava a ponte do nariz. Ok, eu o tinha irritado.

– Senhorita Martinez, por favor, concentre-se.

– Certo, de qualquer forma… – Olhei para o alto, enquanto tentava contar os acontecimentos. – Então, vi você e sua namorada, que não é namorada, nus. Eu também estava em outro mundo. O prédio em que eu estava era diferente de tudo que eu já vi, e isso foi antes de eu entrar no seu quarto. O teto estava faltando, e eu podia ver muitos planetas e estrelas. Era…

– Rashearim – sussurrou ele. Pronunciou a palavra como alguém diria o nome de um parente morto. Observei a cor sumir de seu rosto, seu corpo enorme parecia desmoronar. Ele parecia tão triste.

Foi nesse momento que descobri: por que Liam era daquele jeito e por que ele não se importava com sua aparência. Sabia por que ele era tão abrasivo e tão fechado com todos, mesmo com aqueles que afirmava serem seus amigos. Ele estava consumido pela tristeza e dominado pela dor. Liam estava de luto.

Ele pigarreou e perguntou:

– Você sempre consegue impressões tão vibrantes do passado das pessoas?

Abaixei o olhar, remexendo em um pedaço do edredom.

– Se forem fortes o suficiente. – Olhei para cima, deixando cair a mão. – Eu presumi que todas as suas seriam chatas. Sem ofensa.

A carranca dele voltou, substituindo a tristeza assombrada em seu olhar. Eu aceitaria isso. Preferia muito mais o Liam irritado e decepcionado comigo ao ferido. Graças ao meu estúpido coração mortal, a dor de Liam me fez sentir coisas que preferiria evitar.

Ele virou a cabeça, como se estivesse perdido em pensamentos, antes de pigarrear e dizer:

– É fascinante. Isso poderia nos dar uma ideia de onde Kaden está escondido? Presumo que vocês dois compartilham o mesmo sangue, correto?

– Na verdade, não. – Eu torci meu nariz. – Ele nunca deixou. Ele sempre falava que suas memórias danificariam meu cérebro mortal.

Liam parecia cético.

– Ou ele estava escondendo coisas de você.

Assenti com a cabeça, sabendo que provavelmente era esta última opção; em especial, considerando como Kaden havia mentido para mim.

– Ou isso.

– Esse poder é transmissível?

Dei uma risada, agarrando o travesseiro e levantando-o mais uma vez.

– Como é? Igual a uma doença?

Ele olhou para minha arma não mortal e colocou a mão no travesseiro, me forçando a abaixá-lo.

– Em essência, sim. Você e eu compartilhamos sangue, e preciso saber se isso é algo que posso vivenciar.

Minhas orelhas queimaram, e eu corei, pensando nas coisas que Liam poderia testemunhar se visse meu passado.

– Na verdade, não sei. Espero que não, mas nunca compartilhei meu sangue com ninguém.

– Então, é possível. – Ele fez uma pausa. – Quanto tempo dura esse poder, o dos sonhos?

Dei de ombros.

– Não muito, normalmente. Um ou dois dias com os mortais, mas você é diferente. Então, eu também não sei.

– De acordo com meus estudos, os poderes e habilidades de Ig'Morruthen variam de acordo com a espécie e o tipo. Já que você e seus irmãos parecem ser um tipo não classificado em nenhum texto de Vincent, há mais alguma coisa que eu deva saber sobre seus dons?

Estudei-o por um momento, pesando minhas opções e decidindo se deveria contar a verdade ou deixá-lo imaginando. Com um suspiro, dei de ombros e respondi:

– Tenho certeza de que, se você sonhar, verá todos os meus dons. Mas não, você viu tudo o que consigo fazer. Você viu minha transformação e viu o fogo que controlo. E agora sabe sobre meus sonhos de sangue.

– "Sonhos de sangue"? Hum. – Ele assentiu enquanto parecia refletir sobre meus poderes. – Por favor, avise-me se tiver mais dessas visões, sim?

Fingi que estava batendo continência.

– Claro, chefe. Com certeza avisarei se eu tiver mais sonhos sexuais vívidos com você e Imogen antes que Logan interrompa.

Seus olhos se estreitaram para mim, como se soubesse exatamente que dia eu tinha visto. Eu estaria mentindo se dissesse que não foi intimidante, em particular depois de ver como ele enfrentou o pai sem vacilar.

– Esse não foi o único incidente que ocorreu naquele dia. O que mais você viu ou ouviu, senhorita Martinez?

Ouvi o tom na voz dele e sabia que ele estava preocupado por eu ter visto coisa demais. Isso chamou minha atenção.

– Vi seu pai, Unir. Ele é muito mais alto que você, o que já é alguma coisa. Eu podia sentir o poder naquela sua memória, mas não conseguia entender a língua. Depois acordei.

Era mentira, mas achei que a conversa deles era pessoal demais para ser repetida, não importava se eu tinha visto e ouvido. Mesmo que fosse uma língua desconhecida, eu estava na cabeça dele, então entendi o que era dito.

Sorri, sabendo que o irritaria.

– Por quê? Há algo que não quer que eu veja?

Ele se levantou em um movimento fluido, e sua velocidade me lembrou que, embora sentisse algumas emoções mortais, como tristeza e pesar, ele estava longe de ser mortal.

– Creio que é hora de partirmos.

Quer dizer que ele tinha segredos. Mas que surpresa.

– Onde estamos? E não ignore essa pergunta de novo.

– Em um hotel nos arredores de Adonael.

Tudo clicou e um pavor avassalador me encheu enquanto eu saía da cama apressada.

– O quê? Eu não falei nada de lugares sofisticados, Liam? Fora do radar – repreendi, enquanto observava o quarto. Tinha um tamanho decente, mesmo para um hotel. Eu precisava encontrar meus sapatos, e precisávamos sair daqui rápido. – Por que é tão difícil para você escutar?

– Como é? Não fiz isso por prazer. Você estava inconsciente, e eu não tinha ideia de como funcionavam os feitiços ou o que fazer. Não tinha certeza se alimentar você era a coisa certa. Eu precisava de informações e não conseguiria obtê-las nos lugares fora do radar que você recomenda.

Ajoelhei no chão, procurando debaixo da cama os saltos que eu estivera usando. Sem encontrá-los, levantei e o encarei.

– Sim, mas como chegamos aqui? Você não sabe dirigir, então isso quer dizer que ligou para alguém, o que significa que pode ser rastreado. Se Kaden ou seus lacaios foram até a casa de Sophie me procurando, provavelmente sabem onde estamos.

– Você não sabe nada sobre mim ou o que consigo ou não fazer. Sua falta de confiança em minhas habilidades é um insulto. Eu sou um rei, lembra? Posso fazer e conseguir tudo o que desejo.

– Ah, confie em mim, eu não esqueci, seu nojento mimado – falei baixinho.

Ele fez um som de desaprovação, deixando-me ciente de que tinha ouvido o que eu disse, mas não fez mais comentários.

– Liguei para Vincent depois do que aconteceu. Este é um dos muitos estabelecimentos de propriedade celestial. Sempre terei o que precisar se eu pedir.

E, assim, a empatia que eu sentia por ele evaporou. Era um idiota mimado. Queria comentar que tinha visto em primeira mão como ele era bem cuidado, mas consegui me conter.

– Eu mandei proteger a casa de Sophie e trouxe você para cá. Este era o lugar mais próximo onde você poderia descansar, e eu poderia ficar ao seu lado para garantir que você não morresse.

Liam tinha acabado de confirmar o que eu já havia deduzido pelos papéis e bagunça naquela cadeira: ele tinha ficado comigo.

– Além disso, não posso perder você.

– Ah, isso é tão fofo – brinquei, mas apenas em parte. Eu sabia que ele não quis dizer isso de forma doce, mas irritar Liam era meu novo passatempo favorito.

– Sua morte seria um grande inconveniente, dada a missão que devemos cumprir. Portanto, dito isso, você não vai sair da minha vista novamente. Isso quer dizer que você não me comanda nem me diz o que fazer.

Revirei os olhos enquanto continuava a procurar meus sapatos pelo quarto.

– Aí está ele. Pensei que tinha perdido o terrível homem-deus por um segundo.

Ele me olhou feio antes de apertar a ponte do nariz.

– Se você morrer, não tenho mais informações do Outro Mundo sobre essa ideia ridícula de que Azrael deixou um livro. Você é minha melhor chance de prever e impedir os ataques.

Balancei a cabeça, enquanto desistia de tentar encontrar meus sapatos. Eu teria que andar descalça até conseguir outro par.

– Que cavalheiro. Entendo por que as mulheres caem aos seus pés.

As narinas dele se dilataram, e sua mandíbula se contraiu em uma linha dura.

– Você precisa fazer piadas a cada segundo que respira?

Sorri, sabendo que finalmente tinha conseguido irritá-lo.

– Por que elas incomodam você?

– Você é absolutamente atormentadora. Você percebe isso, né?

– Adoro quando você flerta comigo. – Pisquei, fazendo com que uma veia saltasse na testa dele, o que só me fez rir. Se ele pudesse ter me matado ali mesmo, eu sabia que o teria feito. – Está bem, está bem, justo.

– Então, estamos de acordo? Você não vai me deixar enquanto vai conversar com algum de seus supostos amigos ou informantes?

Eu me aproximei dele, e ele sutilmente distribuiu melhor seu peso, preparando-se para um ataque. Parei a alguns centímetros e estendi meu dedo mindinho. Seu olhar caiu para minha mão, olhando para ela como se eu tivesse lhe oferecido um animal morto.

– Eu prometo com o mindinho que nunca vou deixar você, Alteza.

Seu olhar se voltou para o meu, alguma emoção que não reconheci reluziu por trás de seus olhos cinzentos. Agarrei sua mão, forçando-o a prometer com o mindinho, enquanto ele olhava de nossas mãos unidas para mim.

– Eu não entendo isso.

– É algo divertido que Gabby e eu fazíamos quando éramos mais jovens. Mantivemos ao longo dos anos. Depois que nossos pais morreram, tive que roubar por um tempo para sobreviver. Essa foi uma das muitas coisas que inventamos para garantir que eu voltaria. Não pode quebrar uma promessa de mindinho. É como a lei, mas não as suas leis chatas.

– Você roubou? – Claro que isso chamou sua atenção.

– Nem todo mundo nasce com uma colher de prata na boca, Majestade.

Ele deixou meu comentário passar antes de assentir devagar.

– Muito bem. Promessa de mindinho.

Era tão estranho ouvir as palavras saindo de seus lábios, que eu sorri de verdade. Isso pareceu enervá-lo mais do que minhas piadas irritantes, e seus olhos se arregalaram apenas um pouquinho. Tirei meu sorriso e minha mão.

– Eu deveria saber que Sophie não seria confiável – falei, propositalmente mudando de assunto.

Ele colocou as mãos nos bolsos.

– Todos os seus amigos atiram em você no peito?

Franzi um pouco o nariz e encolhi os ombros, pensando nisso.

– Sei que pode surpreendê-lo, mas não tenho muitas pessoas que se importem comigo. Minha irmã, claro, mas amigos? Todos os meus *amigos* vieram por causa de Kaden, e isso significa que há bem poucos que são leais a mim. – Forcei uma risada amarga e coloquei uma mecha de cabelo atrás da orelha. Esperei que concordasse, dissesse algo rude ou maldoso, mas, pela primeira vez, ele não o fez.

Um olhar sombrio cruzou seu rosto. Ele sentia pena de mim? Fosse o que fosse, a emoção desapareceu tão depressa quanto surgiu.

– Com isso em mente, precisaremos de um novo plano – observou ele. – Seus amigos não são confiáveis e são perigosos. A menos que tenha outros informantes que possam ajudar e não tentem devolvê-la a Kaden, acho que precisamos retornar à Guilda em Boel.

Mordi meu lábio inferior, meu peito doía de incerteza. Havia alguém, mas eu não tinha certeza se queria envolvê-lo nisso. Eu tinha feito uma promessa a ele, mas estávamos em uma situação terrível, nível fim do mundo. Eu tinha dado a ele e à sua família uma saída, uma chance de escapar. Se fosse até ele, eu os estaria arrastando de volta para minha bagunça com Kaden. Estaria colocando um alvo nas suas costas.

– Posso ter outro plano, mas você terá que fazer outra promessa.

– Terei mesmo? – perguntou ele, levantando uma única sobrancelha.

Eu balancei a cabeça.

– Esse homem deveria estar morto, e sua localização deve permanecer em segredo – expliquei, sem nenhum humor em minha voz.

A confusão encheu seus olhos.

– Não entendo.

Eu queria que minha farsa durasse mais. Não queria que ele tivesse sequer um vislumbre do meu verdadeiro eu e não queria derrubar mais ninguém comigo.

– Prometa-me que, se eu levar você até lá, se eu lhe mostrar meu mundo, você não vai agir como o todo-poderoso aplicador da lei.

– Senhorita Martinez. Não sei se consigo fazer isso…

Agarrei as mãos dele e as apertei nas minhas. Não tinha percebido o quanto suas mãos eram maiores comparadas às minhas até que as segurei. Calos ásperos marcavam suas palmas largas, e eu sabia que ele os havia conquistado em batalhas travadas há muito tempo. Olhei para cima, tentando expressar o máximo de súplica que pude em meu olhar. Raramente implorava por alguma coisa, mas faria o que fosse necessário para manter meu amigo em segurança.

– Por favor. Não estou mandando em você, juro. Esta sou eu implorando. São meus amigos de verdade e odeiam Kaden tanto quanto você.

– Se inocentes forem feridos…

– Não vão ser, confie em mim. Se forem, então, por todos os meios, aplique a lei até o fim.

Ele ficou em silêncio por tanto tempo, que tive medo de que não concordasse.

– Muito bem. Sendo assim, eu prometo. – Ele olhou para minhas mãos ainda segurando as dele. – Isso requer outro mindinho?

Balancei a cabeça enquanto ria, um pequeno suspiro me escapou.

– Não, não requer. – Soltei suas mãos e me virei, indo para o banheiro para tomar um banho.

– Espere. Aonde estamos indo? – perguntou Liam logo antes de eu fechar a porta.

– Zarall. Há um Príncipe Vampiro que eu deveria matar, e não matei.

XXV
Dianna

– Outra parada? – gemeu Liam, mexendo-se no banco do passageiro. Admiro, eu entendia o que ele queria dizer. Tivemos que abastecer várias vezes, e eu estava com fome novamente. Já que estava tentando ao máximo não comer pessoas, precisava de lanches.

– Sim, outra parada. Você não quer sair e esticar as pernas? Estamos presos neste carro há horas.

– Não, o que eu gostaria é que não dirigíssemos para todos os lugares quando meios de transporte mais rápidos estão disponíveis.

– E eu já lhe disse pelo menos dezessete vezes por que não podemos.

Ele acenou com a mão em minha direção, claramente agitado.

– Sim, sim, você e esse radar obsessivo.

Revirei os olhos.

– Além disso, preciso fazer xixi e estou com fome.

Ele me lançou um olhar exasperado.

– Mas você comeu há algumas horas.

– Sabe, pessoas normais comem mais de uma vez por dia.

– Você não é uma pessoa normal... ou uma *pessoa*, aliás.

Mordi o lábio enquanto estacionava o carro.

– Deuses, é uma surpresa que você tenha algum amigo.

– Diz aquela cujos amigos tentam repetidamente matá-la.

Meu olhar se estreitou.

– Alguém está mal-humorado. Quando foi a última vez que *você* de fato comeu?

Ele evitou contato visual e olhou para a pequena loja de conveniência.

– Apenas se apresse – retrucou.

Virei-me por completo no banco, apoiando o braço no volante.

– Liam. Quando foi a última vez que você comeu?

Eu sabia que ele não tinha comido nos dois dias anteriores, pois comprei comida e acabei comendo tudo. Só agora me ocorreu que não o tinha visto comer nem dormir. Embora o que eu estava tendo mal pudesse ser considerado sono. Imagens do passado de Rashearim e de Liam ainda atormentavam meus sonhos. Felizmente, consistiam mais em batalhas e menos em orgias.

O ar no veículo parecia condensado, como se a agitação dele tivesse peso físico. As travas subiram, e minha porta se abriu. Eu dei um leve salto e olhei para trás. Ele tinha feito isso? Claro que tinha. Minha mente voltou ao ataque a Arariel, quando tentei escapar. Senti uma força invisível, como se uma grande mão tivesse agarrado minha cauda e me puxado de volta.

– Cinco minutos – disse ele rispidamente, apoiando-se na porta do passageiro, com os braços cruzados. Ele era um idiota arrogante.

– Não consigo fazer xixi em cinco minutos. Teria que correr pela loja – falei, jogando as mãos para cima.

Ele não disse nada, apenas levantou uma sobrancelha como se estivesse me desafiando.

Suspirei pesadamente, inclinando minha cabeça para trás por um instante antes de olhar para ele de novo.

– Aff. Me dê dez minutos.

– Oito.

– Liam.

Ele olhou para mim como se eu tivesse feito a pergunta mais idiota, quando tudo que fiz foi dizer seu nome.

– Você presumiu que eu estava… Qual é a palavra? – Ele fez uma pausa, desviando o olhar por um segundo enquanto procurava a palavra que queria. – Brincando? Quando eu disse que não queria você fora da minha vista?

– Está bom – resmunguei, levantando as mãos de novo.

– Você tem sete minutos agora, já que quer discutir.

Estreitei meus olhos para ele. Se pudesse, eu o teria esganado.

Não gastei meu tempo discutindo. Não fazia sentido. Liam só ia continuar a contagem regressiva, e eu não queria arriscar que ele me seguisse até lá dentro. Balancei a cabeça e olhei para ele por mais um momento antes de sair do carro. Fechei a porta com um pouco de força demais, mas ele era um completo idiota, e sua postura de todo-poderoso estava me irritando. Era uma fantasia de poder, e eu estava farta de ter que lidar com homens e seus egos.

Uma sineta tocou no alto quando empurrei a porta de vidro. As atendentes olharam em minha direção, a caixa sorriu enquanto devolvia dinheiro à pessoa que estava atendendo. Várias prateleiras cheias de salgadinhos e suprimentos de todos os tipos formavam corredores no pequeno espaço. Uma criança escolheu um saco de doces, e seu irmão optou por batatas fritas, enquanto os pais sorriam com indulgência.

Passei o olhar pela loja, certificando-me de saber onde todos estavam e checando minhas saídas. A máquina de raspadinha me chamou a atenção, e fui direto até ela, misturando alegremente três cores diferentes até formar uma mistura roxa. Havia açúcar suficiente naquela bebida doce para me manter acordada por pelo menos mais alguns dias.

Tomei um gole e fiquei de olho nos caixas enquanto vagava pela lojinha. A sineta acima da porta soou várias vezes, conforme as pessoas entravam e saíam. Peguei alguns sacos de salgadinhos e alguns sanduíches antes de ir até o caixa. Um dos caixas começou a varrer, observando-me de canto de olho, enquanto eu colocava minhas compras no balcão. A sineta tocou de novo quando o único outro cliente na loja saiu.

– Por que está aqui?

Um bipe soou quando ela passou meus salgadinhos.

– Que grosseria, Reissa. Sem um "olá" ou "como vai"?

Ela estreitou os olhos para mim e disse:

– Todo mundo do Outro Mundo sabe como você tem estado. Kaden ofereceu uma grande quantia por essa sua linda cabeça.

Outro garoto veio de trás, olhando para mim de soslaio, enquanto passava para a outra caixa registradora. Ele parecia estar no final da adolescência, mas era difícil dizer.

– Foi o que eu ouvi dizer. Então, está planejando cortá-la? – falei, inclinando-me para tomar um longo gole da minha bebida.

Reissa escaneou o último sanduíche e o embalou antes de colocar as duas mãos no balcão. Encontrou meus olhos, sustentando meu olhar.

– Só quero viver em paz com os meus filhos, Dianna – respondeu, acenando com a cabeça na direção dos dois garotos. – Além disso, qualquer violência só alertaria aquele homem grande no seu carro. Embora ele não seja um homem, não é?

Lancei um olhar para trás, tomando outro gole da minha bebida e me certificando de que o carro e Liam estavam exatamente onde eu os havia deixado. Eu tinha estacionado de forma que ele não conseguisse ver a loja.

– Anatomicamente, sim. Todo o restante eu diria que não.

Ela balançou a cabeça e saiu de trás do balcão devagar, fechando as sacolas.

– Por que eu ajudaria você, Dianna? Se Kaden descobrir, não só vai querer minha cabeça, mas também virá atrás dos meus filhos. O risco é grande demais.

– Compreensível. – Estendi a mão livre e agarrei sua nuca. Meus dedos se enrolaram em seu cabelo e bati seu rosto contra o balcão, segurando-o ali. – Sabe, tentei ser legal na primeira vez que pedi ajuda. Acabei com um tiro no peito e envenenada, então acho que não quero mais ser legal.

Peguei a cabeça dela e bati com força contra o balcão mais uma vez.

Ouvi a vassoura cair quando os filhos dela correram para proteger a mãe. Olhei para eles, com meus lábios curvados em um sorriso maligno.

– Ah, sim, por favor, venham. Não queimo ninguém vivo há pelo menos um mês.

– Parem – ela grunhiu sob minha mão. – Está tudo bem.

Os meninos pararam e lançaram um olhar para ela antes de olharem feio para mim.

– Vamos jogar um jogo. Você me conta o que eu quero saber, e eu não faço churrasco de você nem desse lugar.

– Você não faria isso.

Reissa gritou quando bati a cabeça dela contra o balcão mais uma vez.

– Espero que minha reputação não tenha sofrido tanto.

Ela fez um barulho baixinho, mas não teceu mais comentários.

– Vamos. Não faça assim. – Inclinei-me mais perto, minha mão pressionou com mais força seu crânio. Ela grunhiu com a pressão. – Gostaria de ver seus filhos de joelhos, implorando pela morte enquanto eu liquefaço os órgãos deles de dentro para fora?

Eu na verdade não era capaz de fazer isso. Tinha tentado uma vez, mas acabaram entrando em combustão muito antes de as súplicas começarem. Mas ainda era uma boa ameaça, e eu sabia que tinha funcionado quando senti o cheiro do medo dela.

– Ok, ok, ok – implorou ela, e eu relaxei, erguendo a mão. Ela se afastou do balcão e alisou o cabelo com alguns movimentos curtos, antes de ajeitar a frente da camisa ligeiramente amassada.

– Além disso – falei, virando o canudo da minha bebida para quebrar o gelo que havia se acumulado no fundo –, quanto menos barulho fizermos, melhor. Não queremos que o alto, negro e chato saia do carro.

– Quer dizer que é verdade. Você tem o Destruidor de Mundos na palma da mão. Bem, se alguém seria capaz de corromper um deus, seria você.

Meu lábio se curvou em desgosto com a insinuação.

– O quê? É isso que todo mundo pensa? Que eu fodi para me livrar?

– Você é tudo que ele odeia. Por que motivo ele não incinerou você à primeira vista?

Uma fumaça saiu de minhas narinas, e eu sabia que meus olhos estavam vermelhos. O copo na minha mão chiou e depois derreteu, e o líquido azul e roxo caiu no chão com um ruído molhado.

– Posso não estar mais sob o domínio de Kaden, mas isso não me torna menos ameaçadora. Desrespeite-me mais uma vez, e será a última da sua raça de oito patas.

Ela olhou para a bagunça pegajosa no chão, então relutantemente encontrou meu olhar. Sua garganta se moveu uma vez, enquanto ela engolia em seco.

– Desculpe, é só que…

– O Outro Mundo fala, eu sei, eu sei. – Apertei a mão, jogando fora os restos da minha bebida.

Os filhos dela não tinham se movido, mas seus corpos estavam tensos, e seus punhos cerrados. Vi suas camisas ondularem em volta dos ombros, as pernas que mantinham escondidas sob a pele moviam-se em uma tática de intimidação. Bonitinhos. Só quando respirei fundo, acalmando a corrente de raiva que me invadia, foi que ouvi um movimento atrás da porta de metal. Ela tinha mais do que apenas os dois meninos com ela.

Acenou para um deles, ordenando-lhe silenciosamente que limpasse a bagunça. Ela o observou sair para pegar o esfregão antes de se virar para mim.

– Do que você precisa?

– Uma maneira segura de passar por El Donuma. Camilla vai arrancar minha cabeça se eu pisar naquela área. – Restavam cerca de quatro minutos do meu tempo. Eu precisava andar logo.

– Ah, sim, a Rainha Bruxa. Talvez se tivesse dado o que ela queria, ela não odiaria tanto você e Kaden.

– Kaden fez de Santiago seu melhor amigo bruxo, não eu. Sei que o poder dela rivaliza com o dele, mas Santiago tem um pau, o que automaticamente lhe dá uma vantagem. – Virei-me para seus filhos. – Sem ofensa.

– Se eu ajudar você, o que recebo em troca?

Dei de ombros.

– Não sei. O que as aranhas querem?

O punho de Reissa bateu no balcão, fazendo com que a máquina falhasse. Vários olhos se abriram ao longo de sua testa, seu disfarce mortal escorregava, enquanto espinhos parecidos com agulhas atravessavam sua peruca ruim.

– Não somos aranhas! Você sabe que odeio essa comparação.

Eu sorri, divertindo-me por tê-la irritado.

– Tem certeza? Levando em conta as pernas e os olhos e... ah, não vamos esquecer as criações que parecem teias que sei que você guarda lá atrás... tudo parece se somar para dar em aranha. Qual é o cardápio de hoje? – Inclinei-me para mais perto, farejando o ar. – Sinto cheiro de veado e... ah, caroneiros.

Seu lábio se retorceu, antecipando a descida de suas presas.

– Sua dieta é melhor?

– Desisti de mortais há muito tempo. Agora sou praticamente uma Ig'Morruthen vegetariana.

Ela balançou a cabeça e respirou fundo, e seus muitos apêndices e olhos desapareceram quando retomou sua forma mortal. Ela alisou a peruca e falou:

– Tenho um jeito de você passar despercebida por El Donuma, mas você mesma terá que pedir a ele. Limites foram estabelecidos, Dianna. Kaden perdeu dois generais, e sua facção está abalada. Ninguém confia mais em ninguém.

Olhei para minhas mãos, imaginando o sangue que ainda as manchava. Tudo que vi foi vermelho. Depois do que eu tinha feito, Kaden nunca ia deixar de me caçar, e toda a sua infraestrutura deveria estar à beira de uma guerra civil. Se pensassem que não era capaz de manter nem mesmo os mais próximos dele na linha, ele teria que fazer algo drástico para recuperar o controle. Reprimi esses pensamentos e encontrei o olhar dela, com meus dedos tamborilando no balcão.

– Onde está ele, esse homem que pode me ajudar?

Ela enfiou a mão embaixo do balcão e tirou um pequeno cofre cinza. Tirou uma chave do avental e o destrancou. Depois de procurar entre alguns celulares, escolheu um preto e pequeno. Ela o abriu com um gesto e o ligou.

Lancei um olhar para o grande relógio na parede. Porra, meu tempo estava acabando. Olhei pelas portas de vidro, esperando que Liam não estivesse vindo. Ela digitou um número no telefone antes de me entregar.

– Chegou um festival a Tadheil. Ele vai estar lá. Direi a ele para esperar uma ligação deste número. Esteja presente quando mandar, porque ele não vai esperar.

Suspirei e balancei a cabeça, sabendo que Liam teria outro ataque quando descobrisse.

– Não tenho tempo para um festival.

– Arranje tempo, porque, goste ou não, ninguém vai querer ajudar você agora.

Não falei mais nada enquanto pegava o telefone da mão dela e o colocava no bolso de trás. Peguei minhas sacolas e fui em direção à porta. A sineta soou mais uma vez quando saí – e me choquei contra o que parecia ser uma parede de tijolos.

– Filho da… – Olhei para cima, esfregando a cabeça. – Liam.

– Você mentiu. – Liam voltou seu olhar para mim, com os braços cruzados.

Meu pulso acelerou. Será que ele tinha me ouvido conversando com Reissa? Será que tinha visto tudo? Se soubesse o que eram e o que estava guardado lá atrás, ele os destruiria, assim como a loja. Posso tê-los ameaçado, mas não tinha intenção de levar até o fim. Eles eram uma família pequena e eu não seria responsável por perderem uns aos outros.

– Você disse que precisava usar o banheiro, mas o que é isso? – Ele apontou para as sacolas em minha mão.

Soltei a respiração, a tensão em meus ombros diminuiu.

– Ah, isso? Sim, trouxe lanches para nós. – Sorri e dei a volta nele, esperando que ele me seguisse. Dei um suspiro de alívio quando senti aquele poder perturbador atrás de mim um momento depois. Graças aos deuses. Fui até o carro e abri a porta do motorista, enquanto ele dava a volta pela frente. Ele não deu a mínima para a loja.

– Você demorou demais – repreendeu Liam, deslizando para seu assento e fechando a porta.

Dei de ombros.

– Eu falei para você, comprei lanches. Você precisa comer alguma coisa.

Liam massageou as têmporas como se apenas pensar nisso já fosse demais para ele.

– Você pode, por favor, abandonar esse assunto?

– Qual é a razão dessas dores de cabeça? Está ficando inquieto? Sabe o que vai ajudar? Comida e sono.

– Não. – Seu tom me disse para desistir.

– Sério, pode tirar uma soneca no carro. Prometo não nos atirar de um penhasco.

– Apenas vá.

— Sabe, manter tudo reprimido também não é solução.

Liam deixou cair as mãos.

— Se eu quiser seu conselho, eu peço. Agora, podemos continuar, por favor? Você já desperdiçou bastante do meu tempo.

Bati a sacola com salgadinhos contra seu peito.

— Essa é a última vez que digo ou faço algo de bom para você. Você tem mais um acesso de egocentrismo antes que eu perca a cabeça, Liam. Sabe que não é um rei ou salvador para mim, certo? Por fora você pode parecer ótimo, mas por dentro você é apenas um idiota amargo, malvado e feio.

Eu não consegui evitar. Estava cansada dele falando comigo como se eu fosse sua serva e estava mais do que disposta a brigar se ele não mudasse de tom. Sua expressão era incrédula, como se nunca tivessem falado com ele daquele jeito antes. E, pelo que vi do passado dele em meus sonhos, eu sabia que não tinham. Todos o adoravam e prestavam atenção em cada uma de suas palavras.

Liam não respondeu nem fez nenhum daqueles grunhidos que fazia quando estava descontente com alguma coisa. Ele apenas pegou a sacola com a qual eu praticamente o agredi e se virou para longe de mim. Sem mais uma palavra, dei ré no carro e me afastei do posto de gasolina.

Estávamos do outro lado de Charoum quando Liam finalmente desmaiou, e agradeci aos deuses falecidos lá no alto. Eu tinha parado mais algumas vezes para de fato usar o banheiro e, a cada vez, tive que ouvi-lo reclamar de quanto tempo estávamos perdendo. Ele não tocou nos salgadinhos e gritou comigo quando estendi a mão para pegar um saco de batatas fritas enquanto dirigia. Falei para ele que não íamos morrer se sofrêssemos um acidente de carro, porém ele não achou isso tão engraçado quanto eu. Mas, quando o Sol se pôs mais uma vez, ele enfim cochilou. Seus braços estavam cruzados, e sua cabeça apoiada na janela, enquanto seus olhos dançavam por trás de suas pálpebras. Até dormindo ele sentia raiva.

Enquanto ele dormia, peguei o pequeno telefone que Reissa tinha me dado. Ajeitei-o para que minhas duas mãos estivessem no volante enquanto discava o número de Gabby. Outro solavanco fez o carro pular e olhei de relance para ter certeza de que Liam ainda estava dormindo.

— Alô? — Atendeu uma voz sonolenta depois de alguns toques.

— Gabby, que vergonha atender números que você não conhece.

— Dianna! — Gabby praticamente gritou meu nome, toda a sonolência desaparecendo de sua voz.

– Acordei você?

Ela bocejou, e eu a ouvi gemer enquanto se espreguiçava.

– Não. Normalmente acordo à uma da manhã.

Eu ri.

– Ridícula.

– O que está fazendo? Você está bem? Como está a viagem?

Coloquei o carro no piloto automático e levantei uma perna para apoiar o braço no joelho. A estrada estava vazia, e as estrelas eram a única luz na estrada secundária que eu havia tomado.

– Estou dirigindo. E sim, eu acho. E digamos que é complicado.

– Liam ainda é um pé no saco? – Ouvi um pequeno tapa quando ela cobriu a boca. – Ah, espere, estou no viva-voz? Ele pode me ouvir? Sabia que eles têm superaudição?

Eu ri baixinho.

– Sim, e não se preocupe, ele na verdade está dormindo.

– Ele dorme?

– Foi o que eu disse. – Olhei, observando enquanto o peito dele subia e descia continuamente. Era estranho vê-lo dormindo, já que fazia dias que ele apenas me encarava. Tive que admitir que gostei da paz e tranquilidade que seu sono trouxe.

– Aparentemente, ele tem sono profundo, porque passei por cima de três pequenos buracos na estrada e nada.

– Você também é uma péssima motorista.

– Ei, foi você quem me ensinou.

Foi a vez dela de rir, e o som era um bálsamo. Eu tinha sido traída, baleada, envenenada e tinha que lidar com o mau comportamento constante de Liam. Essa viagem havia desgastado meus nervos mais do que eu deixava transparecer. Gostaria de poder apenas voltar e comer lanches horríveis enquanto Gabby chorava por causa de outro filme sentimental. Meu peito se apertou, porque eu sabia que isso nunca ia acontecer de novo.

Limpei a garganta e me sentei um pouco mais ereta.

– Como está tudo aí? Estão sendo legais com você?

– Estão. Neverra e Logan passam muito tempo comigo. Sei que na maior parte é para me monitorar, mas ainda assim é bom. Eles têm uma ala médica e, dada a minha formação, me colocaram para trabalhar.

– Ah, então Logan está todo curado e amigável. Bom. E, sejamos honestas, você ainda gostaria de trabalhar mesmo se não precisasse.

– Gosto de ajudar as pessoas. Mesmo pessoas que se curam a um ritmo alarmante. – Ela riu, e eu a ouvi se mexendo. – Mas, sim, eles são legais. Neverra gosta de todos os filmes sentimentais pelos quais você me zoa, e eu obriguei Logan e ela a fazer uma máscara facial comigo.

– Já me substituindo! Eu estou ofendida.

Juntei-me à risada dela dessa vez. Era bom esquecer, mesmo que por alguns momentos, que eu estava no meio de uma guerra entre deuses e monstros.

– Não, não, você sabe que eu jamais poderia substituí-la. Quem roubaria meus sapatos e roupas? E ninguém sabe reclamar e implicar igual a você. Ou me irritar. Ou…

– Ok, ok, já entendi.

Ela ficou quieta por um momento.

– Então, você acha mesmo que vai encontrar o livro antes de Kaden?

Eu me ajeitei um pouco no assento, sentando-me um pouco mais ereta. Abaixei a perna de volta, segurando o volante e desligando o piloto automático.

– Honestamente, não sei. Liam acha que não é real, e sinto que ele saberia. Mas, ao mesmo tempo, o Outro Mundo está aterrorizado. Kaden está tramando alguma coisa, e as pessoas em quem posso confiar são quase zero.

– Bem – suspirou ela –, estou aliviada por Liam estar com você. Pelo menos nada vai machucá-la enquanto ele estiver por perto.

Fiquei calada, sem querer mencionar que havia sido envenenada. Estava resolvido, e isso só a deixaria preocupada, mas ela deve ter percebido pelo meu silêncio. Maldito vínculo de irmã.

– Di? O que é? Por favor, me diga que você não está ferida!

– O quê? Não, eu estou bem. Eu só queria estar em uma viagem com alguém que não fosse ele. Ele é um idiota às vezes, Gabby. Eu sei que é um protetor de reinos ou algo do tipo, mas como as pessoas conseguem de fato gostar dele?

Eu a ouvi suspirar e suspeitei de que estava prestes a receber um sermão.

– Bem, pelo que percebi de Logan e Neverra, ele nem sempre foi como é agora. Quero dizer, pense só. Ele é um antigo rei guerreiro de outro mundo. Tenho certeza de que está sofrendo da versão deles de transtorno de estresse pós-traumático, depressão ou pior.

Olhei para o antigo guerreiro em questão. Ele estava pesadamente apoiado na janela, com a respiração estável e as sombras dos cílios ridiculamente longos contra suas bochechas.

– Depressão, né? Veja só minha irmã, analisando deuses.

– Estou falando sério. Isso explicaria o comportamento errático, as mudanças de humor e o temperamento irregular. O trauma afeta dramaticamente o cérebro e, como ele viveu muito, muito tempo, quem sabe quais são os efeitos colaterais? Só estou dizendo, tenha cuidado.

– Sim, mãe.

Ela bufou.

– Ok, vou deixar isso passar. E quem sabe? Talvez ele esteja apenas sozinho. Logan e Neverra disseram que ele está isolado há séculos. Eles não o viam desde a queda de Rashearim.

– Ah, fala sério. Esse homem não ficou sozinho desde que atingiu a puberdade. Você precisava ver os sonhos de sangue que tive. Deuses, deusas, celestiais, pode escolher, todos se curvavam para ele. Não fosse alguma batalha ou festa, ele estaria ocupado molhando o biscoito.

– Espere, o quê? – A voz dela soou alta e estridente antes de ela se acalmar e perguntar: – Dianna, o quê?

– Pois é! Quer dizer, achava *que eu* era experiente.

– Espere, ele te alimentou, e você o viu pelado? – Ela praticamente gritou a pergunta no meu ouvido.

– Sim, seria fantástico se estivesse conectado a outra pessoa.

– Dianna, pare de desviar o assunto. Não me importo com isso. Ele alimentou você, o que significa que você se feriu o suficiente para ele ficar preocupado. O que aconteceu?

Ai, merda. Eu poderia fingir uma conexão ruim e desligar, mas não falava com ela havia algum tempo e não queria encerrar a ligação só porque fui pega.

– Ah, bem, é uma longa história. A versão resumida é que Sophie e Nym podem ter me envenenado, e Liam me alimentou porque pensou que eu estava morrendo.

O telefone ficou em silêncio por um momento antes de ela perguntar:

– Mas você está bem agora?

Uma culpa agitou-se em mim e apertei o volante quando ouvi o medo na voz dela.

– Sim, eu estou bem. Promessa de mindinho.

Ela suspirou e parecia que havia se jogado de volta na cama. Eu podia imaginá-la ficando de pé para andar de um lado para outro depois de ouvir sobre os sonhos de sangue. Minha irmã estava sempre preocupada.

– Bem, mal posso esperar até que isso acabe e possamos voltar a uma vida seminormal. Não haverá nenhum Kaden, então você vai ter uma vida de verdade desta vez. – Ela parou por um segundo. – O que acha de voltar para as Ilhas Sandsun? Há uma parte isolada e sem sinalização na praia que eu encontrei enquanto estava escondida. Tem penhascos onde podemos mergulhar, e é tão lindo. Não vamos juntas a uma praia assim há pelo menos trinta anos. Não vou nem chamar Rick. Será apenas uma viagem agradável, relaxante e divertida de irmãs. Vão ser nossas primeiras férias. Por favor, por favor, por favor!

– Ok, ok, ok, temos um plano. Pare de pedir. – Meus lábios se curvaram em um sorriso pequeno e triste, enquanto minha visão ficava embaçada. Eu não tinha contado a ela os termos do meu acordo com Liam e não tinha certeza se iria para a prisão ou se ele tinha algo pior planejado. Liam nunca me contou o que faria comigo, e eu preferia não saber.

Ela ficou calada por mais um instante, o silêncio pairou entre nós. Tenho certeza de que ela estava sentindo minhas emoções, mesmo de tão longe.

Gabby respirou fundo.

– Escute, sei que é difícil agora. Eu sei, quer você queira admitir ou não, que está frustrada e provavelmente com raiva. Mas eu acredito em você. Já passou por tanta coisa, Di. Tanta coisa. Você é a pessoa mais forte que conheço. Se esse livro estúpido existir, você vai encontrá-lo. Você é teimosa, mas resiliente. Consegue sobreviver a qualquer coisa.

Limpei meu rosto, disfarçando minha fungada com uma risadinha.

– Obrigada pela conversa estimulante.

– De nada. Agora pare em algum lugar e durma um pouco. Não deveria estar dirigindo tão tarde. Não me interessa o que Liam diz.

Olhei para o deus adormecido e bocejei.

– Realmente parece um bom plano. Acho que estou vendo um daqueles motéis duvidosos mais adiante.

– Perfeito para você, creio eu – afirmou ela com uma risada. – Ligue-me amanhã se puder.

– Sim, senhora.

Ela bufou ao telefone.

– Lembre-se, eu amo você.

Sorri e repeti as palavras para ela antes de desligar.

Uma grande placa parcialmente iluminada perfurava a escuridão à frente. Gabby estava certa. Eu estava exausta e cansada de ficar presa no carro.

A placa piscava, acendendo e apagando, e eu quase conseguia ouvir o zumbido das luzes. Entrei, notando apenas um caminhão estacionado na parte de trás do edifício. Estacionei perto do escritório e vi uma mulher pequena sentada em um balcão, assistindo à TV. Ela tinha um cigarro entre os dedos, e a fumaça flutuava no ar atrás do vidro.

Parei o carro, mas o deixei ligado. Sem querer acordar Liam, abri a porta com cuidado. Adoraria não ter que ouvi-lo reclamar. Quando ele nem sequer se mexeu, saltei e fechei a porta delicadamente.

Um sininho tocou quando entrei, e a mulher, que parecia ter quase 50 anos, virou-se para mim. Ela apagou o cigarro e abaixou o volume da TV.

– Olá, querida. Procurando um quarto para passar a noite?

– Sim, por favor – respondi, antes de me inclinar e me assegurar de que Liam não tinha acordado.

– Ele é bonito – comentou ela, enquanto pegava uma chave do grande quadro marrom às suas costas. – Escolheu o hotel perfeito se você e seu namorado quiserem fazer barulho. Não temos muitos clientes, já que estamos tão afastados.

Levantei a mão, o olhar de desgosto em meu rosto a fez parar.

– Ele não é meu namorado.

– Sério? Que pena. – Ela sorriu ao se aproximar do balcão e me entregar a chave. – Serão quarenta dólares, senhorita.

– Quarenta dólares por uma única noite?

Ela deu de ombros.

– Como eu disse, não recebemos muita gente aqui tão longe. A maioria das pessoas são caminhoneiros ou... – Sua voz foi sumindo enquanto ela me olhava de alto a baixo, depois olhou para Liam. – ... sabe, *mulheres trabalhadoras.*

A maneira como ela disse a última parte me fez encará-la.

– Eu não sou uma prostituta.

– Como eu disse, não estou julgando. – Ela ergueu as mãos em defesa.

Eu não falei mais nada e procurei o dinheiro que havia roubado. As pessoas precisavam mesmo aprender a trancar seus carros, em especial em paradas para descanso. Não podíamos usar nenhum dos cartões que Nym tinha nos dado, porque eu sabia que estavam sendo rastreados. Desdobrei as notas e bati os quarenta dólares antes de pegar a chave do balcão e me virar para sair. A risada dela me seguiu, enquanto o volume da TV aumentava e ela voltava sua atenção para o programa.

XXVI
LIAM

– Samkiel, estenda as mãos. – Meu pai demonstrou quando estávamos no pavilhão acima do refeitório nas extremidades de Rashearim. Nuvens cercavam o topo das montanhas, e uma leve brisa trazia o aroma delicioso da comida do banquete. Eu queria mais do que tudo estar lá.

– Não consigo fazer isso – reclamei, ficando cada vez mais frustrado. Eu podia ouvir meus amigos se reunindo lá embaixo e queria me juntar a eles.

– Você deve aprender a controlar seus poderes, ou eles vão devorá-lo. Deseja ter esse destino, entrar em combustão e ser reduzido a nada além de cinzas ao vento?

As colunas de ouro que nos rodeavam vibravam com o poder do seu tom. Os símbolos gravados na rocha do pavilhão reluziam intensamente conforme meu pai também começava a ficar frustrado.

Com um suspiro exasperado, balancei a cabeça e disse:

– Não.

A enorme cidade prateada abaixo estava desperta e fervilhando de atividade. Estávamos ali desde o nascer do Sol. Eu estava cansado de treinar, mas ele persistia.

– Agora, concentre-se. Cada pensamento que você tem e cada emoção que sente vem do seu âmago. Sua raiva – apontou para minha barriga – vem das suas entranhas. – Apontou para o meu peito em seguida. – Seus desejos vêm do seu coração, e sua tolice... – Ele estendeu a mão e bagunçou meu cabelo, fazendo os fios dançarem sobre meus ombros. – ... vem daqui.

Afastei sua mão com um leve tapa, antes de levantar a minha mais uma vez.

– Está bem, está bem.

– Agora, concentre-se.

Seus olhos se iluminaram com um brilho de prata pura, como os meus. Observei a energia se formando acima de sua palma. No início, apenas uma faísca, mas depois começou a girar em um pequeno padrão circular. Chicotes de energia se desprendiam dele na mesma cor do poder que corria em nossas veias.

– Depois que você coloca a energia para fora, é fácil manipulá-la. Pode ser moldada – ele fez a bola de luz dançar entre os dedos até formar uma pequena lâmina – ou simplesmente usada como já é. – Voltou à esfera original. – No entanto, o poder tem seus limites. O que você dá, ele toma. Se alimentá-lo demais, vai d" drená-lo. É algo de que você sempre deve se lembrar, especialmente em batalha.

Assenti, e suas palavras se repetiram em minha mente enquanto eu me concentrava. *Âmago, coração, cérebro. Centrar-me, concentrar-me, liberar.*

Respirei fundo e virei a palma da mão para cima, repetindo as seis palavras como uma ladainha.

Âmago, coração, cérebro.

Centrar-me, concentrar-me, liberar.

A energia faiscou na palma da minha mão, enviando uma onda de poder por todo o meu corpo. As luzes idênticas de cada lado do meu corpo pulsaram sob minha pele, o poder corria em direção à minha mão. Olhei para cima e vi o largo sorriso no rosto do meu pai. Ele estava orgulhoso. De *mim*.

Concentrei-me mais, desejando que se moldasse. O pequeno orbe se formou, mas não durou muito. O suor encharcava minha testa enquanto eu me concentrava. Eu era capaz de fazer isso. Eu sabia que era.

– Respire, Samkiel.

Ele não estava vendo que eu estava respirando?

Meus dedos se curvaram nas pontas, conforme eu tentava manter o foco. Eu queria uma lâmina como a que ele fez. Eu só precisava me esforçar um pouco mais e…

A bola ficou maior do que todo o meu punho. A luz dentro dela se tornou ofuscante. Contorceu-se e girou sobre si mesma. Meu poder não era íntegro nem inofensivo como o dele, mas uma bola quebrada de energia ameaçando devorar tudo ao seu redor. Ela disparou para o céu, abrindo um grande buraco no teto. A força da explosão nos atravessou, e pedaços de pedra caíram, os destroços nos cobriram com uma camada de poeira branca.

Unir afastou uma longa mecha de cabelo preto do rosto. Franziu a testa, colocando as mãos nos quadris, seu olhar de orgulho foi substituído por uma carranca.

O fosso dolorido em meu estômago se formou novamente quando baixei o olhar. Eu nunca seria tão poderoso quanto ele nem teria seu controle. Um nó se formou na minha garganta quando dei um pequeno passo para trás. Olhei para o buraco no teto, e mil vozes encheram minha cabeça, lembrando-me de que eu nunca seria bom o suficiente.

Meu temperamento explodiu, os escombros ao nosso redor vibraram contra o chão.

– Eu não sei por que você me pressiona tanto o tempo todo! Eu não sou igual a você!

– Samkiel.

– Eu não sou normal e aceito isso. É você quem tem algo a provar, não eu. – Virei-me com os punhos cerrados ao lado do meu corpo. As luzes ao longo dele pulsaram, e cadeiras e mesas se chocaram contra as paredes conforme eu passava.

Eu mal tinha chegado aos degraus quando senti uma força invisível apertar minha cintura, puxando-me para trás. Meus pés mal tocavam o chão enquanto ele usava seu poder para me virar, forçando-me a encará-lo de novo.

Ele me colocou de pé e falou:

– Olhe. – Seu rosto não continha raiva quando ele apontou para cima.

– Não preciso ver minhas falhas para saber…

As palavras morreram em meus lábios enquanto os escombros ao nosso redor flutuavam em direção ao teto. Pedaço por pedaço, o buraco foi sendo preenchido devagar, consertando-se. A mão estendida de meu pai brilhava sutilmente com poder.

– … Como?

Ele sorriu mais uma vez.

– O mesmo poder que flui em minhas veias flui nas suas. Sim, dada a técnica ou força do usuário, pode causar danos, mas também pode reconstruir e curar. Até os mais fortes entre nós aprenderam como usá-lo para curar. Você não é um fracasso nem será. – Ele uniu as mãos e espanou o pó das roupas. – Agora, vamos tentar mais uma vez. Estenda a mão.

Você não é um fracasso. As palavras soaram verdadeiras para mim. Estudei todos os dias em preparação para me tornar rei. Nem todas as divindades ficaram contentes com minha ascensão, e elas fizeram questão de me deixar ciente disso. Mas as únicas opiniões que importavam para mim eram as dos meus amigos e a do meu pai. Se eu não falhasse com eles, talvez não falhasse em governar. Balancei a cabeça uma vez antes de sorrir e encontrar seu olhar.

Meus olhos se arregalaram quando um brilho caiu sobre a imagem do meu pai, distorcendo-a. Dei um passo para trás, depois outro. Não, isso não tinha acontecido – não ali. Um líquido prateado escorreu de seus olhos, depois do nariz e da boca. A sala escureceu e tremeu. Ficamos parados, enraizados no lugar, enquanto o prédio explodia. Gritos e rugidos rasgavam o ar. Relâmpagos alaranjados dançavam entre nuvens amarelas ondulantes.

O fedor de sangue e morte pairava sobre os restos mortais de Rashearim. Minha cabeça girava enquanto eu assistia a legiões de celestiais lutando entre si. O metal cantava quando suas armas retiniam, a luz saía delas vibrando. O mundo estremecia conforme muitos morriam, seus corpos explodiam em luz e disparavam para o céu.

Meu pai me encarou com as roupas ensanguentadas, o rosto cheio de cicatrizes e aqueles olhos – aqueles olhos mortos e vazios.

– Está feliz, Samkiel? Era isso o que você queria, certo? – Era a voz do meu pai, mas as palavras eram cruéis.

Meu corpo estava pesado, olhei para baixo e vi a armadura manchada de sangue envolvendo-o. Eu segurava uma lança prateada coberta de sangue em uma mão e um escudo quebrado na outra.

– Eu nunca quis isso – respondi, balançando a cabeça com tanta força que minha visão ficou turva.

– Você é um Destruidor de Mundos. Mais um dos meus erros. Estaríamos melhor sem você. *Eu* estaria melhor sem você. – Ele avançou, uma perna quebrada arrastava-se atrás dele.

– Pare. – Deixei cair a lança, arranquei o elmo da cabeça e o joguei para o lado.

– Que desperdício.

– Não.

Dei outro passo para trás.

– Fui um tolo em pensar que você seria capaz de nos liderar. Você apenas nos levou à destruição.

– Você não quer dizer isso. – Parei quando ele se aproximou, meu corpo tremia. Ele estava na minha frente com as mãos estendidas e agarrava meus ombros com as unhas cravadas profundamente.

– Você nunca deveria ter nascido. Sua mãe ainda estaria aqui. Rashearim ainda estaria aqui.

– Eu falei para parar! – Meu poder explodiu de mim, a ilusão ao meu redor estremeceu, mas não se dissipou. Eu o agarrei pela garganta e o levantei. – Por que me assombra?! O que quer de mim?! Eu não entendo!

Eu o sacudi, enquanto ele agarrava meus pulsos, as garras pretas se arrastavam pela minha carne, a dor era intensa.

– Liam – ofegou ele, suas mãos agarravam meus braços. – Liam, você está sonhando. Acorde.

Sua voz falhou e mudou, tornando-se mais feminina.

– Eu fiz o que você me pediu, pai. Fiz o que você me implorou para fazer! Você queria um rei, então eu me tornei um rei. Então, por quê? Por que não me deixa descansar?

– Eu – a voz ficou embargada, aquelas unhas se cravaram com mais força – não sou o merda do seu pai.

Âmbar brilhante se espalhou por suas íris, obliterando a prata. Fogo quente, feroz e ardente disparou de seus olhos, fazendo-me voar para trás. Minhas costas se chocaram contra uma superfície dura, e deslizei até o chão. Apoiei-me nos cotovelos, tossindo, enquanto erguia a mão para proteger os olhos. Minha cabeça latejava com tanta força que parecia que ia se abrir. O mundo ao meu redor tremeu e se dispersou depois que pisquei algumas vezes.

As imagens de Rashearim desapareceram c foram substituídas por um quarto escuro. Ouvi passos se aproximando e me virei em direção ao enorme buraco na parede. Um par de olhos, de um vermelho ardente, reluziu através da poeira, e eu me sentei, enquanto uma figura alta e esbelta atravessava os destroços. Seu cabelo grosso dançava acima de seus ombros nus como se tivesse vida própria. Ela vestia uma regata justa com alças finas e calças pretas largas combinando. Estava deslumbrante. Uma deusa sombria trazida à vida. Ela era…

– Liam! – A voz estava ferida. – Que porra foi isso?

Ela era Dianna.

Sacudi a cabeça, voltando à realidade, a pulsação dolorida ia diminuindo. Eu fiquei de pé no segundo seguinte.

– Senhorita Martinez.

– Pare. De. Me. Ahamar. Assim – disse as palavras entre dentes. Eu estaria mentindo se dissesse que não me encolhi um pouco. Seus olhos ardiam com ira Ig'Morruthen, e sua voz era um grasnado entrecortado. A voz dela… Não!

Eu estava na frente dela no segundo seguinte, segurando delicadamente seu queixo. Ela estremeceu e deu um tapa em minhas mãos, enquanto eu inclinava sua cabeça para trás.

– Isso machuca.

Eu não pensei quando me inclinei para pegá-la no colo. Aninhei-a contra o peito e passei pelo buraco que ela fez quando me jogou através da parede.

– Me coloca no chão – ela exigiu, com a voz profunda e estrangulada.

Obedeci, colocando-a na cama parcialmente quebrada. O quarto estava em ruínas, e o telhado havia desaparecido por completo. Era apenas mais uma demonstração da minha natureza destrutiva. Abaixei a cabeça, esfregando as mãos nas têmporas, fechando os olhos e me concentrando.

Abri os olhos, e o brilho deles iluminou o pequeno quarto escuro. Tudo começou a vibrar, e ouvi o estrondo vindo de cima quando o telhado se consertou. Os eletrodomésticos e móveis voltaram a ficar inteiros, as cadeiras não estavam mais em pedaços. A cama em que Dianna estava sentada sacudiu quando o estrado quebrado foi consertado. Assim que o enorme buraco na parede foi preenchido, olhei para ela, que olhou ao redor do quarto restaurado com olhos arregalados. Estava com as mãos pressionadas contra a garganta, e eu conseguia ver os hematomas roxos e pretos se formando em sua pele delicada.

Agachei-me diante dela e sabia que tinha me movido rápido demais quando ela se sobressaltou e recuou, assustada com meu movimento repentino. Ela me encarava com cautela, como se esperasse outro ataque.

– Deixe-me ver – pedi, estendendo a mão devagar, mas sem tocá-la, esperando a permissão dela. – Por favor.

Ela me estudou, e seu olhar passou para minha mão. Eu sabia que ela estava se lembrando da dor que meu toque podia causar.

– Prometo que não vou machucar você.

– Você já machucou – respondeu, sua voz ficando mais rouca à medida que sua garganta inchava.

– Por favor. Apenas deixe-me consertar isso.

Ela sustentou meu olhar, e o que quer que tenha visto a convenceu a abaixar as mãos. Afastei seus joelhos e me aproximei. Ela engoliu em seco devido à minha proximidade, que a fez estremecer de dor de novo, porém não se afastou.

Coloquei uma mão em cada lado de sua garganta esbelta e fechei os olhos, lembrando-me das palavras que meu pai me ensinara havia muito tempo. Senti a onda de energia rastejar do meu âmago. Desceu pelos meus braços e encheu minhas mãos antes de passar para ela. Ouvi seu suspiro suave e abri os olhos. Fios de luz prateada cercavam sua garganta como um colar, iluminando-a com um brilho etéreo.

Um osso voltou ao lugar com um estalo nauseante, e observei enquanto os hematomas desapareciam, deixando sua linda pele bronzeada lisa mais uma vez. Afastei-me e me levantei antes de me sentar ao lado dela na cama. Ficamos calados por um longo momento, o silêncio era ensurdecedor.

– Você quebrou minha laringe, seu idiota – murmurou ela, continuando a esfregar o pescoço.

– Sinto muito. – Dizer que estava com vergonha seria um eufemismo.

Ela assentiu e olhou pela janela, como se estivesse perdida em pensamentos.

– Onde estamos? – Minha voz não parecia a minha.

– Um hotel. Mas não tão sofisticado quanto o seu. – Ela tentou brincar, mas as palavras foram frias. Seu humor e ânimo habituais haviam sumido, e eu detestava ser a causa. Abaixei a cabeça e suspirei, esfregando a ponte do nariz.

– Sinto muito.

– Você se desculpa muito para alguém da realeza.

– Eu realmente não queria machucar você. Não sabia que era você. – Parecia tão inadequado dizer que eu não sabia onde estava ou quem ela era naquele momento. Era indesculpável que o rei de Rashearim não tivesse controle sobre seus poderes.

– Você tem explosões assim toda vez que dorme? É por isso que não quer dormir?

Senti a cama oscilar, mas fiquei onde estava. Balancei a cabeça, minha vergonha mantinha minha língua colada ao céu da boca.

Esfreguei as mãos no rosto, tentando encontrar minha voz.

– Eu não devia ter dormido, mas estou tão *cansado*. – Minhas mãos caíram no meu colo quando me virei para olhar para ela. – Eu falei que não queria esperar! Eu lhe disse que não queria prolongar isso mais do que o necessário! Agora sabe o porquê. Sou volátil, senhorita… – Parei. – Dianna. Não posso ficar aqui por longos períodos de tempo. Meu corpo precisa dormir, não importa o quanto eu deseje que não.

Não tive a intenção de ser grosseiro ou de brigar com ela, mas as emoções que eu mantinha enterradas tão profundamente pareciam explodir ao redor dela. Entre o comportamento errático e impulsivo que ela exibia regularmente e seus comentários grosseiros, rudes e sarcásticos, ela trazia à tona um lado meu que permanecera adormecido por séculos.

Vi como ela reagiu e se iluminou perto da irmã, o que me contava mais sobre ela do que – eu tinha certeza – ela gostaria. A aura de Gabby parecia envolver Dianna às vezes, sua luz estendia-se para domar a fera que jazia sob a pele de Dianna. Ela podia não ser mais mortal, porém parte dela ainda sentia e amava. Era essa parte que tornava difícil não gostar dela. Ela despertava em mim emoções que me faziam esquecer o que ela era e do que era capaz.

– Sinto muito. Não queria gritar. Apenas não quero dormir. Nunca.

– Por causa dos pesadelos?

Deslizei minha mão pela nuca.

– É assim que são chamados aqui? Refiro-me a eles como terrores noturnos. Memórias antigas que resultam em… – Acenei para o quarto agora limpo. – Isso.

Dianna ficou quieta por alguns momentos, parecendo processar o que eu havia dito antes de perguntar:

– Alguém mais sabe?

– Ninguém sabe. Só você – respondi, olhando para ela de relance. Ela inclinou o corpo em minha direção com as pernas cruzadas e as mãos no colo. – Como você me impediu? Sempre tive medo de estar perto de alguém quando isso acontecesse. Tenho medo dos danos que causo e de ter alguém por perto que possa se machucar.

Dianna encolheu os ombros.

– Bem, ouvi você sussurrando enquanto dormia, e depois todos os móveis aqui começaram a levitar. Na verdade o edifício inteiro se moveu. Tentei acordar você e… – Ela fez uma pausa e colocou a mão na garganta antes de deixar cair a mão. – Achei que você fosse arrancar minha cabeça, por isso reagi.

A culpa me atingiu novamente. Era outro lembrete de que estar perto dela fazia com que eu sentisse algo quando nada nem ninguém mais era capaz de me alcançar.

– Você é muito mais forte do que pensa. Especialmente se é capaz de me desarmar.

Ela soltou uma risada curta que era principalmente um ronco.

– Obrigada.

Fez-se silêncio mais uma vez, e um ar desconfortável de tensão preencheu o quarto. Eu não sabia mais o que dizer, a não ser pedir desculpas mais uma vez.

– Sabe, eu também costumava ter pesadelos. Na verdade, ainda tenho às vezes. – Ela olhou para as próprias mãos enquanto brincava com um dedo e depois com outro. – Gabby me ajudou muito quando me transformei, mas ainda sonhava com o sangue e a luta. Os gritos que ouvia durante a noite eram um lembrete constante do que eu tinha feito por Kaden. O que ele me obrigava a fazer.

Meu peito se apertou. Entendi o que ela estava falando e estava profundamente familiarizado com a culpa e a dor.

– Eles alguma vez pararam?

Ela sustentou meu olhar, e o dela era sombrio.

– Passaram a vir com menos frequência. Nas noites realmente ruins, eu me escondia para ligar para Gabby. Se eu os tivesse quando a estava visitando, ela me abraçava. – Ela interrompeu o contato visual e abaixou a cabeça, afastando uma mecha de cabelo do rosto. – É bom ter alguém ao seu lado, alguém que entenda. Caso contrário, você reprime tudo e explode. Mais ou menos como você fez esta noite.

– É.

– Liam, você é poderoso demais para deixar isso acontecer. Se eu não tivesse conseguido acordá-lo, você poderia ter destruído toda essa área. Você podia ter matado…

Levantei-me abruptamente e comecei a andar de um lado para outro.

– Eu estou ciente.

– Não estou sendo cruel e não estou tentando brigar, mas e os seus amigos? Você pode conversar com eles?

– Não. – Voltei-me para encará-la, e a única palavra saiu agressiva e áspera. Eu a vi estremecer e me virei para recomeçar a andar. – Não, não posso.

O silêncio foi quase ensurdecedor, até que ela disse:

– Gabby me ensinou a não viver no passado. Bem, está tentando, pelo menos. Ela falou que não adianta, porque nada cresce lá. Você viu mais de mil mundos e viveu mais de mil vidas. Mal posso imaginar o que fez e o que viu. Tenho certeza de que nem mesmo os sonhos de sangue conseguiriam me mostrar tudo o que você viveu. – Ela encontrou meu olhar, seus olhos me perfuraram, vendo coisas que eu não queria que ela soubesse. Mas a expressão dela era suave e cheia de compreensão. – Está tudo bem em não estar bem, Liam.

Meu peito se apertou e fiquei quieto por um momento. Nunca tive ninguém por mim. Não desse jeito. Não quando eu desnudava pedaços da minha alma e revelava minhas fraquezas. Ela era minha inimiga, no entanto, minha inimiga era a única que parecia me compreender e entender os demônios contra os quais eu lutava. Mesmo assim, suas palavras estavam muito longe da verdade.

Está tudo bem em não estar bem.

Balancei minha cabeça.

– Não para mim.

– Então que tal fazermos um novo acordo?

Isso chamou minha atenção e parei para me concentrar nela, minha cabeça ainda latejava.

– Um novo acordo? Não fizemos o suficiente?

– Este não envolve o livro nem mesmo os monstros contra os quais podemos ou não lutar.

Fiquei em silêncio por um momento, mas a curiosidade levou a melhor.

– Isso requer outro dedo mindinho?

Um pequeno sorriso – um de verdade – enfeitou os lábios dela, e meu peito se apertou mais uma vez.

– Sim. Estamos presos um ao outro nesta missão maluca. Se você estiver errado sobre o livro, o mundo provavelmente vai acabar, então por que não fazer uma trégua? Devíamos parar de brigar e tentar ser amigos. – Ela levantou a mão, interrompendo-me quando fiz menção de falar. – Só enquanto temos que trabalhar juntos. Nós dois discutindo o tempo todo não nos leva a lugar nenhum.

– Tenho que concordar com isso.

– Bom, isso é um começo. E, enquanto estivermos juntos, pode compartilhar seus fardos comigo. Prometo não julgar, ridicularizar ou fazer você se sentir menos por causa deles. Seus fardos se tornam meus fardos.

– Seus fardos se tornam meus fardos? – Minha sobrancelha se curvou.

– Sim – confirmou ela. Era como se uma pedrinha tivesse caído no meio de um lago tranquilo. No grande esquema das coisas, não queria dizer nada. No entanto, começou uma onda pequena e aparentemente insignificante, e algo mudou.

– Ok.

– Bem, levando em conta nossa aliança recém-formada, vou ajudá-lo com seus pesadelos. Às vezes é mais fácil conversar com um estranho do que com pessoas de quem a gente gosta, e prometo não compartilhar nada do que você me contar, ok?

Balancei minha cabeça.

– Isso não é algo que as palavras possam simplesmente curar.

– O que acabamos de falar sobre discutir? – perguntou ela, e o sorriso que normalmente usava retornou.

Mulher frustrante.

Apertei os lábios e suspirei.

– Muito bem. Como pretende me ajudar?

Ela recuou na cama até que houvesse espaço suficiente para mim e deu um tapinha no espaço ao lado dela. Minha curiosidade se transformou em preocupação.

– Venha aqui, e eu vou mostrar para você.

Eu já tinha ouvido palavras semelhantes antes, ditas tanto por celestiais quanto por deusas. Normalmente, era um convite, e logo elas estavam de joelhos, adorando-me com as mãos, a boca e a língua. Minha pulsação acelerou, o sangue em meus ouvidos latejava e ameaçava fluir para outro lugar. Tentei falar, mas minha boca estava seca. Limpei a garganta e tentei novamente, conseguindo dizer:

– Só há uma cama.

– Ótimo, você é observador. Estou tão orgulhosa. Agora venha aqui.

Meus dedos dos pés se flexionaram contra o tapete. Eu deveria estar interpretando mal as intenções dela. Ela não tinha a intenção de dizer que queria fazer sexo comigo. O suor começou a escorrer pelas minhas costas.

– Mas…

– Prometo me comportar da melhor maneira, Vossa Majestade. Sua virtude está segura comigo – declarou ela, pressionando a mão sobre o peito. – Eu prometo.

– Não foi o que eu quis dizer. – Balancei a cabeça. Por que um pensamento como esse passaria pela minha cabeça? Qual era meu problema? Eu não via e nunca veria Dianna dessa maneira. – Está bem.

Engoli em seco, colocando um pé na frente do outro até chegar à cama. Sentei-me na beirada, e ela revirou os olhos, recuando ainda mais.

– Liam, deite-se.

Lancei outro olhar para ela antes de me deitar, meu corpo estava tenso. Ela se deitou perto de mim, mas ficou de lado, apoiando a cabeça na mão.

– Qual é o objetivo disso?

Ela riu, e o branco puro de seus dentes faiscou na sala escura.

– Você parece tão desconfortável. Apenas relaxe. Você já teve mulheres e homens em sua cama antes. Às vezes, os dois ao mesmo tempo. Eu vi.

– Não é isso… – Por que meu cérebro não estava funcionando? – É diferente.

– Por quê? Porque eles não eram Ig'Morruthens? – perguntou, com um tom afiado em sua voz.

– Bem, não, porque… Por que estamos falando disso? – Por que eu estava me atrapalhando com as palavras? – Isso não está me ajudando.

Ela revirou os olhos e disse:

– Apenas relaxe.

Respirei fundo e me mexi, deitando de lado para encará-la.

– Então, pelo que soube, Logan é seu melhor amigo, mas também trabalha para você, não é? Você os chama de A Mão, mas eles são celestiais, certo? O que isso quer dizer?

Não entendi como isso poderia me ajudar, mas respondi à pergunta dela.

– Meu pai criou Logan, mas ele não foi concebido. Todos os celestiais foram criados por um deus ou outro. Os celestiais não nascem e têm uma sombra de nossos poderes.

Ela assentiu, e eu conseguia ver que estava intensamente focada em mim.

– Você mencionou seu pai em seu pesadelo. Quer falar sobre ele?

– Não. – Soou brusco, mas eram memórias que eu não compartilharia com ninguém.

Ela engoliu em seco antes de mudar de assunto.

– Por que criar algo tão semelhante? Eles não temiam que se rebelassem?

– Os celestiais não têm o poder para se rebelar com sucesso. Sempre imaginei que eles os criaram porque estavam entediados e queriam algo para governar, já que não podiam controlar uns aos outros.

Ela sorriu, os cantos de sua boca se levantaram, e os olhos reluziram.

– Como é que você não sabe?

– Sei que é difícil de acreditar, mas, crescendo lá, na maior parte do tempo eu não me importava. Eu tinha o que desejava, quem eu desejava e mal precisava erguer um dedo.

Era a vantagem de ser rei. Sendo assim, não me importava com política, o que foi um erro da minha parte. Como você disse, eu era mimado e hipócrita.

Ela distraidamente coçou a nuca.

– Eu não estava falando sério.

– Estava sim. Não se desculpe. Agradeço a honestidade.

Dianna sorriu, e suas palavras pingavam sarcasmo.

– É mesmo?

Estreitei os olhos, ajustando o braço sob a cabeça para ficar mais confortável.

– Às vezes. Não é algo com o qual estou acostumado. Todo mundo sempre foi tão cauteloso perto de mim, curvando-se o tempo todo, o que eu detesto. Eles me chamam de "soberano" ou "senhor", como se meu nome não tivesse mais significado. Como se meu título fosse tudo o que sou ou serei para eles. Metade do tempo, eles têm medo de falar algo errado. Isso faz com que eu me sinta como se não fosse mais uma pessoa para eles.

– Bem, como você me disse, você não é uma pessoa... não de verdade.

Foi a minha vez de ficar chocado. Apoiei-me no cotovelo.

– Ah, então você *de fato* me escuta?

O olhar dela se suavizou conforme um sorriso iluminava seu rosto. Eu congelei e, por um momento, esqueci como respirar. Nunca a tinha visto sorrir de verdade – não um sorriso genuíno. Iluminou seu rosto, fazendo-a parecer quase divina.

– Só ouço toda vez que você fala. Como não ouviria? Você geralmente está reclamando... bem alto.

Caí de volta, colocando meu braço sob a cabeça mais uma vez.

– Você disse para não discutirmos mais.

Ela deu de ombros.

– Isso não foi discutir, está mais para implicar com você, uma brincadeira.

– Não entendo a diferença.

– Não se preocupe. Vou ensinar a você. Então, de volta à Mão e aos celestiais. Eles não nasceram? Como eles sentem da forma que sentem? Neverra e Logan são casados. A alegria e o riso que vi nas memórias de Logan eram amor verdadeiro.

– Os celestiais são seres sencientes criados por meu pai e pelos outros deuses. Seu objetivo principal é servir. Como você viu, eles são capazes de amar de verdade. Seu metabolismo rápido exige que comam muito. São altamente sexuais e têm a mesma paixão por lutar. São corajosos, rápidos para se adaptar e muito bons na guerra, o que os torna máquinas de matar perfeitas. Isso os fez inestimáveis durante batalhas.

Ela anuiu, e consegui me sentir relaxando. Meus nervos se acalmavam um pouco mais conforme continuávamos a conversar.

– Quer dizer que os que seguem você, os que sobraram, eles obedecem a você?

– Obedecem. Escolhi-os a dedo, recrutando-os dos outros deuses de Rashearim. Eu precisava da minha própria legião, por assim dizer.

– E dessa forma você criou A Mão.

– Exato.

Ela bufou.

– Então, por que Vincent faz aquela cara toda vez que você fala algo para ele?

Senti meus lábios se curvarem em um pequeno sorriso. Os olhos de Dianna se voltaram para eles, um breve olhar de choque apareceu em suas profundezas. Limpei a garganta.

–Vincent nunca gostou que alguém tivesse poder sobre ele. Eu culpo Nismera por isso.

Ela não mencionou minha mudança repentina de postura ou tom, apenas continuou.

– Quem é essa?

Meu sangue gelou com a lembrança, as cicatrizes em minha garganta e panturrilha arderam.

– Uma deusa antiga e cruel. Morreu durante a guerra. Ela criou Vincent e alguns outros.Vincent é o único membro remanescente de sua linhagem.

Ela assentiu mais uma vez antes de se aproximar. Deve ter percebido minha súbita cautela, porque sorriu.

– Feche seus olhos.

– Por quê?

– Prometo que não vou machucar você. Nem tenho uma adaga dos renegados comigo desta vez.

Meu olhar se estreitou com sua tentativa de fazer piada.

– Não tenho medo de que você me machuque.

Ela inclinou a cabeça para o lado, as lindas ondas escuras de seu cabelo caíam sobre seus ombros.

– Então, do que você tem medo?

Ela esperou pacientemente. Sustentei o olhar dela e demorou alguns momentos, mas fiz o que ela pediu e fechei os olhos. Sua respiração era um sussurro, seu perfume rico e picante me preenchia. Eu conseguia sentir o calor de seu corpo me convidando a me aproximar. Eu não estava nervoso, mas outra emoção tomava conta de mim. Era como se pequenas agulhas estivessem dançando sobre minha pele. Estava sentindo uma estranha combinação de ansiedade e expectativa.

– Posso tocar você?

Meus olhos ameaçaram se abrir, mas permaneci imóvel. Eu tinha milhares de anos e tinha feito coisas com as quais Dianna nem sonhava, mas a pergunta dela fez meu sangue ferver. Não me mexi, e minha respiração falhou quando respondi:

– Sim.

Talvez eu precisasse mesmo de um tipo diferente de liberação. Era algo do qual havia me privado por séculos. Por outro lado, eu não havia desejado até então. Dianna era proibida, mas ninguém precisava saber. Era algo a considerar.

Espere, não. O que havia de errado comigo? Por que estava pensando essas coisas? Era Dianna, não uma consorte implorando para realizar meus desejos. Pensei em me afastar, falar para ela que isso não estava funcionando, mas descartei a ideia quando senti seus dedos penteando meu cabelo. Meus olhos se abriram, e ela me deu um sorriso pequeno e gentil.

– Minha irmã fazia isso nas minhas noites ruins. Não era muito, mas ajudava. Sempre adorei que acariciassem meu cabelo enquanto eu caía no sono. Era apenas um toque reconfortante, lembrando-me de que não estava só. Como disse, não é muito, mas é o bastante.

Não estava só.

Suas palavras tocaram algo em mim, abafando a centelha de luxúria e substituindo-a por outra emoção. Era mais do que avassaladora, e essa outra emoção era uma que eu não conhecia. Era algo caloroso e feliz, mas também agudo e doloroso. Eu havia vivido sozinho com um vazio angustiante por tanto tempo que não sabia o que fazer com esse calor e paz. As palavras não conseguiam abranger os sentimentos, e compartilhamos mais do que ela imaginava.

– Desculpe por ter queimado metade do seu cabelo, mas esse visual é melhor de qualquer maneira. Você não parece mais pulguento.

– Sem discussões – murmurei, o que apenas me rendeu uma pequena risada dela.

Ela deslizou os dedos pelo meu cabelo, suas unhas eram um leve sussurro no meu couro cabeludo. Ela não precisou me dizer para fechar os olhos de novo; eu o fiz por conta própria.

– Então, como conseguiu que Vincent trabalhasse para você? – Sua voz agora soava como um murmúrio, uma canção de ninar suave me incitando a dormir.

– Logan e eu aos poucos o convencemos a passar algum tempo conosco em Rashearim. Ele é muito mais ousado agora do que naquela época, mas tinha bons motivos para isso. Nismera abusou dele de maneiras que ele ainda não nos contou.

– Pobre Vincent. As lendas faziam A Mão parecer monstruosa e implacável, mas eles parecem tão mortais.

– Hum-hum, você não conheceu todos eles. Tenho alguns assim. Eles trabalhavam com meu pai e, por lei, comigo. Portanto, passamos muito tempo juntos. Eles são mais "mortais", como você diz, do que outros. Eu não queria que toda a sua existência se resumisse a lutar e a seguir ordens. Queria mais para eles.

Os dedos dela faziam uma dança repetida contra meu couro cabeludo, a qual logo memorizei.

– Onde estão os outros?

Bocejei antes de responder:

– Nos restos do meu velho mundo. Restaurei as partes que não se desintegraram. É pequeno, não tão grande quanto este planeta, mas, como você disse, é suficiente. Eles ainda trabalham para o Conselho de Hadramiel na cidade. É semelhante à Cidade Prateada, só que muito maior.

A mão dela parou, e eu abri os olhos. A expressão em seu rosto era quase cômica.

– Você reconstruiu um *planeta*?

– Sim. – Eu estava confuso. – Ah… esqueci que isso não é uma ocorrência normal para vocês daqui. – Apoiei-me no cotovelo, enquanto ela continuava a me encarar como se tivesse crescido uma segunda cabeça em mim. – Não é tão difícil quanto pode parecer. Meu pai e o pai dele antes dele e o dele antes dele criaram vários. Meu tataravô criou Rashearim. – Ela não se moveu nem falou nada, apenas ficou me encarando. – Você está bem?

Dianna balançou a cabeça e colocou uma mecha de cabelo atrás da orelha.

– Sim, desculpe, eu só não sabia que você era capaz de fazer isso. Quer dizer, eu sei que você é um deus, apenas não esperava que você fosse tão poderoso.

– Podemos conversar sobre outra coisa se preferir.

Seu olhar se voltou para o meu e depois para as próprias mãos.

– Na verdade, há algo que desejo lhe contar. Especialmente se vamos começar do zero e pelo menos tentar ser cordiais, se não amigos, enquanto procuramos esse livro.

Fiquei tenso e me perguntando o que mais ela estava escondendo de mim.

– Está bem.

Ela inspirou fundo antes de voltar a olhar para mim.

– Eu não matei Zekiel em Ophanium. Ele estava gravemente ferido por causa de Kaden e tentou escapar. Eu o impedi e tinha total intenção de arrastá-lo de volta. Ele convocou uma lâmina de prata e falou de você e como você retornaria e… – Ela parou, como se a lembrança fosse dolorosa. – Tudo aconteceu tão rápido. Tentei impedi-lo, mas não consegui, então… – Suas palavras se esvaíram mais uma vez, e eu a observei enquanto esperava que ela continuasse.

Minhas narinas se dilatavam conforme eu inalava profundamente, esperando sentir uma mudança de cheiro que me dissesse que ela poderia estar mentindo. Procurei nos olhos dela, buscando a fera que destruiu a Guilda em Arariel e causou tantas baixas. Mas ela continuou melancólica, e não notei nada que indicasse que não estava sendo sincera.

Descobrir a verdade sobre como Zekiel morreu me feriu mais do que imaginei ser possível. Fiquei contente por conseguir sentir algo, até mesmo dor, mas parecia que estava tendo problemas para controlar minhas emoções recém-descobertas.

– Por que não me contou antes?

Vi a dor passar por seus olhos, rapidamente seguida pelo que pensei ser raiva, mas logo percebi que era determinação.

– Ia ter importância? Eu não sou boa, Liam. Eu tinha toda a intenção de arrastá-lo de volta para Kaden, que teria feito muito pior. Não importa o que Gabby veja ou pense, eu *sou* um monstro. Faço o que tenho que fazer para protegê-la. Sempre fiz e sempre farei, mesmo que signifique lutar contra um deus. – Ela forçou um sorriso.

Eu já a tinha visto recorrer ao humor ou a um comentário grosseiro quando um assunto se tornava real demais para ela, então, ao vê-la fingir aquele sorriso, decidi dar-lhe uma saída.

– A propósito, você lutou terrivelmente – comentei.

– Como é que é? – Seu humor pareceu mudar, e o olhar assombrado deixou seus olhos quando ela sorriu. – Eu esfaqueei você, caso tenha esquecido.

– Você me pegou desprevenido. Não pense que vai acontecer de novo.

Ela revirou os olhos.

– Claro, Vossa Majestade. Agora deite-se e feche os olhos.

– Mandona – falei, mas me deitei de novo e fechei os olhos.

Eu a senti se ajeitar antes de voltar a falar.

– Você é capaz de criar um celestial?

Isso era esquisito, mas não se levasse em conta as outras perguntas que ela havia feito.

– Infelizmente, esse poder só está disponível para os deuses criados a partir do Caos. Por que a pergunta?

Dianna suspirou suavemente e senti a cama afundar um pouco quando ela se aproximou de mim. Seus dedos voltaram a deslizar pelo meu cabelo quando explicou:

– Gabby. Falei com ela mais cedo, e parece que ela gosta muito de Logan e Neverra. É a primeira vez em muito tempo que a ouço tão feliz. Falou o tempo todo sobre eles. Não sei. Acho que ela adoraria ser uma celestial e, se fosse, não estaria mais ligada a Kaden ou a mim. Ela poderia ter uma vida semirreal, normal e feliz.

– Se ela realmente desejar, pode ficar e trabalhar para mim. Há empregos mais que suficientes e, além disso, temos um acordo. Ela terá sua vida normal da maneira que achar melhor.

Eu a senti ficar tensa ao meu lado e os arranhões preguiçosos no meu couro cabeludo parando. Estava prestes a abrir os olhos, com medo de ter dito a coisa errada.

– Obrigada, Liam. – Seus dedos enroscaram-se no meu cabelo mais uma vez.

– De nada. Não converso com ninguém há… Bem, não consigo me lembrar da última vez.

– Bem, você pode conversar comigo quando não estiver sendo um cuzão.

– Presumo que seja um eufemismo para minhas ações, e não para a parte física do corpo.

– Sim. – Sua risadinha sacudiu a cama. – Agora vá dormir.

Não me lembro de quanto tempo demorou nem se continuamos conversando, mas o sono veio, e os pesadelos, não.

XXVII
Dianna

– Levante-se e brilhe, Vossa Majestade Real – chamei, sacudindo o ombro de Liam. Ele estava de costas para a porta, ainda na mesma posição em que havia adormecido. Honestamente, se eu não conseguisse ver seu peito subindo e descendo, pensaria que estava morto.

Inclinei-me para mais perto dele e sussurrei:

– Liam. Se você morrer, quer dizer que não vou para uma prisão celestial ou algo do tipo?

Ele gemeu enquanto se virava devagar. Levantei-me e coloquei a mão no quadril.

– Olá, Bela Adormecida.

Ele se espreguiçou, a camisa subiu para revelar uma faixa de pele bronzeada sobre os músculos definidos de seu abdômen. Suas mãos bateram na cabeceira feia, e seus pés ficaram pendurados na outra extremidade, pois a cama era pequena demais para seu corpo enorme.

– Que horas são? – O sono cobria sua voz, tornando-a uma oitava mais profunda. Ele esfregou os olhos, enquanto se apoiava no cotovelo, com parte do cabelo grudado na lateral da cabeça. Era a coisa mais linda e irritante que eu já tinha visto. Afastei o pensamento da mente.

– Quase oito.

Isso o acordou. Ele se sentou e passou as pernas para fora da cama, colocando os pés no chão. Esfregou o rosto mais uma vez antes de me encarar.

– Precisamos ir embora. Por que você me deixou dormir tanto tempo?

– Porque você não dorme e precisava disso. – Peguei a sacola onde a havia deixado na cadeira velha e gasta quando voltei para o quarto. – Taquei fogo no resto das coisas que Nym nos deu, depois saí e comprei algumas roupas para você. Ela pode ter envenenado as roupas que enviou, e você precisa se misturar. Quero fazer uma parada antes de pegarmos a estrada, portanto se apresse e se vista.

– Parada?

– Sim. Paige, a doce senhorinha que administra este lugar, me contou sobre um pequeno lugar para tomar café da manhã a alguns quilômetros da cidade. Estou com fome, e você também precisa comer.

Percebi, pela expressão em seu rosto, que ele estava prestes a recusar.

– Olha, se vamos tentar toda essa coisa de "vamos ser amigos", você tem que comer.

Observei-o abrir a boca para dizer alguma coisa, mas o interrompi.

– Ah, não, não quero saber. Você consegue enganar seus amigos, mas não pode me enganar. Não vi você tocar em um pedaço de comida desde que começamos nossa pequena jornada, e já faz quase uma semana. Provavelmente é por isso que continua tendo essas dores de cabeça também. Sinceramente, não sei como você mantém tudo isso – acenei com a mão em direção ao seu físico – em forma sem comer.

– Não conte aos outros – pediu ele, levantando o canto da boca. – Por favor.

– Seu segredo está seguro comigo, Majestade.

Seus olhos se estreitaram para mim.

– Além disso, pare de me chamar assim.

– Eu paro se você comer.

Ele sustentou meu olhar por mais um momento antes de olhar para a bolsa.

– Não preciso das roupas. Presumo que sejam do tamanho errado, assim como tudo o mais que Logan me deu.

Eu zombei.

– Bem, sinto muito. Eu não…

Minhas palavras sarcásticas morreram quando ele se levantou, o ar ao seu redor vibrava, e fios e tecidos surgiram do nada. Seu jeans desgastado e desbotado se transformou em outro escuro e limpo, moldado em suas coxas e nádegas poderosas. Sua camisa nova era cinza-clara e ajustada ao peito e aos ombros largos. Minha boca ficou seca quando uma jaqueta preta se formou em seu corpo, afinando alguns centímetros além de sua cintura. Ele abriu os braços.

– O que acha?

– Você está bem. Muito bem. – Tropecei nas palavras, apertando a sacola contra o peito. O homem era ridiculamente lindo. – Como fez isso?

Liam deu de ombros, deixando cair os braços ao lado do corpo.

– É tudo material. Posso imitar o tecido das roupas que você veste. É muito mais fácil manipular neste plano. O ar em Onuna está cheio de partículas úteis.

– Ah, certo – falei, como se tudo isso fizesse sentido para mim. Estava ocupada demais lutando contra a vontade de tirá-lo daquelas roupas que serviam tão bem. Eu balancei minha cabeça. – Por que escolheu essas?

– Prestei atenção ao que os mortais vestem. Suas roupas são muito mais resistentes que os tecidos transparentes de Rashearim. Suponho que seja porque os mortais têm a pele muito fina e as estações mudam rapidamente aqui. Você falou que eu precisava me misturar. Não estou fazendo certo?

– Não, não, é ótimo, honestamente. Estou surpresa que você consiga fazer isso, eu acho.

Ele me estudou por um momento.

– Você está com medo?

– Não estou com medo, apenas apreensiva. Você é muito mais poderoso do que eu esperava.

Seu rosto pareceu se fechar, o homem duro e inexpressivo de ontem ameaçou retornar. Eu não queria isso. Preferia esse Liam. Ele conversou comigo a noite toda e se importava com o que eu achava de sua roupa. Aproximei-me um pouco mais e estreitei os olhos, sorrindo enquanto cutucava seu peito de brincadeira.

– O que você *não é capaz* de fazer?

Liam olhou para o meu dedo, sua expressão se suavizou, e ele colocou as mãos nos bolsos. Seus lábios formaram uma linha fina enquanto ele pensava. Inclinou a cabeça para trás e apertou os olhos para o teto. Eu bufei e revirei os olhos para a teatralidade. Ele me olhou com um brilho divertido no olhar. Deu de ombros e declarou:

– Não posso trazer os mortos de volta.

– O quê? Você tentou?

– Meu pai podia, e eu tentei com uma ave morta quando era jovem. Não funcionou. Alguns dons só ele tinha, suponho.

– Bem, acho que você não pode ter tudo. Apenas terá que se contentar em criar planetas e roupas do nada. – Bati de leve em seu braço, na esperança de manter aquela versão dele comigo por mais algum tempo. – Ok, vamos comer agora. Estou morrendo de fome.

Liam fez um som baixo de diversão no fundo da garganta enquanto me seguia porta afora.

– Mandona.

A lanchonete era muito mais fofa do que eu imaginava. Era pequena e me lembrava daqueles filmes que Gabby tanto amava. O interior era rico e rústico, repleto de mesas de madeira rodeadas por bancos e cadeiras que não combinavam. Pudemos ver os cozinheiros virando e fritando uma variedade de comida pela janela de passagem enquanto os garçons se apressavam para servir os clientes famintos.

Havia uma família em uma mesa nos fundos, a criança mais velha coloria em um pequeno tablet, enquanto a mulher colocava comida na boca de um bebê. Um grupo de adolescentes estava sentado no extremo oposto do restaurante, conversando. Algumas pessoas estavam sentadas no balcão, assistindo à TV enquanto comiam. Era um lugarzinho agradável e pitoresco.

– Como está sua cabeça? – perguntei a Liam por trás da minha caneca enquanto tomava um gole do meu café. Ele mal cabia no assento, mas não reclamou. Falei que gostava de ficar perto da janela, e ele assentiu e me deixou passar. Gabby falava que eu observava as pessoas, mas na verdade só queria ter certeza de que ninguém poderia se aproximar de mim de surpresa. Vários mortais andavam pela calçada, completamente alheios ao deus esfaqueando os ovos no prato.

– Melhor – respondeu ele, antes de dar outra mordida. Fiquei feliz por ele estar comendo e não ter brigado comigo pela grande refeição que pedi para ele. Eu não sabia do que ele gostava, então comprei quase todos os itens de café da manhã do cardápio. A garçonete nem piscou, mas acho que estava distraída com Liam. Parecia ser o caso aonde quer que ele fosse.

– Estranho, é quase como se eu soubesse do que estou falando.

Ele engoliu a comida e disse:

– Agora quem é a convencida?

– Ah, confie em mim, garotão, não chego nem aos seus pés.

Ele sorriu para mim antes de cortar um pedaço de salsicha. Comeu mais do que eu esperava, mas acho que foi principalmente porque eu fiquei perturbando. Tomei outro gole do meu café, e um arrepio percorreu minha espinha. Estremeci, fazendo meus ombros balançarem.

– O que foi? – perguntou ele, com a boca meio cheia.

Olhei pela janela, esperando ver o que havia despertado meus sentidos. Os pelos dos meus braços estavam eriçados, e pequenos arrepios cobriam minha pele, mas não vi nada remotamente sobrenatural ou celestial lá fora. A rua estava ocupada apenas com os mortais comuns cuidando de suas coisas.

– Dianna.

Percebi que estava sentada e com o olhar fixo em silêncio por vários minutos.

– Sinto muito, não foi nada. Achei que tinha sentido alguma coisa, mas posso apenas estar com frio.

Ele assentiu e comeu metodicamente o resto da comida, mas agora estava alerta, e seu olhar passava de mim para a janela.

– Sabe… – Coloquei a xícara de café na mesa e cruzei as mãos acima. – Eu tinha uma pergunta que não fiz ontem à noite.

– Você fez muitas perguntas. O que mais poderia querer aprender? – perguntou Liam, tomando um gole de café.

– Os reinos. Você falou que eles estão selados. O que eu sei que quer dizer que o nosso mundo está isolado dos outros. Minha pergunta é: como?

O rosto dele empalideceu, e ouvi estática interromper a música. As luzes do café piscaram algumas vezes, fazendo com que algumas pessoas murmurassem confusas e olhassem para o teto. Eu sabia que não era nada elétrico, mas sim o homem na minha frente. Minha pergunta desencadeou uma memória, e eu sabia que ele não queria falar sobre isso.

– Isso é pessoal demais? Sinto muito. Quero dizer, vi pedaços de suas memórias, mas nada sobre isso. Além disso, os sonhos de sangue passam depois de um tempo.

Liam não disse nada enquanto me encarava. Abaixou a xícara devagar e colocou-a com cuidado sobre a mesa. Estendeu a mão e passou o polegar pela ponte do nariz, e o café foi voltando ao normal enquanto ele me observava.

– Está tudo bem. Você disse ontem à noite que falar sobre as coisas pode me ajudar.

– Sim, mas se você não quiser…

– Eu quero. – Ele me interrompeu, colocando as mãos abaixo da mesa. Reparei em seus bíceps se flexionando e sabia que ele estava cerrando os punhos.

– Foi no dia seguinte à minha coroação. Meu pai estava cuidando de assuntos do conselho. Lembro que os salões estavam decorados para o festival. Seria uma grande celebração, e eu estava ansioso por toda a diversão. – Ele colocou as mãos de volta na mesa, cruzando os dedos e inclinando-se em minha direção como se temesse que os mortais no café pudessem ouvir. – Um dos celestiais da deusa Kryella me encontrou na festa e me avisou que Kryella queria me ver. Eu já estava um pouco embriagado e presumi que ela só queria passar um tempo comigo. Eu estava errado.

Kryella. Por que esse nome parecia familiar? Então, lembrei. Eu tinha vagado por muitas das memórias de Liam nos últimos dias e me lembrava dele gemendo esse nome. O luar brilhava na pele marrom dela e em seus cabelos avermelhados, enquanto os dois se contorciam um junto ao outro na piscina no centro do templo. Eu fiquei irritada e chutei uma das enormes colunas douradas e me frustrei ainda mais quando meu pé a atravessou. Depois, quando descobri por quanto tempo aquela garota conseguia prender a respiração debaixo d'água, rezei para que aquele sonho estúpido acabasse.

– O celestial me levou para fora do grande salão e para um templo do outro lado da cidade. Era o que Kryella usava para seus rituais. Acredito que Logan falou de haver bruxas lá. Bem, Kryella era a primeira de sua espécie a usar o que todos vocês consideram magia. Seu poder assustava até mesmo meu pai; não que ela fosse capaz de traí-lo. Ela e alguns outros eram os únicos aliados de verdade que meu pai tinha.

A garçonete apareceu naquele momento, tirando Liam de seus pensamentos e da próxima parte da história. Liam continuou depois que ela reabasteceu nossas bebidas e retirou nossos pratos.

Os dedos de Liam tamborilaram distraidamente a lateral de sua caneca, mas sua expressão permaneceu inexpressiva.

– Meu pai e Kryella estavam lá, próximo a um enorme caldeirão colocado sobre chamas verdes. Pareciam estar em debate profundo até me verem. Usavam os trajes do conselho, e suas expressões me disseram que a reunião não tinha corrido bem. Eu perguntei, mas eles se recusaram a comentar. Em vez disso, explicaram que precisavam de mim para selar os reinos.

– Eles contaram por quê? Quero dizer, isso foi antes da Guerra dos Deuses, certo?

– Muito antes.

– Então, por quê?

– Depois da morte da minha mãe, meu pai ficou paranoico. Seu temperamento piorou, mas a paciência diminuiu. Kryella me contou sobre o feitiço que desejava realizar, e meu pai me garantiu que era em prol de um bem maior. – Liam parou por um momento e olhou para cima, observando enquanto os adolescentes passavam por nós sem a menor preocupação no mundo. Assim que passaram, ele continuou. – Os reinos devem sempre ter um guardião. Meu pai temia a guerra e criou um plano de contingência. Eu era esse plano.

Liam olhou para as mãos, perdido em pensamentos. Eu estava me perguntando se ele ia continuar, quando falou:

– Era necessário sangue, mais do que eu imaginava que seria capaz de fornecer. Ela falou algumas palavras de encantamento, e a conexão estava feita. Lembro-me de estar tão cansado que mal conseguia ficar de pé, e depois tudo ficou preto. Meu pai falou que passei dias inconsciente. Ele culpou meus modos indomados pela minha ausência, para que ninguém se preocupasse, mas nós três sabíamos a verdade.

– E a verdade era o quê?

– A verdade era que, se meu pai caísse, eu me tornaria verdadeiramente imortal. Minha vida estaria ligada aos reinos, e eu jamais morreria. Quando eu ascendesse, os reinos se fechariam, e não poderíamos mais viajar entre eles.

Eu não conseguia imaginar esse tipo de pressão. Era literalmente o peso dos mundos sobre os ombros de Liam.

– Mas por quê? Por que fechar todos os reinos só porque ele morreu? E os outros seres nesses reinos?

– Meu pai temia uma grande guerra cósmica. Ele teve visões, imagens e sonhos que vieram até ele e depois se tornariam realidade. Ele viu o universo mergulhado no caos, e fechar os reinos era a única forma que ele conseguiu encontrar de conquistar a paz. Meu pai queria proteger o máximo de vida possível caso os deuses caíssem.

A raiva ardeu em mim pelo Liam, e abaixei o olhar para que ele não visse. O pai dele não tinha lhe dado escolha antes de depositar o fardo da proteção sobre seus ombros. Fora a necessidade de um guardião ou qualquer outra besteira que lhe tivessem dito, isso o isolara. Colocaram o destino dos mundos a seus pés e não lhe deram nenhum apoio, exceto o que ele havia criado.

– Sinto muito.

Seu olhar se voltou para o meu por um momento, os cantos de seus lábios se contraíram.

– Não tem razão para ficar triste. Foi há quase um milênio. Mas agradeço.

– Bem, como distração, tenho algo que provavelmente vai deixar você furioso. – Juntei minhas mãos.

Ele inclinou ligeiramente a cabeça e recostou-se, cruzando os braços sobre o peito.

– Por que eu ficaria chateado?

– Sabe a loja de conveniência pela qual passamos ontem? Bem, digamos que uma amiga minha que trabalha lá me deu uma pista de como podemos entrar em Zarall.

Ele fechou os olhos, inspirando fundo enquanto engolia.

– Você jurou com o dedo mindinho que não me deixaria para trás quando fosse lidar com esses seus "amigos".

– Tecnicamente – levantei minhas mãos em falsa rendição –, não deixei você para trás. Você estava a poucos metros de distância, sentado no carro.

– Senhorita Mar… – Ele parou, cerrando os dentes. – Dianna. Como posso confiar em você se esconde coisas de mim, mas me pede para desnudar minha alma?

– E é por isso que estou lhe contando. É a última coisa, eu prometo.

Sua expressão me disse que não acreditava em mim.

– Prometo, ok? Liam, sem ofensa, mas você é apavorante para muitas pessoas. Você não deveria existir, lembra? Você é a nossa versão do bicho-papão. Além disso, eles são inconstantes. Eu não queria arriscar a única chance que temos de entrar em Zarall.

Ele não falou nada por um minuto enquanto sustentava meu olhar. A intensidade no fundo de seus olhos cinzentos despertou em mim algo feminino e carente.

– Eu não era apavorante para você?

Uma pontada agitou meu peito. Aquele homem poderoso e indomável estava preocupado com o que eu pensava dele. Eu não tinha ideia de como isso era possível.

– Bem, não, mas eu sou doida.

– Nisso podemos concordar.

– Ei!

Pela segunda vez, ele sorriu. Foi apenas um breve lampejo de seus estúpidos dentes perfeitos, mas me desmanchou. Era uma coisa mínima, e eu detestei. Ele sorriu, e a gravidade mudou, puxando-me para ele como se fosse minha âncora. Afastei o absurdo romântico da minha mente. Ele havia sido tão impassível e frio até a noite anterior. A beleza e o calor de seu sorriso apenas haviam sido um choque. Era só isso, não tinha outra razão.

– E o que sua informante disse?

Cruzei as pernas debaixo da mesa.

– Bem, temos que encontrar um cara em um pequeno festival improvisado nos arredores de Tadheil. Se partirmos em breve, chegaremos na hora certa.

Liam assentiu, fechando os olhos enquanto esfregava a ponte do nariz. Estava claramente bravo, mas tentando controlar seu temperamento.

– Prometo que não vou esconder mais nada de você.

Ele abriu os olhos, procurando meu olhar.

– Tudo bem.

Sorri e enfiei a mão no bolso de trás, tirando o dinheiro restante. Saí da cabine, e Liam me seguiu. Ele parou, olhando para o dinheiro na minha mão.

– Onde conseguiu isso?

Olhei para minha mão enquanto caminhávamos até o caixa. Dei-lhe um pequeno sorriso e disse:

– Ok, prometo não esconder *mais nada* de você. Começando agora. Neste exato momento.

Ele suspirou, e eu jurei ter ouvido um rosnado saindo de seu peito.

XXVIII
Dianna

Estávamos sentados no carro no estacionamento não pavimentado. O festival era muito maior do que eu tinha imaginado. A música entrava pelas janelas, e luzes roxas, douradas e vermelhas piscavam na escuridão. Os brinquedos se moviam e andavam, e podíamos ouvir os gritos dos que desafiaram a montanha-russa e as atrações mais emocionantes.

As pessoas passavam pelo carro, casais de mãos dadas, famílias saindo com crianças exaustas dormindo nos braços dos pais. Vimos um grupo de adolescentes passar correndo, gritando e rindo enquanto apontavam para as atrações.

– Você está bem? – perguntei a Liam pela terceira vez.

Ele não tinha se movido para abrir a porta. Em vez disso, apenas ficou sentado observando o caos do festival.

– Eles gritam o tempo todo?

– Incomoda você?

– Não. – Ele olhou para mim e depois de volta quando mais gritos encheram o ar. – … Sim.

Eu sabia que o incomodava e sabia o porquê. Eu tinha visto algumas das batalhas que ele travara e estava ciente das cicatrizes que ele carregava.

– Esses são gritos de felicidade, não chamados à guerra ou gritos de morte.

Ele respirou fundo, seu corpo vibrava de tensão. Eu o fiz usar seu pequeno truque de novo e trocar de roupa, querendo que ele se misturasse melhor à multidão. A jaqueta jeans ficou esticada nos seus bíceps quando ele cruzou os braços. Sua ansiedade era outra presença no carro, e eu tinha aprendido o suficiente sobre ele para saber que não era medo por si mesmo, mas do que ele era capaz de fazer caso perdesse o controle.

– Posso entrar sozinha.

– Não – retrucou e, em seguida, encolheu-se com o tom da própria voz. – Não. Você prometeu que não me deixaria. É apenas…

Mudei de posição no assento para poder encará-lo.

– Fale comigo.

Liam hesitou e sustentou meu olhar como se tentasse perscrutar minha alma. Não era sugestivo, mas calculista. Eu conseguia perceber que ele estava se sentindo vulnerável e exposto. Prendi a respiração, quase desesperada para que ele confiasse em mim. Até ontem à noite, eu teria dito que era para reunir informações e usar o que descobrisse contra ele. O monstro em mim me incentivava a fazer exatamente isso, mas a parte de mim que tinha se deleitado com a intimidade sabia que eu levaria os segredos dele para o túmulo. Essa era a parte que só existia porque Gabby existia, e isso me aterrorizava.

Seus punhos se apertaram quando pareceu tomar uma decisão, e ele respirou fundo antes de falar:

– Os gritos apenas me lembram de antes. É como se meus sonhos se tornassem realidade e eu estivesse de volta a Rashearim. Sei que não é a mesma coisa, mas, cada vez que ouço os gritos, consigo sentir o cheiro de sangue e o chão estremecer. Consigo ver as feras monstruosas rasgando o céu e volto para lá. Parece que meu peito com certeza vai explodir.

Estendi a mão, colocando a minha sobre a dele e apertando uma vez. Ele olhou para minha mão antes de encontrar meu olhar de novo. Estava tão envolto pela tristeza que eu não conseguia acreditar que não percebi antes. Quando o vi pela primeira vez, a casca do que eu pensava que um deus seria, vi apenas arrogância, ódio e desprezo em seu olhar. Mas havia tantas coisas além disso. Eu tinha pensado que talvez fosse o resultado de conter poder demais, ou talvez ele apenas estivesse cansado de viver. Mas, quando o observava através das lentes da noite anterior, eu via sofrimento, tristeza, ansiedade e dor. Ele estava sentindo muita dor, nua e crua.

– Ei, sou a única fera com a qual precisa se preocupar e prometo não rasgar o céu.

O canto de sua boca se torceu quando ele olhou para mim.

– Você não é uma fera.

– Bem, tenho meus momentos. – Dei de ombros, apertando sua mão mais uma vez. – Podemos ir embora? Posso tentar encontrar outra maneira de chegarmos a Zarall.

– Não, se esta é a nossa melhor chance, temos que aproveitá-la. – Sua mandíbula se contraiu quando se afastou do meu toque. Pude vê-lo erguendo aqueles escudos que ele tinha construído com tanta habilidade ao longo dos séculos. Seu rosto voltou a ficar impassível quando ele abriu a porta e saiu. O ar fresco da noite me cumprimentou quando saltei do carro. Corri para o lado dele, e ele enfiou as mãos nos bolsos. Talvez eu tivesse exagerado na tentativa de confortá-lo, mas não consegui impedir o impulso. Maldito coração mortal! Era tudo culpa de Gabby.

– Olha, vamos entrar juntos, e eu não vou sair do seu lado, ok?

Ele assentiu uma vez antes de ajeitar a jaqueta. Forcei-o a trocar de roupa quase seis vezes. Tudo o que ele criava fazia com que se destacasse demais, mas também poderia ser só porque era Liam. Ele poderia usar um saco de lixo, e as pessoas ainda se virariam para olhar para ele. Não que eu as culpasse, mas precisava que passássemos despercebidos. Ele ainda se destacava, mas eu esperava que fosse o bastante. Ele respirou fundo novamente e olhou além de mim. Vi sua mandíbula se tensionar mais uma vez enquanto ele se agarrava à sua compostura.

– Só não destrua este lugar, nem eletrocute ninguém, nem desintegre as atrações, ou…

– Dianna.

– Desculpe. – Ergui minhas mãos.

Inclinei a cabeça em direção à entrada, acenando para que ele me seguisse. Ele assentiu e começou a andar. Seus passos eram leves ao lado dos meus, e continuei lançando olhares para ele, observando as diversas luzes lançando sombras coloridas em seu rosto. Os músculos de seus ombros ficavam tensos a cada poucos segundos, coincidindo com as risadas, os gritos e os rugidos da montanha-russa que acelerava em mais uma volta.

– Acho que sei por que seus pesadelos são tão ruins. Você não processou nada do que aconteceu. Você enterrou tudo, enterrou a si mesmo, e, agora que foi jogado de volta no meio de tudo, é coisa demais.

Liam não olhou para mim quando entramos na fila para comprar ingressos, seu olhar examinava a multidão.

– É mesmo?

– Sim, embora eu não seja a mente brilhante por trás dessa dedução. Na verdade foi Gabby. Eu culpo as aulas de psicologia que ela teve na faculdade. Parece que uma parte continuou com ela.

Ele finalmente olhou para mim, com confusão em suas feições.

– Você conversou com sua irmã sobre isso? Sobre mim?

– Bem, não, na verdade não. Eu só reclamei porque você estava sendo um completo idiota. Aí Gabby disse que provavelmente é por causa de tudo que você passou. Ela pensou que talvez você só precisasse de alguém com quem conversar. – Dei de ombros, contente por ele estar focado em mim, e não na ansiedade de estar naquele lugar, mas sem saber como reagiria à minha revelação.

Ele não respondeu, apenas olhou para mim, o que me deixou ainda mais nervosa. Até que deu aquele pequeno grunhido que costumava fazer antes de assentir e voltar sua atenção para o que nos rodeava.

– Você precisa de um amigo, e, para sua sorte, estou aqui. – Empurrei-o de brincadeira com meu ombro, aliviando o clima e mantendo-o distraído.

Ele me olhou de relance.

– Sorte a minha, hein?

Aquela estranha sensação de estar ancorada a Liam tomou conta de mim enquanto eu olhava para ele. Algo mudou na noite anterior. Não fazia sentido, mas eu sabia que, quando isso acabasse, eu não iria embora. Eu não tentaria fugir ou evitar meu inevitável castigo.

Eu queria acreditar que era por causa da Gabby. Seria o cúmulo do egoísmo fugir e arrastá-la comigo, escondendo-me de outro homem poderoso. Em especial porque eu sabia que ela estaria protegida e feliz de verdade com A Mão enquanto trabalhava com os celestiais. Talvez fosse a forma como Liam falava sobre seus amigos ou o que ele tinha sacrificado para dar-lhes a vida que tinham agora, mas eu acreditei nele quando prometeu uma vida normal para ela. Portanto, não ia fugir e não ia lutar mais. Enfrentaria minha sentença, qualquer que fosse, e quase acreditei que Gabby era a única razão.

– Além disso, talvez isso me valha uma sentença menor quando terminarmos – comentei, encolhendo os ombros, enrolando os dedos contra a palma da mão e a cicatriz que a cortava.

A fila avançou, e nós também.

– Talvez.

Isso me deu uma centelha de esperança e coragem para perguntar:

– E talvez Gabby possa me visitar às vezes. Quero dizer, até mesmo condenados mortais têm direito a visitas.

A jovem mãe à minha frente deu uma olhada para trás e puxou os filhos para a frente dela. Sorri para ela, mas Liam não pareceu notar e continuou a me encarar. Ele estreitou os olhos e disse de novo:

– Talvez.

Meu sorriso quase chegou às minhas orelhas e coloquei as mãos atrás das costas, balançando ligeiramente.

– Bem, você não disse "não".

Já estávamos no parque havia pelo menos duas horas, e a única mensagem que recebi do nosso contato foi que ele estava atrasado. Parei em uma das barracas para comprar uma grande e fofa nuvem roxa de algodão-doce e estava me esbaldando quando Liam reclamou mais uma vez.

– Por que está demorando tanto? Todos os seus amigos são terríveis e não confiáveis.

Suspirei, pegando outro pequeno punhado de delícia açucarada e colocando-o na boca. Girei, andando para trás enquanto encarava Liam. Um grupo de meninas riu ao passar, e uma campainha tocou, acompanhada por aplausos, quando alguém ganhou um prêmio em um dos jogos.

– O quê? Você não está se divertindo? Achei que tivesse gostado do jogo bacana de atirar e dos carrinhos bate-bate.

Seus lábios se curvaram em desgosto quando continuamos andando.

– Os carrinhos são violentos, e permitem que crianças pequenas dirijam. Não se importam com os pequenos? É ridículo. As vidas mortais são passageiras, mas eles constroem engenhocas que podem acabar com elas em instantes.

Joguei a cabeça para trás e ri, o som foi livre e pleno. Quando finalmente consegui me controlar de novo, enxuguei as lágrimas dos olhos com a mão livre e sorri para ele, que estava me observando com uma expressão estranha no rosto.

– Nunca ouvi você rir assim – comentou ele, com um sorriso aparecendo em seus lábios.

Meus ombros tremeram quando passei o dedo sob os olhos, ainda rindo. Eu o acompanhei, andando ao seu lado.

– Você é engraçado. – Bati meu ombro no dele. – Às vezes.

– Às vezes? – Sua sobrancelha se ergueu enquanto eu enchia a boca com mais algodão-doce roxo.

– Sim, sabe, quando você não está sendo um idiota.

Ele grunhiu, e o som continha mais humor do que irritação. Caminhamos lado a lado, o silêncio repousava entre nós. Não era do tipo constrangedor. Nunca era constrangedor com ele, era apenas uma quietude confortável. Bem, tão quieto quanto poderia ser com as gargalhadas, gritos e risadas que flutuavam em todas as direções ali.

– O que era aquela pequena caixa com luzes piscando?

Dei outra mordida no meu algodão-doce enquanto pensava na pergunta dele.

– A cabine fotográfica?

– Sim.

Dei de ombros.

– Eu só queria uma prova de que o todo-poderoso Destruidor de Mundos se divertiu alguma vez.

Ele parou, fazendo com que eu quase tropeçasse nos meus próprios pés.

– Eu não gosto desse nome.

– Desculpe – falei, fazendo uma careta. Estendi a mão e toquei a dele. – Não vou repetir.

Ele assentiu.

– Eu apreciaria isso.

– Como conseguiu esse título? Eu o ouvi tantas vezes em suas memórias.

Ele ficou quieto mais uma vez, e todos os traços de humor desapareceram.

– Não é algo sobre o qual eu gosto de falar se não for necessário.

– Entendido, chefe. – Enfiei outro pedaço de doce na boca.

– Não me chame assim também.

– O quê? Você não gosta?

– Não.

Sua palavra favorita.

– Certo, e Vossa Majestade? Vossa Alteza? Ah, já sei – Virei-me ligeiramente para ele, apontando. – Meu senhor?

Ele franziu a testa, olhando para mim.

– Nunca nenhum desses. Por favor.

Eu ri, mas parei quando um trio de mulheres passou por nós. Elas olharam para Liam com aparente interesse em seus olhos. Era a mesma coisa aonde quer que fôssemos. Liam não apenas era devastadoramente lindo, mas o ar de poder que ele exalava o tornava quase irresistível tanto para homens quanto para mulheres. Creio que ele nem percebia.

Liam observava a multidão com atenção, mas eu podia notar que ele não via as pessoas de verdade. Sua cabeça balançou em direção ao som de um estalo seguido por um sino tocando, e notei uma veia latejando em seu pescoço. Ele esfregou as têmporas, mas abaixou a mão quando percebeu que eu o observava. Foi assim a noite toda. Ele estava se esforçando muito para manter afastados quaisquer demônios que o perseguissem, mas sua mandíbula estava tão tensa que eu temia que ele quebrasse os dentes. Gostaria que houvesse alguma maneira de apressar isso, mas estava fora do meu controle. Sendo assim, por enquanto, eu ia distraí-lo com jogos, guloseimas excessivamente doces e cabines fotográficas – qualquer coisa para impedi-lo de se autodestruir.

– Como está sua garganta? Presumo que não a machuquei muito.

Engasguei com o pedaço de algodão-doce que tinha acabado de enfiar na boca. Levei a mão ao peito enquanto tossia, tentando limpar as vias respiratórias. Seu comentário e meu pequeno ataque nos renderam alguns olhares e sussurros da multidão de adolescentes próximos.

Liam parou abruptamente, estendendo a mão para ter certeza de que eu não estava morrendo. Colocou as mãos nos meus ombros e costas, apoiando-me enquanto eu limpava a garganta e recuperava o fôlego.

– Eu falei algo errado?

Acenei para ele, indicando que estava bem, e ele se endireitou, deixando cair as mãos. Ignorei o fato de que imediatamente me senti desolada com a perda de seu toque.

– Não. Bem, sim, mas não. Realmente precisamos trabalhar na sua forma de falar.

Avistei uma mesa vazia entre alguns dos brinquedos menos populares e mais silencio-sos. Levei Liam até lá e me sentei na mesa, apoiando os pés no banco. Liam se sentou de lado no banco e apoiou o cotovelo na mesa, observando a atividade frenética do festival.

Abaixei meu algodão-doce para perto de Liam.

– Quer um pouco?

Ele encolheu o nariz, prestes a recusar, quando olhou para mim de novo.

– Confie em mim. É incrível.

Ele me olhou com cautela e o tirou de mim como se estivesse lidando com um animal morto. Observei quando ele arrancou um pedaço e relutantemente o colocou na boca. Seu rosto se contraiu com o sabor doce, seus olhos se fecharam por um momento antes que os abrisse. Ele sacudiu a cabeça, e uma risada me escapou.

– É, bem…

– Doce?

Ele assentiu, mas pegou outro pedaço. Parecia mais preparado para o segundo, e a tensão em suas feições diminuiu.

– Sim, mas é agradável.

Apoiei-me na mesa com as mãos.

– Ótimo.

Liam disse mais alguma coisa, mas eu não ouvi. Um arrepio acariciou minha espinha, e calafrios percorreram meus braços. Os cabelos da minha nuca se arrepiaram quando me endireitei e me virei para olhar para trás. A Ig'Morruthen em mim estava em alerta máximo, pronta para atacar ou defender. Foi a mesma coisa que senti no café e em Ophanium. Havia outro celestial ali? Olhei para as sombras profundas, mas nada se destacou.

– Dianna, seus olhos.

Liam estava parado na minha frente, bloqueando a visão de mim. Balancei a cabeça e fechei os olhos, desejando que voltassem ao normal antes de abri-los.

– O que há de errado?

– Nada. – Olhei para trás novamente. Tão rápido quanto havia surgido, a sensação desapareceu.

– Você falou a mesma coisa no café. – Ele olhou para trás como se pudesse encontrar o que eu não consegui. – O que é?

– Não sei. Achei que havia sentido alguma coisa.

Liam olhou para a escuridão por alguns momentos antes de voltar seu olhar para mim.

– Não vejo nem sinto nada.

Passei meus braços em volta de mim com força.

– Talvez eu esteja apenas com frio.

– Ig'Morruthens não ficam com frio a menos que estejam em climas rigorosos, como o planeta Fvorin. Você não deveria estar com frio. – Ele estendeu a mão, acariciando minha testa com os dedos. – Isso é efeito colateral do veneno que suas amigas tão gentilmente lhe deram?

Afastei sua mão com um tapinha.

– Não é o veneno. Pelo menos acho que não. Eu me sinto bem. Apenas pensei ter sentido alguém ou alguma coisa.

Sabia que não poderia ser Kaden. Ele não apareceria perto de Liam. Eu tinha visto o medo em seu rosto quando Zekiel morreu. Ele temia Liam, quer quisesse admitir ou não. Se fosse um celestial, teria se aproximado para bajular Liam, como todos faziam. Olhei para trás mais uma vez. Talvez Tobias? Não, ele era ainda mais cachorrinho de Kaden do que eu.

Meus pensamentos descarrilaram quando Liam colocou sua jaqueta sobre meus ombros e a fechou sobre meu peito. Ela me envolveu como um cobertor jeans, e o encarei surpresa.

– Vi alguém fazer isso antes de você me forçar a entrar naqueles carros minúsculos e agressivos.

Eu sorri. Liam estava observando silenciosamente todos ao nosso redor o tempo todo. Achei que ele estivesse monitorando possíveis ameaças ou lutando contra os demônios que atacavam seu subconsciente. Em vez disso, estava observando e aprendendo o comportamento mortal. Embora ele não soubesse quão íntimo o gesto era, era agradável.

– Obrigada – respondi, com os cantos dos meus lábios se elevando, enquanto eu puxava sua jaqueta ao meu redor. Mergulhei o queixo, enterrando meu rosto contra o colarinho. Discretamente inspirei fundo, sentindo seu cheiro limpo e masculino. Sua camiseta branca abraçava seu torso e fazia um belo contraste com sua pele bronzeada e braços musculosos. A visão dele chamou a atenção, e ele se virou ao ouvir os comentários sussurrados de um grupo de mulheres. Ele não falou nada quando se sentou ao meu lado, mas eu podia dizer que seu humor havia piorado.

– Não gosta da atenção?

Liam esfregou as mãos e abaixou a cabeça.

– Não me sinto confortável em estar em público. Detesto grandes multidões e prefiro ficar sozinho. Houve um tempo em que eu gostava de encontros, tenho certeza de que você sabe disso, por ter visto tanto do meu passado. Agora odeio quando olham para mim. – Ele apoiou o queixo na mão, observando as pessoas passarem. Olhavam para ele e depois desviavam o olhar, algumas não tão sorrateiras quanto pensavam.

– Quer que eu coloque fogo nelas? – Cutuquei-o mais uma vez, desta vez com o joelho.

– Claro que não – murmurou, sem levantar a cabeça. – Apenas odeio isso. "Ódio" é a palavra correta, certo? – perguntou, inclinando a cabeça para olhar para mim sem tirar o queixo da mão.

Eu balancei a cabeça.

– Por quê? Qual é o verdadeiro motivo?

Liam suspirou e olhou para a frente novamente.

– Não importa.

– Se isso incomoda você, importa, sim. Além disso, temos algum tempo. Explique para mim.

Uma melodia animada encheu o ar quando o brinquedo mais próximo de nós recomeçou. Liam ficou calado por um momento, e me perguntei se ele tinha me ouvido em meio a todo aquele barulho.

– Não sei. Suponho que sinto como se pudessem ver tudo o que fiz. Cada erro, cada decisão errada… e que me culpam por isso.

Minha testa franziu.

– Sabe que não é verdade.

– Eu falei para você, não importa – retrucou ele, seu tom áspero retornou.

– Ei. – Empurrei seu ombro, não com força suficiente para machucar, mas o bastante para chamar sua atenção. Ele se sentou ereto e me encarou. – Importa, mas não pela razão que você pensa. É importante porque é outra coisa com a qual terá que lidar. Você está projetando o que sente. Eles não conhecem você, assim como nós não os conhecemos. – Apertei sua jaqueta em volta de mim com mais força e me inclinei para sussurrar: – E vou lhe contar um segredinho. Eles não estão olhando porque conhecem você como um antigo rei guerreiro ou pelas batalhas que você travou ou perdeu. Isso é tudo coisa da sua cabeça. Estão olhando porque acham que você é magnífico.

Ele se afastou e piscou para mim, surpreso.

– Magnífico? – Ele repetiu a palavra como se fosse a coisa mais perturbadora que pudesse imaginar.

– Foi só isso que você escutou de tudo que eu falei? – Revirei os olhos e coloquei outro pedaço de algodão-doce na boca. – É agora que fingimos que você não é?

Ele sacudiu a cabeça, seu olhar detido em meus lábios enquanto eu passava minha língua por eles.

Suspirei, cedendo.

– Sim, sabe. Atraente, bonito, desejável. – Isso pareceu clicar em seu cérebro divino, porque o canto de sua boca se contraiu. – Principalmente quando você sorri.

Ele balançou a cabeça e riu. O som era uma carícia aveludada ao longo da minha pele. Liam era letal em mais de um aspecto.

– Você diz que sou uma coisa, depois outra. Sua opinião muda como o vento.

– Ah, confie em mim, minha opinião não mudou. Quero dizer, você esteve com uma aparência horrível por um tempo. Além disso, às vezes, ainda acho que você é um completo imbecil e que tem um ego do tamanho da Lua, mas não sou cega. – O sorriso dele diminuiu, o que só aumentou o meu. – Ei, pelo menos sou honesta.

– Com certeza.

Continuei sorrindo, pegando os últimos pedaços de algodão-doce e colocando-os na boca.

– Já que arranquei seus segredos profundos e obscuros, acho que posso lhe contar um dos meus.

Isso chamou sua atenção, a curiosidade contornou suas feições.

– Parece justo, sim.

– Certo – falei, apontando meu palito de algodão-doce para ele. – Não ria, mas, por mais ridículo que pareça, eu quero o que Gabby adora nos filmes bobos e cafonas. Bem, eu queria. Tentei levar Kaden a sério uma vez. Ele se afastou de mim naquela época. Passou a agir diferente comigo desde então. É, definitivamente, um cara que prefere relacionamentos abertos. Ou um monstro, creio eu.

Seus olhos se fixaram nos meus por uma fração de segundo a mais.

– Que pena. Eu não compartilharia.

Um calor cobriu minhas bochechas, seu comentário me pegou desprevenida. Revirei os olhos, acertando-o com o palito de algodão-doce vazio.

– Mentiroso. Já vi você compartilhar muitas vezes.

Liam sorriu enquanto se esquivava de minhas tentativas fracassadas de agressão.

– É uma coisa comum entre os deuses? As festas gigantescas e orgias enlouquecidas?

A risada de Liam fez meus joelhos fraquejarem.

– Não – respondeu, olhando para mim antes de examinar a multidão novamente. – É uma forma de passar o tempo, suponho. E nem todos os deuses são assim. Não quando encontram seu *amata*.

– O que é isso?

Ele deu de ombros, balançando a cabeça de leve.

– Na sua língua mortal, significa "amados". É o que Logan e Neverra têm.

– Ah. – Anui com a cabeça devagar. – A marca de Dhihsin?

Ele se virou para mim, franzindo a testa enquanto tentava encontrar as palavras certas.

– Sim, porém mais. É o reflexo da sua alma. Não sei se essa é uma tradução adequada. A marca de Dhihsin apenas mostra ao mundo o vínculo que vocês dois já estabeleceram.

– Então, basicamente, sua outra metade.

– Em termos simples, suponho, mas é muito mais do que isso. É mais profundo. É uma conexão que as palavras não podem expressar plenamente.

– Todo mundo tem um? Você tem um? – Eu não sabia por que de repente me importava tanto, mas me importava. As imagens que obtive do subconsciente de Liam me diziam que não. Mas e se ele tinha uma companheira e a perdeu? Eu podia imaginá-lo sentindo tanta dor que reprimiu as memórias.

– Não. Apesar de suas histórias e lendas, o universo não é bondoso assim. – A tristeza invadiu seus olhos cor de tempestade.

Talvez Gabby estivesse certa. Talvez o poderoso e aterrorizante Destruidor de Mundos se sentisse solitário.

Apoiei-me nele, tirando-o de quaisquer pensamentos cruéis que flagelavam sua mente.

– Se você tivesse uma, o que ela seria? Se você tivesse que escolher.

Ele franziu os lábios, pensando por um momento. Era uma distração, claro, mas também era divertido conversar com ele.

– Se eu pudesse escolher, e tivesse que escolher, ia querer uma igual. Uma parceira em todos os aspectos da minha vida, como meu pai e minha mãe eram.

Eu pretendia que a conversa o afastasse dos fantasmas que o assombravam, mas parecia que ele não conseguia escapar, por mais que tentasse. Por isso, eu, sendo eu, fiz o que fazia de melhor: compensei com humor.

– Não sei – suspirei alto para atrair seu olhar de volta para mim. – Parece quase impossível. Você precisaria de alguém capaz de lidar com seu enorme ego regularmente e atender a todos os seus desejos e caprichos. Sem mencionar…

– Cale-se – ele bufou, desta vez, empurrando-me com o ombro.

Meu bolso de trás zumbiu, interrompendo nossa disputa verbal. Peguei meu telefone e li o texto que apareceu na tela.

Roda gigante. Agora.

Mostrei a Liam e apontei em direção à grande roda giratória.

Ele se levantou e me ajudou a sair da mesa, e nosso humor foi ficando sério enquanto íamos para a parte de trás do parque.

XXIX
LIAM

Os cheiros ali eram atrozes, mas a horda de mortais não parecia notar. Eu tinha visto um bando de D'jeern causar menos destruição, e isso dizia alguma coisa, já que eram bestas grandes e desajeitadas, com vários chifres onde deveriam estar os olhos, e dentes podres e tortos que comiam carniça.

Embora o festival tenha sido um ataque a todos os meus sentidos, houve momentos em que me diverti. Jamais admitiria isso para ela, mas a presunçosa mulher de cabelos escuros que passeava à minha frente pode ter tido algo a ver com isso.

Eu podia não querer admitir para mim mesmo, mas gostava da companhia dela. Era outra coisa que eu não dividiria com ela. Pensar que eu era capaz de ser cordial, até mesmo feliz, perto de uma Ig'Morruthen era absurdo. Os velhos deuses pensariam que eu tinha enlouquecido, mas era verdade. Não ficava tão preso no passado quando ela estava por perto.

Dianna ainda teria que pagar pelos seus crimes contra meu povo e o mundo mortal. Meu peito pesava só de pensar em puni-la, mas era a lei, e eu era o executor. Contudo, mesmo que esse nosso vínculo fosse apenas temporário e fraudulento, eu estava grato pelo descanso que ela me proporcionou.

– Você está fazendo de novo. – Sua voz melodiosa se infiltrou em minha consciência, trazendo-me de volta ao presente. A jaqueta que eu tinha dado a ela escorregou de seus ombros, revelando mais daquela pele dourada de bronzeado. Ela alegou que todos estavam olhando para mim, mas notei todos os olhares que se demoravam nela desde que entramos naquele lugar desagradável. Na última contagem, eram 45 – não, espere, houve outro, então foram 46. Disse a mim mesmo que só estava acompanhando por razões de segurança, nada mais. Ela tinha inimigos, e eu ainda estava desconfiado desse suposto contato dela. Não precisava dela envenenada ou inconsciente de novo.

– Fazendo o quê, exatamente? – perguntei quando dobramos uma esquina. Uma fila de mortais esperava pacientemente para embarcar em cestos presos a um monstruoso círculo iluminado. Eles riam e gritavam, e eu me arrepiei, ouvindo cada pedaço de metal que lutava para permanecer unido. Suas vidas eram tão curtas, mas arriscavam morrer sem necessidade.

Ela me conduziu além dos brinquedos e mais fundo para as sombras. Nenhuma luz ou música dançava ali, nem nenhum mortal.

– Ficando quieto e de cara emburrada – respondeu, enquanto passava por baixo de algumas barras de metal que sustentavam um pedaço de plástico que se agitava. Eu a segui, o que parecia ser uma ocorrência comum ultimamente.

– Precisa prestar tanta atenção em mim?

Seu cabelo era uma massa de ondas e cachos que dançavam em seus ombros quando ela se virou, com um sorriso travesso curvando seus lábios exuberantes. Eu sabia que suas próximas palavras seriam sarcásticas ou grosseiras, mas, antes que ela pudesse dizer qualquer coisa, ouvimos passos no caminho de cascalho. Seu humor ficou sóbrio, seu sorriso radiante desapareceu.

Um homem malcuidado emergiu da escuridão, suas roupas eram gastas e sujas. Sua camisa estava meio enfiada em uma calça jeans que pendia larga em seus quadris. O odor que o rodeava numa nuvem quase visível era quase pior que os cheiros que pairavam sobre o festival. Parei na frente de Dianna, protegendo seu corpo. Ela podia conhecer aquele homem, mas eu não conhecia, e a última informante tinha atirado agulhas nela.

– Está atrasado.

Os olhos do homem pequeno e magro se arregalaram.

– Caramba, você é enorme! Mas não de um jeito ruim. Você é simplesmente alto e, sabe, grande. Você realmente é ele, não é? Aquele sobre o qual todos no Outro Mundo estão cochichando?

Dianna veio para o meu lado, respondendo antes que eu pudesse.

– Sim, é ele. Agora, por que demorou tanto? Estamos aqui há horas.

Ele ergueu as mãos, olhando para Dianna, que estava com os braços cruzados e o quadril inclinado para o lado. Ele engoliu em seco, seus olhos percorreram o corpo dela com óbvio interesse masculino. Quarenta e sete.

– Olha, teve sorte de eu ter aparecido. Você está na lista proibida, querida, o que significa que ninguém daqui até o Outro Mundo quer ajudá-la.

Senti sua postura mudar, um pouco daquela atitude arrogante que ela usava tão bem desapareceu. Isso me incomodou. O ar ao nosso redor foi ficando carregado à medida que as nuvens ondulavam ao longe, e meu temperamento foi piorando. Não permitiria que nada diminuísse sua confiança.

O homem magro e fedorento continuou.

– Sei que suas conexões estão limitadas, mas o Outro Mundo está agitado. Dizem que ele encontrou o livro.

Ouvi sua inspiração aguda e cruzei os braços. Encarei-o como se ele fosse louco.

– Suas fontes estão mentindo para você. É impossível. O livro não existe.

Ele mudou o peso de um pé para o outro, olhando em volta antes de dizer:

– Olha, cara, só estou lhes contando o que sei, ok? Você voltou, e todos estão nervosos. Está um caos lá fora, e ficou pior quando você roubou a linda namoradinha dele.

Ouvi Dianna bufar ao meu lado. Ele encontrou o olhar dela, colocando uma mão no bolso.

– O que andam dizendo é que Kaden está mais que chateado e que está em busca de vingança.

– Se ele está com tanta raiva, por que não o vi?

Ele encolheu os ombros, ainda oscilando de um pé para o outro. Eu podia sentir o cheiro da ansiedade escorrendo por seus poros e minha desconfiança nele cresceu.

– Ele é esperto. Não acho que vá atacar a menos que saiba que pode acabar com vocês.

Ele deu mais um passo para perto e inclinou-se na direção de Dianna. Esticou a cabeça para a frente e sussurrou:

– Ouvi dizer que ele não se importa com o modo como vai conseguir você de volta. Viva ou morta, ele tem a sua cabeça a prêmio. Ouvi dizer que ia arrastá-la de volta em pedaços se fosse preciso.

Dianna não se mexeu nem falou nada, mas senti o pânico tomar conta dela. Olhei para ela e a vi lutando para manter o comportamento tranquilo que sempre projetava.

Antes que eu me desse conta do que estava fazendo, entrei na frente dela de novo. Agarrei a frente da camisa suja dele, erguendo-o.

– Ele pode *tentar* – declarei, e minha voz era um grunhido ameaçador até mesmo para meus próprios ouvidos.

Os olhos dele se arregalaram, seus pés chutavam o ar, suas mãos arranhavam meus pulsos.

– Você está desperdiçando nosso tempo e nos fornecendo ameaças vazias. Diga-nos como podemos chegar a Zarall ou esta reunião termina.

– Ei, ei, eu não quero problemas, ok? Recebi a ligação e estou aqui para ajudar. Vocês precisam de um voo para Zarall, e eu consegui um para vocês. Vão encontrar um amigo meu. Não perguntem o nome dele; ele não quer estar mais envolvido do que já está. Ele vai levar um carregamento, e vocês vão pegar carona com a carga. É um avião pequeno, mas vão entrar sem ser detectados.

– Qual é o aeroporto? – Dianna interrompeu.

– Aeroporto Internacional. Fica a alguns quilômetros daqui. Ele vai estar em um dos hangares na parte de trás. – Seus olhos redondos se desviaram de mim e se voltaram para ela. – O tempo urge, querida, então não o faça esperar.

Ouvi o som dos sapatos dela raspando nas pedras quando ela virou as costas e foi embora. Larguei o homem patético, e ele caiu de joelhos. Dianna não se preocupou em olhar para trás. Eu sabia que havia algo de errado com ela, e isso me incomodava mais do que gostaria de admitir.

– É estranho ver – comentou o homem, levantando-se do chão e limpando as mãos nos joelhos da calça jeans. – O filho de Unir e uma Ig'Morruthen trabalhando juntos. As histórias dizem que vocês dois estavam destinados a derramar o sangue um do outro até que as estrelas morressem, mas vocês parecem mais do que confortáveis juntos.

Não respondi ao seu comentário nem me importei com sua opinião. Afastei-me dele e segui Dianna.

Pela primeira vez desde que começamos nossa longa jornada, Dianna não falou nada. Lancei-lhe alguns olhares durante nosso trajeto até o aeroporto para ter certeza de que ela ainda estava no carro comigo. Sua expressão permaneceu fechada enquanto dirigia com uma das mãos no volante. Estava com o cotovelo apoiado na janela, a mão livre nos lábios e mastigava a unha do polegar.

– Esta é a primeira vez que você fica em silêncio desde que começamos esta viagem.

Nenhuma resposta.

– Normalmente, você tem um milhão de coisas a dizer, em rápida sucessão.

Ela nem sequer me lançou um olhar enquanto manobrava o carro suavemente em outra curva. Seu silêncio era abrangente. Eu não sabia ajudá-la como ela havia me ajudado nos últimos dias, mas sabia que tinha que tentar. Perdi-me em pensamentos, tentando descobrir como fazê-la falar comigo e fiquei surpreso quando ela parou o carro.

As luzes do veículo iluminaram uma estrada abandonada. Eu conseguia ver grandes edifícios de metal marrom ao longe, e cercas de arame corriam ao longo de ambos os lados da estrada. A grama alta ameaçava tomar a calçada, e pequenos insetos dançavam nos raios lançados pelos faróis. A única outra luz que eu conseguia ver dali era uma vermelha que piscava no topo de uma torre alta. Observei um avião acelerar com um rugido profundo, correndo pela pista antes de levantar voo.

Dianna pegou seu pequeno telefone preto antes de sair do carro. Ela nem se preocupou em fechar a porta antes de erguer o telefone no alto e se afastar. Suspirei e saí do carro para segui-la.

– Dianna.

Ela não falou nada enquanto circulou pela área antes de subir no veículo, ainda segurando o telefone acima da cabeça. Ela era uma mulher tão peculiar...

– O sinal está péssimo aqui – falou, sentando-se e cruzando as pernas à sua frente. Com uma das mãos, agarrei a lateral do veículo e subi. O carro balançou e se inclinou para o lado antes de se endireitar.

Sentei-me perto dela e a observei, por cima de seu ombro, digitar rapidamente uma mensagem, informando ao nosso contato que estávamos ali à espera. Em seguida, ela apertou o pequeno botão de enviar e encarou a tela, como se desejasse que uma resposta aparecesse.

Observei-a, metade de seu rosto estava iluminada pelo brilho do celular.

– Está planejando permanecer em silêncio pelo resto desta viagem?

Seu telefone emitiu um pequeno sinal sonoro. Ela leu a mensagem depressa e fechou o aparelho antes que eu tivesse a chance de ver o que dizia. Ela assentiu, e esperei que ela respondesse à minha pergunta, desesperado para que ela falasse comigo. Ansiava que ela fizesse qualquer uma das coisas irritantes com as quais havia me importunado naquelas últimas semanas. Em vez disso, ela respirou fundo e puxou os joelhos contra o peito, envolvendo-os com força com os braços.

– Ele vai estar aqui ao amanhecer. Então, temos algum tempo.

– Dianna. – Abaixei minha cabeça em direção a ela, tentando fazer com que olhasse para mim. – Poderia, por favor, me dizer o que está perturbando você?

Ela não falou, inclinou a cabeça para trás, olhando para o alto e evitando meus olhos. Segui sua linha de visão para ver o que ela via. As estrelas iluminavam vagamente o céu noturno, e uma Lua crescente abraçava o horizonte. Não era tão bela quanto em Rashearim, mas prendeu seu olhar. Recostei-me e estudei seu perfil, a brisa fresca da noite levantava as mechas de cabelo soltas ao redor de seu rosto.

– Então, tudo aquilo são outros reinos?

Sua pergunta me pegou desprevenido, mas não hesitei em responder.

– Alguns, sim. Alguns são antigos mundos mortos que estiveram vivos até mesmo muito antes de meu pai nascer.

Ela ainda usava minha jaqueta e apertou-a ainda mais.

– Então, existiram deuses antes de vocês?

Eu sabia que ela estava evitando o que quer que estivesse realmente pesando sobre si, mas me recusei a pressioná-la. Fiquei contente por ela estar falando comigo.

– Ah, sim. Muitos. Honestamente, eu era uma criança ignorante. Deveria ter prestado mais atenção, mas, pelo que me lembro, existem grandes seres que existiam antes mesmo do Universo. São coisas gigantes e sem forma. Meu pai falou que é para lá que vamos quando morremos. Outro reino que nem nós conseguimos alcançar, além das estrelas, além do tempo: a paz eterna.

Ela assentiu enquanto seus olhos examinavam a escuridão brilhante.

– Eu invejo vocês.

Franzi a testa olhando para ela.

– O quê?

Ela encolheu os ombros, seus olhos refletiram a luz da Lua.

– Eu nunca vou conseguir ver esses outros mundos. Este reino é tudo que conhecerei. Mas eu gostaria de poder ver mais.

– Talvez um dia.

Ela se virou para mim naquele momento, um pequeno sorriso apareceu em seus lábios. Não havia lágrimas em seus olhos, mas a tristeza marcava suas belas feições.

– Nós dois sabemos que, quando isso acabar, se eu não estiver morta, vou para qualquer prisão divina que você tenha escolhido para mim. Não precisamos fingir.

Não falei nada. Eu estivera pensando no que seria dela depois que tudo isso terminasse, e minhas opções pesavam muito em minha consciência.

– Preciso de outra promessa. – Ela engoliu em seco, como se as palavras fossem difíceis de formar.

– Mas eu já fiz tantas para você. – Tentei aliviar o clima. Eu queria aliviar a dor que sentia irradiando dela.

– Se Kaden puser as mãos em mim, cuide de Gabby, ok?

Suas palavras me pegaram desprevenido.

– Essa mudança repentina em suas emoções se deve ao que aquele homem no festival disse sobre Kaden?

– Você não o conhece como eu. Estou com ele há séculos. Ele fala sério em tudo o que diz e cumpre. Ele não faz ameaças inúteis, Liam. Se disse que vai me arrastar de volta, mesmo que em pedaços, ele vai.

A maneira como ela olhou para mim, a maneira como falou – era como se o destino dela já estivesse selado. Ela tinha certeza de que ele a levaria.

– Não vou permitir que ele pegue você.

Seu sorriso era pequeno e não alcançava os olhos.

– Sei no que me enfiei e sabia dos riscos. Eu sabia, quando matei Alistair e voltei para você, o preço que pagaria. No momento em que decidi ajudá-lo, meu destino estava traçado. Liberdade e servidão andavam de mãos dadas para Kaden, e aceitei de bom grado os termos dele. Paguei pela vida e pela liberdade de Gabby com sangue. Você e eu sabemos que estou coberta por ele.

Dianna balançou a cabeça e olhou para as próprias mãos como se pudesse ver o sangue nelas. Minha diabinha brincalhona desaparecera por completo, pois a realidade de nossa situação atingiu uma parte profunda dela.

– Sei que não sou uma boa pessoa. – Ela fez uma pausa e soltou uma risada curta e sem humor. – Deuses, eu nem mesmo sou uma pessoa mais. Conheço meu destino e o mereço, mas Gabby é inocente. Ela sempre foi. Posso ter sido a mais forte que roubou para que pudéssemos comer, a que lutou para que pudéssemos viver, mas ela me manteve inteira. Seu único defeito é que ela me ama. Mesmo quando eu estava no pior dos estados, ela nunca deixou de me amar. Ela merece ser feliz. Eu a acorrentei a esta vida por tempo demais. Por isso, prometa para mim. Se algo der errado e eu não sobreviver, prometa que a manterá segura. Por favor. Apenas prometa.

Seus olhos não tinham humor quando ela se virou e me encarou, sua luz vibrante estava apagada. Ela estava implorando silenciosamente, implorando-me, desesperada, que eu mantivesse sua irmã a salvo. Decidi naquele momento que aquela mulher jamais deveria implorar. Compreendia que ela se importava com a irmã, mas quem se importava com ela? Naquele momento, ela parecia tão inocente. Não era a fera cruel e manipuladora de fogo que conheci de início. Ela era apenas uma garota que nasceu no caos. Kaden a encurralara, suas escolhas haviam sido roubadas até que ela se transformasse em uma arma. Ela havia se tornado o que precisava ser para proteger a única pessoa que ainda via algo de bom nela.

Incapaz de suportar vê-la tão sozinha no escuro, estendi a mão e segurei a dela da mesma forma que ela havia feito com a minha durante meus terrores noturnos. Ela tinha me confortado, e eu queria fazer o mesmo por ela.

– Prometo garantir que Gabby esteja segura. Também prometo que ele nunca mais colocará a mão em você. Se ele tentar levá-la embora, prometo que farei com que ele se arrependa de ter nascido.

– Aí está o ego de novo. – Ela fungou, balançando a cabeça levemente.

Dei a ela um sorriso torto.

– Ego? Não, você viu em minhas memórias que fiz monstros e homens implorarem por suas vidas.

– Ah, eu vi muita gente implorando…

Suas palavras causaram em mim uma sensação muito estranha. Começou no meu diafragma e se espalhou. Joguei minha cabeça para trás e ri – ri de verdade. Tomou conta de mim tão rápido, que o som foi um pouco chocante. Olhei para ela, e a surpresa em seu rosto era satisfatória.

– Você sabe demais sobre mim. Receio que até A Mão ficaria com inveja.

Isso me rendeu um sorriso genuíno. Dianna olhou para nossas mãos unidas.

– Prometo não contar. – Seu polegar traçou as costas do meu. – Você é doce quando está com um humor homicida.

– Não sei o que isso significa.

Ela olhou para mim e me deu um pequeno sorriso antes de tirar a mão da minha.

Era em parte mentira. Eu sabia o que ela queria dizer, mas sentia prazer em vê-la tentar me explicar palavras e frases. Ela se mexeu e se deitou no veículo. Ajeitei-me ao lado dela, enquanto ela ajustava a jaqueta por cima de si mesma. Eu a vi abaixar o queixo e inspirar profundamente o material resistente antes de tirar uma tira de papel do bolso.

– Você as guardou? – Sua risada foi curta e rápida, mas acalmou meus nervos. – Achei que as tivesse deixado para trás na cabine fotográfica. – Seus olhos cintilaram de alegria ao ver as fotos.

– Sim, você sugeriu que eu deveria guardar.

– Metade do tempo não sei se você me escuta.

– Eu sempre escuto.

Ela revirou os olhos antes de apontar para uma das imagens.

– Esta é minha favorita. – Era aquela em que ela apontava para a câmera com uma das mãos enquanto tentava mover meu rosto na direção certa com a outra. Meu olhar de pura confusão havia sido capturado para sempre.

– O poderoso rei é amigo de sua arqui-inimiga, a Ig'Morruthen.

Bufei, fazendo com que ela se virasse para mim.

–Você não é minha inimiga. Teria que de fato me vencer em uma luta.

Ela deu um tapa de brincadeira no meu braço. Seus pequenos golpes quase não me afetavam, mas parecia ser uma forma estranha de afeto da parte dela.

– Ok, tudo bem, não sou sua inimiga. Mas e amiga?

– Sim. – Eu balancei a cabeça. – Minha amiga.

Essa resposta pareceu agradá-la. Ela olhou novamente para as fotos, acariciando a imagem.

– Gosto dessa porque me lembra o quanto tento forçar você a ouvir – comentou ela, rindo.

Decidi que também era a minha favorita.

Não me recordo de por quanto tempo conversamos, mas em algum momento, entre suas risadas e sorrisos, decidi que destruiria o mundo por ela. Quando ela se virou para mim e passou os braços ao redor do meu peito, o mundo desapareceu. Foi uma breve trégua, enquanto eu segurava seu corpo enrolado contra o meu. Foi um momento de paz – até que os sonhos que ameaçavam destruir minha alma o interromperam.

XXX
LIAM

Os lençóis de seda se enroscavam em minhas pernas enquanto ríamos e nos embolávamos embaixo deles. Apoiei meus antebraços de cada lado de sua cabeça, segurando-me acima dela para não a esmagar. Seu cabelo estava grudado no rosto corado, e ela ria para mim. Acariciei a curva de sua bochecha, afastando os fios cor de caramelo, incapaz de lembrar seu nome.

Ela se inclinou para a frente, beijando-me mais uma vez antes de se deitar na cama. Roupas e travesseiros estavam espalhados pelo meu quarto, eram prova do prazer que havíamos desfrutado na noite anterior. A luz da manhã invadia o aposento, e os pássaros cantavam enquanto voavam perto da janela aberta.

– E se Imogen descobrir?

– Eu não estou noivo de Imogen.

Ela mordeu o lábio inferior, traçando a minha mandíbula com um dedo longo.

– Ela fala de você como se pertencesse a ela.

Minhas palavras não continham gentileza, apenas verdade. Eram as mesmas palavras que falei para Imogen e para vários outros que pensaram que ter espaço na minha cama significava ter meu coração ou minha coroa.

– Eu não a amo, não como ela me ama. Nem posso amar você. Você não ganhará uma coroa deitando-se comigo. Se é isso que procura, não posso dar a você. Compreende?

– Sim – sussurrou ela, passando os braços em volta do meu pescoço. – Aceito ter você de qualquer maneira que puder. – Sua perna subiu mais pela lateral do meu corpo, enquanto ela pressionava seus quadris contra os meus.

– É mesmo? – Meu sorriso se alargou quando me inclinei para a frente, unindo minha boca à dela. Um gemido suave separou seus lábios quando eu os tomei. Aninhei a lateral de seu rosto e queixo, inclinando suavemente sua cabeça para trás para me permitir melhor acesso enquanto minha língua dançava com a dela.

Afastei-me e lambi meus lábios antes de abrir devagar os olhos. Meu coração falhou e depois tornou-se um martelar confuso no meu peito. Uma beleza esbelta, de pele dourada, com cabelos escuros e grossos que se enrolavam em volta de seu rosto e ombros, substituíra as curvas exuberantes e pálidas da mulher abaixo de mim. Levantei-me e me afastei, olhando para ela em estado de choque.

– Dianna – suspirei o nome dela. – Não desejo ter esse tipo de sonho com você.

– Tem certeza? – Ela se sentou, aproximando-se de mim. As ondas escuras de seu cabelo caíam por suas costas, revelando as curvas doces e esbeltas de seu corpo e o volume suave de seus seios.

Algo em mim se rompeu. Minha boca ficou seca, e meu corpo ardeu de necessidade.

Dianna passou a mão pelo meu braço, enquanto aquela voz sensual sussurrava como o canto de uma sereia:

– Fique comigo.

Engoli o nó que havia se formado em minha garganta quando levantei a mão, afastando uma mecha de cabelo rebelde que havia caído em sua testa. Acariciei levemente sua testa com um dedo – as mesmas sobrancelhas que ela erguia tantas vezes em minha direção. Passei meu toque pela curva de sua face – as mesmas bochechas que se iluminavam quando ela sorria. Segurei a lateral de seu rosto, minha mão envolveu seu queixo enquanto eu esfregava meu polegar sobre o formato de seus lábios carnudos. Ah, como eu queria provar aquela boca linda e desafiadora.

Perguntei-me o que seria necessário para fazer seus lábios se separarem, para fazê-la gritar. Eu ansiava por descobrir se ela ia me morder e me arranhar enquanto eu me enterrava tão fundo dentro dela, que nunca mais sequer pensaria em permitir que outro a tocasse.

– Você já consome todos os meus pensamentos despertos. Precisa consumir meus sonhos também?

Ela inclinou a cabeça para trás, enquanto eu corria meus dedos ao longo de seu queixo, observando como seu pulso se acelerava quando eu acariciava a delicada linha de seu pescoço. Movia-me lentamente, memorizando cada linha e curva de seu rosto. Um gemido suave escapou-lhe quando minha mão deslizou para baixo, desenhando suas clavículas antes de mergulhar no vale entre seus seios.

Soube, então, que queria tocá-la assim de verdade, não importava se fosse errado, se uma parte do meu cérebro sussurrasse que era proibido. *Nós* éramos proibidos.

Seu corpo se encolheu sob o meu, puxando-me para mais perto como se ela fosse uma onda no mar, e eu estava preparado para me afogar. Meus olhos encontraram seu olhar castanho, e eu sabia que o momento ficaria marcado em minha memória muito depois de eu ter virado poeira estelar. Inclinei-me para a frente para…

Senti calor úmido substituir o calor de sua pele sedosa e forcei meu olhar a se afastar de seus olhos para minha mão, chocado ao ver o sangue se acumulando sob minha palma.

Não.

Ela tossiu e levantou a cabeça, lágrimas manchavam seus olhos, e um fio de sangue escorria do canto de sua boca.

– Você prometeu – falou ela, e suas palavras eram distorcidas.

Não!

Eu a puxei para mim, segurando sua cabeça enquanto ela tossia. Pressionei a mão contra o buraco em seu peito, tentando estancar o sangramento, mas não adiantou. Seu corpo rachou e se dobrou antes de virar cinzas.

Fechei os olhos com força, enquanto o poder dentro de mim ameaçava entrar em combustão. O anel escuro em meu dedo começou a vibrar, a Aniquilação estava reagindo à minha raiva e tristeza, ansiosa para ser convocada. Uma dor, pura e ofuscante, consumia-me, a agonia aguda fazia com que eu desejasse destruir tudo o que já a havia ferido. A lâmina negra estava mais que ansiosa para obedecer, e com ela eu seria capaz de reduzir qualquer ser vivo a meros átomos.

Meus olhos se abriram, e parei quando percebi que não estava mais no meu quarto. Olhei para cima, examinando meus arredores. O cenário era completamente diferente, assim como eu. Abri os braços e olhei para mim mesmo. Uma armadura prateada cobria meu corpo. Minhas mãos estavam limpas, todos os vestígios de Dianna haviam desaparecido, e meu peito doía com a perda. Girei devagar, com minhas mãos ainda estendidas, enquanto observava os arredores.

Eu estava no enorme corredor da Câmara de Raeul, o edifício de reuniões e comércio de Rashearim. Risos e vozes elevadas encheram o espaço cavernoso, trazidos pela brisa que agitava as flâmulas de cor creme presas às altas colunas. Caminhei pelo corredor principal, passando por estátuas de deuses em diversas poses de batalha, seguindo os sons da festança.

Parei na grande entrada esculpida da sala de reuniões. Vários homens e mulheres estavam sentados a uma mesa comprida e grossa. Usavam a mesma armadura que eu, mas as deles estavam sujas, cobertas por vários tipos de sujeira e detritos.

Eu conhecia todos eles. Éramos nós – A Mão e eu. Logan, Vincent, Neverra, Cameron, Zekiel, Xavier e Imogen. Não consegui identificar de que batalha estávamos recordando, só que me lembrava daquele dia. Era uma época mais feliz.

– Samkiel, se você ficar ainda mais rápido na batalha, não precisará mais de nós! – gritou Logan, enquanto se recostava com o elmo no colo.

– Está errado. Ele pode ter a força e a habilidade, mas não o cérebro! – respondeu Cameron, segurando uma taça, enquanto os outros riam.

– Continue com isso, e garantirei que todos vejam o cérebro que você não tem – respondeu minha própria voz do outro lado da mesa. O tom era relaxado e contido, mas ainda cheio de excesso de confiança. Eu odiava aquela versão de mim mesmo. Não lembrava quem eu era naquela época e com certeza não me sentia mais como ele. Tudo o que essas lembranças me traziam era tristeza. Tentei me concentrar, buscando acordar, mas a cena continuou a se desenrolar diante de mim.

– Quantos Ig'Morruthens foram hoje? Dez? Doze? – perguntou Xavier, roubando um pouco de comida de Cameron.

– Não o suficiente. – Ouvi meu eu onírico responder. – Seus números aumentam, mas os deuses nem se importam.

Vincent tomou um grande gole de sua bebida e pigarreou.

– Quanto menos deles houver neste reino, mais seguros todos estaremos.

O Samkiel da memória assentiu e esfregou o queixo.

– Concordo. São feras irracionais e destrutivas. Não têm nenhum propósito real, exceto o de serem armas de guerra. Quanto mais rápido libertarmos os reinos da presença deles, melhor.

Os outros ergueram as taças, aplaudindo em uníssono antes de continuarem a falar e a rir de alguma outra bobagem.

– Nossa. Rude.

Não me mexi quando Dianna apareceu na minha visão periférica. Ficamos lado a lado, observando a cena se desenrolar diante de nós.

– Isso foi em uma época diferente. Eu era diferente. Arrogante. – Suspirei profundamente. – Eu acreditava que matar era a única forma de proteger meu lar.

Ela inclinou a cabeça em minha direção, com os braços atrás das costas.

– Ei, não precisa se explicar para mim.

– Isso faz parte do nosso acordo? Os sonhos de sangue que você mencionou? É por isso que estou sonhando com você agora?

Um sorriso lento e sedutor se espalhou por seu rosto, enquanto ela mordia o lábio inferior.

–Você ia gostar que fosse por isso? Ia ser uma desculpa para todas as coisas impróprias que pensa sobre mim, hum?

Senti meu queixo ficar tenso quando desviei o olhar dela.

– Quero dizer, como poderia ficar com um monstro?

–Você não é um monstro – respondi e encontrei seu olhar, o que apenas a fez rir.

– Não se preocupe, seu segredo está seguro comigo. Além disso, de qualquer maneira, não estou de fato aqui. Sou apenas o seu eu superior tentando lhe dizer uma coisa.

Estreitei os olhos para ela e questionei:

– Dizer-me o quê?

Dianna avançou, diminuindo a distância entre nós, e prendi a respiração. Ela estendeu a mão e acariciou minha bochecha suavemente. Recusei-me a me mover quando seu toque gentil se tornou doloroso, suas unhas se cravaram em minhas bochechas e puxaram meu rosto para mais perto do dela. Aqueles olhos castanhos, antes encantadores, queimavam vermelhos quando ela se inclinou perto o bastante para que eu sentisse seu hálito quente em meus lábios.

– Que é assim que o mundo acaba. – Sua voz era um silvo sibilante.

Ergui a mão depressa, segurando seu punho, enquanto ela agarrava minha mandíbula com mais força. Ela era tão forte, que virou minha cabeça e me forçou a sair da sala. Tropecei, e, quando me endireitei, o cenário havia mudado mais uma vez.

Passei a mão ao longo de minha mandíbula, onde suas garras haviam afundado em mim. Não havia sangue, e nenhum arranhão marcava meu rosto. Engoli em seco e olhei ao redor, tentando descobrir onde estava. Estava próximo a uma varanda, mas não a reconheci. Através das portas abertas, vi pirâmides se elevando à distância. Vários edifícios menores feitos da mesma pedra estavam espalhados no espaço ao redor delas. A Lua estava alta, banhando tudo em prata e refletindo-se na armadura que eu ainda usava. Era lindo, mas não era meu lar.

O som de muitos passos marchando em uníssono fez com que eu me virasse. Havia tochas penduradas nas paredes, as pequenas chamas mal iluminavam. Olhei para as sombras além da luz, e soldados vestidos de prata apareceram como se tivessem sido convocados da escuridão. Carregavam grossos escudos ovais ao lado do corpo e seguravam armas de ablazone. Não tirei os olhos deles quando avançaram como um só, com suas botas se chocando contra o chão de pedra. Eram meus soldados.

O vento me açoitou quando minhas costas se chocaram contra o parapeito da varanda. Os soldados pararam e moveram os escudos para a frente. Em seguida, como um só, apontaram para algo além de mim.

Olhei por cima do ombro e vi um brilho laranja iluminando o céu. Virei-me devagar e contemplei, horrorizado, enquanto a bela e vibrante paisagem era reduzida a cinzas e escombros. Raios vermelhos desabaram em rápida sucessão, e trovões sacudiram o chão. Quando a luz faiscou no céu, uma silhueta monstruosa apareceu nas nuvens. Seu rugido ecoou pelo ar denso com cinzas e fumaça, o som era tão aterrorizante que fez a minha parte primitiva querer fugir. Asas, grossas e poderosas, batiam no céu, e o restante do corpo do Ig'Morruthen estava escondido entre as nuvens ondulantes. A fera rugiu mais uma vez e enviou chamas estrondosas sobre a terra já devastada.

Eu conhecia essa cena – só que não estava acontecendo em Rashearim. Não, eu estava em Onuna. Era isso que meu eu superior estava tentando me dizer? Ele estava tentando me alertar sobre a destruição completa e absoluta de outro mundo? Tropecei para trás e soltei um rugido de negação e tristeza.

Esbarrei em alguém e me virei para ver Dianna. Seus olhos estavam totalmente brancos, mas foi o grande hematoma em volta de sua garganta que fez meu estômago se embrulhar. Parecia que alguém havia quebrado seu pescoço, puxando-o com tanta violência que quase arrancou sua coluna do corpo.

– Dianna!

Um soluço me escapou quando estendi a mão para ela, mas parei quando as sombras atrás dela se moveram. Olhei por cima de sua cabeça e notei o trono ao longe. A figura sentada nele não tinha rosto; apenas sua forma me dizia que era um homem. Ele estava com um cotovelo no braço da cadeira, o punho embaixo do queixo. A armadura que usava era pura obsidiana. Pontas projetavam-se dos joelhos e ombros, imitando a coroa que ele usava.

Kaden.

Um grunhido estrondoso ecoou atrás dele quando o que eu tinha pensado ser parte de seu trono se moveu. A ponta de uma cauda grossa e pontuda chicoteou no ar e desapareceu de vista. Um corpo grande e volumoso emergiu da escuridão, e olhos vermelhos se estreitaram em fendas enquanto a criatura me observou de forma maligna. Era a mesma fera alada em que Dianna se transformara, porém maior.

– Veja o que você fez – falou Dianna. Voltei minha atenção para ela, sua voz estava distorcida pela condição devastadora de seu pescoço. – Veja. Você trouxe destruição para cá.

– Não! Não, eu não trouxe. – Sacudi a cabeça rapidamente de um lado para o outro.

Sua voz era apenas um sussurro rouco quando ela apontou para trás de mim.

– Isso é tudo que você é. Destruição.

– Não.

– Entende agora, Samkiel? É assim que o mundo acaba.

Mais pessoas avançaram de trás do trono dele. Eram tantas, várias centenas, enchendo o templo. Todas estavam cobertas de sujeira e sangravam. Algumas estavam sem um dos membros, algumas não tinham cabeça, e outras eram meros esqueletos. Levantaram os membros que podiam, apontando para o caos atrás de mim.

Começaram a cantar, e eu levei as mãos aos ouvidos, tentando bloquear, tentando parar. O som era ensurdecedor, e não ajudava o fato de as palavras parecerem ecoar dentro da minha cabeça, ficando mais altas a cada passo que elas davam.

– Não, eu posso impedir isso. Digam-me como! – berrei, acima das vozes crescentes.

Continuaram se aproximando, avançando implacavelmente, empurrando-me até o limite, repetindo a mesma coisa sem cessar.

É assim que o mundo acaba.

É assim que o mundo acaba.

É assim que o mundo acaba.

XXXI
Dianna

– Liam. – Puxei seu braço mais uma vez, tentando acordá-lo. Ele continuou resmungando como se estivesse falando com alguém, e seu rosto estava contorcido de dor. Ele tinha se revirado a noite toda, o que significa que eu não dormi. – Liam! – gritei, virando-o para mim. Bati de leve em seu rosto algumas vezes, tentando tirá-lo de qualquer situação em que estivesse preso. Ele estava balançando a cabeça, o suor escorria por sua pele, enquanto lágrimas rolavam por seu rosto. Eu não aguentava vê-lo tão angustiado.

– Liam, pelo amor dos deuses, acorde, seu idiota! – gritei e o sacudi um pouco mais forte dessa vez.

Seus olhos se abriram, o prateado de suas íris era incandescente. Eu estava pensando em uma maneira de deixá-lo inconsciente de novo, para que ele não destruísse a mim nem ao carro, quando o som de sua voz me assustou.

– Assim que o mundo acaba. – As palavras eram apenas um sussurro.

Os olhos de Liam voltaram ao normal quando focaram em mim, e o reconhecimento brilhou em suas profundezas.

– Dianna? – Ele se afastou de mim com mais força do que eu acho que pretendia, fazendo-me cair sentada no chão do carro. – O que está fazendo?

Sentei-me no espaço apertado o melhor que pude.

– Em primeiro lugar, ai, seu idiota! Segundo, eu estava tentando acordar você. Você estava tendo um pesadelo de novo.

Ele se virou o máximo que pôde e tentou se esticar, gemendo ao bater a cabeça.

– Como acabamos aqui dentro? – perguntou, esfregando o topo da cabeça e examinando o interior, e suas feições ainda refletiam seu pesadelo.

– Bem, estou bem. Obrigada por perguntar – eu disse, lançando um olhar em sua direção. – Você adormeceu primeiro, e eu não queria que nenhum de nós caísse do carro, então nos transferi. O banco traseiro tem espaço suficiente para dormirmos com conforto. Só que eu não dormi, já que você chutou e se revirou a noite inteira.

Ele olhou pela janela, encarando o horizonte e o Sol nascente.

– Onde está seu próximo informante?

Algo parecia errado.

– O que é que você tem?

– Nada. – Ele nem olhou para mim.

– Hum, ele deve chegar em breve. Podemos ir esperar – falei, acenando com a mão em direção a um dos hangares desertos.

Liam não disse nada enquanto abria a porta traseira sem tocá-la e saía. Deslizei para a beirada, seguindo-o para o amanhecer.

– Liam, você teve outro pesadelo. É isso que está incomodando você? Quer conversar?

Ele não olhou para mim e não se virou.

– Não.

Certo, então, voltamos a isso.

Algumas horas depois, o jato que havíamos pegado pousou em Zarall. Liam não falou comigo durante todo o voo, e eu não sabia o porquê. Sentia como se o tivesse deixado furioso, só que não tinha feito nada. Talvez eu tivesse revelado demais na noite anterior. Ouvir o quanto Kaden estava desesperado para me levar de volta e saber que ele pretendia fazê-lo por qualquer meio necessário mais do que abalou meus nervos. Eu sabia do que ele era capaz, e Kaden nunca falava nada que não tivesse intenção de dizer. Talvez eu tivesse pressionado demais, pedido demais, e Liam tinha decidido que eu não valia a pena.

Eu estava muito confusa. Nós tínhamos nos divertido e conversado, e Liam tinha até rido. Achei que éramos amigos, e sua frieza repentina doía. Perguntei-me se tinha feito algo errado e então me senti uma idiota por me importar tanto.

Maldito coração mortal.

– É aqui que deixo vocês dois – gritou o piloto para nós.

Liam finalmente se afastou da janela e olhou para mim. Desabotoei o cinto de segurança e me levantei, profundamente irritada com sua rápida mudança de humor.

O piloto me parou na porta.

– Lembre-se, temos um acordo. – Sua camisa estava manchada de café, e seu cabelo, bagunçado. Sua aparência desgrenhada e amarrotada combinava com o avião, fazendo com que eu me sentisse com sorte por termos chegado ali inteiros.

Abri a escotilha com um puxão forte na alavanca de metal.

– Sim, sim, vou garantir que você seja bem pago.

Ele resmungou baixinho, enquanto eu descia correndo os degraus enferrujados e chegava ao chão sólido. Ouvi os passos de Liam na pista atrás de mim. O Sol brilhava intensamente contra o cenário rústico branco e azul do aeroporto abandonado. Percebi que o piloto nos deixou o mais longe possível do terminal. Não havia carros ou qualquer outra pessoa à vista. Parecia que teríamos que descobrir sozinhos como chegar ao complexo de Drake.

Lancei um olhar para Liam, que olhava para todos os lados, menos para mim.

– Lembre-se, eles são meus amigos e são do tipo bom, então, por favor, não fique animado com a espada.

Um músculo em sua mandíbula se contraiu.

– Eu já prometi.

Eu sorri e estendi as mãos.

– Prometeu mesmo. Certo, agora vamos dar as mãos.

Ele olhou para elas e depois para mim com as sobrancelhas franzidas. Eu já sabia que ele estava prestes a se opor.

– Eu não...

Agarrei suas mãos antes que ele pudesse terminar seu protesto. A névoa negra dançou em volta dos meus pés, e, entre uma respiração e outra, desaparecemos do aeroporto.

Liam segurou outro galho grande enquanto eu me abaixava para passar por baixo dele.

– Não fale nada.

– Minha única sugestão é: se deseja se teletransportar, que tenhamos uma localização mais precisa.

Eu girei, e meu pé se prendeu em uma raiz.

– Eu acabei de dizer para você não falar isso.

Tudo bem, ele tinha razão. Eu provavelmente deveria ter prestado mais atenção quando Drake me deu os detalhes de onde estariam quando nosso plano estivesse concluído. Mas já havia passado quase três meses, e tudo estava um pouco confuso.

– Muito bem, explique-me. Por que esses seus supostos amigos são tão especiais que estamos caminhando por esta selva para encontrá-los?

– Ah, olha só, *agora* você quer conversar. Tem certeza de que não quer ficar emburrado pelo resto da viagem?

Ele parou.

– Eu não fico emburrado.

Revirei os olhos e me inclinei, arrancando um cipó que havia se enrolado em meu tornozelo.

– Claro. Como você quer chamar o que fez nas últimas horas?

Ele desviou o olhar de mim.

– Eu estava pensando.

Revirei os olhos mais uma vez e continuei andando, erguendo os pés um pouco mais alto dessa vez.

– Que seja. Olha, posso tentar nos levar mais perto.

– Não. Você já tentou e apenas nos levou ainda mais para longe. Continuaremos a pé.

Suspirei alto, querendo que ele soubesse o quanto me irritava. Ele manteve sua lâmina de ablazone por perto, usando-a para cortar algumas das folhas mais espessas conforme avançávamos. O silêncio estava me dando nos nervos, então fiz o que sabia fazer melhor: falei.

– Drake é com quem tenho mais intimidade. – Liam parou em meio a um golpe, como se minha voz o tivesse assustado. Ele assentiu e continuou cortando a folhagem espessa quando continuei. – Ele é tecnicamente o Príncipe Vampiro, mas raramente age como um. Ethan é seu irmão e rei. Para encurtar a história, a família deles chegou ao poder e agora governa todos os vampiros de Onuna. Pode parecer muito, mas o número deles é bem baixo, considerando a população.

Ele abriu um caminho à nossa frente, e vários galhos caíram no chão.

– E como alguém chega a tal poder?

– Família. Kaden os recrutou muito antes de eu aparecer. Ethan não era rei na época, mas, com a ajuda de Kaden, subiu ao poder. Algumas outras famílias de vampiros gostariam que ele não fosse rei, mas acho que isso é óbvio quando se trata de alguém no controle. Tenho certeza de que você deve entender. – Apoiei a mão em um tronco bastante grande e passei por cima dele. Liam apenas o ergueu e jogou de lado como se fosse um palito incômodo. *Exibido.*

Ele deu de ombros, e pensei que ia retomar sua poda silenciosa e voltar a me ignorar, então fiquei surpresa quando falou:

– Até certo ponto, sim. – Olhei para suas costas largas enquanto ele falava. – Ninguém estava satisfeito por eu me tornar rei, inclusive eu. É mais do que apenas um título a ser entregue. As responsabilidades que o acompanham podem ser um fardo pesado. As pessoas que confiam em cada palavra sua e observam cada movimento seu... – Ele parou, como se tivesse sido levado de volta a alguma parte de sua memória que eu não conseguia alcançar. – É esmagador e algo que eu não desejaria a ninguém.

Isso despertou meu interesse.

– Então, se tivesse uma chance, digamos, hipoteticamente, você abriria mão?

Seus olhos encontraram os meus, algo reluziu nas profundezas tempestuosas.

– Não ser rei?

Assenti com a cabeça.

– Num piscar de olhos. Sim. Se isso significasse que eu poderia ser quem eu quisesse, fazer o que eu quisesse, eu abriria mão. – A culpa faiscou em suas feições enquanto ele balançava a cabeça. Ele recomeçou a andar. Falou suas palavras seguintes tão baixo, que quase não as ouvi. – Mas não posso.

Eu o segui, deixando-o liderar mais uma vez.

– Nunca contei isso a ninguém antes. – Ele olhou para mim. – Por favor, não repita. Levantei minha mão.

– Promessa de mindinho.

Ele nem sequer tentou sorrir. O olhar que passou por seu rosto me lembrou do Liam que tinha começado aquela viagem ao meu lado, não aquele que conversou comigo até adormecermos.

– Chega disso.

– Está bem – falei e deixei cair a mão ao lado do meu corpo.

Liam se virou e se afastou de mim. Ficou calado de novo, e isso doeu. Estar perto dele me irritava com muita frequência, mas, em outras ocasiões, eu apenas me divertia. Diversão era algo que eu não tinha há muito, muito tempo e era algo que eu não sabia que precisava. O afastamento dele fez com que me sentisse perdida.

– Tem certeza de que estamos no lugar correto?

Balancei a cabeça, limpando meus pensamentos.

– Sim, juro. Ele me disse exatamente onde seria. Só não me lembro da parte da selva. – O suor escorria em meus olhos quando me virei, olhando para trás. – Posso sentir a essência deles, mas, cada vez que sinto que estamos nos aproximando, é apenas mais selva. É quase como…

Minha frase terminou com um grito de surpresa quando fui atacada pela lateral. Fui atirada no ar e depois pega, e o ar saiu dos meus pulmões. Fui girada em um círculo completo antes que braços musculosos me agarrassem com força pela cintura. Drake finalmente me colocou de pé e sufocou meu rosto com beijos.

– Ai, como senti sua falta!

Eu sorri radiante para meu amigo. Senti as lágrimas arderem em meus olhos e o abracei de volta. A última imagem que tive dele foi seu rosto derretendo em cinzas quando ele disse: *É melhor morrer pelo que se acredita que é certo do que viver sob uma mentira.*

Meus olhos se arregalaram em choque quando o calor de seu corpo foi tirado de perto. Liam segurava Drake pelo pescoço. Os pés de Drake balançavam, e Liam segurava a lâmina perto do olho dele.

– Liam! – gritei, correndo e agarrando seu braço. – Largue ele!

Um olhar que eu nunca tinha visto fora dos sonhos de sangue apareceu no rosto de Liam, e meu coração parou. Ele parecia exatamente o Destruidor de Mundos que as histórias profetizavam. Tinha sido esse o mesmo olhar que ele lançara a todos os que caíram diante de sua lâmina?

– Ele atacou você.

Eu puxei o braço de Liam. Drake não lutou. Apenas segurava o pulso de Liam e observava a lâmina. Deslizei sob o braço de Liam, colocando-me entre ele e Drake.

– Não, ele não atacou. Ele apenas está entusiasmado por me ver. Por favor, coloque-o no chão.

O olhar penetrante de Liam se concentrou em mim, e fiquei hipnotizada pela prata que cercava suas íris. Toquei suavemente em seu peito, e, por uma fração de segundo, seu rosto se suavizou. Ele soltou Drake, sem desviar seu olhar do meu, enquanto apertava a mão e a lâmina desaparecia. Liam deu um passo cuidadoso para trás, colocando distância entre nós. Molhei os lábios e desviei o olhar, chocada ao ver que a floresta havia desaparecido.

Drake esfregou o pescoço e balançou a cabeça para os guardas que nos cercavam, ordenando-lhes silenciosamente que se retirassem. Os cães ao lado deles rosnavam e mordiam o ar, enquanto seus cuidadores lutavam para controlá-los. Eles claramente não gostavam do cheiro de Liam ou do meu.

Drake assobiou e ordenou que voltassem aos seus postos. Os homens assentiram e recuaram. Virei-me, observando melhor o que nos rodeava. Eu não tinha estado ali antes, e foi por um bom motivo. Todos queríamos ter certeza de que, mesmo que Kaden despedaçasse minha mente, ele não conseguiria encontrar seus refúgios.

A entrada pavimentada se dividia e contornava uma grande fonte. Era linda, mas o que chamou minha atenção foi o enorme castelo. Sim, era um castelo, afinal, por que qualquer família de vampiros teria uma casa normal? Coloquei as mãos nos quadris e me inclinei para trás para ter uma visão completa.

Grandes paredes de pedra cinza-escura moldavam o imponente edifício. Várias torres erguiam-se da estrutura enorme, com longas janelas ovais que cobriam a frente do palácio. Eu podia ouvir água ao longe e, pelo cheiro de rosas e jasmim, sabia que havia um jardim em algum lugar à esquerda.

– É uma antiga herança de família – sussurrou Drake ao meu ouvido.

Virei-me, dando um tapa de brincadeira no peito dele.

– Eu odeio quando você faz isso.

– Hum, pensei que você gostava quando eu sussurrava palavras doces em seu ouvido... – disse ele com um sorriso predatório. Sua voz era um grunhido gutural, mas seu olhar estava focado atrás de mim. Eu podia sentir Liam às minhas costas e sabia que Drake estava tentando perturbá-lo. Minha única pergunta era: por quê? E por que ele achou que flertar comigo funcionaria?

Olhei feio para ele e mostrei-lhe o dedo do meio. Ele sorriu largamente antes de acenar com a cabeça em direção aos largos degraus de pedra à nossa direita.

– Sentimos seu poder no minuto em que vocês pousaram. Supus que você me encontraria mais rápido, dadas as instruções que lhe passei, mas não importa, estou feliz que esteja aqui. Agora, se puder me seguir, meu irmão está aguardando.

– Aguardando? – perguntei.

– Sim. É hora do jantar, e temos muito o que discutir.

Drake me lançou um sorriso deslumbrante e sedutor antes de começar a subir os degraus de pedra. Suspirei e o segui, e Liam aproximou-se para andar ao meu lado.

– Esse é seu amigo? – perguntou Liam.

– Sim, um amigo de verdade que não fica irritadinho e nem me ignora quando algo obviamente o está incomodando. – Eu sabia que minhas palavras continham raiva, mas ainda estava irritada.

O olhar estoico que eu tinha visto tantas vezes no rosto de Liam voltou, mas ele não disse nada.

Chegamos ao topo da escada no momento em que Drake abriu as grandes portas duplas de madeira. O cheiro de comida me atingiu assim que cruzei a soleira, e meu estômago roncou.

– Com fome, Dianna? – perguntou Drake, olhando para mim.

– Sim, muita.

Ele riu, mas eu mal o ouvi enquanto olhava boquiaberta para o interior do castelo, que era mais impressionante do que o exterior. Alguns guardas estavam perto da porta com armas ao lado do corpo. Não olharam para nós nem demonstraram notar nossa presença quando chegamos ao saguão de entrada. Ouvi batimentos cardíacos por todo o castelo, provavelmente de funcionários e convidados mortais. A presença de algumas dezenas de vampiros enviou um calafrio gelado pelo meu corpo, provocando arrepios nos meus braços.

– Este lugar é enorme – sussurrei, enquanto girava, tentando absorver tudo. Um grande lustre, do tamanho de um carro, pendia de um teto que se elevava a uma altura impressionante. Dois grandes corredores se ramificavam de cada lado da entrada, as paredes eram decoradas com pinturas antigas e novas. Uma grande escadaria estava à nossa frente, e um tapete vermelho cobria os degraus de pedra lisa.

– Não necessariamente – comentou Liam. – Os salões de Rashearim fariam com que este lugar parecesse uma cabana pequena.

Drake olhou para Liam sem pestanejar.

– Tamanho não é documento.

Lancei um olhar para Drake, desejando que ele não antagonizasse com Liam ainda mais. Liam já estava de mau humor, e eu não queria mais lidar com isso naquela noite. Drake apenas deu de ombros, enquanto Liam continuava a lançar olhares para nós.

– Ethan tem quartos prontos para vocês dois. – Ele olhou para Liam antes de me dar um sorriso devastador. – Posso mostrar seu quarto se quiser se refrescar. Vocês dois estão com aparência e cheiro horríveis.

– Obrigada, eu adoraria.

– Primeiro as damas. – Ele sorriu e estendeu o braço. Eu o aceitei, passando o meu debaixo do dele. Drake olhou para Liam. – Vou pedir a alguém que lhe mostre o seu.

Eu poderia jurar que ouvi Liam rosnar atrás de nós, enquanto subíamos as escadas, mas atribuí isso à exaustão.

Drake garantiu que eu tivesse tudo de que precisava. Usei com gratidão os produtos de depilação. Os pelos das minhas pernas e vulva tinham ficado um pouco fora de controle. Havia uma variedade de todo tipo de sabonete, esponja e creme esfoliante. Eu não tinha percebido o quanto estava sentindo falta de sabonete de verdade. Eu estava sendo mimada? Provavelmente. Eu ia reclamar? Não, nunca.

Enchi a enorme banheira com muita espuma e, depois de uma longa imersão e várias esfoliações, finalmente me senti eu mesma. Saí e me enrolei em uma toalha felpuda antes de secar o vapor do espelho. Meu cabelo estava uma bagunça embaraçada, mesmo depois de lavado. Passei algum tempo desembaraçando os nós dos fios grossos e molhados e me perguntei se o quarto de Liam era tão bom quanto aquele.

Eu me contive. Ele tinha voltado a ser rude e desdenhoso, então por mim eles podiam tê-lo colocado na masmorra.

Fechei os olhos por um segundo, desejando que a chama dentro de mim viesse à tona para secar meu cabelo um pouco mais rápido. Parei depois de alguns momentos, quando comecei a me sentir um pouco tonta. Uma desvantagem de comer comida mortal em vez de mortais era que, embora a comida me sustentasse, eu não atingia o nível de poder que acompanhava o consumo de pessoas. O lado positivo era que eu não me sentia um monstro por rastejar dentro da mente de outra pessoa.

Meus pés descalços eram silenciosos no piso frio quando saí do banheiro e as luzes se apagaram atrás de mim. O quarto que tinham me dado era enorme, mesmo para um castelo daquele tamanho. Meus dedos dos pés se curvaram no tapete macio. Era tão macio e definitivamente melhor do que os dos hotéis baratos onde tínhamos ficado hospedados. As paredes eram cinza-escuras, e vários travesseiros combinando decoravam um grande sofá voltado para a TV de tela plana. Havia revistas espalhadas sobre uma mesa de centro com tampo de vidro, e flores em um vaso redondo laranja acrescentavam um toque de cor. Elas pareciam frescas, como se tivessem sido cortadas do jardim abaixo. Passei por elas, e meus dedos roçaram levemente as bordas das pétalas.

Uma cama tão grande que poderia acomodar cinco adultos estava nos fundos do quarto. A exaustão me atingiu, a roupa de cama branca e macia me chamava. Fiquei tentada a cair nela e dormir por dias. Balancei a cabeça, tentando afastar a névoa criada pela falta de comida enquanto caminhava em direção à minha parte favorita do quarto. O closet havia me deixado sem fôlego quando o vi pela primeira vez. Todos os sapatos com os quais eu poderia sonhar cobriam as paredes, e a gama de cores era incrível. Fileiras e mais fileiras de vestidos, blusas e calças penduradas nas prateleiras.

Meu prazer com o que estava ao meu redor diminuiu quando me lembrei de que não era apenas uma visita normal e de que eu não podia simplesmente ficar ali. Tinha um trabalho a fazer, informações a reunir, um livro a encontrar e depois, provavelmente, seria jogada em alguma prisão divina.

Uma batida me assustou. Os fios molhados do meu cabelo bateram nas minhas costas quando virei a cabeça em direção à porta. Meus dedos apertaram a toalha, puxando-a com mais força ao meu redor. Respirei fundo, tentando acalmar meus nervos antes de gritar:

– Entre.

A cabeça de Drake apareceu um segundo depois, e uma pontada de decepção me perfurou. Ele percebeu minha expressão, e seu sorriso se alargou.

– Esperando outra pessoa?

Sacudi minha cabeça.

– Não.

Ele entrou, fechando a porta atrás de si.

– Dianna, você está absolutamente radiante. Gostou dos sabonetes? Metade desses itens são de Naaririel.

– Sim, obrigada. Você sempre cuida de mim. – Sorri para ele, aliviada por não ter que ficar alerta em sua presença. Ele tinha sido uma constante em minha vida, sua amizade era firme e verdadeira. Eu sabia que sempre me protegeria.

Drake estava mais arrumado do que eu pensava que estaria apenas para o jantar, estava incrível em um terno bem cortado que realçava sua beleza masculina. Ele era um homem lindo, mas não provocava nada em mim – não como um certo deus irritante e rude.

– Vai usar apenas uma toalha esta noite? – perguntou Drake com um sorriso.

Revirei os olhos e puxei a toalha com mais força ao meu redor.

– Não, e, dado o que você está vestindo, acho que preciso me vestir bem.

Ele passou por mim e entrou no closet.

– Se quisesse apenas usar uma toalha, eu não me importaria, nem seu novo namorado – comentou ele, com um sorriso malicioso, enquanto vasculhava a variedade de roupas.

Meu coração congelou.

– Liam não é meu namorado.

Ele lançou um olhar para mim.

– Tem certeza? Ele é muito protetor para alguém que…

Levantei a mão.

– Por favor, pare. Liam não é nem nunca será meu namorado. Estou ajudando-o, só isso. Lembre-se do que você disse: é melhor morrer por alguma coisa do que viver sob uma mentira.

Ele balançou a cabeça.

– Não me diga que se uniu ao Destruidor de Mundos seguindo meu conselho. Quero você livre de Kaden, não algemada a outro homem poderoso que não se importa com você, Dianna.

Eu bufei, soprando um cacho úmido para longe dos meus olhos.

– Você soa como Gabby. E não estou algemada a ninguém. Confie em mim. Ele quer ficar o mais longe possível de mim. – Ele havia provado isso nas últimas horas. – Além disso, temos um acordo.

– Oh, um acordo, hein? Que tipo de acordo?

Dei de ombros, segurando minha toalha com mais força.

– Um acordo de sangue.

Drake quase arrancou um vestido do cabide quando se virou em minha direção, com uma sombra de preocupação em seus olhos.

– Um acordo de sangue, Dianna? Com *ele*?

Entrei no closet batendo os pés e cobri sua boca com a mão, não queria que ele alertasse todos os vampiros da mansão.

– Para, não é tão sério. Quero dizer, nós dois fizemos um por causa de batatinhas daquela vez.

Ele revirou os olhos e agarrou de leve meu pulso, afastando minha mão de sua boca.

– Aquele durou algumas horas, porque você cedeu primeiro. Quais são as condições desse acordo? Nenhum deus compartilharia ou derramaria voluntariamente o próprio sangue.

Engoli em seco, não querendo dizer a ele que Liam tinha feito exatamente isso por mim mais de uma vez.

– Não importa. Estamos aqui – retruquei.

Ele mudou de posição, embalando minha mão na sua.

– Eu me preocupo com você, Dianna, especialmente se vocês já estão transando.

– Não é assim – rebati, puxando minha mão da dele, e minhas bochechas queimaram até mesmo com a sugestão. – Liam não é como Kaden. Não estamos dormindo juntos nem remotamente íntimos. – Esta última parte fez bile subir à minha garganta, porque, no meu coração, sentia como se estivéssemos *íntimos*. Eu tinha uma ligação mais íntima com ele do que com qualquer homem com quem dormi.

– É mesmo? – questionou Drake, enquanto me estendia um vestido. – Então, por que você cheira a ele, e ele a você? Seus aromas estão tão entrelaçados que não há diferença entre os dois.

Fui até ele e peguei o vestido de sua mão.

– Se não acredita em mim, tudo bem. Tudo o que qualquer um de vocês fez foi me incentivar a criar coragem e deixar Kaden. Então, no segundo em que faço isso, no segundo em que encontro uma maneira, eu sou criticada por isso.

Ele colocou as mãos nos quadris.

– Estou perto de vocês há apenas alguns minutos, mas vejo a maneira como vocês se olham. Pode mentir para si mesma e para ele, mas não cometa o mesmo erro, Dianna. Eu quero mais para você. Ele pode não ser como Kaden, mas é igualmente poderoso. Não quero mais ver você magoada. Quero que você tenha a liberdade de fazer as próprias escolhas e moldar a própria vida.

– Eu não tenho nenhuma. Nós dois sabemos que, no segundo em que entreguei minha vida a Kaden, minha liberdade e meu direito de escolha desapareceram. Tudo o que posso fazer é tentar dar uma vida melhor à minha irmã, tentar dar a todos vocês uma vida melhor. Sem mais governantes. Sem mais tiranos. Não foi isso que você disse que Kaden era? Liam pode matá-lo. Só estou tentando fazer o melhor que posso, ok?

Esta última parte saiu repleta de emoções que tive o cuidado de manter enterradas, e, de repente, me senti oprimida. Minha visão ficou turva quando lágrimas encheram meus olhos.

Drake já estava na minha frente antes de a primeira cair, sua mão segurava meu queixo e seu polegar roçava minha bochecha.

– Eu sei, e prometo que não estou sendo cruel. Eu apenas...

Suas palavras se interromperam em um silvo, e eu sabia exatamente o porquê. Quando o calor turbulento do poder de Liam surgiu no closet conosco, minha tristeza, meu medo e meu arrependimento não pareciam mais esmagadores. A dor no meu peito diminuiu, permitindo que eu respirasse com mais facilidade.

– Estou interrompendo alguma coisa?

Eu me afastei depressa do toque de Drake e me encolhi, sabendo que Liam veria isso como um sinal de culpa e acreditaria que havia algo entre Drake e mim.

– Você pede licença? – perguntou Drake, deixando cair a mão.

– Não quando ela parece angustiada. – A voz de Liam trovejou atrás de mim, as luzes do meu quarto piscaram ameaçadoramente.

Afastei-me de Drake e me virei para Liam, com a intenção de acalmá-lo antes que ele literalmente queimasse um fusível ali.

Minha respiração parou. Ele havia tomado banho e trocado de roupa. Eu estava certa: branco não era a cor dele. Ele usava um terno que lhe servia de verdade e que lhe caía bem. Era todo preto, a camisa era mais escura que o paletó e a calça. Meu estômago agitou-se ao vê-lo. O que havia de errado comigo?

– Você tem roupas. Quero dizer, você trocou de roupa. – Minhas palavras saíram numa bagunça confusa.

Ele parou de tentar abrir buracos em Drake com o olhar e me encarou.

– Sim. Elas foram fornecidas. Onde estão as suas?

Olhei para baixo, lembrando que ainda segurava minha toalha.

– Ah, isso...

– Vá embora – ele ordenou a Drake, que se irritou ao meu lado.

– Este não é o seu domínio, Destruidor de Mundos. Você não me dá ordens na minha própria casa.

Liam deu um passo à frente, e eu rapidamente me coloquei entre eles. Com toalha ou sem, eu não os deixaria brigarem. Liam parou a centímetros de mim, e o calor de seu corpo era uma carícia contra minha pele nua.

Liam olhou para mim e depois de volta para Drake.

– Não é sua casa. É do seu irmão. Você é apenas um príncipe, não um rei. Agora saia. Desejo falar com Dianna e não confio nem conheço você o suficiente para que esteja aqui.

Levantei a mão antes que as coisas ficassem sangrentas.

– Liam, não pode falar assim com as pessoas! – repreendi, antes de me virar para Drake e murmurar *"desculpa"*, dizendo em seguida: – Pode nos dar licença, por favor? Estaremos lá embaixo em um instante.

Os olhos de Drake faiscaram dourados, e sua mandíbula se cerrou antes que ele se inclinasse para dar um beijo em minha bochecha. Ele fez isso para irritar Liam, e funcionou. O poder de Liam pulsou, e eu sabia que ele estava imaginando como seria atropelar Drake. Esperei a porta se fechar atrás de Drake antes de bater no peito de Liam e dizer:

– O que foi isso?

Ele rastreou os movimentos de Drake como um predador caçando uma presa. Seus olhos estavam focados na porta, até que ele sentiu minha mão roçá-lo. Ele olhou o próprio peito antes de encontrar meu olhar.

– Eu não gosto dele.

Suspirei, peguei alguns dos vestidos que Drake havia separado e passei por Liam em direção ao banheiro.

– Você nem o conhece.

– Ele toca você sem sua permissão. Ele é grosseiro e em geral irritável.

– Como sabe que ele não tem minha permissão?

As luzes piscaram mais uma vez enquanto Liam me seguia.

– Ele tem?

Eu ri de verdade enquanto fechava a porta do banheiro atrás de mim. Gritei para que ele pudesse me ouvir, larguei a toalha e peguei um vestido.

– Ele não me toca como você faz parecer, e é assim que amigos agem quando se preocupam um com o outro. É um sinal de carinho, Liam. Minha nossa.

– Você não faz isso comigo.

Minha respiração ficou presa diante de suas palavras. Liam não queria dizer isso. Ele não entendia as interações mortais. Ele ainda estava aprendendo, certo? Coloquei o vestido enquanto meus pensamentos giravam. Era preto, curto e de mangas compridas com um decote nas costas que não era muito revelador.

Joguei meu cabelo para trás, e as ondas grossas fizeram cócegas no meio das minhas costas. Não me preocupei com grampos ou prendedores, sabendo que não conseguiria domá-lo com aquela umidade.

Depois de rapidamente passar um batom vermelho, dei uma última olhada no espelho antes de sair do banheiro.

– Eu não abraço você todas as noites para manter seus pesadelos sob controle?

Ele estava andando de um lado para o outro, com a mão no quadril e perdido em pensamentos. Ele parou no meio do caminho, e seu olhar viajou lentamente de alto a baixo pelo meu corpo. Sua voz estava rouca e indignada quando ele finalmente disse:

– É isso que você vai usar?

Estendi os braços e olhei para baixo.

– O que há de errado com meu vestido?

Ele pareceu genuinamente confuso por um momento.

– Vestido? Isso não é um vestido. Parece que você planeja ir para a cama com ele imediatamente após o jantar.

Fiquei boquiaberta.

– Como é? Não vou para a cama com ninguém, seu imbecil milenar! – Fiz um gesto em direção ao vestido que usava, e a bainha subiu pelas minhas coxas.

– Não dá nem para ver nada.

– Dá para ver o suficiente. É praticamente um insulto.

Coloquei as mãos nos quadris.

– De onde você tirou…

Ele ergueu a mão e o tecido que eu usava começou a vibrar contra minha pele. Olhei para baixo e congelei quando o tecido do meu vestido preto se transformou em um vermelho profundo e vibrante que combinava com o dos meus lábios. Ele cresceu, estendendo-se além dos meus pés. O corpete me servia perfeitamente, as alças finas envolviam meus ombros e cruzavam às minhas costas. Liam abaixou a mão, e eu me virei em direção ao espelho. Ofeguei com meu reflexo. O vestido era de tirar o fôlego – e ele o fez para mim.

Eu me senti majestosa e sedutora com a forma como o tecido carmesim e sedoso abraçava amorosamente as curvas que eu tinha. O material era fino, porém não era transparente como as vestimentas que as deusas de Rashearim usavam.

Liam apareceu atrás de mim, e meu pulso acelerou com a imagem que formávamos. Senti-me como uma deusa, em especial com ele, em seu terno elegante e cabelo recém-penteado, parado atrás de mim. Parecia que estávamos indo para um baile, e não descendo para uma reunião que provavelmente terminaria mal.

– Pronto. Assim está melhor – declarou Liam, com satisfação e fome masculina faiscando em seus olhos.

– Ele vai ficar tão bravo. – Sorri e olhei para ele pelo reflexo. Passei a mão pela frente do meu vestido e me virei de um lado para o outro, olhando cada detalhe cintilante.

– Ele que fique. – A voz de Liam foi um rosnado suave que me fez parar. Ele estava me observando enquanto eu girava. Ele sempre me observava, em particular quando pensava que eu não estava vendo. – Não me importo. Durante grandes eventos, todas as deusas e celestiais usavam vestimentas semelhantes em meu mundo. Alguns fluíam bem além de seus pés, outros mal tocavam o chão, mas todos cintilavam e brilhavam como a luz das estrelas no céu escuro. Elas eram realmente lindas… e você também. Você é uma rainha e deveria estar vestida com os melhores tecidos, não com o material sintético barato que ele escolheu.

Minha garganta se estreitou com as palavras de Liam. Era assim que ele me via? Virei-me para ele, seu rosto estava a poucos centímetros do meu, e seu aroma me envolvia. Senti o calor subir às minhas bochechas e limpei a garganta.

– Obrigada. Pelo vestido. É lindo.

Ele sorriu, percebeu o que tinha feito e recuou.

– De nada.

– Agora, o que você tem para me contar?

– Contar a você? – perguntou, parecendo confuso.

Saí do banheiro, erguendo as laterais do meu vestido para poder andar.

– No closet você falou que tinha algo sobre o qual queria conversar.

– Ah, sim. Não, eu só falei aquilo para que ele fosse embora.

– Liam. – Meus olhos se arregalaram enquanto eu ria. – Isso é tão grosseiro.

– Peço desculpas. Há muitas pessoas aqui, e posso ouvir todas elas. É impressionante. – Ele se sentou na beirada do sofá e soltou um longo suspiro. – E este palácio deles parece muito denso e apertado. É como se as próprias paredes estivessem tentando se fechar ao meu redor. Você parece ser a única pessoa de quem aguento estar perto.

Dei a volta no sofá e me sentei ao lado dele.

– Isso é realmente fofo. Ainda estou esperando que você diga algo maldoso em seguida.

– Eu não sou maldoso com você.

– Você com certeza foi hoje.

Ele olhou para as mãos, o polegar deslizava sobre um anel de prata específico. Aquele não era de prata pura como os outros, mas tinha um anel de obsidiana ao redor.

– Sendo assim, peço desculpas. Não dormi bem ontem à noite.

– Eu sei. Eu estava lá.

– Se eu chateei você, não foi minha intenção. Eu juro que não foi minha intenção – declarou Liam, com a sinceridade clara em sua voz.

– Está tudo bem. Estou acostumada com você não sendo o mais charmoso às vezes. Apenas pensei que éramos amigos e que tínhamos superado toda a parte da crueldade.

– Nós somos. – Ele se virou para me encarar por completo, como se eu tivesse dito algo que o chateou. – Eu só… O pesadelo da noite passada foi demais.

Minhas sobrancelhas se franziram em preocupação.

– Quer conversar sobre isso?

– Não.

Assenti antes de me sentar mais ereta e suspirar. Liam ficou quieto mais uma vez, e desejei que ele me deixasse ajudá-lo.

– Eu quero falar sobre o quanto não quero ir a esse jantar.

Eu ri baixinho.

– Tenho certeza de que não vai demorar muito. Além disso, eles têm conexões que nem Kaden conhece. Então, poderiam nos apontar na direção certa até o livro que você diz não existir, e poderemos ir embora.

Ele estendeu a mão com o dedo mindinho esticado.

– Promessa?

Meu peito se contraiu.

– Achei que você não queria mais promessas.

– Tenho o direito de mudar de ideia – respondeu ele, gesticulando para minha mão.

Eu sorri e estendi meu mindinho, e ele o segurou com o dele. O ato foi tão puro, mas enviou um pequeno raio de eletricidade ao meu âmago.

– Sim, prometo.

XXXII
Dianna

O silêncio na sala de jantar era pesado e cheio de tensão. Espetei minha comida, o garfo perfurou a carne macia e acertou o prato. Estávamos sentados a uma mesa comprida, a luz dos candelabros refletia no tampo polido. Ethan estava à cabeceira e eu me sentei ao lado de Liam na outra ponta.

Soube, no momento em que entrei na sala, que cometi um erro ao usar o lindo vestido. Ethan e Drake olharam para mim e depois se entreolharam. Não ajudou o fato de Liam segurar minha cadeira para mim e até empurrá-la. Eu sabia o que eles estavam pensando, mas Liam estava apenas tentando ser gentil.

– Lindo vestido, Dianna – elogiou Drake, levando o copo aos lábios. – Definitivamente não é um dos meus.

Sim, uma má ideia.

– Não, não é um dos seus – confirmei.

– Onde o conseguiu? – perguntou ele, antes de tomar um gole de sua bebida, escondendo o sorriso.

Respirei fundo, sabendo que ele estava tentando me provocar. Ele queria informações, mas devia saber que não devia brincar comigo.

– Liam o criou, porque todos que você me deu deixavam minha bunda de fora.

Ele riu e acenou com a cabeça em derrota.

– É uma bela bunda.

– Foi o que me disseram.

Os olhos de Liam saltavam de Drake para mim enquanto nos provocávamos. Por um momento, o ar ficou carregado, e a sala caiu em silêncio quando a luz diminuiu. Ethan encarou Liam, e senti meu corpo tenso à medida que o poder masculino agressivo na sala aumentava. Suspirei. O jantar e nossa coleta de informações não estavam indo a lugar nenhum rapidamente.

Ethan, o Rei Vampiro, era tão lindo quanto Drake. Seus belos cachos escuros eram grossos no topo da cabeça, mas raspados em um degradê nas laterais. Ele usava um paletó preto com lapelas vermelhas sobre uma camisa preta e calças combinando. Os sapatos dele provavelmente eram mais caros que os meus. Ethan tinha quase a mesma altura de Liam e uma constituição forte e musculosa semelhante. Ambos os homens irradiavam poder e naquele momento apunhalavam um ao outro com o olhar.

– Como vai Gabby? – A voz de Drake quebrou o silêncio.

Engoli um pedaço de carne antes de responder:

– Ótima. Falei com ela mais cedo. Ela foi recentemente promovida no hospital. Bem, antes que eu… – Minha voz sumiu quando pensei em como eu a havia desenraizado mais uma vez. Tínhamos feito as pazes após a nossa briga, mas suas palavras ainda doíam. Contudo, estava tudo bem. Ela teria a vida que queria, não importava o que eu tivesse que fazer.

Ele limpou a garganta, e eu sabia que sentia que era um assunto delicado e ia insistir. Antes que ele pudesse dizer qualquer coisa, virei-me para Ethan e perguntei:

– Onde está sua esposa? Faz séculos que não vejo Naomi.

Drake parou no meio da mastigação e olhou para o irmão.

– Está fora. Ela gostaria de poder vir, mas tem coisas mais importantes de que precisa cuidar – respondeu Ethan, quebrando o impasse com Liam para olhar para mim, como era minha intenção.

Balancei a cabeça, curiosa sobre o que poderia ser mais importante do que Kaden tentando acabar com o mundo e a volta de Liam, mas deixei o assunto de lado. Liam e Ethan ficaram sentados em um silêncio taciturno, enquanto Drake e eu voltamos a comer.

– Vampiros comem?

A voz de Liam me pegou desprevenida e meus olhos se arregalaram quando olhei para ele, chocada com sua franqueza. Ele não encontrou meu olhar, no entanto, seus olhos estavam fixos em Ethan.

– Sim. Você não deveria saber disso, dada a sua reputação? – retrucou Ethan.

Ai, deuses, isso seria terrível.

– Errado. Os vampiros que governaram muito antes de você eram criaturas quadrúpedes e ferozes.

O olhar de Ethan não vacilou quando ele bateu o garfo no prato.

– Tenho certeza de que todos eles já se foram agora.

– Sim. A linhagem vampírica originou-se dos Ig'Morruthens, mas a evolução os transformou em… bem, você.

– Evolução? Interessante. E o que aconteceu com nossos antepassados?

– Guerra. Algo que pretendo não deixar que ocorra novamente.

– É mesmo? – comentou Ethan, levando o copo aos lábios e tomando um gole.

– Não é esse o objetivo aqui? Por que você traiu aquele que chamam de Kaden? Não há vitória na guerra, apenas morte. Até o lado vencedor perde.

Engoli um nó na garganta enquanto me recostava um pouco. Ethan sorriu suavemente, mas não havia humor na expressão. Drake apoiou os cotovelos na mesa e assistiu ao vaivém da conversa.

– Quero acreditar em você, mas sua reputação me deixa menos inclinado – declarou Ethan. – Você massacrou inúmeras criaturas como nós e como Dianna. Mesmo que vocês dois desfilem por aí como amigos, ela é Ig'Morruthen, sua inimiga jurada há eras. Não foi por escolha, mas ela é uma fera. Nós podemos beber sangue para nos manter vivos, mas ela também bebe. Ela precisa consumir carne mortal.

– Tecnicamente, faz um tempo que não faço isso – declarei, erguendo a mão no ar. Drake deu uma risada, mas Liam e Ethan não desviaram o olhar um do outro.

Eu tinha tentado fazer pouco caso, mas meu coração afundou com as comparações. Sabia que Ethan não quis dizer aquilo de forma negativa, mas eu não precisava ser lembrada dos lados sombrios da minha natureza.

Ethan estava certo; Liam era tudo o que tínhamos sido ensinados a temer. Mesmo assim, eu olhava para ele e via o homem que tremia à noite por causa do mundo, da família e dos amigos que havia perdido. Eu via o homem que fazia perguntas sobre as coisas mais básicas e pensava que estava me salvando quando começamos aquela viagem. Liam era meu amigo.

Liam ficou calado por um momento enquanto encarava Ethan, e meus nervos dispararam.

– Dianna é diferente. Eu vi o mal. Eu o vi nascer, o que ele deseja e como age. Ela pode ser teimosa e errática. Às vezes, ela é rude ou grosseira, até mesmo violenta ou perigosa, mas não é má… nem um pouco.

Pisquei algumas vezes, completamente chocada com suas palavras, principalmente depois de tudo que fiz desde que nos conhecemos. Respirei fundo algumas vezes e coloquei uma mecha de cabelo atrás da orelha. Liam não olhou para mim, mas não precisava. Eu sabia que ele estava sendo honesto, mesmo nas partes menos agradáveis. Ele não pensava em mim como um monstro. Eu não sabia que precisava ouvir essas palavras vindas dele. Era um alívio tão grande que quase me senti tonta.

– Você está apaixonado por ela?

Meu queixo caiu.

– Ethan! – rebati, encarando-o, enquanto Drake cuspia seu vinho no meio da mesa.

– Não – respondeu Liam, ignorando completamente Drake e a mim. – Ela é minha amiga, nada mais, nada menos.

Ethan arqueou uma sobrancelha aristocrática.

– Perfeito, porque não precisamos de outro homem poderoso obcecado por ela. No entanto, Kaden ainda está obcecado e planeja despedaçar todo mundo para recuperar o que é dele. Você entende isso, certo?

– Kaden não está apaixonado por mim – gritei para Ethan e notei Drake rapidamente olhando para seu prato para esconder sua expressão. – O que foi?

– Kaden rastreou você até a fronteira leste. Cada contato que a ajudou encontrou um fim prematuro. Ele massacrou até mesmo os mais próximos a ele que não conseguiram devolvê-la. A legião dele desmoronou desde que você matou Alistair e foi embora.

Minha mente vacilou com a informação, mas fazia sentido. Foi por isso que as sombras foram atrás de Gabby. Ele queria me atrair de volta usando-a como isca. Eu me enganei em pensar que ele acabaria desistindo, mas sabia que ele estava me caçando. Era por isso que tinha tomado cuidado para não abusar dos meus poderes ou me teletransportar em nossa viagem: não queria alertá-lo sobre onde estávamos.

Agarrei meus joelhos debaixo da mesa, meu coração batia forte. Eu tinha acabado de falar com Gabby antes do jantar. Neverra e Logan estavam com ela, estava cercada por celestiais. Ela estava bem. Ela estava segura.

– Isso não é amor – falei, levantando a cabeça e olhando para Ethan. – Eu sou uma posse para ele. Sempre fui.

– Uma arma, uma posse, uma amante. Você é tudo isso e muito mais para ele. Você foi a única que sobreviveu ao ser transformada por ele, e, por favor, acredite, ele tentou novamente desde que você partiu.

Meu sangue latejava em meus ouvidos. Se tinha tentado, significava que ele tinha ainda mais daquelas feras. Lá estava eu, brincando e ajudando Liam, enquanto Kaden criava um exército.

– Você vir aqui arrisca tudo o que se propôs a fazer por nós, mas concordamos em ajudá-la. Quer saber por quê?

Sustentei o olhar de Ethan, e, como não respondi, ele continuou:

– Porque Drake tem medo *dele*. – Ele apontou para Liam. – Não vai atacar nem correr o risco de vir buscar você diretamente enquanto ele estiver neste plano. Ouvimos falar do atentado contra sua irmã, e, agora que ele sabe que ela está fora de alcance, precisa encontrar aquele livro. Ele acredita que há um código ou uma resposta sobre como detê-lo.

Liam ficou quieto, absorvendo cada informação que Ethan soltava. Ele tinha as mãos sob o queixo e continuava olhando para Ethan. Eu não conseguia ler sua expressão e não conseguia avaliar os pensamentos que se formulavam por trás de seus olhos cinzentos.

– Queríamos você aqui. Assim que soubemos o que Kaden realmente estava procurando e que as lendas não eram apenas lendas, planejamos nos separar de sua legião. Comecei a pesquisar informações sobre você por conta própria, recorrendo a fontes há muito enterradas pelo meu povo. Drake tomava meu lugar nas reuniões, reunindo todas as informações que conseguia. Até que algo mudou, e Kaden ficou obcecado por este livro, cometendo atos obscuros em seu desejo de obtê-lo. Ele está realizando reuniões, massacrando e torturando celestiais, tudo para encontrar esse livro.

– Estou ciente – declarou Liam por fim. – O único problema é que o Livro de Azrael não é real.

– Ele está matando porque acredita que é.

Liam endireitou-se e afastou as palavras de Ethan.

– Ele está errado. Azrael está morto. Ele nunca conseguiu deixar Rashearim.

Ethan franziu as sobrancelhas.

– Você deve estar enganado.

– Eu não estou. Eu vi o corpo de Azrael em frangalhos depois que ele ajudou a esposa a escapar. Os Ig'Morruthens nos sobrepujaram, e ele foi feito em pedaços. Foi transformado em cinzas antes da queda de Rashearim. Como eu poderia estar enganado?

Senti o ambiente mudar. Os pratos sobre a mesa e os quadros nas paredes vibravam devagar. Os guardas se entreolharam e depois olharam para Ethan.

– Gostaria de ver a poeira estelar do meu mundo natal?

As luzes piscaram, em um sinal de sua crescente agitação, quando os pesados candelabros acima de nós começaram a balançar. Drake observou os dois homens com o corpo tenso. Movi meu joelho por baixo da mesa, batendo levemente no de Liam. O breve contato o tirou das garras de sua raiva e tristeza crescentes. Ele olhou para mim, e seus olhos se suavizaram conforme sustentava meu olhar. Ele suspirou, e a sala se acalmou.

– Minhas desculpas – disse Ethan. – Se isso for verdade, alguém fez uma réplica ou cópia. Camilla encontrou algo em El Donuma e está oferecendo pelo melhor lance. Kaden o quer.

Quase engasguei de novo.

– Camilla?

Drake assentiu.

– Sim, ela encontrou algo há alguns dias. Não dá nenhuma informação, apenas diz que encontrou o livro, sabe onde ele está e está oferecendo uma quantia enorme para quem o quiser mais.

– Por que Kaden não invadiu o clã dela, o destruiu e o pegou? – perguntei.

– Se ela morrer, a informação morre com ela; e você matou a única pessoa que poderia arrancá-la da mente dela. Então, meu palpite é que ele está esperando para ver quem a obtém primeiro, depois ele vai pegá-la.

Liam se inclinou para a frente, entrelaçando os dedos.

– Como encontramos essa Camilla?

– Posso tentar marcar uma reunião. Camilla provavelmente concordará em conhecê-lo se souber que você está aqui e interessado, mas não deixará Dianna pisar em El Donuma – respondeu Ethan, evitando meu olhar.

Liam olhou para mim.

– Por quê?

– Digamos apenas que ela me odeia.

– Realmente precisamos melhorar suas habilidades de relacionamento, para que você tenha amigos melhores em sua vida.

– Ei, estou sentado bem aqui! – exclamou Drake, com tom ofendido.

Liam virou-se para ele e disse com toda a seriedade:

– Exatamente o que quero dizer.

Eu ri, e Drake caiu na gargalhada. Foi um bom alívio depois da tensão do jantar e de descobrir que nossa busca pelo livro havia ficado ainda mais complicada.

Durante a hora seguinte, discutimos planos de batalha e o que faríamos se Camilla aceitasse nosso pedido para entrar em El Donuma. Liam finalmente estava comendo sua comida, mas eu já havia abandonado a minha muito tempo antes. Meu estômago se revirava cada vez que eu pensava no que Ethan havia dito. Kaden podia ter falhado em criar outra como eu, mas isso significava apenas que ele tinha mais soldados para seu exército.

Liam estava engolindo sua comida sem prestar muita atenção ao que comia, enquanto Ethan continuava a falar sobre os obstáculos que podíamos enfrentar. Drake acrescentava detalhes de vez em quando, mas, sobretudo, apenas ouvia. Não consegui mais ficar parada e empurrei a cadeira para trás, e os homens à mesa voltaram os olhares para mim.

– O jantar foi ótimo, mas estou cansada. Vejo todos vocês amanhã – declarei.

Sem esperar por uma resposta, saí da sala. Os guardas se encolheram e buscaram suas armas quando eu me movi um pouco rápido demais, mas não consegui me importar. Meu sangue parecia água gelada em minhas veias, enquanto meu cérebro corria em um milhão de direções diferentes. Liam estava certo. Precisávamos apressar as coisas.

Minha esperança de que ninguém me seguiria foi rapidamente frustrada quando senti o poder de Liam rolando em minha direção. Parecia que eu estava sendo seguida por uma tempestade. Sua mão grande e calejada agarrou meu braço e me girou.

– Dianna. Eu estava falando com você.

– O quê? – Olhei para Liam e percebi que tinha me movido muito mais rápido do que pensava. Estávamos na metade de um lance de degraus de pedra sinuosos.

– Para onde você está indo? Este não é o caminho para o seu quarto.

– Ah? Você memorizou isso, é?

Seu olhar se estreitou, sua mão ainda prendia levemente meu braço.

– Eu conheço essa expressão. O que você está planejando?

Maldito deus irritante.

– Nada.

– Não pode ir até ela. Temos um plano, e você sair voando para exigir respostas bombardeando uma cidade não é um deles.

Soltei um suspiro exasperado e libertei meu braço de seu aperto.

– Não era o que eu ia fazer.

Ele colocou as mãos nos quadris, e o paletó se abriu em torno deles.

– É? Então, para onde exatamente você está indo?

Eu tinha planejado encontrar alguns mortais para me alimentar, para ter energia suficiente para voar até El Donuma. Uma vez lá, eu encontraria a mansão de Camilla e a forçaria a me dar o livro. Mas eu não ia dizer isso para ele e provar que estava certo.

Frustrada, gemi e ergui as laterais do meu vestido. Passei por Liam e subi os degraus de pedra batendo os pés. Ele não disse uma palavra enquanto me seguia de volta ao saguão principal.

Permanecemos calados, as palavras ditas à mesa pairavam entre nós. Kaden estava construindo um exército. Ele estava desesperado para que eu voltasse. Estava obcecado em encontrar um livro que Liam afirmava não existir. E também havia o que Liam dissera. Fiquei comovida com suas palavras, mas, ao mesmo tempo, elas me deixaram com uma sensação de vazio. Ethan tornara tudo ainda mais constrangedor ao perguntar se ele me amava. Éramos amigos – apenas amigos.

Parei diante da porta da frente e observei-a por um momento antes de olhar para ele.

– Quer sair daqui? Só um pouquinho?

Ele inclinou a cabeça e me lançou um olhar questionador, mas concordou.

Caminhamos por um dos caminhos de paralelepípedos nos fundos do castelo. A floresta estava viva com o som de insetos e o latido ocasional de algum predador de quatro patas caçando.

Ele me passou seu paletó para que eu o pendurasse sobre meus ombros nus, mesmo quando insisti que não precisava. Minha temperatura era alguns graus mais alta que a da maioria das pessoas, e eu estava perfeitamente confortável. No entanto, foi fofo e uma pausa na extrema frieza de sua atitude de mais cedo.

Perguntei-me se sua súbita mudança de comportamento era uma espécie de pedido de desculpas por ter sido um idiota depois do pesadelo que ele se recusou a me contar. Contudo, parte de mim sussurrava que era algo mais profundo. Ou, talvez, eu apenas estivesse nervosa por causa do que Ethan tinha contado sobre o esforço que Kaden estava fazendo para me levar de volta. Eu sabia que ele não estava agindo por amor; o amor não existia em nosso mundo. Kaden havia deixado isso dolorosamente claro ao longo dos séculos. Eu não era nada mais do que uma propriedade para ele, e ele queria seu brinquedo de volta.

– Dianna. Você escutou alguma coisa do que eu falei?

Balancei a cabeça, sem nem mesmo fingir.

– Sinto muito. O jantar me deixou com os nervos à flor da pele.

– Compreensível – disse ele, enquanto continuávamos andando.

Meus pés sussurravam sobre o caminho de pedra, e meu vestido oscilava ao redor dos meus tornozelos a cada passo.

– Você parece mais contente.

Ele bufou baixo, um som forçado com uma pitada de agitação.

– No jantar? Como assim?

Olhei para ele e quase tropecei, sua beleza masculina me tirava o fôlego. O luar tingia suas feições em prata e fazia seus olhos reluzirem. Seu poder era quase visível, fluía no ar ao nosso redor e me envolvia. Eu o sentia como uma carícia quase física e, naquele momento, me senti segura. Era uma sensação tão estranha que levei um momento para encontrar minha voz de novo.

– Não, desculpe, não no jantar. Eu estava pensando em geral. Você sorri mais. Não era assim quando o conheci. Apesar de que eu também estava tentando matar você.

– Sim, bem, isso é verdade.

– Você também não parece tão desalinhado e indomável como antes. O corte de cabelo e roupas que realmente servem melhoraram muito a sua aparência.

Seu olhar se voltou para mim, suas sobrancelhas se franziram.

– Isso deveria ser um elogio? Se for, foi totalmente terrível.

– Não, só estou dizendo que você está saindo da sua concha, por assim dizer.

– Ah – disse ele, e continuamos nosso passeio. – Suponho que seja mais fácil ser assim perto de você. Você não me dá escolha.

Bati meu ombro contra o dele. A leve batida nem o abalou.

– Isso deveria ser um elogio?

– Suponho que sim. – Ele fez uma pausa, e eu sabia que estava pensando. Tinha me acostumado ao maneirismo quando ele tentava formular as palavras para o que estava pensando ou sentindo. – Há um ditado na minha língua, no meu mundo. Não dá para traduzir, mas significa "calcificar". Os deuses correm o risco de chegar a um certo ponto de suas vidas em que as emoções se dissipam. Muitas vezes acontece depois do que você consideraria um evento traumático. Eles perdem uma parte de si mesmos e deixam de se preocupar com alguém ou alguma coisa. É como se a própria luz dentro de nós se apagasse e nos transformássemos em pedra.

Parei, e ele se virou para mim.

– Pedra? Como pedra de verdade?

Ele assentiu, e os músculos de sua mandíbula se contraíram.

– É impossível dizer quando vai acontecer. Sempre presumi que fosse uma grande perda, a perda de algo que valorizavam mais do que qualquer coisa no universo. Temia que meu pai ficasse frio após a morte de minha mãe. Os sinais estavam lá, mas ele não ficou. Uma parte de mim teme que seja isso que esteja acontecendo comigo. – Ele olhou para os pés, e pude ver a dor nas linhas de seu corpo. O que era um bom sinal, mas eu já estava com ele havia quase três meses. Eu sabia que existiam partes dele que ele tinha isolado.

Eu tinha visto como costumava ser sexual, mas ele parecia não ter interesse no prazer físico desde que o conheci. Muitas vezes dividíamos a mesma cama, mas nunca era íntimo.

As mãos de Liam nunca vagavam, nem ele se esfregava em mim no meio da noite, buscando alívio. Se ele se pressionasse contra mim, mantinha as mãos para si.

Eu sabia que dormir ao meu lado o ajudava. Às vezes, ele se movia e tremia como se estivesse perdido em algum sonho. Acordava suando, olhava para mim e voltava a dormir. Eu nunca o pressionava sobre os pesadelos, presumindo que, caso quisesse me contar sobre eles, contaria. Eu nunca admitiria isso, mas dormir ao lado dele também me ajudava. Era bom ter alguém lá. Eu não me sentia tão sozinha.

Estendi a mão e coloquei-a em seu ombro, mantendo meu toque leve para não o sufocar.

– Prometo não deixar você virar pedra – afirmei, sorrindo de forma tranquilizadora.

O olhar dele dançou pelo rosto.

– Duvido que eu consiga ficar perto de você em longo prazo. Você é muito invasiva e intrusiva.

Desta vez bati em seu ombro com força suficiente para fazê-lo dar um pequeno pulo, mas não o bastante para machucar. Um sorriso se formou em seus lábios, e eu sabia que ele tinha dito aquilo em grande parte para me irritar.

– É forte demais.

Bati nele mais uma vez, mas ele deu um passo para trás. Estava brincando comigo. Eu gostava desse Liam. Ele era diferente quando estava comigo, longe dos outros que exigiam um rei. Era quase normal.

– Bem, você não é terrível. – Dei de ombros, olhando para ele mais uma vez. – Às vezes.

– Posso aceitar isso.

Voltamos a andar lado a lado, com sorrisos iguais em nossos rostos enquanto caminhá-vamos. Olhei para cima e percebi que havíamos chegado ao jardim. Eu tinha esquecido o quanto Drake amava esse jardim. Ele havia falado nele muitas vezes ao longo dos anos. Porém a história não era nada feliz. Uma mulher que ele amava tanto quanto uma pessoa poderia amar outra o projetou. Ela escolheu outro, e isso o destruiu. Mas, mesmo que ela o tenha construído, ele o manteve e cuidou dele. Sob seus cuidados, o jardim floresceu e tornou-se um monumento ao que poderia ter sido.

– O que é isso? – perguntou Liam, quando paramos entre as estátuas idênticas de duas mulheres segurando grandes tigelas que ladeavam a entrada. Coloquei as mãos dentro do terno de Liam enquanto olhava para cima.

– Um jardim. Vocês não tinham isso em Rashearim? – perguntei, olhando para ele. Sua expressão tinha ficado fria. Ele estava irritado por causa de um jardim?

– Isto é um jardim? É horrível – falou, com o rosto franzido de desgosto.

– Liam, você nem entrou ainda – retruquei com um suspiro. Entrei no jardim, sabendo que ele viria logo atrás. Ele sempre vinha.

O caminho se abriu, dividindo-se à esquerda e à direita, com flores grossas e lindas ladeando as trilhas. Havia pequenas luzes penduradas acima, lançando um brilho exuberante sobre as plantas e criando profundos bolsões de sombras. Era absurdamente lindo, mesmo que os lábios de Liam se franzissem diante tudo pelo que passávamos. Fui em direção ao centro, atraída pelo som e cheiro de água corrente fresca. Conhecendo Drake, teria uma fonte ali, e eu queria ver.

– Até as plantas deles são atrozes – comentou ele, estendendo a mão para tocar uma variedade de flores roxas.

– Por que você considera tudo associado a eles ruim? É como se quisesse começar uma briga.

Ele abaixou a mão e esfregou-a nas calças antes de olhar para mim.

– Eu não gosto deles. Até a energia que os rodeia parece perturbada. Algo parece errado.

– Provavelmente estão nervosos porque você está aqui. Lembre-se, você é meio que um acontecimento, Liam. Drake é um dos meus amigos mais antigos, e sua família está nos ajudando neste momento.

Ele colocou as mãos nos bolsos.

– Sim, eles estão nos ajudando. O que parece peculiar, dado o medo que têm de Kaden e do que aconteceria caso ele descobrisse que o traíram. O que faz esses amigos poderosos quererem correr esse risco? Não confio neles, nem quero você sozinha com eles por muito tempo.

Quase tropecei, segurando a bainha do meu vestido, ao parar abruptamente. Ergui minha saia e o encarei.

– Como é que é? Não pode me dizer de quem posso ou não ficar perto. Não é assim que funciona, nem você tem qualquer poder sobre mim. Não sou sua posse, assim como não sou de Kaden.

– Não se trata de posse. – Suas sobrancelhas se franziram quando ele olhou para mim. – Eu me preocupo com você.

Suas palavras me pegaram desprevenida, e o comentário sarcástico que eu havia preparado morreu em meus lábios. Eu não sabia o que dizer, o que era algo incomum para mim.

O olhar de Liam se suavizou enquanto ele olhava para mim. Não estava mais duro nem escurecido pela raiva e irritação. Seu olhar passou do meu rosto para o meu peito, e uma expressão de dor cruzou suas feições antes que ele se virasse. Confusa com a mudança em seu comportamento, verifiquei o elegante vestido de seda que ele havia feito para mim, pensando que tinha derramado alguma coisa no corpete, mas não tinha nada ali.

– Não precisa se preocupar comigo. Sobrevivi esse tempo todo.

– Muito mal – resmungou ele, ainda evitando meu olhar.

Bufei e me virei, avançando para mais fundo no jardim.

– E não, você não precisa se preocupar com eles. Eles têm tentado lentamente se separar de Kaden já há algum tempo.

– E Kaden não suspeita?

Dei de ombros.

– Ele me viu matar Drake em Zarall. Bem, a imagem de Drake, pelo menos. Acha que ele está morto.

O olhar de Liam se voltou para o meu.

– E o irmão? Aquele que se autodenomina rei? Kaden não temeria retaliação pela perda de um membro da família?

– Presumo que ele pense que está escondido. Ninguém se colocaria abertamente contra Kaden. Não são estúpidos. Seria correr atrás da morte. Apesar do seu ego e do que você pensa, Kaden é forte, poderoso e psicótico.

Liam fez de novo aquele grunhido ao qual eu estava acostumada.

– Eu não tenho medo dele.

Foi a minha vez de grunhir de aborrecimento.

– Deveria ter.

Suspirei quando voltamos a andar lado a lado, as criaturas da noite enchiam a escuridão com sua música.

– Tem que haver pelo menos uma coisa de que você goste aqui!

– Não.

Eu bufei.

– Certo, apenas diga *uma* coisa boa sobre eles. A mansão – sugeri, apontando para a bela estrutura.

– Pretensiosa.

Por acaso ele estava brincando comigo? A risada que me escapou provocou um sorriso genuíno dele. Ele pareceu gostar disso, mesmo ainda estando mal-humorado.

– Ok, e as roupas deles?

– Restritivas demais.

– Ah, vamos, tem que haver algo de que você goste!

Liam ergueu o rosto, balançando a cabeça enquanto refletia. O canto de sua boca se ergueu como se estivesse se esforçando muito para encontrar alguma coisa. Eu estava prestes a fazer outra pergunta quando ele falou:

– Gosto do idioma daqui. É o mais próximo da língua de minha mãe.

Da mãe dele? Meu coração deu um salto. Ele não tinha falado dela, e, pensando bem, eu também não a tinha visto em nenhuma de suas memórias. A única coisa de que me lembrava era uma menção à sua morte. Lembrei-me das palavras do pai dele e de como Liam ficou triste naquele sonho de sangue, mas não tinha nenhuma lembrança deles juntos como uma família. Seria tão terrível que ele tinha bloqueado? Eu estava com medo de perguntar, uma parte de mim não queria que ele escondesse aquele raro lado brincalhão novamente. Mas ele tinha se aberto comigo, e eu não ia desperdiçar a chance.

– Como ela era?

Ele engoliu em seco, antes que um músculo em sua mandíbula se contraísse.

– Se não quer falar sobre isso, não precisa. Podemos discutir o jantar divertido.

Uma parte dele pareceu relaxar enquanto bufava.

– Não. Você já viu e sabe muito sobre mim. Não há razão para não lhe contar isso também. E, como você disse, talvez falar sobre isso ajude. – Ele inspirou profundamente, escolhendo as palavras. – Ela era gentil e doce, pelo que me lembro. Ficou doente depois que eu nasci. Eu era jovem demais para entender isso no início, mas percebi as mudanças à medida que crescia. Ela era uma guerreira, uma celestial sob o domínio de um deus antigo, mas sua luz diminuiu enquanto estava grávida de mim. Quando ficou fraca demais para erguer uma espada, foi transferida para o conselho. Esse é o problema do nascimento de deuses: o feto consome demais. Requer energia e poder demais da mãe à medida que se desenvolve. O risco é grande demais. Por isso sou o único.

– Liam. – Eu não queria me desculpar de novo, porque ele não precisava disso. Ele precisava de outra coisa. – O que aconteceu com ela não é culpa sua.

Seus olhos encontraram os meus, e vi o fardo da tristeza que ele carregava diminuir.

– Não é?

– Não. Se já sabiam disso, então ela conhecia os riscos e, ainda assim, engravidou. E sabe o que eu acho? Acho que ela amava tanto seu pai e você, que não se importou. Aposto todo o dinheiro do mundo que ela não se arrependeu. O amor de uma família é mais forte do que qualquer coisa, acredite em mim.

Ele ficou calado por um momento, e percebi que havíamos parado de andar. Ele me encarou como se procurasse a verdade em minhas palavras. Acho que parte dele estava desesperada para ouvir que não era sua culpa.

– Você me surpreende, Dianna.

– Você já me falou.

Ele assentiu e seguiu na frente, conforme continuávamos nosso passeio noturno.

– O que aconteceu com seus pais? Já que acabei de revelar minha alma, gostaria de saber sobre a sua.

– Bem, parece justo – brinquei sem entusiasmo. – Para encurtar a história, minha mãe e meu pai eram curandeiros. Eles amavam ajudar os outros com o que na época era considerado medicina. Quando os fragmentos de Rashearim caíram, uma praga foi desencadeada. Eles continuaram a ajudar os outros, até que a doença os consumiu também. Desde então, somos apenas Gabby e eu. Sempre cuidamos uma da outra.

– Vocês tinham outros parentes? Pessoas que poderiam ajudá-las?

Balancei a cabeça e olhei para baixo por um segundo.

– Não, não tínhamos. Eu nos mantive alimentadas e conseguia suprimentos. – O rosto de Liam não mudou, e ele esperou pacientemente que eu continuasse. – Eu era uma ladra.

Não é algo de que me orgulhe, mas fiz o que precisava pela minha família. Sempre fiz e sempre farei.

– Isso parece lógico. As pessoas tendem a fazer o que consideram necessário em tempos de crise.

Eu esperava que Liam me repreendesse e fiquei mais do que surpresa quando ele não o fez. Ele viu minha expressão e sorriu.

– Não estou justificando nem dizendo que era certo, mas não sabemos quem realmente somos até que não haja mais opções. Só isso. – Ele deu de ombros, olhando para mim. – Além disso, não estou surpreso. Afinal, você tentou, mas não conseguiu roubar de mim.

– Mas que arrogante – falei, batendo meu quadril contra o dele, enquanto ele sorria.

Eu inconscientemente estivera seguindo o som da água, e paramos quando o caminho se abriu no coração do jardim onírico. Estátuas de pedra erguiam-se no centro da fonte, eram várias pessoas segurando vários recipientes, e a água escorria deles para a piscina abaixo. Quase reluzia com as luzinhas acrescentando um suave brilho dourado à prata dos raios da Lua. Era de tirar o fôlego.

– Minha mãe tinha um jardim em Rashearim. – As palavras de Liam me assustaram, e me virei para olhar para ele, ansiosa para ouvir mais sobre seu passado. – Meu pai criou um labirinto elaborado com as mais belas obras de arte e plantas para ela. Era mágico e muito melhor que este. Nunca mais o usamos depois que ela faleceu. Meu pai deixou apodrecer. Acho que doía demais nele visitá-lo ou vê-lo novamente.

– Sinto muito.

Ele encolheu os ombros como se isso não lhe doesse.

– Não há razão para você lamentar.

Ele deu um passo à frente, curvando-se um pouco para passar sob o arco curvo de videiras emaranhadas. Meus passos eram leves quando eu segui atrás dele. Sentei-me na beira da fonte iluminada pela Lua, dando um descanso aos meus pés. De outro mundo ou não, sapatos de salto ainda doíam depois de algum tempo.

Liam não se sentou. Em vez disso, ele caminhou até um grande arbusto florido e passou os dedos pelas delicadas pétalas de uma flor. Ele colheu um lindo lírio amarelo, girando-o lentamente pelo caule. Observei-o, paralisada pela visão do poderoso Destruidor de Mundos segurando uma flor tão pequena e frágil.

– Sabe como consegui meu nome?

Sentei-me um pouco mais ereta, ajustando o paletó em volta de mim e saboreando o aroma dele que permanecia nele.

– Qual? Samkiel?

Ele não me encarou, seu olhar estava focado na flor.

– Não, esse nome me foi dado quando nasci. Embora carregue mais sangue e morte do que eu gostaria. Fiz tantas coisas ao longo dos séculos das quais me arrependo. Há tantas coisas que perdi. – Ele finalmente se virou, e seus olhos se fixaram nos meus quando disse: – Pessoas que perdi.

A expressão sombria que eu tinha passado a odiar faiscou por suas feições. Sempre era um prelúdio para a dor que se escondia por trás daqueles lindos olhos. Portanto, fiz o que fazia de melhor e o irritei.

– Está se referindo a "Liam"? Sim, eu me perguntei como você escolheu um nome tão simples.

– Engraçada. – Uma respiração escapou por suas narinas, seus ombros se ergueram por um momento, e deduzi que isso seria o mais próximo que conseguiria de uma risada naquela noite. – Em Rashearim, tínhamos uma flor que envergonhava a beleza desta. Tinha anéis amarelos e azuis que se moviam em ondas pelas pétalas quando se tocava nela. Chamava-se *orneliamus* ou, abreviando, *liam*. Eram as favoritas da minha mãe e um símbolo de força e proteção. Eram capazes de se adaptar a qualquer clima e tão resistentes, que eram quase impossíveis de matar. Foi necessária a morte do planeta para erradicá-las.

Seus olhos piscaram para os meus antes que ele se aproximasse e se sentasse ao meu lado. Ele inclinou o caule da flor em minha direção, oferecendo-a para mim. Senti meu coração saltitar quando estendi a mão para aceitá-la. Ele me deu um pequeno sorriso antes de apoiar os cotovelos nos joelhos e unir as mãos à sua frente.

– Eu queria ser assim.

Liam tinha me dado uma flor. A porra de uma simples flor, e meu mundo se abalou. Era a primeira vez que um homem me dava flores. Era a coisa mais estúpida com a qual eu podia ficar obcecada, mas aquela plantinha amarela de repente passou a significar tudo para mim. Odiei a forma como meu estômago se revirou quando a observei em minha mão. Era Gabby quem ganhava flores, não eu, nunca eu.

– O grande e poderoso Rei de Todos tendo nome de flor. Que irônico.

Ele deu um largo sorriso para mim, e eu fiquei sem ar. Com a luz das pequenas lâmpadas e o brilho do luar lançando uma sombra sobre suas feições, ele era absoluta e dolorosamente lindo.

– Eu revelo tanto, e você não faz nada além de um comentário espirituoso? Você me magoa.

Franzi o nariz e bati nele de brincadeira com minha flor, não com força suficiente para danificá-la, mas o bastante para irritá-lo.

– Tenho certeza que sim, Senhor Invencível.

– Tantos nomes para mim, e eu tenho poucos para você. Vou consertar isso.

– Invente quantos quiser, contanto que não me chame de verme novamente.

Sua expressão se suavizou, um canto de seus lábios se torceu.

– Você se lembra mesmo de tudo que eu digo, não é?

– Apenas das coisas verdadeiramente terríveis.

– Vou consertar isso também.

Senti um rubor subir pelo meu rosto antes de me virar, colocando uma mecha de cabelo atrás da orelha. Ele não queria dizer as coisas que dizia, não entendia como elas soavam para mim. Mas suas palavras e a maneira como ele as pronunciara me deram ânsias em todos os lugares errados.

– Pois bem, numa escala de um a cinco, qual é a probabilidade de todos nós morrermos?

– Zero. O livro em si não existe. Não importa o que digam.

– Certo, mas suponhamos que exista. Nesse caso, quais são as chances?

Ele deu de ombros, uma pequena carranca franziu seus lábios.

– Talvez um. Se o livro for de alguma forma uma relíquia real que meu povo nunca conseguiu, então pode haver motivo para algum temor, mas a probabilidade é extremamente baixa. Azrael nunca conseguiu sair de Rashearim, e tudo o que ele produziu morreu com ele quando o planeta foi destruído.

Uma melodia animada inundou o ar, interrompendo nossa conversa. Liam e eu nos viramos em direção ao castelo. Não era desconfortavelmente alta, mas podíamos ouvi-la com clareza.

– O que é isso? – perguntou Liam, com seu lábio curvando-se em reprovação.

– Música.

Sua cabeça girou em minha direção.

– Estou ciente, mas por quê?

Seu palpite era tão bom quanto o meu. Dei de ombros antes de me esticar para olhar além dele em direção à mansão.

– Não sei. É Drake. Provavelmente estão apenas tocando alguma coisa para os convidados que acordaram.

– Você está preocupada?

Concentrei-me em Liam e o encontrei me observando atentamente. Levantei uma sobrancelha.

– Com a música?

– Se vai morrer.

Sua pergunta me pareceu estranha. Não apenas o que ele perguntou, mas a maneira como olhou para mim quando falou isso. Sacudi a cabeça, as ondas do meu cabelo fizeram cócegas em minhas bochechas.

– Não. Se minha irmã vai morrer? Sim.

Aquela expressão fria voltou ao seu rosto, como se eu tivesse dito algo errado.

– Você se preocupa tanto com os outros, mas não consigo mesma. Por quê?

Eu sorri, mas ele não.

– Eu não deveria? Quer dizer, sempre achei que cairia lutando, sabe? É assim que imagino. Mas Gabby? Ela é quem tem a vida, a carreira e o namorado. Eu não tenho nada disso. Por isso, não me preocupo comigo mesma. Posso sobreviver a quase tudo. Gabby, nem tanto.

Ele continuou a me encarar como se eu o tivesse insultado.

– O que foi? – perguntei. – Por que você está me olhando assim?

Ele balançou a cabeça devagar.

– Você apenas não é o que eu esperava.

– O que quer dizer? Ig'Morruthens não têm sentimentos?

– Não os que eu conheci.

– Ah é? Como eles eram?

– Poderosos, perigosos, ferozes e nem de longe tão irritantes quanto você. – Isso lhe rendeu um empurrão que mal o moveu, e, ainda assim, ele agiu como se o tivesse movido, agarrando o braço e esfregando-o, enquanto olhava para mim com um sorriso se espalhando por aquele rosto ridiculamente perfeito. – Porém, igualmente violentos.

Continuamos a conversar, passando confortavelmente de um assunto para outro, alguns pesados e outros leves, mas não falamos mais sobre Kaden nem sobre o livro. O tempo passou, mas isso não importava quando eu estava com ele – e isso me aterrorizava.

Ela estava com a mão sob o rosto, a pressão empurrava sua bochecha ligeiramente para cima, e seu batimento cardíaco desacelerou quando o sono a tomou. Algumas mechas escuras e onduladas de seu cabelo cobriam metade de seu rosto, e ela estava deitada de frente para mim. Como conseguia estar deslumbrante mesmo enquanto dormia? Enquanto me movia, ajustando com cuidado o braço sob o travesseiro, notei a flor amarela no pequeno copo d'água que ela havia colocado na mesa de cabeceira. Um sorriso surgiu em meus lábios. Era um gesto tão pequeno, mas ela a guardou como se significasse alguma coisa. Um sentimento desconhecido apertou meu estômago, e pensei sobre o lugar de onde eu a tinha colhido, sabendo que poderia encontrar outras mil que eram ainda melhores.

É assim que o mundo acaba.

As palavras ecoaram em meu subconsciente e fechei os olhos. Fingi estar dormindo para que Dianna não se preocupasse e de fato adormecesse. Eu estava inquieto e frustrado, vulnerável demais para arriscar reviver o sangue, o fogo e o cântico. Não havia palavras para descrever exatamente como eu estava me sentindo, mas sabia que não ia conseguir dormir.

É assim que o mundo acaba.

Repetidamente, o maldito sonho assombrava minhas horas de vigília. O horror dele se confundia com os sentimentos muito confusos que eu tinha por Dianna, aumentando minha turbulência emocional. Suspirei, virando-me de costas e olhando para o teto com sua decoração medonha. Meus dedos dançaram, tamborilando em meu peito. Não, eu não podia vê-la daquele modo. Não me permitiria. Eu prometi a mim mesmo, depois do sonho, que me distanciaria e manteria o profissionalismo.

Virei minha cabeça na direção dela, observando enquanto dormia tranquila. Eu sabia que tinha sido tolo ao pensar que seria capaz de ficar longe dela. Meu peito se apertou quando Drake a agarrou em um abraço. Depois, quando eu estava me vestindo, senti uma mudança nela. Foi sutil, como uma pequena pitada de dor e tristeza. Quando vi sua angústia e a mão dele sobre ela, soube que tornaria a morte dele lenta e dolorosa.

Eu quase o fiz em pedaços naquele momento, no entanto ela me acalmara. Dianna andava fazendo muito isso apenas com sua presença. Ela não era nada parecida com as criaturas de casa, nem um pouco. Ela alegava não ser tão carinhosa quanto a irmã, mas era. Fiquei ali, observando-a dormir até que aquela voz flutuou na minha cabeça mais uma vez. Saí da cama e a observei se mexer, estendendo a mão e aninhando-se ao travesseiro que eu havia colocado onde estivera deitado. Assim que tive certeza de que ela estava acomodada e não ia acordar, saí silenciosamente do quarto.

– Você é bom nisso – comentou Drake de onde estava encostado, em uma porta no meio do corredor. – Muita prática em sair escondido de quartos de mulheres, suponho.

Meus olhos se estreitaram enquanto eu fechava cuidadosamente a porta atrás de mim.

– Como foi a saideira depois do seu pequeno encontro? Gostou do jardim? Sabe, há lugares tão afastados que nem nós ouviríamos se você decidisse transar com ela lá fora.

Ele se endireitou conforme me aproximei, mas eu ainda me elevava acima dele. Eu o encarei. Os anéis de prata vibraram em meus dedos, desejando que eu invocasse uma das armas. Eu poderia acabar com ele em poucos segundos, transformando seus restos mortais em nada além de cinzas. A única coisa que me impedia era saber que a mulher que dormia a poucos metros de distância jamais me perdoaria.

– Eu matei homens por menos. Portanto, não se engane, se ela não se importasse com você, eu teria transformado seu corpo em brasas pela forma como fala comigo.

Drake sorriu. Foi lento e preguiçoso, deixando-me ciente de que ele achava minha ameaça engraçada e não se intimidara.

– O que está fazendo aqui, Drake? O que você quer?

Ele acenou com a cabeça em direção ao teto.

– Ethan quer ver você no escritório. Vamos.

Não falei nada enquanto o seguia até um grande saguão de entrada. Alguns bancos pesados e excessivamente ornamentados e pequenas mesas estavam agrupados, cercados por plantas espessas. Um casal de vampiros estava imerso em uma conversa, mas eles se calaram quando passamos. Sentaram-se mais eretos, com olhos arregalados. Não falaram nada até que estivéssemos do outro lado da sala, mas, mesmo assim, ouvi os sussurros.

O Destruidor de Mundos.

Balancei a cabeça, quando começamos a subir os degraus de mármore, afastando as imagens que sempre se seguiam quando ouvia o título. Paramos no topo da escada e olhei ao redor. Aquela área não parecia combinar com o restante da mansão. Meus olhos se estreitaram conforme eu observava as pinturas nas paredes. Parecia que eram retratos de ancestrais que datavam de décadas antes. Ouvi movimentos abaixo de nós, conforme os outros hóspedes começaram a acordar. Contei 25 batimentos cardíacos ali, mas podia sentir a essência de 41 vampiros do Outro Mundo no castelo.

– Vocês têm um número enorme de hóspedes aqui.

– Sim, aqueles sob o governo do meu irmão que estão aterrorizados com a retaliação de Kaden se sentem mais seguros aqui, por isso Ethan abriu as portas de nossa pequena e modesta mansão.

Os comentários incisivos de Dianna não me incomodavam, mas eu me imaginava arrancando a língua dele quase toda vez que falava.

Drake parou diante de um par de grandes portas de ônix. Havia o que parecia ser uma cabeça reptiliana esculpida na pedra polida, e as linhas da criatura curvavam-se em direção às alças que Drake segurou e torceu. Ele me convidou para entrar na sala espaçosa com um gesto do braço e uma reverência zombeteira.

Vários sofás e cadeiras de aparência confortável estavam dispostos em pequenos grupos. Cada parede era coberta por estantes de livros que subiam até o segundo andar. Havia uma escada em espiral nos fundos, e o corrimão era decorado com ouro.

Uma brasa brilhava na cadeira no meio da sala enquanto Ethan olhava para mim.

– Você fuma?

Eu balancei minha cabeça.

– Não.

– Nem por diversão, presumo.

Séculos atrás, Logan, Vincent, Cameron e eu fugíamos do treinamento para nos entregarmos a remédios ilícitos pelo que considerávamos diversão. Eram remédios leves que faziam com que a pressão sobre mim e sobre os outros parecesse menor.

– Não mais.

Drake riu.

– Eu sabia que havia um rebelde por baixo dessa fachada fria. Por que outro motivo Dianna se sentiria atraída por você?

– Ela não se sente atraída por mim. Ela está me ajudando – corrigi, lançando um olhar furioso em sua direção. Seu sorriso apenas aumentou quando passou por mim, colocando-se entre Ethan e mim. Ele era protetor com o irmão e permanecia ao lado dele como uma sombra. Também era extremamente protetor com Dianna, embora eu deduzisse que seus motivos em relação a ela eram muito diferentes. Seu cheiro mudava quando ele estava perto dela, fazendo com que eu sentisse uma emoção que não conseguia explicar.

Drake pegou um objeto cilíndrico marrom na mesa perto do irmão e sacudiu uma pequena caixa prateada. Uma chama ganhou vida, e ele acendeu a ponta do cilindro marrom, tragando do outro lado, e a fumaça envolveu seu rosto.

– Charutos. É assim que são chamados – explicou Ethan, observando-me atentamente.

– A leitura da mente é uma prática lucrativa. Leva tempo para desenvolver se tiver o dom e a habilidade – comentei, estreitando os olhos para ele.

Drake riu, e uma pequena nuvem de fumaça escapou de seus lábios. Ethan apenas deu de ombros.

– Ah, sim. Pode ser. Para sua sorte, apenas alguns poucos em meu mundo a têm. É uma das muitas habilidades que meu pai nos transmitiu, mas nossa habilidade não é tão forte quanto a que Alistair tinha. Posso captar frases e flashes do que você pensa, mas nada tão poderoso quanto as habilidades dele. Alistair foi o último verdadeiro dobrador de mentes, e Dianna o transformou em cinzas.

– Foi por isso que me convocou aqui? Para uma conversa fiada sobre assuntos que eu já conheço?

Ele riu baixinho.

– Sim, embora eu o esperasse mais cedo. Drake me informou que você e Dianna estavam aproveitando os jardins.

O sorriso de Drake se espalhou. Parecia que ele era uma sombra maior do que eu pensava. Ele obviamente observava tudo o que acontecia ali e fazia isso tão bem que eu não o senti quando Dianna e eu saímos naquela noite.

Senti o calor em minhas mãos enquanto minha raiva aumentava.

– Você, assim como seu irmão, esquece com quem fala. Lamento por você presumir que o que eu faço ou para onde vou é da sua conta.

Ethan se levantou em um movimento fluido. Quando ele foi em direção à mesa de madeira escura, seu andar predatório foi a prova de que o vampiro moderno tinha evoluído diretamente das feras de quatro patas das quais eu me lembrava. Eram uma mistura de felinos e reptilianos, silenciosos e sorrateiros. Eram um predador perfeito e do tipo que meus ancestrais odiavam.

– Seu ódio por nós não é absurdo, sabe. Por outro lado, também não estamos muito satisfeitos por você estar aqui – comentou Ethan, obviamente lendo minha mente de novo.

– Isso é intrusivo e mais do que rude, não importa quem você seja.

Ethan sorriu.

– Minhas desculpas, Majestade. Acontece que o tempo urge, e isso é mais conveniente. – Ele colocou o charuto em um pequeno prato de vidro em cima da mesa e acenou para que eu me aproximasse. Movi-me, silencioso, parando ao lado dele, enquanto ele acendia uma pequena lâmpada, iluminando várias páginas e um grande mapa com pontos marcados.

– Drake conseguiu pegar alguns itens do covil de Kaden antes que ele notasse.

Balancei a cabeça uma vez, e meus olhos examinaram o mapa à minha frente.

– Então, esse foi outro motivo pelo qual você parou de comparecer às reuniões sobre as quais Dianna me contou?

– Sim, um deles. O outro era que o perigo da sede de poder dele ultrapassa em muito o nosso medo de você.

– Tenho uma pergunta. Obviamente, Drake não está morto. Como é que Kaden viu sua morte? Que papel Dianna desempenhou na ilusão?

Ethan acenou com a cabeça uma vez e respondeu:

– Sim. Foi um estratagema que eles criaram quando ela descobriu que não comparecemos na última reunião. Kaden queria a cabeça do meu irmão em retaliação por eu não ter aparecido de novo. Dianna não seria capaz de matá-lo, então os dois elaboraram um plano. Meu irmão é *popular* entre algumas bruxas, que desenvolveram alegremente um feitiço de camuflagem. Sua morte pareceu real, mas não foi. É o mesmo tipo de feitiço que protege esta casa.

– Interessante.

– Eu estava falando sério mais cedo no jantar. Desejo um acordo.

Ah, sim, a proposta dele, enquanto Drake e Dianna conversavam abertamente, totalmente inconscientes da conversa telepática que estava acontecendo à parte.

Meu lábio se curvou em desgosto.

– Não vou compartilhar sangue com você.

– Eu falei que eles fizeram um acordo de sangue – comentou Drake atrás de mim.

Meus ombros ficaram tensos, mas mantive meu foco em Ethan. Dianna contou isso para ele? Se sim, por que isso me deixava desconfortável? O que mais ela tinha compartilhado com ele? Afastei esse pensamento da minha cabeça, tentando ignorar as emoções que ele despertava.

– Se eu fizer isso, será pelo bem de Dianna, não pelo seu. Minha lealdade é para com os inocentes, e vocês se alimentam dos inocentes. O que vocês fazem é proibido, mas Dianna acredita que são amigos dela. Provem que ela está certa, e lhes concederei perdão.

Ethan balançou a cabeça, e uma expressão de decepção cruzou seu rosto.

– Muito bem. Existe algum vínculo ou juramento divino que deve ser dito ou assinado?

– Não.

As sobrancelhas de Ethan se juntaram.

– Se não for isso, como saberei que manterá sua palavra?

Inclinei a cabeça para trás, olhando para o teto, frustrado por precisar me explicar para alguém mais uma vez. Sem paciência, encontrei seu olhar e expus tudo em termos que esperava que ele entendesse.

– Eu poderia fazer esta mansão que você tanto ama ser invadida e tomada com um telefonema. Como resultado, você e todos os seres aqui seriam presos, e eu pegaria os itens que você deseja me dar. Mas, como fiz uma promessa a Dianna, não farei nada disso. Por isso, essa é a sua garantia e o único *acordo* que estou disposto a fazer.

Um sorriso lento se espalhou pelo rosto de Ethan.

– Muito bem, um acordo está fechado, então. – Ele lançou um olhar para Drake antes de falar: – Ela é uma raridade, com certeza. Não importa o que Kaden fez para transformá-la totalmente em uma criatura de ódio e medo, ela não esmoreceu. É aquele coração dela. Pode ser um coração mortal, mas é mais forte do que qualquer coisa que ele jamais encontrou. Ela pode se alimentar, foder e respirar como nós, mas ela não é uma de nós. Acho que no fundo você sabe disso. Ela é diferente.

Eu sabia. Dianna havia provado isso repetidas vezes, mas eu não discutiria isso com esses dois vampiros.

– Antes de continuarmos, tenho uma pergunta – declarou Ethan quando não respondi.

A irritação tomou conta do meu tom enquanto eu o encarava.

– Qual?

– Você não tem intenção de ficar, correto?

Fiquei confuso, mas não vi problema em responder. Não era exatamente um segredo.

– Não, voltarei para os remanescentes de meu lar assim que isso terminar.

– Eu falei para você – interveio Drake, e sua expressão, antes provocadora, agora era dura e fria. A brasa do charuto combinava com o brilho laranja que ardia em seus olhos, revelando a verdade de sua natureza.

A voz de Ethan havia perdido todo o humor, seu tom era mais sério do que eu ouvira, mesmo quando discutíamos a possibilidade de morte e destruição.

– Um conselho então, Destruidor de Mundos. Não encha a cabeça dela com palavras bonitas. Não faça lindos vestidos para ela. Não a leve para passear no jardim à meia-noite nem lhe dê flores colhidas à mão. Kaden a alimentou com migalhas por anos para mantê-la na linha. Ela é uma mulher que anseia por amor, não importa o que ela diga. Se não tem intenção de permanecer nem de ficar com ela, não a corteje nem faça com que ela se importe. Não a faça se apaixonar se não tiver intenção de amá-la.

Eu não tinha ideia de como não tinha visto Drake no jardim. Eu nem sequer o tinha sentido. Minha raiva aumentou, e a lâmpada na mesa piscou. Meu olhar se estreitou, e minha voz se encheu de irritação.

– Tem certeza de que não está apaixonado por ela?

A risada de Drake ecoou pela sala, apenas me irritando ainda mais. A expressão de Ethan não vacilou quando ele ergueu a mão esquerda. O intrincado desenho do Ritual de Dhihsin enfeitava seu dedo.

– Caso tenha esquecido, sou casado e feliz. – Ele abaixou a mão enquanto prosseguia. – Vamos apenas dizer que devemos a ela e lhe desejamos o melhor. Não queremos vê-la sofrer mais do que já sofreu.

– Muito bem – assenti.

Estendi a mão em direção ao meio do escritório. Minha pele reluziu prateada, e as grossas linhas duplas se formaram ao longo de minhas pernas, peito e braços e abaixo dos meus olhos. Os anéis de prata giraram em meus dedos enquanto eu pronunciava as antigas palavras de convocação. Um círculo se formou, e a biblioteca estremeceu, a força do meu poder empurrou os móveis em direção às paredes. Um raio prateado disparou para cima e Logan e Vincent saíram dele. Assim que entraram no cômodo, abaixei a mão, e minha pele voltou ao marrom dourado uniforme.

– Então, essa é sua verdadeira aparência? – perguntou Drake. Seu rosto estava impassível, mas eu podia ver o medo instintivo do que eu era no fundo de seus olhos.

Não falei nada, e Logan e Vincent vieram em minha direção. Eles aparentavam com perfeição ser os guerreiros formidáveis que eram. Os celestiais eram inclinados à guerra como se tivessem nascido para isso, mas eu havia treinado a força letal deles. Uma mudança sutil ocorreu em Ethan e Drake, e suas posturas se tornaram defensivas. Observavam Vincent e Logan sem saber se eram uma ameaça.

Logan e Vincent examinaram o espaço, e seus olhos brilhavam em um azul vibrante. Estavam nervosos e tinham todos os motivos para estar. Haviam sido treinados para detectar até mesmo a menor ameaça, e aquele lugar incendiava seu sangue celestial.

Vê-los aliviou um pouco da tensão que eu não sabia que estava sentindo ali naquele lugar estranho, cercado por inimigos. Logan estava inteiro, mais do que curado. E, mesmo que nosso último encontro não tenha sido nada agradável, Vincent parecia alegre e contente em me ver. Fiquei surpreso ao perceber que também sentia falta deles. Depois de estar vazio e frio por tanto tempo, era uma sensação tão estranha.

Cumprimentei-os levantando o queixo.

– Isso é o que eles têm sobre Kaden no momento. Quero um membro d'A Mão com Gabriella a todo momento. Descobri que Kaden está muito motivado para readquirir Dianna e temo que ele tente sequestrar Gabby novamente. Isso também significa maior segurança.

Vincent olhou para os vampiros antes de dizer:

– Já acrescentei algumas coisas às nossas guildas enquanto você esteve fora.

Olhei para Ethan e apontei para o mapa.

– Conte-me sobre isso.

Faíscas de fogo varreram seus olhos, e eu vi a ponta de suas presas quando ele disse:

– O mapa indica pontos onde ele pode atacar. São lugares que frequentou no passado. Há várias cavernas que consideramos importantes. Ele parece gostar de estar no subsolo. Todos os locais que ele possuiu tinham uma área escavada em algum lugar.

Assenti e disse a Logan e Vincent:

– Monitorem esses locais. Eles têm um dossiê sobre Kaden. Leiam-no e mantenham-me informado de tudo o que preciso saber ou se encontrarem mais alguma coisa.

Logan assentiu e juntou as pastas e papéis. Ele os entregou a Vincent antes de enrolar o mapa.

– Não vimos um aumento de ataques ou de pessoas desaparecidas. Parece que tudo ficou quieto – informou ele.

– E o Livro de Azrael? Devemos nos preocupar? – perguntou Vincent, segurando os arquivos e páginas que Logan lhe entregara.

Logan e eu balançamos a cabeça.

– Nós o vimos. Ele estava morto, Vin. Não há como ele ter saído do planeta, muito menos ter escrito um livro.

Os olhos de Vincent dispararam entre nós.

– Por que Kaden está tão certo de sua existência, então?

– Isso é o que vou descobrir – declarei, enquanto as palavras de Ethan passavam pela minha mente. – Acredito que ele a esteja caçando, e, se for esse o caso, vocês devem estar a salvo, mas não quero arriscar. – Segurei o ombro de Vincent. – Apenas seja diligente e mantenha todos em segurança.

Ele me deu um sorriso e um aceno rápido.

– Sim, meu soberano.

Pela primeira vez, esse título não me assombrou, e eu não o corrigi. O que estava acontecendo comigo?

Logan gemeu e revirou os olhos.

– Por favor, não lhe diga que ele está no comando! Ele tem sido um pé no saco mandão desde que você partiu.

Sorri sem perceber o quanto sentia falta deles até aquele momento.

Logan olhou para mim com seus olhos arregalados antes de se recompor e limpar a garganta.

– Estamos indo. Eu telefono se alguma coisa mudar.

Balancei a cabeça e tirei a mão do ombro de Vincent. Abri o portal mais uma vez e os observei partir. Depois que atravessaram e desapareceram, voltei-me para Ethan. Os papéis e livros se acomodaram à medida que a força do poder de abrir e fechar o portal diminuía.

– Tem minha palavra de que você e os seus estarão seguros, apesar de seu envolvimento nos ajudando.

Girei nos calcanhares, indo em direção à porta.

– É verdade que você empunha a lâmina de Aniquilação? – chamou Ethan.

Parei no meio do caminho e me virei para encará-lo.

– Como sabe disso?

Os olhos de Drake dançaram entre Ethan e mim.

– Então, é verdade.

– Quem lhes contou sobre isso? – repeti, e minha voz era um mero sussurro.

– Kaden. Ele disse que era uma arma forjada para a destruição pura e morte verdadeira, escuridão sem fim por toda a eternidade, sem vida após a morte, sem nada. A energia embutida na lâmina poderia acabar com mundos. Daí o seu nome: o Destruidor de Mundos.

Minha mandíbula se cerrou. Essa arma representava outra parte da minha história que eu desejava esquecer.

– E como Kaden saberia de tal coisa? – Era impossível, pois ninguém que a havia visto sobrevivera. Ninguém além de mim.

– Ele é velho, Liam, velho e poderoso. Ele vem procurando informações sobre você há séculos.

Meu poder transbordou, as portas atrás de mim se abriram com força e vibraram contra as paredes.

– Sendo assim, ele sabe bem do que sou capaz – declarei. Virei as costas, deixando o escritório e eles.

A última coisa que ouvi foi Drake falar:

– Quer dizer que esse é Samkiel. Estamos muito fodidos.

Meus pés mal tocavam o tapete barato que cobria os degraus de pedra enquanto as lembranças me assolavam, exigindo que eu ouvisse. Meu peito martelava à mera menção àquela arma e ao que eu tinha feito com ela ao longo dos séculos. O som do metal ressoando contra o metal, o sangue encharcando o chão e a maneira como os rugidos e trovões cortavam o ar corriam num ciclo constante pelo meu subconsciente. Como ele podia saber?

Respirei fundo e quase derrubei um senhor quando meu ombro esbarrou no dele. Ele gritou, esfregando-o como se estivesse em choque. O latejar na minha cabeça era demais para que eu parasse. Eu precisava de ar. Eu precisava de Dianna.

Antes que percebesse para onde estava indo, vi-me do lado de fora do quarto dela. Parei, com minha mão segurando a maçaneta. Minha visão clareou, e a dor na minha cabeça amainou. Minha respiração se acalmou, e o aperto em meu peito aliviou quando consegui senti-la logo atrás da porta. Eu ansiava por entrar, desesperado para sentir seu corpo contra o meu. Ela havia se tornado um bálsamo para minha alma, porém as palavras de Ethan ecoavam na minha mente.

Não a faça se apaixonar se não tiver intenção de amá-la.

Encostei minha testa naquela porta perfeitamente comum e sabia que a mulher além dela era mais preciosa para mim do que eu queria admitir para qualquer pessoa, muito menos para mim mesmo. O que eu estava fazendo? A guerra ameaçava este mundo, e eu estava passando tempo em jardins. Estava distraído de novo, distraído por ela e pelo que eu sentia. Não podia fazer isso, não de novo, não ali e não a Onuna. Desse modo, abaixei minha mão e me afastei.

XXXIV
LIAM

Já haviam se passado alguns dias desde minha reunião com Ethan e Drake. Eu tinha parado de dividir a cama com Dianna – e não tive uma única noite de paz desde então. Tentei dormir sozinho e abri um buraco na parede ao acordar. O dano estava voltado para a floresta, e eu o consertei antes que alguém percebesse. Presumiram que um terremoto havia abalado o castelo, sem nunca suspeitarem do deus no andar de cima. Ninguém questionou, ninguém além dela.

É assim que o mundo acaba.
É assim que o mundo acaba.
É assim que o mundo acaba.

Eu sentia falta das noites em que Dianna me confortava, de suas mãos esfregando minhas costas encharcadas de suor enquanto eu me balançava. Eu mantinha meus olhos bem fechados, esperando que a energia por trás deles não escapasse. Sem medo do poder que eu mal conseguia controlar, ela tinha permanecido ao meu lado, sussurrando para mim que era apenas um sonho. Ela repetia as palavras como um mantra, tentando me acalmar.

Eu não tinha contado a ela que não estava mais sonhando com a queda de Rashearim. Os mortos sussurravam para mim sem parar, e sempre terminava com o cadáver dela e seus olhos flamejantes. Quando não era isso, eu estava sonhando com ela embaixo de mim, com meu pau enterrado tão fundo dentro dela que eu quase conseguia sentir de novo. Isso me assustava mais do que tudo, e eu não sabia como lhe contar que todos os meus sonhos eram com ela. Por isso, parei de dormir novamente e fugia para o meu quarto no instante em que ela se distraía, recusando-me a atender minha porta quando ela batia. Eu sabia que Dianna queria ajudar e que estava frustrada e confusa com meu comportamento. Não queria magoá-la, mas ela não era capaz de me ajudar. Ninguém era.

A princípio, ela pareceu irritada por eu evitá-la, porém permitiu que Drake a distraísse. As risadas dos dois pareciam me irritar, por isso eu me retirava para o escritório. Ethan não me incomodava lá. Ninguém incomodava. Era lá que eu ficava, lendo, pesquisando e entrando em contato com a Guilda, esperando notícias sobre o lugar para onde precisávamos ir em seguida.

Os dias se arrastavam, e fiquei inquieto. Decidi que precisava gastar alguma energia que não envolvesse mais lâmpadas quebradas ou problemas elétricos. Havia uma academia nos andares mais inferiores do castelo, e, quando não estava lendo ou traçando estratégias, era onde eu ia parar. Quando isso parou de funcionar, eu passei a percorrer o perímetro do feitiço de proteção por horas para manter as vozes longe. Ajudou um pouco, mas não o suficiente. Nunca era o suficiente.

Nunca o suficiente.

A tela do meu telefone piscou antes que o rosto de Logan aparecesse.

— Alguma coisa? — perguntei em forma de saudação.

Ele balançou a cabeça e ergueu um livro.

— Os mesmos textos que tínhamos em Rashearim. Os únicos que poderiam, mesmo remotamente, ser considerados perigosos são os que descrevem como nossas armas são feitas e funcionam. Não são nada de extrema importância. Não adianta saber como nossas armas são feitas se não existe um deus para fabricá-las.

Os pássaros cantavam na folhagem excessivamente densa, enquanto eu suspirava de frustração, passando a mão no rosto encharcado de suor. Eu corri até minhas pernas quase cederem, antes de parar e escolher um lugar isolado para ligar para Logan.

— Sei que você está irritado, mas e a bruxa?

Sacudi a cabeça e me virei para o pequeno mamífero que me espiava de um galho baixo.

— Não tivemos nenhuma notícia e por isso esperamos.

— O que você odeia.

Eu balancei a cabeça.

— Sim, muito. E o mapa?

Ele fechou o livro, o mundo girava na tela conforme ele andava pelo escritório.

— Enviei alguns recrutas para os locais indicados no mapa. São apenas velhas minas abandonadas e cavernas vazias. Não há nada ali.

Eu falei um palavrão antigo que fez Logan sorrir ao telefone.

— Faz tempo que não ouço isso.

— Eu desejo que isso acabe. Se ele é tão velho e poderoso como todos falam, por que está demorando tanto? Se o Livro de Azrael é real, por que tem sido tão difícil encontrá-lo, até para nós?

— Conhecendo Azrael — ele fez uma pausa —, talvez ele não quisesse que fosse encontrado. Se o deus Xeohr o fez criar esse livro, talvez ele tivesse ordens explícitas para não falar sobre isso.

— Acha que Xeohr ordenou que ele o fizesse?

– Possivelmente. Azrael não fazia itens com poder real, a menos que fosse coagido. Você sabe toda aquela conversa de "poder demais nas mãos erradas". Talvez o que está dentro seja perigoso a esse ponto.

Massageei minhas têmporas.

– Você dá crédito demais a ele. Azrael estava mergulhado até a cintura nas mesmas perversões que nós. Ele era um de nós, mesmo que eu não tenha conseguido afastá-lo de Xeohr. Ele apenas fingia se importar com as palavras e lições que os deuses pregavam.

– Isso é verdade. – A risada de Logan ecoou pela floresta e forçou um leve sorriso nos meus lábios. – Por que você não pergunta para a beleza de cabelos escuros que está presa a você? Talvez ela saiba de alguma coisa.

– Não.

Meu sorriso desapareceu, e ele percebeu.

Logan se moveu mais uma vez, e esperei que ele se acomodasse atrás de uma das mesas.

– Sabe, eu entreouvi a irmã falando com ela ao telefone, e ela estava reclamando de você não dormir mais com ela.

Eu gemi e abaixei a cabeça, esfregando a testa.

– Isso não significa o que você acha que significa.

Ele riu.

– Ora, vamos lá. É a mesma velha história que ouvimos há eras. O grande Samkiel, ame-as e deixe-as.

– Não compare Dianna com nenhuma das minhas conquistas anteriores. – Levantei a cabeça, o telefone ficou preto antes de voltar ao normal. Soltei um suspiro, tentando conter o poder prejudicial que ondulava sob minha pele. – As coisas não são assim entre nós, e não voltarei a falar sobre isso.

– Está bem. Explique-me, então: como são? Porque, da última vez que conversamos, estávamos todos do mesmo lado. Os Ig'Morruthens eram maus, nós éramos bons, e agora o quê? Trabalhamos com eles? Como os deuses traidores antes de nós?

Meu olhar se desviou do telefone quando me lembrei de quão rápida havia sido a queda de Rashearim por causa daquela traição.

– Escute, não estou questionando sua autoridade e não estou sendo um idiota. Neverra e eu gostamos de Gabriella, mas Dianna? Não escolha ela. Você pode ter qualquer mulher no universo para saciar sua necessidade secular. Não permita que seja ela. Inferno, entre em contato com Imogen. Todos nós sabemos que ela está mais do que feliz e à espera.

– Não preciso que nada seja saciado, e Dianna não é como os Ig'Morruthens do nosso tempo. Ela é diferente. Você já viu.

– Sim, eu a vi mudar a própria forma apenas com sombras, explodir uma embaixada e matar quantos mortais? Ah, e também a vi enfiar uma lâmina no crânio de um dos dela.

Eu estava ficando frustrado, e ele sabia disso.

– Não podemos mais pensar assim. Sabe qual foi a outra razão pela qual Rashearim caiu? Os deuses que a traíram usaram os Ig'Morruthens. Trabalharam com eles para massacrar quase todos nós. Então, sim, ela me ajudou e está me ajudando, mas é isso. Não importa o que você ou os outros pensem.

– Ei, eu não disse que os outros pensavam...

Meu olhar se estreitou, sabendo bem com que frequência todos conversavam.

– Eu conheço você. Eu conheço todos vocês.

– Ok, justo. Apenas nos preocupamos com você. Você esteve longe por tanto tempo, Liam. – Ele fez uma pausa, passando a mão pelo rosto, enquanto se recostava. – Mas você está certo. Eles definitivamente estavam em vantagem. Então, o que você disser, nós seguiremos, você sabe disso.

Na parte da minha consciência que raciocinava, eu sabia que isso era uma demonstração de carinho, mas havia tanta coisa que ele não sabia. Logan presumia que eu era o homem que ele conhecia antes da guerra, mas Samkiel havia morrido em Rashearim no instante em que ela foi reduzida a poeira e pedras.

Logan não estava sendo totalmente injusto. Meus sentimentos por Dianna tinham sido iguais aos dele, mas isso havia mudado. Eu me importava com ela e, quanto mais aprendia coisas sobre ela, mais percebia que tínhamos muito em comum. Estar perto dela era fácil, e havia momentos em que estava com ela em que não me sentia como o temido rei que, segundo rumores, eu era. Para Dianna, eu era apenas Liam.

– Ela estava me ajudando com meus pesadelos.

Ele se sentou ereto devagar, girando a cabeça de um lado para o outro, certificando-se de que não havia mais ninguém na sala.

– Pesadelos? Com Rashearim?

Eu balancei a cabeça.

– Isso e o que aconteceu depois que mandei todos vocês embora.

– Quer dizer depois que você forçou todos nós para fora de nosso mundo natal enquanto você ficou e lutou.

Levantei um único ombro, como se não fosse nada.

– O planeta estava em erupção. Nenhum de vocês teria sobrevivido.

– Bem, você não nos deu escolha quanto a isso.

– Não, não, eu não dei. A sua vida e a dos outros não são dispensáveis. A morte de Zekiel é outra coisa que me assombrará pelo resto da minha longa vida.

Logan passou a mão pelo rosto. Eu sabia que a perda de Zekiel o havia ferido profundamente.

– Há outra coisa – falei, decidindo confiar naquele homem que estivera ao meu lado durante séculos, mesmo quando eu repudiava sua lealdade.

Logan se concentrou em mim novamente.

– Sim?

– Sinto que estou desenvolvendo a mesma visão que meu pai e meu avô tinham.

– É sério? – Os olhos de Logan se arregalaram em choque.

– Sim. Lembro-me deles me contando seus sonhos e visões, alertando-me sobre o que um dia poderia enfrentar. Falavam do futuro que estava por vir, mas não eram inteiras e nem sempre eram claras.

– Sim, eram tão aterrorizantes que seu avô quase ficou louco por causa delas. – Ele se inclinou para a frente. – O que você viu?

Eu não podia contar a ele que sonhei com ela; nem queria admitir para mim mesmo. Então, contei a ele sobre a outra parte dos meus recentes terrores noturnos.

– O mundo estava acabando, assim como Rashearim. Era diferente, mas o céu tremia com as mesmas feras enormes. Vi um rei, seu trono e armadura feita de chifres. Eu vi mortos-vivos... Mas não sei o que isso significa nem como impedir.

Os olhos de Logan escureceram com medo e desespero enquanto ele balançava a cabeça, cobrindo a boca com uma das mãos.

– Droga.

– Droga mesmo.

Aquela dor tão familiar voltou a latejar em minhas têmporas. Suspirei quando a luminária na mesa piscou e me espreguicei, olhando para as pilhas de livros ao meu redor. Eu tinha me escondido, enterrando-me em pesquisas, enquanto esperávamos notícias de Camilla. A biblioteca de Ethan continha itens que datavam do início da civilização. Eu não tinha encontrado nada que mencionasse a queda de Rashearim ou os celestiais que se refugiaram ali enquanto eu reconstruía os remanescentes do nosso mundo.

Se a informação que Ethan tinha me dado fosse precisa, e Kaden fosse de fato tão velho quanto dissera, então o início da civilização poderia me dar pistas. Os mortais contavam histórias antigas de feras míticas. Talvez Kaden fosse um Ig'Morruthen que escapou da Guerra dos Deuses e aterrissou ali, planejando reconstruir suas fileiras. Mas os que estavam ali tinham que ser subespécies. Eu tinha lido e relido sobre pássaros de fogo que dançavam no céu, troca-peles que atraíam suas vítimas para a morte e até dragões. Todos correspondiam, mas nenhum deles correspondia totalmente.

Passos se aproximaram, e a porta do escritório se abriu devagar. Não precisei erguer o olhar para saber quem me visitava. Ela colocou um prato em cima do livro aberto que eu estava lendo.

– Veja, fiz uma coisa para você. Está vendo o rosto? É rabugento, igual a você.

Mantive meu olhar baixo e minha testa apoiada na mão. O prato continha um disco marrom, semelhante a um bolo, com itens em forma de meia esfera vermelhos formando os olhos. A boca era feita de um creme branco e espumoso e estava curvada para baixo. Observei Dianna pousar o próprio prato e tirar uma pilha de livros da mesa. Ela puxou uma cadeira grande e se sentou.

– Muito engraçado. – Balancei a cabeça e empurrei o prato para o lado antes de voltar ao meu livro.

– Isso, assim mesmo.

– Eu não sou rabugento. Estou ocupado.

Seu garfo batia no prato conforme ela cortava um pedaço da comida e o comia.

–Você também não tem dormido.

Fechei o livro, sabendo que não conseguiria me concentrar com ela por perto.

– E como você saberia disso? Achei que você e seu amigo estariam ocupados demais pondo a conversa em dia para notar.

Eles estavam pondo a conversa em dia, de fato. Houve diversas vezes em que os encontrei no meio de uma piada. Assim que eu aparecia, suas risadas morriam, e a tensão enchia o ar.

Ela baixou o garfo e recostou-se na cadeira, cruzando as pernas.

– Ah, eu não sei. Talvez tenha sido aquele "terremoto" aleatório ou eles precisarem checar problemas elétricos três vezes nos últimos dias. Ou talvez uma pista seja que você está me evitando e não me pede para ficar com você há duas semanas.

Duas semanas? O Sol já se pôs tantas vezes? As pistas dela estavam demorando mais do que o prometido, e ainda precisávamos do tal convite antes de podermos continuar nossa busca. Nesse ínterim, eu estava tentando desvendar o mistério que a criara.

– Suas observações são incômodas.

Ela fez uma careta, e um suspiro saiu de suas narinas em um bufo.

– Por quê? Porque estão certas?

Sim, disse a mim mesmo, pegando outro livro.

– Não pode me ignorar para sempre. Agora coma.

Ela afastou o livro que eu estava usando como distração e empurrou o prato para a minha frente de novo. Foi minha vez de fazer cara feia, mas empurrei os livros de lado e trouxe o prato para mais perto de mim. Peguei o garfo, cortei um pedaço e dei uma mordida. Olhei para ela enquanto mastigava e engolia antes de perguntar:

– Satisfeita?

Ela sorriu antes de recomeçar a comer.

– Diga-me por que não está dormindo. Mais pesadelos?

Sim. Pesadelos sobre o seu fim.

Engoli outro pedaço do café da manhã açucarado que ela me trouxe antes de responder:

– Não estou cansado. Simplesmente não quero dormir. Se o que dizem for verdade, temos pouco tempo para encontrar esse livro antes de Kaden.

Ela esfaqueou a comida.

– Sim, e esperar que Camilla aceite o convite está demorando mais do que eu esperava. Balancei a cabeça, na esperança de mudar de assunto.

– Então, por que essa Camilla odeia tanto você? Outra amiga que não é amiga?

– Tente ex-amante.

Senti aquele toque de calor novamente, o mesmo de quando Drake pôs a mão nela. Eu nunca tinha sentido isso antes e não sabia o que significava, apenas que não gostava. Até mesmo ela falar sobre estar com outra pessoa fazia com que algo selvagem e feroz despertasse dentro de mim. Eu não reconhecia essas emoções.

Ela havia dito antes que seu relacionamento com Kaden não era monogâmico, mas depois de ouvir sobre a extrema obsessão dele em recuperá-la, fiquei surpreso por ele ter permitido que alguém se aproximasse tanto dela.

– Kaden permitiu isso?

Uma pequena risada escapou dela.

– Ele não se importava com meu relacionamento com Camilla. Na verdade, ele ia dar a ela um lugar à sua mesa, mas ela passou a se importar profundamente comigo, e ele não gostou *disso*. Sendo assim, ele a exilou, porque eu implorei que não a matasse. Santiago ficou com o lugar dela. Jamais contei a ela o que tinha feito, mas ela deduziu que eu a traí e que fui responsável por sua perda de poder, e acho que, de certa forma, fui. Faz séculos que não falo com ela. Kaden não permitiria. Ela me odeia porque acha que não lutei por ela e escolhi ficar com Kaden. Quero dizer, o que tivemos foi ótimo e divertido, mas eu não a amava, não como ela me amava. Minha decisão nunca poderia ser outra, de qualquer maneira. Eu não arriscaria Gabby.

Suas palavras ecoaram partes da minha vida, deixando-me impressionado por podermos ser tão diferentes e, ainda assim, termos tanto em comum. Eu sabia muito bem como era ter amantes anteriores que sentiam mais por você do que você por eles. Eu sabia o quanto isso poderia fazer alguém se sentir horrível.

– Você a está arriscando agora, estando comigo, não é?

– É diferente com você. – Ela fez uma pausa como se estivesse se controlando e terminou de mastigar um pequeno pedaço antes de dizer: – Você é a única coisa que Kaden teme.

– Você nunca me contou a história de como acabou nas garras de Kaden. Só que você desistiu da sua vida pela da sua irmã.

Sua expressão ficou vazia, e vi as sombras em seus olhos antes que ela olhasse para o prato e desse de ombros.

– É uma longa história. Talvez outra hora.

Balancei a cabeça, sabendo que não deveria pressioná-la. Ela me contaria a seu próprio tempo.

– Gostou dos crepes?

Balancei a cabeça enquanto dava outra mordida.

– É assim que são chamados? Eles são divinos. Acho que "doces", como você os chama, são meu ponto fraco.

Ela riu.

– Quer dizer que você tem uma fraqueza. Seu segredo está seguro comigo. – Ela piscou antes de dar outra mordida. – Agradeça a Gabby por ter me ensinado a cozinhar, porque, senão, isso estaria horrível.

–Você preparou o café da manhã para toda a propriedade? – Porém, minha pergunta foi mais em referência ao vampiro que seguia cada movimento dela como um cão vennir no cio.

Dianna balançou a cabeça, bufando de leve e cobrindo a boca.

– Não, só nós. Você me dá muito crédito. Eu não sou tão legal.

Ela continuou a comer, completamente inconsciente do impacto da sua simples declaração. Um pequeno sorriso apareceu em meus lábios e me vi relaxando pela primeira vez em semanas. Era tão fácil conversar com Dianna, e eu sentia falta de poder fazê-lo. O peso dos mundos parecia deixar meus ombros quando eu estava perto dela.

Por mais agradável que fosse, seria um problema se eu tivesse a intenção de partir assim que aquele livro, real ou não, fosse recuperado. As palavras de Ethan correram pela minha cabeça mais uma vez, e reprimi as coisas que queria dizer a ela.

– Gabby é uma boa pessoa, e estou falando sério – comentei. – Tanto os mortais quanto as criaturas emitem uma certa energia, uma forma verdadeira, suponho. Alguns a chamam de alma, enquanto outros se referem a ela como aura.

–Você consegue ver isso? – interrompeu ela, com seus olhos se arregalando. – Você pode ver a alma das pessoas?

Eu não sabia se a tinha chateado ou falado errado, porque ela ficou muito quieta, encarando-me.

– Sim. Depende da pessoa ou criatura, e às vezes tenho que me concentrar, mas consigo ver a maior parte.

Ela abaixou o garfo e apoiou o cotovelo na mesa, repousando o queixo na mão. Inclinou-se, totalmente interessada.

– Como é a de Gabby?

– Amarelos e rosas, vibrantes e quentes, mais ou menos como ela. – Abaixei meu garfo, pegando o guardanapo de papel branco e fino que ela trouxera e limpando minha boca.

Ela sorriu.

– Sim, parece com ela. E a minha? Como eu sou?

– Muito parecida. – Eu não queria contar a ela o que dançava ao seu redor. Eu não queria que ela se sentisse menos do que era. O dela era vibrante, sim, mas era uma mistura de vermelhos e pretos com um toque de amarelo. Era puro caos rodopiante, como a borda do próprio Universo.

– Legal. – Ela sorriu e colocou um pedaço de fruta na boca.

Limpei a garganta.

– Eu ouvi você falando com sua irmã mais cedo. Como ela está?

Seus olhos pareciam reluzir com a minha pergunta, como se ninguém nunca tivesse lhe perguntado isso antes. Não mencionei o que Logan tinha me contado. A forma como ela explicava o que tínhamos, ou não tínhamos, não era da conta de ninguém.

– Ela está ótima, para falar verdade. Conseguiu trabalhar no departamento médico da Guilda com alguns dos celestiais de lá. Então, ela está mais do que feliz. Obrigada.

Dianna estendeu a mão, colocando-a sobre a minha. Um arrepio de consciência correu por mim ao seu toque, evocando algo que eu pensava estar morto havia muito tempo. A sensação fez com que os pelos do meu braço se arrepiassem, e eu não tinha certeza se era por uma sensação de alarme ou por um desejo por mais.

Tirei minha mão de baixo da dela e peguei meu garfo. O corpo de Dianna ficou tenso, e ela afastou a mão devagar.

O escritório ficou em silêncio novamente. Não era culpa de Dianna, nem eu queria magoá-la. Eu apenas não estava acostumado com o que sentia perto dela. O toque de Dianna incendiava um lugar dentro de mim, e eu me vi querendo queimar.

– Por que você e sua irmã sempre repetem aquele mesmo mantra? – perguntei em um ímpeto, não querendo que nossa conversa terminasse.

Ela inclinou a cabeça e me encarou confusa.

– O que você quer dizer?

– No final das ligações, você sempre diz: "Lembre-se, eu amo você.". Tem medo de que ela esqueça?

Ela riu baixinho e cruzou os braços em cima da mesa.

– Ah, não. É como um adeus, eu acho. Meus pais costumavam dizer isso todos os dias antes de partirem. Gabby e eu aprendemos e falamos isso desde que éramos pequenas. Acho que pegou. Parece especialmente importante dado o que faço agora. Só para o caso de eu nunca mais voltar, o que sei que parece meio mórbido.

– Não é. É bom e algo que vocês duas compartilham.

– Obrigada. – Seu sorriso voltou aos poucos.

Eu estava prestes a fazer outra pergunta quando ouvi passos se aproximando. A porta se abriu e nós dois nos viramos em direção a ela.

– Aí está você! Estive procurando por você em todos os lugares – declarou Drake, enquanto entrava no escritório.

Eu tinha passado a odiar seu sorriso malicioso, porque sempre era direcionado à beleza furiosa sentada à minha frente. Ele usava calças pretas largas, mas sem camisa, exibindo seu peito musculoso e a extensão de pele marrom e firme. Quando se ajoelhou ao lado de Dianna, notei que suas mãos estavam enfaixadas. Ela se recostou e inclinou o corpo em direção a ele, com um sorriso radiante. Meu peito doeu, e descobri que não gostava de compartilhar a atenção dela.

Fiz uma carranca para ele e disse:

– Você precisa vir com um aviso.

Ele olhou para mim e sorriu, nem um pouco ofendido.

– Obrigado.

– Isso não foi um elogio.

Dianna riu, e senti como se tivesse levado um soco no estômago. Eu odiava o jeito que eles sorriam um para o outro. Perguntei-me se ela pensava na pele totalmente perfeita dele e se sonhava em tocá-la. Ele deixaria se ela pedisse? Não era como a minha, marcada e coberta de cicatrizes das batalhas travadas ao longo da minha vida. Claro, eu podia ser mais alto, e minha definição muscular era mais pronunciada que a dele, mas eu nunca seria a criatura perfeita que ele era.

Os olhos de Dianna pareceram dançar quando ele entrou no escritório. As histórias e lendas do meu passado podiam me considerar um ser magnífico, mas com Dianna eu sentia uma leve pontada de insegurança. E se ela preferisse homens como Drake? Mesmo sabendo que eu não deveria me importar e que isso também não deveria me incomodar, incomodava em algum nível básico.

Eu odiava os tapinhas bem-humorados da mão pequena contra o peito e os ombros dele. Eu sentia que isso estava reservado apenas para mim, mas ela fazia o mesmo com ele. Dianna ria de verdade quando ele falava ou fazia algum comentário grosseiro. Eu só a tinha ouvido rir assim uma vez comigo. A risada deles morria sempre que eu entrava no cômodo, e eu não sabia por que isso me incomodava tanto, mas incomodava.

– Pronta para ficar com calor e suada, lindinha? Vou alongar você antes. – Ele sorriu sugestivamente para ela, e meu sangue ferveu.

Eu não sabia dizer se eles tinham sido amantes no passado e me recusava a perguntar. Não era da minha conta, e eu não deveria me importar, porém parte de mim esperava que ele nunca tivesse posto as mãos na pele nua dela. Era uma ideia ridícula. Dianna não era minha e éramos apenas colegas… amigos. Contudo, se isso fosse verdade, por que meu coração doía? Os músculos se contraíram sob minhas omoplatas quando minhas mãos se fechavam em punhos e depois se abriam. Eu estava sendo ridículo.

Dianna se levantou e pegou nossos pratos enquanto Drake se levantava.

– Claro, deixe-me trocar de roupa e encontro você lá embaixo.

– Aonde está indo?

Pela forma como ambos se viraram e olharam para mim, percebi que a pergunta saiu áspera e um pouco agressiva. Não pretendia perguntar, mas precisava saber. Ela tinha acabado de chegar, e agora ele apareceu e ela ia embora mais uma vez.

– Drake tem me ajudado a manter meu treinamento em dia nas últimas semanas. O que você saberia se tivesse se dado ao trabalho de sair deste escritório e me procurar.

As sobrancelhas de Drake se ergueram, mas ele não interferiu. Pelo menos ele não era um completo idiota.

– Eu falei que precisávamos reunir todas as informações que pudermos encontrar sobre Kaden enquanto esperamos que Camilla aceite ou negue o convite. É por isso que estamos aqui.

– O que isso quer dizer? Eu não tenho ajudado?

– Ultimamente? Não.

Suas narinas se dilataram e eu sabia que havia acertado um ponto sensível. Estávamos nos dando bem, mas a vinda dela para cá pareceu ter provocado alguma coisa.

– Bem, se você tivesse se interessado em conversar comigo, em vez de me isolar, saberia que não encontrará nada escrito sobre Kaden em um livro. Mas não, prefere me ignorar.

– Não estou ignorando você.

Ela bufou, apertando os pratos com mais força.

– Tem certeza disso? Quando foi a última vez que tivemos uma conversa de verdade, além de eu incomodá-lo até você responder com um grunhido ou a palavra "não"? Ou que tal quando eu vou até o seu quarto, e você nem abre a porta?

Fechei os olhos e esfreguei a testa, aquela maldita pulsação começou mais uma vez. Minha voz não foi nada gentil quando eu respondi:

– Não vou mais dividir a cama com você se isso faz com que eu receba sermões de criaturas muito abaixo de mim, que pensam que tenho más intenções em relação a você.

A sala estremeceu antes de ficar estranhamente imóvel, e pensei que meu poder tivesse escapado da coleira novamente. Mas, quando abri os olhos e olhei para Dianna, percebi que não era a minha ira que estava afetando o que nos rodeava. Era a dela. Ergui o olhar e vi a raiva gravada em suas feições marcantes. Uma fumaça branca e fina enrolava-se sob suas narinas enquanto ela me encarava. A última vez que a vi assim foi pouco antes de o salão explodir em Arariel.

– Você tem me evitado porque eles acham que estamos transando? – Suas palavras foram curtas e cortantes.

Meus olhos foram para o homem excessivamente afetuoso ao lado dela.

– Seus preciosos amigos não lhe contaram o que me falaram sobre você?

Os olhos de Drake se arregalaram quando a cabeça de Dianna girou em sua direção. Ele ergueu as mãos em falsa rendição.

– Ei, Ethan e eu estávamos apenas cuidando de você.

Os pratos em suas mãos se estilhaçaram, restos de comida e cacos de vidro delicado caíram no chão.

– Vocês dois são como irmãos superprotetores!

Senti o cheiro de fogo, embora ela ainda não tivesse invocado as chamas. Drake também sentiu e deu um passo para trás, seus olhos se voltaram para o punho dela, agora cerrado.

– Quem eu fodo ou não fodo não é da sua conta nem da conta de Ethan. Você colocou todos aqui em risco porque está preocupado demais em me proteger.

– Dianna! – chamei, com minha voz afiada.

– O que isso quer dizer? – Drake franziu as sobrancelhas, obviamente desconhecendo os meus violentos pesadelos.

– E você – falou ela, virando-se para mim. Seus olhos se encontraram com os meus. Observei a raiva desaparecer e ser substituída pela tristeza, e isso foi muito pior. – Você não poderia ao menos me contar? Depois de tudo, de repente, você não poderia se abrir comigo? Lamento muito que me ache tão repulsiva, que a simples menção a me *foder* faz com que você me evite por semanas.

Levantei-me depressa, plantando as mãos na mesa. Várias páginas de texto flutuaram para o chão enquanto eu rosnava:

– Não coloque palavras na minha boca. Eu não falei isso!

Ela deu um passo à frente, esbarrando no outro lado da mesa.

– É como você age! – Um anel vermelho surgiu na borda de suas íris e depois as inundou, sufocando o rico marrom. – Aparentemente, as opiniões deles importam mais para você do que meus sentimentos. Então, acabou. Cansei de tentar ser sua amiga. Cansei de tentar ajudar a aliviar sua dor e estou *farta* de cuidar. Temos que trabalhar juntos, mas não vou mais ficar nessa porra dessa gangorra esquisita com você. Não somos amigos, Liam, e agora vejo que nunca fomos.

Ela virou as costas e, sem olhar duas vezes para mim e para o enorme buraco que acabara de abrir em meu peito, saiu.

Drake se virou para mim e colocou as mãos nos quadris enquanto suspirava.

– Ela está bem. Só precisa se acalmar, sabe?

Minha mandíbula ficou tensa quando meus lábios formaram uma linha fina.

– Fora.

Os olhos dele se iluminaram quando um sorriso zombeteiro curvou seus lábios. Ele ergueu a mão em uma pequena saudação e seguiu Dianna para fora do escritório.

Assim que a porta se fechou, todos os objetos e móveis ao meu redor explodiram em mil pedaços.

Eu não a vi no dia seguinte e tinha certeza de que ela havia se mantido afastada. O som de sua risada estava ausente no castelo, mas suas palavras ressoavam em minha cabeça. Eram mais perturbadoras do que eu gostaria de admitir.

Não somos amigos, Liam. Nunca fomos.

Meus olhos corriam em direção à porta toda vez que ouvia passos. A esperança de que seria ela quem estava vindo para fazer outro comentário grosseiro contra mim recusava-se a vacilar. Talvez ela tivesse se esquecido de me dizer alguma coisa e precisasse me lembrar o quanto eu era um imbecil. Achei que meus olhos iam abrir buracos na porta naquele dia, mas ela não apareceu.

Eu não tinha levado em conta os sentimentos dela, apenas os meus. Eu tinha concordado com uma amizade, porém demonstrei mais respeito a Drake e Ethan. Ela tinha me ajudado mais do que imaginava, e eu a maltratei. Ela estava certa, e eu precisava me redimir.

As roupas que me emprestaram eram de qualidade superior à das que recebi quando cheguei. Coloquei uma calça comprida preta de estilo esportivo. Era para a camisa de mangas compridas ficar justa, mas era mais apertada do que eu gostaria. Minha habilidade de invocar tecidos estava fora do meu alcance, já que eu não havia dormido. Estava precisando de mais poder para controlar as visões que me atormentavam e para permanecer acordado. Desse modo, não tive escolha a não ser usar o que era fornecido.

Suspirei e saí do meu quarto, subindo dois degraus de cada vez. Os poucos hóspedes por quem passei fugiam de mim ou se encolhiam e sussurravam com as pessoas mais próximas. Continuei meu caminho, usando a conexão que me recusava a reconhecer para rastrear a mulher impetuosa. Um baque alto seguido por um grunhido de dor de um homem me fez seguir por um grande corredor. Lá estava ela.

– Por que está descontando sua raiva em mim? Eu pedi desculpas – gemeu Drake do chão quando entrei. Era a mesma academia que eu tinha usado antes, mas algumas coisas haviam mudado. Marcas pretas de queimadura decoravam as paredes de concreto como pontos fuliginosos. Pelo cheiro de chamas recentes, eu sabia que pelo menos metade delas havia sido criada pouco tempo antes, e a outra metade talvez fosse do dia anterior. Uma fumaça ainda saía das marcas recentes de chamuscado no grande tapete vermelho que cobria o meio do piso, e dois bonecos de treino estavam contra a parede oposta com metade do rosto e partes do corpo derretidas. Cordas pendiam da parede mais próxima de mim com as pontas pretas e desgastadas. A única coisa que parecia intocada eram os grandes espelhos que cobriam a parede, uma variedade de sinos de metal e placas circulares alinhadas diante deles.

Meus olhos pararam de vagar quando me concentrei em Dianna. Nunca a tinha visto usar roupas parecidas antes. Elas se agarravam à sua figura elegante, abraçando muito bem os músculos esguios e as curvas pequenas. Seus ombros, braços e barriga estavam expostos. Ela havia prendido o cabelo para trás, e a ponta dançava entre as omoplatas. Ela era de tirar o fôlego – e ainda estava mais que furiosa.

– Finalmente, outra pessoa em quem você pode bater. – Drake se levantou devagar, segurando a lateral do corpo. Suas roupas estavam cheias de buracos, provando que ela não se conteve. Boa garota.

– Vá embora.

Isso doeu.

– Não.

– Não tenho nenhuma informação nova e estou ocupada, então vá embora.

Ela estava tentando usar minhas palavras contra mim, só que com mais veneno. Drake mancou em direção a uma fileira de bancos, sentando-se fora do caminho.

– Não.

As chamas fizeram cócegas nas pontas dos seus dedos enquanto ela olhava para mim.

– Se você pisar neste tapete, eu vou lutar com você também.

Ótimo. Olhei para baixo e deliberadamente coloquei um pé no tapete. Ergui o olhar, sustentando o dela em um desafio tácito. Ela viu e aceitou.

O punho de Dianna avançou em direção ao meu rosto. Girei para a direita, deixando-o passar. Ela girou, movendo o cotovelo em direção ao meu queixo. Inclinei-me para trás, e ele não acertou. Ela lançou uma combinação de socos e murros, e todos erraram o alvo, o que só a frustrou ainda mais.

– Se pretende me bater, está indo mal – falei, desviando de outro soco.

– Você é tão irritante! – exclamou ela, dando um chute alto.

– Vim pedir desculpas.

– Foda-se.

Dianna circulou o ringue, com os punhos erguidos e próximos ao corpo. Não havia risadas nela hoje, nem gracejos, nem piadas. Ela era apenas uma raiva mal contida e destemperada. Ela se movia como um grande felino predador, calculista, perigosa e excepcionalmente impressionante.

– Eu não quero machucar você – sussurrou.

– Diz ela, que nem consegue me tocar.

Dianna se moveu mais uma vez, desta vez com uma combinação de soco e joelhada. Eu bloqueei com a mão, mas a força por trás de seus movimentos fez com que ardesse. Ela era uma lutadora forte, mas ainda não era precisa o bastante. Ela tinha treinamento, mas não como A Mão ou eu. Se usasse mais as pernas, seria bastante eficaz. Tinha a extensão necessária para alcançar um oponente, mas não a habilidade correta. Ainda não.

Ela se aproximou, dando um soco do qual me esquivei. Ele voou ao lado da minha cabeça, enquanto seu outro punho disparou para cima, visando meu queixo. Peguei-a pelo pulso e a girei para mim. Sua respiração estava ofegante, e eu a segurei de costas contra meu peito. Prendi seus pulsos contra o corpo dela, enquanto tentava se libertar.

– Seus socos são fortes, mas descoordenados.

– Queime em Iassulyn.

A risada de Drake ecoou ao fundo.

Ela inclinou a cabeça em direção ao som, com o suor escorrendo pela testa.

– Por que você está rindo? Não estou vendo você tentando lutar contra um deus.

Drake não respondeu, mas se calou.

– Ignore-o. Eu queria me desculpar, Dianna, e não brigar com você.

– Não há nada pelo que se desculpar. – Sua respiração parou, e eu a senti torcer os pulsos em minha mão. – Nós não somos amigos.

– Pare de dizer isso!

Eu a senti tentando girar os pulsos, por isso apertei-os com mais força.

– Lamento pela forma como agi e tenho agido. Há muita coisa acontecendo comigo no momento, e estou deixando as coisas me perturbarem. Permiti que pessoas que não significam nada chegassem e me influenciassem. Você me ajudou tremendamente desde que começamos. Eu aprecio de verdade isso e você. Sinto muito.

Ela ficou quieta, um pouco da tensão deixou seu corpo quando ela parou de tentar libertar os pulsos.

– Você é cruel. – Sua voz era pouco mais que um sussurro.

– Eu sei.

– E rude.

Um pequeno bufo me escapou, e minha respiração moveu alguns fios soltos de cabelo no topo da cabeça dela.

– Eu sei.

– Solte-me.

Meu aperto em seus pulsos afrouxou, mas não o bastante para libertá-la. Ainda não.

– Eu solto quando você disser que não está mais brava comigo.

Ela suspirou.

– Está bem, não estou brava com você.

Eu cuidadosamente relaxei meu aperto em seus pulsos, soltando suas mãos. Ela deu um passo à frente e girou, e seu punho disparou rápido demais para que eu pudesse desviar. Ouvi o estalo dentro da minha cabeça e ecoando no salão, enquanto uma dor lancinante atravessava meu nariz e meu rosto. Levei uma das minhas mãos até ele, segurando-o.

– Por que fez isso? – perguntei, apertando os olhos para sua imagem borrada.

– Por ter sido um imbecil nestas últimas duas semanas. – Ela deu de ombros. – Eu me sinto melhor agora.

Belisquei a ponte do nariz, a pequena fratura cicatrizou, e o osso voltou ao lugar. Eu daria crédito a ela; Dianna nunca se rendia. Ela estendeu a mão e apertou a faixa que prendia seu cabelo antes de girar os pulsos e assumir uma postura defensiva.

– Ainda deseja lutar? Eu me desculpei.

– Já está cansado? – Um sorriso lento se formou em seus lábios, e senti a energia no salão mudar. Seus olhos reluziam com aquele familiar brilho vermelho. – Eu falei que estava treinando. Se você já acabou, Drake pode substituí-lo.

Não sei por que aquele comentário fez meu sangue gelar, mas fez.

– Não, por favor, fique. Eu preferiria me curar um pouco mais antes que ela me quebre outra costela – comentou Drake de onde estava caído no banco. – Apenas, por favor, não destruam esta casa. Ethan vai me matar.

O comentário dele me pegou desprevenido e deu a ela uma abertura. Não a vi se mover nem sua forma desaparecer, mas senti o ar deslocado passar por mim quando ela reapareceu, com seu punho mirando minha cabeça. Eu me movi, e os nós dos dedos dela mal roçaram o topo do meu ombro. Antes que eu pudesse me recuperar o suficiente para reagir, ela girou uma perna magra, e o pé navegou em direção à minha cabeça. Inclinei-me para trás quando ela se corrigiu, mas não fui rápido o bastante para evitar o segundo chute. O meio da canela dela se chocou contra meu ombro com força suficiente para arder.

Drake soltou um grito parabenizando-a, mas nós dois o ignoramos. Dianna ergueu os punhos, com uma perna à frente e uma expressão desafiadora e ousada.

Esfreguei meu ombro, enquanto a leve dor desaparecia.

– Seus braços são menos definidos que suas pernas. Há mais força nelas, dada sua proporção entre quadril e perna.

Ela olhou para baixo quando Drake disse maliciosamente:

– Acho que essa é a maneira dele de dizer que você tem uma bela bunda. Com o que eu concordo.

Nós dois olhamos feio para ele. Ele se atirou para o lado quando uma bola de fogo chicoteou em sua direção, colidindo com a parede onde estivera sentado. As chamas chiavam na pedra escura e chamuscada.

– Ei! O que eu falei sobre destruir a casa, Dianna?

Ele percebeu meu olhar e decidiu calar a boca.

– Ignore-o – falei mais uma vez e me virei para ela. Ela estava sacudindo os punhos, extinguindo as chamas que persistiam.

– Só com seus poderes, você é mais forte do que a maioria dos meus celestiais, mas ainda não é forte o bastante para A Mão ou para mim.

Ela bufou e balançou a cabeça, seus olhos ameaçavam me incinerar.

– Não sei. Eu aguentei muito bem contra Zekiel e você.

– Não estou dizendo que seja algo ruim – acrescentei, recusando-me a morder a isca, sem tentar discutir com ela. – Eu treinei por séculos; eles também. Você tem os movimentos certos, mas não a execução. Você também foi treinada por alguém que provavelmente não queria que você fosse forte o bastante para superá-lo. Dianna, você já é perigosa. Agora vamos torná-la letal.

Ela endireitou os ombros, e o brilho carmesim de suas íris diminuiu quando ela assentiu.

Os dias se passaram sem nenhuma resposta. Logan relatou que não ocorreram movimentos suspeitos nem mortes. Apesar disso, ou talvez por causa disso, eu estava nervoso. Algo parecia errado, mas eu tinha dificuldade para identificar o quê.

Dianna e eu treinamos todos os dias, mas esse era o único tempo que passávamos juntos. Não voltamos a falar sobre o assunto, mas havia uma distância entre nós que ameaçava não só a nossa parceria, mas a nossa amizade.

Ela não me pediu para juntar-me a ela à noite, e eu não a procurei. Algumas vezes parei em frente à porta dela, com a mão levantada para bater, mas sempre me contive. Continuei dizendo a mim mesmo que era melhor assim, já que minha estadia não era permanente. Mesmo que eu ansiasse por ela, não podia me apegar ao seu calor e ao conforto que ela me proporcionava.

Em vez disso, todas as noites, eu ia para meu quarto e deitava-me na cama, olhando pela janela. Observava a Lua se pôr e o Sol nascer, da mesma forma que fazia nas ruínas de Rashearim. Aquela sensação profunda e escura de vazio em meu peito que ela tinha afugentado começou a voltar rastejando.

Eu a circulei, enquanto ela estava parada com os olhos fechados e de pé em uma perna, a outra dobrada na altura do joelho, a sola do pé contra a coxa. Ela mantinha as mãos com as palmas unidas na altura do peito.

Dianna abriu um olho, mantendo sua postura enquanto dizia:

– Se me deixar usar meus poderes, posso lhe mostrar quão rápido eu consigo derrubá-lo.

– Não. – Parei na frente dela, com minhas mãos cruzadas atrás das costas. – Você desejava treinamento, então vamos treinar da maneira adequada. Não qualquer tentativa fracassada que você tentou com o sr. Vanderkai.

Ela suspirou antes de fechar os dois olhos.

– Pense desta forma: seus poderes são fenomenais, mas você fica indefesa caso se esforce demais e não tenha mais acesso a eles. Deve saber como se defender e estar ciente dos limites de suas capacidades.

Dianna abriu um olho.

– Nunca tive problemas antes.

– Não significa que não possa acontecer. Confie em mim. – Circulei mais uma vez, parando atrás dela dessa vez. – Vou lhe ensinar uma técnica que meu pai me ensinou certa vez.

Ela virou a cabeça, olhando para mim por cima do ombro. Não falou nada, apenas assentiu uma vez e esperou que eu continuasse.

– Estenda seus braços para os lados por favor.

Ela olhou para a frente e obedeceu. Aproximei-me um centímetro, a fragrância rica e picante de canela preencheu meu nariz. Era complexo, o perfume exclusivo de Dianna. Eu tinha sentido muita falta dele nos últimos dias. Balancei a cabeça de leve, afastando esses pensamentos e me concentrando.

– Não vou tocar em você fisicamente, mas vai ver o que acontece quando eu começar.

Ela inclinou a cabeça para trás, seu rosto ficou a centímetros do meu.

– O que isso quer dizer?

Levantei as mãos, e minhas palmas começaram a brilhar enquanto pairavam sobre os pulsos dela. Luzes violeta e prateadas dançaram passando de mim para ela, pequenas faíscas de eletricidade nos conectaram. Seus olhos se arregalaram, mas ela não fez nenhum movimento para se afastar ou me impedir. Segui as linhas de seus braços, permitindo que meu poder lambesse sua pele.

Ela estremeceu, engolindo em seco antes de dizer:

– Não dói. Não como antes.

– Porque posso controlar a intensidade. Se eu quisesse que doesse, poderia fazer doer.

Ela olhou para mim como se estivesse prestes a fazer alguma piada espertalhona, mas sua expressão se fechou quando ela se conteve. Meu coração se apertou de decepção quando ela olhou para o próprio braço.

– O movimento sob minha pele. O que é isso?

– É o seu poder. Vê as sombras que se curvam quando passo? Ele está se preparando para agir para defendê-la contra o que considera uma ameaça. É paciente, está só esperando você chamá-lo.

– Legal. Nojento, mas legal.

Meu olhar se estreitou.

– Não é nojento. Assim como a luz dentro de mim faz parte de mim, as sombras fazem parte de você. São você, e não são.

Seus olhos encontraram os meus antes que ela assentisse de novo. Passei para a frente dela, minha mão direita pairou centímetros acima de sua pele, e seu poder seguiu como uma sombra sob sua pele.

– Meu pai me ensinou um mantra. É muito diferente do que você tem com sua irmã, mas me ajudou a ganhar controle e manter o foco. Ele o rotulava como a principal fonte de poder. A parte lógica do seu poder vem do seu cérebro. – Pequenos tentáculos do poder dela seguiram minha mão quando eu a movi em direção a sua cabeça. Seus olhos se cruzaram por um momento, conforme ela tentava rastrear o movimento.

– A emoção e a irracionalidade do seu coração. – Eu movi minha mão para baixo. Não toquei nela, mas minha palma pairou sobre seu seio. Sua respiração falhou, e as sombras dela pareciam dançar e provocar as faíscas do meu poder. Algo havia mudado. Seu peito subia e descia sob o tecido encharcado de suor de sua blusa, minha mente voltava aos sonhos onde eu implorava para tocar.

Lambi meus lábios e respirei fundo. O olhar de Dianna prendeu-se no movimento, e quase gemi, forçando-me a me concentrar mais uma vez. Passei para o lado dela, traçando a linha de seu torso para pairar sobre sua barriga.

– E, por último, sua raiva, aquele fogo que você exerce, vem de suas entranhas. – As sombras abaixo da pele dela se misturaram com um vermelho vibrante.

Puxei meu poder de volta para mim, e a luz morreu quando movi minha mão para o lado. Ouvi Dianna soltar uma respiração irregular, como se a tivesse prendido por tempo demais.

– Âmago, coração, cérebro – falei. – Estes formam o gatilho principal de seus poderes. Um não pode existir ou funcionar sem o outro. As decisões tomadas com um, e não com os outros dois, podem ser fatais. Os verdadeiros mestres da habilidade podem controlar e manipular todos os três.

– Deixe-me adivinhar: você é um verdadeiro mestre? – Sua sobrancelha se elevou, enquanto ela colocava as mãos nos quadris.

– Eu tenho que ser. Minhas decisões não podem ser baseadas no que meu coração me diz, não importa o custo. Não posso quebrar ou violar as regras porque desejo. O universo ficaria desequilibrado se eu usasse meu poder por motivos egoístas.

Seus olhos se suavizaram por um momento antes que ela baixasse o olhar.

– Como faço para controlar isso?

– Centrar-se, concentrar-se, liberar. – Fiz uma pausa quando a palavra apropriada entrou em minha mente. – Ou "meditação", como este mundo a chama.

Suas mãos caíram para os lados e ela assentiu.

– Ok, me ensine mais.

– Muito bem.

Passamos o resto da noite meditando. A prática ajudou a acalmar meus nervos erráticos, e prometi utilizá-la mais.

Todos os dias trabalhamos em algo novo, mas, no quinto dia, voltamos ao treino de luta. Tínhamos decidido que, toda vez que Drake comentasse, ele seria o alvo. Isso o calou, e, depois de algum tempo, ele parou de zombar.

No sexto dia, mostrei a ela como segurar e manejar uma lâmina. Era absolutamente terrível nisso. Ela detestava e preferia a força bruta e, embora concordasse que era uma boa habilidade, reclamava a cada segundo.

– Mostre-me como você lutou contra Zekiel e sobreviveu – pedi, com um bastão de madeira de treino na mão enquanto a circulava.

Dianna também segurava um bastão e copiou meus movimentos, seu corpo estava encharcado de suor, e sua respiração era pesada.

– Não foi fácil. Ele é rápido, assim como você.

– É uma habilidade...

– Eu sei, eu sei. Leva tempo para dominar.

Ela atacou. Madeira encontrou madeira com um estalo alto que ecoou pela sala. Eu a empurrei para trás, e ela girou, corrigindo-se. Ela golpeou com ele mais uma vez, mirando no meu braço esquerdo. Eu me movi, bloqueando o golpe. Não importava quantas vezes errasse, ela aprendia, corrigia e mirava um contra-ataque. Era determinada, habilidosa à sua maneira e resiliente. Ela era uma arma perfeita em tudo e se recusava a desistir ou ceder, não importava quantas vezes se machucasse ou sibilasse de dor quando minha arma a acertava, como acontecia naquele momento.

A cabeça de Dianna foi jogada para o lado, e um pequeno fio de sangue apareceu em seu lábio. Baixei minha arma e corri para o lado dela.

– Dianna.

– Estou bem – disse ela, erguendo a mão para impedir meu avanço. Eu tinha notado que ela não me queria por perto. Se ela se machucava durante nosso treinamento, não queria meu conforto ou que eu cuidasse dela. Doía-me tanto quanto me doía vê-la sofrendo.

Fiquei no meu lugar, observando impotente, enquanto ela limpava o sangue do lábio que estava se curando.

– Viu? Já melhorou.

– Deixe-me ver – praticamente implorei.

Ela ergueu seu cajado, apontando para meu peito, mantendo-me à distância.

– Falei que estou bem. Erga sua arma. Você checaria como seu inimigo está quando o ferisse? Não.

– Você não é minha inimiga – declarei com firmeza.

Uma dor faiscou nos olhos dela, mas tudo o que ela disse foi:

– Erga sua arma.

Antes que eu pudesse responder, ela me atacou. Dei um tapa em seu bastão, mas isso não a impediu, e ela atacou de novo. Ela não tinha aprendido nada? Movi-me, preparando-me para bloquear outro golpe. Os bastões se conectaram uma vez acima de nossas cabeças, depois à minha esquerda, à direita dela e mais uma vez, enquanto ela girava, mirando minha garganta. Com um forte golpe para cima, arranquei o bastão de sua mão. Tive um segundo para empurrar o meu para a frente, mas ela havia sumido, e restou apenas uma fina camada de névoa em seu lugar.

Senti um forte empurrão na parte de trás dos joelhos e caí para a frente. Não tive tempo de processar o que havia acontecido antes que sua perna acertasse a lateral do meu rosto, fazendo-me girar com força suficiente para cair de costas. Observei quando ela pegou o bastão de madeira no ar com uma das mãos, enfiando a ponta no meio do meu peito.

– Foi assim que lutei contra Zekiel – ela ofegou, sem humor em sua expressão, apenas com aquele mesmo olhar duro que ela me dava desde a nossa briga no escritório.

Dianna havia combinado o que eu estivera ensinando a ela com seus próprios movimentos, criando um estilo de luta único e imprevisível que me pegou de surpresa. Tinha dado um chute circular perfeito que me derrubou e agora apontava uma arma para meu peito. Ela nunca parava de pensar e estava sempre calculando, descobrindo como ganhar a vantagem em uma luta. Eu estava mais do que impressionado com aquela mulher linda, perigosa e magnífica.

Ela jogou o bastão de madeira para o lado antes de ir até a pequena toalha e a garrafa de água que levara consigo. Voltou e se sentou no tapete, mas não trouxe a minha nem se ofereceu para dividir nada comigo. A desfeita me queimou mais do que qualquer chama que ela pudesse manejar.

Sentei-me e puxei os joelhos para mim. Descansei meus braços sobre eles e apenas olhei para ela, paralisado pela luz que refletia no brilho de sua pele.

– É impressionante o que você absorveu neste curto espaço de tempo. Você aprende rápido, mesmo que odeie a maneira como eu treino ou a mim. – Eu não pretendia que esta última parte escapasse, mas era cada vez mais difícil ignorar o quanto esse afastamento doía. Era pior do que qualquer dor física que eu havia suportado.

Os olhos dela encontraram os meus antes de se desviarem depressa demais para que eu pudesse avaliar sua expressão.

–Você é definitivamente mandão quando treina, mas faz sentido. – Esticou a perna, batendo o pé no meu. O contato foi o primeiro que ela iniciou fora do ringue. Ela percebeu o que tinha feito, e seu rosto se fechou. Puxou a perna para trás e se afastou alguns centímetros de mim, e tive que me controlar para não esticar a mão e puxá-la de volta. Sentia falta de seus tapas e empurrões brincalhões. Eu simplesmente sentia falta dela.

– Peço desculpas por minhas ações ultimamente. Estou ficando cada vez mais frustrado com a espera, e isso me deixa nervoso, creio eu.

Ela deu de ombros, cruzando as pernas na frente de si. Baixou o olhar, mexendo no cadarço do sapato.

– Não precisa continuar se desculpando, Liam. Sério, está tudo bem.

Franzi minhas sobrancelhas quando me virei totalmente para ela.

– Dianna. Você fica falando isso, mas eu realmente não acho que esteja bem. Você…

As portas atrás de nós se abriram, e Ethan entrou com Drake logo atrás. Como era seu costume, ambos estavam vestidos de preto, e Drake adicionara um toque de vermelho. Ele fedia a atividades ilícitas com um toque de lavanda. Não me importava com nenhum dos aromas, mas pelo menos ele não cheirava a canela.

– Boas notícias: o convite foi aceito.

Dianna ficou de pé, secando as mãos na legging que delineava suas nádegas e pernas.

– Ótimo. Quando partimos?

– Ansiosa para me deixar já? – brincou Drake, mas Dianna não respondeu como costumava fazer. Talvez eu não fosse o único enfrentando sua ira. Drake percebeu, e seu sorriso desapareceu do rosto.

Os olhos de Ethan foram para seu irmão e depois de volta para nós.

– A condição dela é que ela só quer a mim e alguns membros de minha linhagem. Sinto que deseja fazer as pazes, já que o mundo acredita que Drake está morto.

Dianna assentiu uma vez, cruzando os braços.

– Não confio em Camilla, mas posso me parecer com qualquer pessoa. Então, posso levar Drake comigo e…

– De jeito nenhum. – Isso fez com que todas as cabeças se voltassem para mim, mas não me importei. – Você não vai me deixar aqui enquanto cai em uma armadilha ou coisa pior.

– Não pode ir comigo. Não apenas o reconheceriam, mas você parece uma supernova viva. Seu poder por si só os alertaria no segundo em que pisasse na área.

Apesar do nosso público, eu a enfrentei.

– Como ela não perceberia você? Mesmo se mudar de forma, as criaturas do Outro Mundo podem reconhecer seu poder. Você não é como eles. Está um nível acima, se não mais.

– Por mais insultuoso que isso seja, o Destruidor de Mundos tem razão. – Ethan suspirou, lançando um olhar em minha direção. – É por isso que temos isso.

Drake deu um passo à frente, segurando uma grande caixa entalhada. Ele a abriu, revelando duas pulseiras de prata que pareciam correntes.

Eu as estudei, capaz de sentir o poder que irradiava delas.

– Que item encantado é esse?

– As pulseiras de Ophelia – sussurrou Dianna, olhando para Drake, e seu sorriso retornou. Meu queixo ficou tenso quando entendi que isso era outra coisa que eles compartilhavam e sobre a qual eu não sabia nada.

– Por favor, explique.

O sorriso de Dianna desapareceu quando ela se virou para mim.

– Elas são um tesouro e extremamente mágicas. São fortes o suficiente para fazer qualquer criatura do Outro Mundo parecer um mortal comum. Em suma, podem encobrir o poder de alguém.

– Um amigo em comum me emprestou – acrescentou Drake, olhando incisivamente para Dianna. – Por isso, por favor, tenha cuidado e devolva-as. Eu não gostaria de irritá-la. – Ele fechou a caixa e a entregou a Dianna.

Ela encontrou o olhar de Drake, com um pequeno sorriso dançando em seu rosto, quando as pegou dele.

Eu não conseguia mais vê-la sorrir para ele e me virei para Ethan.

– Então, qual é o plano?

XXXV
Liam

– Esse plano é péssimo – falei para Drake, que estava sentado em um dos sofás próximos. Estávamos no andar de cima em um dos antigos escritórios de Ethan. Acima de uma enorme lareira, havia uma grande pintura de um casal elegantemente vestido. Cadeiras e sofás ofereciam muitas opções de assentos, e estantes de livros revestiam as paredes. Sua grande mesa estava cheia de papéis e pergaminhos que havíamos estudado nos últimos dias, procurando por algo, qualquer coisa, que pudesse nos ajudar a derrotar Kaden.

O aposento estava mal iluminado. A única luz que tínhamos acendido era a pequena em cima da mesa. Apoiei-me na lareira, invocando chamas prateadas para minha mão antes de sufocá-las no punho. A luz tremeluziu quando peguei emprestada a energia dela para criar o fogo. Eu costumava fazer tarefas semelhantes quando era jovem para acalmar os nervos.

– Vai funcionar. Confie em mim.

Fiz um barulho baixo na garganta.

A sombra de Drake ocupou o espaço perto de mim.

– Você realmente não gosta de mim, não é?

– Eu deveria?

– Qual é o seu problema? Além do fato de que você odeia todas as criaturas do Outro Mundo.

– Eu não odeio todas as criaturas do Outro Mundo. Essa é mais uma história fabricada na mente de quem não me conhece.

Ele zombou, cruzando os braços.

– Minhas desculpas, meu rei, mas quantas você matou? Quantas morreram antes de os reinos serem selados?

Pude ver no reflexo de seus olhos que os meus tinham começado a reluzir em prata. Eu estava tão cansado de ter minha história atirada na minha cara por aqueles que nada sabiam do que havia acontecido ou do que eu tivera que me tornar.

– Você não sabe nada sobre mim.

– Ah, então, é por causa de Dianna. Está se sentindo ameaçado por mim?

– Não gosto do jeito que você fala com ela às vezes, mas ameaçado? Nunca. Conheci muitos homens como você. – Fiz uma pausa e levantei um ombro em um gesto despreocupado.

– Deuses, eu costumava ser um. Um simples movimento do dedo e você pode ter qualquer mulher que quiser, dezenas de cada vez, se pedir.

As sobrancelhas de Drake se ergueram.

– Espere, quando você diz dezenas de uma vez, você quer dizer…

Levantei a mão, interrompendo-o.

– Essa não é a questão. A questão é que Dianna não merece que falem com ela dessa forma nem que a tratem apenas como uma conquista. Ela não é um objeto para você e Kaden disputarem. Sendo assim, não, eu não gosto de você nem vou fingir ser seu amigo. A única razão pela qual ainda não o matei é porque prometi a Dianna que me comportaria da melhor maneira possível. Mesmo que ela me odeie agora, não vou voltar atrás em minha palavra.

Ele deu um sorriso lento e arrogante.

– E você diz que não está apaixonado por ela.

– Não estou, mas ela ainda merece alguém em sua vida que se preocupe com ela além dos atos físicos que você fica sugerindo. Alguém que a respeite e a trate como igual, não como um peão. Ela não tem ninguém além da irmã.

O sorriso dele desapareceu quando cruzou os braços sobre o peito.

– Concordo. Gabby é sua única família, e, embora sejamos amigos, ninguém podia se aproximar dela. Kaden não permitiria isso. Ele a manteve sob rédea curta, às vezes literalmente, pelo que soube. Também acho que Dianna tinha medo de ficar próxima de alguém, porque ele os usaria como armas contra ela, assim como fazia com Gabby.

Meus dentes doíam de tanto que eu apertava minha mandíbula. Odiava pensar nela vivendo aquela vida durante séculos, sozinha e com medo de formar qualquer relacionamento. Ela estava cercada por seres que procuravam ativamente feri-la.

Quando eu não falei nada e apenas o encarei, ele continuou.

– Eu não estava tentando irritá-lo quando perguntei se você a ama, mas talvez fazê-lo perceber os sentimentos que continua negando. Eu também queria ter certeza de que você não era igual a Kaden. Nós dois podemos concordar que ela é forte e bela, e isso atrai homens poderosos.

– Então, você está dizendo que não está apaixonado por ela? – perguntei, e a dúvida era clara em meu tom.

Ele se apoiou no console da lareira e deu de ombros.

– Eu a amo, mas não estou apaixonado por ela. Amei uma mulher em toda a minha existência, e ela foi embora há muito tempo. Cansei de toda essa coisa de amor. – Perda e arrependimento passaram por suas feições. Foi um olhar que reconheci por diferentes razões. – E você? Alguma vez já esteve apaixonado?

Fiz uma pausa, enquanto olhava para a lareira, concentrando-me no brilho de uma brasa na madeira moribunda.

– Não. Nunca estive. Senti desejo, afeição por outros, mas nunca amei. Meu pai me disse uma vez que destruiria todo o Universo conhecido por minha mãe. Nunca me senti assim por ninguém. Logan e Neverra estão juntos desde que me lembro. São inseparáveis e já arriscaram suas vidas para proteger um ao outro. Claro, eu me importo com meus amigos, meus amantes quando os tive, mas nunca assim. Talvez seja a parte divina em mim, mas não acho que fui feito assim.

– Feito de que maneira?

Não me virei para ver o rosto de Drake, sabendo que havia revelado demais de mim mesmo.

– Eu sou um destruidor. O Destruidor de Mundos em todos os aspectos, sou tudo o que vocês deveriam temer. Digo isso com cada grama do meu ser, e não da forma arrogante que Dianna pensa. Incinerei mundos até o centro e matei feras grandes o suficiente para devorar este castelo. Os livros não estavam errados sobre nada disso. Sempre fui uma arma para meu trono, meu reino e minha família. A Guerra dos Deuses começou por minha causa. Meu mundo se foi por minha causa. Como ainda resta espaço em mim para amar?

Tudo ficou quieto por um momento, e me perguntei se ele finalmente me entendia o suficiente para não fazer piadas ou comentários sarcásticos. Olhei para ele e vi que estava observando a mesma brasa na lareira. Ele engoliu em seco uma vez antes de falar, mas não senti cheiro de medo no ar. Sua voz estava mais suave, e não havia nenhum indício do malandro que estivera conosco nas últimas semanas.

– Você não sabe? O amor é a forma mais pura de destruição que existe. – O canto do lábio dele se ergueu. – E não precisa se preocupar com Dianna e comigo. Somos amigos há séculos. Apenas amigos. Nunca dormimos e nunca dormiremos juntos. Eu a amo, mas não do jeito que você imagina. Ethan tinha uma aliança com Kaden muito antes de ele se tornar rei. Fui eu quem a encontrou implorando e chorando naquele deserto escaldante. Uma praga tinha assolado Eoria, e muitos haviam morrido. Kaden e sua horda aproveitaram-se disso. Ele estava procurando o livro já naquela época. Estávamos lá havia alguns dias. Muitos dos mortais haviam fugido, buscando refúgio da doença, então sangue estava escasso. Eu estava caçando e passei por uma casa decrépita. A voz feminina lá dentro soluçava e rezava para quem pudesse ouvir. Rasguei o tecido que cobria a entrada improvisada e a encontrei sentada com Gabby.

Drake se calou, obviamente perdido no passado. Esperei, ávido por qualquer informação sobre Dianna. Por fim, ele inspirou fundo e pareceu lembrar que eu estava lá.

– Pensei em matar as duas. Elas eram mortais, e a doença devastara Gabby. Ela estava morrendo. Conseguia ouvir seu coração falhando, mas Dianna não se importou. Ela implorou e argumentou, oferecendo qualquer coisa se eu salvasse sua irmã; até mesmo ela própria. Não sei se foram os olhos dela, o jeito como falou ou a dor completa e absoluta em sua voz que me lembrava tanto do meu amor perdido, mas não podia deixá-la morrer. Por isso, eu a levei até Kaden. Eu não sabia na época que havia uma possibilidade de que o sangue dele a transformasse em uma fera.

Drake fez uma pausa e balançou a cabeça. Limpou a garganta antes de continuar.

– Kaden tirou um pedaço dela e substituiu por um pedaço de si mesmo. Sempre presumi que ele havia colocado escuridão nela. Foi doloroso e terrível. Ela lutou durante dias, tentando permanecer mortal e viva. E, contra todas as probabilidades, conseguiu. Ela não descende de uma linhagem mítica. É apenas uma garota que sobreviveu por pura força de vontade, e isso a torna mais forte do que nós. Isso a tornou letal. Ele sabia disso, e, pela forma como olhou para ela depois daquilo, eu sabia que havia cometido um erro.

Meu coração afundou. Isso explicava muita coisa. Por que Dianna era do jeito que era. Por que nunca desistia daqueles por quem se importava. Ela era uma lutadora desde o princípio. Incrível. Ela era incrível.

– Você salvou ambas, ela e a irmã, naquele dia.

Os olhos dele continham dor quando ele me encarou.

– Salvei? Ou apenas criei mais caos? Ethan me odiou durante anos por isso. No final das contas, ele superou, mas me odiou. Ele acredita na história toda de equilíbrio, igual a você. Dianna e a irmã dela deveriam ter morrido naquele dia, e ele disse que eu tinha mudado o destino. Ele acredita que tudo tem um preço.

Balancei a cabeça lentamente.

– Geralmente tem, sim.

– Então, qual é o preço pela vida dela? – Seus olhos imploravam por respostas que eu não tinha.

– Isso eu não sei. Diria que, independentemente de sua hostilidade e de seus comentários grosseiros, a existência de Dianna não é a pior coisa do mundo.

Ele forçou um sorriso e enxugou o lado do rosto com a manga.

– Sou gentil com Dianna e dou a ela o que posso, porque sei como Kaden é e sei que parte disso é minha culpa. Ela diz que somos superprotetores, mas alguém tem que ser. Sendo assim, não, você não deveria se sentir ameaçado por mim, mas também deveria parar de se esforçar tanto para não sentir algo por ela. Ela pode até ser a criatura que você foi criado para destruir, mas é muito mais do que isso. Muito mais. Acredite em alguém que perdeu seu amor. Não despreze o que você sente. Importa mais que tudo.

Eu arrastei meus pés, ajustando minha postura.

– Não é assim conosco.

Claro. É por isso que vocês dois são praticamente inseparáveis, por isso você não consegue tirar os olhos dela, por isso ela ficou tão chateada depois que descobriu o que Ethan e eu falamos, e por isso você se recusa a compartilhar a cama com ela.

Passei a mão pela nuca.

– Admito que está cada vez mais difícil dividir a mesma cama com ela. Mas ela merece coisa melhor do que a mim e essa vida que lhe foi imposta. Desejo para ela as mesmas coisas que ela anseia tão desesperadamente para Gabby: uma vida além dos monstros, sangue e lutas.

– Então, é isso. Que mártir. Espero que perceba, para o bem de ambos, o que está arriscando, antes que ele venha atrás dela. E não se engane: ele virá atrás dela. Ele mal permitiu que ela ficasse fora de sua vista por séculos.

– Não vou deixá-lo levá-la.

– Espero que não, porque, se deixar, você não a verá novamente.

A aproximação de passos pesados interrompeu nossa conversa. As portas foram abertas para revelar Ethan. Ele parou à porta, ajustando as lapelas e mangas da jaqueta.

– Estamos prontos? – perguntou.

Dei uma olhada e suspirei.

– Esse disfarce é terrível.

A voz de Ethan passou para a feminina com a qual eu estava tão acostumado quando ele colocou uma mão no quadril.

– Ah, qual é! Pensei que estava perfeito. Tenho até as pulseiras. Como você soube?

Porque eu memorizei cada parte sua.

Dei de ombros.

– A postura, a maneira como você se comporta. Ethan não anda nem se apoia assim.

Uma voz masculina grossa inundou a sala por trás de Dianna.

– Tocante, Destruidor de Mundos. Eu não sabia que você se importava.

O verdadeiro Ethan apareceu atrás de Dianna, os dois eram parecidos, porém não.

– Sobre o que os dois perdedores estão conversando, afinal? – perguntou ela, claramente irritada com sua tentativa fracassada de disfarce.

Drake limpou a garganta, aproximando-se deles, e seu comportamento despreocupado e irritante retornou.

– Ah, apenas política.

O nariz dela se retorceu, e ela deu um tapa nele, o que foi divertido, dada a forma que ela vestia.

– Que chatice.

Drake levantou a lapela do grosso casaco preto que ela usava, farejando-o. Ela o empurrou, e ele disse com uma risada:

– É um visual legal, mas talvez você precise de mais colônia. Ainda consigo sentir seu cheiro lascivo.

O verdadeiro Ethan revirou os olhos e balançou a cabeça. Encontrei o olhar de Drake e, pela primeira vez, não tive vontade de arrancar sua cabeça. Eu sabia que os comentários e as piadas eram uma forma de fazê-la sorrir. Eram uma forma de penitência.

Dianna caminhou em minha direção – uma visão peculiar, sabendo o que havia por trás do exterior falso. Ela puxou a pulseira de prata e fez sinal para que eu estendesse o braço. Estendi-o, e ela prendeu a corrente em meu pulso. Uma pequena lufada de ar pareceu me envolver antes de desaparecer.

Drake estremeceu.

– Droga. Elas são fortes. Piadas à parte, acho que vai funcionar. Não consigo sentir o poder espesso e eletrizante na casa neste momento.

Ethan – o verdadeiro Ethan – assentiu e falou:

– Vai funcionar.

XXXVI
Dianna

Não funcionou. Cometemos um erro.

Bati de leve o pé no chão de mármore da grande mansão. Várias criaturas do Outro Mundo entraram, reunindo-se na grande área da piscina e nos vários bares. O interior da mansão era iluminado por luzes douradas penduradas, e uma música suave e rítmica enchia o ar.

– Pare com isso – mandou Liam, e sua voz inundou meus ouvidos e me tirou do meu transe.

Olhei para Liam, e nossa altura estava quase igual, o que era outra coisa à qual me ajustar.

– Parar o quê?

Ele ergueu o copo que segurava e tomou um gole antes de responder:

– De se remexer. Ethan não faz isso. Mantenha a cabeça erguida e aja como um rei.

Acenei com a cabeça para uma mulher que sorriu para mim ao passar antes de sussurrar por entre os dentes cerrados:

– Ah, sinto muito, e como os reis agem?

Ele lançou um olhar para mim como se eu estivesse de brincadeira.

– Como você. Confiantes e arrogantes, porque sabem quão poderosos são.

Estendi a mão para coçar a testa.

– Sinto que há um elogio em alguma parte disso.

Liam deu de ombros.

– Talvez sim. Talvez não. Nunca vou admitir.

Eu queria sorrir e talvez fazer outro comentário sarcástico, mas não consegui. Ainda estava brava… magoada? Eu não sabia. Tudo que eu sabia era que me importava demais com o que ele pensava de mim. Eu me importava demais em geral. Como sempre, Gabby estava certa. Tudo o que fiz foi trocar um homem poderoso por outro, só que este me achava repulsiva.

Liam me evitava como se eu fosse uma praga, e eu não conseguia esquecer aquela briga no escritório. Suas palavras tinham enfiado uma dor aguda e penetrante direto no meu coração, e eu ainda não entendia por que ele tinha me afastado. Eu tinha pensado que ele era meu amigo e, mesmo que doesse admitir isso, desejei que fosse algo mais. Passei os dias trancada no quarto, ignorando até ligações da minha irmã, porque ela ia saber. Ela descobriria o quanto eu era tonta.

Eu tinha jogado aquela maldita flor no lixo no segundo em que pude, e suas folhas murchas e secas zombaram de mim do outro lado do quarto. Eu sonhava com homens que me davam vestidos bonitos e palavras ainda mais bonitas, como se meu mundo não fosse fogo, ódio e dor. Deuses, eu estava tão desesperada assim por uma migalha de bondade?

Que garota estúpida, estúpida.

– Sobre o que está pensando? – Os olhos de Liam se voltaram para mim.

– Nada. – Balancei a cabeça. – Por quê?

– Seu cheiro e aura mudaram por um momento. – Qualquer que fosse a expressão que passasse pelo meu rosto, ele notou. – Além disso, Ethan não fica com má postura.

– E como você sabe tanto? – murmurei, fingindo olhar em volta, enquanto convidados em trajes de gala continuavam a chegar. Eu podia sentir os olhos de Liam ainda fixos em mim.

– Passei um tempo com ele enquanto você estava ocupada.

Suspirei, sem me importar se isso era majestoso. Eu estava ficando irritada com o ciúme estranho que ele tinha de Drake. Liam tinha deixado claro que me achava repulsiva, por isso eu não entendia por que se importava. Ele não fazia ideia das coisas pelas quais Drake e eu tínhamos passado juntos. Drake tinha me ajudado a sobreviver.

Ignorei seu comentário, e o silêncio cresceu entre nós mais uma vez. As coisas estavam assim desde o escritório. Ele se aproximou, abaixando a cabeça como se quisesse sussurrar para mim. Meu corpo ficou tenso, e eu queria me inclinar para ele.

– Quantos você acha que ela convocou aqui?

– O bastante – sussurrei de volta, afastando-me um pequeno passo. Liam percebeu, e eu poderia jurar que o ouvi suspirar. Camilla era conhecida por suas festas luxuosas, outro motivo pelo qual ela e Drake se davam tão bem. A propriedade era uma entre muitas e estava localizada em uma pequena ilha desconhecida perto de San Paulao, em El Donuma. Não estava em nenhum mapa, e ela pagava ao governo para mantê-la assim. Eu não sabia o quanto custava a ela, mas era o suficiente para que eles também fizessem vista grossa aos estranhos desaparecimentos que assolavam a área. Não mencionei nada disso para Liam. Quanto menos ele soubesse naquele momento, melhor.

A mansão era ampla e grandiosa, construída para impressionar e maravilhar. Uma grande fonte circular ficava no meio do terreno aberto. Vários caminhos se ramificavam daquele ponto central, como os raios de uma roda. Arbustos exuberantes e pequenas árvores ladeavam cada trilha. Colunas, muito menores do que as que eu tinha visto nas memórias de Liam, decoravam o primeiro e o segundo andar. As luzes brilhavam em ambos os andares, o próprio edifício curvava-se em direção à entrada principal e ao grande pavilhão de pedra na frente. O rio corria próximo, e os barcos atracavam, despejando convidados em um fluxo constante. Claro que tivemos que chegar de helicóptero, o que me pareceu excessivo, mas havia as aparências e tudo mais.

Meus guardas de repente ficaram mais eretos. As costas de Liam ficaram tensas, seus ombros se endireitaram quando um cavalheiro alto, usando uma camisa branca de botões e calças escuras, parou diante de nós. Liam estava agindo como o guarda-costas que deveria ser.

O homem fez uma leve reverência e disse:

– Meu soberano. Ela o verá agora.

Levei um segundo para perceber que estava se dirigindo a mim. Estava tão acostumada às pessoas se curvando e bajulando Liam, que pensei que o homem estava falando com ele. Eu me recuperei depressa e assenti uma vez antes de me ajeitar por completo. Se eu ia interpretar um rei, precisava agir como um. Não havia mais tempo para jogos. Mantive minha cabeça erguida enquanto seguíamos nossa escolta através de uma pequena reunião de pessoas. Elas fizeram contato visual antes de baixarem a cabeça.

Entramos em um saguão, as luzes diminuíram, e os sons da reunião foram silenciados. Um arrepio subiu pela minha espinha, e os pelos dos meus braços se arrepiaram. Parei, os guardas e Liam pararam comigo, e olhei para trás. Minhas narinas se alargaram como se eu pudesse sentir o cheiro de qualquer merda que me deixasse nervosa. Senti a mesma presença que senti no festival de Tadheil. Eu tinha certeza disso.

Kaden a tem seguido.

A voz de Ethan soou em minha mente, mas não era Kaden. Eu estava intimamente familiarizada com o poder dele, e não era isso.

– Meu soberano? – nosso guia chamou, e seu olhar seguiu o meu. Virei-me, ajustando meu paletó e balançando a cabeça uma vez.

– Minhas desculpas. Pensei ter visto alguém que conheço.

Ele me estudou por um momento antes de um breve sorriso curvar seus lábios. Ele se virou, estendendo o braço para que continuássemos em direção aos fundos da casa.

– É por aqui.

– O que foi? Esta é a segunda vez que você faz isso. – A voz de Liam era um sussurro perto de mim enquanto seguíamos pelo corredor.

– Não sei. Apenas fique alerta.

Ele me observou de canto de olho antes de olhar para trás mais uma vez. Eu esperava estar errada. Não havia como Kaden saber o que havíamos planejado, muito menos quem estávamos visitando. Era impossível. Eu tinha me assegurado de que Drake permanecesse morto para todos, menos para mim, e tomamos o caminho mais seguro possível. Mas aquele frio e aquela sensação me disseram que estávamos sendo caçados. Eu só esperava estar errada.

Entramos em uma sala grande o bastante para ser uma casa à parte. Uma mesa retangular nos recebeu primeiro, cercada por diversas cadeiras de espaldar oval. Além disso havia dois sofás em forma de meia-lua, e almofadas brancas e douradas revestiam os assentos espessos. Uma grande janela ficava à nossa esquerda, a selva pressionava o vidro. Um lustre cheio de cristais iluminava o espaço, e trepadeiras floridas envolviam o corrimão da escadaria curva.

– Bem-vindo, Rei Vampiro. – A voz rica e sensual de Camilla flutuou no ar, e seu poder preencheu a sala. Ele pressionou contra minha pele como o cetim mais liso quando ela apareceu no mezanino.

Os lábios de Camilla estavam pintados de um tom bordô profundo, realçando seu volume e deixando seus olhos esmeralda radiantes. A beleza de seu rosto era uma atração pela qual muitos homens e mulheres haviam se apaixonado. A maioria deles não viveu para se arrepender.

Ondas escuras cascateavam sobre seus ombros conforme ela descia as escadas graciosamente. Uma perna tonificada e bronzeada escorregou da fenda profunda de seu vestido preto justo, um pé após o outro, com saltos brilhantes, pisando nos degraus. Minha respiração falhou diante de sua perfeição feminina, e me perguntei se a de Liam também. Apesar de sua beleza, o som de seus saltos nas escadas era como pregos em um quadro-negro para mim. Eu sabia que ela era mais do que poderosa o suficiente para tornar aquela noite fatal.

– Bem-vindo à minha outra casa. – Ela sorriu com frieza ao chegar ao último degrau, com a mão apoiada no corrimão. Suas unhas eram do mesmo tom do vestido e tão afiadas quanto a língua.

– Obrigado por aceitar o convite, embora sua hesitação tenha sido preocupante no início – respondi.

Aja como um rei, Dianna, aja como um rei.

– Bem, é difícil demais organizar um evento desse tamanho. Foi bastante desafiador tentar fazer com que todos chegassem na hora certa com todas as agendas conflitantes. Você compreende, certo? – O sorriso dela assumiu um tom sedutor quando ela inclinou a cabeça em minha direção.

– Claro – murmurei, observando-a com atenção.

O sorriso de Camilla não desapareceu enquanto ela caminhava em direção ao meio da sala. Ela parou na beirada da mesa, tamborilando aquelas unhas compridas no tampo.

– Devo admitir que fiquei bastante surpresa por você estar interessado em minha oferta. Eu tinha deduzido que você e seus parentes haviam deixado de lado qualquer coisa que envolvesse Kaden. Principalmente depois que ele enviou a cadela dele para matar seu irmão.

Engoli em seco, sem lhe dar nenhuma indicação de que senti aquele pequeno ataque.

– Sim, bem, se eu conseguir uma vantagem sobre ele, que assim seja. Para me vingar. Compreende?

– Com certeza. Por que acha que estou fazendo isso? Agora tenho algo contra ele. Contra muitas pessoas, na verdade.

Balancei a cabeça uma vez, como tinha visto Ethan fazer, e sustentei o olhar dela. Ele nunca quebrava o contato visual.

– Sim, pelo que ouvi, você encontrou o Livro de Azrael.

Ela estalou a língua, agitando um único dedo no ar.

– Ah, eu o encontrei… e algo ainda melhor.

Várias bruxas do mezanino desceram as escadas lentamente. Dois homens se dirigiram para a cozinha, uma mulher e outro homem foram parar ao lado dela. O homem puxou uma cadeira para ela, e ela se sentou. Os dois atendentes juntaram-se a ela assim que se acomodou.

Liam e eu nos sentamos, enquanto as outras duas bruxas saíam da cozinha com bandejas e vários copos cheios de um líquido vermelho brilhante. Minhas narinas se dilataram – assim como as dos guardas. Sangue. Merda. Liam não era um vampiro ou uma criatura nascida para consumir sangue.

– Uma bebida? – ofereceu ela, cruzando as mãos sob o queixo, enquanto sorria para nós. Os outros dois homens pararam, oferecendo os copos aos guardas e a mim. – Garanti que estivesse fresco para você e os seus. Um comerciante que pensou que podia me roubar. Um homem típico, sabe, que tem medo das mulheres no poder.

– Muito gentil de sua parte, mas infelizmente comemos antes de vir. – Ofereci um sorriso educado, mantendo as mãos cruzadas à minha frente.

Sua cabeça se inclinou para o lado, um olhar perplexo no rosto.

– Tem certeza? Você parece faminto.

Ela estava me testando? Ela sabia? Passei distraidamente o polegar pelas pulseiras em volta dos meus pulsos. Não, eu ainda conseguia sentir a magia na minha pele. Estava simplesmente paranoica.

Sustentei o olhar dela, enquanto pegava um copo. O líquido carmesim manchou o vidro de cristal e meu coração saltou ligeiramente. A fera dentro de mim subiu à superfície. Com sede, eu estava com muita sede. Tinha que beber para manter as aparências.

Sorri suavemente, tomando cuidado para não mostrar os dentes, segurando a taça de vinho pela haste. O copo pressionou meus lábios, e o líquido quente tocou a ponta da minha língua. O fogo explodiu na minha boca e depois na minha garganta conforme eu engolia. Não consegui conter um gemido baixo enquanto drenava o conteúdo mais rápido do que pretendia.

Aquele velho e familiar desejo voltou com força dez vezes maior. Eu queria, não, *precisava* de mais. Senti minha pele se arrepiar, a Ig'Morruthen dentro de mim deslizava, implorando para ser solta da coleira. Memórias, breves e rápidas, surgiram em minha mente. Um homem pequeno, com cabelos desgrenhados, pegando o que parecia ser algum tipo de pedra. Uma dor acompanhou uma explosão de magia. Vi os olhos de Camilla observando de um canto escuro quando ela mandou seus homens o executarem e, em seguida, mais nada.

Devolvi o copo, e meus guardas fizeram o mesmo. Não olhei para Liam, não desejava ver seu desgosto pelo que eu tinha acabado de fazer. Ele já me via como algo revoltante, e ver-me me alimentar, mesmo que de uma taça de vinho, provavelmente solidificava sua opinião sobre mim.

Pelo canto do olho, eu o vi colocar um copo vazio de volta na bandeja. Mantive meu rosto impassível, mas me perguntei como ele havia se livrado do sangue.

Os olhos de Camilla cintilaram enquanto ela continuava a sorrir para mim.

– Theo, poderia levar os guardas do sr. Vanderkai para aproveitar a festa? Ah, e o resto do clã também.

Levantei a mão.

– Isso não é necessário.

– Ah, sim, é.

Observei, enquanto a mulher ao lado dela se levantava, gesticulando para que as outras bruxas a seguissem. Elas se dirigiram para a porta, acenando para que meus guardas as seguissem. Um homem parou na frente de Liam.

– Deixe-o, por favor.

O homem assentiu e seguiu os outros. Assim que as portas foram fechadas, Camilla declarou:

– Quero 5 milhões e proteção para mim e para os meus.

Minhas sobrancelhas se ergueram quando fiquei momentaneamente surpresa.

– Proteção? Independentemente da nossa posição familiar, duvido que suas bruxas queiram estar perto…

Seus olhos me atravessaram.

– Não estou falando com você.

Senti meu coração disparar quando percebi a quem ela estava pedindo. Ela sabia. Merda.

– Todo mundo quer um acordo – respondeu Liam com um suspiro, esfregando brevemente os olhos com o indicador e o polegar.

Ela pôs as mãos sobre a mesa e se levantou em um gesto fluido. Seus movimentos eram cheios de orgulho gracioso, enquanto ela circulava a mesa. Seus olhos percorreram Liam como se ela estivesse memorizando cada linha e músculo escondido sob a fina camada do terno que ele usava. O cabelo dele estava recém-cortado, com as laterais em um leve degradê. Os fios escuros no topo de sua cabeça estavam domados pelo gel que Drake o forçara a usar.

Liam estava ciente de sua aparência física e de como os outros reagiam a ela, mas ele parecia usá-la como faria com qualquer outra arma em seu arsenal. Não importava sua intenção, ele chamava a atenção onde quer que passássemos. Alguns dos membros do castelo de Ethan davam risadinhas toda vez que ele andava pelos corredores. Outros o perseguiam apenas para vê-lo. Ele era lindo de um jeito enjoativo, e eu sabia que isso não havia passado despercebido a Camilla.

– Digamos apenas que reconhecemos verdadeiro poder quando o vemos. – Ela parou perto de nós, com a mão espalmada sobre a mesa e outra no quadril.

– Há quanto tempo sabe? – perguntei.

Ela olhou feio para mim, com aquela falsa educação há muito desaparecida.

– Primeiro, o avião que você pegou para chegar a Zarall cruzou minha fronteira. Você esteve no meu território por apenas um segundo, mas foi meio segundo a mais. Senti aquele seu poder doentio naquele momento. Em segundo lugar, Ethan manda lacaios para fazer um convite mesmo que não tenha entrado em contato com ninguém desde que você assassinou Drake. Terceiro, eu reconheceria as pulseiras daquela vadia da Ophelia em qualquer lugar, e quarto – seus olhos dançaram sobre Liam mais uma vez –, ele não é nada se não divino. Nenhum mortal tem essa aparência. Essas pulseiras podem reter uma fração de seu verdadeiro poder, mas seu corpo vibra com ele.

– Por favor, não alimente o ego dele. Já é grande o suficiente.

– Posso imaginar – quase ronronou, enquanto estendia a mão para ele.

Antes que percebesse o que estava fazendo, eu estava de pé e segurava o pulso dela. Um grunhido, baixo e ameaçador, passou por meus lábios, e a fera dentro de mim se enrolava. Ambos se viraram para olhar para mim.

– Não toque nele. Estou bem ciente do que você consegue fazer com as mãos. – Minha voz era gutural, quase um rosnado.

– Ah, aí está a verdadeira você – zombou Camilla. Seu pulso ainda estava na minha mão.

Liam me olhou de relance, e não consegui ler sua expressão.

– Dianna. Está tudo bem. Solte-a.

Eu não me mexi.

– Por favor – disse ele, suavemente, e a Ig'Morruthen sob minha pele respondeu.

Minha mandíbula se cerrou, mas eu a soltei. Ela segurou a mão contra o peito por um momento antes de girar o pulso com cautela. Deve ter sido o sangue que ela me deu que me deixou tão errática. Minhas emoções aumentaram. Isso foi tudo.

Afastei-me, colocando distância entre nós duas, quando Liam ficou de pé. Camilla estava me encarando com um sorrisinho maroto. Eu queria muito arrancar aquela expressão da cara dela. Minhas garras saíram das pontas dos meus dedos, fechei as mãos em punhos para escondê-las, e as unhas afiadas cravaram-se em minha carne.

– Interessante. Eu pensei, dada sua reputação, que você conseguiria seduzir até mesmo um deus.

– Eu não seduzi nada.

– Mas você viu, certo? Deve ser enorme e avassalador, quase demais para uma pessoa conter, muito menos para manejar.

Minha cabeça se projetou para trás, e meu corpo de repente ficou quente.

– O quê? Não! – rebati, evitando completamente o olhar de Liam. – Bem, quero dizer, uma vez, mas foi um sonho esquisito. – Fechei os olhos, balançando levemente as mãos no ar. – Espere, por que estamos falando do pênis dele?

Camilla inclinou a cabeça, com uma sobrancelha erguida.

– *Eu* estou falando do poder dele.

– Ah. – Deixei cair minhas mãos ao lado do corpo, meu rosto parecia estar em chamas. A enorme sala de repente pareceu pequena demais. – Sim, eu também vi isso.

Ela balançou a cabeça, me ignorando, enquanto se concentrava em Liam.

– Ouvi histórias, todos ouvimos, sobre o grande Destruidor de Mundos. Há rumores de que seu pai era capaz de formar mundos, mas que você acaba com eles. Você tem um poder sem igual.

Com um único gesto da mão dela, as luzes da sala ficaram mais intensas. As chamas crepitaram na lareira atrás dela, enquanto um vento lento soprou pela sala. As cortinas que revestiam as grandes janelas se abriram, as estrelas no céu noturno lançaram um brilho pálido no chão. Observei sua magia girar em gavinhas verdes, formando uma pequena bola que ela fazia dançar entre os dedos.

– Eu mostrei o meu a você. Agora, mostre-me o seu.

Revirei os olhos diante da óbvia tentativa de flerte. Boa sorte nisso. Liam mostrara tão pouco interesse no prazer físico que eu teria jurado que ele era feito de pedra se não tivesse testemunhado seu passado.

As luzes diminuíram, e uma esfera prateada radiante surgiu na palma da mão de Liam. Apertei os olhos, incapaz de olhar diretamente para a pequena esfera. Era tão luminosa, que era como olhar para um Sol em miniatura.

Liam encarou Camilla com uma expressão de interesse que eu nunca o tinha visto dar a ninguém antes. Minhas entranhas se torceram.

Os olhos dela refletiam o brilho prateado da energia dele quando ela se inclinou mais para perto.

– É tão bonito. – Sua voz era um sussurro ofegante, e ela encontrou o olhar dele. – E poderoso. Consigo sentir.

A maneira como ela falou me fez cerrar os dentes com força suficiente para fraturar o queixo.

– Obrigado. O seu também é muito impressionante. A sensação da sua magia me lembra uma deusa da minha época.

– A deusa Kryella? – A voz dela falhou. – Você a conheceu?

– Ah, acredite em mim, ele conheceu – interrompi, mas eles me ignoraram, perdidos em alguma estranha disputa de magia.

– Sim, eu conheci. Kryella foi a primeira a dominar e manipular magia. Como você aprendeu? Como sabia? Você é descendente dela? Ela não teve filhos.

Os lábios exuberantes de Camilla se curvaram em um sorriso radiante enquanto ela jogava a bola verde de uma mão para a outra.

– Não, não sou descendente, mas os ensinamentos dela foram transmitidos por gerações.

Liam parecia impressionado, e isso me deixou enjoada.

– Impressionante. De verdade. Dominar uma habilidade como a sua pode levar anos, mas sua aparência está longe de ser envelhecida. – Ele observou a massa verde do poder dela, hipnotizado.

O sorriso dela quase ofuscou o brilho do poder dele. Ela o encarou, recebendo o elogio – quer ele estivesse sendo sincero ou não – a sério. Bile subiu por minha garganta, a criatura dentro de mim estalava as mandíbulas.

– É tudo energia. Não pertence a ninguém. Apenas a usamos e protegemos. Praticamos, nos concentramos… – Ela fez uma pausa, virando-se para mim. – Mas não abusamos.

Ótimo, eles tinham mantras semelhantes sobre o uso do seu poder.

Eu bufei e revirei os olhos mais uma vez. Não foi surpresa que Camilla atacasse o poder ostensivo que Kaden nos forçava a exercer. Em especial, porque destacava outra diferença entre Liam e mim. Mas era a única maneira que eu conhecia e funcionava.

– Na verdade, o controle que você tem sobre o seu dom é surpreendente – comentou Liam, sem sequer olhar para mim.

– Obrigada. – Ela sorriu antes de fechar a mão, e a energia verde se dissipou. A bola de energia prateada na palma da mão de Liam se rompeu quando ele torceu o pulso. Fragmentos dela dispararam em direção a cada luminária, e, uma por uma, elas se reacenderam.

– Agora, vamos aos negócios. – Ela se aproximou alguns centímetros dele, e eu me ericei de novo. Eu sabia que ele era forte o bastante para cuidar de si mesmo, mas a forma como ela olhava para ele fazia meu estômago se embrulhar. – Eu lhe direi onde está o livro por um preço.

Eu gemi alto e acenei com a mão em direção a ela.

– Você já falou seu preço, Camilla.

– Falei mesmo, mas quero que seja selado.

– Selado? – Cruzei os braços com força quando Liam finalmente olhou para mim. – Você está fora de si se acha que vai se conectar a ele de alguma forma.

As sobrancelhas de Camilla se ergueram, mas eu não me importei com a maneira como havia soado ou se estava passando dos limites. Eu sabia que algumas magias, especialmente a das trevas, exigiam sangue para amarrar totalmente um acordo. Eu não era uma bruxa e não podia lançar ou amarrar nada, mas só o poder do nosso sangue combinado havia firmado o nosso acordo. De jeito nenhum eu permitiria que Camilla fizesse o mesmo.

– Protetora com relação ao Destruidor de Mundos, Dianna? – Os lábios dela se curvaram naquele sorriso cruel mais uma vez. – Que fofa. Você fala por ele também?

– Não – interrompeu Liam, antes que eu pudesse responder, lançando um olhar para mim –, ela não fala.

Balancei a cabeça e me afastei. Ele não sabia o que Camilla ia pedir. Ela podia parecer doce e tentadora, mas uma cadela fria e ardilosa vivia sob sua pele. Eu não sabia o que esperava. Quando foi que ele me escutou?

– Ótimo. – Ela uniu as mãos e deu mais um passo em direção a ele. Ela olhou entre Liam e mim antes de dizer: – Quero selar isso com um beijo.

– O quê? – exclamei. – Eu não vou beijá-lo!

Liam virou as costas para mim, mas percebi sua expressão do que parecia ser dor. Mas isso não poderia estar certo. Provavelmente era apenas nojo. Eu sabia que ele nunca concordaria em me beijar, nem mesmo para encontrar o livro. Liam beijava deusas, não monstros.

Eu não podia beijá-lo, mas por um motivo completamente diferente. Sabia que isso ia acabar comigo e que eu estaria perdida. Havia uma parte de mim tão faminta e desesperada por seu toque que não ousava reconhecê-la. Em vez disso, eu a enterrava sob piadas e sarcasmo. Eu tinha usado Drake para me distrair dos meus sentimentos crescentes por Liam. Mantive meu desejo oculto, mas não conseguia me esconder de mim mesma. Se eu o beijasse, sabia que ele descobriria e não sabia se eu conseguiria suportar sua rejeição novamente.

Ela se virou para mim, com puro orgulho e arrogância e um sorriso lento curvando seus lábios.

– Não seu. Meu.

Meu sangue ferveu.

– Não.

Achei que a palavra tinha vindo de Liam e fiquei um pouco chocada ao perceber que eu tinha falado. A parte sombria de mim estava forte e dava para conhecer sua presença. Era porque eu tinha me alimentado. Pelo menos era o que eu estava dizendo a mim mesma.

Ela sorriu mais uma vez, fria e cruel, porque sabia que tinha poder sobre mim naquele momento.

– Não creio que dependa de você. Afinal, você não toma decisões por ele, como ele disse. – Ela se inclinou, pressionando-se contra Liam, levantando a mão com a manicure perfeita e tocando bochecha dele. – Então, Destruidor de Mundos, o que vai ser? Eu lhe direi a localização do livro, e tudo o que você precisa fazer é me beijar.

Observei enquanto os olhos dele baixaram para os lábios dela. Cerrei os dentes, e uma onda fria de raiva percorreu meu corpo.

– É sério? – perguntei, sem me importar com como eu soava. – Está considerando isso?

Seus olhos se voltaram para os meus. Seu olhar era penetrante e não continha nenhum traço de humor ou qualquer vestígio do Liam com quem passei esses últimos meses.

– É apenas um beijo, Dianna. Que importância tem?

Que importância tem?

Meu peito se apertou. Ele falou como se não significasse nada, e talvez não importasse para ele. Talvez eu tenha lido demais nos olhares roubados e nos segredos íntimos que compartilhamos. Obviamente, o que sentia era unilateral. Ah, que idiota eu fui. Eu tinha me apaixonado por alguém que não tinha intenção de me amar.

– Tem razão. – Endireitei meus ombros, tentando aliviar a dor do que ele havia quebrado em mim. – Não importa.

– Certo. – Foi tudo o que ele disse e tudo o que Camilla precisava ouvir. A mão dela segurou suavemente a mandíbula dele, enquanto ele abaixava a cabeça em direção à dela.

Garota estúpida, estúpida.

Segurei as mangas do paletó com tanta força, que quase rasguei o tecido. Eu esperava que fosse rápido. Liam não parecia ser do tipo que sentia luxúria. Depois do que vi nos sonhos de sangue, eu sabia que ele havia sido altamente sexual em certa época. Mas, durante as semanas em que dormi com ele, não tentou me tocar intimamente e não teve nenhuma reação física – nem mesmo pela manhã. Presumi que essas funções corporais haviam morrido com o trauma de seu passado.

Eu estava errada.

O que começou como um simples beijo logo se aprofundou. Liam inclinou a cabeça para o lado, devorando a boca de Camilla. Ela soltou um gemido suave, mas inebriado, que me deixou enjoada. Recusei-me a dar as costas, mesmo quando ele soltou um barulho que só ouvi dele em um daqueles malditos sonhos. Ele estava gostando.

As lágrimas ameaçavam me cegar, mas eu assistiria a isso e deixaria isso matar o que sentia por ele. Eu estava tão errada. Liam tinha esses sentimentos; ele apenas não os tinha em relação a mim. Acho que era preciso ser uma deusa ou uma linda bruxa com magia para chamar a atenção dele. Talvez Camilla fosse menos monstruosa.

Depois do que pareceu uma eternidade, eles se separaram. Camilla soltou um suspiro pesado e disse:

– Você realmente é tudo o que diziam.

Mais um comentário, e juro que ia perder o controle sobre minhas tendências mais homicidas. Finalmente me permiti desviar o olhar, sem dar a mínima para o que isso revelava das minhas emoções. Eu estava furiosa, mas não tinha o direito de estar. Era bem sabido que Liam odiava minha espécie. Eu estava com tanta raiva de mim mesma e me sentia tão tola. A única pessoa que eu queria, eu não podia ter. Liam não era meu, e eu não era dele. Nós nem éramos amigos. Eu era uma arma. Era minha culpa estúpida por pensar que eu poderia ser qualquer coisa além de uma ferramenta para ele ou Kaden.

– Está tudo bem, Dianna? – perguntou Camilla em um sussurro rouco.

Encontrei seu olhar, sabendo que meu rosto mostrava toda a raiva e a mágoa que eu estava sentindo.

– *Vaski lom dernmoé* – sibilei em eoriano, num rosnado baixo que vibrou no fundo da minha garganta.

A risada de Camilla foi afiada e precisa, abrindo outra ferida em minha alma.

– Ah, então é verdade. Ig'Morruthens são territoriais.

Eu não falei nada. A fera em mim rosnava e arranhava, implorando por liberdade, implorando para rasgá-la em pedaços.

Camilla sorria abertamente. Sua boca borrada de vermelho estava inchada, manchada e combinava com a de Liam. Ela havia vencido. Ela me odiava porque pensava que eu havia tomado o lugar dela. Agora havia tirado algo de mim: um beijo que eu nem sabia que desejava. Para ela, estávamos quites.

Eu não conseguia encarar Liam. Podia sentir o peso do seu olhar e sabia que ele queria que eu o olhasse nos olhos, mas não me importava.

Camilla continuou a sorrir para mim enquanto falava:

– Agora que resolvemos isso, que comece a festa.

Ela ergueu as mãos e bateu palmas. A porta à minha direita se abriu. Não me virei nem me mexi, mas meu estômago se embrulhou quando senti o cheiro da colônia cara demais.

– Olá, Dianna.

Tínhamos sido enganados.

– Santiago. – Seu nome deixou meus lábios em um silvo.

XXXVII
Dianna

— Lamento interromper. Parece que seu novo namorado estava se divertindo. — Santiago sorriu para Liam e para o batom vermelho em seus lábios.

— Santiago. O cachorrinho bruxo de Kaden. Você está ótimo. Não me diga que se arrumou só para mim — eu caçoei. — Quantas vezes tenho que dizer? "Não" é "não".

Vários membros do clã estavam parados a cada lado dele, todos usando ternos caros e aqueles malditos sapatos de couro. Eu odiava sapatos de couro.

Ele sorriu e olhou para mim.

— Senti falta dessa boca. Kaden também.

— Ah é?

Engoli ar suficiente para incinerá-lo e a todo o prédio, mas não tive chance de usá-lo. Camilla convocou aquela magia verde e tênue e a atirou em mim. Ouvi o grito de Liam quando meu corpo voou para trás. Caí em uma das cadeiras, e ela oscilou precariamente, mas se corrigiu antes de tombar.

Laços verdes e brilhantes prendiam meus pulsos e tornozelos. Tentei romper as vinhas de aparência frágil, mas parecia que havia uma âncora em qualquer parte do meu corpo que elas tocassem. Olhei para cima e vi que ela tinha Liam preso à parede mais distante com as mesmas faixas verdes cravando-se em seus pulsos e pernas. Ela havia usado muito mais nele, amarras mais fortes para prender um ser mais forte. Cerrei os dentes enquanto lutava. Minha cadeira deslizou de volta em direção à mesa, as pernas rasparam no chão antes de parar abruptamente, fazendo minha cabeça ser jogada para a frente.

— Sua vadia. — Meu véu caiu no segundo em que as palavras saíram da minha boca. Minha forma ondulou e se dobrou. A forma e a masculinidade que eu havia imposto ao meu corpo se dissolveram, e eu não era mais o Rei Vampiro, mas eu mesma. As roupas dele se esvaíram junto com a fachada, revelando a blusa de renda branca e o terninho que eu usava.

Os olhos de Camilla percorreram minha roupa.

— Nossa, como você está linda! Vestida como uma chefona, quando sabemos que você é mais uma cadela rastejante.

Virei a cabeça na direção dela. Eu estava furiosa. Com tudo o que estivera se desenvolvendo entre Liam e mim, esperar por esse encontro estúpido e ser enganada de novo, eu estava pronta para fazer chover fogo.

– Rastejante? Pelo que me lembro, você ficava de joelhos mais do que eu, Camilla.

– Senhoras, senhoras – interveio Santiago, enquanto avançava para ficar na ponta da mesa, sorrindo de orelha a orelha. – Briguem mais tarde. Temos pouco tempo.

Seu sorriso era excessivamente arrogante quando ele encarou a parede oposta. Os olhos de Liam sangravam prata enquanto ele lutava contra o poder de Camilla. Ela estava de pé entre nós, com uma mão levantada para mim, a outra para Liam. Ela cerrou os dentes enquanto enviava mais poder até ele. Eu podia ver as gotas de suor se formando em sua testa. Ele estava lutando para se libertar e, pelo que parecia, estava prestes a conseguir.

– Quer dizer que você é ele? O Destruidor de Mundos? – perguntou Santiago.

O olhar de Liam se voltou para Santiago, e ele o olhou de alto a baixo antes de dizer:

– E você é um homem morto se puser as mãos nela.

Santiago riu, colocando a mão na barriga.

– Ah, Dianna, acho que ele gosta de você. Que fofo.

Ignorei o comentário, olhando dele para Camilla e de volta para ele.

– Então, vocês dois são amigos agora, hein? Acho que não deveria ficar surpresa.

Santiago riu novamente.

– Nós? Quem traiu quem primeiro, Dianna? – Ele ergueu a sobrancelha enquanto passava seu olhar por mim. – Onde está Alistair?

Inclinei-me para a frente o máximo que pude.

– Desamarre-me, que mostro para você.

Ele deu de ombros, aparentemente despreocupado, estalando a língua.

– Kaden quer você de volta e estabeleceu um preço excelente por sua cabeça. Você deveria ter sido inteligente, como Camilla. Foi prometido a ela um assento depois de ajudar a levar você, ele e aquele maldito livro.

Meu estômago despencou, sabendo o que me esperava quando eu voltasse. Provavelmente, eu nunca mais veria a luz do dia. Ele manteria Gabby longe de mim. Eu sabia que nunca mais a veria.

– Terão que me arrastar de volta. – Minha voz vacilou, e não me importei com quem ouviu ou viu. – E eu vou lutar com vocês a cada passo do caminho.

Os olhos de Santiago flamejaram em verde com a força de seu poder, e ele se inclinou para a frente, com as mãos espalmadas contra a mesa.

– Temos uma longa viagem pela frente, e você vai implorar para voltar quando eu tiver acabado com você. Vou garantir isso… e vou adorar.

– Vai morrer se tentar – declarou Liam, cortando meu ódio cego, enquanto eu encarava Santiago.

– Feche a boca dele, Camilla – ordenou Santiago, sem nunca tirar seus olhos dos meus.

Outra espiral de magia envolveu minha garganta, empurrando minha cabeça para trás. Puxou com força, obrigando minha mandíbula a se fechar. Mordi minha língua com força suficiente para sentir gosto de sangue. Eu grunhi, minha cabeça girou, e minha visão foi ficando preta por falta de oxigênio. Tão depressa quanto começou, diminuiu.

– Fale de novo, e eu vou arrancar a cabecinha dela no mesmo instante. – A voz de Camilla soou em meio aos meus arquejos doloridos em busca de ar.

Ela soltou um pouco de seu poder e eu abaixei a cabeça, estremecendo enquanto tentava engolir.

– Parem… com as… ameaças… inúteis – falei, ofegante, olhando para cada um deles, afastando as mechas soltas de cabelo do meu rosto. – Ele está aqui apenas pelo livro, assim como todos vocês, imbecis. Então, parem com as ameaças vazias, certo?

Dei a Liam um olhar significativo. Ele pareceu entender que eu queria mantê-los falando. A tensão em sua mandíbula diminuiu, e vi seus músculos relaxarem um pouco. Ele ainda estava testando e empurrando suas amarras, mas voltou sua atenção para Santiago.

– Esse é o seu plano? – perguntou-me Santiago. – Trabalhar com o Destruidor de Mundos e matar Kaden? Kaden não pode morrer. Você sabe disso. Ele sabe? – Sua voz estava cheia de uma arrogância tão presunçosa que quase revirei os olhos de novo.

Os olhos de Liam se estreitaram com aquela nova informação. Todos pensavam que Kaden não podia morrer, mas isso era porque ninguém nunca tinha tentado.

Dei de ombros, ignorando-o.

– Então, onde ele está? Se ele é imortal e tão poderoso, por que ele mesmo não vem me buscar? Tudo o que vejo é ele ordenando aos malditos lacaios que me arrastem de volta. É isso que você é. Sabe disso, certo? Ele não dá a mínima para você nem para ninguém. Somente para si mesmo.

Santiago e Camilla riram. Santiago ajustou seu terno e parou entre meus joelhos abertos. Ele se inclinou e roçou os nós dos dedos contra a curva da minha bochecha, afastando os fios desgrenhados do meu cabelo do meu rosto. Todo o meu corpo se revoltou. Afastei-me o máximo possível dele. As algemas e coleira mágicas cortaram minha pele, mas não me importei.

– Bem, acho que é bom eu não estar desesperado pelo amor dele.

Ele sussurrou a última parte ao meu ouvido antes de voltar a se erguer. Essa parte doeu, e cerrei os dentes, enquanto tentava pensar em uma forma de desarmar o feitiço de Camilla para poder matar todos naquela sala.

Santiago suspirou, claramente entediado.

– Foi realmente uma tentativa corajosa, mas nós dois sabemos que não há como você ser mais esperta que ele, muito menos derrotá-lo. Você deveria ter mantido sua bunda perfeita onde estava. Ah, bem. – Ele estendeu a mão para trás, sacou uma arma e apontou para mim. Ele desarmou a trava segurança antes de engatilhá-la e colocá-la ao lado da minha têmpora. O toque frio do metal me fez emitir um esgar de desdém quando ele a empurrou contra a lateral da minha cabeça.

– Você é tão fraco. Teve que me amarrar para me derrotar. Que homem.

Os lábios dele se curvaram, e eu sabia que tinha atingido um ponto fraco. Ótimo.

– O que vai fazer, Santiago? Atirar em mim? Isso não vai me matar.

Ele deu de ombros, o canto dos lábios se elevou.

– Não, mas vai deixar mais fácil para nós arrastar você de volta.

Fiz uma pausa, enquanto o que ele tinha dito era absorvido. Tentei olhar para ele.

– Nós?

Ele apontou para a grande janela do outro lado da sala. Senti meu pulso disparar, quando vários pares de olhos vermelhos brilhantes olharam para mim da selva. Quatro grandes figuras estavam perto do vidro e tinham suas asas com chifres estendidas. Elas sorriam como primatas, expondo dentes pretos e afiados.

Uma pressionou a mão com garras contra a janela, suas unhas grossas esperavam para me fazer em pedaços. Outra correu uma língua preta e grossa para cima e para baixo no vidro, deixando um rastro de baba. Consegui ver vários outros pares de olhos vermelhos atrás delas. Merda. Era *isso* que eu tinha sentido. Santiago trouxe os Irvikuvas. Ele trouxe muitos. Estávamos tão fodidos.

Um trovão soou ao longe enquanto relâmpagos faiscavam no céu – uma tempestade que eu não sabia que estava chegando.

– Irvikuva? É sério? – Minha voz estava firme, mas eles seriam um problema. Poderiam me ferir seriamente com suas garras e dentes, me ferir o suficiente para me atrasar, e, se ele tivesse trazido tantos quanto eu pensava, estávamos na merda.

Ele pressionou a arma com mais força contra minha têmpora.

– Tenho que ser justo com você, Dianna. Seu pequeno motim o deixou nervoso. Mas não importa a forma que você assume ou os amigos de quem se cerca, você sempre per-tencerá a ele. A prostituta patética de Kaden.

Voltei-me para ele e cuspi em seu rosto. Ele recuou, usando a manga para limpar a saliva.

– Eu amo como homens como você usam essas palavras como se devessem machucar, significar alguma coisa. No entanto, você é o mesmo homem que chorou quando não conseguiu ter o pau chupado.

O humor desapareceu de seu rosto junto com a cor.

– O poderoso líder de clã, que poderia ter quem quisesse, chorou como um bebê porque lhe disseram não. Quem é patético agora?

Ele ergueu a arma, apoiando o cano para a minha testa.

– Você é uma vadia.

– Eu sei.

Ele puxou o gatilho. Eu vi o clarão, mas já tinha partido antes de ouvir o eco do tiro.

XXXVIII
LIAM

A força do tiro derrubou a cadeira. O pânico tomou conta de mim quando vi o corpo de Dianna tombar para o lado. A parede que me segurava rachou e rangeu quando um poder, puro e ofuscante, sacudiu toda a fundação. Detritos choveram sobre nós, grossas faixas prateadas reluziram sob minha pele, e eu sabia que meus olhos estavam iguais. Meus músculos se contraíram, forçando os tentáculos mágicos verdes que me prendiam à parede. Eu queria arrancar aquela casa de seus alicerces e destruir todos lá dentro. Mas não podia fazer isso depois do que Camilla tinha me mostrado.

Visões haviam disparado pela minha mente enquanto ela me beijava. Imagens da filha de Azrael, do livro que ela possuía e da cidade na qual ela ficou tomaram minha mente. Camilla já trabalhava contra Kaden havia algum tempo. Nessa conversa, ela me avisou para cooperar, ou eu estaria colocando Dianna ainda mais em perigo. Eu teria feito qualquer coisa para manter Dianna a salvo, mas a dor que testemunhei na expressão de Ethan fez minhas entranhas se retorcerem. Eu sabia que poderia ter causado danos irreparáveis à nova conexão entre nós.

– Você receberá a Aniquilação por isso – rosnei para Santiago, enquanto ele apontava a arma para a forma inerte dela.

– Ah, é? – Santiago disparou mais duas vezes, com um sorriso cruel e doentio no rosto. Pude ver o corpo de Dianna estremecer com cada explosão de som. Repuxei minhas amarras quando o vento começou a uivar. A pulsação da tempestade que se aproximava correspondia às batidas do meu coração. Os olhos de Camilla se voltaram para os meus em alerta.

– Precisa mesmo fazer isso? – perguntou ela, virando-se para Santiago.

– Pode me chamar de sádico. – Ele deu de ombros, e o jurei de morte. – Agora temos um voo a pegar. – Ele pôs a arma em cima da mesa antes de ajeitar as mangas.

Soltei um grunhido quase inaudível, sabendo que não podia permitir que ele a levasse. Meus músculos se contraíram, e me preparei para me afastar da parede, mas parei quando as luzes piscaram. Todos congelaram conforme a escuridão crescia em todos os cantos.

Camilla sibilou para mim:

– O que você está fazendo?

– Não sou eu.

Uma fumaça preta enrolava-se nas bordas da mesa, enquanto um rosnado profundo e cruel vinha de baixo. A sala parou quando uma onda de poder se elevou do chão e oscilou no ar como ondas de calor. Meu coração perdeu o compasso quando o poder roçou o meu e eu o experimentei. Quase rivalizava com o meu em intensidade. A mesa voou pelo ar com tanta força que se chocou contra o teto, fazendo chover destroços pela sala.

Dianna.

Foi o único pensamento que tive quando uma fera negra grande e elegante se lançou sobre Camilla. Aterrissou em cima dela, com dentes e garras faiscando. Ela gritou, e seu sangue respingou na parede perto de mim. As faixas verdes caíram do meu corpo e eu deslizei pela parede, caindo de pé.

Santiago encontrou meu olhar, arregalando os olhos. Uma raiva pura e cega me consumia quando o encarei. Nunca senti tanta vontade de destruir um ser com minhas próprias mãos. Ele morreria gritando pelo que havia feito a ela. Engoliu em seco uma vez quando leu a expressão em meu rosto. Recuou, ergueu as mãos e bateu palmas uma vez, desaparecendo da sala em um clarão de luz verde. Maldito covarde.

Um grito ensurdecedor soou, seguido por um som alto de esmagamento. Virei-me e agarrei o pelo grosso da fera que Dianna vestia enquanto ela golpeava e arranhava Camilla. Eu a puxei para longe. Uma de suas enormes patas bateu em mim, marcando meu peito.

– Ela não! Precisamos dela! – gritei enquanto jogava Dianna para trás, separando-as. Suas garras se cravaram no chão, abrindo sulcos profundos na pedra, até que ela parou. Seus olhos vermelhos fixaram-se nos meus, e ela sibilou. Um grosso tufo de pelo preto se ergueu ao longo de suas costas, e ela arreganhou os dentes para mim em desafio. Em seguida, seu olhar se fixou em algo atrás de mim, e seu rosnado se transformou em um rugido. Mais orbes de luz verdes voaram para dentro da sala, apontando para ela. Santiago poderia ter partido, mas seu clã tinha ficado e ainda planejava levá-la. O sangue escorria da mandíbula dela quando rosnou e passou correndo por mim. Sua velocidade era vertiginosa. Virei-me a tempo de vê-la saltar por cima de uma bruxa, e seu impulso fez com que ela caísse pela porta aberta e desaparecesse de vista.

Tive uma fração de segundo para formular um plano antes que as grossas janelas de vidro atrás de nós se quebrassem. Um grito oco encheu a sala quando o Irvikuva voou para dentro da sala. Movi meu corpo para proteger Camilla.

O caos se instalou quando as bruxas que vieram com Santiago abriram fogo. As balas atingiram a lateral do meu corpo, pernas e braços, o que só me irritou ainda mais. Armas mortais eram um mero incômodo para mim. Mas a rainha bruxa poderia ser uma história diferente. Um anel vibrou na minha mão quando invoquei meu escudo. O comprimento cobria meu corpo com o brasão da besta de três cabeças do meu pai no centro. Agachei--me segurando-o, as balas ricocheteavam nele.

Usei uma fração do meu poder para atirar mesas, cadeiras e vidros em todas as direções. Bruxas e alguns Irvikuvas caíram, sangrando no local onde haviam sido atingidos pelos estilhaços. Levantei Camilla pelo braço, e seus pés encharcados de sangue escorregavam enquanto corríamos. Conseguimos sair, e o som de um estrondo alto nos seguiu quando o último andar explodiu. Senti o cheiro de chamas e fumaça logo em seguida, e todo o prédio tremeu. As luzes piscaram, e a água escorria do teto.

Dianna.

Eu precisava chegar até ela, mas primeiro tinha que lidar com Camilla. Recolhi meu escudo no meu anel e me agachei acima de sua forma ensanguentada. Minhas mãos brilharam com prata, e a luz dançou sobre o corpo dela, curando os cortes e ferimentos que Dianna havia causado. Camilla sibilou de dor enquanto suas feridas se fechavam.

– Você me ajudou com o livro, por isso honrarei nosso acordo. Pegue os mais próximos de você e saia desta ilha. Tenho que encontrar Dianna.

Rugidos soaram atrás de mim, e eu me levantei. Ergui minha mão, e linhas prateadas ganharam vida ao longo do meu antebraço. Atirei uma bola de energia em direção às feras que avançavam até nós pela porta aberta. Elas se desintegraram, seus corpos se desfizeram em cinzas e explodiram entre uma respiração e outra.

Senti um puxão na manga e olhei para Camilla. Ela estava me usando como apoio enquanto se esforçava para ficar de pé. Quando finalmente conseguiu se levantar, suas pernas estavam bambas, e ela apoiou uma das mãos contra a árvore mais próxima.

– Ela se preocupa com você. Precisará se lembrar disso para cumprir o que Kaden planejou.

Eu não entendi de verdade o que ela estava tentando me dizer, mas assenti.

– Acho que você pode ter arruinado isso.

– Não. – Ela balançou a cabeça com um pequeno sorriso cheio de sangue. – Apenas abri os olhos dela.

Um grito ecoou pela mansão, o som perfurava o barulho da batalha. Olhei para o alto e vi um homem ser atirado da varanda. Quando baixei o olhar, Camilla havia sumido.

Entrei de novo na mansão no momento em que uma grande explosão a sacudiu. Monstros e mortais berraram de terror e dor. Chamas lamberam o teto, e uma enorme nuvem ondulante de fumaça desceu.

Dianna.

Virei-me, protegendo os olhos do brilho laranja intenso. A vegetação do lado de fora fumegava, e várias pessoas – amigas ou inimigas, eu não sabia dizer – corriam para todo lado em chamas. A grande mansão estremeceu mais uma vez, e a explosão veio em seguida, com um grito de dor e um xingamento. Ela estava ferida.

Não hesitei nem pensei quando atravessei várias toneladas de pedras e tijolos até chegar ao último andar. Tive uma fração de segundo para pensar em evocar a lâmina de

Aniquilação, mas não podia arriscar. Meus dedos se cerraram quando eu invoquei a arma de ablazone prateada, segurando-a com mais força, estreitando os olhos para ver através da fumaça nebulosa.

– Dianna! – gritei. – Onde você está?

Um movimento veio da minha esquerda, os batimentos cardíacos da criatura não eram naturais quando golpeei com minha lâmina. Um odor desagradável surgiu em seguida, quando a cabeça da fera caiu no chão. Várias outras saíram da fumaça, claramente procurando por ela. Tinham-na perdido, mas me avistaram e atacaram. Mergulhei e deslizei pelo chão coberto de cinzas, cortando suas pernas na altura dos joelhos. Elas gritaram quando caíram. Levantei-me e esfaqueei as três no crânio. Seus corpos ficaram iguais à fuligem no chão um instante depois.

Senti a presença dela e corri em direção ao som de uma briga antes de perceber conscientemente. Parei derrapando na porta do que costumava ser um escritório. O cômodo estava escuro e uma bagunça de móveis em ruínas. As cortinas ondulavam ao vento, enquanto os Irvikuvas lutavam contra uma criatura muito mais habilidosa e rápida que eles. Eles já estavam mortos; simplesmente não sabiam disso ainda. Sombras apareciam e desapareciam, atingindo-os com socos e chutes.

Dianna.

Ela os desmembrava metodicamente. Asas, braços e pernas voavam pelo espaço. Cabeças rolavam, com dentes pretos arreganhados e olhos vermelhos arregalados. Sangue espirrava no chão, teto e paredes. Fiquei impressionado, mas sempre ficava impressionado com ela. Minha boca se franziu quando percebi que ela não precisava da minha ajuda, afinal.

O prédio tremeu mais uma vez, e eu agarrei o batente da porta para me equilibrar. Podia ouvir a estrutura se dobrando e se quebrando.

Eu sabia que a construção estava à beira do colapso.

Um hálito quente fez cócegas nos cabelos da minha nuca. Girei, erguendo minha lâmina e cortando a cabeça de outra fera. Seu corpo caiu no chão quando terminei meu giro, completando o círculo.

Dianna saiu das sombras. O terninho de renda creme que ela usava estava coberto de sangue e sujeira. Ela ergueu a mão com garras, limpando o sangue da boca com a parte de trás. Seus olhos eram poços de fúria rubra quando ela focou em mim. Por um momento, eu, matador de feras, destruidor de mundos, a temi.

– Dianna – falei o nome dela como um sussurro, um apelo.

– O quê? – A fala foi cortante e cheia de raiva.

Estendi a mão para ela.

– O prédio está prestes a desabar. Vamos embora.

Ela olhou para minha mão estendida como se eu estivesse lhe oferecendo leite azedo. Virou as costas, e seus lábios se curvaram em desagrado. Não tive tempo de responder à sua reação de repulsa, pois ouvi o berro de vários outros Irvikuvas vindo em nossa direção.

– Destruidor de Mundos. – O silvo tomou conta dos meus nervos, e eu me virei. O salão estava envolto em chamas, as formas demoníacas andavam na fumaça espessa. Elas sorriam e estalavam os dentes, enquanto caminhavam ilesas pelo fogo. Claro. Haviam nascido de Kaden, e os poderes de Dianna tinham vindo dele também.

Dianna deu um passo à frente, dirigindo-se para o corredor, com as garras estendidas e pronta para lutar. Agarrei-a pela cintura e puxei-a contra mim antes de nos lançar através do teto. Usei minha mão para segurar a cabeça dela perto de mim, protegendo-a do pior do impacto, mas ela ainda fez um som de incômodo quando passamos pelas vigas de suporte do telhado.

O céu noturno nos cumprimentou por uma fração de segundo quando eu me dirigi para a cobertura da selva. Minha visão clareava à medida que nos afastávamos do prédio em chamas. Deixei-nos cair no chão da floresta com um baque forte. No momento em que nossos pés tocaram o chão, ela me empurrou. Eu tropecei, mas logo me endireitei. Agarrei o braço dela, puxando-a de volta para mim com um pouco de força demais.

Dianna se chocou contra meu peito e balbuciou:

– O que você está…

Cobri sua boca com a mão e olhei para trás. As feras berravam enquanto saíam da mansão em chamas, alçando voo e nos procurando. Devagar, tirei a mão da boca dela, antes de pressionar meu dedo indicador contra meus lábios, mandando-a se calar. Seu olhar continuou igual a fogo carmesim enquanto me encarava, mas ela não falou nada.

Levantei um braço, a energia saindo de mim em pequenas ondas. A temperatura caiu, e o vento aumentou pouco a pouco, com a neblina se elevando vinda de todas as direções. Era espessa suficiente para confundi-los e nos esconder, cobrindo a floresta circundante com uma névoa embaçada. Um trovão ecoou nas proximidades, a tempestade que eu tinha convocado na minha ira por vê-la machucada abafava qualquer som de conversa. Eles não iam conseguir nos encontrar naquele momento. Olhei para Dianna, deixando cair o braço.

– Certo, agora podemos…

Ela se afastou de mim com força suficiente para empurrar meu ombro para trás.

– Não toque em mim. – Ela girou e saiu pisando duro. – *Nunca mais* toque em mim. – Seus sapatos afundaram no solo macio e denso, enquanto ela praticamente fugia de mim.

– Dianna. Aonde você está indo? – chamei, enquanto um raio cortava o céu.

Ela jogou as mãos para o alto, o trovão ao nosso redor encobria seus gritos.

– Ah, não sei! Talvez eu vá encontrar uma saída dessa maldita neblina que você criou e depois vou sair desta selva, já que não posso voar com essas malditas criaturas por perto!

Quase caí tropeçando em um cipó grosso enquanto a seguia.

– Você pode me esperar? Não conheço este lugar.

– Ótimo. Talvez você se perca.

Eu bufei.

– Isso foi rude.

– Eu realmente não me importo, Liam.

Parei ao perceber o veneno indisfarçável na voz dela.

– Eu entendo sua hostilidade. Consumir sangue intensifica as emoções dos Ig'Morruthens, e presumo que, como você não come há algum tempo, seu corpo está em sobrecarga sensorial.

Ela se virou, e o movimento repentino fez com que quase perdesse o equilíbrio no chão escorregadio. Seus braços giraram quando tentou recuperá-lo. Uma vez estável, ela me encarou e sibilou:

– Sim, Liam, me dê uma porra de uma aula de história enquanto estamos presos aqui. Conte-me mais sobre mim. Sabe o que mais seus ensinamentos estúpidos e prestigiosos obviamente não lhe contaram? Nós temos sentimentos, porra! Não serei mais um peão para você, para Kaden, para ninguém. Está entendendo? Você tem tanta sorte que eu não posso voar para longe agora sem correr o risco de ser exposta! Porque, senão, juro pelos deuses, eu o deixaria tão rápido. Eu pegaria Gabby, e você nunca mais ia me ver.

Suas palavras doeram, e meu coração martelou no peito. Deixar-me? Não gostei do jeito que ela falou isso ou que ela claramente tivesse considerado isso.

Bufei para mascarar a dor que de repente fez meu estômago se embrulhar e meu peito se contrair.

– Eu encontraria você.

Ela recuou a cabeça, com aquele mesmo olhar de nojo de antes no rosto.

– Que tal você se preocupar com aquele livro estúpido pelo qual todos vocês têm tesão?

Dei de ombros, cruzando os braços enquanto ela continuava a se afastar.

– Fizemos um acordo, Dianna. Você não pode me deixar nem o romper, não importa o seu mau humor.

Observei seu punho se cerrar e seu olhar se tornar letal.

– "Mau humor"? Você tem tanta sorte por eu não poder atirar uma bola de fogo na sua cabeça agora.

– Escute, eu sei que o sangue fresco em suas veias faz você…

– Não tem nada a ver com isso! – Ela praticamente gritou.

– Então, o que é? Isso é por causa da sua amiga Camilla?

Seus olhos vermelhos se estreitaram, e, naquele momento, tive medo de que ela me incinerasse ali mesmo.

– Amiga? Ha! – Dianna soltou uma risada zombeteira. – Ela é mais *sua* amiga, agora que você praticamente desentupiu a garganta dela com a língua! – retrucou, antes de virar as costas e avançar mais fundo na floresta. Ela quase escorregou de novo, agarrando-se a um galho próximo para se equilibrar.

Sua escolha de palavras me confundiu por um breve segundo antes que eu compreendesse e o alívio me inundasse. Eu temia ter destruído o que havia entre nós, mas Camilla estava certa. Se Dianna realmente tivesse desistido de mim, ela teria ido embora, não importava o perigo. Em vez disso, estava brigando comigo. Ah, ela estava com raiva, mas não tinha desistido. Balancei a cabeça, mas não fui estúpido o suficiente para mostrar-lhe minha diversão ou alívio. Ela não queria me deixar. Só estava mal por eu ter beijado Camilla. Não me movi um centímetro enquanto a chamava, cruzando os braços.

– Você parece absolutamente ridícula em sua tentativa de sair emburrada.

– Bem, você sempre parece ridículo!

Gritei de volta para ela:

– Sua resposta é a de uma criança.

Ela parou, virou-se e voltou até mim. As chamas ganharam vida ao redor de suas mãos enquanto ela as fechava em punhos. Sem parar, atirou uma bola de fogo na minha cabeça. Eu me abaixei, as chamas chamuscaram meu cabelo ao passarem zunindo. Continuei a me esquivar enquanto ela jogava não uma, mas mais duas. Elas chiaram e se apagaram quando encontraram o chão molhado da floresta.

– Você acabou de me chamar de criança?

Sorri para ela, sabendo que ela cairia na provocação.

– É assim que você está agindo.

Seus olhos se estreitaram. As chamas que ainda envolviam suas mãos se refletiram em suas íris vermelhas quando ela ergueu a mão e apontou para a testa.

– Com licença, quem foi que acabou de levar um tiro na cabeça enquanto você estava ocupado enfiando a língua na garganta de Camilla?

Meu peito doeu com a lembrança do barulho, do corpo dela caindo e do sorriso de Santiago. Ele sorriu, como se atirar em uma mulher amarrada fosse motivo de orgulho. Pagaria muito caro por aquilo no segundo em que eu colocasse minhas mãos nele, mas eu tinha que lidar com o ciúme e a dor dela antes de poder fazer isso.

– Santiago vai morrer pelo que fez a você, e não houve… – Fiz uma pausa, não desejava mentir para ela. – Houve muito pouca língua. E, para sua informação, ela me mostrou onde está nosso próximo alvo.

Ela cruzou os braços sobre o peito, extinguindo as chamas em suas mãos. Desviou o olhar enquanto a dor distorcia suas lindas feições mais uma vez.

– Ai, que maravilha. Fico feliz que sua sessão de amassos tenha nos ajudado a resolver um mistério. Parabéns. Quer um prêmio?

– Por que você está tão chateada?

Sua cabeça se virou em minha direção e ela avançou mais uma vez.

– Chateada? Por que eu estou *chateada*? Você a escolheu em vez de mim, sabe, sua parceira de verdade. Eu conheço sua força. Você podia ter fugido do controle dela. Mas, não, tive que levar vários tiros. Então, no segundo em que tento matá-la, você me atira para longe como se eu fosse… – Ela parou, parecendo se engasgar com as palavras. Estava a apenas alguns metros de mim agora. – Como se eu não significasse nada, quando sou eu quem estou arriscando minha vida, meus amigos e minha única família para ajudar você. Eu deveria ter deixado Logan naquela maldita rua em chamas e matado Kaden eu mesma.

Ela virou as costas novamente, pisando forte, e eu não a segui dessa vez. Em vez disso, apareci na frente dela, agarrando seus braços e fazendo-a parar.

– Ei, eu não escolhi ninguém no seu lugar.

Seus olhos brilharam mais uma vez.

– Me solta.

Eu soltei, mas ela não se afastou, então continuei.

– Dianna, ela me mostrou visões quando me beijou. Mostrou-me qual é o nosso próximo passo. Ela tem trabalhado disfarçada como você esse tempo todo. Foi só isso, é a única razão pela qual ela me beijou.

Ela olhou para mim por debaixo dos cílios, a dor ainda sombreava a profundidade de seus olhos.

– Foi por isso que ela trouxe Santiago?

– Isso eu não sei. O que sei é que prometo esquartejar Santiago na próxima vez que nos cruzarmos, e você sabe que mantenho minha palavra.

Ela ficou calada, e fiquei meio tentado a recuar, com medo de que me incendiasse. Eu sabia que seu temperamento ainda estava presente. Eu conseguia senti-lo.

– Não – declarou ela, cruzando os braços e desviando o olhar.

– Não?

– *Eu* quero desmembrá-lo – falou com tanta calma, que eu sorri. Ela ainda não estava me encarando, apenas mantinha o olhar fixo à distância. Estendi a mão com cuidado, removendo uma das várias folhas que cobriam seu cabelo.

– Vamos conversar sobre isso.

Dianna olhou para minha mão antes de afastá-la com um tapinha.

– Não me toque e não tente ser legal comigo agora. Seu bafo cheira a Camilla.

Meu sorriso cresceu quando ela pareceu perder um pouco daquele fogo intenso.

– Não vejo qual é o grande problema. Não foi pior do que o flerte constante entre você e Drake ou as risadas que vocês dois compartilham por causa de piadas que eu não entendo. Pelo menos consegui informações.

Ela inclinou a cabeça, seus olhos vagaram pelos meus.

– É isso o que aquilo foi? Revanche? Você estava tentando me deixar com ciúmes?

A maneira como ela perguntou fez com que terminações nervosas que eu não usava havia séculos ganhassem vida. Era mais suave do que o tom que ela normalmente usava comigo, e a parte de mim que eu havia silenciado para sobreviver despertou gritando.

Quando ela reagiu com nojo à ideia de me beijar, fiquei ofendido. Nunca havia sido rejeitado, e talvez fosse apenas ego, mas eu tinha a impressão de que era mais do que isso.

Ela não sabia o quanto eu queria que os lábios *dela* estivessem sob os meus. Eu ainda sentia o gosto da mancha vermelha do batom de Camilla na minha boca e queria apagar todos os vestígios com o gosto de Dianna. Era um desejo intenso e ardente que dilacerava meu ser.

– Você *é* ciumenta? – perguntei, e uma parte de mim rezou aos deuses antigos para que a resposta fosse "sim".

Dianna se aproximou mais um passo sem parecer perceber. Seu corpo estava a poucos centímetros do meu, seu perfume imprimia-se em minha mente a cada respiração. Estávamos próximos demais, não apenas fisicamente, mas também mentalmente. Ela consumia meus pensamentos, fazendo-me sentir e questionar tudo.

Sua voz era um sussurro ofegante, que ela nunca tinha usado comigo.

– Você quer que eu seja?

A respiração de Dianna falhou e seu olhar caiu para meus lábios. Sua língua disparou para fora, deixando a curva carnuda de seu lábio inferior brilhando. Eu ansiava por aceitar seu convite, saborear o toque e o sabor dela até que apenas seu perfume permanecesse em minha pele. Queria reivindicá-la como minha.

Eu não sabia nada sobre o amor, mas sabia que a desejava, precisava dela e sonhava com ela. Era a coisa mais inadequada e irresponsável que eu poderia querer para mim. Eu apenas queria sentir, e um único toque dela incendiava meu corpo. Queria as mãos dela em cada parte de mim e queria isso mais do que jamais quis qualquer outra coisa. Era o desejo mais egoísta do mundo, mas eu a queria mais que uma coroa, mais que um trono, mais que ar. Eu tinha a confirmação de que o Livro de Azrael existia e de que a ameaça de guerra se aproximava, mas todos os meus pensamentos centravam-se em Dianna. Camilla estava certa. Ela havia me seduzido. Mais do que isso, ela me possuía – e ela nem mesmo sabia disso.

Aproximei-me mais uma fração de centímetro e levantei minhas mãos para segurar seu rosto. Meus dedos roçaram atrás de sua orelha, meu polegar traçou sua bochecha enquanto eu me inclinava.

Os lábios de Dianna se entreabriram em um convite, entretanto, em seguida, o corpo dela estremeceu, e suas feições se contorceram de dor antes que eu pudesse aceitar. Sua testa se franziu, e sangue encheu sua boca. Ela olhou para baixo, e eu segui o caminho de seu olhar, vendo as garras longas e curvas perfurando sua barriga. Levantei a cabeça e olhei nos olhos vermelho-sangue de um dos Irvikuvas. Ele sorriu triunfante para mim por cima da cabeça dela, exibindo uma boca cheia de dentes pretos e pontiagudos.

– Liam? – gorgolejou ela.

Eu fui lento demais. As pontas dos dedos de Dianna roçaram as minhas quando ela foi puxada para o mato fechado e desapareceu de vista.

XXXIX
LIAM

Merda. A palavra que Dianna frequentemente usava passou pela minha mente. Eu estava tão distraído que não senti a criatura até que fosse tarde demais. Minha cabeça latejava enquanto imagens de meus pesadelos assaltavam minha mente. Havia sangue, tanto sangue no peito dela, nas cinzas... Não, ela não podia morrer, ela não ia morrer. Eu rasgaria a própria estrutura deste mundo até os átomos.

– Liam!

Dianna berrou meu nome, o som ecoava pela floresta, fazendo-me correr mais rápido. Sua voz estava tomada pela dor, e algo dentro de mim se partiu.

Ele planeja despedaçar todo mundo para recuperar o que é dele. Você entende isso, certo?

As palavras de Ethan ecoaram em meu crânio enquanto eu acelerava pela floresta.

– Dianna! Onde você está? – gritei, assustando os pássaros das árvores em bandos.

Árvores, arbustos, nada ficou no meu caminho enquanto o poder corria por mim. Atravessei a selva a um ritmo alarmante, deixando apenas vegetação achatada em meu rastro.

– Liam! – Ouvi a voz dela novamente à minha direita. Eu derrapei e parei, o chão sob meus pés se achatou.

– Liam! – Não, espere, ela estava à minha frente.

Mais uma vez, meu nome soou. Desta vez atrás de mim.

– Liam! – Desta vez veio da minha esquerda.

Não vou deixá-lo levá-la.

Espero que não, porque, se deixar, você não a verá novamente.

Coloquei as mãos em concha na boca e gritei:

– Dianna!

Não ouvi nada além de animais fugindo da floresta. Fechei os olhos, concentrando-me e tentando lembrar de tudo o que aprendi sobre como focar. Fracassar não era uma opção. Por Dianna, eu seria capaz de fazer qualquer coisa. Acalmei minha respiração, controlando cada uma, inspirando e expirando. A floresta voltou a ficar silenciosa, o estalo de um galho acima de mim soou como um tiro no silêncio.

– Liam! – O grito foi seguido por risadas doentias.

Meus olhos se abriram, encontrando os olhos vermelhos que reluziam no topo da árvore. As garras se cravavam na casca do tronco, conforme a criatura descia da árvore de cabeça para baixo como um lagarto deformado. Suas asas, grossas e pesadas, abriram e fecharam enquanto ela continuava a sorrir com os dentes cobertos de sangue. O sangue de Dianna.

– Liam!

Eu me virei, outra criatura saiu dos arbustos atrás de mim, com suas asas curvadas para trás como se tivesse acabado de pousar.

Eles podiam imitar.

– Onde ela está? – perguntei, minha voz não era minha. Meu poder pulsava com cada batida do meu coração, fazendo as árvores e a folhagem vibrarem no ritmo. Os pássaros berraram, fugindo para o céu noturno.

A primeira criatura saltou, e o solo estremeceu com o impacto de seus pés atingindo o chão da floresta. Inclinei meu corpo para manter os dois à vista.

Os Irvikuvas se elevavam acima de mim, e seus sorrisos grandes demais expunham os dentes pretos e irregulares que gotejavam carne.

– Tarde demais, Destruidor de Mundos. Você falhou novamente. Ela retorna para o mestre agora. – Sua tremenda cabeça se aproximou, e o fedor de seu hálito era insuportável. – Em pedaços.

Eles riram um som repugnante e irritante. As palavras me atravessaram, despertando algo sombrio que eu havia mantido escondido por eras.

Ouvi dizer que ia arrastá-la de volta em pedaços se fosse preciso.

O sorriso da criatura congelou em choque atordoado, e seu olhar abaixou, observando sua barriga em confusão. Sem fazer barulho, seu corpo convulsionou. Ele deu um passo para trás antes de se transformar em poeira preta e espessa.

Eu não sabia que poderia invocar a lâmina de Aniquilação tão depressa, mas não tive tempo para pensar demais. As linhas prateadas marcavam meu corpo em padrões que se retorciam e ziguezagueavam em direção ao meu rosto. A segunda criatura olhou para mim e depois para a lâmina que eu segurava. Uma espessa fumaça preta e roxa escorria da arma. A espada não era de prata nem de ouro, como a lança que meu pai e os deuses usavam. A minha era a ausência de todas as cores, absorvia toda a luz. Era uma verdadeira lâmina da morte.

A lâmina de Aniquilação foi minha criação durante minha ascensão. A lenda dela havia sido transmitida através do tempo. Uma história contada sobre como destruí mundos e a arma que tornara isso possível. Até os deuses antigos a temiam, e prometi a mim mesmo que nunca mais a invocaria. Pensei que não havia nada que pudesse me forçar a quebrar meu voto, mas a maneira como essas criaturas zombaram de Dianna, de sua dor e de seu destino provaram que eu estava errado. Dianna valia a pena, e eu arriscaria tudo por ela.

Eu sorri e soltei as amarras. Com um movimento de meu anel, uma armadura prateada irrompeu por cima do meu corpo, revestindo-me da cabeça aos pés. Eu iria para a guerra por ela.

A criatura fugiu para o céu.

– Ah, não fuja agora. Estamos apenas começando. – Eu segui, subindo no ar atrás dela. Ela guinchou como um animal ferido, medo e pânico ecoaram pela noite. Eu me projetei mais longe e mais depressa. Ao passar por ela, virei minha lâmina de lado, cortando-a ao meio. Seus gritos morreram quando ela virou cinzas.

Eu pairei, girando no céu, procurando meu próximo alvo. Ao longe, uma nuvem de espessas chamas laranja surgiu. *Dianna*. Não hesitei em inclinar meu corpo para a frente, voando em direção a ela a toda a velocidade que consegui alcançar. Meu único objetivo era salvá-la, ajudá-la.

O chão tremeu com a minha aterrissagem, assustando mais quatro daquelas feras horríveis. As partes meio queimadas dos corpos de seus irmãos estavam espalhadas pela área. Dianna havia lutado, e lutado bem, mas não era o suficiente. Ela estava ferida e em menor número, mas eu estava ali agora.

As quatro criaturas restantes estavam arrastando Dianna, que esperneava e arranhava, em direção a um enorme buraco no chão. Estava queimando, enviando uma fumaça escura e espessa para o céu. Estavam levando-a de volta para *ele*.

Não.

Eles me lançaram um olhar e se apressaram. Suas asas poderosas se abriram, e eles pularam, tentando chegar até aquele buraco com ela. Joguei minha lâmina, apontando-a como uma lança. Apanhou aquele que a segurava com mais força, e o Irvikuva se desintegrou com o impacto. Quando Dianna caiu, eu saltei, chamando a lâmina de volta ao meu anel. Caí com força próximo ao poço ardente. Dianna agarrou-se à borda, e as três feras restantes a puxaram, determinadas a arrastá-la para dentro. Ouvi um estalo e um rasgo quando Dianna berrou em desafio. Aquela era minha garota.

Agarrei os pulsos dela, enquanto as feras abaixo arranhavam e puxavam suas pernas. Ela manobrou, usando um dos chutes que eu lhe havia ensinado, e acertou uma com força suficiente para fazê-la cair e desaparecer no fogo abaixo.

Puxei com toda a força que pude, arrastando-a para fora e apertando-a contra mim. Eu sabia que estava segurando apertado demais, mas não tinha certeza se conseguiria soltá-la.

Duas cabeças monstruosas apareceram. Os Irvikuvas agarraram-na com suas mãos com garras, puxando-a com a intenção de terminar sua missão. Aninhei-a contra mim enquanto invocava a lâmina de Aniquilação mais uma vez.

– Feche os olhos.

Ela assentiu e enterrou o rosto nas placas blindadas em meu ombro, agarrando-se a mim. Movi a lâmina, virando-a e agarrando o cabo. Ajoelhei-me, cravando-a no chão com força suficiente para sacudir o terreno. Veios roxos e pretos semelhantes a teias de aranha correram em direção ao poço, matando tudo em seu caminho. A energia devastadora avançou, alcançando as criaturas. Seus gritos de terror foram abruptamente silenciados quando o poder da Aniquilação as tocou, e o vento feroz levantou a poeira que restava. O buraco de fogo tremeu, uma fumaça subiu enquanto as chamas se cristalizavam e o portal se tornava dormente. Eu arranquei a lâmina de Aniquilação antes que ela pudesse causar mais danos e a enviei de volta a seu éter.

Ainda ajoelhado, aninhei Dianna em um braço, apoiando-a para examiná-la e a seus ferimentos. Usei minha mão livre para afastar cuidadosamente os fios de cabelo de seu rosto ensanguentado e cortado.

Os olhos dela correram por mim.

– Ca-va-leiro em ar-ma-dura re-lu-zente.

– O quê? – Suas palavras saíram entrecortadas por causa dos cortes em sua garganta, mas depois as compreendi. Armadura. Eu ainda estava usando-a. Com um movimento do polegar, a armadura desapareceu de volta em meu anel.

– Onde você está ferida? Você está bem?

Ela sacudiu a cabeça, cerrando os dentes, com a boca coberta de sangue. Olhei para baixo e estremeci ao ver as marcas profundas de garras e perfurações em cada parte de seu corpo. Quase arrancaram o braço dela na altura do ombro. Passei minhas mãos por todo o corpo dela, descobrindo os ossos de uma perna horrivelmente torcidos.

Ela sibilou, e eu parei, olhando para seu rosto.

– Por que você não está curando?

– Ir-vi-kuva.

Claro. Feitos do mesmo sangue, eles poderiam feri-la terrivelmente.

Comecei a sacar a arma de ablazone para oferecer meu sangue a ela, mas ela balançou a cabeça quase imperceptivelmente e apontou para sua garganta parcialmente rasgada. Um arrepio de dor a percorreu quando eu me mexi. Olhei para baixo, notando como seu quadril estava torcido. Senti o gosto do medo quando vi as feridas que rasgavam profundamente sua carne. Havia tantas. Eu tinha deduzido que os ferimentos dela de nosso confronto anterior iam sarar rapidamente com sua regeneração potencializada, mas eu estava errado. Ela estava ferida muito seriamente e sangrando intensamente.

– Aguente, está bem? Vou nos levar para algum lugar seguro. Apenas fique comigo.

Ela tentou e não conseguiu assentir, e eu saltei de volta para o céu, desesperado para fugir daquele lugar.

XL
Liam

Aterrissei em um bairro mal-iluminado de uma cidade chamada Chasin. Queria voar para mais longe, mas a neve em altitudes mais elevadas me atrasou, e eu podia sentir Dianna se esvaindo. Estendi a mão, procurando por qualquer sinal de poder celestial enquanto planávamos.

A pequena cidade ficava à sombra de montanhas cobertas de neve. Era tranquila, com carros estacionados ao longo das ruas de paralelepípedos e pequenas casas alinhadas em ambos os lados. As árvores espiralavam em direção ao céu, e a neve revestia tudo.

Dianna gemeu e estremeceu em meus braços quando meus pés tocaram o solo. Seu sangue encharcava a frente do meu corpo, e o medo tomou conta de mim quando senti seus batimentos cardíacos diminuírem. Parte de mim sabia que ela não morreria, mas havia aquela pequena dúvida. E se ela estivesse errada e não conhecesse os verdadeiros limites de seu poder?

Concentrei minha visão em cada casa, tentando captar os celestiais que sentira antes. Minha visão mudou, permitindo-me ver as formas dos mortais, e seus corações batiam em um ritmo constante. Parei diante da terceira casa, o casal lá dentro brilhava com a assinatura azul-cobalto de um celestial.

Ah, lá estavam eles. Perfeito.

Cheguei à varanda em poucos segundos, sem me preocupar em andar. Usei meu pé para chutar de leve a porta, com medo de soltar Dianna mesmo que por um segundo.

Várias trancas clicaram antes que a porta se abrisse revelando uma mulher pequena. Para os mortais, ela pareceria ter oitenta e poucos anos, mas eu sabia muito bem que estava chegando a alguns milhares.

— Samkiel. — Sua voz falhou. Ouvi o outro ser da casa correr para a entrada. Eles me encararam, e seus olhos brilharam em azul.

— Podemos usar sua casa, por favor? Minha... — Fiz uma pausa. Dianna gemeu em meus braços, apertando-me com mais força. As palavras passaram pela minha cabeça, disparando para explicar o que ela era para mim, mas eu não podia usar nenhuma delas. Em vez disso, usei aquela que, embora verdadeira, era muito menos que isso. — Minha amiga está gravemente ferida.

Eles assentiram, observando a figura ensanguentada em meus braços e abrindo caminho. O calor da casa deles nos recebeu como abraço, a lareira nos fundos lambia os troncos fumegantes. Passei pela pequena sala de estar enquanto o senhor me conduzia em direção à cozinha. Ele tirou os itens da mesa quando a mulher entrou com várias toalhas, colocando-as em cima dela. Deitei Dianna sobre ela, ouvindo-a chiar quando suas costas fizeram contato com a superfície.

– Desculpe. – Olhei ao redor da pequena cozinha em busca de algo que pudesse ajudar. – Vocês têm alguma erva do nosso mundo? Alguma coisa salva? – perguntei, olhando para eles.

A mulher correu até uma prateleira e empurrou a madeira brilhante. A parede cedeu, expondo uma alcova escondida repleta de tesouros domésticos de Rashearim. Ela abriu uma pequena geladeira, revelando vários potes de vidro cujo conteúdo estava acabando. Escolheu um e correu de volta para entregá-lo para mim.

Folhas de erva seca. Eram amarelo-esverdeadas e tinham um cheiro horrível, mas ajudavam a aliviar a dor. Torci a tampa do pote e tirei uma folha. Deslizei meu braço por baixo de Dianna e levantei-a cuidadosamente, levando a folha aos seus lábios.

– Abra a boca, Dianna. Preciso que você coma isso. Ela se dissolve, como aquela nuvem colorida de doce que você me deu. Vai ajudar com a dor.

Ela tentou, mas falhou, mesmo com os músculos de sua mandíbula se esforçando. O corte era muito profundo. Movi minha mão, inclinando sua cabeça para trás e levantando seu queixo. Ela se remexeu debilmente. Eu sabia que a estava machucando, mas não tinha outra opção.

– Eu sei que dói e sinto muito. Mas, com feridas tão graves, vai parecer que estou rasgando você de novo quando eu a curar. Tenho que fazer isso.

Os olhos injetados de Dianna encontraram os meus e pude ver a aceitação neles. Seu corpo relaxou, e aninhei sua cabeça um pouco mais alto para que ela não se engasgasse. Coloquei a folha na boca dela, certificando-me de que atingisse o fundo de sua língua. Ela fechou os olhos e engoliu em seco, e seu corpo tremeu com uma nova dor causada pelo movimento de sua garganta. Passei suavemente a mão por seu cabelo e a coloquei deitada de novo.

Arregacei as mangas e olhei para os donos da casa. O olhar da mulher, cheio de compaixão e preocupação, se demorou na bagunça carmesim e despedaçada que era o terninho branco de Dianna.

– Tenho roupas que ela poderá usar quando estiver curada – informou ela, antes de agarrar gentilmente o braço do marido. – Vamos preparar seus quartos.

– Obrigado – falei.

Eles saíram da cozinha, seus passos ecoaram pelo corredor.

– Isso vai doer, e, por isso, peço desculpas.

Ela assentiu de leve, e seus olhos acompanharam cada um dos meus movimentos. Cerrei o punho, e, quando o abri, uma luz prateada saiu da palma da minha mão formando um arco. Ele dançou, enquanto os pequenos chicotes de energia a buscavam zelosamente. Comecei pelos pés machucados e sujos, os sapatos que ela usava já tinham desaparecido muito tempo antes. Direcionei a energia para onde era necessária, e os dedos dos pés dela se encolheram de leve conforme a pele sob minha mão estendida se curava.

As luzes da cozinha piscaram várias vezes enquanto eu extraía mais energia das fontes mais próximas. A TV e o rádio ligavam e desligavam, estática enchia a sala. Segui as linhas das pernas dela, e ela sibilou quando vários cortes grandes em suas coxas se fecharam de novo. Um estalo alto ecoou no cômodo, e ela se contorceu de dor quando seu quadril voltou ao lugar.

– Sinto muito, sinto muito – murmurei, tirando o cabelo encharcado de sangue do rosto dela.

Dianna relaxou, deitando-se esticada sobre a mesa mais uma vez. Ela forçou outro aceno curto e eu me levantei, reunindo mais energia para prosseguir. Minha mão continuou sua jornada enquanto a luz caía por completo. Ouvi o casal murmurar no corredor.

As luzes lá fora piscaram, e logo toda a rua ficou na escuridão quando eu extraí mais energia. Passei a palma da mão sobre o baixo-ventre e o meio da barriga dela. Ela esticou a mão, agarrando meu pulso, e eu parei.

Os olhos de Dianna permaneceram fechados, mas consegui ver a dor que ela tentava esconder. Ela inspirava e expirava devagar, suportando a onda de agonia. Esperei pacientemente, acariciando seus cabelos com delicadeza com a mão livre até que ela me soltou com um suspiro trêmulo. Concentrei-me mais uma vez, minha mão contornou sua caixa torácica, seios, clavícula e pescoço antes de subir para garantir que todos os arranhões e hematomas naquele rosto lindo desaparecessem.

A luz voltou assim que eu recolhi minha energia. Sons encheram a cozinha quando a TV ligou e o rádio continuou sua música alegre. Dei um passo para trás, enquanto ela se sentava. Dianna lançou um olhar para mim, e seus olhos se suavizaram antes de olhar para si mesma. Ela ergueu os braços lentamente, virando-os para examiná-los antes de inspecionar as pernas. Ela engoliu em seco e olhou para mim.

– Como está se sentindo? – Eu sabia que estava sendo sufocante, mas não consegui me afastar nem mais um passo.

Ela esfregou as mãos pelos braços.

– Com frio, mas inteira.

– Bom. Bom. – Eu tinha tantas coisas para falar, mas não sabia como ou por onde começar. Ela começou a dizer alguma coisa, mas parou ao ouvir um leve som de passos no corredor.

– Os quartos de hóspedes estão prontos. – A mulher sorriu timidamente, retorcendo as mãos. – Há um banheiro em cada um, não tão grandes quanto aqueles aos quais está acostumado, meu senhor, mas o suficiente. Ambos os quartos ficam no final do corredor, e tentei encontrar algumas roupas que servissem.

Dianna respirou fundo, com uma expressão ilegível, enquanto saltava do balcão.

– Obrigada, senhora…?

– Pode me chamar de Coretta.

– Obrigada, Coretta.

Coretta sorriu de novo, cruzando as mãos na frente do corpo. Dianna assentiu, enquanto ajeitava as roupas rasgadas. Ela olhou para mim mais uma vez antes de avançar pelo corredor e desaparecer de vista.

Ao sair do chuveiro, olhei para as roupas emprestadas que o casal celestial havia separado. A camisa xadrez e a calça cinza caíram bem o bastante. Encostei-me na pequena pia e olhei para o espelho embaçado pelo vapor. Respirei fundo, centrando-me antes de desenhar um círculo e traçar os símbolos antigos no espelho. O vidro brilhou e ondulou como se uma pequena gota tivesse caído num lago plácido. Quando tudo se acalmou, o rosto de Logan apareceu.

– Liam. Estou ligando para você há horas. Onde está seu telefone?

Parei, percebendo que já fazia algum tempo que não via ou tinha um.

– Não sei. O que aconteceu?

Ele bufou.

– Você que me diga. Parte de El Donuma está em chamas. Uma tempestade estranha apareceu, e um terremoto foi sentido até em Valoel.

Abaixei o olhar. Eu não tinha deixado a lâmina de Aniquilação no chão por muito tempo, mas aparentemente foi o suficiente para que seus efeitos fossem sentidos tão longe.

– Merda – falei com um suspiro cansado.

Logan pareceu surpreso, erguendo uma sobrancelha.

– Onde aprendeu essa palavra?

Passei a mão pelos cachos curtos e molhados do meu cabelo.

– Não importa. Kaden atacou. Ele tem feras que são versões menores das criaturas das lendas, incluindo dentes, garras e asas, tudo. Ele as enviou atrás de Dianna. Eu agi.

Ele não me pediu para dar mais detalhes, apenas assentiu.

– Então, esse foi o poder que sentimos. Presumo que Dianna esteja a salvo.

– Sim.

– Ótimo. Gabby pode ser pequena, mas temo que ela tentaria esfolar todos nós vivos se algo acontecesse com Dianna.

– Tenho certeza de que Dianna vai ligar para ela em breve. – Esfreguei a lateral da minha cabeça.

Logan suspirou.

– Ah, graças aos antigos. Gostaria de ter minha esposa de volta. Ela a fica roubando todas as noites para ver uns filmes ridículos. Eu as ouço chorando na sala e presumo o pior. Mas elas dizem que é normal e que gostam. É confuso. Por que as mulheres gostam tanto de chorar?

Sorri enquanto Logan falava, e ele parou quando viu.

– Você está sorrindo de novo. Notei isso no castelo daquele vampiro também. Que bom. Até voltou a parecer decente. Você engordou, o que significa que está comendo.

Franzi as sobrancelhas.

– Você notou minha falta de apetite?

– Eu noto tudo, irmão. Simplesmente me recuso a ser repreendido por chamar sua atenção por isso, ao contrário de Vincent e da lindeza de cabelos escuros a quem você está preso atualmente. – Ele sorriu, sua imagem tremeluziu, e eu sabia que não duraria muito mais tempo. – Aquela luz parece estar reluzindo em você de novo. É bom.

– É.

Meu sorriso sumiu, e Logan limpou a garganta, obviamente ciente da mudança no meu humor.

– Apesar do que aconteceu em El Donuma, não tivemos nada sequer remotamente do Outro Mundo aqui. Nenhum ataque ou atividade. Parece que Kaden pode estar poupando todo o seu poder e esforços para vocês dois.

Senti o músculo pulsar em minha mandíbula.

– Parece que sim. Preciso que você e os outros pesquisem dois bruxos: Santiago e Camilla. Assim que encontrarem alguma coisa sobre eles, avise-me. Santiago administrava um clã em Ruuman. Vincent provavelmente sabe algo sobre ele. Camilla operava um em El Donuma.

– Considere feito, senhor.

Balancei a cabeça, apoiando-me na pia.

– Não me chame assim.

– Olha só. Até seu linguajar está mudando. – Logan sorriu. – E o livro? Alguma pista?

– Na verdade, sim. A filha de Azrael está viva.

Logan recuou, arregalando os olhos.

– Mas nem fodendo.

Eu sorri para ele.

– E esse seu linguajar?

– Ei, estou neste plano há mais tempo que você. As palavras deles são contagiantes. – Ele se aproximou do espelho. – Onde ela está? Quero dizer, Victoria sobreviveu, mesmo que Azrael não. Achei que saberíamos.

– Isso é o que vou descobrir.

Ele esfregou o rosto.

– Isso muda tudo.

Meu estômago afundou, sabendo que havia mudado mais do que ele poderia imaginar.

– Muda.

– Realmente acha que ele pode acabar com o mundo?

Abaixei a cabeça e recuei, agarrando as laterais da pia.

– Não sei. Se minhas visões estiverem corretas, então é o que acontecerá.

– Liam, seu pai dizia que elas são o que *pode* acontecer, nem sempre o que *vai* acontecer. Até ele teve visões que nunca se concretizaram.

– Mas por que tão intensa? Por que a mesma versão se repete? Tem que ser um sinal. – Senti as palavras saírem dos meus lábios mesmo enquanto me virava para a porta do banheiro.

Eu conseguia ouvir o coração dela batendo dali, e ele abafava o resto do mundo. Ela havia se tornado uma prioridade para mim, e eu não conseguia evitar monitorar os sons de sua sobrevivência. Eu tinha sonhado com sua morte e a vi quando aquela fera abriu um buraco nela. Tinha acontecido, o que significava que a parte do fim do mundo também aconteceria.

Voltei-me para o espelho, e o resto do mundo retornou em uma torrente. A TV e os murmúrios vindos do andar de baixo inundaram meus ouvidos. A porta de um carro se abrindo na rua e os sons de sono vindos das casas próximas a nós eram barulhentos aos meus ouvidos.

Logan suspirou.

– O que precisa que eu faça?

– Transporte pela manhã. Um comboio capaz de passar despercebido para onde precisamos ir. E outro telefone.

– Considere feito.

Conversamos mais alguns minutos antes de eu encerrar a conexão com a promessa de manter contato. Logan informaria os outros, e eu completaria o Conselho de Hadramiel assim que tivesse oportunidade.

XLI
Liam

Minha mão permaneceu erguida como se fosse bater na porta. Era a mesma coisa que fazia na mansão Vanderkai quando não conseguia dormir, mas me recusava a ficar com ela. Eu estava hesitando pelos mesmos motivos. As luzes piscaram no andar de baixo, e o casal celestial fazia o que, pelo aroma, parecia ser chá e se preparava para dormir. Deixei meus dedos se moverem, batendo de leve na porta.

– Dianna.

– Estou bem. – Ouvi o farfalhar dos lençóis e uma fungada.

Abri a porta, a preocupação era como uma dor no estômago. Tive um breve vislumbre de seus olhos antes que ela se aninhasse novamente no edredom grosso. Ela tinha outro cobertor grosso de pele sintética por cima. Seu cabelo escuro saía no topo quando ela se enrodilhava.

A resposta dela foi abafada, mas a ouvi dizer:

– Eu falei que estou bem.

– Qual é o problema? Você está chorando?

– Não.

Entrei mais no quarto, fechando a porta atrás de mim. Este quarto, como o meu, era pequeno. Uma cama ocupava o lado direito. Da porta, pude ver um banheiro minúsculo, e havia um armário à esquerda. Uma janela ocupava a parede mais distante, e as cortinas transparentes não bloqueavam a visão da neve que caía. Senti uma corrente de ar percorrer o quarto e me perguntei se ela estava com frio.

– Dianna.

– Eu disse que estou bem. Vá para a cama. Não temos que acordar cedo ou algo assim? Não foi isso que você e Logan falaram?

Dei mais um passo para me aproximar.

– Estava espiando?

– A casa é pequena.

Olhei ao redor do quarto.

– É mesmo e tem correntes de ar. Eu não sabia que nevava nesta época do ano. Está frio lá fora. – Eu sabia que estava divagando como um louco, mas diria e faria qualquer coisa para ficar com ela, por mais idiota que parecesse.

– Liam, estou cansada. Vá para a cama. Podemos conversar de manhã – disse ela, aninhando-se ainda mais em seu casulo.

Ela queria que eu fosse embora. Estava me evitando depois de tudo o que aconteceu? Bem, azar o dela. De jeito nenhum eu ia deixá-la colocar distância entre nós. Fui até o outro lado da cama e, levantando as cobertas que ela havia enrolado tão apertadas em torno de si, me deitei.

Ela se virou para olhar para mim, a exaustão embaçava seus olhos.

– O que você está fazendo?

– Você me disse para ir para a cama, então é isso que estou fazendo.

– Aqui não. Você tem a sua.

– Eu não quero a minha. – E não queria mesmo. Eu precisava estar perto dela. Quase a perdi. Ela não conseguia entender isso?

Uma expressão de dor cruzou seu rosto enquanto ela me olhava.

– Não tem medo do que seus preciosos celestiais vão pensar?

Então era disso que se tratava?

– Não. Além disso, estou com frio.

Ela zombou e se deitou com força suficiente para fazer a pequena cama tremer e ranger.

– Deuses não sentem frio.

Copiei sua posição, deitando-me de frente para ela, perto, mas sem tocá-la.

– Ah, é? Então, você conhece muitos de nós?

Vi seu ombro se erguer em um gesto de desdém.

– Apenas um superirritante.

Meus lábios se curvaram em um pequeno sorriso. Eu aceitaria qualquer piada ou ofensa que Dianna me lançasse, desde que ela estivesse bem.

– Você ligou para sua irmã?

Ela desviou o olhar.

– Não.

– Por quê? – Aquilo me preocupou.

– Não quero que ela se preocupe e estou cansada demais para agir como se estivesse bem esta noite.

Tudo ficou em silêncio de novo por um longo momento. Eu odiava o silêncio entre nós mais do que qualquer coisa. Queria consertar o que estava tão quebrado, mas, mesmo com toda a minha força e poder, não sabia como.

Imagens de nós na floresta antes do ataque passaram diante dos meus olhos. A forma como Dianna falou comigo, olhou para mim e como seus lábios se abriram antes que ela fosse levada. As palavras que eu queria dizer borbulharam na minha garganta, mas permaneceram presas nela. Tentei forçar, mas, quando falei, o que disse não teve nada a ver com o que eu sentia.

– Provavelmente deveríamos dormir um pouco. Precisamos partir ao amanhecer. Logan está providenciando lugares para nós em um comboio amanhã de manhã. Estamos perto de onde mora a filha de Azrael, mas nós dois precisamos descansar um pouco depois de tudo o que aconteceu.

Dianna me estudou, seus olhos examinaram meu rosto como se esperasse que eu dissesse mais alguma coisa. Eu não falei, e ela assentiu antes de rolar de costas para mim.

Amaldiçoei-me silenciosamente. O que havia de errado comigo? Dianna não era como ninguém que eu conhecia. Eu havia matado criaturas do tamanho de estrelas, mas essa mulher impetuosa e teimosa me deixava nervoso. Ela me confundia. Eu precisava contar-lhe como me sentia, mas primeiro precisava descobrir o que estava sentindo. Fiz uma careta e consegui ouvir a risada zombeteira de Cameron se ele descobrisse. Deuses, todos eles rindo.

Esfreguei distraidamente a mão no rosto enquanto olhava para as costas dela. Ela se envolveu no máximo de cobertas que pôde, deixando-me praticamente sem nenhuma. Levantei os cobertores mais próximos de mim e colei meu corpo às costas dela.

– O que está fazendo? – perguntou ela, e seu corpo ficou tenso.

– Estou ficando perto de você para me aquecer. Eu falei que estava com frio.

Ela bufou e soltou um grito quando meus pés tocaram a pele nua de seus tornozelos.

– Deuses, vocês *está* com frio! Não estava mentindo.

Sorri. Eu não mencionaria que podia controlar minha temperatura corporal. Era necessário que estivesse perto dela, e, se isso significasse uma pequena mentira por omissão, eu podia conviver com isso. Quando ela desapareceu, fiquei com medo de nunca mais a ver.

– Não, eu não estava.

Com um grande suspiro, ela se aninhou contra mim. Agarrou meu pulso e puxou-o sobre ela, pressionando minha mão contra seu abdômen. Já havíamos dormido assim antes, quando meus terrores noturnos eram particularmente violentos. Segurei-a perto, com meu rosto enterrado na curva de seu pescoço, e contei cada batimento cardíaco, cada respiração. Relaxei pela primeira vez em semanas, a tensão foi abandonando meus ombros. Os antigos falavam de paz absoluta além dos mundos, além dos reinos, e, quando eu segurava Dianna, sentia isso. Era um sentimento que eu tinha passado séculos procurando. Inspirei fundo, inalando o perfume dela, enquanto ela tremia ao meu lado.

Eu estava me permitindo me aproximar demais dela de novo, mas desta vez não me importava. Saboreei a sensação dela comigo, inteira e longe de Kaden. Quase tinham conseguido, quase a arrastaram de volta para ele. Eu quase a perdi. O medo ainda estremecia dentro de mim, enquanto eu apoiava a cabeça na mão, precisando ter certeza de que ela estava bem.

A curva de seu ombro estava exposta pelas roupas excessivamente grandes, e a acariciei com a mão, afastando seu cabelo para o lado. Ela estremeceu, e eu parei, temendo tê-la machucado. Ela ainda estava dolorida? Sensível? Não sabia se a tinha curado por completo.

– Qual é o problema? – A preocupação tomou conta do meu tom. – Ainda está com dor? Ferida?

– Não. – Sua voz soou como um sussurro ofegante. – Seus anéis estão gelados.

Um alívio me inundou.

– Sinto muito.

Meus lábios se curvaram em um pequeno sorriso satisfeito. A pele lisa encontrou a ponta do meu dedo, conforme passei meu toque para seu pescoço, traçando a carne exposta que eu conseguia ver. Minha mente voltou para suas lágrimas e sangue. Meu peito e barriga doíam, mas ela estava bem agora. Ela estava segura. Sua pele estava intacta. Não havia mais cortes em seus ombros ou pescoço.

– Sinto muito se machuquei você quando lhe curei.

Eu consegui ver o contorno de seu sorriso por cima do ombro. Foi breve, mas foi o suficiente.

– Sabe, você pede desculpas demais para alguém da realeza.

Meu sorriso era genuíno.

– É o que você vive me dizendo.

Tudo ficou quieto mais uma vez, enquanto eu afastava os poucos fios de cabelo soltos de sua bochecha. Examinei a curva de seu rosto. Não havia marcas, nem hematomas, nem buracos de bala. Minha mente traidora forneceu por conta própria a memória do som da arma, da queda dela e do sorriso de Santiago. A morte seria uma gentileza quando eu terminasse com ele.

A cama oscilou quando ela rolou para o lado, de frente para mim. Eu envolvi seu ombro, acariciando o calor sedoso de sua pele.

– Você veio atrás de mim – falou ela, olhando para mim através de seus cílios grossos. Juro, eu derreti. – Você me salvou mesmo quando não precisava. Tinha a informação de que precisava e podia ter me deixado para encontrar o livro, mas veio atrás de mim.

Fiquei chocado com a declaração dela. Era uma ideia tão ridícula e nunca havia sido uma opção. Quem seria capaz de abandoná-la? Porém, dadas as companhias que ela tivera, eu entendia por que ela questionaria isso.

– Eu nunca abandonaria você.

Um sorriso suave surgiu em seu rosto, enquanto ela erguia a mão e passava os dedos pelo meu cabelo. Ela tinha feito o mesmo muitas vezes desde aquela primeira noite, quando quase demoli o motel. Levantei minha cabeça, buscando mais do seu toque, e ela segurou meu rosto com as duas mãos. Abaixei minha testa até a dela e fechei os olhos, saboreando a sensação. O aroma de canela de Dianna me envolveu, penetrando em todos os meus poros.

Sua respiração se misturou à minha, enquanto meu nariz roçava o dela. De repente, tive consciência de como o corpo dela se ajustava perfeitamente ao meu e de como isso seria a minha morte. Ficamos em silêncio, com o trauma das últimas horas pesando entre nós.

– Tentei lutar, mas havia muitos deles – disse ela.

– Você foi perfeita.

Ela balançou a cabeça, sua testa roçou contra a minha, e nossos narizes se esfregaram.

– Não, não, eu não fui. Eu não sou tão forte.

Abri os olhos e me afastei para segurar seu rosto, roçando meus polegares nas maçãs do rosto, até que ela encontrou meu olhar.

– Dianna. Eles estavam em maior número. Já vi guerreiros experientes e sanguinários caírem quando atacados por adversários demais. – Procurei seus olhos castanhos, feliz em ver que estavam curados e não mais injetados. Estavam inteiros, puros e perfeitos, assim como ela.

Ela bufou.

– Eu não sou uma guerreira.

– É, sim. Além de ser corajosa, teimosa, grosseira e volátil, você é uma das pessoas mais fortes que conheço. Você briga comigo em tudo. O que é muita coisa, considerando que todos tremem quando entro nos lugares. – Ela riu e fechou os olhos. – Ei, olhe para mim. Você teria que ser uma tola ignorante para não pensar que é algo além de extraordinária, Dianna.

Algo mudou em seus olhos castanhos quando encontraram os meus. Algo pequeno, porém devastador. Seus lábios se encaixaram nos meus, e, pela primeira vez em toda a minha existência, congelei. Seu beijo foi leve, tentador – e tudo o que eu nunca soube que me faltava.

Ela se afastou e me observou, seus dedos traçaram a linha do meu queixo. Um sorriso lento e travesso curvou seus lábios.

– Você ainda está com bafo de bruxa.

Algo se rompeu dentro de mim, e tive medo de que fosse meu autocontrole. O desejo se revirou e ardeu em mim, e eu permiti.

– Então, dê um jeito nisso – ousei dizer, desafiando-a.

Eu me movi, acomodando-a abaixo de mim. Nossas bocas se uniram com força suficiente para sacudir os céus acima. Eu não seria capaz de explicar, mesmo que os próprios deuses me dessem um século para fazê-lo. Não havia palavras para descrever a sensação dos lábios de Dianna contra os meus, mas, com aquele primeiro beijo, minha gravidade mudou. Eu podia não ter palavras para fazer justiça a ela ou ao que estava sentindo, mas sabia que, se ela me permitisse, eu ficaria feliz em passar um milênio tentando.

Minhas mãos percorreram as mechas sedosas com as quais sonhei cada vez que me permiti sonhar. Meu corpo doía, e uma necessidade eterna que eu nunca havia conhecido ganhava vida, implorando para ser saciada. Cada um dos meus nervos de repente estava acordado e gritando, exigindo ser tocado, exigindo tocar.

Inclinei a cabeça para o lado, aprofundando o beijo. Ela gemeu baixinho quando minha língua passou por seus lábios e dançou com a dela. Enrosquei minhas mãos em seus cabelos, esperando que ela não se afastasse, esperando que não mudasse de ideia. Eu já beijei e fui beijado milhares de vezes na minha vida, mas nada comparado àquele momento. Com a pessoa certa, um beijo era muito mais que um beijo. Era um êxtase puro e ilimitado. Uma parte da minha alma estivera à espera dessa mulher, e um beijo dela me desfez. Uma voz que eu não conseguia ignorar insistia silenciosamente que ela era o que me faltava.

É ela.

É ela.

É ela.

Pela primeira vez em séculos, senti aquela velha sensação familiar correndo em minhas veias. A excitação, aguda, intensa e ardente, chocou-se contra mim, e meu corpo reagiu com tanta intensidade que fiquei tonto. Eu gemi quando ela passou as pernas em volta de mim e levantou os quadris em uma doce demanda feminina. Minhas mãos desceram para sua bunda, puxando-a contra mim e segurando-a ali, enquanto eu me movia contra ela. Ela gemia na minha boca, sua língua dançava com a minha, e eu sabia que moveria planetas para ouvir aquele som de novo e de novo.

As unhas de Dianna arranharam de leve minha nuca quando ela me puxou mais para perto. Ela sugou meu lábio inferior antes de mordê-lo, como se estivesse marcando seu território em cada lugar que Camilla havia tocado. A leve pontada de dor fez meu pau estremecer e meu sangue ferver, deixando para trás qualquer parte minha capaz de raciocinar. Eu queria – não, eu *precisava* de mais.

Respeitosamente segurei seu seio por cima do tecido fino de sua camisa, e meu polegar acariciou seu mamilo. Ela gemeu, girando os quadris, pressionando seu calor suave com tanta força em minha ereção latejante que quase gozei ali mesmo.

O som de passos se arrastando e de uma TV sendo ligada fez com que nos separássemos. Olhamos para a porta e depois um para o outro. Dianna empurrou meu ombro de brincadeira.

– Você é barulhento demais – sussurrou ela.

Eu bufei, mantendo minha voz baixa e apoiando-me em um braço.

– Eu sou barulhento demais? *Você* é barulhenta demais.

O sorriso que ela me deu foi o primeiro sorriso de verdade que vi em semanas.

Ela olhou para a porta e depois para mim, mordendo o lábio inferior inchado pelo beijo. Meu olhar se prendeu em sua boca, e fui atraído de volta. Abaixei a cabeça, mas sua mão pressionando meu peito me impediu. Ela riu e falou:

– Provavelmente não deveríamos ter sessões de amassos barulhentas em uma casa com superseres.

Assenti uma vez, embora cada fibra de mim se rebelasse.

– Você tem razão.

– Quero dizer, eles nos ofereceram a casa e nos ajudaram. É rude mantê-los acordados porque você faz barulho demais.

Os olhos de Dianna reluziram com malícia, enquanto ela brincava comigo. Eu não conseguiria esconder meu sorriso nem se quisesse. Nunca conseguia com ela.

– Eu?

Ela assentiu, saindo de baixo de mim, e a sensação de seu corpo roçando no meu me fez reprimir outro gemido. Ela sorriu, maliciosa, antes de se virar para a porta do quarto.

Limpei a garganta e disse:

– É muito grosseiro.

Acomodei-me atrás dela, passando meus braços em volta de sua cintura e puxando-a de volta para mim. Dianna se remexeu, ajeitando-se. Um choque de prazer percorreu meu corpo quando a curva de sua bunda roçou meu pau. Ela me deixou latejando e mal havia me tocado. Essa mulher era pura maldade. Meus olhos se fecharam quando minha cabeça repousou na curva de seu pescoço, e um leve gemido me escapou com o intenso prazer que me atravessou.

– Dianna.

– Hum? – perguntou ela, enquanto se esfregava em mim outra vez. Minha mão voou para seu quadril, pondo fim à sua tortura atual.

– Garota má.

– O que está falando? Estou apenas me ajeitando.

Dei um tapa em sua bunda, leve o bastante para não doer, mas com força suficiente para arrancar um gritinho dela.

– Você sabe o que está fazendo – sussurrei em seu ouvido, enquanto meu aperto em seu quadril aumentava.

– Não sei do que está falando – retrucou ela, com a voz ofegante.

Muito bem. Aquele era um jogo para duas pessoas, e eu adorava um desafio.

Minha mão se espalmou em seu quadril, e as pontas dos meus dedos roçaram a camisa enorme que ela usava.

– Antes você desejou que eu não a tocasse. Esse ainda é o seu desejo?

Sua cabeça se virou em direção à minha, sua respiração fez cócegas em meus lábios. Eu a ouvi engolir em seco enquanto me olhava. Ela estendeu a mão e acariciou a lateral do meu rosto.

– Não.

– Muito bem. – Deslizei a mão por baixo do tecido fino de sua camisa. Meus dedos se espalharam quando os passei por suas costelas e mais alto. – Mas você vai ter que ficar quieta. É uma casa pequena.

O sorriso dela morreu devagar, e aquela boca perfeita foi se abrindo ligeiramente conforme minha mão percorria a curva de um seio, depois do outro, segurando-os e apertando com firmeza. Seus olhos se fecharam, e seu gemido foi mais como uma expiração quando acariciei seus mamilos, provocando-os até que se enrijecessem.

Mudei de ideia. A risada de Dianna era meu *segundo* som favorito.

Ela pressionou a cabeça contra mim enquanto eu puxava e beliscava um mamilo, depois o outro. Ela se apoiou em mim, gemendo de novo. Era um sussurro suave do que eu sabia que poderia fazê-la sentir. Prazer puro e requintado explodia dentro de mim cada vez que ela se movia e sua bunda roçava meu pau já dolorido. Deleitei-me com isso, mas não era no meu prazer que eu estava interessado naquela noite. Eu só queria dar a ela um pouco de alegria em meio a toda a dor que ela sofrera nas mãos de Kaden, nas minhas, nas de qualquer um.

Dianna virou a cabeça e brincou com a boca ao longo da linha da minha mandíbula, do meu pescoço e de qualquer parte que conseguisse alcançar, incendiando meu corpo. Seus dedos agarraram meu cabelo, enquanto ela curvava seu corpo ainda mais contra o meu.

– Sabe, não fui sincero antes – sussurrei, minha mão escorregando de debaixo da blusa dela.

– Hum?

–Você tem uma bunda fenomenal.– Passei a mão por baixo do cós da calça de pijama e segurei um dos lados, arrancando dela outro gemido mais suave. – Estou quase com vergonha de admitir quantas vezes olhei para ela, fantasiei sobre ela.

Ela se empurrou para a minha mão, sua respiração se acelerando. Meu sorriso ficou mais largo. Então, era disso que minha Dianna gostava. Ela gostava de ouvir as palavras. Muito bem.

– Quer saber por que evitei você? Por que eu não suportava passar mais uma noite ao seu lado?

Seus lábios deixaram a lateral do meu pescoço, e seu nariz raspou na barba por fazer em meu queixo quando ela olhou para mim. As brasas ardentes nas profundezas de seus olhos castanhos iluminavam o quarto e todo o meu mundo. Ela assentiu uma vez, com sua mão ainda pousada levemente em meu rosto.

– Porque eu não conseguiria ficar deitado ali, perto de você, sem desejar estar dentro de você.

Coloquei meu joelho entre suas coxas e o levantei, abrindo-a ao meu toque. Minha mão mergulhou entre suas pernas, e ela ofegou quando meus dedos a encontraram mais do que molhada.

– Isso é tudo para mim, Dianna? – perguntei quando ela ficou ainda mais úmida sob meu toque.

Ela assentiu desesperadamente, e seus olhos se fecharam quando meus dedos brincaram de sua entrada até o clitóris, e vice-versa. Os quadris dela se moviam junto comigo, e ela mordeu o lábio inferior para conter os gritos de prazer. Lenta e deliberadamente, eu a provoquei antes de introduzir um dedo. Ela se apertou ao redor dele quando um gemido inebriante escapou de seus lábios, muito mais alto desta vez.

– Shh. – Estendi minha mão livre, cobrindo sua boca e sussurrando em seu ouvido: – Quer acordar a vizinhança inteira?

Não dei a ela a chance de responder e enfiei meu dedo mais fundo. Dianna já estava encharcada, mas prossegui devagar, desejando não a machucar. Não haveria dor. Eu ia garantir isso. Ela já havia suportado o bastante.

Dianna se esfregou na minha mão, parando por um momento, quando eu deslizei o dedo até a ponta antes de acrescentar outro dentro dela. Sua cabeça caiu para trás, expondo a linha vulnerável de seu pescoço, enquanto ela gemia contra a palma da minha mão. Não pude resistir à tentação de seu pescoço e deslizei a minha boca sobre sua pulsação, sentindo-a bater contra os meus lábios, enquanto a chupava e beijava. Ela estendeu a mão, segurando meu braço e pressionando-a contra minha mão, implorando por mais.

Meus lábios roçaram a concha de sua orelha.

– É uma sensação boa, não é?

Sua resposta foi abafada, enquanto ela gemia contra minha mão, mas o aperto que senti em meus dedos à minha pergunta foi resposta mais que suficiente.

– Gostaria de ver o que mais consigo fazer, Dianna?

Um aceno ávido foi sua resposta, e senti meu poder irradiar em minhas veias, pulsando com calor.

– Eu disse a você antes que podia fazer doer se quisesse… mas também posso fazer com que seja assim.

Ela congelou por um momento ao sentir aquele poder invisível, como mãos extras, deslizar sobre seus seios. Senti um pequeno sopro de ar na palma da minha mão, quando ela arquejou e apertou meus dedos com força. Seus olhos se arregalaram antes de se revirarem para trás, enquanto eu enviava aquela força invisível até seu clitóris.

Eu queria ver se Dianna tinha o mesmo ponto sensível que minhas amantes anteriores. Curvei meus dedos dentro dela, e sua mão apertava meu braço, conforme eu avançava e recuava com mais intensidade. Um gemido profundo vibrou contra minha mão, enquanto seus movimentos se tornavam febris.

– Isso… – Mordi a pele de seu pescoço. Ela choramingou ao som da minha voz. – Mova-se em meus dedos como você vai se mover no meu pau quando eu a possuir sob as estrelas.

Ela o fez, pressionando sua bunda em mim, enquanto eu levantava meu joelho mais alto, abrindo-a mais. Seu corpo tremia conforme ela se esfregava, e meus dedos encontravam cada impulso dela, penetrando mais fundo nela. Minha magia brincava com seu clitóris, lambendo e chupando. Sua respiração estava ofegante contra minha palma, seu aperto em meu braço era dolorosamente forte. Ela se arqueou contra mim e seu corpo ficou tenso quando atingiu o orgasmo e relaxou.

Dianna tremeu e curvou-se contra mim. Seu interior fechou-se com firmeza ao redor dos meus dedos, enquanto eu continuava a extrair dela até o último vestígio de orgasmo. Sua cabeça caiu na curva do meu ombro, o branco de seus olhos apareceu, e suas pálpebras tremiam. Encantando, observei onda após onda de prazer tomar conta dela. Faminto por mais, movi o poder contra seu clitóris de novo, fazendo-a gemer quando outro tremor a percorreu. Eu podia jurar que ela havia gritado meu nome contra a palma da minha mão.

Era viciante assistir ao prazer dela e saber que era só para mim.

Esperei alguns momentos antes de tirar meus dedos de dentro dela. Dei beijos ao longo de seu ombro e pescoço, enquanto tirava a mão de sua boca. Ela relaxou contra mim antes de virar a cabeça para me olhar.

– Nunca vou admitir o quanto isso foi incrível – ofegou. – Seu ego já é grande o bastante.

Sorri e tirei a mão da calça do pijama dela antes de puxá-la para cima.

– E isso foram apenas minhas mãos. Quão carente você está, minha Dianna?

Algo reluziu em seus olhos, e seu sorriso diminuiu um pouco enquanto seu olhar examinavam o meu.

– O que foi? – perguntei, esperando não ter acabado de ofendê-la. Eu estava só brincando.

Ela balançou a cabeça.

– Nada.

Observei, enquanto ela rolava para me encarar com aquele brilho travesso muito familiar iluminando seus olhos. Agarrei seu pulso quando senti seus dedos buscando o cós da minha calça.

– Não esta noite. Temos que partir cedo, lembra?

Ela pareceu confusa.

– Tem certeza? Levaria apenas cinco minutos.

Não pude deixar de rir.

– Dianna, se você me tocar, prometo que nenhum de nós vai dormir esta noite. Mal consigo manter o controle e, na primeira vez que eu a tomar, não quero que nenhum de nós dois tenha que se preocupar em fazer silêncio. – Dei um beijo em sua testa. – Durma.

Ela sorriu, sorriu de verdade mais uma vez enquanto aninhava as mãos sob o travesseiro embaixo da cabeça.

– Sim, Vossa Majestade. – Ela fechou os olhos, e eu a observei por um momento antes de pegar o cobertor grande e nos cobrir com ele. Deitei-me de frente para ela, observando-a adormecer e ouvindo as batidas rítmicas de seu coração enquanto ela dormia.

Dianna estava segura e inteira. Meus sonhos haviam se concretizado, mas eu não a tinha perdido, e ela não estava morta. Uma parte do meu coração cantava, sabendo que ela estava bem, enquanto outra parte se agitava com emoções que eu mal reconhecia. Observei-a dormir o máximo que pude antes que meus olhos se fechassem.

Não importava quanta paz eu tivesse encontrado naquela noite, os pesadelos ainda vieram.

XLII
Dianna

Descobri que adorava acordar com Liam, em especial quando eu acordava primeiro e podia acordá-lo tomando-o em minha boca. O pênis dele alcançava o fundo da minha garganta, e o som que ressoava em seu peito fazia meu âmago derreter. Ele agarrava meu cabelo com mais força e mordia o lábio inferior para abafar seus gemidos.

Ainda estávamos na casa dos doces celestiais que tinham nos acolhido? Sim. Eu estava ao menos um pouco preocupada com a possibilidade de eles nos ouvirem? Não. Liam achava que poderia me dar orgasmos múltiplos e que eu não retribuiria o favor? Aparentemente.

Olhei para ele enquanto deslizava minha língua da base de sua ereção até o topo de seu pau em uma lambida longa e lenta. Sua mão livre estava acima da cabeça, segurando com força a cabeceira da cama. Seu olhar estava focado em mim, os olhos prateados reluziam intensamente sob as pálpebras meio abertas.

Eu gostaria de ter mais tempo para explorá-lo. Queria encontrar cada ponto que o fazia gemer e descobrir o que aconteceria se ele se perdesse no desejo. Mas eu podia ouvir os proprietários se movendo na cozinha e sabia que nosso tempo estava se esgotando.

Fechei minha mão em torno da base de seu pênis, sua circunferência era grande o bastante para que meus dedos não se encontrassem. Apertei e acariciei, maravilhada com o tamanho dele. Devagar, movi minha mão, indo da base até o topo e voltando, enquanto o observava.

Liam era absolutamente lindo, e eu não pude deixar de explorar as partes dele que eu conseguia tocar, deslizando minha mão livre pelo seu abdômen e pela pele sensível da parte interna de suas coxas. Seus quadris se levantaram, empurrando seu pênis contra a palma da minha mão. Senti-me tão poderosa fazendo aquele deus se contorcer.

– Vou fazer você gozar bem rápido – sussurrei e lambi meus lábios. Liam gemeu o mais baixo que pôde, e sua cabeça afundou mais no travesseiro, enquanto ele a balançava. – Prometo, da próxima vez farei com que dure mais tempo. Apenas tente ficar quieto. – Eu adorava que estivéssemos desenvolvendo nossas próprias piadas internas, aprofundando a intimidade entre nós.

Lancei-lhe um sorriso diabólico antes de passar minha língua sobre a ponta de seu pau. Seus olhos prateados voltaram-se para mim mais uma vez, enquanto eu provocava a parte inferior sensível de sua extensão com lambidinhas.

– *Dianna.* – Sua voz era um grunhido baixo de impaciência.

Eu ri baixinho e o coloquei na boca. Com uma das mãos, acariciei seu enorme comprimento e, com a outra, massageei suavemente suas bolas. Eu o ouvi bater o travesseiro contra o rosto enquanto tentava, sem sucesso, abafar o gemido. Esse som – e saber que fui eu quem o provocara – me deixava maluca. Aumentei o ritmo, e os quadris dele empurravam, conforme ele me acompanhava. Já não estava mais segurando meu cabelo com delicadeza, mas agarrava-o com força em seu punho.

Gemi em torno de seu pênis, enviando vibrações através da extensão rígida que enchia minha boca. Ele respondeu se empurrando com mais força. Senti a ponta dele atingir o fundo da minha garganta, mas não o impedi. Eu queria mais.

Liam gemeu de novo, e tive a vaga ideia de que ele não se importava mais com quem ouvisse.

– Isso é tão *bom,* minha Dianna.

Minha Dianna.

Lá estava aquela palavra novamente. Eu não sabia se era a possessividade ou a maneira como ele a pronunciava, mas fazia com que meu corpo esquentasse, e eu me senti ficando úmida. Se ele não terminasse logo, eu não me importaria com quem estivesse naquela maldita casa. Eu queria senti-lo dentro de mim e ia tomá-lo intensa e rapidamente.

– Olhe para mim.

Mal reconheci sua voz, mas sabia que nunca poderia ignorar a necessidade nela. Meu olhar se ergueu. O travesseiro que ele tinha em cima da cabeça havia sumido, e ele me encarava com olhos de prata derretida.

– Isso, querida. Você é tão linda. Eu adoro como você fica quando chupa meu pau.

Liam sabia o que essas palavras faziam comigo. Ele havia descoberto e ia aproveitar. Com uma última carícia amorosa em suas bolas, agarrei seu pau com as duas mãos. Apertei meus dedos ao redor dele, tentando imitar como seria se eu montasse nele e o tivesse fundo no meu corpo. Queria mostrar a ele como eu ia apertá-lo a cada palavra suja que ele sussurrasse para mim.

Seus quadris se elevaram, e eu o senti se contorcer. Seu pau inchou, esticando meus lábios com força, e eu sabia que ele estava perto.

– Me chupe mais forte. Por favor, querida, por favor.

Foi o que fiz, chupando com força e deslizando minha língua ao longo da parte de baixo de seu membro, enquanto minhas mãos trabalhavam em conjunto, adorando seu corpo. Saboreei o gosto dele e o prazer que ele estava sentindo, querendo lhe dar mais.

– Estou tão perto – falou ele, com um gemido ofegante, e sua mão agarrou meu cabelo com mais força. – Estou tão perto. Venha aqui.

Eu gemi contra ele, mantendo meu ritmo. Era um tolo se pensava que eu não queria que gozasse na minha boca, na minha garganta. Eu queria prová-lo. Ele deve ter percebido a intenção em minha expressão, porque seu corpo estremeceu, e as intrincadas linhas prateadas de suas tatuagens correram por sua pele. Elas apareceram por apenas uma fração de segundo, como se ele tivesse perdido todo o controle de sua forma. Seus quadris empurraram com força, ambas as mãos agarraram meu cabelo. Ele jogou a cabeça para trás, e pude sentir todo o seu corpo tenso quando ele se derramou em minha boca.

Meu nome saiu de seus lábios em um grito perfeito que eu sabia que nem mesmo uma TV poderia abafar, mas eu adorei. Fiquei imóvel e ronronei contente, deixando até a última gota escapar dele e se derramar em mim antes de engolir. A respiração dele estava irregular, e seu corpo estremecia com espasmos de prazer conforme ele relaxava na cama. Lambi a lateral de seu pau, limpando todas as gotas que haviam escapado. Ele agarrou meus ombros e me puxou para cima e para longe, colocando-me ao seu lado, enquanto tentava recuperar o fôlego.

Eu ri.

– Até os deuses são sensíveis?

– Muito. – Ele parecia tão exausto, tão relaxado. Eu gostava desse Liam. Na verdade, isso era mentira; eu gostava de todas as versões dele, até mesmo as carrancudas, mesmo que não devesse gostar.

Esfreguei as costas da mão nos meus lábios, mas ele segurou meu pulso, me impedindo.

– Não me limpe.

Meu coração se apertou, mas bufei e disse:

– Aí está o homem-deus mandão e arrogante, e não vou, mas estou com baba no rosto.

– Eu não ligo. Não faça isso de novo. – Ele me puxou sobre seu peito e me deu um beijo forte e rápido.

Eu sorri contra seus lábios.

– Isso nos torna arqui-inimigos coloridos?

Suas sobrancelhas franziram.

– Ou, eu acho, amigos coloridos.

Ele olhou para mim como se eu tivesse dado um tapa na cara dele. Eu me empurrei para trás, minhas mãos apoiadas em seu peito para que pudesse ler melhor seus olhos.

– "Amigos"? Igual a você e Drake?

– Ai, eca, não. Nunca fiz nada parecido com Drake.

– Bem, então não me iguale a ele.

Descansei minha cabeça em seu peito.

– Eu não fiz isso. Eu estava dizendo…

Tudo o que eu estava prestes a dizer morreu quando um toque estridente encheu o quarto. Olhamos para a porta quando o som voltou. Percebi que havia tocado algumas vezes durante toda a manhã, mas estávamos um pouco ocupados demais para perceber.

A realidade rolou sobre nós, e empurrei Liam, dando-lhe espaço para se mover. Ele saiu da cama e ajeitou as roupas antes de abrir a porta e pegar o telefone.

– É Logan. O comboio... nós o perdemos.

– ... opa.

Sentei-me à mesa da sala de jantar com nossos adoráveis anfitriões, enfiando outro pedaço de torrada na boca. Coretta fazia a melhor torrada do mundo, e eu não tinha percebido o quanto estava com fome até descer e sentir o cheiro do café da manhã. O marido dela estava sentado à minha frente, lendo em um tablet algo sobre o caos do qual eu podia ou não ter feito parte na noite anterior.

A lembrança das garras arrastando-se por minha pele ainda estava fresca, e eu estremeci. Mas estava bem. Estava viva e inteira e não tinha sido levada. Eu estava bem.

– Como dormiu na noite passada? – perguntou Coretta, fazendo-me morder a língua.

Eu sibilei, levantando a mão aos lábios. Eles tinham nos ouvido? Liam havia coberto minha boca, mas, com algumas lambidas em certa parte dele, ele tinha praticamente saído do próprio corpo. Os sons que ele fazia eram meu novo vício favorito e algo que eu desejava ouvir de novo o mais rápido possível, mas não queria discutir nossas atividades matinais com esse doce casal.

– Muito bem – respondi por fim. As sobrancelhas do marido dela se ergueram, e um sorriso surgiu no canto de sua boca, mas ele não olhou para mim. – E vocês?

Ela deixou o fogão, trazendo um prato com ovos e salsichas.

– Muito bem, querida. – Ela sorriu para mim enquanto se sentava ao lado do marido e pegava sua xícara de café. – Eu estava preocupada com você. Aqueles cortes foram profundos, e não consigo imaginar que tipo de criatura seria capaz de fazer aquilo. Eu achei que tinham morrido com Rashearim.

Dores-fantasma ecoaram pelo meu corpo à menção daquelas garras cravando-se em minha carne. O medo que senti ao ser arrastada de volta para Kaden ia me assombrar por muito tempo.

Antes que eu pudesse responder, as escadas rangeram e passos se aproximaram. Como sempre, eu o senti antes de vê-lo. Meus sentidos ficaram em alerta – não por medo, mas por minha necessidade primordial de tê-lo, tê-lo *de verdade*. Ele veio para o meu lado, bloqueando minha visão periférica ao se sentar.

Ambos os celestiais sorriram para ele em boas-vindas, e eu o encarava feito uma imbecil enquanto comia. Ele sempre tinha sido tão atraente? Uma fome tomou conta de mim mais uma vez e não tinha nada a ver com o café da manhã que estava na minha frente.

Sua mão deslizou pelas minhas costas quando ele se sentou, e estremeci, inclinando-me na direção de seu toque. Depois da noite anterior, percebi que a maneira de Liam demonstrar afeto era, definitivamente, o toque físico, e ele confirmou isso mais uma vez naquela manhã.

– Obrigado por me deixar usar sua casa. Peço desculpas pela emergência repentina.

– Por favor, era o mínimo que poderíamos fazer. – Coretta sorriu para ele. – Encontrou o telefone? Um mensageiro o trouxe esta manhã.

Ele estava sentado a poucos centímetros de mim, sua coxa roçava a minha debaixo da mesa enquanto me dava um pequeno sorriso, notando o prato que eu havia feito para ele. Outro roçar de sua perna disse um *"obrigado"* silencioso antes que ele pegasse o garfo sem pensar duas vezes. Era bom vê-lo comendo e se sentindo melhor.

Uma estranha sensação de contentamento tomou conta de mim – e isso me aterrorizava mais do que qualquer coisa que eu já havia enfrentado. Liam poderia me destruir.

– Encontrei. Agradeço por garantir que eu encontrasse. Temos que partir logo para pegar o próximo comboio. – Liam olhou para mim, tomando um gole do suco fresco. Um silencioso *"já que você nos atrasou"* pairou no ar, e eu balancei a cabeça, nem um pouco envergonhada por aquela manhã.

– Parece ótimo.

– Ah, meu soberano, eu gostaria de agradecer ao senhor e ao gentil Vincent mais uma vez por todos os lindos presentes e mensagens adoráveis que enviaram.

Liam e eu olhamos para ela enquanto sorria abertamente para nós, e seu marido seguiu o exemplo.

– Sim – falou ele, estendendo a mão e segurando a mão dela com força. – Nosso filho faleceu, mas ouvimos como ele foi heroico durante o ataque em Arariel.

Obriguei-me a engolir a torrada agora seca. As palavras dos dois atingiram o alvo, pois eu sabia quem havia realizado o ataque.

Liam sentiu meu desconforto e pigarreou, agraciando-os com um daqueles sorrisos lindos e radiantes.

– Claro, bem, só queremos ajudar da forma que pudermos. Apenas saiba que ele está em paz em Asteraoth agora.

Asteraoth era o reino além do tempo e do espaço para onde iam os mortos e aonde nunca poderíamos chegar.

Ela sorriu e enxugou uma lágrima perdida em seu olho.

– Isso é tudo o que queremos para o nosso querido e doce Peter.

Meu joelho tremeu, batendo na mesa com força suficiente para sacudir os pratos. Liam lançou um olhar de preocupação em minha direção, enquanto o casal olhava para mim.

– Desculpe. – Forcei um sorriso, mesmo enquanto o ácido se revirava em meu estômago. – Restos de dor muscular do ataque da noite passada. Espasmos estranhos.

– Está tudo bem, querida. Por que não faço um chá de ervas para você antes de irem? Faz maravilhas para a dor. – Ela se levantou, sem saber de nada, enquanto se dirigia para a chaleira.

O joelho de Liam roçou o meu, da mesma forma que eu tinha feito com ele durante o jantar na casa de Drake. Era um toque pequeno, mas reconfortante, que pareceu me firmar.

Observei enquanto a mãe do homem em quem eu não apenas bati até quase matar, mas depois entreguei a Alistair, preparava chá para aliviar minhas dores, e eu havia lhe causado a maior dor de sua vida.

Minhas pequenas asas emplumadas batiam pelo céu. Eu estava a uma altura suficiente para ver, mas não ser vista, e a forma de pássaro local que eu havia adotado tornava tudo mais fácil. Após uma última volta, aterrissei em uma clareira fora da vista da entrada do templo. Estava envolto por quilômetros de floresta, mas não tive problemas para localizar o Destruidor de Mundos encostado em uma árvore. Voltei à minha forma original quando me aproximei.

– Agora vejo por que os antigos deuses quase venceram. – Seus olhos me percorreram com o que parecia ser uma expressão de admiração. – Seus poderes são mais do que convenientes.

Liam acompanhou-me quando nos dirigimos ao templo onde deveríamos encontrar a filha de Azrael.

– Ah, é? Quer me usar?

Eu quis dizer isso mais como uma piada sugestiva, mas acho que Liam não entendeu o humor.

– Nunca – respondeu ele, com a voz dolorida. – Eu nunca sugeriria tal coisa. Valorizo você. De verdade.

Meu coração pareceu falhar uma batida com suas palavras. Pode me chamar de idiota, estúpida, mas ninguém nunca tinha falado comigo daquele jeito – ninguém. Ou eu fazia o que era esperado de mim, ou errava e ouvia reclamações incessantes. Ninguém nunca me *valorizava*.

– Alguma coisa? – perguntou, quando o templo apareceu. Estava coberto de musgo e turistas tagarelavam ao redor, rindo e conversando.

Eu balancei a cabeça.

– Não.

Um meio sorriso enfeitou seu lindo rosto.

– Eu falei. Você só está paranoica.

Dei um tapinha de brincadeira em seu ombro quando paramos na borda do terreno do templo, permanecendo nas sombras. Um olhar intenso cruzou suas feições diabólicas. Àquela altura, estava convencida de que ele simplesmente gostava do fato de eu o tocar.

– Não é paranoia, mas não confio que Camilla não prepararia outra armadilha.

– Nada vai acontecer com você. – O sorriso dele desapareceu quando a fúria gélida retornou aos seus olhos. – Não de novo.

Um breve sorriso cruzou meu rosto enquanto aquelas dores-fantasma sugeriam o contrário. Mesmo agora doíam, mas eu não contei para ele. Imagens dele pousando e usando a mesma armadura que eu o tinha visto usar nos sonhos de sangue piscaram em minha mente. Samkiel, o temido rei, veio atrás de mim, literalmente um cavaleiro de armadura brilhante. Eu mal podia esperar o momento de ligar para Gabby e lhe contar. Ela ia adorar. Era tudo o que seus filmes e livros românticos juravam ser real.

Respondi-lhe um pequeno sorriso e quase dei um pulo quando um grupo de turistas passou por nós, conversando e tirando fotos. Estávamos do lado de fora do grande templo em Ecleon, no continente Nochari. A estrutura era feita de pedras verdes esculpidas e ficava no meio de mais uma selva, com cipós e vegetação ameaçando tomá-la de volta. A placa na entrada dizia que fora construída em memória da fundação daquela área.

Dei um tapa no braço, e outro inseto minúsculo caiu no chão da floresta. Eu tinha ficado calada, e Liam também, o que não era nada terrivelmente anormal. Tínhamos viajado por algumas horas em um comboio apertado e cercados por centenas de pessoas. Isso tinha deixado ambos nervosos. O movimento constante e os esbarrões nos outros tinham sido desconfortáveis, mas foi o único comboio que conseguimos em pouco tempo.

Suspirei e cruzei os braços, deixando escapar:

– Por que Vincent ou você não contaram a verdade a eles?

– Eu sabia que isso estava incomodando você.

Eu me virei para ele.

– Por que mentir?

Não era a culpa que me fazia perguntar. Eu sabia o que era, mesmo que Gabby e Liam me vissem de forma diferente. Eu fazia o que tinha que fazer e sempre faria o que fosse necessário para mantê-la segura. Mas parte de mim se importava com o que ele pensava de mim, o que me assustava mais do que eu queria admitir. Ele não demonstrava isso, mas não pude deixar de me perguntar se ele se sentia culpado pela noite anterior.

– Às vezes, uma simples mentira é melhor do que uma verdade dura. Na verdade, ele de fato morreu em batalha. Mas a decisão de não lhes contar toda a verdade foi de Vincent, não minha. Eu não sabia da conexão quando paramos ontem à noite, ou teria levado você para outro lugar.

– Por quê?

Ele me encarou, e eu sustentei seu olhar, sentindo que o que ele queria dizer era importante.

– Porque você está perdida em sua própria mente desde que descobriu quem eles são. Posso não conhecer você há muito tempo, Dianna, mas você dá um sinal. Seu sinal é esse silêncio sombrio que afasta você de mim. Esse que me exclui.

– Eu não me arrependo, Liam. Você sabe disso, certo? – E não me arrependia mesmo. – Eu faria qualquer coisa para manter Gabby segura. Vou lutar para destruir qualquer ameaça a ela. Ela é tudo que me resta.

– Estou bastante ciente – respondeu ele, mas a preocupação ainda crescia em minhas entranhas. Detestava que, de repente, eu me importasse tanto com o que ele pensava de mim.

– E como isso faz você se sentir… agora?

Vi o momento em que ele entendeu o que eu estava perguntando. O calor brilhou em seus olhos, a fome e a necessidade nua em suas profundezas eram chocantes. Ele se inclinou para a frente, pressionando a mão na parte inferior das minhas costas e me puxando contra a curva de seu corpo. Sua respiração fez cócegas em minha orelha quando ele sussurrou:

– Se não estivéssemos tão preocupados em encontrar aquele livro, eu mostraria a você de sete maneiras diferentes o quanto isso não afeta o que sinto por você.

Meu coração bateu forte no peito, um sorriso pequeno e travesso se espalhou pelo meu rosto enquanto eu roçava meus lábios ao longo da curva do queixo dele, saboreando a aspereza de sua barba por fazer contra a maciez deles.

– Apenas sete?

–Vamos ver o quanto você aguenta primeiro. – Eu o senti sorrir quando sua mão segurou minha bunda, baixo o suficiente para que ele pudesse roçar os dedos pelo meio. Dei um gritinho, e a risada dele enviou outra onda de calor através de mim. Ele se endireitou e se virou em direção ao templo, colocando-me de costas à sua frente.

– Então é isso que estava incomodando você?

– Não. – Suspirei. – Sim.

–Você deseja que eu sinta algo específico por você? Não é como se eu já não soubesse do que você é capaz.

– Eu o matei ou, pelo menos, ajudei. E matei alguns dos seus.

– E eu ajudei a acabar com todos os seus. – Seus braços se apertaram ao meu redor em um pequeno abraço. – Estávamos ambos cegos pela ignorância deliberada. Há coisas que fiz que me levaram a desejar poder arrancar as memórias da minha mente. Mas crescemos, aprendemos e fazemos melhor. Não estou dando desculpas para você ou para mim, mas sei até onde você irá para proteger sua irmã. Eu sei o que Kaden te forçou a fazer. Você parece pensar que sou um ser puro e bom, porém os antigos deuses me ensinaram como destruir mundos.

– Para mim você é.

Senti a risada dele às minhas costas e pude ouvir o sorriso em sua voz.

– Dianna sendo gentil. Você está doente?

– Cale-se. Sou sempre um amorzinho – falei, dando-lhe uma cotovelada de brincadeira nas costelas. – Sabe, você também dá um sinal.

Sua respiração fez cócegas no topo da minha cabeça.

– Ah é? Conte-me.

–Você chuta.

– O que quer dizer? – perguntou ele.

– Percebi nas primeiras vezes que você dividiu a cama comigo. Nas noites em que seus pesadelos são piores, você se contorce, às vezes, chuta. Não é forte o bastante para machucar, mas é como se você estivesse tentando fugir de alguma coisa. Você também fez isso ontem à noite.

Ele ficou em silêncio por um longo momento, e tive medo de ter dito a coisa errada.

– Achei que meus sonhos iam diminuir, mas sinto que apenas pioraram.

– Os pesadelos?

Ele assentiu, mas eu o senti erguendo aquelas paredes novamente.

Virei-me em seus braços e olhei para ele.

– Liam. Fale comigo.

Ele engoliu em seco uma vez e voltou os olhos para além de mim, encarando o templo em vez me olhar.

– Meu pai, o pai dele e os que os antecederam tinham visões, imagens que prediziam o que ia acontecer. Surgiu um rumor de que meu bisavô enlouqueceu por causa delas, e agora temo que talvez eu esteja também.

– Enlouquecendo?

Ele assentiu.

– Meu pai me contou como o avô dele se perdeu por não conseguir mudar os horrores que poderiam acontecer, e agora temo estar seguindo pelo mesmo caminho, porque não consigo fazê-los parar. Você ajudou tremendamente, mas esse novo sonho parece ser um que nem mesmo sua presença consegue penetrar. – Ele forçou um sorriso que fez meu interior se contorcer de preocupação.

– São os mesmos que você estava tendo em Morael?

A resposta dele foi um simples aceno de cabeça.

– Você mencionou um sonho ontem à noite. É o mesmo? O que mais acontece?

Dor e horror faiscaram em seus olhos cinzentos como se uma tempestade estivesse se formando neles.

– Não importa.

– Importa, sim, se está incomodando você.

– O que me incomoda é que ainda estamos esperando, embora tenhamos sido nós que nos atrasamos. – Um músculo pulsou em sua mandíbula, e eu sabia que ele não queria mais falar sobre os sonhos. Pelo menos havia se aberto um pouco, mas eu estava preocupada com o que ele não estava me contando. Não ia pressionar, não ia pedir mais do que ele queria dar.

– Então, que horas essa garota disse mesmo? – perguntei, permitindo que ele mudasse de assunto.

– Ela não é "essa garota". O nome dela é Ava.

Revirei os olhos.

– Desculpe. *Ava.*

Um bufo escapou dele.

– Ela é filha de Azrael. O que significa que ela é uma celestial de sangue de alta categoria. Vou fingir que você é minha auxiliar, por questões de aparência. Por favor, seja respeitosa, e não ameaçadora – explicou ele, estreitando os olhos para mim.

Eu levantei minhas mãos inocentemente.

– Ei, posso fazer uma pequena encenação, se é isso que você quer.

Ele sacudiu a cabeça, mas eu vi o sorriso que ele tentava esconder.

– Ela falou que estaria aqui às quatro e meia. Bem na hora que fecham.

Certo. Usei o telefone de Liam no comboio para ligar para Gabby. Falei para ela que eu estava viva e bem antes de Liam pegar e ligar para a mulher com quem devíamos nos encontrar. Ela se recusou a contar a ele onde realmente morava, o que me pareceu estranho, mas imaginei que, se alguém tinha o direito de ser paranoico, era ela.

Observei o Sol se aproximar do horizonte.

– Talvez ela não venha. Provavelmente ficou com medo ou algo do tipo.

Ele inclinou a cabeça para trás, claramente frustrado com a situação.

– Você poderia tentar ser positiva?

– Claro. Positivamente, odeio a selva.

Liam começou a falar alguma coisa, mas parou quando uma mulher pequena e de cabelos escuros apareceu andando pela trilha. Ela passou pelos turistas que se dirigiam para a saída. Nós nos endireitamos, e dei um passo para o lado, colocando um pouco de distância entre Liam e mim. Ela acenou enquanto caminhava em nossa direção. A roupa dela era parecida com a minha, apenas uma regata branca e calças claras. Suas botas eram grossas, e ela carregava uma mochila no ombro.

– Desculpe por fazê-los esperar – disse ela ao parar diante de nós, com suas marias-chiquinhas curtas balançando alegremente. Um homem a seguia, com as costas curvadas pelo peso da mochila que carregava e os olhos correndo entre nós.

– Ava, certo? – perguntou Liam, dando um passo à frente.

– Eu conheço você? – perguntei ao mesmo tempo. Meus sentidos tinham ficado em alerta, e uma sensação estranha, mas familiar, retorceu meu estômago.

– Nossa, não. Acho que me lembraria de alguém como você – respondeu Ava, com uma risada, acenando para mim antes de se virar para Liam. Seu sorriso aumentou quando ela se inclinou para abraçá-lo. Ele congelou, com os braços presos ao lado do corpo. A força do abraço dela o chocou. Movi-me rapidamente, afastando-a dele e forçando-a a dar um passo para trás.

Ela percebeu o que tinha feito e endireitou-se quando eu me coloquei entre ela e Liam.

– Sinto muito. – Ela riu, cobrindo a boca com a mão. – É que minha mãe me falou tanto de você. Agora você está aqui, e é tão surreal.

Arqueei uma sobrancelha.

– Então, você costuma tocar em pessoas que nunca viu antes?

Liam se remexeu ao meu lado.

– Bem… não – gaguejou ela, seu olhar saltando entre Liam e mim. – Desculpe.

– Está tudo bem. Dianna é apenas… – Ele fez uma pausa. – Protetora.

Quando olhei para ele e ele encontrou meu olhar, seus olhos se suavizaram como se ele gostasse daquilo.

Ava limpou a garganta, e Liam pareceu se lembrar de onde estávamos. Ele se virou para ela, mas deu um passo para mais perto de mim.

– Sua mãe? Victoria? Onde ela está? Eu esperava vê-la hoje também.

Seus olhos reluziram quando ela estendeu a mão para trás, pescando algo em sua bolsa. Fiquei tensa e senti Liam ficar imóvel. Depois de sermos atacados em quase todos os lugares por onde passamos, estávamos mais do que um pouco nervosos. Mas, em vez de uma arma, ela puxou um tecido cintilante branco e azul. O material brilhava de uma forma que não era deste mundo. Liam deu um passo à frente e o tocou, sua expressão era ilegível.

– Ela guardou isso comigo. Acho que meu pai deu a ela para mim, como se fosse uma coberta de bebê. Ela disse que você deu a ele antes da queda de Rashearim. – Seus olhos se encheram de lágrimas. – Ela faleceu há muito tempo.

– Realmente sinto muito – sussurrou Liam, devolvendo-lhe o cobertor deslumbrante. – Guarde-o. Talvez possa usá-lo com seus filhos um dia.

Ela assentiu antes de colocá-lo de volta na mochila. Então gesticulou em direção ao homem atrás de si.

– Sinto muito pela minha grosseria. Esse é Geraldo. Ele é meu guarda celestial. Está comigo há muito tempo.

Geraldo fez uma reverência breve, seus olhos faiscaram num azul vibrante sem nunca tirar seu olhar de mim.

– Desculpe, Geraldo não fala muito. Especialmente com ela aqui.

– Como assim?

– Ig'Morruthen, certo? Consigo sentir seu poder. Minha mãe me contou que erradicaram sua espécie na Guerra dos Deuses, mas não há como negar seu poder. Você praticamente vibra com ele. Além disso, Camilla nos contou.

Senti Liam enrijecer ao meu lado. Bem, lá se foi o nosso plano.

Ela tentou sorrir para mim, mas parecia mais que estava com medo.

– Sinto muito. Não estava tentando insultar você.

– Você não tem nada a temer de Dianna, prometo. Ela é minha… – Liam fez uma pausa, e eu esperei. Acho que não tinha pensado sobre o que éramos agora. Éramos mesmo alguma coisa?

– Amiga – falei, já que Liam parecia estar com a língua presa no momento. – Eu sou amiga dele.

Geraldo ainda estava me observando, e eu tinha certeza de que ele percebia a fome em minha expressão, embora eu tentasse esconder. Desconfortável, olhei para Liam e vi que ele estava encarando minha alma irritado.

Geraldo se inclinou para a frente, com sotaque forte.

– Mas ela está com Kaden, não é?

– Não. – A voz de Liam era um grunhido ameaçador.

– Eu não estou *com* Kaden nem pertenço a ele. – Eles me encararam com uma descrença tão profunda, que beirava a diversão. – É uma longa história.

– Desculpe. Não foi o que ouvimos falar – comentou Ava, olhando para Geraldo.

– Bem, é a verdade. Agora, podemos andar logo? Estou sendo devorada viva por insetos – retruquei, dando um tapa em uma das feras irritantes.

Liam gesticulou em direção à selva e disse:

– Muito bem.

Não falamos mais nada enquanto avançávamos em direção ao templo, Geraldo e Ava tinham assumido a liderança. Ficamos entre as árvores, cercados por vinhas e arbustos, enquanto o último turista partia. Liam agarrou meu braço e diminuiu o ritmo, deixando Ava e Geraldo avançarem alguns passos. Ele se inclinou, e sua voz era um sussurro quente em meu ouvido e baixa o suficiente para que nenhum mortal pudesse ouvir.

– "Amiga"? – sibilou ele com os dentes cerrados.

– ... O quê? – perguntei, confusa. Olhei para ele e depois para Ava e Geraldo, que continuaram andando. Até que entendi. Ele estava chateado por eu tê-lo chamado de amigo antes.

– São *oito* maneiras agora, porque, quando sairmos daqui, vou meter o pau na palavra *amigo* e tirá-la do seu vocabulário.

Ele me soltou e seguiu adiante sem me dar chance de responder. Esqueci como respirar e fiquei ali vendo ele se afastar, meu interior derretia de necessidade. Quando meu cérebro recomeçou a funcionar, quase tive que correr para alcançá-los.

Fitas adesivas e sinais de aviso em várias cores alertavam as pessoas para se manterem afastadas. Tinham bloqueado uma área da parte de trás do templo onde pedras e escombros caíram. Não havia guardas à vista. Provavelmente tiveram que retirar os visitantes antes de fazer uma varredura daquelas.

– Então, como você e Liam se tornaram amigos? – Senti o olhar furioso de Liam com a pergunta de Ava. Não olhei na direção dele, passamos por baixo da fita e caminhamos até uma porta escavada na pedra pesada. Deuses, ele odiava essa palavra. – Ouvi dizer que sua espécie é do tipo "matar primeiro, perguntar depois".

Ava e Geraldo tiraram lanternas de suas mochilas, oferecendo a mim e a Liam as nossas. Liam pegou uma, mas eu ignorei. Concentrei-me, e uma chama brilhante ganhou vida, dançando na palma da minha mão.

As ruínas daquela seção do templo cheiravam a mofo e a água estagnada. Que ótimo. Com um suspiro, me virei e desci as escadas cobertas de musgo e trepadeiras, um degrau quebrado de cada vez.

– Ah, confie em mim, ainda consigo matar.

Por que eu a achava tão chata? Era porque ela tinha abraçado Liam? Eu era tão possessiva assim? Talvez eu estivesse apenas com fome.

– Ela não vai matar. Dianna, por favor, tente ser educada.

Fiz uma careta às costas de Liam, e Ava, que estava andando ao meu lado, riu.

– Minhas desculpas, Ava. É que não sabemos nada sobre você. Na verdade, nem sabíamos que você existia até Liam enfiar a língua na garganta de uma bruxa.

Chegamos a uma parede de pedra esculpida, e Liam se virou, balançando a cabeça para mim.

– Dianna.

– O que foi? É verdade. – Ignorei-o e dei um tapinha em seu peito quando passei por ele.

– Ah, certo – falou Ava, com os olhos arregalados.

– Ora, vamos. Use suas palavras de menina crescida. – Sim, ela me irritava, mas algo estava errado. Eu sentia. Eu sabia. Meus instintos estavam em alerta máximo, falando que eu tinha que proteger Liam, mas eu não sabia por quê.

– É uma longa história – disse Liam, lançando outro olhar em minha direção.

– Se eles entraram em contato com Camilla, já não deveriam saber disso? – questionei, desconfiada. Os olhos de Geraldo arderam com fogo azul-cobalto, o que lhe rendeu um sorriso meu. Eu sabia que ele possuía uma daquelas armas de ablazone. Todos possuíam. Minhas garras cresceram na mão que eu mantinha abaixada. Ele percebeu, e meu sorriso cresceu. – Ai, por favor, diga que isso é uma ameaça.

Geraldo deu um passo à frente, os anéis de prata vibravam nos dedos. Liam agarrou meu braço, me puxando para trás.

– O que há de errado com você? – Seu rosto não continha humor. – Peço desculpas. Ela geralmente é um pouco mais educada. – Ele olhou para mim. – Às vezes.

– É sério? Eles aparecem, oferecem um pouco de informação e você acredita neles? Não está nem um pouco curioso para saber como eles conseguiram esconder aquele livro? Por que Kaden ainda não o encontrou? Camilla os escondeu por quanto tempo? Eles são celestiais, mas nunca vieram até você ou A Mão? Confia neles apenas porque são celestiais?

Levantei uma sobrancelha, e as garras em minha mão recuaram, pois eu desejava que ele não me ignorasse. Liam me estudou por um momento antes de dizer:

– Apesar do comportamento precipitado de Dianna, ela tem razão. Onde vocês estiveram e por que nenhum dos dois entrou em contato com a Guilda?

Ava olhou para Geraldo. Quando ele assentiu, ela respirou fundo e respondeu:

– A verdade é que estivemos escondidos. Minha mãe insistiu que ficássemos isolados. Um amigo de um amigo conheceu um dos associados de Camilla há alguns meses. Foi assim que soubemos do levante do qual Camilla fazia parte. Para encurtar a história, ela não quer o livro nas mãos de Kaden tanto quanto nós. Esse não é um livro qualquer. – Ela encarou Liam, seu olhar era intenso. – Você conheceu meu pai e está familiarizado com as armas e máquinas que ele projetava. Azrael criou um manual, por assim dizer. Dentro desse livro, há milhares de segredos de Rashearim. Era um plano de contingência, feito para os celestiais caso você se corrompesse. Contém os segredos de muitas coisas, e o mais importante é: como matar você.

– O quê?! – Dei um passo à frente. – Liam não pode morrer. Ele é imortal. Imortal de verdade.

– Não, ele não é. – Ava me encarou, sua expressão era suave e gentil. – Ele pode. É por isso que Kaden quer isso. É um livro para abrir reinos e destruir mundos. E tudo começa com a morte dele. – Ela acenou com a cabeça em direção a Liam.

Morte?

Eu nunca havia considerado a morte de Liam. Ele era maior que a vida, indomável e insubstituível. Era o rei deles, mas seu povo tinha feito algo para matá-lo.

– Adoraria ver alguém tentar. – Virei-me, olhando para Geraldo. – Agora, *isso* é uma ameaça. – E uma que eu fiz com todas as partes do meu ser. Não sabia por que de repente tinha me tornado tão protetora e possessiva com Liam, mas não estava interessada em examinar minhas emoções muito a fundo.

Liam apertou meu braço, puxando-me de volta para ele. Eu não tinha percebido que tinha dado um passo mais para perto deles.

– Não vou deixar isso acontecer. – Meus olhos encontraram os dele, e minhas palavras eram uma promessa.

Ele havia me dito essas palavras diversas vezes e sempre cumprira sua promessa. Era Liam – o irritante, belo e rude Liam. Ele tinha me contado seus pesadelos, seu passado. Ele me fez vestidos idiotas e me deu flores. Ele salvou minha vida e evitou que eu fosse arrastada de volta para Kaden. Ele me viu – meu verdadeiro eu – e não me virou as costas. Ele tinha me curado. Eu não sabia quando tinha acontecido, mas ele era meu, e eu despedaçaria qualquer um que o tocasse. Eu devia isso a ele, pelo menos.

A sombra de um sorriso cruzou seus lábios.

– Eu sei.

– Sinto muito. De verdade, mas…

– Poupe suas desculpas. Seu pai fez um livro para matar alguém que ele deveria proteger. Não há desculpa. Vamos acabar logo com isso.

Ava assentiu e se remexeu, constrangida, antes de continuarmos, indo mais fundo no templo. Finalmente eu entendi o que estava me incomodando.

Morte.

A palavra pairava no ar, e, quando o Sol se pôs, senti que ela se juntava a nós no templo.

As aberturas ocas dos olhos no crânio me encararam. Minha chama o iluminou, fazendo sombras dançarem nas paredes. As lanternas haviam apagado, e eu acendi várias tochas de madeira para Geraldo e Ava. Liam usou sua luz prateada para afastar a escuridão.

– Templo sinistro.

– Este nem é o principal. – A voz de Ava ecoou atrás de mim. Eu me virei, com o fogo dançando na minha palma. Ela estava inclinada sobre a mochila, tirando o que parecia ser um mapa. O papel era grosso e cinza-azulado à luz das tochas. Ela o desdobrou e o colocou sobre uma pedra grande.

– Estão vendo? É aqui que estamos. Minha mãe mandou construir catacumbas nos andares inferiores do templo, conectando-as com várias outras estruturas próximas.

– Próximas?

A tocha que ela colocara entre duas pedras tortas lançava luz sobre metade de seu rosto, e o resto se perdeu no fundo escurecido. Geraldo pairava acima do ombro dela, enquanto Liam observava, de braços cruzados.

– Sim. Existem milhares de templos e estruturas nesta selva que ainda não foram encontrados pelos mortais. A maioria tem medo demais de se aventurar muito fundo. É fácil se perder e morrer por causa de uma criatura venenosa ou sucumbir à fome.

– Então, para onde precisamos ir? – perguntou Liam, sobressaltando a todos nós. Ele tinha ficado calado a maior parte da viagem, falando apenas quando Ava escorregou em uma pedra lisa e molhada ou quando Geraldo quase foi empalado por uma armadilha antiga.

– Dê-me só um segundo. – O dedo dela traçou o caminho de diversas linhas antes de parar em uma pequena caixa quadrada.

– Mas por que este templo, este lugar?

Ava olhou ao redor do espaço escuro.

– Minha mãe adorava este lugar, o país e as pessoas. Ela amava história e cultura. Quando desembarcou aqui após a queda de Rashearim, ela decidiu ficar. A língua foi mais fácil para ela aprender, já que era mais próxima do idioma de Rashearim.

– Isso é verdade – assentiu Liam.

Ela sorriu antes que um toque de tristeza cruzasse suas feições.

– Ela apenas gostou daqui e pensou que meu pai também gostaria.

– Mas por que o templo?

– Victoria era altamente qualificada em arquitetura e combate. Presumo que ela tenha ajudado a construir muitas estruturas aqui e queria ficar perto das pessoas que amava – comentou Liam.

Ava concordou com um aceno.

– Você está certo. Como eu falei, ela adorou esse lugar. Lutou em diversas rebeliões e queria ser enterrada ao lado dos mais próximos dela quando morresse. Acho que ela sabia que o livro era perigoso demais para ser deixado desprotegido e construiu a maior parte disso com esse pensamento. Estas catacumbas são um labirinto de túneis cercados por uma mata selvagem e primitiva. São o esconderijo perfeito.

– Se Dianna terminou suas perguntas, posso perguntar para que lado agora? – Liam estava nervoso, e eu suspeitava que tinha algo a ver com a parte do sonho que ele se recusava a me contar.

Ava ficou parada com o mapa na mão. Ela pegou a tocha e apontou para um túnel escuro.

– Naquela direção.

Nenhum de nós falou conforme descíamos o corredor, e este era mais úmido que o anterior, pois parte da selva tentava entrar sorrateiramente. Ava fez uma curva e depois outra. Nós a seguimos, caminhando pelo que pareceram horas. Passamos por baixo de uma espessa cobertura de teias de aranha e viramos uma esquina para descobrir que nosso caminho estava bloqueado por uma grande pedra.

– Ótimo. Estamos perdidos – falei com um suspiro exasperado.

Todos se viraram para mim, e suas expressões mostravam que não, não tinham achado graça nenhuma. Dei de ombros e murmurei:

– *O quê?*

Liam balançou a cabeça antes de olhar por cima do ombro de Ava. Suas sobrancelhas estavam unidas em concentração.

– Não, este é o caminho certo. Eu sei. – Geraldo se aproximou para iluminar ainda mais o mapa que ela segurava. – Está vendo? A linha passa direto por este corredor.

Aproximei-me, olhando mais de perto. Ela não estava errada; uma linha fina atravessava aquela rocha enorme. Hum. Passei por Ava, estudando a pedra sólida.

– O que está fazendo?

Silenciei Liam enquanto pressionava meu ouvido contra a pedra. Ergui os nós dos dedos e os bati contra a barreira sólida. Ruídos intensos vibravam enquanto eu me movia ao longo da parede, continuando a bater conforme avançava. Depois de alguns metros, uma resposta vazia ecoou. Dei um pulo quando o som mudou. Sorri e gritei:

– Encontrei!

Todos me encararam como se eu tivesse chifres. Rapidamente passei as mãos pela cabeça, garantindo que não tinha feito isso antes de perguntar:

– Vocês nunca assistiram a nenhum filme de aventura? Alô! Uma parede misteriosa que não é uma parede?

Liam apenas olhou para mim como se pensasse que eu tinha enlouquecido. Suspirei.

– É uma porta falsa. Uma parede de mentira. Acontece literalmente em todos os filmes de aventura.

Compreensão surgiu em seus olhos quando eles entenderam.

– Presumo que tenha sido trancada por magia celestial. Então, vamos lá, grandalhão. É a sua vez – falei, acenando para Liam.

Ele avançou em minha direção, e não pude evitar meu suspiro de prazer ao vê-lo se mover. Ele parou perto da porta, me dando uma olhada. Sorri, toda convencida e arrogante.

– Você estaria perdido sem mim. Pode admitir. De nada.

O olhar de Liam se ergueu em sua versão de revirar os olhos, mas ele não falou nada quando se virou e levantou a mão. Seus cílios abaixaram, e, quando ele os ergueu de novo, seus olhos reluziam com aquela prata etérea. Ele pressionou a palma da mão contra a parede, murmurando em uma língua que não consegui identificar. Lindos símbolos prateados e azuis ganharam vida, gravados profundamente na rocha. Formavam um hexágono brilhante, com marcas ziguezagueando por dentro e por fora. A parede se deslocou e deslizou para trás antes de se mover para o lado. A falta de som foi surpreendente. Considerando o peso e a idade dela, minha mente esperava barulho. Ava e Geraldo logo estavam atrás de nós, quase tontos com o que havíamos encontrado.

Liam olhou para mim antes de abaixar a cabeça e passar pela porta recém-revelada. Eu o segui, com Geraldo e Ava logo atrás de mim.

O som de pedra sendo esmagada era alto na escuridão, enquanto degraus se formavam sob os pés de Liam. Chamas se acenderam de uma só vez nas tochas montadas nas paredes. As teias e trepadeiras penduradas no teto oscilavam com um vento místico. Estendi a mão e agarrei a parte de trás da manga de Liam, certificando-me de não tropeçar nos meus próprios pés. Ele olhou para mim com uma expressão que não consegui ler. Ainda estava bravo pelo meu comentário de "amigo"?

– Olha, é você quem está fazendo escadas aparecerem do nada, ok? Só não quero cair – falei. Era uma meia-verdade, mas o vento que soprava por ali também me dava um calafrio na espinha. Era a mesma sensação que eu havia tido no festival e o mesmo arrepio que havia sentido na casa de Camilla pouco antes de sermos atacados.

Chegamos ao final da escada apenas para encontrar outro túnel escuro. Tochas idênticas em forma de garras de metal iluminavam a entrada do túnel, mas o interior estava escuro como a noite. Vários monstros esculpidos em pedra alinhavam-se nas paredes, com seus rostos congelados no meio de um grito. Levantei a mão, fazendo a luz formar uma esfera maior, iluminando mais figuras. Eram criaturas de batalha vestindo a mesma armadura que eu tinha visto nos sonhos de Liam. Engoli em seco. Estávamos chegando perto.

O som de água corrente chamou minha atenção, e percebi que o chão estava escorregadio. O cheiro de água estagnada e mofo atacou meus sentidos. Eu podia ver o líquido escorrendo por seções da parede de pedra. Ótimo, meus pés iam feder como a morte. Pelo menos, com meu sistema imunológico, eu não ficaria doente.

– Sempre me perguntei até que profundidade este templo ia. Minha mãe nunca me deixava me aventurar tão longe. Falava que era proibido. Ela costumava colocar guardas para vigiar este lugar. Sabe, para manter os mortais longe, mas eles já se foram há muito tempo – comentou Ava, olhando em seu mapa e estreitando os olhos.

Aproximei-me, certificando-me de que a chama em minha mão permanecesse longe do velho pergaminho.

– Obrigada. – Ela sorriu, antes de traçar a linha no mapa. – Deve ser por aqui – disse ela, entrando na boca negra do túnel.

Estávamos andando havia apenas alguns minutos quando ela derrapou e parou, a trilha terminava em um penhasco. Pedrinhas fizeram barulho quando caíram, e o silêncio ficou pesado até que as ouvimos atingir a água lá embaixo. Engoli em seco, erguendo a mão acima da borda, tentando ver o quanto era fundo.

– O que acha? Uns bons 2,5 a 3 metros? – Perguntei, inclinando-me um pouco mais. Liam me agarrou, não com força, mas apenas o suficiente para me firmar de modo que eu não caísse. Olhei para a mão dele e depois para seu rosto.

– Pelo menos nove metros – respondeu ele.

Olhei de volta para o buraco.

– Bem, ainda bem que somos todos imortais.

– A forma como as pedras se chocaram me diz que é profundo o suficiente. Talvez uma caverna subaquática, mas não saberemos até irmos.

Nós dois nos voltamos para Ava e Geraldo. Eles assentiram, e Ava guardou o mapa.

–Vamos? – Liam gesticulou em direção à extensão aberta.

– Primeiro as damas. – Eu sorri, e ele revirou os olhos.

XLIII
Dianna

O salto não foi a pior parte. A pior parte foi a água congelante no fundo. Depois que saímos do lago, tiramos a água das botas e tentamos nos secar o máximo possível antes de continuar. O mapa de Ava tinha virado uma bagunça enrugada, as imagens ficaram borradas, mas ainda legíveis.

Nós nos arrastamos por cerca de um quilômetro e meio de água nojenta, com nossos pés submersos em deuses sabem o quê. Eu estava ficando frustrada com minha falta de jeito, e Liam também não parecia satisfeito. Minhas botas ficavam presas em raízes, pedras e rachaduras, mas consegui não quebrar o pescoço.

Nenhum de nós sabia a extensão do túnel, e estávamos todos ficando irritados e cansados. Horas se passaram, se não um dia; não tinha como saber. Meu salto ficou preso em uma pedra, e meu corpo tombou para a frente. Eu me segurei na parede mais próxima, xingando e resmungando, enquanto tirava uma massa verde e pegajosa da bota e a jogava de lado.

– Eu odeio... – Escorreguei, mantendo-me de pé e afastando-me da parede. – ... a selva.

Liam fez uma pausa, esperando por mim.

– Pelo que Ava nos mostrou, é só um pouco mais adiante.

Eu bufei e me endireitei.

– Tenho certeza de que você falou isso há uma hora. – Eu não contei a ele o quanto doeu cair naquela maldita piscina gelada. Recusava-me a reconhecer as dores-fantasma da noite anterior. As dores e a cura lenta se deviam a não comer como deveria.

Ava e Geraldo pararam e olharam para trás. Liam suspirou e disse:

– Sua cura é quase igual a de um deus. Como não consegue acompanhar?

Joguei minhas mãos para o alto.

– Ai, me desculpe! Por acaso você quase foi despedaçado, arrastado pela mata por feras e depois magicamente remendado na noite passada? Não, acho que não. Ainda estou um pouco dolorida, ok? Me dá um tempo. – Além disso, doía acompanhar quando cada caminho que percorríamos era irregular ou envolvia algum obstáculo.

Tentei me endireitar, e meu abdômen doeu em protesto. Reprimi um suspiro e segurei a lateral do meu corpo por um segundo antes de abaixar a mão.

As feições dele escureceram quando ele passou seu olhar sobre mim.

– Você não me contou.

– Bem, nós estávamos… – Fiz uma pausa, percebendo que Ava e Geraldo estavam olhando para nós. – *Ocupados.* – Criei outra chama e forcei meus pés a se moverem.

A supercura não fazia diferença quando aqueles que me atacavam compartilhavam meu sangue. Claro, eu tinha me curado graças a Liam, mas ainda me sentia sensível e dolorida por dentro. Não queria contar a ele na noite anterior; eu não queria que ele parasse de me tocar.

Liam me estudou, observando minha postura e expressão. Ele permitiu que a esfera de energia em sua mão se apagasse e caminhou em minha direção, e suas botas ecoaram a cada passo.

Observei-o se aproximar, seu poder o precedia e me envolvia em calor. Antes que eu entendesse a intenção dele, ele me ergueu no colo. Um braço embalou minhas costas e o outro apoiou minhas pernas.

O ar saiu de mim com a repentina elevação.

– Liam, o que está fazendo? – grunhi.

– Temos que andar um pouco mais. Não pode andar se não estiver se recuperando adequadamente. – Ava e Geraldo trocaram um olhar, mas não falaram nada enquanto Liam me embalava contra seu peito. Passei um braço em volta de seus ombros largos, e a dor em minhas pernas e pés foi diminuindo.

– Bem, se eu soubesse que você me carregaria, teria dito algo muito antes.

Ele bufou e roçou os lábios na minha testa antes de se virar comigo em seus braços.

– Quanto falta?

Ava e Geraldo nos encararam com expressões idênticas de espanto. À pergunta de Liam, Ava balançou a cabeça e disse:

– Ah, hum, só mais um pouco.

Liam assentiu antes de se virar e prosseguir pelo caminho.

Ninguém falou nada enquanto continuávamos. Mantive minhas mãos entrelaçadas relaxadamente à nuca dele, meu corpo cantava de alívio. Liam me carregou pelo que pareceu ser mais uma hora. Em nenhum momento ele reclamou, pareceu desconfortável ou agiu como se eu fosse um fardo. Era bom para variar.

O silêncio dentro do nosso pequeno grupo era ensurdecedor, mas eu não tinha energia para pensar em nada inteligente ou sarcástico. Ava não falava nada, apenas apontava nossa próxima direção.

Não havia nada que indicasse que a curva seguinte fosse diferente das milhares anteriores. Mas, após Ava nos conduzir por uma pequena subida e virar uma curva, raios de Sol iluminaram vários monumentos de pedra caídos. Todos paramos e piscamos, e nossos olhos foram se ajustando à luz repentina.

Liam gentilmente me colocou de pé e pegou minha mão. Eu o segui, passando por baixo de um grande pilar que havia caído contra a parede oposta. Paramos quando vimos os quatro sarcófagos de pedra na sala adiante. Eles estavam posicionados na diagonal um contra o outro e tinham sido entalhados de maneira elaborada. O teto era alto e terminava em uma ponta afiada no centro da cripta. Como em qualquer outro lugar no templo abandonado pelos deuses, musgo e trepadeiras cobriam as paredes. Eu conseguia ver salas menores através de portas abertas em arco, e havia mais sarcófagos no centro de cada um.

— Por que Victoria ia querer ser enterrada tão longe da civilização? — perguntei, virando-me lentamente para observar o mausoléu. — E em um lugar tão úmido e sujo?

— Ela não queria colocar em risco a cidade que amava. Era mais seguro esconder o livro e seus restos mortais longe do lugar que ela chamava de lar — respondeu Liam, dando um passo à frente. — Qual é o túmulo de Victoria, Ava?

Ava balançou a cabeça.

— Não sei. Ela não queria me colocar em perigo me contando. A única coisa que ela me deixou foi o mapa, e termina aqui.

— Muito bem. Espalhem-se e vejam o que cada um consegue encontrar. — Liam inspecionou os dois primeiros sarcófagos, e eu verifiquei os restantes. Todos pareciam sarcófagos antigos comuns. As figuras esculpidas nas tampas pareciam soldados com espadas encerradas nas mãos de pedra.

Ava e Geraldo se separaram, cada um entrando em uma das câmaras menores. Eu podia ver a luz das tochas deles criando sombras nas paredes de pedra conforme eles se moviam. Convoquei minha chama novamente e fui para a sala mais distante da entrada.

Um silvo me cumprimentou quando entrei no aposento escuro. Uma cobra, enrodilhada e preparada para dar o bote, dançava aos meus pés. Abaixei-me, estendendo a mão com cuidado e agarrando-a. Ela sibilou e cuspiu antes de se acomodar, e seu longo corpo envolveu meu braço.

— Ei, amiguinho, quer me mostrar onde está o livro mágico antigo?

Um raio de sol brilhava através de um pequeno buraco no teto, iluminando um sarcófago na parte de trás. Aproximei-me e vi que, ao contrário dos outros, aquele tinha uma mulher na tampa. A cobra em minha mão pareceu recuar. Perfeito. Os animais sempre sabiam. Soltei-a e a observei se afastar rastejando antes de me voltar para o caixão.

As mãos da mulher estavam cruzadas sobre o peito, o mármore era deslumbrante e intocado. Ela tinha cabelos longos e esvoaçantes, e seu rosto estava em perfeito e pacífico repouso. Anéis decoravam seus dedos, e a marca de Dhihsin era nítida. Apesar do que o artista havia esculpido na pedra, pude sentir a tristeza que permanecia. Meu coração se contraiu, entendendo um pouco melhor agora o que significaria perder um parceiro. Aquela era a esposa de Azrael. Inclinei-me mais para perto a fim de ver melhor, apoiando a mão na tampa.

Uma dor queimou através de mim, e sibilei, recuando. A pele da palma da minha mão empolou e ficou cheia de bolhas antes de cicatrizar.

– Merda! – xinguei.

Senti uma lufada de ar atrás de mim.

– Dianna, qual é o problema? – Liam viu minha mão se curando e agarrou meu pulso, me puxando para mais perto. – Você está ferida? Como… – Suas palavras morreram quando ele notou o sarcófago.

– Acho que a encontrei – anunciei. Liam olhou para minha mão já curada e deu um beijo em minha palma antes de soltar meu pulso. Minha respiração ficou presa, e fechei os dedos em punho enquanto ele andava ao redor do sarcófago.

Liam passava a mão sobre a tampa, mal fazendo contato. Seus olhos cintilavam, os anéis prateados em seus dedos reluziam. Observei enquanto pequenos raios de eletricidade saltavam de sua palma para experimentar a pedra. O sarcófago rangeu e sibilou, seus entalhes irradiavam aquele azul-cobalto que tinha se tornado tão familiar para mim. Liam afastou a mão, estendendo o braço para me empurrar para trás de si. A tampa deslizou para o lado, e o som de pedra contra pedra era quase obsceno no silêncio.

Fiquei na ponta dos pés, tentando ver por cima do ombro de Liam. Lá dentro havia uma figura enfaixada com as mãos mumificadas cruzadas sobre o peito.

– Não é Victoria – sussurrei.

Liam balançou a cabeça.

– Não, não é. Quando os celestiais ou deuses morrem, a energia que nos compõe retorna para o lugar de onde veio. Não há corpo para enterrar. Deve ser um de seus súditos de confiança.

Dei um passo um pouco para a esquerda dele, enquanto ele olhava mais para dentro. No túmulo estavam os restos do que poderia ser um homem. O desgaste do tempo deixou um corpo acinzentado coberto por um xale branco. Contas e joias cobriam seu pescoço, e ele segurava um livro gasto e esfarrapado nas mãos. Era grosso, tinha pelo menos mil páginas, mas não era feito de nenhum tipo de papel que eu já tivesse visto. Vários símbolos estavam gravados profundamente na capa de couro marrom, e travas prateadas o mantinham fechado.

O Livro de Azrael.

Finalmente o encontramos. Não só o encontramos, mas fizemos isso antes de Kaden e Tobias.

Liam enfiou a mão dentro do caixão, separando cuidadosamente os dedos do homem do livro e sussurrando um pedido de desculpas enquanto o tirava do túmulo. Os olhos de Liam faiscaram, e aquele lindo sorriso brilhou contra a barba curta que sombreava seu queixo. Olhei para ele, mais uma vez atordoada por sua beleza, e sabia que faria qualquer coisa para vê-lo verdadeiramente feliz. Não sabia como ele havia derrubado minhas barreiras tão rapidamente, mas não havia dúvida de que ele despertara em mim emoções que pensei que nunca sentiria.

– Conseguimos – declarou ele, grudando seus lábios nos meus. O beijo foi curto, mas intenso. Ele se afastou, e eu sorri, mordiscando de leve seu queixo. Ele apertou o braço em volta de mim, ajustando meu corpo ao dele.

– Está mais para *você* conseguiu – corrigi. – Eu fui principalmente força bruta.

– Não, nós conseguimos, Dianna. Você tem razão. Você sempre esteve certa. Eu não poderia ter feito isso sem você – replicou ele, e seus olhos procuraram os meus.

Meu peito de repente ficou apertado.

– Tenho certeza de que sua cabeça dura teria descoberto mais cedo ou mais tarde.

– Sempre com piadas atrevidas. – Ele sorriu antes de me dar mais um beijo rápido.

– Claro. Quem mais vai mantê-lo humilde?

Olhei para o livro pressionado entre nós. A energia que emanava dele estava beliscando desconfortavelmente minha pele. Gentilmente me afastei do abraço. Liam, que parecia notar tudo em mim, de imediato transferiu o livro para o outro braço. Finalmente entendi o que Kaden queria dizer quando falou que Alistair e eu saberíamos assim que o encontrássemos. Eu não conseguia descrever a sensação, mas saberíamos.

– Droga, essa coisa é forte. Posso sentir o poder saindo dele em ondas. – Estremeci.

Ele deu um passo relutante para trás, tentando afastá-lo ainda mais de mim, como se temesse que pudesse me machucar.

– Desculpe. Olha, vamos levar isso de volta para a Guilda. Vou precisar ligar para os outros e informá-los – falou ele, passando à minha frente para me mostrar o caminho. – Além disso, você precisa de um banho. Está com um cheiro horroroso.

– Ei! – gritei. – Tenho certeza de que você está fedendo tanto quanto eu. – Aumentei o ritmo, seguindo-o de perto, quando ele saiu da câmara.

– Neste momento, eu não me importo. Embora eu já tenha cheirado pior. Foram longas batalhas contra criaturas cujas secreções demoravam dias para serem lavadas – comentou Liam, lançando-me um sorriso selvagem.

– Ok, você tem que parar de sorrir. Está começando a me assustar agora – falei, olhando de soslaio para ele.

– O que posso dizer? Eu estou feliz. Temos o Livro de Azrael. Podemos lidar com qualquer coisa que vier agora. O que de pior pode acontecer?

Liam se encolheu quando eu bati em seu ombro com as costas da mão.

– Ai, para que isso? – perguntou, esfregando o ombro.

– Você está louco? Não pode dizer isso! – sibilei.

Liam sacudiu a cabeça, ainda sorrindo enquanto esfregava o braço com a mão livre.

– Tão forte.

Sorri de volta, prestes a dar uma resposta atrevida, quando ouvimos passos vindo em nossa direção. Levantamos nossas cabeças depressa quando Ava e Geraldo se juntaram a nós na antecâmara principal.

–Vocês o encontraram. É ele, não é? – perguntou Ava, dando um passo à frente.

Liam ergueu-o um pouco no ar.

– Sim, e parece que sua mãe tinha um selo na tumba, de modo que só eu conseguiria abri-la.

Geraldo assentiu. Ava suspirou, colocando as mãos nos quadris enquanto sorria.

– Bem, isso explica por que não conseguimos abri-lo nas últimas vezes que tentamos. Quero dizer, nós usamos muitos celestiais.

Meus olhos se arregalaram quando entendi as palavras dela.

– O que foi que disse?

Ava não se moveu nem respondeu. Seu corpo estava congelado no lugar, aquele rosto doce parecia preso em um meio sorriso permanente. O olhar de Geraldo estava fixo no livro que Liam segurava. Ficamos ali assim por cerca de meio segundo antes de eu perceber que estávamos fodidos. Muito fodidos.

Liam deve ter sentido a mudança no ar logo antes de mim, porque ele ficou rígido. O corpo de Ava se sacudiu para um lado, e seu braço se dobrou em um ângulo terrível enquanto seu pescoço girava para o lado, e o osso abaixo saltava para fora. Estávamos vendo como ela havia morrido.

O corpo de Geraldo caiu, sua coluna estava deformada, e partes de sua pele escorriam, expondo o tecido por baixo. Marcas de mordidas e cortes apareceram, como se um animal selvagem o tivesse atacado. Ele se levantou, os olhos dele e os de Ava estavam bem abertos e eram de um branco opaco. Naquele momento, eu sabia que o cheiro que eu havia sentido antes não vinha apenas da água estagnada nojenta, mas deles. Eles estavam mortos e apodrecendo o tempo todo.

Dei um passo para trás, agarrando o braço de Liam enquanto ele olhava em estado de choque.

– Nós precisamos ir. Agora! – berrei.

– O que é isso?

– Morte. E apenas uma pessoa tem poder sobre ela.

As cabeças de Ava e Geraldo foram jogadas para trás, suas mandíbulas quebradas abriram-se de modo obsceno. Apenas uma criatura tinha controle suficiente sobre os mortos para manter um celestial preso à sua carne, e eu sabia que era tarde demais. Um uivo oco ecoou de suas gargantas, enchendo o mausoléu e invocando seu mestre.

O uivo terrível era ensurdecedor, e tapei os ouvidos. Liam estremeceu, e vi o breve lampejo prateado quando ele cortou o pescoço de Geraldo com sua lâmina de prata. A cabeça dele saltou e rolou pelo chão, mas seu corpo permaneceu em pé.

Puxei o braço de Liam.

– Isso não vai adiantar. Eles já estão mortos, e o que os controla apenas está usando-os como um farol.

Meu argumento foi comprovado quando aquele maldito uivo continuou a brotar do que sobrara da garganta de Geraldo. Pela primeira vez desde que o conheci, Liam parecia estar em estado de choque. Ele recolheu sua lâmina de volta em um dos muitos anéis que decoravam sua mão.

Ignorando o que restava de Ava e Geraldo, girei, procurando outra saída. Eu sabia o que estava por vir, e não era algo que estávamos preparados para enfrentar. Eu nem estava totalmente curada.

As fendas que permitiam a passagem da luz se encheram de vários quilos de lama e pedras enquanto eu as cavava. Garras substituíram minhas unhas enquanto eu procurava, rezando por outra porta secreta. Tínhamos que sair dali e rápido.

– Dianna, pare! – exclamou Liam, afastando-me da minha busca. – Não há outra maneira de entrar ou sair. Eu falei para você.

– Temos que tentar! – gritei, puxando meus braços para trás.

Pude ver a preocupação encher seus olhos quando ele reconheceu o quase terror que me dominava.

– O que está vindo, Dianna? Quem está vindo?

A câmara ficou silenciosa de repente quando Geraldo e Ava pararam de uivar. Ouvi passos e uma suave melodia assobiada vindo pelo corredor. Virei-me em direção à porta conforme o som de botas pesadas batendo no chão se aproximava. Liam se aproximou de mim, e engoli em seco, com meu olhar fixo na porta. A energia na sala mudou, e o assobio parou.

Tobias entrou no mausoléu com as mãos nos bolsos, como se tivesse saído para um passeio noturno. Ele usava uma jaqueta escura e justa que envolvia a cintura e calças combinando. À medida que avançava para a luz, percebi que a cor escura de suas roupas se devia ao sangue que encharcava o tecido. Ele parou e tirou as mãos dos bolsos. Seus olhos reluziram quando ele começou a limpar o sangue e a carne de suas garras escuras. Ele tinha matado e devorado todos os guardas que cercavam a entrada do templo. Eu podia sentir o cheiro.

– Ora, ora, ora, a vadia consegue fazer algo direito.

– Tobias – eu desdenhei, parando na frente de Liam.

Se eu ficasse na posição certa, ele não veria o livro na mão esquerda de Liam. Precisávamos sair dali antes que Kaden aparecesse. Eu provavelmente seria capaz de lidar com Tobias sozinha, mas estaríamos seriamente ferrados se Kaden fizesse uma aparição especial.

– Samkiel. Destruidor de Mundos. Aniquilador – provocou Tobias, olhando para Liam. – Um ser com tantos nomes.

Eu conseguia sentir a energia de Liam emanando dele em ondas e não precisei olhar para trás para saber que seus olhos estavam reluzindo. A última parte das palavras de Tobias deve ter atingido um nervo. O que Tobias sabia sobre ele que eu não sabia?

– E como chamam você? – perguntou Liam, com sua voz cheia de raiva.

– Ah, desculpe, Dianna não contou quem eu sou? – perguntou Tobias, pondo a mão no peito, fingindo estar ofendido. – Achei que ela teria contado, já que... Como você disse mesmo?

Ele ergueu a mão, o cadáver de Ava se ergueu, e a voz dela repetiu minhas palavras.

– Eu sou amiga dele. – As palavras deixaram os lábios frios de Ava com a minha voz, exceto que o tom estava borbulhante e mutilado. Tobias abaixou a mão, e o corpo de Ava caiu, apodrecendo no chão.

– Ela era uma boa marionete – comentou Tobias, observando Ava se decompor. – Ambos eram, embora não fossem durar muito mais tempo, já que vocês decidiram se demorar e pular naquela maldita água. Carne morta não dura muito quando molhada – explicou Tobias, aproximando-se de um dos sarcófagos. Ele passou os dedos pela poeira da tampa e esfregou-a entre os dedos.

– Você tem controle sobre os mortos – disse Liam, com um toque de surpresa em seu tom. – A necromancia foi proibida há séculos.

– Não sou o único ser antigo que cometeu atrocidades, Deus-Rei – respondeu ele. – Ela sabe tudo sobre você? Você contou a ela sobre a lâmina de Aniquilação? Contou a ela quantos dos nossos matou com ela? Contou a verdade a ela ou vocês simplesmente pularam para a parte em que ela abre suas lindas pernas?

– Vá se foder, Tobias – rosnei, e minhas garras se cravaram em minhas palmas.

– Ela é um monstro, Samkiel, e dos piores – retrucou ele, com um sorriso maligno esticando seus lábios. – Não se deixe enganar por esses olhos tímidos e sorrisos doces. Ela matou e se deliciou com isso. Ela não se tornou o braço direito de Kaden só porque é boa de joelhos.

Senti Liam ficar tenso atrás de mim e, por um momento, fiquei preocupada com o que ele pensaria de mim depois de ouvir aquele comentário. Ele sabia o que eu seria capaz de fazer por Gabby, mas não sabia quão sanguinária eu poderia ser. Mas minha preocupação deveria ser o Ig'Morruthen parado na frente da nossa única saída e a possibilidade de ele pegar o livro. Não deveria importar que Liam e eu não tivéssemos compartilhado tudo sobre nossos passados. Eu não deveria me importar, mas parte de mim se importava.

– Ah, você está calada agora? Não quer que seu novo brinquedinho saiba quão terrível você é? Ela é doce, eu sei, mas é igual a nós, Destruidor de Mundos. Não importa o que esses lindos lábios murmurem perto do seu pau – falou Tobias, caminhando até outro sarcófago. – Sabe que consigo sentir o cheiro de vocês um no outro? É nojento. Só posso imaginar o que Kaden fará quando souber da traição dela. Imagino que ele fará Gabby gritar por você enquanto ele a despedaça membro por membro.

Algo em mim se rompeu, e eu me atirei em direção a ele a toda velocidade. Mal ouvi Liam gritar "Não!". Esmaguei Tobias contra a parede com tanta força, que pedaços de pedra caíram sobre nós.

Percebi tarde demais que ele estava me provocando e que eu caí na dele. Ele agarrou meus braços, girando e virando, mudando nossas posições e me empurrando contra a parede. Os olhos de Tobias brilhavam em um vermelho intenso na câmara escura quando ele agarrou meu pescoço, levantando-me. Suas garras perfuraram minha pele, minhas costas rasparam na rocha.

Onde Liam estava?! Não conseguia vê-lo por cima dos ombros de Tobias, o espaço além estava tomado por sombras profundas. Eu normalmente não era uma donzela em perigo, mas gostaria de uma ajudinha naquele momento, enquanto Tobias estava distraído.

–Você está fraca, Dianna. Não tem se alimentado direito? Menos proteína em sua dieta? – perguntou. Ele sorriu, e vi seus dentes crescerem até ficarem pontudos. Ele inclinou a cabeça para o lado e inalou. – Ah, não tem, não é? É por isso que você não está se curando. Está fingindo ser mortal de novo? O quanto isso funcionou para você da última vez?

Liam surgiu atrás de Tobias no instante seguinte, e seus olhos estavam prateados e incandescentes quando ele o agarrou pelo ombro. Senti a mão de Tobias apertar minha garganta, e em seguida ele foi jogado no ar. Voou atravessando uma das paredes internas e caiu com um estrondo, e rochas despencaram em cima dele.

– O que eu lhe ensinei sobre as emoções? Controle, Dianna – repreendeu Liam, ajudando-me a me levantar da minha posição agachada. Segurei minha garganta, meus dedos estavam pegajosos de sangue.

– Sim, realmente não pensei – disse, minha voz rouca. Fiquei de pé, apoiando-me no braço de Liam. – Liam, ele está mais forte que eu. Ele estava lá fora, alimentando-se dos guardas. Nós temos que ir.

O estrondo baixo vindo de onde Tobias pousou nos fez virar a cabeça naquela direção. Ele emergiu da escuridão turva, espanando poeira e pedaços de pedra de suas roupas, como se não tivesse acabado de ser atirado contra uma parede. Ele nos encarou, ajeitando a jaqueta e recuperando a compostura. Não tinha um único arranhão.

– Agora foi muito grosseiro. – Tobias estalou o pescoço antes de sair dos escombros. – Você me perguntou quem eu sou, Samkiel. – O timbre da voz de Tobias mudou, fazendo as paredes vibrarem, e eu sabia o que estava prestes a acontecer. – Permita-me lhe mostrar.

O corpo de Tobias rachou e se curvou enquanto saliências ósseas, grossas e afiadas cresciam em seus ombros e cotovelos. Sua pele ficou preta como tinta, com um brilho vermelho, e suas feições perfeitas tornaram-se mais angulares e marcadas. Quatro chifres surgiram no topo de sua cabeça, apontando para o teto. Suas garras se alongaram e se curvaram, e dentes afiados e serrilhados brilharam quando ele sorriu para nós.

O ar ficou pesado, o poder de Liam tomou a sala e me pressionou. Olhei para ele e vi o óbvio choque em seu rosto. Envolvi seu pulso com a mão, mas ele não me deu atenção.

– Haldnunen – sussurrou Liam.

O sorriso de Tobias era gélido.

– Faz eras que não ouço meu nome verdadeiro, Samkiel.

– Não é possível. – A respiração de Liam falhou. – Você morreu junto com meu avô. Eu vi os textos, eu os li. Eu os conheço.

– Foi o que seu pai lhe contou? – Tobias estalou a língua. – Sua família é cheia de mentirosos, Samkiel. Pena que você não estará por perto para descobrir isso.

Liam endireitou os ombros enquanto olhava para Tobias.

– Não importa quem ou o que você é. Será necessário um exército para me deter.

A risada de Tobias foi fria e absolutamente letal. Ele esticou os braços para os lados, cerrando os punhos. Suas garras cravaram-se nas palmas das mãos, tirando sangue fresco. Ele falou na antiga língua dos Ig'Morruthens. O sangue jorrou entre seus dedos e pingou no chão. Ele chiou, e uma fumaça escura rodopiou ao entrar em contato com as pedras.

– Bem, Samkiel, que bom, então – disse ele, com a voz profunda e ameaçadora –, que eu tenho corpos de sobra.

O mausoléu estremeceu quando a pedra absorveu seu sangue. Liam e eu assistimos horrorizados quando as tampas dos sarcófagos deslizaram devagar. Uivos e gemidos vazios encheram a cripta, e o chão se partiu abaixo de nós quando os mortos se levantaram.

XLIV
Dianna

Algo estourou.

Minha mão acertou o ombro de Liam mais uma vez enquanto corríamos.

– "Será necessário um exército para me deter!" – repeti. – Você tinha que dar voz ao seu ego gigantesco, não tinha?

Outro *estouro*.

– Você não me contou que Tobias era um rei de Yejedin – retrucou Liam, enquanto corríamos por um túnel em ruínas. As criaturas mortas-vivas uivavam e avançavam atrás de nós.

– Um o quê? – Ofeguei, atirando outra bola de fogo atrás de nós. Liam me puxou para um canto e me empurrou contra a parede, pressionando seu corpo sobre o meu.

– A coroa incrustada no crânio dele – explicou ele em tom baixo, depois que os mortos passaram por nós.

Estávamos cobertos de sujeira, detritos e sangue depois de lutar para sair da cripta.

– Bem, eu não sabia – sussurrei. – Achei que fossem chifres.

Ele me encarou como se *eu* tivesse chifres.

– Não são chifres. São uma coroa. Ele é um dos Quatro Reis.

Encarei-o boquiaberta, meus olhos se arregalaram.

– Quatro?

Liam olhou para mim, sua expressão ficou atordoada quando a compreensão surgiu.

– Isso explica muita coisa. Seu poder. Quem Kaden é. Por que eles conseguem se esconder de mim. Dianna, eles são mais velhos que eu! Séculos mais velhos. – Ele estendeu a mão suja, esfregando-a freneticamente na cabeça antes que seus olhos se fixassem nos meus. – Isso faz de você uma rainha, uma rainha de Yejedin! Se ele é um dos quatro, é por isso que é tão cruel, tão territorial. Porque é capaz de fazer qualquer coisa para ter você de volta.

Meu estômago se embrulhou com as palavras de Liam, e senti a bile encher minha garganta. Não, ele não podia estar certo. E, ainda assim, meu coração estava disparado no meu peito.

– Não. Eu não sou de Kaden. Eu não sou rainha dele.

A respiração de Liam ficou ofegante enquanto ele olhava para mim.

– Precisamos voltar para a câmara principal. Coloquei o livro de volta na tumba quando começamos a lutar e não quero deixá-lo lá.

Bati no peito dele. Mesmo que estivesse coberto de Deuses sabem o quê, eu ainda podia ver sua carranca.

– Você quer dizer o mesmo lugar onde Tobias ainda está?

– Sim – sibilou ele, o som foi apenas um sussurro. – Vou matar Tobias enquanto você o pega. A tumba está rachada o suficiente para que você não se machuque.

Ele não me deu oportunidade de discutir, e pensei em bater nele de novo quando se aproximou da abertura do nosso esconderijo. Liam não tirou a mão da minha barriga, me mantendo no lugar enquanto espiava um canto. Ele assentiu, pegou minha mão e me levou de volta correndo até a câmara do sarcófago. Continuei olhando para trás, certificando-me de que os mortos não tivessem se virado. Até então, estávamos tranquilos.

À medida que nos aproximamos, pude ouvir pedras se chocando e Tobias gritando de frustração enquanto procurava o livro.

Paramos no limiar da enorme porta. Os olhos de Liam passaram por mim.

– Lembre-se do que eu lhe ensinei.

Balancei a cabeça e convoquei as chamas, inflamando minhas mãos. Espiei dentro da sala e vi os mortos-vivos tropeçando.

– Rainha ou não, por favor, tenha cuidado.

Encontrei o olhar de Liam, mas não consegui decifrar a emoção em seus olhos. Seu polegar passou sobre o anel quando ele invocou sua armadura. Uma arma de ablazone se formou em sua mão, muito mais longa do que as que ele havia invocado antes. Ele pressionou seus lábios contra os meus em um beijo intenso e rápido antes de entrar na câmara, voando na direção de Tobias. Ouvi os dois grunhirem ao colidirem, e o mausoléu tremeu.

Merda.

Certo, Dianna, ele está distraído. Pegue o livro!

Corri para a câmara, e destroços caíram em cascata ao meu redor. Meu corpo bateu na parede quando os mortos-vivos avançaram sobre mim, mordendo e arranhando. Acertei com o joelho a cabeça do mais próximo, transformando seu crânio em pó antes de incinerar vários outros. Chutei a parede, impulsionando-me para a frente com força bastante para decapitar mais alguns.

Aterrissei na frente da sala de que precisava. Os sons de pés correndo em minha direção e gemidos atrás de mim me avisaram que aqueles que eu não havia atingido estavam se aproximando. Droga. Eu precisava encontrar aquele livro para que pudéssemos sair dali. Corri para dentro e examinei a sala, estreitando os olhos enquanto empurrava um morto-vivo para fora do caminho. Ele deixou cair sua antiga espada enferrujada, e eu a agarrei antes que ele conseguisse se recuperar.

O som de pedras caindo me fez olhar para cima. Tobias e Liam estavam lutando acima de nós, o templo tremia toda vez que um atirava o outro contra as paredes ou o teto.

Concentre-se, Dianna. Ele ainda era imortal – totalmente imortal. Ele ficaria bem. Girei, derrubando cada criatura morta que chegasse perto demais enquanto eu vasculhava a câmara.

A área estava uma completa bagunça. Como diabos eu ia encontrar o túmulo de Victoria agora? Joguei alguns destroços espalhados para a direita, enquanto outro morto-vivo se aproximava para me agarrar. Enfiei a lâmina nele e, então, senti algo pular nas minhas costas. Um braço esquelético envolveu minha garganta, e eu o agarrei, saltando e caindo de volta no chão, esmagando-o embaixo de mim. Antes que tivesse tempo de me levantar, outro morto-vivo me alcançou. Suas unhas em decomposição agarraram a frente da minha camisa e me levantaram. Manobrei meus braços por baixo dele, levantando-os bem alto e baixando os cotovelos, cortando seus braços ossudos. Agarrei a lâmina e esfaqueei o crânio daquele que rastejava em minha direção.

Olhei para baixo, notando os braços pendurados na minha camisa. Eu os arranquei, e um arrepio de repulsa passou por mim.

– Eca. – Deixei-os cair no chão e os pisoteei.

Tobias gritou, e a sala tremeu novamente, me derrubando. Larguei minha arma ao cair e com pesar a observei escorregar por uma fenda e desaparecer.

O poder de Tobias deve ter falhado, porque todos os mortos-vivos pararam e se agarraram, dando tapinhas em si mesmos como se quisessem ter certeza de que ainda estavam inteiros.

Apoiei-me nos cotovelos e vi o familiar acabamento em mármore. Eu pulei e corri em direção a ele. Algo se chocou contra mim por trás, levando-me ao chão. Minha respiração escapou quando caí de cara no chão frio, e os mortos-vivos rasgaram e dilaceraram minhas costas. Cada vez que eu tentava me levantar, mais coisas se empilhavam em cima de mim. Ouvi cortes contra o concreto conforme os mortos-vivos com armas esfaqueavam os seus iguais tentando me acertar. Gritei quando uma espada rasgou uma ferida que ainda cicatrizava.

O mausoléu estremeceu com força daquela vez, formando uma fenda estreita no chão. Parecia que um pedaço enorme do templo havia caído, mas o que ouvi em seguida me informou que provavelmente tinha sido Tobias atirando Liam.

– Você perdeu sua lâmina, Destruidor de Mundos. Está distraído. Está preocupado com ela? – Tobias riu com frieza. – Ela se infiltrou em você? Gostaria que eu a cortasse fora?

O chão rachou mais uma vez, tremendo como se um comboio estivesse passando em alta velocidade. O ar se iluminou com o poder de Liam, e o ataque desintegrou alguns dos mortos-vivos. Liam saltou de volta no ar, e a força dele saiu do chão, derrubando várias outras criaturas de cima de mim.

Desalojei a espada do meu abdômen, e meus lábios se curvaram em um rosnado enquanto eu me levantava. Três mortos-vivos me atacaram. Agarrei a espada pelo punho e girei do jeito que Liam tinha me mostrado, usando o impulso da parte superior do corpo para balançar a arma acima da minha cabeça e para baixo, decapitando-os com um golpe suave. Mais vieram, e eu os cortei também. Era uma dança que eu não sabia que conhecia. Lá para a minha décima morte, a espada antiga rachou, quebrando-se no crânio de um dos mortos-vivos.

Eu havia conseguido uma breve trégua, mas não duraria muito. Girei, procurando o caixão de mármore, mas ele havia sumido. Merda em dobro. A luta entre Liam e Tobias não estava ajudando; o templo estremecia, e destroços choviam toda vez que eles se chocavam contra uma parede.

Liam atirou Tobias através de outra parte do mausoléu, e eu fiz minha jogada. Corri até a Liam enquanto ele perseguia Tobias e agarrei seu braço. Seus olhos eram prata derretida, incandescente de ira de batalha, quando ele se virou e me encarou através da pequena fenda em seu elmo. Seu olhar, combinado com os destroços e o sangue que cobriam sua armadura, o tornavam aterrorizante. Quase dei um passo para trás, mas suas feições relaxaram assim que ele viu meu rosto. Puxei-o para o outro extremo da cripta no momento em que Tobias se levantava.

Liam e eu estávamos pressionados contra um pedaço de parede de pedra em ruínas. Tínhamos lutado, mas não tinha feito diferença. Não importava quantos eu queimasse e chutasse ou quantos ele cortasse, eles continuavam aparecendo. A caverna tremeu novamente quando os ouvi acima de nós abrindo caminho para entrar. Mais mortos-vivos estavam passando pela entrada. Eu temia que Tobias tivesse convocado todos os mortais enterrados em um raio de quilômetros. A poeira caía enquanto aqueles que não tentavam nos despedaçar procuravam o livro.

– Aonde você foi, Destruidor de Mundos? Eu estava começando a me divertir! – rugiu Tobias.

Ele arrancou sarcófagos do chão, atirando-os contra as paredes, fazendo com que mais detritos se deslocassem e caíssem. Se não fôssemos despedaçados, logo seríamos enterrados vivos. Pelo menos trinta mortos-vivos nos cercavam. Todos eram esqueléticos, envoltos em roupas esfarrapadas, a pele em decomposição grudava no que restava deles. Outros pareciam desgastados pela batalha, com membros faltando e capacetes enferrujados pelo tempo. Carregavam armas que eu só podia presumir que tinham sido enterradas com eles, variando de espadas a machados de guerra enferrujados. Eu não podia arriscar ser decapitada enquanto destruíam aquele lugar. Precisávamos de um novo plano.

– Quantos mortos foram enterrados aqui? – sussurrei para Liam, enquanto espiava pelo canto. Alguns reviraram escombros em sua busca por nós. Eu me movi, pressionando-me contra a parede enquanto flexionava minha mão. Cada um dos meus músculos estava berrando. Eu estava fraca e sabia disso.

– Muitos. Demais – respondeu Liam, virando de um lado para o outro, calculando nossas chances antes de olhar para mim, avaliando minha condição física. Ele tocou seu anel e o elmo desapareceu, seu cabelo encharcado de suor estava grudado na cabeça. – Quanto você ainda consegue lutar?

Eu balancei minha cabeça.

– Não o bastante. Cada vez que penso que estou em vantagem, mais aparecem. Ele é forte demais. Alistair era igual. Havia uma razão pela qual Kaden mantinha nós três perto dele. A única diferença era que eles abraçaram a sua natureza, enquanto eu não. Não sou tão forte, Liam!

Seu olhar não vacilou.

– Sim, você é.

Outro estrondo fez com que nós dois nos abaixássemos. Movi-me depressa, rastejando para trás de uma coluna meio destruída. Sabia que estávamos fodidos, principalmente se Tobias fosse esse tal rei que Liam pensava que ele era. Tobias teria sido desafio suficiente, mas ele tinha ressuscitado todos os cadáveres nas proximidades e estávamos em menor número. Eu não sabia como íamos impedi-lo de pegar o livro. Eu sabia que Liam podia usar a arma de ablazone e acabar com Tobias, mas o exército de mortos seria facilmente capaz de sobrepujá-lo se estivesse distraído comigo. Liam não seria capaz de evitar, porque ele era legal e bom e tudo o que eu desejava ser. Eu só conseguia pensar em uma opção, e não ia acabar bem para mim. Uma parte de mim a odiava, mas eu sabia o que precisava fazer.

– Liam – chamei, sem me importar se os mortos ou Tobias me ouviram – você tem que ir embora. Encontre o livro, pegue-o e vá embora. Nós dois não vamos sair vivos deste templo.

– Vamos sim.

– Estamos em menor número e acabados. Ainda não estou cem por cento depois da mata, e esta caverna vai acabar desabando. Precisamos daquele livro. – Fiz uma pausa, engolindo um nó crescente na garganta. – Você precisa do livro. Isso é tudo o que importa.

Era verdade, mesmo que me magoasse. Era verdade.

Seus olhos cansados de batalha examinaram os meus.

– Não.

– Não há outro meio.

Ele agarrou a lâmina prateada com mais força e se inclinou para a frente sobre os joelhos.

– Eu estou trabalhando nisso.

– Por que não usar a espada escura, como antes? Matou em segundos!

Ele estreitou os olhos.

– Eu falei para você fechar os olhos.

– Você sabe que eu não escuto. – Sorri suavemente, mesmo com lágrimas ardendo em meus olhos. Eu sabia que, se esse plano funcionasse, Tobias me arrastaria de volta para Kaden, e eu nunca mais veria Liam nem minha irmã.

Ele balançou a cabeça, voltando-se para a horda de mortos rastejando.

– Não posso usá-la aqui. O espaço é pequeno demais. Não apenas erradicaria tudo aqui, mas você também. Não vou arriscar.

Meu ponto estava provado. Suspirei, sabendo o que viria a seguir.

– Posso distraí-lo por tempo suficiente para você pegar o livro e ir embora.

– Não.

– Sua palavra favorita, que surpresa. Ouça, esse era o plano o tempo todo. Antes de tudo, você obtém o livro. É por isso que temos um acordo. Apenas cuide da minha irmã. Por favor. – Agarrei a borda de seu peitoral e puxei-o para mais perto de mim. Sua testa tocou a minha quando fechei os olhos, inspirando seu cheiro mais uma vez. Eu o queria gravado em minha mente muito depois de meu corpo ter virado cinzas. Queria lembrar todos os dias que passei com ele, mesmo quando nos odiávamos. Meu peito se contraiu, e lágrimas ameaçaram cair, porque eu sabia que aquilo era um adeus. – Você prometeu.

Ele balançou a cabeça de novo.

– Não. – Ele repetiu aquela palavra, cortando qualquer resposta que eu pudesse ter. – Eu não vou abandonar você.

Passei a mão pelo lado encharcado de suor do rosto dele antes de beijá-lo forte e rápido.

– Talvez em outra vida – sussurrei contra seus lábios.

Eu não ia dar a ele uma escolha. Levantei-me em um pulo e corri para a direita. Minhas mãos arranharam os escombros enquanto eu pegava uma série de ossos abandonados e os embrulhava em um pedaço de pano descartado. Eu esperava que Tobias estivesse tão motivado por sua necessidade de ter o livro, que fosse estúpido o bastante para acreditar que eu o tinha.

Parei na entrada da caverna. Meus olhos encontraram os de Tobias por tempo suficiente para forçar um olhar de desespero enquanto eu segurava meu chamariz com mais força nos braços. Suas narinas se dilataram, e eu corri. Tobias rugiu quando eu fugi. Se ele não levasse ou o livro, ou a mim de volta, as coisas poderiam não acabar bem para ele.

Segurei minha barriga, que se curva devagar, enquanto todas as cabeças se voltavam para mim. Ouvi Liam xingar, mas ele não me seguiu. Os mortos-vivos soltaram um grito oco e avançaram atrás de mim. Corri pelo túnel escuro, colocando alguma distância entre nós antes de parar para lançar uma parede de fogo atrás de mim, iluminando o túnel. Os mortos-vivos na frente atravessaram as chamas correndo e caíram em pedaços, mas não foi o suficiente. Aqueles atrás deles apenas marcharam sobre os cadáveres para tomar seu lugar. Agachei-me e pulei, batendo em lajes de pedra e aterrissando em um nível superior.

– Má jogada – sibilei, e o topo da minha cabeça latejava enquanto um único fio de sangue escorria pela minha testa. Meu crânio ia sarar, mas lentamente. Fiquei de pé e segui adiante. O espaço ficou menor, e eu me ajoelhei. Podia ouvir o barulho da água mais à frente e sabia que havia chegado a uma antecâmara acima de onde havíamos começado. Não conseguia ouvir Tobias ou Liam.

O som de arranhões me fez olhar para trás e ver os mortos-vivos se arrastando atrás de mim, suas mandíbulas em decomposição abriam e fechavam enquanto eles rastejavam. Porra, devem ter se empilhado uns nos outros para me alcançar. Eu estava me movendo para disparar outro jato de fogo quando a rocha abaixo de mim explodiu. Uma mão com garras me agarrou pela cintura e me puxou pelo buraco.

– Aonde pensa que está indo?

Ele me jogou para baixo, e meu corpo se chocou contra o chão com força suficiente para me tirar o fôlego. Ele estava em cima de mim antes que eu pudesse reagir, arrancando o pano das minhas mãos. Os ossos se espalharam, e meu estratagema se desfez.

– Enganei você – sussurrei, enquanto o joelho dele afundava em minhas costas. – Você perdeu.

Ódio, puro e ofuscante, tomou seus olhos vermelhos quando ele me agarrou pelos retalhos da minha camiseta.

– Veremos. – Dentes irregulares rasgaram minha garganta, e eu gritei quando ele sugou qualquer energia restante que eu tivesse.

O sangue se acumulou em minha boca enquanto Tobias me arrastava de volta para a câmara pelos cabelos. Arranhei seus braços, mas foi inútil. Ele havia me drenado, e eu sabia o que estava prestes a fazer.

– Ei, Destruidor de Mundos! – gritou ele, cantarolando, zombando e provocando. – Estou com algo seu.

Os mortos-vivos abriram caminho, arrastando os pés enquanto se moviam para o lado. Não consegui ver Liam, mas a luta parou assim que Tobias entrou.

Ele me soltou por uma fração de segundo, mas, antes que eu pudesse me afastar, me puxou pelo pescoço mutilado.

Tobias me virou para encarar Liam. A armadura de Liam desapareceu, como se me ver daquele jeito o tornasse vulnerável em mais de um aspecto. Tobias riu enquanto suas garras abriam caminho no meu peito para apertar meu coração. Eu me curvei para a frente com a pressão intensa. A dor era insuportável, mas eu não conseguia gritar. Meus pulmões ardiam, como se o simples esforço de inspirar fosse demais. Senti meu poder diminuir e fiquei tonta. Um aperto, um movimento, e eu estava morta.

– Tsc, tsc, não tão rápido, Destruidor de Mundos. Mais um passo, e arranco o lindo coraçãozinho dela – rosnou Tobias. – E nós dois sabemos que nem você será rápido o suficiente para salvá-la.

Eu podia ver Liam na minha frente. Sua expressão era desastrosa. Ele só precisava pegar o livro e ir embora. Tobias não ia me soltar, principalmente depois do que fiz com Alistair. Se não me matasse ali, ele me levaria para Kaden, que faria muito pior.

– Apenas… vá… – Consegui gorgolejar depois de agarrar a mão de Tobias e afrouxá-la o suficiente para falar.

Eu conseguia, ver por trás dos olhos de Liam, que ele estava avaliando enquanto olhava de Tobias para mim. Estava formulando algum plano; eu apenas não sabia qual. Tolo. Não havia esperança para mim. Nunca houve. Eu só precisava que ele fosse embora.

Tobias usou a mão livre para agarrar meu queixo.

– Você hesita por ela? – Ele sacudiu minha cabeça, e eu estremeci. – Patético para um caralho. Você se banhou em nosso sangue durante séculos, assim como seu pai e o pai dele antes dele. No entanto, surge um rosto bonito, e de repente você tem um coração? Não acredito.

– Solte-a. – As palavras não eram duras ou cruéis. Eram suaves, ditas como se ele soubesse que Tobias o faria sofrer se dissesse a coisa errada.

Ah, Liam, seu idiota. Por que você não pode simplesmente me deixar?

Tobias riu, percebendo isso também.

– Sabe? Tenho uma ideia. Você poderia enfiar aquela maldita lâmina em nós dois. Vamos, Destruidor de Mundos. Vai economizar muito tempo. Pense nisso: dois Ig'Morruthens, uma espada, e você obtém o livro. Pode fazer com que pareça um acidente. De qualquer maneira, ninguém sentirá falta dela – zombou Tobias, usando a mão para sacudir minha cabeça em sua última declaração para causar efeito.

Um gemido de dor me escapou, fazendo Liam estremecer e dar um passo à frente. Tobias tinha razão. Se ele nos matasse, deixaria Kaden sozinho, sem livro algum. Kaden perderia sua força. Seu exército já estava dividido e em frangalhos. Liam e seus amigos estariam seguros por algum tempo. Sim, Liam me perderia, mas o mundo estaria seguro. Esse sempre havia sido o plano. A dor me atormentou novamente, mas desta vez não foi por causa dos cuidados nada gentis de Tobias.

– Não pode fazer isso, não é? – provocou Tobias. – Isso que estou sentindo é fraqueza? Depois de todos esses séculos, será que o grandioso e poderoso destruidor finalmente tem uma fraqueza?

– Se eu lhe entregar o livro, você a deixará ir? – perguntou Liam, e sua voz era quase inaudível.

Senti Tobias enrijecer, e um sorriso diabólico apareceu em seus lábios quando seu rosto se aproximou do meu.

– Sim.

– Tenho sua palavra? – perguntou Liam.

– Sim, dê-me o livro, e eu devolverei a doce e pequena Dianna para você – declarou Tobias, com aborrecimento surgindo em sua voz.

Não, ele não ia fazer isso. *Liam, não seja tão burro!* Tentei falar, mas só saiu um suspiro gargarejado.

O rosto de Liam se contorceu.

– Muito bem. Está no sarcófago selado mais próximo de você – informou Liam, gesticulando com sua espada.

– Eu não sou bobo. Sei que está selado de modo que apenas você consiga abrir – Tobias retrucou. – Abra-o.

– Eu vou – afirmou Liam, levantando uma das mãos em derrota. – Só preciso ir até lá.

Tobias olhou do caixão para Liam e de volta. Ele assentiu, movendo-nos mais para o lado para que Liam tivesse espaço suficiente para pegar o livro sem estar perto o bastante para atacar. Os olhos de Liam nunca deixaram os meus enquanto ele caminhava devagar até o sarcófago. Sua mão roçou a lateral, e, com um movimento sólido, ele jogou a tampa para o outro lado da câmara. Ele poderia ter sido gentil antes, mas, pela maneira como a atirou pela câmara, eu sabia que não estava com humor para jogos.

Ele enfiou a mão dentro da cripta, com seu olhar ainda focado em mim, e pegou o livro. Agitou-o no ar e disse:

– Agora deixe-a ir, e eu o darei a você.

Eu não conseguia acreditar no que estava vendo. Liam não podia estar falando sério. Ele não estava. Tudo pelo que trabalhamos, tudo o que aconteceu na viagem estúpida até ali, e ele simplesmente ia entregá-lo? Por mim? Não. Ele não podia.

– Liam. Não… – Eu arquejei, e minhas palavras se transformaram em um gemido quando Tobias apertou meu coração com mais força.

– Agora, seja um bom Deus-Rei e jogue isso para cá – insistiu Tobias.

– Não até você soltá-la – respondeu Liam, gesticulando com a mão.

Vi Liam dar um passo à frente. Era apenas um centímetro, mas eu sabia que ele faria o impensável. Tentaria me salvar, porque ele era bom. Era tudo o que Tobias e eu nunca poderíamos ser.

Não. Kaden não podia conseguir o livro. Minha vida não valia o mundo. Eu não valia isso. Reuni o máximo de força que consegui e agarrei o braço de Tobias. Mesmo esse leve movimento me fez cuspir mais sangue, mas mantive o olhar de Liam.

– Você prometeu – ofeguei, acenando para ele. Ele sabia o que eu queria dizer: cuidar de Gabby. Com acordo ou não, foi a única coisa que ele me prometeu.

Um olhar que eu nunca tinha testemunhado nele cruzou suas feições. Foi a mesma emoção que Kaden expressou no dia em que Zekiel morreu.

Medo.

Vi seus olhos se arregalarem e a cor deles desbotar para um prata radiante quando ele estendeu a mão, e uma única palavra se formou em seus lábios.

Eu jamais a ouvi. Antes que ele pudesse dar voz a ela, arranquei a mão de Tobias do meu peito – junto com meu coração.

XLV
Dianna

Escuridão. Era tudo o que existia, mas meu corpo estava quente e inteiro. Eu estava segura em um abraço apertado, como se estivesse envolta nos braços de um amante. Não conseguia me mover, mas também não queria. Seria aquilo Asteraoth? Eu finalmente tinha encontrado a paz?

O meio do meu peito latejava, irrompendo em uma dor feroz e lancinante, que se espalhava por todas as partes do meu ser. Era calor líquido me encharcando de dentro para fora. Tentei me mover, lutar, espernear, qualquer coisa para fugir daquela horrível agonia ofuscante. Era como se alguém tivesse derramado lava no espaço onde meu coração deveria estar. Eu não tinha arrancado meu coração? Tobias estava terminando o trabalho? Não, isso também estava errado; eu o tinha sentido rasgar meu peito e despedaçá-lo. Sendo assim, onde eu estava? O que estava acontecendo comigo?

— *Vamos. Vamos…*

Ouvi alguém implorando, uma mistura de soluços e súplicas. Meus pensamentos pararam quando um líquido quente encheu minha garganta. Ambrosia. Era a única maneira como eu poderia descrever. Todo o meu ser de repente pareceu vivo. Tinha que ser a melhor coisa que eu já havia experimentado. Meus nervos formigaram, faiscando e disparando com vida. A cada gole, eu conseguia mais controle dos meus membros.

Eu não estava morta. Eu não estava nem perto da morte. Não quando me sentia assim. O mundo voltava correndo até mim conforme eu dava outro longo gole. Os sons do vento, dos pássaros e de um gemido encheram meus ouvidos. Agarrei qualquer que fosse a fonte daquele elixir maravilhoso, segurando-a contra minha boca com avidez.

Meus olhos se abriram, e minha visão clareou. As estrelas lentamente entraram em foco, junto com a silhueta de uma figura grande agachada por cima de mim. Tudo o que pude ver foi a prata pura de seus olhos, e percebi que a coisa incrível que estava tomando era de fato sangue – o sangue de Liam.

Ele estava ajoelhado com uma das pernas, com o outro pé apoiado no chão, me segurando contra ele. Minha cabeça repousava em sua coxa forte, e ele mantinha o pulso sobre a minha boca. Meus olhos estavam se adaptando à escuridão e pude ver as linhas de dor em seu rosto. O gemido que ouvi antes era dele. Na minha necessidade, eu não estava me alimentando com delicadeza. Tirei meus dentes de sua carne e movi minha cabeça para o lado.

– Não. – Estendi a mão, tentando afastá-lo.

– Dianna, eu coloquei fisicamente seu coração de volta no seu peito com minhas próprias mãos – retrucou Liam. – Agora, beba! – Ele pressionou o pulso de volta na minha boca, sem me dar tempo para responder.

Mordi novamente, desta vez com mais calma, segurando seu pulso com as duas mãos enquanto o sabor doce enchia minha boca. Gemi enquanto meu corpo se curava em lugares que eu não tinha percebido que estavam machucados. Liam engoliu em seco enquanto eu tomava outro gole dele.

Eu sabia como era ser mordida. Havia veneno em nossas presas. A maioria dos mortais descrevia a sensação como um calor que enviava ondas de choque ao seu âmago, semelhante ao desejo. Tornava-se mais fácil nos alimentarmos se a pessoa que permitia sentisse prazer em vez de apenas dor, e podia ser algo íntimo. Era uma característica que transmitimos aos vampiros e a todas as criaturas bebedoras de sangue. A evolução era uma cadela traiçoeira. Tínhamos que nos alimentar exatamente como as criaturas inferiores que geramos, e o sangue carregava vida. Continha a magia mais pura e potente do mundo. Era a única coisa que separava os vivos dos verdadeiramente mortos.

– Calma – murmurou Liam.

Olhei para ele, e meus lábios pararam enquanto eu lambia as feridas que havia feito antes de afastar seu pulso da minha boca.

– É o bastante. Estou bem agora. Eu juro.

– Dianna... – Ele começou a dizer mais alguma coisa, mas eu já estava tentando me levantar.

Liam agarrou meu braço, ajudando-me a ficar de pé. Olhei para seu pulso e vi que ele estava se recuperando, mas mais devagar que o normal.

– Obrigada. – Fiz uma pausa, apontando para seu pulso. – Por isso e por colocar meu coração de volta no peito.

Liam olhou para mim, e a sombra de uma carranca tensionava suas feições sob a camada de sujeira e fuligem. Ele me deu um breve aceno de cabeça, mas pude ver o que parecia ser raiva endurecendo sua expressão. Passei meus olhos por seu corpo, procurando por feridas. As roupas de Liam pareciam ter passado por um triturador. Ele estava coberto de cinzas, sangue seco e entranhas, seu cabelo estava grudado no crânio por sabem os Deuses o quê. Não vi nenhum ferimento crítico nele, mas o brilho prateado que estava acostumada a ver em sua pele havia desaparecido.

Olhei para minhas roupas rasgadas e esfarrapadas. Havia um buraco na frente da camiseta que eu usava, e ele estava coberto de sangue. Afastei o material arruinado do meu corpo e pude ver a carne brilhante e saliente entre meus seios, onde meu coração havia sido arrancado. Toquei de leve o local, ainda sensível pela cura. Ele realmente colocou meu coração de volta? Eu devo ter estado morta por um momento antes que ele tentasse me alimentar. Ele me salvou. Ele sempre me salvava.

As estrelas estavam radiantes no céu noturno limpo. Estávamos em uma área gramada, mas eu podia ouvir o sussurro da brisa nas árvores que margeavam o campo. A poucos metros de distância, havia um buraco gigantesco no chão.

– O que aconteceu? – perguntei.

– Que parte, Dianna?

Sim, estava bravo.

Ele pôs as mãos nos quadris.

– A parte em que você não hesitou em tirar a própria vida ou a parte em que Tobias obteve a última relíquia existente de Azrael?

Baixei o olhar por um segundo, franzindo os lábios.

– Acho que ambas.

– Não tem graça. – Ele esfregou a mão no rosto com frustração e cansaço.

– Eu não estava fazendo piada. Fiz o que precisava ser feito. Você ia arriscar o livro por mim. Eu vi, vi sua hesitação. Conheço a cara que você faz quando está planejando algo.

Ele deu um passo à frente, e notei que cambaleou, mesmo que ele não notasse.

– Você não tinha ideia do que eu ia fazer e não deveria ter tentado discernir minhas intenções. Você me conhece há apenas alguns minutos no grande esquema das coisas e não deve presumir que sabe o que farei ou não.

– Então, você não ia me salvar? – Minha testa se ergueu quando cruzei os braços.

– Sim, eu teria salvado você e o livro, mas você não me deu escolha. Você escolheu *por* mim.

Eu bufei.

– Você não teria, e Tobias teria conseguido o livro. Eu…

– Você não sabe do que sou capaz!

Era a primeira vez que Liam levantava a voz para mim, e eu me encolhi. Não porque ele me assustou, mas pelo que ouvi naquelas palavras. Liam não gritou comigo como Kaden gritava nem me degradou como os outros fizeram. Ele gritou, e sua voz vacilava de medo.

– Liam…

– Você não me deu escolha! Nenhuma escolha. Você deixou Tobias arrancar seu coração. Ele pegou o livro, e eu atravessei o templo em colapso voando com seus restos mortais. Aí está a sua recapitulação.

– Eu fiz o que achei certo.

– Para quem?

Minha cabeça caiu para trás.

– Para você, para o mundo, para minha irmã. Você e todo mundo não fizeram outra coisa além de pregar sobre a importância daquele maldito livro.

– "Pregar"? Como se você tivesse feito alguma coisa durante todo esse fiasco, a não ser pregar sobre nossa parceria! No entanto, você não confiou em mim o suficiente para saber que eu poderia ter salvado você *e* obtido o livro.

– Sinto muito, está bem? É isso que você quer ouvir? Sinto muito, mas dei a você a oportunidade perfeita para acabar com isso. Não distorça essa situação nem me faça a vilã aqui. Está chateado, mas eu não lhe pedi que me salvasse. Dei minha vida para que você e todos os outros tivessem a deles.

– E a sua, Dianna? Você sempre faz isso! Voluntariamente tenta jogar fora a sua como se não importasse nada. Como se *você* não importasse nada.

Ele parou e virou as costas, como se não conseguisse me encarar. A dor me apunhalou, mas foi só por um momento, porque ele se virou e apontou para mim.

– Você deveria ter confiado mais em mim, Dianna. Depois de tudo o que passamos, por que acha que eu deixaria alguma coisa acontecer a você?

Não falei nada, porque, honestamente, não consegui encontrar palavras. Nunca me ocorreu que Liam tentaria me trazer de volta, mas ali estava eu.

Ele olhou ao redor do terreno destruído.

– Temos que ir agora. Não sei quanto tempo levará para Tobias chegar até Kaden. – Ele encontrou meu olhar, seus olhos estavam cansados.

– Está escuro o suficiente para que eu possa nos tirar daqui voando sem sermos vistos.

Ele balançou a cabeça enquanto levantava a mão, esfregando a têmpora.

– Arriscado demais, e até agora há pouco você estava… morta. – Sua voz falhou na palavra.

Comecei a discutir, mas parei quando o vi cambalear.

– Liam. Você está bem?

– Estou. Estou bem – respondeu Liam, pouco antes de seus olhos virarem para o alto e ele desabar para a frente. Eu o peguei, tropeçando sob seu peso, tentando impedi-lo de cair de cara no chão.

XLVI
Dianna

– Onde você está agora?

Afastei-me da janela, segurando o telefone entre a orelha e o ombro.

– Nos arredores de Charoum. Tentei voar de volta, mas o Sol nasceu, e duvido que uma fera alada carregando um homem sairia bem nas notícias. Além disso, estou cansada.

Eu podia ouvir pessoas na sala com ela, as máquinas e seus sapatos batendo no chão enquanto ela andava.

– Isso é por causa do que aconteceu em El Donuma? Os recentes terremotos saíram em todos os noticiários. Logan e Neverra parecem nervosos, agindo como se o fim do mundo estivesse próximo. Eles me deixaram no trabalho e foram embora. Então, agora estou apenas com os guarda-costas celestiais normais, e todo mundo está agindo estranho.

Minha mão foi até meu peito. Eu conseguia sentir a batida rítmica sob minha pele. Havia uma cicatriz entre meus seios agora. Eu notaria, mas não era nada que outras pessoas iam notar. Era apenas uma pequena marca, mas para mim seria sempre um lembrete de quão longe Liam estava disposto a ir por mim.

– Sim, quanto a isso… Tobias apareceu.

– O quê? – Gabby praticamente gritou, antes de se controlar. Eu a ouvi pedir desculpas a alguém próximo a ela antes de sussurrar: – O quê? Você está bem? Bom, quero dizer, acho que está bem, já que estou falando com você. Então, isso é bom. Ele está morto?

Virei-me para a cama onde Liam dormia. Seu peito subia e descia, mas era mais lento que o normal.

– Não, mas eu estava. Eu acho. Por um segundo, pelo menos. Não sei…

– O quê?! Espere… o que quer dizer, Dianna? – Gabby estava gritando de verdade e não parecia se importar com quem ouvia.

Balancei a cabeça, esfregando a mão na testa.

– É uma longa história, mas fomos enganados para conseguir o livro. Tobias apareceu e ressuscitou todas as pessoas mortas que pôde em um raio de provavelmente cinco quilômetros. Lutamos, perdemos, e Liam me trouxe de volta.

– "De volta" quer dizer ressurreição? Quer dizer…

Eu a interrompi.

– Shh, não fale isso muito alto. Não acho que seja algo bom. Liam falou que necromancia é proibida. É isso que o Tobias faz, e é tudo carne reanimada, como nos filmes de zumbi, sabe? O que Liam fez foi diferente. Quero dizer, conta se eu nunca virei cinzas? Significa que eu não morri de verdade? – Sentei-me perto da janela, observando as crianças da vizinhança brincarem.

Gabby ficou quieta por um tempo.

– Fale alguma coisa.

– Desculpe. Estou surpresa. Isso é importante, você tendo realmente morrido ou não. Está falando que Liam restaurou seu coração, Dianna. A única coisa que você não pode fazer crescer de volta. – Ela fez outra pausa, o que só deixou meus nervos já erráticos enlouquecidos. – Quão próximos vocês dois se tornaram nessa viagem, Di?

Virei-me, olhando para meu salvador adormecido.

– É complicado.

– Dianna! Você não fez isso. – Ela quase se engasgou.

– Escute, é diferente. Liam é diferente. Olha, deixe-me explicar quando voltar, ok? Prometa não me odiar até lá.

– Está bem, está bem. – Ela limpou a garganta e depois baixou a voz. – Então, isso quer dizer que Tobias está com o livro?

– Sim. Não conte aos outros. Ainda não. Sinto que é algo que Liam precisa abordar.

– Claro. – Ela voltou a ficar calada.

– Escute, eu vou ficar bem. Portanto, não se preocupe. Provavelmente vou tentar dormir um pouco e depois partir quando escurecer de novo. Com sorte, Liam vai acordar logo. – Ouvi os ruídos do lado dela aumentando. – Eu ligo para você mais tarde, certo?

– Certo. Lembre-se, eu amo você.

– Também amo você. – Sorri ao telefone antes de desligar.

Uma batida suave soou na porta do quarto, e o proprietário espiou para dentro. Era um senhor de boa aparência, com uma família numerosa. Eu o compeli a nos deixar ficar. O sangue de Liam fazia com que aquela pequena parte de mim funcionasse com poder extra. Estávamos atualmente no quarto de um dos filhos adolescentes.

– Está tudo bem, senhorita Dianna?

– Sim. – Balancei a cabeça e sorri. – Você e sua família deveriam sair. Vão a um bom jantar ou ao cinema. Saiam de casa e vivam um pouco.

Seus olhos ficaram com uma expressão distante e vidrada por um momento.

– Você tem razão. Um filme parece ótimo.

Ele saiu, fechando a porta atrás de si. Ouvi a comoção lá embaixo quando as crianças gritaram de animação. Passos subiram as escadas e desceram, então eles pegaram as chaves. A porta da frente abriu e fechou, deixando-nos em silêncio.

Eu me enfiei na cama com Liam, nós dois mal cabíamos nela. Agarrei-me a ele, aconchegando-me ao seu lado e fazendo o pequeno espaço bastar. Depois que nos acomodamos, tomei banho e limpei Liam da melhor maneira que pude. Peguei roupas emprestadas para nós dois, e elas serviram bem o bastante. Deslizei meus dedos por seu cabelo, afastando as ondas escuras que ameaçavam se curvar em direção à testa dele. Ele não se moveu, sua respiração era lenta e profunda.

– Por que fez isso? – falei baixinho. Foram as mesmas palavras que sussurrei na primeira vez que ele me alimentou com seu sangue, quando pensou que eu tinha morrido.

Eu me aninhei junto a ele, passando meu braço em volta de seu corpo e apoiando minha cabeça em seu peito. Fechei os olhos, ouvindo a batida lenta do seu coração, e o ritmo agora correspondia ao meu.

Meu corpo doeu quando me estiquei na cama, passando meu braço pelas cobertas, procurando Liam – e não o encontrando.

Eu estava sozinha.

Sentei-me e parei. Como é? Olhei ao redor para ver o quarto, que não pertencia a um adolescente que adorava esportes e morava no subúrbio com a família. As cortinas dançavam ao vento, girando ao redor da grande cama. Móveis que não eram deste mundo ocupavam grande parte daquela câmara, pássaros cantavam na grande janela aberta. Ah, não, isso era outro sonho de sangue? Minha mão alcançou a pequena cicatriz no meu peito, meus dedos a esfregaram através do tecido da minha camisa.

Algo caiu do lado de fora do quarto, e eu me assustei. Eu podia ouvir o som abafado de vozes elevadas e afastei as cortinas para atravessar o chão frio. Nem me preocupei com as portas grandes, apenas atravessei a parede. Parecia que muitas pessoas estavam reunidas, mas para quê? Caminhei pelo enorme corredor, observando a arte esculpida nas paredes. Era tão linda quanto da primeira vez que a vi.

– O garoto nunca escuta! – Ouvi alguém gritar, me despertando da admiração que sentia pelo ambiente.

– O *garoto* está bem na sua frente. – Soava como Liam, e ele estava irritado.

Comecei a correr, seguindo o som de gritos contínuos. Entrei no que me lembrou uma catedral e parei derrapando. O teto era tão alto, que me perguntei como eles haviam pendurado o enorme lustre. Ele oscilava e dançava, brilhando em tons de azul, roxo e prateado, lembrando-me uma pequena galáxia.

Os guardas que flanqueavam as portas seguravam as armas com firmeza, e várias centenas de outros estavam encostados nas paredes internas. Aquele lugar era enorme. Não era de admirar que Liam tivesse dito a Drake que já tinha visto algo maior quando visitamos sua mansão. Vários guardas se viraram em minha direção, e eu congelei, pensando que podia ser vista. Relaxei quando alguns celestiais passaram ao meu lado e percebi que estavam olhando para eles, não para mim.

Dã, Dianna, é uma memória.

Respirei fundo e dei um passo à frente. Os celestiais estavam reunidos em torno de um estrado. Havia uma fileira de cadeiras grandes em cima dele, permitindo que quem estivesse sentado nelas visse o salão inteiro e todos nele. Os tronos eram feitos de ouro puro, e suas pernas foram esculpidas para representar diferentes criaturas estranhas.

Devia haver pelo menos vinte divindades presentes. Muitos dos deuses e deusas tinham marcas como Liam, longas linhas de luz semelhantes a veias que pareciam se fundir em seus olhos. A luz dos outros parecia emanar deles em ondas, e não presas à pele. Eram lindos, mas de uma forma estranha, perfeitos demais, definidos demais. Os celestiais observavam atentamente, e sua pele com linhas azuis contrastava com a dos deuses.

Por instinto, eu me aproximei da parede oposta enquanto observava. Sabia que era um sonho, mas cada fibra do meu ser me dizia para fugir. Parei perto de uma das cadeiras vazias, segurando o encosto, enquanto espiava. Daquele ângulo, pude ver Liam. Seu cabelo estava como da última vez que estive aqui. Os cachos longos e selvagens caíam sobre sua armadura, presos pelas tranças idênticas de cada lado do rosto e contidos por pequenas faixas de metal enfeitadas com joias.

O que quer que estivesse acontecendo, deveria ter sido depois que ele formou A Mão, porque todos aqueles que reconheci usavam armaduras iguais. Será que tinham acabado de voltar da batalha?

Logan passou por alguns celestiais para se aproximar de Liam. Ele manteve a cabeça erguida e agarrou o punho de uma daquelas armas de ablazone, pronto para atacar caso necessário.

Examinei a multidão e encontrei Vincent. Ele estava na parte de trás do grupo, sentado ao lado do estrado. Parecia ainda mais irritado do que de costume. Várias marcas de garras marcaram seu peito e braço, mas ele não estava sangrando ativamente.

–Você não obedeceu, Samkiel, e isso quase lhe custou vários celestiais. Eles não foram feitos para serem seus brinquedos, seu tolo insolente! – retrucou uma mulher, e minha cabeça se voltou para ela. A deusa tinha longos cabelos brancos, e anéis de prata cobriam por completo seus dedos. Ela usava um vestido radiante por baixo da armadura, a luz dançava em suas ombreiras toda vez que ela se movia. As linhas prateadas em seu corpo pulsavam com sua raiva quando ela apontou para Liam.

– Está feito, não está, Nismera? – retrucou Liam, limpando o sangue de sua espada.

Quer dizer que aquela era Nismera – quem criou Vincent e o feriu também, pelo que Liam dissera.

– Sim, estou muito bem – grunhiu Vincent.

Liam virou-se para Vincent, acenando com a mão em sua direção.

– Veja, ele está bem.

O salão irrompeu, todos falando ao mesmo tempo. A porta atrás de mim se abriu, e vários outros guardas entraram, seguidos por um grupo de celestiais. Ok, casa cheia então. Eles usavam armaduras reluzentes, mais pesadas do que as que Liam e seus guerreiros usavam. Havia um pássaro com múltiplas asas gravado em seus peitorais.

O barulho no salão diminuiu quando eles se dirigiram ao estrado e tiraram os elmos. Um dos guerreiros mais altos jogou uma grande cabeça ensanguentada aos pés dos deuses, o sangue se empoçou em volta do pescoço como um espelho d'água. Tinha dois chifres grossos que se curvavam em espiral. Manchas de luz verde-esmeralda brilhavam sob suas escamas, mesmo na morte. Sua boca se abria em quatro direções, expondo dentes em forma de gancho que brilhavam com veneno.

– Trago a cabeça de um Ig'Morruthen – declarou uma voz feminina. – Um dos muitos que Samkiel e seus guerreiros derrotaram em batalha.

Eu sabia que eles caçavam Ig'Morruthens e tudo mais, mas ver como era fácil para eles arrancar a cabeça de algo que me causaria pesadelos me abalou.

Para minha surpresa, reconheci a guerreira que havia levado a cabeça: Imogen. Ela era incrivelmente linda, mesmo coberta com o sangue de um dos meus. Ela se aproximou para ficar ao lado de Liam, cumprimentando-o com um beijo. Senti meu estômago se revirar e desviei o olhar. Quer dizer que ela também era uma líder. *Ótimo. Perfeito. Não estou nem um pouco enciumada.*

– Senhora Imogen, pode dar testemunho sobre as ações de Samkiel?

Lembrei-me daquela voz e reconheci o pai de Liam em toda a sua glória reluzente, embora um ar de frustração o cercasse naquele momento. Ele estava sentado no trono central, com uma mão na cabeça enquanto esfregava a têmpora. Eu sorri. Meu Liam era mais parecido com o pai do que a versão mais jovem dele havia sido.

– Com todo o respeito, Vossa Graça, a tarefa foi concluída – declarou Imogen com uma leve reverência.

Liam tinha uma expressão presunçosa no rosto e estendeu os braços como se dissesse: "*Está vendo? Eu disse!*".

Revirei os olhos quando todos os deuses começaram a brigar furiosamente, falando uns por cima dos outros e gritando. Suspirei. Era inútil.

– Então, vocês prefeririam que o reino Hynrakk permanecesse aberto enquanto eles devastavam e massacravam incontáveis vítimas? – Liam praticamente gritou para ser ouvido.

Vários deuses se viraram para ele, a luz ao redor deles pulsava. Até eu sabia que nada de bom acontecia quando eles piscavam daquele jeito.

O deus na cadeira da ponta direita estivera encarando Liam com malícia. Ele saltou do trono e caminhou em direção a Liam, uma ameaça irradiava dele. Ele era alto e magro, com feições angulosas, seus músculos ondulavam quando ele cerrava os punhos. As lâminas de ouro circulares amarradas às suas costas faiscavam em resposta à sua agressividade.

– Você é um garoto arrogante e tolo! – declarou ele, e o chão estremecia conforme seu poder se manifestava.

Eu tinha que dar crédito a Liam: ele não recuou e não pareceu nem remotamente abalado. Cruzou os braços e se manteve firme, lambendo o interior do lábio.

– Um garoto que fez o que você não foi capaz, Yzotl.

Yzotl ergueu a mão na direção de Liam, e uma sirene estrondosa soou no salão. Tapei os ouvidos e me agachei, o barulho me fez cerrar os dentes. Assim como começou, acabou. Quando olhei de volta para os tronos, o pai de Liam estava de pé. Seu cajado estava preso no chão entre eles, uma luz prateada dançava nas rachaduras que haviam sido criadas na pedra.

– Silêncio! – ordenou, e sua voz ressoou com poder. Todos os seres presentes na sala obedeceram. – Não haverá mais discussão de nenhuma das partes. O que meu filho fez foi arrogante, impulsivo e, acima de tudo, egoísta. – Ele parou, com seu olhar focado em Liam.

Liam balançou a cabeça em desgosto, claramente não surpreso que seu pai não estivesse do seu lado. Mas eu também pude ver sua dor. Eu queria alcançá-lo, mas sabia que não podia.

Os outros deuses assentiram e murmuraram em concordância, mas suas expressões se fecharam quando ele prosseguiu.

– Contudo, mesmo assim, a ameaça foi eliminada. As pessoas estão seguras por causa de suas ações. Onde estaríamos se castigássemos os meios pelos quais mantemos os outros seguros?

– Típico – zombou Nismera, levantando-se de seu trono. – Não importa o que o menino faça; você sempre ficará do lado dele, danem-se as consequências de sua desobediência. Parece repetitivo, Unir.

Unir olhou para Nismera, o brilho em seus olhos se intensificou, mas ele não fez nenhum movimento. Outros pareciam concordar com ela, balançando a cabeça lentamente. Ela não falou mais nada antes de sair do salão em um raio de luz. Muitos outros olharam para Liam e Unir com desgosto antes de deixar o recinto. Eu não tinha percebido o quanto eles iluminavam o local até que ficasse apenas Unir. Restou uma luz fraca no salão quando ele ergueu a lança do chão rachado, sem nunca afastar o olhar de Liam.

– Seu orgulho, egoísmo e insolência serão a razão pela qual eles se voltarão contra você – declarou Unir balançando a cabeça. – Não pode liderá-los, ou a qualquer pessoa, se eles não o respeitarem. Eu não lhe ensinei nada? Anos de treinamento, educação, mas você recorre a táticas bárbaras. Como pode esperar liderar algum dia?

– Pai, eu... – começou Liam, mas Unir apenas ergueu a mão.

– Sinto vergonha de você. Eu tinha tantas esperanças, e agora me resta limpar sua bagunça. De novo.

Ele olhou para Liam, mas, quando Liam não disse nada, balançou a cabeça mais uma vez e desapareceu.

Comecei a ir até Liam, sem me importar mais por estar sonhando. Meus passos vacilaram quando o chão começou a tremer.

Olhei para os meus pés, o chão de mármore derreteu para revelar um terreno rochoso e manchado de sangue. Gritos atrás de mim me fizeram abaixar bem a tempo quando um raio de luz dourada passou acima da minha cabeça. Gritos e o som de metal contra metal encheram meus ouvidos. Eram os deuses – e eles estavam lutando entre si.

As feras que os deuses montavam eram enormes. Elas tinham garras malignas nos pés, e seus olhos reluziam. A princípio, pensei que seus corpos fossem cobertos por pelos finos, mas, olhando mais de perto, vi minúsculas peninhas ondulando sobre elas. Elas eram lindas, mas também assustadoras. Uma estava vindo direto para mim, e, esquecendo que aquilo era um sonho, me escondi atrás de uma grande formação rochosa.

Observei um deus ser atravessado por uma daquelas armas entalhadas. Ele desabou, segurando a barriga. Gemeu uma vez antes que a luz que emanava dele explodisse, e uma onda de energia se dissipou a partir de onde ele estivera.

Um rugido aterrorizante ressoou pelo ar enquanto espessas nuvens escuras se agitavam no alto. Asas maiores do que qualquer uma que eu fosse capaz de conjurar batiam no céu, fogo jorrava da boca escancarada. Ig'Morruthen. Um arrepio percorreu minha espinha, o medo tomou conta de mim diante do que eu poderia me tornar. Eu não queria ser um monstro.

O chão tremeu mais uma vez, e vi outra luz dourada disparar para o céu, seguida por várias azuis. Kaden estava certo. Os livros estavam certos. Eles *podiam* morrer.

Certo, eu precisava acordar agora. Eu me virei – e engasguei. Liam estava bem na minha frente, com sangue pingando de seu cabelo e armadura e uma longa capa forrada de verde e dourado ondulando atrás dele. Seu olhar estava focado em algo atrás de mim.

– Está feliz, Samkiel? Era isso que você queria, certo? – disse Nismera, e sua voz era sensual mesmo naquele ambiente.

Liam girou a espada duas vezes caminhando para a minha esquerda, encarando a deusa.

– Eu jamais desejei isso. – A arma que ele segurava não era a escura que eu tinha visto antes, mas sim uma arma de ablazone.

– Você é um tolo se acha que algum dia deixaríamos você nos liderar. – Eu me virei quando ela apareceu. Sua armadura estava manchada de sangue, e ela segurava uma lâmina vermelha cujo punho dourado cintilava com joias. – Olhe ao seu redor, Samkiel. Você obterá a fama que tanto deseja. Eles conhecerão você agora pelo que você realmente é: Destruidor de Mundos.

Liam correu para a frente, batendo a lâmina onde Nismera estava.

– Vamos, Destruidor de Mundos. Invoque sua lâmina da morte. Mostre a eles quem você é. – O sorriso dela pingava veneno enquanto ela atacava.

O golpe dele atravessou minha forma incorpórea e quase a atingiu.

– Não.

– Covarde. – Nismera se esquivou bem a tempo, levantando sua lâmina. As armas se chocaram repetidas vezes, ambos eram lutadores habilidosos. Cada movimento que a deusa fazia, Liam defendia, e vice-versa. Mais berros soaram quando o chão tremeu de novo.

O céu relampejou, e eu sabia que outro deus havia morrido. Isso deve ter distraído Liam por tempo suficiente para que Nismera levasse vantagem. Ela golpeou as pernas dele com a lâmina. Ele tentou se esquivar, mas já era tarde demais. Um longo corte apareceu na panturrilha esquerda de Liam, e o sangue escorreu da ferida profunda. Ele gritou de dor e caiu de joelhos. Nismera avançou, e Liam ergueu a espada para bloquear seu golpe. A lâmina dela cortou a espada dele na altura do punho, tirando a palma da mão dele.

– Realmente achou que conseguiria me derrotar, seu tolo convencido e arrogante? Eu sou mais forte que você.

Nismera chutou Liam bem no peito, e ele caiu para trás. Tentei avançar para ajudar, para fazer alguma coisa, mas era como se eu não tivesse mais controle sobre meu corpo.

Ela pisou com a bota grossa e com armadura no peito dele, e o salto afiado afundou no peitoral. Ela se inclinou para a frente e tocou a garganta de Liam com a espada, e o sangue se acumulou na ponta.

– Veja, Destruidor de Mundos, este é o seu legado. Espero que, à medida que a luz irromper do seu peito enquanto você morre, você saiba que toda essa destruição é por sua causa.

Nismera ergueu a espada e pude ver que ela pretendia enfiá-la na garganta de Liam. Naquele momento, uma luz radiante a atingiu no peito, fazendo-a voar para trás.

Unir baixou a lança, o poder faiscava na ponta. Ele estava ferido, o sangue cobria sua armadura.

Liam se esforçou para ficar de pé, com a perna e o pescoço sangrando. Ele em parte caminhou, em parte se rastejou até o pai.

Finalmente capaz de me mover, corri até eles. Eu queria ajudar, mas minhas mãos atravessaram ambos. Merda.

Liam alcançou o pai no momento em que Unir quase desabou em seus braços. Liam se esforçou para apoiá-lo, empurrando-o contra a parede. Unir segurava a lateral do próprio corpo, parecendo surpreso ao sentir o sangue.

– Pai? – disse Liam, sua voz ficou embargada ao olhar para Unir.

Outra luz brilhante explodiu nas proximidades, e o chão tremeu mais uma vez, fazendo com que os dois quase caíssem. Unir fez um barulho descontente quando teve dificuldade de se manter em pé. Eu sabia, pela quantidade de sangue, que ele não teria muito mais tempo.

– Você... – A voz dele estava cheia de dor. – Realmente sinto muito. Eu só queria salvá-lo. Salvar todos vocês.

– Pai. – Liam balançou a cabeça, lágrimas escorriam pelo seu rosto. Reconheci esse desespero. Ele sabia que os momentos finais de seu pai estavam muito próximos e estava tentando não desmoronar.

O chão estremeceu, e outra explosão de luz azul irrompeu. Ouvi passos se aproximando e me virei para olhar. Vários celestiais estavam ao nosso redor, usando armaduras semelhantes às de Nismera. Eles não estavam ali para ajudar.

– Pai – sussurrou Liam –, não me deixe. Por favor, sinto muito. Vou ouvir melhor. Eu juro. Por favor, pai, não posso fazer isso sem você. Não sei o que estou fazendo. – Sua voz falhou, indiferente ao público crescente.

– Sim, você sabe. Você sempre soube. – Unir lutou para forçar as palavras a sair.

Liam observou com horror quando o rosto de seu pai começou a reluzir.

– Que precioso. Um pai moribundo que se preocupa com algo além de sua ganância doentia pelo poder.

A voz veio de trás dos outros celestiais. Era o deus Yzotl. Sua armadura estava coberta de sangue do topo do elmo até a ponta da lâmina. Brilhava em prata e azul-cobalto. Era o sangue deles próprios.

Unir agarrou a lança, empurrando Liam para trás, enquanto se levantava com a última força que tinha. Ele a girou uma vez acima da cabeça, enviando um raio de luz dourada contra o deus. Yzotl refletiu o raio com a própria espada, redirecionando o poder e enviando a explosão de volta para Unir. Ela o acertou em cheio, criando um enorme buraco em seu peitoral.

O mundo parou por uma fração de segundo quando o pai de Liam olhou para ele e sorriu, com uma lágrima solitária escorrendo pelo seu rosto.

– Eu amo você, Samkiel. Seja melhor do que nós. – Em seguida, rachaduras se formaram em seu corpo, e ele expirou mais uma vez antes de explodir em mil luzes roxas e amarelas.

O berro de Liam ecoou pelo campo de batalha. Seu uivo de dor e raiva vibrou através de cada centímetro de Rashearim que desmoronava. Meu coração se partiu ao som de sua tristeza. Assisti a Liam colocar a cabeça entre as mãos, soluçando violentamente. Mais deuses pousaram no chão, cercando-o. Liam não pareceu notar, se notou, não se importou.

Yzotl deu um passo à frente com um sorriso de puro ódio no rosto, parando na frente da figura ajoelhada de Liam.

– Então, este é o nosso rei? Uma criança chorona! – gritou Yzotl enquanto os outros deuses riam. – Que patético. – Ele se abaixou e agarrou Liam pelos cabelos.

Ele o puxou para cima, forçando-o a ficar de pé. Ódio e tristeza estavam gravados nas feições de Liam.

O sorriso de Yzotl se transformou em um suspiro de choque pouco antes de todo o seu ser se transformar em uma fina camada de cinzas.

Todos ficaram imóveis, sem entender o que acabara de acontecer. Liam não se moveu. Ele não avançou. Apenas ficou ali com a cabeça baixa.

Não demorou muito para que outro criasse coragem. Ele atacou, e Liam girou sobre a perna boa, enfiando a lâmina preta e roxa em seu crânio. A energia não explodiu dele como acontecera com os outros. Sua pele ficou profundamente escura antes que ele se desintegrasse. Mais deuses criaram coragem para atacar Liam, e cada um deles teve o mesmo destino. Ele era tão veloz, que eu nem percebia que ele tinha se mexido, até que tudo o que restava eram cinzas e areia.

Liam nem ao menos hesitou quando agarrou a lâmina com as duas mãos, girando-a uma vez e cravando-a no chão. A energia como a que senti quando o conheci sacudiu o planeta, espalhando-se em todas as direções. O poder da lâmina disparou com um baque surdo, o ar foi empurrado como se uma bomba tivesse explodido. Tudo o que aquela onda tocou queimou até virar cinzas, deixando apenas Liam em um campo de batalha deserto e poeirento. Essa foi a última coisa que vi antes de Rashearim explodir.

XLVII
LIAM

Meus olhos se abriram e quase os fechei novamente. Levantei a mão, protegendo-os da luz do Sol que entrava pela janela. Olhei ao redor do quarto desconhecido, tentando me orientar. Era um espaço pequeno e fiquei confuso com as blusas penduradas nas paredes brancas, cada uma delas com um número impresso no tecido. Virei-me quando Dianna gemeu onde dormia ao meu lado.

Dianna.

Ela se remexeu inquieta durante o sono, e suas sobrancelhas se franziram. Estendi a mão, mantendo-a acima do peito dela. A batida rítmica do seu coração era forte, e quase chorei de alívio.

Espiei por baixo do cobertor que me cobria e vi que as roupas que eu usava eram novas e limpas. Ela nos moveu e cuidou de mim também? Balancei minha cabeça em descrença. Ela alegava ser uma fera terrível, mas tudo o que fazia era cuidar dos outros.

Eu estava feliz sabendo que ela estava viva, porém perturbado que aquilo tenha até mesmo acontecido. Meu sonho se tornara realidade, da forma que eu tinha visto. Meus olhos se fecharam, a lembrança de vê-la morrer se repetia em minha mente. Ouvi as palavras saírem dos meus lábios, enquanto minha visão se turvava. Era o meu terror noturno se tornando realidade. Vi os olhos dela, vi a luz partir quando ela arrancou a mão dele. O sorriso dele era cruel e satisfeito quando eu corri até ela, caindo de joelhos para segurar seu corpo antes que ele desabasse no chão. Mal registrei o som das asas quando ele agarrou o livro e levantou voo. Ele deixou a cripta, e ouviu-se um choque e um estrondo quando centenas de mortos desabaram. Em seguida, não havia nada. O mundo ficou em silêncio absoluto sem ela.

Minhas lágrimas se recusaram a parar de cair e eu não entendia aquela dor. Eu não sentia tanto assim havia séculos – desde que meu pai morrera. Embalei a concha vazia que era Dianna, procurando a luz em seu lindo rosto. Ela não ia mais rir nos momentos mais inapropriados. Ela não ia mais me corrigir pelas coisas mais idiotas.

Ela havia partido, e senti como se parte de mim também tivesse. Eu a conhecia havia poucos meses, mas, naquele curto espaço de tempo, fiquei profundamente ligado a ela.

Ela me ajudou em meus momentos mais sombrios, afastando-me gradualmente daquele ódio profundo que eu sentia por mim mesmo. Ela me ajudou mesmo quando eu não fui gentil com ela – e agora ela se fora.

Lembro-me de agarrar o coração dela e de colocá-lo de volta em seu peito. Lembro-me de voar através daquela tumba vazia e de disparar rumo à noite carregando-a em meus braços. Tudo que eu sabia era que não podia perdê-la – não sem lutar por ela. Eu havia prometido, portanto saquei uma lâmina e cortei a palma da mão para me derramar nela. Ela não podia me deixar assim. Concentrei-me em visualizá-la inteira mais uma vez, rindo, feliz e atrevida. Eu a vi sorrindo novamente. Por acaso ela não entendia o quanto era importante? Eu sabia que não podia ressuscitar os mortos ou restaurar vidas perdidas, mas tinha que tentar.

Eu havia prometido a ela.

A carne sob minha mão começou a se curar de dentro para fora. Seu corpo se sacudiu quando forcei mais poder para dentro dela. Veias, músculos e tecidos se uniram conforme seu coração crescia novamente, restaurando-se. Ele bateu uma, duas e uma terceira vez antes de estabelecer uma batida ritmada. O tecido acima foi o próximo, suas costelas e esterno se refizeram. Os músculos se preencheram de novo, e sua pele ficou lisa, sedosa e imaculada. Meu corpo doeu quando eu derramei mais do meu poder nela. A luz sob minha mão tremeluziu, mas não me importei.

Afastei minha mão para trás, com cuidado para não a tocar.

Tinha funcionado, mas eu temia qual seria o custo.

Tomei cuidado para não a acordar enquanto saía da cama e dava alguns passos até a porta. Saí do quarto e me vi em um corredor. As paredes estavam repletas de fotos de mortais sorridentes. Dianna devia ter tomado uma casa. Não conseguia ouvir mais ninguém ali e precisava me apressar antes que a família voltasse.

Desci as escadas correndo até a sala aberta. Estava tomada pela bagunça de uma família ativa e um grande sofá cinza. Parei no meio da sala e respirei fundo, fechando os olhos. Concentrei-me em Logan, tentando estabelecer uma conexão com ele. O puxão familiar estava lá, mas depois parou. Estranho – isso nunca tinha acontecido antes. Tentei novamente, mas esbarrei em uma parede que meu poder não conseguiu penetrar.

"A ressurreição tem um preço."

A voz do meu pai ecoou em minha mente. Merda. Apertei e relaxei meus dedos. Se eu não podia invocar Logan da maneira normal, precisaria fazê-lo da maneira mortal.

Fui até a cozinha bem-iluminada procurando um telefone. Peguei o pequeno aparelho preto e disquei o número que Logan me forçara a memorizar.

Ele tocou uma vez e foi atendido com um "Alô?" brusco.

– Logan. É Liam. Preciso que me encontre em algum lugar. Só você.

Contei tudo a Logan, da mesma forma que havia feito anos antes em Rashearim. Contei-lhe sobre El Donuma em detalhes. Contei-lhe sobre a luta, a morte de Dianna, a sua ressurreição e a nova ameaça que enfrentávamos.

– Já se passaram eras desde que enfrentamos uma ameaça de verdade. Aquelas não eram as feras sem alma de costume que encontrei antes. Não, isso foi muito pior – expliquei. Nós dois estávamos sentados na grande sala de estar.

O olhar de Logan procurou o meu antes de apontar para o teto e para o quarto onde Dianna ainda dormia.

– Você fez o impensável, Liam.

– Eu sei.

– Mesmo que ela não tenha morrido de verdade, a ressurreição é um tabu. Proibida. As histórias horríveis que ouvimos sobre os danos que poderia causar... O tiro poderia ter saído pela culatra e você poderia ter acabado como uma casca vazia.

– Eu sei. – Minha voz saiu um pouco mais áspera do que eu pretendia.

– Você a ama?

Suspirei e inclinei a cabeça para trás, apoiando-a no sofá.

– Por que todo mundo fica me perguntando isso?

– Bem, ela é uma mulher muito atraente com um vocabulário muito persuasivo que alguns... – Ele fez uma pausa, levantando uma sobrancelha. – ... homens que não recebem atenção feminina há algum tempo podem achar atraente. – Ele fez um ruído com a garganta, claramente desconfortável.

– Sua esposa não se incomoda por você falar com tanto carinho de outras mulheres? – Arqueei minha sobrancelha diante da sua resposta.

– Eu... Não... Eu estou falando de você – retrucou Logan, frustrado.

Eu não falei nada, e ele suspirou, percebendo minha agitação.

– Tudo o que estou dizendo, Liam, é que este não é você. Não arriscaria isso por qualquer mulher. Eu o conheço. Esse tipo de poder... Não sabe o dano que pode causar, e não apenas para você ou para ela, mas para o Universo. Sempre falavam de um catalisador que desequilibrava tudo. Você sabe disso.

Ele estava tão errado. Se ele soubesse o que eu tinha feito a Rashearim, aos deuses lá, pensaria diferente. Ele saberia que eu estava completamente ciente da minha natureza destrutiva e de quão perigoso eu era para todos ao meu redor. Passei as mãos pelo meu cabelo, ainda sentado lá.

– Eu sei.

Senti o peso do sofá mudar ao meu lado quando Logan se sentou.

– Obrigado por me contar. Sinto falta da época em que você conversava de verdade comigo. – Ele riu, mas eu sabia que era forçado. – Então, e agora?

–Você teve notícias dos vampiros que enviei?

Logan acenou com a cabeça.

– Sim, eles deram a conhecer sua presença muito bem. Gabby gosta muito do barulhento, e eles pareceram se conectar por causa de algumas histórias pelas quais eu não me interessei.

Eu bufei, cruzando os braços, sabendo que Logan tinha a mesma disposição em relação a ele que eu.

– Esse é Drake.

Logan deu de ombros.

– Neverra está com os dois. Acho que ela falou de café ou algo assim. Mandei alguns outros celestiais irem com eles. Não importa se Gabby gosta deles, eu não gosto. Não sei o que é, mas não quero deixar as garotas sozinhas com eles por muito tempo. E, se o que você disse sobre os Quatro Reis ainda estarem vivos for verdade, bem, então eles não são confiáveis.

Virei a cabeça, e um pequeno sorriso se formou. O instinto de proteção de Logan em relação a Gabby deixaria Dianna feliz.

– Drake pode ser barulhento, mas é inofensivo. Ele é mais um galanteador irritante.

Um grunhido baixo deixou o peito de Logan.

– Se flertar com Neverra, eu vou acabar com ele.

Uma pequena risada percorreu meu corpo antes que eu suspirasse, inclinando-me para a frente e esfregando a cabeça.

– Sim. É justo. Não sei. Algo parece errado.

– Um possível efeito colateral, talvez?

– Talvez… ou talvez alguma outra coisa esteja começando. Parece que não consigo manter meu autocontrole. – Soltei um longo suspiro. – Preciso ir até o conselho. Se Victoria trouxe mais pergaminhos ou textos de Azrael de Rashearim, tenho a esperança de que eles saibam.

– Se for ao conselho, Imogen, Cameron e Xavier vão bombardeá-lo no momento em que você colocar os pés na cidade.

– Eu sei. É por isso que você virá comigo. – Fiz uma pausa, esfregando a mão sob o queixo antes de olhar para as escadas. – … e Dianna.

Ele ficou com os olhos arregalados.

– Como vai fazer uma Ig'Morruthen passar despercebida pelo conselho?

– Não é uma Ig'Morruthen; é a Dianna. Ela já foi mortal. Tenha algum respeito.

Logan assentiu, mas vi uma faísca em seus olhos. Ele estava me testando?

– Minhas desculpas – disse ele com sinceridade, erguendo um canto da boca. Um teste, de fato.

Sacudi a cabeça, prosseguindo.

– Enfim, também tenho um plano para isso. Para começar, preciso que você encontre algumas roupas para nós, de modo que possamos nos encaixar. Estou esgotado demais para invocar roupas no momento.

– Feito – declarou Logan, sem mais perguntas.

Olhei para o teto, sentindo como se estivesse esquecendo alguma coisa.

– Há algo errado, Logan.

– Vamos descobrir o que é. Se o pior acontecer, você tem uma rainha ao seu lado.

Soltei uma risada pelo nariz diante dessa declaração antes de ignorá-la. Ele estava certo. Dianna nos dava melhores chances, mas por pouco. Ela era poderosa, mas negava sua natureza, o que a mantinha em desvantagem. Embora eu pudesse ter uma solução para isso, não era uma ideia que eu desejasse compartilhar com ele.

– Você está certo – respondi, e o olhar de choque de Logan quase me fez sorrir. – O poder deles supera em muito qualquer criatura do Outro Mundo. Até meu pai temia os Reis de Yejedin.

Logan respirou fundo com a minha revelação.

– O que não entendo é: como eles chegaram aqui? Os reinos e portões estão trancados há tanto tempo, que nada com tamanho poder deveria existir.

– Estou começando a achar que eles estão aqui há muito mais tempo do que pensávamos. Movendo-se nos bastidores, planejando e esperando por... alguma coisa – respondi.

– Esperando o quê? – questionou Logan.

– Essa é uma pergunta muito boa.

Logan se levantou e esfregou as mãos nas calças.

– Vou buscar algo para vestirmos e já volto.

– Mais um favor – pedi, sem me levantar.

Ele parou, virando-se ligeiramente.

– Sim?

– Eu preciso que você distraia Imogen.

– Ah, que os antigos deuses me protejam. – Ele suspirou antes de desaparecer da sala em um clarão de luz azul-cobalto.

A sala ficou em silêncio mais uma vez enquanto eu esfregava a mão no rosto. Eu deveria ter sido mais rápido e matado Tobias quando tive chance. Eu deveria ter agido para alcançá-lo antes que ele colocasse as mãos nela. Ela se sacrificou por mim, pelo mundo, e eu a ressuscitei sem pensar duas vezes. Meu próprio pai não trouxe minha mãe de volta, a única pessoa que ele amou com cada átomo de seu ser. No entanto, eu trouxe de volta uma mulher desbocada, mal-humorada e carinhosa. Eu era tão egoísta e fraco quanto diziam, porque não a trouxe de volta pelo mundo, nem mesmo por ela. Eu a trouxe de volta porque pensei que não conseguiria existir sem ela.

"Um deus não prioriza seus próprios desejos ou necessidades, mas as necessidades de outros, daqueles que ele protege."

As palavras do meu pai ecoaram na minha cabeça. Ele estava certo naquela época e estava ainda mais certo agora. Até Tobias tinha visto, e ele estava certo quando disse que Dianna tinha se infiltrado em mim. Minha pequena curiosidade por ela tinha se transformado em um profundo carinho e senso de proteção que eu não conseguia controlar. Tinha me custado o Livro de Azrael. Mas o mais aterrorizante era que parte de mim não se importava. Dianna valia a pena.

Um grito ecoou pela casa, e eu já estava de pé e subindo as escadas antes mesmo que o eco dele desaparecesse. Irrompi pela porta e encontrei Dianna sentada na cama, apertando o peito. Ela se virou para mim, com os olhos arregalados e imóveis.

–Você realmente é um Destruidor de Mundos.

XLVIII
Dianna

Os olhos de Liam se estreitaram, as sobrancelhas estavam franzidas quando ele entrou no quarto. Eu já estava de pé e recuando antes de registrar o que estava fazendo.

– Não chegue mais perto. – Levantei a mão, e ele parou.

– Dianna. Sou eu – falou ele, erguendo as mãos como se fosse eu quem se devesse temer. – Apague o fogo, por favor.

Olhei para baixo e vi que estava segurando chamas idênticas. Não senti nem percebi que as tinha invocado.

– Você destruiu Rashearim. É por isso que chamam você de Destruidor de Mundos. Não é apenas um nome estranho e egocêntrico. Você destruiu um planeta inteiro com sua espada. Eu vi.

A expressão de Liam desmoronou. Ele ficou tenso, percebendo que não havia mais segredos entre nós nem mentiras. Eu sabia de tudo agora.

– Sim.

– Você massacrou hordas de Ig'Morruthens.

– Sim.

– É isso que você teria feito comigo no começo?

Os olhos dele procuraram os meus, e eu sabia que ele nunca mentiria para mim.

– Se fosse necessário.

Meu coração martelava, o instinto prevalecia sobre o pensamento lógico. A fera dentro de mim despertou pela primeira vez, cautelosa com ele.

– É necessário agora?

– Não. – Ele balançou a cabeça, com uma expressão de dor gravada em suas feições. – Como pode me perguntar isso?

Cerrei as mãos, extinguindo as chamas.

– Eu vi seu pai morrer.

Pela primeira vez desde que entrou no quarto, ele desviou o olhar do meu. Vi o lampejo de tormento antes que ele se recompusesse e conseguisse me encarar de novo.

– Eu vi a agonia em seus olhos e ouvi o grito que abalou o mundo. Aquela lâmina que eu vi... a mesma que você empunhou na noite em que me salvou. – A mão dele se fechou em punho quando meu olhar focou no anel prateado e preto. – Eu quero vê-la.

Os olhos dele encontraram os meus, e ele não disse uma palavra ao sacudir o punho, invocando a lâmina de Aniquilação. Fumaça preta e roxa dançava dentro da lâmina, e eu podia sentir seu poder do outro lado do quarto.

– É Aniquilação. A forma mais pura do além. Eu a criei a partir da agonia, tristeza e remorso depois que minha mãe morreu. A morte dela foi próxima da minha ascensão. Dizem que se deve entrar com a mente limpa para forjar sua arma. A minha não estava. A tristeza é uma emoção poderosa, e uma que os deuses não podem se dar ao luxo de sentir, muito menos de expressar. O mesmo acontece com o amor. Torna até mesmo os mais poderosos de nós imprudentes, erráticos e imprevisíveis. – Ele girou a lâmina antes que ela desaparecesse voltando ao seu anel escuro. – A morte do meu pai me destruiu. Foi por isso que parti. Por isso me escondi e por isso eu era o homem que era quando me conheceu. O que você testemunhou foi o fim de Rashearim. Foi o fim do meu lar. Ninguém mais sabe o que aconteceu naquele dia, e eu gostaria que continuasse assim.

Balancei a cabeça, finalmente entendendo. A tensão em meus ombros diminuiu.

– É isso que você vê quando sonha.

– Sim. – Ele parecia querer dizer mais alguma coisa, mas se conteve.

– É por isso que você odeia tanto esse nome. É um lembrete constante do que você perdeu.

Ele assentiu devagar.

– A lança do meu pai, aquela que você viu, ajudou a moldar planetas e curou outros. Unir era conhecido por todo o cosmos como o Gerador de Mundos, e eu, Samkiel, serei para sempre conhecido como o Destruidor de Mundos.

Meus olhos se suavizaram quando o medo que me dominava quando acordei me deixou. Tinha visto a luta e sabia como o haviam tratado. Parte de mim sentia compaixão por ele. Eu deveria estar com medo, ou pelo menos cautelosa e desconfiada. Ele e os seus mataram milhares de criaturas como eu. No entanto, tudo o que sentia era tristeza.

Eu me aproximei. Os olhos dele me examinaram avidamente, mas consegui perceber que ele estava se preparando para minha rejeição.

– É por isso que você ficou tão perturbado por eu ter morrido? Porque seu pai deu a vida por você?

Outro breve aceno de cabeça.

– Entre muitas outras coisas, mas, sim, não quero que mais ninguém morra por mim. Cansei disso e não valho a pena, Dianna.

Seu olhar se desviou do meu, com nojo cruzando suas feições. Eu sabia que não era dirigido a mim, mas às lembranças dolorosas que eu havia trazido à luz.

– Liam. Quais são as consequências? – Ele suspirou e esfregou os olhos com o polegar e o indicador. – Eu vi em suas memórias. "A ressurreição tem um preço." Qual será o nosso?

– Não sei.

Seus olhos encontraram os meus de novo no momento que uma luz azul radiante iluminou o quarto. Pisquei quando Logan apareceu entre nós. Ele observou o ambiente por um momento antes de olhar para mim, e seus olhos se demoraram no meu peito. Tristeza escureceu seus olhos, e percebi que ele sabia o que havia acontecido. Ele colocou uma pilha de tecidos de cor creme na cama e disse a Liam:

– Trouxe o que você pediu.

– Eu agradeço, Logan.

– Sem problemas. – Logan sorriu para mim. – Bem, você está preparada para entrar escondida no conselho e rezar aos deuses para que não sejamos pegos?

Meus olhos se arregalaram quando olhei de um para o outro.

– Esperem, o quê?

– Esta é uma ideia terrível. Por que mesmo temos que entrar escondidos? Você está no comando de tudo. Basta pedir a informação – sussurrei, enquanto Logan, Liam e eu nos escondíamos atrás de uma coluna enorme.

– Eu não posso. Se um ou mais deles sabiam que Azrael tinha feito um livro que continha a informação que poderia levar à minha morte, e não compartilhou essa informação, então há pessoas aqui em quem não podemos confiar – sussurrou Liam em resposta, sua respiração fazendo cócegas nos cabelos no topo da minha cabeça.

Fazia sentido.

Logan se virou para mim, usando o conjunto de camisa e calça pretas justo que lhe caía como uma luva. Cintos rústicos de ouro que se cruzavam no peito e nos ombros formavam um colete. Uma fina echarpe preta pendia de seus ombros e se movia com o vento. Ele me disse que era o que A Mão usava quando estava nos salões do conselho.

– Vocês conseguem. Vou distrair Imogen e os outros membros do conselho. Apenas façam o seu papel e lembrem-se: quanto menos falarem, melhor.

Meus olhos se estreitaram enquanto eu sussurrei de volta:

– Não é minha culpa que vocês me deram menos de uma hora para aprender seu idioma.

O som de vários passos se aproximando ecoou pelo grande salão. Era um espaço opulento e aberto, situado às sombras das montanhas que quase perfuravam o céu. Eram muito maiores e mais majestosas do que qualquer coisa que eu já tinha visto. As árvores nas florestas circundantes eram altas, a folhagem exuberante, e as cores, de tirar o fôlego. O teto era aberto e emoldurava tudo o que a galáxia tinha a oferecer. Tudo ali era mais brilhante, mais claro e mais nítido. Queria admirar mais, mas tínhamos um trabalho a fazer.

– Ela está vindo – avisou Logan para Liam, olhando por cima da minha cabeça. – Vou distraí-la o máximo que puder, mas se apressem.

Liam pressionou a mão nas minhas costas e eu me inclinei em direção à pressão. Ele me tocava em toda oportunidade que tinha desde que acordei naquele quarto minúsculo. Não era da mesma forma divertida de antes, era mais como se ele estivesse com medo de que eu desaparecesse se ele não estivesse me tocando.

Observei Logan se aproximar de um pequeno grupo de celestiais. Separaram-se quando se juntou a eles, e então eu a vi. O cabelo loiro estava trançado nas laterais, e ela usava um lindo vestido branco. Era fino, mas não transparente. Quando ela viu Logan, seus olhos se iluminaram, seu sorriso acrescentou um rubor às suas maçãs do rosto salientes. Ela era ainda mais linda pessoalmente do que nos sonhos de Liam. *Droga.*

Memorizei sua forma e invoquei o poder necessário para me transformar. Com um momento de concentração, fiquei igualzinha a ela, as roupas e tudo. Olhei para Liam, que acenou em aprovação e me conduziu por mais algumas colunas. Nossos sapatos de solado macio sussurravam no chão lustroso.

Assim que saímos de vista, aceleramos o passo, correndo pelo labirinto de corredores e escadarias. Apesar dos nossos esforços, a voz de Liam estava firme quando ele disse:

– O terceiro andar abriga as câmaras do conselho. Só precisamos passar pelos poucos guardas que estão lá e estaremos bem. Logan checou mais duas vezes, não há reuniões hoje.

Ao chegarmos ao segundo andar, paramos de correr; andamos com calma para não chamar a atenção. Acenei para alguns celestiais enquanto passávamos, e Liam acenou com a cabeça na direção deles. Seus olhos quase saltaram das órbitas quando nos viram, o que presumi ser por causa do novo visual de Liam. Acho que ninguém aqui o tinha visto com cabelo curto. Além disso, o conjunto de camisa e calça creme fazia sua pele parecer brilhar, e as linhas prateadas que delineavam o formato de seu corpo reluziam através do tecido fino.

Passamos por várias salas, serpenteando entre colunas grossas como se não tivéssemos pressa para chegar ao nosso destino. Liam de repente mudou de direção e me puxou para uma passagem escondida atrás de uma cortina com detalhes em vermelho e dourado. Eu bati contra ele, e meu nariz se chocou dolorosamente contra seu peito duro.

– Merda – disse ele, segurando a cortina para espiar. Ele examinou o outro lado do aposento como se tivesse avistado alguém.

– Liam, você xingou! Onde o cara do "siga todas as regras" aprendeu a falar assim? – provoquei, cutucando com o dedo indicador contra o peito dele.

– Provavelmente da mulher de cabelos escuros e desbocada cujo vocabulário grita indecência. – Ele olhou para mim por uma fração de segundo, e um sorriso surgiu em seus lábios antes de voltar a olhar além da cortina. Virei-me, e nossos corpos estavam pressionados tão próximos, que quase gemi. Respirei fundo para ganhar algum controle e espiei por baixo do braço dele.

Um celestial alto, musculoso e de pele marrom, com o mesmo uniforme que Logan usava, sorriu para uma mulher com um suéter branco-amarelado. Certo, então ele era um integrante d'A Mão que eu ainda não conhecia. Deuses, por que eles eram todos tão lindos? O cabelo dele estava torcido e puxado para trás em um rabo de cavalo duplo e grosso que se espalhava por suas costas poderosas. Luzes azuis percorriam seus braços e pescoço, subindo em direção aos seus olhos penetrantes. Seus dentes faiscaram quando ele riu de algo que a mulher disse, e eles se viraram para ir embora.

– Ele é um membro d'A Mão. Por que estamos nos escondendo? Está preocupado que ele nos veja?

Liam balançou a cabeça.

– Não, não estou preocupado com Xavier. Estou preocupado com aquela que raramente sai do lado dele.

Saímos de trás da cortina grossa, enquanto Liam acenava com a cabeça em direção à grande escadaria.

– Por quê?

Liam começou a dizer alguma coisa, mas foi agarrado pelo lado. Ouvi o ar deixar seus pulmões, seguido por uma risada profunda e ressonante. Girei, chamas dançaram em minhas palmas. Meus olhos se arregalaram quando vi um homem loiro levantar Liam do chão, com os pés pendurados. Ele o pegou sem esforço, como se não fossem do mesmo tamanho.

– Cameron. Você vai me abaixar se dá valor a seu trabalho e sua vida.

Cameron. Zekiel o mencionou em Ophanium. Lembrei-me de Liam falando algo sobre ele também. Fechei os punhos, apagando as chamas e colocando-as às minhas costas.

Cameron o largou, e Liam o encarou furioso, ajustando a frente de sua camisa.

– Achou que poderia entrar escondido nos grandes salões e que eu não ia farejar você?

Farejar? Mordi os lábios. Ele conseguia sentir o cheiro de Liam por todo o edifício? Ele conseguia *me farejar*? Uma inquietação atingiu meu estômago. Pelo lado positivo, Liam e eu não tínhamos feito sexo nem nada remotamente próximo antes de irmos para lá. Por outro lado, minha farsa funcionaria com Cameron? Achei que poderia gostar dele, não fosse pelo fato de que ele poderia arruinar o que fomos fazer ali.

Ele riu mais uma vez, chamando minha atenção de volta para si. Usava as mesmas roupas que Logan, mas eu já sabia que fazia parte d'A Mão. Sua pele clara estava com um tom rosado pela animação por ver Liam. Seu cabelo loiro estava trançado em um moicano grosso, cuja ponta alcançava o meio das costas.

Ele se virou para mim, demorando-se enquanto me observava. Congelei, nervosa por temer que ele tivesse visto as bolas de fogo que ameacei atirar nele ou que soubesse, pelo cheiro, que eu não era Imogen. Ele inclinou a cabeça para o lado olhando para trás de mim. Um sorriso lento e travesso curvou seus lábios.

– Ah, entendi. Vocês dois estavam jogando outra rodada emocionante de "esconder a espada de batalha"?

Uma risada profunda e rica soou atrás de mim, e olhei por cima do ombro para ver que Xavier havia retornado.

– Cam, você fala muito livremente. Um dia Samkiel vai remover sua cabeça.

– Não vai. – Cameron sorriu. – Ele gosta demais de mim.

– Discutível – interveio Liam, voltando para o meu lado. – Onde aprendeu a falar assim? Onuniano não é nossa língua predominante.

Cameron deu de ombros.

– Logan visita com frequência. Ele nos conta o que os mortais têm feito e nos traz a melhor culinária. Chocolate é quase orgástico!

– Ah – disse Liam, agarrando minha mão e virando-se em direção às escadas. – Muito bem, então. Imogen e eu temos outros assuntos a tratar, e tenho certeza de que vocês dois têm algo que precisam fazer.

Cameron entrou na frente de Liam e de mim, impedindo-nos de nos movermos.

– Hmm, negócios. Que negócios? Acabei de vê-la saindo com alguns membros do conselho e Logan, que nem disse oi. O que deu em vocês? Imogen diz que os problemas em Onuna estão escalando. Logan tem visitado menos. Houve reuniões secretas do conselho e seu retorno repentino de sua caverna depois de séculos de ausência. O mais surpreendente é esse seu novo visual. Há algo que devemos saber?

Liam e eu congelamos, e minha mente disparou enquanto eu tentava formular uma desculpa, mas Liam falou antes de mim.

– Se houvesse, você seria alertado. Agora, mova-se.

– Nervoso, nervoso – falou Cameron, e Xavier riu baixinho. – Imogen, você geralmente o deixa um pouco mais gentil depois dos seus encontros. O que aconteceu? Perdendo o seu toque?

Cameron se aproximou de mim, com as mãos cruzadas atrás das costas. Ele parou, sorrindo de orelha a orelha. Senti minha temperatura subir, enquanto cerrava os punhos, desejando que meu fogo permanecesse quieto. Eu não tinha direitos sobre Liam, mas as palavras deles me irritaram. Seria tão simples, tão normal ele cair novamente nos braços da ex-amante? Era por isso que ele desejava tanto voltar para casa? Meu peito doía de pensar em tais coisas.

– Perder meu toque? Ridículo. Por que mais acha que ele voltou? – Eu dei a eles meu melhor sorriso imitando Imogen. Tentei me lembrar de como ela se movia segundo a rápida olhada que dei nela e rezei para que minha tentativa funcionasse.

Xavier começou a rir, e Cameron sorriu para mim. No entanto, Liam não achou graça.

– Já basta. – Liam me puxou em direção às escadas. – Temos coisas mais importantes a tratar do que suas tentativas fracassadas de humor. Xavier, não o encoraje.

Xavier ergueu as mãos.

– Ei, eu não posso fazer muito.

Cameron piscou para Xavier, o que pareceu apenas fazer o temível guerreiro sorrir ainda mais. Havia uma história entre os dois. Eu podia sentir.

– Seja legal, Samkiel. Eu só estava brincando. Não é como se víssemos você…

Suas palavras se interromperam, seu sorriso desapareceu quando passamos por eles. Não percebi a princípio, mas logo ele estava na minha frente, e eu soube que ele sabia. Tinha visto ou sentido algo que lhe dizia que eu não era quem dizia ser.

Seus olhos azuis faiscaram com um tom mais brilhante enquanto ele me estudava. Liam ficou rígido ao meu lado quando Cameron deu não uma, mas duas farejadas em mim. Ele fez uma careta, todo o humor desapareceu, e, pela primeira vez, vi o quão perfeitamente perigoso ele era. Xavier apareceu ao lado dele, olhando para mim como se eu tivesse chifres.

– O que é? – perguntou Xavier, tocando o braço de Cameron.

Isso pareceu tirá-lo do seu transe de olhar mortal. Eu poderia realmente lutar contra dois membros d'A Mão se tivesse que escapar? Claro, Liam estava mais aberto à possibilidade de uma Ig'Morruthen ajudar, mas eles não estavam.

Liam cuidadosamente entrou na minha frente, e suas costas largas bloquearam a visão dos outros.

– Cameron. – Era uma exigência, não uma pergunta.

– Seu cheiro, Imogen. Está diferente. – Cameron esticou o pescoço para olhar para mim perto de Liam. – Você cheira a especiarias.

Xavier olhou para mim, estreitando o olhar. Eu não fazia ideia de qual era essa obsessão por cheiros, mas aparentemente significava muito para os dois.

– Eu trouxe um perfume para ela – explicou Liam, fazendo com que Cameron finalmente tirasse os olhos de mim.

E, assim, o humor dele mudou. Aquele sorriso divertido voltou, e pude respirar novamente.

– Ah, bem, isso faz sentido. – Cameron deu de ombros, e Xavier relaxou. – Pelo menos ele finalmente ouviu suas mensagens. Todo aquele sofrimento e amor não correspondido estava me irritando.

Liam estava farto e me puxou para passar por eles, indo em direção às escadas.

– Seu serviço será encerrado ao final do dia – gritou por cima do ombro, enquanto subíamos os degraus de dois em dois.

Ouvi Cameron sussurrar para Xavier:

– Espere, ele está brincando, certo?

– Sim, sim, embora você pareça adorar antagonizá-lo.

– É um dom e uma maldição.

Vi Liam revirar os olhos e sorri, sabendo que ele havia aprendido o gesto comigo.

– Vocês dois, vão fazer algo produtivo pela primeira vez. Agora – gritei.

Liam se virou para mim, e seu rosto era uma mistura de choque e diversão.

– O quê? Logan me falou para fazer meu papel – sussurrei.

Xavier e Cameron riram e me virei para sorrir para eles. Os dois estavam olhando para nós, Cameron encostado em Xavier. Independentemente de sua natureza aparentemente doce, eu podia sentir o poder que irradiava deles. Estavam focados em mim, e jurei que enxergavam através da minha ilusão. Engoli em seco, os pelos dos meus braços se arrepiaram.

Isso me aterrorizava.

XLIX
Dianna

— Por que Cameron tem aquela fixação estranha com cheiros?

Liam apareceu de um canto carregando alguns livros antes de colocá-los sobre a mesa.

— Os sentidos de Cameron são aguçados, até mesmo para nós. É um pequeno presente do deus que o moldou e outra razão pela qual ele foi dispensado dessa posição e caiu sob minha liderança.

— Quer dizer que ele é um excelente rastreador. Bom saber — falei, afastando-me da varanda e da vista das montanhas. — Então, o que você tem aqui sobre os Reis de Yejedin?

— Tudo — declarou Liam, remexendo no monte de pergaminhos e papéis que ele tinha retirado das enormes pilhas que nos cercavam. Eu já tinha visto bibliotecas antes, mas aquilo… aquilo era outra coisa. As prateleiras chegavam ao teto e envolviam a sala. Escadas feitas do mesmo vermelho e dourado que eu tinha visto nos sonhos dele levavam aos níveis superiores, e passarelas cruzavam-se no alto.

Ele estava estudando um livro, andando de um lado para o outro enquanto lia. Acenou com a mão livre, invocando mais pergaminhos e papéis. Eles se juntaram às pilhas na grande mesa de pedra no centro da sala. Eu sorri com o uso descuidado de seu poder. Adorava olhar para Liam, por isso fiquei surpresa quando meu olhar continuou se voltando para a vista do lado de fora da varanda. Era como se eu estivesse sendo atraída para lá.

— Suas montanhas e árvores brilham com uma cor que não tenho certeza se já vi antes. Parecem quase iridescentes. É realmente lindo aqui. Gostaria de poder ver mais, especialmente à noite.

— Eu a acompanho outra hora — disse ele, distraidamente.

Fiquei um pouco irritada por ele ter dito isso tão casualmente. Aquele lugar era especial, sagrado. Eu podia sentir na pulsação do planeta e sentir no ar. Mas ele se ofereceu tão casualmente para me levar lá novamente para uma visita, como se levasse monstros e inimigos mortais dessas pessoas para lá o tempo todo.

— É mesmo? Como vai fazer isso quando eu estiver presa? Está planejando me sequestrar quando isso terminar? — Nunca me esqueci do que poderia acontecer no final do nosso acordo.

Ele colocou o livro sobre a mesa, passando o dedo por uma seção enquanto puxava outro pergaminho.

— Bem, Kaden está com o livro agora, então provavelmente ficaremos nisso por mais tempo do que o esperado. Suspeito que voltaremos com mais frequência do que imaginamos.

Fui até a mesa, mordendo os lábios e, de repente, sentindo-me insegura. Choque e esperança guerreavam dentro de mim. Eu não pertencia àquele lugar, mas a beleza selvagem dele me atraía e eu ansiava por explorá-lo com ele. Minha voz foi baixa e hesitante, mas forcei as palavras.

— Adoraria ver as estrelas daqui. Quero saber se é tão bonito quanto nos seus sonhos.

Liam ergueu o olhar do livro e me olhou.

— Será feito.

Liam não parecia estar com humor para brincadeiras, e eu não o culpava. Ele retornou a atenção para sua pesquisa, enquanto eu me sentava em uma das grandes cadeiras esculpidas à mão. Puxei um dos livros para mais perto e o abri. As páginas eram ásperas ao toque, e o papel marrom parecia resistente e imune aos efeitos do envelhecimento. O livro estava impecável, mas eu conseguia sentir o peso de sua idade. Não consegui ler o texto; só podia distinguir uma ou duas palavras. Em vez disso, folheei, olhando as imagens. Não vendo nada de interessante, larguei aquele antes de pegar outro.

— Então, terei minha própria propriedade ou algo assim se eu for rainha? — perguntei para o silêncio, sem perceber que pretendia fazer a pergunta.

Ele ergueu o olhar, com rugas de concentração entre as sobrancelhas.

— Não tenho certeza. Eu suporia que você seria governante de metade do reino de Yejedin — respondeu, afundando-se em uma cadeira.

— Legal. Eu tenho meu próprio reino. — Meus nervos estavam à flor da pele, e o desconforto atingiu meu estômago mais uma vez. — Isso nos torna inimigos de verdade agora?

Os olhos de Liam se suavizaram, como se ele soubesse por que eu estava perguntando.

— Não. Você ainda teria que me derrotar.

Dei-lhe um pequeno sorriso antes de pegar um grande livro bege. O desgaste das páginas fazia com que parecesse antigo. Abri, e a imagem de uma grande fera me cumprimentou. Era desenhada em tinta cinza, a imagem de alguma forma estava em relevo na página. Passei meus dedos sobre ela, traçando as linhas. O corpo da criatura era coberto por escamas, que formavam uma couraça, e não tinha membros. Uma cauda em leque esvoaçante parecia quase delicada em contraste com seu formato volumoso. A boca estava aberta, exibindo dentes afiados como navalhas. As palavras escritas abaixo do desenho eram estranhas para mim, mas uma se destacou: *Ig'Morruthen*.

— É isso que eu sou? — As palavras deixaram meus lábios em um sussurro.

Ouvi Liam se aproximar, e o calor dele aqueceu meu corpo repentinamente frio quando ele parou atrás de mim. Folheei várias outras páginas de diferentes feras desenhadas com detalhes meticulosos. Meu coração afundou a cada nova imagem. Algumas tinham mais dentes ou garras, e outras tinham tentáculos longos, enquanto outras não tinham nenhuma característica facial.

Liam levou o braço por trás de mim e pegou o livro. Olhei para ele por cima do ombro. Ele o fechou com uma das mãos, suas feições se suavizaram.

– De certa forma, sim. Foi deles que você veio. Mas vocês não são iguais, Dianna.

– Acha que vou ganhar chifres como esses? Aquela coisa parecendo coroa? E se isso deixar minha testa permanentemente grande?

Seu sorriso era afável quando ele passou a mão pela minha testa, com seus dedos gentilmente afastando meu cabelo do rosto.

– Já é grande. Duvido que alguém notaria.

Peguei outro livro e bati nele. Ele deu uma risada baixa e se afastou. Segurei o livro antigo como uma arma enquanto o encarava.

– Estou falando sério.

Ele agarrou o livro, mas não o puxou quando voltou a se aproximar.

– Não tenho certeza do que você poderia ser, para ser cem por cento honesto. Você me surpreende e é diferente de tudo que já conheci. Então, para responder à sua pergunta, não sei.

– Isso foi gentil. – Um pequeno sorriso se formou em meus lábios. – Em parte.

– Eu sou gentil. – Ele sorriu de volta.

– No quarto, talvez, mas fora dele, nem tanto – provoquei, dando-lhe outro tapa de brincadeira.

Ele se esquivou da minha tentativa antes de soltar o livro, passando a mão pelo meu cabelo mais uma vez antes de se afastar. Notei que ele ficou com aquele que continha todos os desenhos.

– Concentre-se, Dianna.

Examinei o novo livro que segurava e descobri que era sobre armas. Minha mente ainda remoía as imagens das feras lendárias, mas as afastei. Apoiei o queixo no punho enquanto folheava as páginas.

Liam voltou a andar de um lado para outro, enquanto fechava e pegava outro livro.

– A maioria desses registros apresenta datas e lista artefatos fabricados, itens perdidos há muito tempo ou aqueles trancados por meu pai. Estou tendo dificuldade em localizar os últimos arquivos conhecidos de Azrael, o que é peculiar.

– Provavelmente os destruíram – falei com indiferença, apoiando o rosto na mão. Virei outra página, e esta mostrava uma arma legal de espada com corrente. – Os que sabiam sobre ele. Quero dizer, por que fazer uma arma para matar deuses e depois manter registros dela em um planeta onde um deus vive? – comentei, olhando para ele por cima do livro.

Liam tinha parado e estava me encarando. Meus olhos se arregalaram quando ele ficou estático e um sorriso se formou em seu rosto.

453

– Dianna. Sua inteligência às vezes é assombrosa.

– Obrigada, eu acho.

Ele olhou para o céu aberto atrás de mim e depois para a porta.

– Como se sente em relação a vórtices?

– Como assim? – perguntei, fechando o livro e franzindo os lábios.

Meus gritos acabaram morrendo na minha garganta quando pousamos com suavidade em uma massa escura espessa e ondulante. Empurrei Liam, afastando-me dele. Incapaz de ficar de pé, eu me inclinei, colocando as mãos nos joelhos.

– Nunca mais... – Fiz uma pausa quando senti meu estômago embrulhar. – ... faça isso de novo.

– Peço desculpas, mas eu avisei que seria uma viagem e tanto.

Virei-me para ele e rapidamente cobri a boca com a mão, tentando manter minha última refeição onde ela deveria ficar. Demorou um pouco, mas, quando tive certeza de que não ia desmaiar, falei:

– Sim, uma viagem, do tipo curta. Senti como se tivéssemos sido atirados pela maior catapulta do mundo e depois parado por completo de repente.

Ele me estudou, as linhas prateadas em sua pele pulsavam.

– Você está bem?

Balancei a cabeça uma vez, pondo as mãos nos quadris.

– Sim. Não. Talvez. Só me dê um minuto, para eu não vomitar.

O rosto dele demonstrava preocupação, mas, quando a espessa massa escura acima de nós ondulou, ela atraiu toda a sua atenção. Parecia que estávamos no limite do universo. Estrelas roxas, douradas e prateadas brilhavam na extensão aveludada.

– O que é este lugar?

– A criatura que vamos encontrar hoje é a última da espécie. Essa espécie desempenhou papéis importantes nas mitologias de milhares de civilizações. Eram conhecidos como destinos, caçados e massacrados porque seres de todos os reinos temiam seus poderes. Meu pai fez um lar para o último aqui. Sou o único que tem acesso a este lugar, porque não tinha utilidade para ele e não tinha motivo para feri-lo. Como você se lembra, das minhas memórias, minha atenção estava em outro lugar.

Girei devagar, enquanto tentava processar a paisagem alienígena.

– Roccurrem, busco seu conselho. – A voz de Liam ecoou pelo espaço vazio antes de sumir. Estendi a mão, agarrando o braço dele, enquanto várias pequenas massas parecidas com estrelas passavam acima. Ele olhou para minha mão e depois para mim. – Você está segura.

– Sim, claro. Se você diz.

A extensão negra pareceu crescer em uma extremidade à medida que toda a luz avançava em sua direção. Um estalo silencioso ecoou, e uma criatura saiu. Tinha forma, e ao mesmo tempo, não. Três orbes negros giravam onde deveria estar sua cabeça, e não havia pernas nem qualquer definição na parte inferior do corpo. Sua forma era nebulosa, rodopiava e se curvava. Luzes dançavam e flutuavam ao seu redor como se fosse feito da estrutura do Universo. Enquanto ele deslizava em nossa direção, meus instintos emitiram um aviso. Havia algo estranho nesse ser.

– Samkiel, Deus-Rei, Destruidor de Mundos, você busca orientação sobre informações que já obteve. – Quando falou, sua voz sussurrou de todas as direções. O som flutuou pela sala e através de mim, entrando por um ouvido e saindo pelo outro. Estremeci. Bizarro era um eufemismo. – E você traz uma criatura cujo alimento é a morte.

– Ela não é uma criatura e é amigável. – Liam parou e olhou para mim por cima do ombro. – Às vezes.

Meu aperto aumentou em seu braço, e ele continuou.

– Preciso saber o que há no Livro de Azrael.

– Você já sabe.

– Se existe uma arma feita para me matar, por que não temos arquivos dela? Por que não há menção?

– Aquele cujo sangue corre como prata tomou o que você procura há muito tempo.

– Um Deus?

– Sim.

Liam franziu o cenho. A coisa estranha e flutuante que lembrava um gênio parecia estar falando em enigmas, confundindo-me ainda mais.

– Não há mais deuses – declarou Liam. – Mesmo se alguém tivesse apagado os arquivos, haveria algum vestígio. Azrael morreu em Rashearim muito antes de eu a destruir. Como Victoria o obteve sem morrer também?

– Segredos estão enterrados há muito tempo em sua família, Destruidor de Mundos. Muito antes de sua criação. O celestial da morte tinha um mestre, um mestre que previu o grande fim. Os textos que você procura foram escritos e escondidos para manter o equilíbrio, pois, se os reinos sangrarem, o caos retornará.

– Por causa da ressurreição dela? – Observei sua garganta se mover quando ele falou.

Aquelas cabeças flutuantes dançaram para a direita e depois de volta, girando para a esquerda.

– Não.

– A ressurreição dela… – Liam parou, e uma dor se espalhou por seu rosto. – Ela está bem?

Eu não tinha percebido que ele estava tão preocupado com meu retorno. Surpreendeu-me que ele perguntasse sobre mim a essa criatura, em vez de se concentrar no livro. Apertei seu braço de leve, quando a criatura à nossa frente respondeu.

– Você se preocupa com uma abominação encharcada de morte. Que interessante.

– Ela não é uma abominação. – Liam fervia de raiva.

– Ela é e não pode morrer por meios normais. Você não ressuscitou nada.

Foi a minha vez de falar.

– Quer dizer que não vou ser um zumbi estranho apodrecido ou algo assim?

As cabeças giraram para a direita e depois para a esquerda, como se estivessem confusas com a minha pergunta. A massa flutuante ao redor delas se expandiu ligeiramente antes de voltar ao normal.

– Você é Ig'Morruthen, uma criatura feita para a destruição. Você é uma agente da morte, do desespero, do fogo e do caos. Os antigos antes de você fizeram os mundos estremecerem, fizeram os deuses tremerem e os Primordiais se envergonharam de sua criação. Você é uma fera lendária, mas usa um traje de carne e pele.

Isso pareceu enfurecer Liam. Ele deu um passo à frente, e eu o apertei ainda mais, impedindo-o de se afastar de mim.

– Ela não é uma *criatura*, e, se falar com ela assim de novo, não haverá mais destino neste Universo ou no próximo.

A cabeça de Roccurrem girou e parou, como se ele estivesse tão chocado quanto eu.

– Muito interessante, de fato.

Dei de ombros, apertando o braço de Liam mais uma vez.

– Ignore-o. Ele fica irritado quando não come.

Liam sorriu e olhou para mim com ar de riso frustrado.

Dei um tapinha no braço dele e perguntei:

– Como vamos descobrir o que está no livro?

– Saberão em breve.

– Como os Reis de Yejedin ainda estão vivos? Como eles conseguiram passar pelos selos dos reinos após a Guerra dos Deuses? – Eu podia sentir a frustração de Liam e ouvi-la em sua voz. Roccurrem falava em enigmas, e Liam não estava com disposição para que lhe negassem as respostas que procurava.

– Sua família é cheia de segredos, Samkiel. Segredos que ultrapassam este mundo.

– O quê?

A massa que rodopiava ao redor dele pareceu brilhar mais antes de escurecer.

– Você é a chave que conecta aqueles que buscam vingança. Sempre deve haver um Guardião. Unir percebeu o fim, sabia das consequências e agiu. Reinos foram trancafiados… e a sua morte abrirá todos eles. Está predito. O caos retornará e o caos reinará. Você viu uma fração disso.

Liam ficou rígido, uma respiração trêmula lhe escapou.

—Viu? Como ele viu isso? — Meus olhos dispararam entre eles. — Está falando sobre os pesadelos?

— Ele vê tal qual o pai e seu pai antes dele. Por mais distorcido que seja, ainda soa verdadeiro. Os reinos serão abertos novamente.

— Mas, se eles se abrirem, isso significa que Liam morrerá.

— Assim está escrito; assim será.

— Não. — Encarei Liam, seu olhar estava focado e distante. O que quer que o cara de cabeça flutuante quisesse dizer tocou profundamente algo dentro dele. Minhas mãos apertaram o suficiente para fazê-lo olhar para mim. Uma dor faiscava ali. — Enquanto eu estiver aqui, nada acontecerá com você. Eu *prometo…* e não preciso de um mindinho para isso.

O sorriso que ele forçou era quase irreconhecível. Voltei-me para Roccurrem.

—Você pode nos dar alguma boa notícia ou algo do tipo?

Uma cabeça pareceu olhar para mim enquanto as outras continuavam a girar. Imediatamente me arrependi de ter aberto a boca.

— A profecia permanece. Um cai, um se levanta, e começa o fim. Foi predito e permanecerá. Um esculpido da escuridão, um esculpido da luz. O mundo vai estremecer.

Senti a sala estremecer quando o poder de Liam escapou dele.

— Isso tudo foi parte de outro maldito teste?

— Um teste, de fato, mas para solidificar os reinos. É assim que é e como será. O Universo precisava ver, precisava saber.

— Precisava saber o quê?

A sala tremeu mais uma vez, e as cabeças flutuantes giraram no sentido anti-horário e depois de volta.

— Está ficando sem tempo, Samkiel.

Soltei o braço de Liam, avançando, sem temer aquela criatura rodopiante que falava em línguas.

— É isso que você faz nesta terra mítica? Falar em enigmas o tempo todo? Como pode ajudar?

— Dianna. — A voz de Liam era apenas um sussurro. A angústia que brilhava por trás de seus olhos prateados me fez querer destruir o mundo.

—Você não sabe tudo — falei, minha raiva aumentava.

— Parece que o Rei dos Deuses encontrou um novo lar. — A forma da criatura mudou. Uma cabeça girou, falando comigo enquanto as outras duas concordavam em uníssono.

— Isso também não faz sentido. Você sabe que o mundo dele está destruído, seu bundão flutuante! — Eu explodi. Peguei a mão de Liam. — Vamos. Não há ajuda a ser encontrada aqui. — Eu estava farta daquele lugar e daquela criatura.

A voz de Roccurrem ecoou mais uma vez no espaço vazio, em todos os lugares e em lugar nenhum ao mesmo tempo.

– Haverá um estalo estremecedor, um eco do que está perdido e do que não pode ser curado. Então, Samkiel, você saberá que é assim que o mundo acaba.

Parei e me virei lentamente. Eu sabia que meus olhos estavam brilhando vermelhos e estava pronta para lançar quantas bolas de fogo fossem necessárias para fazê-lo calar a boca. Mas era tarde demais. A criatura não disse mais nada, desmanchou-se nas sombras, seu corpo retornou ao cenário da galáxia, e o peso de sua presença desapareceu.

A biblioteca avançou sobre nós quando nos teletransportamos. Páginas dos livros abertos que deixamos para trás tremularam com a força de nossa entrada. A viagem de volta foi menos enjoativa, e, depois de algumas respirações profundas, recuperei o equilíbrio. Os sóis ainda estavam altos no céu. Devemos ter ficado fora apenas por alguns minutos.

– Por que não fomos até o homem flutuante primeiro, em vez de vagar pelo mundo? – perguntei.

Liam andava de um lado para o outro, passando as mãos pelos cabelos.

– Primeiro, ele fala sobre passado, presente e futuro, portanto metade da informação já aconteceu ou ainda acontecerá. Segundo, eu nem imaginava que o livro existisse, muito menos que fosse importante.

Balancei a cabeça e mordisquei meu lábio inferior.

– Ok, justo. Então, qual é o nosso próximo plano?

Liam deu de ombros enquanto continuava a andar.

– Não sei.

– O que quer dizer com você não sabe?

Ele parou abruptamente, colocando as mãos nos quadris e inclinando a cabeça para trás. Ele olhou para o teto enquanto falava.

– Eu vi. É assim que o mundo acaba. Isso é o que o sonho disse. O mesmo sonho em que vi você... – Ele parou, abaixando a cabeça para olhar para mim. Eu vi o brilho das lágrimas nos olhos dele.

– Liam? – Minha voz era suave, questionadora.

– Eu vi. O céu se abriu, assim como em Rashearim. Guerra. Foi o que Logan disse quando retornei e pensei que nunca mais a veríamos. Achei que o pior já havia passado e que eu poderia descansar, mas estava muito errado. – Ele começou a andar mais uma vez. – Estou sempre errado ou atrasado. Não fui rápido o suficiente para salvar meu pai. Em vez disso, ele morreu *me salvando*. – Sua voz falhou, e eu estremeci com o som. Pela primeira vez desde que o havia conhecido, ele parecia inseguro e ferido. Acenou com a mão em minha direção. – Não fui rápido o suficiente para salvar você. Então, o que estou fazendo, Dianna, além de estragar tudo?

– Liam. – Dei um passo em direção a ele, mas ele se afastou de mim.

– É só para isso que sirvo. Eles me chamam de Destruidor de Mundos por um motivo. Acho que isso é realmente tudo que sou. Agora Onuna cairá. O que são dois, certo? – Uma risada rouca e autodepreciativa escapou dele, e eu sabia que o estava perdendo. Cada emoção que ele mantivera reprimida ameaçava se libertar e despedaçá-lo. Toda a tristeza e depressão estavam vindo à tona.

A sala tremeu, e eu tropecei para trás, mas consegui me segurar. As fileiras de prateleiras que revestiam as paredes vibravam, e cada objeto que não estava preso a alguma coisa levitava.

Olhei em volta, enquanto os tremores aumentavam aos poucos.

– Liam. Preciso que você se acalme, ok? Vamos descobrir juntos, como sempre fazemos.

– Não há nada para descobrir, Dianna. Ele não é capaz de mentir. Tudo o que foi previsto acontecerá. Você não entende isso?

Joguei meus braços para cima.

– Está bem! Então enfrentaremos o fim do mundo juntos.

Eu esperava conseguir romper o vazio ecoante que tentava reivindicá-lo. Os pássaros nas árvores próximas saltaram de seus poleiros e levantaram voo quando o chão tremeu mais uma vez. Fiquei com medo de que, se ele não respirasse ou se acalmasse, o prédio inteiro desabasse.

– Eu falhei. – Eu o ouvi sussurrar. – De novo.

– Não, você não falhou.

– Sim, eu falhei! Você ouviu. Tive uma chance de conseguir aquele maldito livro. – Sua voz subiu uma oitava. – Eu falhei porque escolhi você em vez do livro… em vez do mundo! Fui egoísta por sua causa. Você rastejou para dentro de minha pele como um parasita. Você me infectou e isso me custou o mundo. Então agora tenho que preparar os exércitos mais uma vez para a guerra. *Guerra,* Dianna.

Senti minhas bochechas arderem, enquanto meu coração saltava no peito. Eu estava com raiva, furiosa e triste por ele, tudo ao mesmo tempo.

– Você tem razão. Eu não valia isso.

– É esse o ponto, Dianna. Para mim, você *vale* isso… e isso me torna o desgraçado mais egoísta e o deus mais perigoso que já existiu. Eu agi em um segundo, sem pensar nem me preocupar com as consequências, e faria o mesmo de novo e de novo. O que sinto por você é avassalador e não consigo impedir. Não sei o que estou fazendo. Você entende isso? Tenho o peso de todo o universo sobre meus ombros. Eu tinha um plano, e de repente você surgiu na minha vida, me fazendo ignorar toda a razão. Você me faz caminhar por Onuna, me levando a lugares com música alta e guloseimas excessivamente açucaradas. Você me faz ficar em castelos com vampiros pretensiosos. Você me faz rir, me faz sorrir, me faz sentir. Você faz com que eu me sinta normal e me permite esquecer que sou o único governante, porque você *me vê* quando olha para mim. Eu odeio isso, Dianna! Odeio ter conhecido você o que outros considerariam apenas alguns minutos atrás. No grande esquema das coisas, o nosso tempo juntos não significa nada. Conheci e dormi com outras pessoas por mais tempo do que você está em minha vida, mas não sentia nada além de carinho por elas. Odeio que você me afete tanto, que você se importe tanto quando eu não mereço.

Sua admissão repentina me fez parar. Meu mundo mudou, porque o que ele sentia por mim, eu também sentia. Eu tinha me apegado tanto a ele. E me importava com ele mais do que com qualquer pessoa antes dele. Isso me aterrorizava. Senti as lágrimas rolarem pelo meu rosto quando me aproximei, apoiando as mãos em seu peito.

– Bem, eu também odeio isso. – Minha voz falhou. – Eu não pedi isso… sentir por você tanto quanto sinto. Sinceramente, odiei você no início.

Um pequeno suspiro escapou dele enquanto assentia, e lágrimas escorreram por seu rosto.

– Eu também.

– Imbecil. – Eu bati nele de leve, o que só fez minha visão ficar mais embaçada. – Olha, eu entendo. Entendo que você teria o livro e o mundo ficaria bem. Mas como isso é uma escolha? Como? Como é que você está sendo egoísta? Qual é o sentido de tudo isso se esses são os tipos de escolha que você tem que fazer?

A sala estremeceu de novo, e eu estendi a mão e segurei o rosto dele, forçando-o a olhar para mim. Lágrimas e medo brilhavam naqueles penetrantes olhos prateados.

– Ei, pare, olhe para mim. Não me importa o que aquela idiota flutuante diz. Liam, o seu pai viu algo em você que precisava ser salvo. Unir viu um futuro e, seja lá qual fosse, acreditava de todo o coração que você o tornaria realidade. Seus amigos veem o seu valor. É por isso que são tão leais, é por isso que amam você, mesmo agora. Você os salvou sem saber. Você deu a eles um propósito além de apenas obedecer. Eles seguiriam você até Iassulyn, porque você lhes deu uma escolha. Você deu a eles livre-arbítrio e uma razão para existir. Eu vi as memórias, Liam. Entendo que pensa que falhou, mas não falhou. Você não vai falhar.

A voz dele estava trêmula e quebrada. Um deus derrotado e cansado.

– Como pode ter tanta certeza? Já falhei antes.

– Porque você é forte e resiliente. Às vezes, é um completo idiota, às vezes, chato e mandão, mas, por baixo de tudo isso, você se importa. Você ama, admitindo para si mesmo ou não. Liam, você não é uma criatura estúpida. Nunca foi. Não ouve o que qualquer um diz e não deve fazê-lo. Se aqueles seres todo-poderosos que estavam acima de você realmente soubessem de tudo, Rashearim não teria caído. Eu não me importo com o que qualquer um diz. Siga seu coração. Você precisa. O mundo não precisa de mais deles. Precisa de mais de você. Eu ouvi o que seu pai falou, o que ele lhe disse. Ele queria que você fosse melhor, melhor que eles. Isso significa se importar, Liam.

Ele balançou a cabeça levemente enquanto eu enxugava suas lágrimas com os polegares.

— Não sei o que estou fazendo. Não acho que consigo sobreviver se passar por isso de novo.

Meus dedos passavam de leve por suas bochechas.

— Não tem problema. Vamos descobrir juntos, ok? Faremos o que sempre fazemos: eu vou ter uma ideia, e você discordará, depois discutimos sobre ela até que você finalmente concorde com meus planos incríveis e infalíveis. — Ele bufou, como se só o riso não bastasse, mas os tremores que faziam a sala chacoalhar aos poucos diminuíram. — Além disso, você é uma das pessoas mais fortes que conheço. Coloca todo mundo antes de si mesmo, até mesmo Ig'Morruthens frias que irritam e enlouquecem você. — Sorri suavemente, passando meu dedo por sua bochecha uma última vez.

— Você não me irrita o tempo todo. Às vezes, é um pouco divertida.

Eu sorri, afastando minhas mãos do rosto dele.

— "Um pouco divertida", é? Eu aceito. Nós vamos conseguir o livro de volta. Prometo. Só não destrua este mundo também.

Ele respirou fundo algumas vezes, inspirando e expirando.

— Eu realmente sinto muito. Não sei por que não consigo controlar.

— Ataque de pânico.

— O quê?

— Parece loucura, mas é isso que me lembra. No começo, depois que salvei Gabby, eu acordava suando, meu coração parecia querer pular para fora do meu peito. Às vezes eu achava que não tinha conseguido salvá-la, mas não era real. Foi horrível, mas superei, porque a tinha. Ela me ajudou… e eu vou ajudar você.

Ele levantou a mão e passou os dedos pelo meu cabelo. Foi a mesma coisa que fiz por ele nas noites em que seus pesadelos o dominaram. Era suave, calmante e carinhoso.

— Eu não mereço você.

— Definitivamente, não. Sei que não entendo de verdade, mas você tem um milhão de olhos cheios de admiração voltados para você em busca de orientação. É muita responsabilidade, para ser honesta. Mesmo os mais fortes vacilariam sob essa pressão, Liam.

— Você não tem ideia. — Ele ficou calado por um momento, enquanto sua expressão se suavizava e seus olhos vagavam pelo meu rosto. — Não posso fazer isso sem você.

Funguei e pisquei para conter mais lágrimas, minhas bochechas ainda estavam manchadas de antes.

— É óbvio.

Estudei suas feições à luz dos sóis poentes. Ele parecia cansado mesmo enquanto seu corpo reluzia. Era como se seu corpo estivesse absorvendo energia daquelas estrelas. Eu não sabia há quanto tempo ele mantinha o mundo em equilíbrio, mas até mesmo um deus ficaria cansado, não?

Liam carregava o peso dos mundos sobre os ombros e era essencial para a manutenção da ordem do Universo. Sem ele, o caos reinaria. Era o que Kaden queria, e Liam era a única coisa no caminho dele. Liam carregava esse fardo sem nenhuma promessa de que algum dia seria aliviado. Era uma maravilha que ele não tivesse cedido antes e mandado tudo se foder. Mas eu sabia que ele não conseguiria. Ele não faria isso. Ele lutaria até o último suspiro deixar seu corpo.

– O peso do mundo – sussurrei antes de perceber o que havia saído da minha boca.

Ele olhou para mim, seu rosto estava sombrio. Ele me soltou com um suspiro e um breve meio sorriso.

– É o que parece.

– Sinto muito.

Ele me olhou por um segundo, como se as palavras o surpreendessem. Merda, elas me surpreenderam também.

– Não sinta. É meu direito de nascença.

Eu bufei.

– O que apenas significa que você não teve escolha. – Forcei um sorriso quando ele assentiu.

– Na realidade, sim.

As imagens do sonho de sangue se repetiram na minha mente. O Liam daqueles sonhos era muito despreocupado, mas entendi que era porque estava perdido. Estava lutando contra um destino que se aproximava dele, quer ele quisesse ou não. Eu gostaria de poder protegê-lo, mantê-lo seguro e ajudá-lo.

– Não importa o que acontecer ou o que você decidir, estarei ao seu lado. Vou lutar essa batalha com você. Você não estará sozinho, e farei tudo o que puder para mantê-lo seguro.

Ele fechou os olhos por um momento antes de voltar a olhar para mim.

– Você já fez muito. Arriscou sua vida para eu conseguir aquele livro. Dianna, você salvou Logan quando nem o conhecia! E me ajudou sem prometer nada em troca. Você lutou contra um dos seus para ajudar a salvar o mundo e deu sua vida no processo – declarou ele, e seus olhos caíram do meu rosto para o meu peito. O vestido que usei para o meu disfarce de Imogen era um pouco folgado na região do peito, devido aos nossos tamanhos diferentes. Não me deixava muito exposta, mas dava para ver meu esterno. Eu sabia que ele não estava olhando para os meus seios, mas para a cicatriz quase invisível.

Uma expressão de dor passou por suas feições quando engoliu em seco. Ele traçou de leve a marca diretamente acima do meu coração, e meu corpo respondeu. Parecia que uma descarga elétrica percorria cada fibra do meu ser. Eu estremeci, e arrepios dançaram em meus braços e pernas. Não doeu, mas seu toque me excitou mais do que qualquer homem que já tivesse colocado as mãos em mim. Não me afastei da sensação, pelo contrário, inclinei-me para ela, com a respiração falhando. Liam tinha literalmente segurado meu coração em suas mãos, e eu permitiria que ele me tocasse da maneira que quisesse.

Respirei fundo, e minha voz era trêmula quando falei:

— Mas você me salvou.

— Por muito pouco. — Ele afastou a mão devagar, cerrando o punho ao perceber o que estava fazendo. Ergueu o olhar, seus olhos passearam por meu corpo como se ele estivesse tentando memorizar tudo sobre mim. Isso fez eu me sentir vulnerável, o que era infantil. Já estive com homens e mulheres, mas, sempre que Liam olhava para mim ou me tocava, era como se eu nunca tivesse estado com ninguém. A simples visão dele incendiou meu sangue, como se ele alimentasse um fogo no fundo da minha alma – e eu queria que ardesse. Eu queria mais. Eu o queria.

— Achei que tinha perdido você. — Foi um sussurro, e o olhar dele se voltou para o meu como se ele estivesse chocado por ter dito as palavras em voz alta.

— Você me conhece melhor que isso. É impossível se livrar de mim. — Sacudi minha cabeça, com um sorriso brincando em meus lábios, enquanto usava suas palavras contra ele. — Como uma infecção.

Ele não riu nem sorriu, nem tentou fazer piada, e seus olhos encaravam os meus.

— Se for verdade… — O medo em seu olhar mudou, tornando-se outra emoção primordial. — … então eu desejo que você me infecte.

Ele deslizou a mão pela minha clavícula, e a aspereza de sua palma calejada enviava um raio de eletricidade através de meu corpo. Fiquei presa em seu olhar e senti meu pulso acelerar enquanto sua mão grande envolvia delicadamente meu pescoço. Ele levantou meu queixo com o polegar, e meus lábios se separaram em antecipação. Prata quente e derretida encheu seus olhos quando o olhar dele desceu para minha boca, e meu interior derreteu. Fiquei na ponta dos pés quando ele se inclinou para a frente, e nenhum de nós se importou com a linha que estávamos prestes a cruzar.

Nós dois sabíamos que não deveríamos. Não havia futuro para nós e nunca haveria. Liam era um Guardião, um salvador, um protetor daquele reino e de todos os reinos. Eu era uma Ig'Morruthen, a fera lendária que ele e seus amigos caçavam. Eu era o monstro debaixo da cama. Histórias eram contadas sobre mim para manter todos os seres divinos na linha. Estávamos destinados a lutar até que o céu sangrasse e os mundos tremessem. Mas, quando ele me tocava, segurava meu rosto como se eu fosse o ser mais frágil e lindo do mundo, eu derretia. Não me sentia um monstro quando estava com ele e percebi que nunca me sentira um monstro. Senti sua respiração tocar meus lábios, e meu corpo cantou em resposta – no mesmo instante em que a porta se abriu com um estrondo.

Liam e eu nos separamos, ambos nos virando para enfrentar a ameaça desconhecida.

Logan estava ali, com os olhos selvagens e a raiva brilhando ao seu redor.

– Nós temos um problema.

– Eu garanto a você, estou bem agora.

Logan acenou com a mão em direção à bagunça da sala.

– Não, não é isso. Neverra foi levada e… – Logan voltou seu olhar para mim. – Gabby está desaparecida.

Dianna

A porta de obsidiana foi arrancada das dobradiças e voou pelo salão quando eu a abri com um chute. Entrei como uma tempestade, ambas as mãos queimavam descontroladamente. Ninguém estava ali, mas eu presumia isso, já que incendiei a ilha de Novas inteira no momento em que Liam e eu chegamos.

— Está vazio. — Liam passou por mim, com uma arma de ablazone ao seu lado.

— Eu falei para você chamar a Aniquilação.

Ele olhou para a própria mão e depois para mim.

— Não.

— Eles não merecem vida após a morte, Liam.

Onde eu esperava raiva, uma expressão de preocupação cruzou o rosto de Liam.

— Dianna, você sabe o que ela é capaz de fazer. Você está aqui, e sua irmã pode estar também. Não vou arriscar nenhuma de vocês duas.

Balancei a cabeça, passando por ele, dirigindo-me para o corredor.

Subimos as escadas, e bati as duas mãos nas portas duplas, fazendo voar pedras e escombros para a enorme sala do trono.

— Se alguém estiver aqui, o barulho sozinho vai alertá-los, Dianna. Tente ser mais silenciosa.

Não falei nada, não queria admitir o que já sabia. A ilha estava abandonada, o que significava que ela havia partido. Meu peito doía, minha respiração saía em arquejos irregulares enquanto eu endireitava meus ombros.

— Procure aqui. Eu vou voltar.

Passei pelas cadeiras e lanternas vazias que decoravam as laterais da sala. As paredes não se moviam como faziam quando Kaden estava no castelo. Estavam frias e vazias. Exatamente como eu me sentia sabendo que ela estava em algum lugar com *ele*. Forcei-me a não pensar no que ele poderia estar fazendo com ela, mas acelerei o passo. Cheguei aos quartos no andar de cima e destruí as áreas de Alistair e Tobias, mas não encontrei nada.

Passei por cima de cacos de madeira, lençóis rasgados e móveis quebrados. Apoiei-me com um braço contra o batente da porta enquanto me virava para o final do corredor. Era uma perda de tempo revistar aqueles quartos. Sabia que não encontraria nada. Mas eu era uma covarde e estava tentando evitar aquela porta.

Era a mesma porta na qual eu batia quando Kaden me trancava para fora porque eu tinha falhado. Eu implorava por perdão, porque sabia o preço do meu fracasso. Meu peito se agitou enquanto eu olhava para ela. Era meu passado. Eu não precisava mais ser aquela criatura. Não senti meus pés se moverem até estar na frente da porta, com a mão na maçaneta. Com um giro e um empurrão, ela saiu lentamente do meu caminho.

Meus passos ecoaram na quietude, o silêncio era opressivo. O aposento ainda estava intocado, como se estivesse esperando para ser ocupado. Parei em frente à cômoda e passei as mãos pelo tampo. A foto emoldurada de Gabby e eu que Kaden relutantemente me permitiu ter ainda estava lá. Tínhamos ido à praia, porque era o lugar favorito dela. Na foto eu a estava abraçando, nós duas sorríamos para a câmera. Ela agarrava o chapéu que usava, enquanto as saídas de praia finas que usávamos por cima dos biquínis eram sopradas pelo vento. Era a única foto que eu tinha naquele maldito lugar, porque implorei para poder mantê-la. Kaden a odiava, e eu não conseguia nem pensar no que ele tinha exigido de mim para me permitir ficar com ela.

Minhas mãos tremiam enquanto eu segurava a moldura. O vidro quebrou, distorcendo a imagem abaixo em um mosaico. Virei-me e atirei-a contra a parede. Gritei e ataquei aquela maldita cômoda, arrancando as gavetas e jogando-as em todas as direções. Roupas, uma mistura das minhas e das dele, espalharam-se pelo chão. Girei e agarrei o espelho em seguida, jogando-o em direção à porta. O vidro se espatifou, a poeira brilhava no ar, o barulho aumentava pela casa. *Casa*. Que piada maldita; era uma prisão.

Minha respiração estava ofegante quando olhei para a cama. A mesma cama em que ele me fodia. A mesma cama onde chorava até dormir quando era deixada sozinha, impossibilitada de ver a única pessoa que dava a mínima para mim. Arranquei as colunas da cama da estrutura, quebrando-as sobre o joelho e atirando os restos para o lado. Joguei uma delas com tanta força, que ficou presa na parede. Meus grunhidos e gritos ecoavam enquanto eu dava vazão à minha fúria.

Um aperto semelhante a um torno se fechou sobre meus braços e eu girei, pronta para atacar. Parei quando o rosto de Liam entrou em foco.

– Dianna! Dianna. Pare. Isso não está nos ajudando.

– Ela não está aqui – rebati, empurrando-o com força suficiente para que ele soltasse meus braços.

Ele ficou ali, atordoado.

– O quê?

– Ela não está aqui. Kaden está com ela, e ela está morta. Eu sei. – Eu não conseguia respirar, não conseguia pensar.

– Ela não está morta, Dianna.

– Ela está. Eu sei. Eles não estão aqui. Olhe ao redor! Eles não vêm aqui há algum tempo. Não percebe? A porra da caverna inteira está adormecida. Os quartos não foram tocados desde que fui embora.

– Ei, olhe para mim. Ela não está morta. – Ele segurou minha mão com a palma próxima à dele, a fina cicatriz do nosso acordo ainda estava presente. – Se ela estivesse, nós saberíamos. Além disso, ele não vai matá-la. Ela é a última corrente que ele tem em você, a última corda que pode puxar. Ele sabe que é a única coisa que tem para manter você na linha. Se ela se for, ele não terá controle nem poder sobre você. Entende? Ele a levou para atrair você, torná-la errática, e está funcionando. Preciso que se concentre, ok?

– Como posso me concentrar? – As palavras saíram em um gemido, enquanto eu pressionava minha a testa com a mão, virando as costas para ele.

Liam estendeu a mão para mim de novo, mas dei um passo para trás. Ele me observou atentamente quando me afastei dele, suas sobrancelhas estavam franzidas. Não estava acostumado com esse meu lado. Eu não queria ser consolada. Eu queria encontrar minha irmã.

– Você não sabe isso – falei. – Você não o conhece.

– Conheço homens poderosos. Você é uma parte intrínseca disso, assim como Kaden e eu. Ele quer poder sobre você, só os deuses sabem por quê, mas sei que ele não romperá esse vínculo. Confie em mim. Por favor.

Meu peito se agitou quando as palavras ecoaram através de mim. Confiar nele. Ele pediu isso quando perdemos o livro, depois que ele me trouxe de volta, e eu deveria ter feito isso. Sua expressão se suavizou quando eu suspirei e balancei a cabeça lentamente.

– Agora, ajude-me a procurar no resto da ilha – disse ele, recuando em direção à porta.

Respirei fundo e o segui, cacos de vidro se esmagavam sob meus pés. Parei, olhei para baixo e vi a minha foto com Gabby. Minha mão tremia quando a peguei, traçando as linhas do sorriso feliz dela. Aquela viagem à praia com a qual ela tinha ficado obcecada...

– O que é? – perguntou Liam, aparecendo mais uma vez ao meu lado.

– É uma viagem que fizemos. Mergulhamos do penhasco naquele dia, mas ela me fez ir primeiro, porque estava com medo. Eu sempre fui primeiro. Tinha que garantir que era seguro. Ela depende de mim para protegê-la, e eu... – Minhas palavras foram sumindo enquanto eu segurava a foto com muita força.

– Nós a encontraremos.

– Liam. – Virei-me para ele, minha visão mais uma vez era uma bagunça cintilante. – Eu estou com medo.

Eu estava sentada em cima de uma perna na enorme cama no quarto dela na Cidade Prateada. O edredom estava bagunçado para o lado embaixo de mim. Ela devia ter acordado tarde para o trabalho. Era a única situação em que Gabby não arrumava a cama. Ela era organizada demais para deixar qualquer coisa bagunçada. Eu estava segurando um dos suéteres verdes que ela adorava, esfregando o material entre os dedos.

Liam e eu tínhamos voltado havia cerca de uma hora. Novas foi um beco sem saída. Kaden tinha abandonado a ilha e aparentemente estava longe dela havia algum tempo. O mapa de Ethan também era um beco sem saída. Eu mesma verifiquei os locais e não encontrei nada além de cavernas e minas vazias. Não sabia mais para onde ir, onde mais procurar. Era como se eles tivessem sumido da face da Terra.

Levei o suéter ao rosto e inalei profundamente o perfume dela, enquanto lágrimas enchiam meus olhos. Se ela fizesse o que ele mandasse, ia viver. Então, eu poderia salvá-la. Eu nunca ia parar de procurar, ia encontrá-la e salvá-la, assim como ela me salvou tantas vezes. Todas as vezes que Kaden foi rude demais, cruel demais, odioso demais, eu sempre tive um lugar para ir.

Um lar. Ela era meu lar.

Apenas deixe-me salvá-la desta vez, Gabriella. Deixe-me salvá-la.

Uma leve batida me fez largar o suéter no colo e olhar para a porta aberta do quarto. Liam estava ali, e eu virei as costas para ele. Eu não queria vê-lo, e parte de mim achava que ele sabia disso. Eu não queria ser consolada ou tocada.

–Você encontrou Drake ou Ethan? – perguntei. – Logan disse que estavam com eles.

– Não.

Balancei a cabeça, suspirando, olhando para o suéter em meu colo. Talvez Kaden os tivesse levado também.

– Parece que muitos dos seus antigos contatos também estão desaparecidos, não apenas eles.

Deixei o suéter de lado e me levantei.

– Certo, então procuramos em outro lugar.

Liam estendeu a mão, me segurando, quando eu tentei passar por ele.

– Procurar onde? Verificamos os lugares que você conhecia. Seus informantes se foram. Para onde mais vamos?

– Não sei! – Arranquei meu braço de seu aperto. – Você é um deus; faça algo divino! Você consegue sentir se ela está por perto ou algo assim?

Ele balançou a cabeça, sua boca formou uma linha rígida.

– Não funciona assim.

– Então continuamos procurando.

Saí do quarto e ouvi os passos dele logo atrás.

– Procurar onde, Dianna? Onde mais?

– Não sei.

– Ele tem que ter outro esconderijo, um lugar para onde possa ter levado você além da ilha. Não há como ele se esconder tão bem neste reino.

Balancei a cabeça, continuando em direção à porta.

– Deixe-me ajudá-la, Dianna. Pare e pense. Para onde mais ele poderia tê-la levado?

Eu me virei, meu humor e dor estavam a ponto de ebulir. Ele ficava me fazendo perguntas como se eu tivesse todas as respostas.

– Não sei! – rebati, agarrando meu cabelo. Meu mundo tremeu e percebi que não era apenas o meu mundo, mas o cômodo também. – Eu não sei, ok?

Liam olhou para mim, seus olhos se arregalaram por um segundo antes de examinar o cômodo. Eu não sabia por que ele estava me encarando como se eu o tivesse feito tremer. Ele tinha feito isso. Sempre era ele.

Respirei fundo e soltei um suspiro lento e controlado.

– Eu só preciso pensar.

Mas pensar foi a última coisa que aconteceu quando a estática iluminou a sala e a TV atrás de nós se ligou.

– Dianna.

LIAM

Os olhos de Dianna sangraram vermelhos enquanto ela gritava comigo. Eu estava acostumado com a fúria dela, já tinha visto antes. Mas o poder que explodiu dela e abalou a sala era novo. Ela estava cheia de medo e de algo mais sombrio que eu podia sentir que estava à espreita, esperando por uma chance. Eu a estava perdendo.

Estática encheu o ar, e a grande TV no centro da sala ligou. Nós nos viramos em direção a ela e demos um passo para mais perto. Palavras rolavam em uma pequena faixa vermelha na parte inferior, informando-nos que se tratava de uma transmissão ao vivo. Um homem e uma mulher estavam sentados reclinados em assentos de âncora, com os ternos rasgados e manchados de sangue. Eles estavam mortos – o que significava que Tobias estava lá.

– Boa noite e bem-vindos ao jornal da noite KMN. A principal história desta noite é "Um rei com uma coroa quebrada que nem era dele para começo de conversa". – A mulher ajeitou as páginas à sua frente enquanto falava, e suas palavras fizeram minha mandíbula ficar tensa.

O homem se virou para ela. Eu podia ver os hematomas no pescoço dele, e, quando ele tentava sorrir, parecia que seu queixo mal estava preso.

– Nossa, Jill, esta é uma história que circula há muito tempo. Um homem dotado de um título e de um trono, mas infantil em seus ideais e sem persistência.

Jill concordou com a cabeça.

– Se pensar bem, Anthony, é muito triste. Um planeta inteiro foi destruído porque ele simplesmente não conseguiu lidar com a situação.

Eu sabia que cada golpe era direcionado a mim, mas não me importava. Já tinha ouvido tudo isso antes. Minha preocupação não era comigo, mas com Dianna. Cada instinto que eu tinha me dizia que estávamos à beira de algo catastrófico.

– Bem, Jill, é isso que acontece quando se manda um garoto para fazer o trabalho de um homem. Falando em trabalhos, vamos verificar com Casey como está o tempo.

A câmera girou para o outro lado do estúdio, focando em uma mulher de pé com um pequeno dispositivo na mão. Seu traje também estava em frangalhos, e eu podia ver que a magia de Tobias era a única coisa que a mantinha de pé. A tela atrás dela se transformou em um grande mapa com o que pareciam ser nuvens dançando em certas áreas.

– Obrigada, Anthony e Jill. A previsão diz que haverá céu limpo e tempo ensolarado para os próximos dias, mas o apocalipse que se aproxima pode acabar com isso. Se isso acontecer, teremos tempestades de raios à medida que os reinos se rasgam. A precipitação será forte e com cheiro de cobre, enquanto o sangue chove do céu. Há previsão de alguns terremotos, mas eles devem acabar antes que o planeta se destrua. É com você, Jill.

– Obrigada, Casey. Quando podemos esperar essa mudança drástica?

– Ah, muito em breve – respondeu a voz dela fora da tela.

O sorriso de Jill era um pouco largo demais.

– Mal posso esperar.

Anthony riu um pouco, sua mandíbula balançando obscenamente, enquanto ele cruzava as mãos e olhava para a câmera.

– Acho que seria uma boa ideia todos ficarem em casa, hein?

– Ah, Anthony, não há como se esconder disso. Agora, temos um convidado especial conosco esta noite. Alguns, na verdade.

Anthony apontou para ela.

– Sabe, Jill? Você tem razão. Agora vamos dar as boas-vindas ao nosso coapresentador desta noite, Kaden.

A câmera girou mais uma vez e um choque me atravessou. O terno que ele usava era escuro, e ele tinha os pés apoiados em cima de uma mesa. Eu já o tinha visto antes, sentado em um trono feito de ossos, usando uma armadura com chifres. Ele sorriu para mim da tela, seu rosto era totalmente visível, e eu dei minha primeira boa olhada em meu inimigo. Ele estava relaxado, como se suas mãos e a camisa branca que usava por baixo do terno não estivessem manchadas de sangue. Seu colarinho estava desabotoado, e pude ver o brilho de uma corrente de prata em seu pescoço. Kaden lambeu os dedos e sorriu para a câmera.

O ar na sala mudou quando Logan e Vincent apareceram. Eles falaram ao mesmo tempo, enquanto Dianna olhava para a tela, com o corpo imóvel.

– Liam. Está em todos os canais, em todas as estações.

Kaden apenas ficou lá sentado, olhando para a frente como se pudesse vê-la.

– O quê? – perguntei, sem tirar os olhos dela.

– No mundo todo. Nós checamos.

– De onde está vindo? Conseguem identificar um local?

Vincent balançou a cabeça.

– Esse é o problema. É como se o sinal viesse de todos os lugares e de lugar nenhum ao mesmo tempo. Não há como desligá-lo.

Minhas próximas perguntas morreram quando Anthony recomeçou a falar.

– Agora, Kaden, por favor, diga-nos, o que exatamente é o Outro Mundo?

Minha adrenalina disparou, sabendo que isso não era algo que os mortais precisavam saber. Não assim. Logan disse que tentaram interromper a transmissão, mas não conseguiram.

– Parece algo saído de um filme, certo? – Jill riu.

Kaden sentou-se, apoiando-se na lateral da mesa e juntando as mãos.

– Concordo, mas é muito mais. Vejam, todos vocês pensam que monstros não existem, que são criações da imaginação dos mortais. Mas vocês estão muito enganados. Todo monstro tem uma origem baseada na realidade.

Jill assentiu, como se pudesse ao menos compreender o que estava acontecendo. Ela era uma marionete de Tobias, assim como as de El Donuma. Todos eles eram.

– Então, você está dizendo que toda criatura sobrenatural é real?

– Todas e muitas mais. O único problema é que a população é praticamente inexistente neste reino.

Foi a vez de Anthony falar, e ele colocou a mão sob o queixo vacilante para ouvir.

– Como assim?

Kaden sorriu, ainda encarando intensamente a câmera.

– Vou lhes contar uma história. Era uma vez, em um mundo muito, muito distante daqui, um rei vil e cruel, governante de todos e adorado por muitos, mas ele guardava segredos; segredos sombrios e terríveis que ele mantinha enterrados até mesmo daqueles que ele afirmava amar mais que tudo. Ele acreditava que a paz era alcançada por meio da força. Ele usou e abusou daqueles sob seu comando até que eles não significassem mais nada para ele. Uma vez alcançado seu objetivo, eles eram descartados como lixo. Até que um dia ele teve um filho, um ser como ele, feito de pura luz e tudo o que ele desejava em seu novo mundo. Seu filho era o próximo na linha de sucessão, mas havia receios.

– Receios? – a voz desconexa de Jill perguntou.

– Ah, sim. Receios de que ele seria igual aos anteriores, igual ao pai. A verdade lentamente se concretizou, e os amigos se transformaram em inimigos. Houve uma revolta. Sangue de deuses foi derramado em estrelas que vocês nem conseguem ver agora. Foi a Guerra dos Deuses, mas foi muito mais do que isso. – Os olhos de Kaden reluziram como se ele tivesse estado lá e se deleitado com o caos.

– O que aconteceu depois?

Kaden suspirou e se recostou, cruzando as mãos diante de si.

– Bem, o que suas lendas dizem sobre o grande e poderoso Samkiel… Ele salvou o mundo, não foi? Todos que estavam contra eles foram trancados por meio do sangue dele. Cada reino, cada mundo foi selado. – Ele fez uma pausa enquanto alcançava algo debaixo da mesa. Houve um baque alto quando ele bateu o Livro de Azrael na mesa. Seu sorriso era de veneno e raiva quando ele olhou para a câmera. – Bem, por enquanto, pelo menos.

A estática chiava no ar, opressiva, densa e pesada. Eu estava perdendo a paciência. Ele falava do meu pai e do meu mundo como se os conhecesse pessoalmente, mas eu não me lembrava dele nem do seu nome. Virei-me para Logan e Vincent.

– Vão e vejam se conseguem descobrir onde ele está. Preciso de todos os celestiais daqui até Ruuman procurando. Ele não pode se esconder de nós, não quando isso está passando em todas as estações do mundo. Depois de encontrá-lo, convoquem-me imediatamente.

Ambos assentiram antes de sair da sala em um clarão de luz azul. Palavras vindas da tela foram filtradas quando olhei de volta para a TV. As mãos de Kaden estavam cobertas por grossas luvas pretas. Ele folheou o Livro de Azrael como se não fosse um artefato poderoso, antigo e decadente contendo os meios para a minha morte.

Jill apertou o peito como se pudesse sentir.

– É uma história tão triste.

– É? Gosto de considerá-la um renascimento. Um novo começo, diriam alguns. Veja, bem aqui. – Ele apontou um dedo para uma página enquanto Jill e Anthony se inclinavam em sua direção. – Esta é a chave para abrir os reinos agora.

– Uma arma tão bonita.

– Concordo, e, assim que eu a fizer, este mundo vai sangrar. Aposto que existem milhares, senão milhões, de seres furiosos em busca de um pouco de vingança.

A cabeça de Anthony se inclinou.

– Bem, o que acontecerá conosco, mortais, se isso acontecer?

Kaden riu e fechou o livro, o som me levou a fazer uma careta.

– Bem, vocês morrem. – Ele parou e deu de ombros como se não tivesse acabado de condenar o mundo. – Ou serão todos escravizados. Está realmente em aberto agora.

Jill e Anthony riram como se essa fosse a piada mais engraçada que já tinham ouvido. Assim que Jill conseguiu se controlar, ela falou:

– Bem, isso parece adorável. Mal posso esperar!

Anthony limpou a garganta mutilada.

– Agora, normalmente temos uma rodada de pautas quentes patrocinada por Jeff, mas, já que você o desmembrou, acho que terá que fazer a rodada de pautas quentes. Então, diga-nos, Kaden, qual é a pauta desta noite?

– Bem, amor, é claro.

– Amor? – Todos os olhos se voltaram para a câmera, e eu sabia que a próxima parte seria para Dianna. Eu me aproximei dela.

– Claro.

Jill acenou com a mão e disse:

– O palco é todo seu. – Anthony e Jill congelaram no lugar, e eu sabia que Tobias estava aos poucos liberando-os. Eles olharam para a frente, enquanto seus olhos adquiriam o branco vítreo dos mortos.

– Agora, eu sei que todos vocês estão pensando que eu sou a encarnação do mal, mas vocês estão errados. Eu amo o amor; e ninguém ama mais do que Dianna.

Uma foto minha e de Dianna apareceu na tela e percebi que ele estivera muito mais próximo de nós do que eu imaginara. Como eu não senti? Meu olhar se voltou para Dianna. Ela estava estática, com os braços cruzados enquanto encarava, irradiando pura fúria. Ao observá-la, eu sabia que ela o tinha sentido – naquelas vezes em que tivera calafrios. Ela o sentira, mas não sabia o que significava.

Os olhos de Kaden faiscaram vermelhos sob as luzes do estúdio, enquanto ele se levantava e se aproximava da câmera. Ele tirou as luvas, um dedo de cada vez.

– Eu dei a ela tudo que pude. Uma troca, diriam alguns, pelo que ela pediu. – Ele esfregou o queixo com a mão manchada de sangue.

Uma foto de Dianna apareceu na tela e ficou ali, ocupando um dos cantos.

– Tudo o que ela é, todo o seu poder, é por minha causa, mas conheci cães que são mais leais. Ela não consegue manter as pernas fechadas; não que eu possa reclamar. Bastou salvar a irmã dela para que me deixasse colocá-la de quatro. O que tenho certeza de que ela deixou você fazer também, Samkiel. – A foto mudou para Dianna sorrindo para mim no festival. – Espero que a aproveite enquanto pode, porque, não se engane, ela também se voltará contra você.

Observei, enquanto ele olhava para alguém fora da câmera. As fotos desapareceram, e seu comportamento mudou. A postura de Dianna não vacilou; era como se seu corpo tivesse se transformado em pedra. Fiquei a seu lado, meu olhar pulava dela para a tela, e meu estômago se revirava. Eu não fazia ideia de qual era o plano dele, mas não podia ir procurá-lo, não quando ela precisava de mim.

– Dianna, tsc, tsc, tsc, você me conhece. Sabe que tenho olhos em todos os lugares. Este mundo pertence a mim, meu amor, e eu nunca estive longe. Você não me sentiu?

Meu coração afundou ainda mais, a boca do meu estômago se revirou. Eu tinha razão; ela o sentiu. Era inconcebível que eu não tivesse sentido. Como eu não soube que ele estava tão perto? E não foi apenas uma vez.

– Mas só por curiosidade: quais foram suas intenções com esse relacionamento fracassado? Apenas diversão? Impedir-me? Salvar o mundo? E, depois, o quê? Você acha que ele ama você? Se importa com você? Pergunte-lhe para quantos homens e mulheres ele sussurrou essas palavras. Quantos se jogaram aos pés dele, esperando ficar ao seu lado? Você não é nada para ele e nunca será. Você é um monstro, não importa o que ele lhe diga, não importa o que você finja. Acha que poderia governar ao lado dele, Dianna? Mesmo depois que eu me fosse, você acha que *eles a* aceitariam, depois de tudo que fez? Ele é imortal de verdade, Dianna. Já pensou sobre isso? Nós não somos. Você realmente se odeia tanto a ponto de se sentir confortável em ser consorte dele pelo resto da sua vida, enquanto ele se casa com uma rainha de verdade? Ele precisará de alguém igual, alguém que possa governar ao seu lado, para trazer seus filhos a este mundo perfeito deles.

As narinas de Kaden se dilataram, e seus punhos se cerraram. Raiva borbulhava abaixo da superfície de sua fachada calma. Seus olhos ardiam com brasas vermelhas, mas, então, ele olhou além da câmera e pareceu lembrar que não estava sozinho. Ele deu de ombros e apoiou as mãos na mesa.

– Vamos jogar um jogo. Digamos que vocês dois tenham sucesso. Os reinos são salvos, e as pessoas cantam e comemoram nas ruas. No fundo, Dianna, você acha mesmo que ele escolheria você depois que tudo isso acabasse? Seja realista. – Ele estalou os dentes, balançando a cabeça devagar. – Eu não. Eu acho que, mesmo que eu não ganhe, você ainda vai perder.

Kaden parou por um momento, talvez percebendo que havia revelado demais. Olhei para Dianna, e seu corpo estava tão rígido, que parecia que ela se quebraria com um toque. Estava tão fechada, que eu não conseguia sentir nada vindo dela, o que era assustador. Dianna nunca foi contida.

– Agora. – Kaden bateu palmas antes de esfregá-las duas vezes. – De volta aos negócios. Veja, é o seguinte, Dianna. Eu queria você ao meu lado, sabe? Minha linda e perfeita arma para o que está por vir. – Ele suspirou desapontado e esfregou o queixo antes de apontar para a câmera. – Mas, infelizmente, você escolheu o lado errado. No entanto, está tudo bem. Acho que posso perdoá-la e deixá-la voltar para casa. Eu só preciso lhe ensinar uma lição primeiro.

Ele parou de falar e acenou para alguém avançar. A câmera retrocedeu e girou ligeiramente. O novo ângulo permitiu ver Kaden, um corredor fechado com uma cortina acima, e o público. Olhei com mais atenção e vi que a multidão estava cheia de criaturas do Outro Mundo. Olhos de várias cores reluziam, e vi mais de uma dúzia de pares de olhos vermelhos intensos. Os Irvikuva estavam no corredor dos fundos com as asas abertas, garantindo que ninguém tentaria sair.

Houve um movimento quando Drake se levantou e foi em direção a Kaden. Meus lábios se curvaram em um grunhido silencioso diante da traição dele à amizade e ao amor dela. Como ele pôde ter feito isso com ela? Confiei nele contra meu melhor julgamento, porque ela acreditava que ele era seu amigo. O covarde se recusou a olhar para a câmera quando parou ao lado de Kaden.

– Vamos, Drake. O palco é seu, amigo – zombou Kaden, batendo a mão nas costas de Drake como se fossem velhos amigos. – Drake me contou tudo sobre sua pequena viagem com seu novo namorado até El Donuma. Ele me disse quando você chegaria, quanto tempo ficaria e seu próximo passo. Camilla me informou a partir daí.

Ele acenou para o público, e Camilla assentiu, com a cabeça erguida. Reconheci vários outros. Santiago estava lá, os clãs dele e de Camilla estavam misturados. Elijah sentava-se ao lado de alguns mortais da embaixada de Kashuenia. Acho que ela não foi a única traída; parecia que alguns dos mortais sob minha jurisdição também haviam mudado de lado.

Raiva pura e completa fez meus anéis vibrarem, e eu consegui sentir o calor atrás dos meus olhos. Estendi a mão, tocando o braço de Dianna. Sua pele sob a camisa estava quente. Esfreguei meu polegar em círculos pequenos e lentos, tentando apoiá-la e deixá-la ciente de que eu estava ali para ajudá-la, mesmo que aqueles em quem ela mais confiava não estivessem.

– Verdadeira lealdade desde o início, Dianna – declarou Kaden, dando um tapinha nas costas de Drake. – Por que você não volta para sua família, velho amigo?

Drake se afastou de Kaden sem olhar para a câmera nenhuma vez. Observei quando ele se juntou a Ethan e a uma mulher de cabelos escuros que deduzi ser a esposa de Ethan – a esposa que estava ocupada demais para nos encontrar enquanto estávamos em Zarall. As peças começaram a se encaixar e não gostei da imagem que elas formavam. Eles venderam Dianna em troca da esposa?

– Entende, Dianna… – a voz dele continuou, monótona.

Eu precisava afastar Dianna da atração que ele exercia sobre ela. Ele a cortava com cada palavra, e eu pude sentir seu domínio sobre ela aumentando. Era como garras cheias de ácido se cravando nela, mesmo à distância.

– Dianna. – Minha voz era suave, e senti a mudança nela. O ar ficou pesado, como se uma tempestade estivesse se formando na sala. – Lembre-se do que lhe ensinei. Não deixe que ele a provoque.

Eu não sabia se ela tinha me ouvido ou não. Sua respiração estava ofegante, seus olhos ficaram vidrados e desfocados enquanto ela olhava para a frente.

A voz de Kaden interrompeu, seguida por um assobio quando ele olhou direto para a câmera e falou:

– Tobias, por favor, faça a gentileza? Há uma última coisa que gostaria de mostrar à minha doce e preciosa garota.

A câmera oscilou quando Tobias saiu de trás dela, virando-se para lançar um sorriso gélido que eu sabia que era para Dianna. Ele desapareceu atrás da grande cortina escura e voltou, arrastando consigo uma figura encapuzada. A mulher lutava contra ele, chutando as pernas, mas sem conseguir ganhar tração no chão escorregadio. Tobias a jogou aos pés de Kaden, que se inclinou e agarrou-a por baixo do braço com uma das mãos, antes de puxar o capuz com a outra.

Gabriella.

Eu ouvi naquele momento, em sincronia, as batidas do coração dela e do meu. Batiam rapidamente, e o meu pulsava com tanta força contra minhas costelas, que eu me perguntei se ele ia explodir. Tentei respirar fundo, na esperança de desacelerar o meu e, por consequência, o dela. Vimos Gabby chutar e Kaden deixá-la cair. Ela tentou fugir, mas vários dos Irvikuva de Kaden rosnaram e avançaram atrás dela, forçando-a a parar.

Dianna se afastou do meu toque e caiu no chão em frente à TV. Acho que ela nem percebeu o quanto chegou perto, enquanto suas mãos agarravam as laterais da tela.

Kaden assobiou, sinalizando para um dos Irvikuva. Gabby grunhiu de dor quando a fera a agarrou pelo braço. A criatura olhou para Kaden e, quando ele assentiu, jogou Gabby na direção dele. Kaden a pegou, agarrando-a com força suficiente para que ela fizesse uma expressão de dor. Ele a arrastou para mais perto da câmera.

– Gostou do presente que Drake me trouxe, Dianna? Ele até me conseguiu uma integrante d'A Mão – falou ele, enquanto um sorriso letal curvava suas feições. Ele apertou o rosto de Gabby enquanto encarava a câmera. – Diga "olá" para a irmã mais velha agora.

– Espero que você apodreça na dimensão de onde veio. Permanentemente! – cuspiu Gabby, com rebeldia evidente em cada linha de seu corpo.

Kaden riu e olhou para as criaturas na plateia.

– Geniosa, não? Igualzinha à irmã.

A multidão riu, e eu tive vontade de despedaçar cada um deles. Uma raiva incandescente percorreu meu corpo diante do flagrante desrespeito. Eles iam pagar. Eu ia me assegurar disso.

Os olhos de Kaden estavam vermelhos, e ele a segurava perto. Ela olhou para a câmera com toda a fúria que conseguiu reunir, mesmo com os olhos cheios de lágrimas.

– Agora, há algo que você queira dizer para sua irmã mais velha? Você sabe que ela está assistindo. – O sorriso dele era totalmente venenoso quando ele apertou o rosto de Gabby com mais força, e seu polegar acariciou o queixo dela.

Os olhos de Gabby se fixaram na tela em um desespero silencioso. Não era por ela mesma, mas por aquela que ela sabia que a olhava de volta – a única pessoa que havia desistido da própria vida pela dela. Seus olhos se nublaram com lágrimas não derramadas, enquanto o mundo prendia a respiração. Até as criaturas atrás de Kaden ficaram em silêncio. Era um momento decisivo no que estava por vir. Kaden tinha o mundo ao seu alcance e deleitava-se com isso.

– Lembre-se… – Gabby engoliu em seco, uma única lágrima escorrendo por sua bochecha. – Lembre-se, eu amo você.

Kaden ficou de pé, de súbito, levando Gabby consigo. Ele riu, enquanto ela parecia soltar um suspiro, e seu peito arfava com o medo que todos sentíamos.

– Estão vendo? – Kaden voltou-se para a plateia, acenando com a mão livre, enquanto a outra estava ao redor do pescoço de Gabby, mantendo-a no lugar. – Não foi tão difícil, foi? E dizem que sou cruel. – Ele sorriu para a câmera, e dessa vez seus olhos fixaram-se nos meus, enquanto ele segurava o queixo de Gabriella. – Gostaria de ver a verdadeira fera que repousa sob a linda pele de Dianna, Samkiel? Acha que ainda vai gostar dela? Vamos descobrir.

Ele agiu tão depressa, que assustou até a mim. Mas todos ouvimos – o estalo. Eu o senti ressoar nos laços que me tornavam um protetor deste reino. Ninguém se movia. Ninguém respirava. Era como se o tempo tivesse desacelerado. Observei a luz deixar os olhos dela. Kaden a soltou e se virou com um sorriso satisfeito. O corpo de Gabby caiu no chão, com o pescoço retorcido. Sua mão pequena e sem vida estava estendida, tentando alcançar através da tela, desesperada por aquela que ela mais amava.

Eu sibilei, flexionando minha mão, quando um calor branco incandescente dançou por minha mão. Olhei para baixo, e meu coração disparou quando uma linha amarela brilhante cruzou minha palma, brilhante e iridescente, antes de desaparecer.

O acordo de sangue chegou ao fim da maneira mais horrível.

— *Sangue do meu sangue, minha vida está selada com a sua até que o acordo seja concluído. Concedo-lhe a vida do meu criador em troca da vida da minha irmã. Ela permanecerá livre, ilesa e viva, ou o acordo será quebrado.*

Eu senti o cheiro antes de ver. Bastou uma única inclinação da cabeça dela, e um estrondo avassalador tomou a sala. Não um estrondo; um grito. Tão alto e doloroso, que abalou o prédio, e eu sabia que podia ser ouvido em todos os reinos. Asas e escamas substituíram pele e membros, conforme a fera abria caminho para o mundo. As chamas que irromperam dela eram tão quentes e brilhantes, que me cegaram. A força de sua enorme cauda me atirou através de paredes, concreto e vidro. Minha visão foi consumida pelo incêndio quando o prédio foi engolido.

Minha cabeça latejava, e meus ouvidos zumbiam quando me sentei, tampando-os. A umidade cobria minhas palmas mesmo enquanto meus tímpanos saravam. Minhas roupas estavam queimadas e rasgadas, grudadas em mim onde haviam derretido na minha pele. Apaguei algumas brasas na manga, enquanto outro grito de despedaçar a alma cortava o ar. O som abriu uma fissura no mundo. Era pura dor e ira, um eco de ruína. Meus sonhos voltaram à tona e percebi que havia errado. Minha tradução estivera errada. Havia palavras e idiomas demais em meu cérebro.

— *É assim que o mundo acaba.* — Foi o que Roccurrem falou. — *Haverá um estalo estremecedor, um eco do que está perdido e do que não pode ser curado. Então, Samkiel, você saberá que é assim que o mundo acaba.*

Mas não era este mundo.

Não, era o meu.

Era Dianna.

AGRADECIMENTOS

Em primeiro lugar, quero agradecer a todos os leitores. O fato de vocês quererem ler este livro significa muito para mim! Mil vezes obrigada. Além disso, obrigada a todas as pessoas que conheci e de quem me tornei amiga nesta jornada. Espero que tenham gostado da primeira parte das aventuras de Liam e Dianna.

Em seguida, quero agradecer à Rose & Star Publishing por acreditar em mim! Jeanette e Ally, vocês têm o meu coração. Muito obrigada por me deixarem bombardear seus telefones com milhares de mensagens nos últimos meses. Liam pode ter perdido o lar dele, mas encontrei o meu com vocês! Foi uma jornada e tanto, e eu tenho muita sorte por ter um lar para meus personagens loucos, adoráveis e caóticos.

Aisling, minha editora maravilhosa, muito obrigada por ver meu mundo e amar cada parte dele. Obrigada por acreditar em mim também e por não ter medo de Dianna e de seus modos caóticos. Também peço desculpas antecipadas pelos cinco livros.

Siobhan, Alex e Kaven, por onde começar? Primeiro, vocês têm que me desbloquear agora, já que provavelmente o mundo inteiro está do lado de vocês por Gabby. Sinto muito, apenas saibam que amo vocês! Obrigada por serem os melhores leitores beta que uma garota poderia pedir. Seus comentários e reações me ajudaram demais, eu adoro vocês.

Kaven, obrigada por me deixar falar sem parar sobre este livro e obrigada pelo apoio imenso e incessante.

Alex, obrigada por me deixar gritar e chorar no seu ouvido, embora fossem duas da manhã na Escócia.

Siobhan, obrigada por amar a playlist e ouvir sem parar mesmo depois de terminar. Obrigada pelas inspirações estéticas incríveis e por nunca cansar de me ouvir falar sobre eles. Mal posso esperar para visitar você em Nova York no Natal!

Agradeço à minha mãe e à minha irmã, a quem amo muito. O vínculo familiar em toda esta série é um reflexo delas em mim – o amor eterno e a capacidade de fazer qualquer coisa por aqueles que se ama. Já passamos pelo inferno, e espero que vocês duas saibam o quanto eu as amo.

Por fim, mais uma vez, quero apenas agradecer a todos que leram este livro. Vocês são tudo, todos vocês merecem o mundo e espero que encontrem alguém (se ainda não têm) que também jogaria fora um livro antigo por amor a vocês. Muito, muito, muito obrigada!

SIGA NAS REDES SOCIAIS:

@editorainsidebooks

@editorainsidebooks

@editorainside

@editorainside

@editorainsidebooks

insidebooks.com.br